रिफ्यूजी कैंप

रिफ्यूजी कैंप

आशीष कौल

प्रभात
पेपरबैक्स
www.prabhatbooks.com

प्रकाशक

प्रभात पेपरबैक्स

4/19 आसफ अली रोड, नई दिल्ली–110002

फोन : 23289777 • हेल्पलाइन नं. : 7827007777

इ–मेल : prabhatbooks@gmail.com ❖ वेब ठिकाना : www.prabhatbooks.com

संस्करण

प्रथम, 2019

मूल्य

तीन सौ रुपए

अ.मा.पु.स. 978-93-5322-100-3

मुद्रक

आर–टेक ऑफसेट प्रिंटर्स, दिल्ली

REFUGEE CAMP
by Shri Ashish Kaul

Published by **PRABHAT PAPERBACKS**
4/19 Asaf Ali Road, New Delhi-110002

ISBN 978-93-5322-100-3

₹300.00

तुम्हारे लिए

यह कहानी समर्पित है हर उस व्यक्ति को, जो आतंक और दहशत झेलने के बाद भी शांति और इनसानियत में विश्वास रखते हैं।

यह उन लाखों कश्मीरी पंडितों के लिए है, जिन्होंने अपने हजारों वर्ष के अस्तित्व और अस्मिता को मात्र कुछ ही घंटों में मिटते देखा और अपने ही देश में रिफ्यूजी हो गए।

मेरी यह कहानी हर उस व्यक्ति के लिए है, जिसके भीतर एक छोटा सा कश्मीर साँस लेता है और जो एक हिंदुस्तानी कहलाने में फख्र महसूस करता है।

सत्यमेव जयते

General J J Singh
PVSM, AVSM, VSM (Retd)
Former Governor of Arunachal Pradesh
Former Chief of The Army Staff
Hony Col of The Maratha Light Infantry

16, Sultanpur
Estate Mandi
Road Mehrauli
New Delhi-110030

कर्तव्य, मान, साहस
DUTY, HONOUR, COURAGE

प्रस्तावना

'रिफ्यूजी कैंप' मुश्किलों और चुनौतियों के बीच लोगों के जज्बे और जीत की एक दिलचस्प कहानी है। इसे लिखने का अंदाज बेहद सरल है और यह कहानी आसानी से समझा देती है कि आतंक को तब तक खत्म नहीं किया जा सकता, जब तक सब मिलकर इसके खिलाफ खड़े न हों। इस कहानी का हीरो है—अभिमन्यु। देखा जाए तो हर हिंदुस्तानी के दिल में एक अभिमन्यु रहता है। ये तो वक्त की बात है कि हम कब उसे जगाते हैं। यह एक अद्‌भुत कहानी है, जो भारत के धर्म-निरपेक्ष ताने-बाने पर मेरा यकीन फिर गहरा कर देती है। बहुत मुश्किल से ऐसी कहानियाँ मिलती हैं, जहाँ बेबाक तरीके से हर बात कही गई हो, जो आपको कश्मीर की दुःख और पीड़ाओं से भरी सच्चाई में हमें बहुत गहरे तक उतार देती है।

सन् 1980 के दशक के अंतिम समय में कश्मीर में हुई इन घटनाओं ने कश्मीर की तसवीर बदलकर रख दी। इनके बारे में पढ़ना और जानना दिल को झकझोर देनेवाला अनुभव था। 'रिफ्यूजी कैंप' वक्त में पीछे ले जानेवाली ऐसी कहानी है, जो निडरता से कश्मीर की वह तसवीर दिखाती है, जो कई मुखौटों के पीछे छुपी हुई है। रिफ्यूजी कैंप की कहानी जैसे-जैसे हमारी आत्मा में उतरती है, वैसे-वैसे हमें अपने उस इतिहास से परिचित करवाती है, जो बार-बार बदला गया है। यह बदलाव इस हद तक है कि शायद आज हम कश्मीर में आतंक के जन्म के बारे में जो कुछ भी जानते हैं, वह सब झूठ हो। असल मायने में यह बहुत आसान, मगर असरदार तरीके से कही गई उम्मीदों की कहानी है।

मैं मानता हूँ कि 'रिफ्यूजी कैंप' महाभारत के उस अभिमन्यु को एक श्रद्धांजलि है, जो बुराई के खिलाफ लड़ता है। डर भी हमारे मन पर ऐसे ही कब्जा कर लेता है, जैसे नफरत करती है। इसलिए लेखक भी यही कह रहे हैं कि अपने

डर और नफरतों को छोड़कर उम्मीद व शांति की खोज में आगे बढ़ा जाए, ताकि हम एक ऐसा देश बना सकें, जो सही मायनों में हम अपने लिए चाहते हैं।

'रिफ्यूजी कैंप' भारत के लोगों की एक अद्‌भुत यात्रा है, जो अपनी तकलीफों के अंत के लिए चमत्कार की राह देखते हैं, पर यह नहीं समझ पाते कि वे खुद ही वो चमत्कार हैं। जब तक लोग खुद नहीं जगेंगे, तब तक कुछ नहीं बदलेगा। मुझे पता है, उम्मीद की इस कहानी को लिखने की प्रेरणा लेखक को उनकी बेटी से मिली है, जो यह जानना चाहती थी कि क्या वह अपने पुरखों की धरती कश्मीर की घाटी में लौट पाएगी?

(जनरल जे.जे. सिंह)
PVSM,AVSM,VSM (Retd.)

General J J Singh
PVSM, AVSM, VSM (Retd)
Former Governor of Arunachal Pradesh
Former Chief of The Army Staff
Hony Col of The Maratha Light Infantry

16, Sultanpur
Estate Mandi
Road Mehrauli
New Delhi-110030

सत्यमेव जयते

कर्तव्य, मान, साहस
DUTY, HONOUR, COURAGE

FOREWORD

The Refugee Camp is a riveting story of human spirit and triumph in the face of grave adversities. Above all the story has a unique narrative that is simple to read and understand that no one can end terror unless we all stand up and take a stand. Abhimanyu—the central character of the story is a Hero that resides deep within all Indians and it is just about time that we wake him up. This is an exemplary story that reaffirms my faith in the secular fabric of India. It is rare that we come across a story so bold and gripping in its narrative that it transports you deep inside a world of intense anguish, sorrow and stunning reality of life in Kashmir.

It is overwhelming to read about the incidents that happened in the late 1980s that changed the face of Kashmir forever. The Refugee Camp is a journey back in time and unapologetically candid about the real Kashmir that lies hidden behind the digital facades. In many ways, The Refugee Camp as a story delves deep within our souls and reflects our forgotten history that has been rewritten many times over to the extent that what we know perhaps may be a lie and therein lies the genesis of terror in Kashmir. Above everything else this is a story of hope told in an extremely simple yet compelling manner.

I believe The Refugee Camp is a tribute to Abhimanyu from Mahabharata in all of us, someone who stood against tyranny, evil and demons against grave and imminent dangers. Fear consumes us as much as hatred does and so says the author to leave our fears and hatred aside and take a step towards finding hope, finding peace and building a country that we truly want for ourselves.

The Refugee Camp is an exemplary journey of people in India today—who are hoping for a miracle to end their miseries not realizing that they themselves are the miracle. Nothing will change unless the silent majority of India wakes up. I know the primary motivation for the author to pen this beautiful story of hope was his daughter who wanted to know if she will be able to return to the valley of their forefathers.

(General J J Singh)
PVSM, AVSM, VSM (Retd)

क्योंकि इस कहानी को कहना जरूरी है

मैं कोई अभ्यस्त कहानीकार नहीं हूँ। हाँ, किस्सागोई, मानवीय भावनाओं और सामाजिक सरोकारों से मेरा करीब का नाता रहा है। मेरा विश्वास है कि इनसान हर दिन कई कहानियों से मिलता है; कुछ भूल जाता है तो कुछ बहुत भीतर चिपककर रह जाती हैं। यह 'रिफ्यूजी कैंप' भी ऐसी ही एक कहानी है। कई साल से जहन में आती थी और रोजमर्रा की दौड़-भाग में फिर कहीं दुबक जाती थी। फिर, अभी कुछ-एक साल पहले जम्मू स्थित अपने घर पर सपरिवार दीवाली मनाकर लौटते वक्त मैं वायुयान से श्रीनगर होते हुए मुंबई आ रहा था तो मेरी बेटी अनन्या (जो तब लगभग बारह साल की रही होगी), ने मुसकराकर सिर्फ इतना कहा, "कितना सुंदर है न अपना कश्मीर!" और मैंने जैसे उसका वाक्य मन-ही-मन पूरा किया, 'सब ठीक होता, तो हम तुम्हारे साथ यहीं तो रहते!' श्रीनगर से मुंबई की उस यात्रा में मैं तय कर चुका था कि बिटिया के इस एक वाक्य से मेरे मन में जो टीस उठी है, वह कहानी की शक्ल जरूर लेगी। अंग्रेजी माध्यम की पढ़ाई-लिखाई और फिर व्यावसायिक जीवन में अंग्रेजी के ही अधिकतम इस्तेमाल का आदी हो जाने के बाद हिंदी में कहानी कहना बहुत चुनौती भरा कार्य है। पर 'हिंदी' भाषा को चुनने का सायास है, क्योंकि यह एक आम हिंदुस्तानी की भाषा है और यह कहानी मैं हर हिंदुस्तानी तक पहुँचाना चाहता हूँ।

वैसे तो यह कहानी 'अभिमन्यु' की है, पर उसके द्वंद्व हम सबके हैं। वह द्वंद्व, जो कई स्तर पर चलता है। खुद से, परिवार से, समाज से तथा सिस्टम से द्वंद्व के बीच रिश्तों की कहानी है 'रिफ्यूजी कैंप'। यह 1988 में यौवन की दहलीज पर खड़े मेरे जैसे हर उस कश्मीरी की कहानी है, जिनसे घाटी छूट गई और मैदान एवं समंदर ने जिसे पूरा अपनाने में कई परीक्षाएँ लीं।

आसान शब्दों में यह एक यात्रा है, जो हर वो व्यक्ति अपने अंतर्मन में गाहे-बगाहे करता रहता है, जिसके भीतर कहीं थोड़ा सा 'कश्मीर' जिंदा है। ऐसी यात्रा, जो डरकर खुद से, खुद की जमीन से दूर जाने, घृणा और अपमान सहने से शुरू होती है, फिर खुद

में गहरे बैठ चुके डर एवं निराशा को ललकारकर भगाने तथा फिर एक बार अपने घर, अपनी मातृभूमि लौट जाने पर खत्म होती है।

अभिमन्यु के रूप में यह उस चिंगारी की कहानी है, जो घोर मजबूरी और घृणा के बीच प्रेम व क्रांतिगीत एक साथ गाता है। दरअसल, यह कहानी हर उस शख्स के लिए है, जो हर पल जूझता है, ताकि हारे नहीं, सिर उठाकर जिए। इस वक्त यह कहानी कहना और भी जरूरी है, क्योंकि अखबार एवं टी.वी. चैनल बता रहे हैं कि सहअस्तित्व पर गाहे-बगाहे प्रश्नचिह्न लग रहे हैं। यह कहानी कहना जरूरी है, ताकि कश्मीर से निकले लोगों की तरह किसी और को 'रिफ्यूजी कैंप्स' की शरण में न जाना पड़े, ताकि हम समय रहते सहअस्तित्व एवं प्रेम को बचा पाएँ।

पेशे से कहानीकार नहीं हूँ, इसलिए इस कहानी और इसके पात्रों को गुनते-बिनते कई बार रुका, कई बार थका, पर आखिर यह कहानी अब आप पाठकों के हवाले है। आभारी हूँ संजाली शिरोडकर का, जिसने अभिमन्यु को जिंदा रखा। बिटिया 'अनन्या' इस कहानी की प्रेरणा है। आभार सुधा वर्मा का कि जिसने कहानी, आत्मा को इसके कवर डिजाइन में ढाला। कहानी लिखने के इस सफर में दोस्त दीप सक्सेना का विशेष आभार। स्नेह की ऊर्जा और सहनशीलता के लिए शेफाली चतुर्वेदी का धन्यवाद, जिन्होंने मेरा नाम ही 'आशीष' रख डाला, मेरे माता पिता—आदरणीय श्रीमती पुष्पा और श्री रतन कौल के आशीष व प्यार के साथ-साथ उन सिद्धांतों एवं संस्कारों का भी आभार, जिसने इस कहानी को लिखने की हिम्मत दी।

कहानी अब आपके हवाले है।

—आशीष कौल

अनुक्रम

1

वादी के बदलते मौसम

(1989-अनंतनाग, अब इसलामाबाद)

कहते हैं, पहाड़ों का मौसम कब बदल जाए, कोई कह नहीं सकता! सुनहरी धूप को बादल कब अपने साथ उड़ा ले जाएँ और पीछे जानलेवा ठंड छोड़ जाएँ, इसका अंदाजा ही नहीं लगता, पर कश्मीर की वादी का क्या कहना? मौसम कोई भी हो, इसका सौंदर्य हमेशा चरम पर ही रहता है। साल के शुरुआती दिनों में पिघलती बर्फ आगाज करती है, बसंत का, जब चिनार के दरख्तों पर नए हरे-हरे पत्ते लहराने लगते हैं। वादी में दूर-दूर तक जहाँ देखो, वहाँ तक हरियाली का कालीन बिछा रहता है। ऊपर नीला आसमान, नीचे हरी-भरी धरती, बीच में नजर आते बर्फीले पहाड़, उस हरियाली के बीच में से झाँकते नीले रंग के छोटे-मोटे झील-झरने और प्राकृतिक चश्मे, जिन्हें कश्मीरी भाषा में 'नाग' कहा जाता है, वादी के प्राकृतिक सौंदर्य को और बढ़ाते हैं।

पर वादी के इस सौंदर्य से थोड़ा अलग अनंतनाग का सौंदर्य था। न कोई झील, न कोई झरना। था तो बस एक पहाड़ और बागानों में अनगिनत पेड़। नन्हे-से अभिमन्यु के लिए वह पहाड़ हमेशा से एक रहस्य रहा। उसका नन्हा-सा दिमाग कई बार सोचता रहता कि उस पहाड़ के पीछे क्या होगा? क्या मैं उस पहाड़ पर जाकर कभी यह देख पाऊँगा? इसी पहेली में अभिमन्यु का बचपन गुजरा। जब अभिमन्यु जवान हुआ तो जान गया कि उस पहाड़ पर एक शक्ति स्थल है, श्रीनगर के 'हरि' पर्वत का प्रतिरूप। लोग उसे 'बाल' कहते थे। उस पहाड़ से जब अभिमन्यु अपने अनंतनाग का नजारा करता तो उसे अनंतनाग बेरुखा-सा नजर आता। उन बेढंगे पहाड़ों के बीच से बलखाती झेलम दूर श्रीनगर की तरफ बढ़ती दिखती। उस बाल के पास अखरोट के बड़े-बड़े बागान थे और एक कोने में था, महाराजा अवंती वर्मन का बनाया 'नागबल', जिसमें अनेक तरह के नागों की पूजा होती थी। पुरातन शिव मंदिर में शिवलिंग पर अपनी अंजलि से नागबल के पवित्र पानी का अभिषेक करना अभिमन्यु को खूब भाता था। शिव मंदिर से

थोड़ा आगे बढ़ें तो वासुकी नाग देवता का मंदिर था और उससे लगा हुआ एक 'गंधक कुंड' (सल्फर स्प्रिंग)। इस जलस्रोत की विशेषता यह थी कि एक ही कुंड से दो अलग धाराएँ एक साथ निकलती थीं। एक सल्फर की, तो दूसरी अमृत से मीठे शीतल जल की। बिल्कुल अनंतनाग की अपनी सभ्यता की तरह। इस नागबल के दो हिस्से थे। एक हिंदुओं के लिए तो दूसरा मुसलमानों के लिए। मुसलमानों के लिए जो हिस्सा था, उसे 'शेरबाग' कहा जाता था जहाँ वो अपनी जुम्मे की नमाज वगैरह पढ़ सकते थे, अपनी सभा बिठाते थे, तो दूसरी तरफ अमरनाथ यात्रा का दौर शुरू होता। तब इसी नागबल पर हजारों साधु, यात्रियों का जैसे कुंभ लग जाता। दीवाली-दशहरा जब आते तो वैदिक संस्कृति की यादें साथ लाते। यहीं कुछ गिनी-चुनी जगहों में हिंदू संस्कृति के अवशेष मिल जाते।

एक जगह और भी थी इस बेढंगे, पर खूबसूरत कस्बे में जहाँ अभिमन्यु अकसर जाना पसंद करता था, रेशमाल्यूम की दरगाह। रेशमाल्यूम मतलब ऋषि का मायका। एक खामोश हुई वैदिक संस्कृति का स्तंभ। यहाँ अभिमन्यु अकसर खिंचा चला जाता था। अगर मन की कोई इच्छा भगवान् से कहनी हो तो अभिमन्यु हमेशा यहीं आकर सजदा करता। मन्नतें माँगता। उसकी वजह वो खुद कभी समझ नहीं पाया कि उसे यहाँ सजदा करना क्यों अच्छा लगता है। यहाँ के शिवलिंग की पूजा के बाद मिलनेवाला प्रसाद खाना वो कभी नहीं भूलता। यहाँ हर साल उर्स लगता। यहाँ के उर्स की एक खासियत थी कि जब उर्स होता तो वे 15 दिन हिंदुओं के साथ-साथ कोई मुसलमान भी न मांसाहार करता, न ही किसी दुकान पर मांस बिकता। अनंतनाग की यह अद्भुत सांस्कृतिक धरोहर, न श्रीनगर की जल लेक, शालीमार बाग या निशात बाग को हासिल थी और न ही पहलगाम और सोनमर्ग के हसीन नजारों को।

इतने सुंदर, फिर भी बेढंगे-से अनंतनाग ने जम्मू और कश्मीर को जैसे अपने वजूद से जोड़े रखा था, अभिमन्यु और मुख्तार की बचपन की दोस्ती की तरह।

अनंत नाग के उस 'बाल' की तलहटी में दीनानाथजी का पुश्तैनी मकान, एक अजूबा-सा था। वे भी जैसे अपने आप में एक अनंतनाग ही थे। थे तो वो हिंदू, पर लकड़ी काटने का काम करते थे, जो उस जमाने में सिर्फ मुसलमान किया करते थे। दीनानाथ अपनी इकलौती लड़की आशा के साथ वहाँ रहते थे। उनके घर के इर्द-गिर्द काफी कटे हुए देवदार वृक्ष एक पर एक रखे रहते थे, जिन्हें आरी से कटवाकर वे पिछले 30 सालों से पूरे अनंतनाग को लगनेवाली लकड़ियाँ मुहैया कराते थे। अगर यह कहा जाए कि दीनानाथजी अगर एक दिन भी आराम कर लें तो हो सकता है कि अनंतनाग के आधे घरों में चूल्हा जले ही न, तो यह सच था। तब तक गैस पर खाना पकाने का चलन बहुत ही कम था। ज्यादातर लकड़ियों पर ही खाना पकता था। कुछ घरों में इलेक्ट्रिक हीटर का

प्रयोग शुरू हुआ था, पर बिजली बारह-बारह घंटे गुल रहती थी तो फिर दीनानाथ चाचा की लकड़ियाँ ही काम आती थीं।

दीनानाथजी के घर को पीछे छोड़कर जब आप कस्बे के अंदर चलना शुरू कर देते हो तो सबसे पहले इस्माइल चाचा का मिट्टी की दीवारों से बना कारखाना नजर आता था, जो कश्मीरी शिल्प कला का एक सुंदर नमूना था। वहाँ वे लकड़ी से फर्नीचर, खिलौने, मूरतियाँ, क्या कुछ नहीं बनाते थे। आगे चलकर थोड़ी ही दूरी पर बस अड्डा दिख जाता था और फिर कस्बे का मशहूर 'लाल चौक'। श्रीनगरवाला नहीं, अनंतनागवाला, जो अभी तक खून से लाल नहीं हुआ था। लाल चौक से ही आगे कस्बे की चहल-पहल शुरू हो जाती थी। रास्ते पर सिख, हिंदू और मुसलमानों का मिला-जुला नजारा होता। कश्मीरी पहनावा फेरन ओढ़े लोग भी बीच-बीच में से झाँकते थे। हर कोई अपने आप में व्यस्त नजर आता। बस अड्डे से लगकर बहुत सारे ताँगे अपनी सवारी के इंतजार में दिखते थे। जिन्हें सवारियाँ मिलतीं, वे अपने घोड़ों को हुर्र-हुर्र करते वहाँ से निकल जाते। साथ ही, छोटी-छोटी मेटाडोर भी सवारियों को बैठाकर कस्बे के अंदर ले जाती-आती दिखती थीं। काफी सारे साइकल सवार भी नजर आते। बीच में एकाध ट्रक भी अपना भोंपू बजाते गुजर जाता। कभी-कभी बाजार में बकरे और गायें भी घूमने आती थीं। आइफिल टॉवर जैसे दिखनेवाले इलेक्ट्रिक टॉवर से निकलते बिजली के तार अपना ताना-बाना बुनते, कस्बे के हर घर के आँगन से गुजरते थे, जिन पर कई बार छोटे बच्चों की पतंगें अटकी मिलतीं।

पूरे हिंदुस्तान के किसी भी कस्बे का नजारा कश्मीर वादी से जरा भी अलग नहीं था। उन बिजली के तारों का पीछा करते आप जब किसी मोहल्ले के अंदर जाना शुरू करो तो रास्ते के दो तरफ आपको कच्ची-पक्की गुलाबी ईंटों के दो या तीन मंजिला मकान दिख जाएँगे। यहाँ के घरों की छतें अमूमन टीन की बनी होती हैं, दरवाजे और खिड़कियाँ लकड़ी की, जिन पर हमेशा कश्मीरी नक्काशी की छाप होती है। गलियों में बीच-बीच में दुकानों की लाइन-सी लग जाती है, जहाँ रोजमर्रा की चीजें मिलती हैं।

छोटी-मोटी सँकरी गालियाँ, कूचे, मोहल्लों में बसे हजारों घरों के सामने से जब आप गुजरने लगो तो हर घर के दरवाजे पर कुछ लिखा पाते हो। पहले सात या आठ घरों के दरवाजों पर 786 लिखा दिखता और फिर 2-3 दरवाजों पर ॐ लिखा दिख जाता था। यही सिलसिला बरकरार रहता। हर घर का आँगन एक छोटे बगीचे से कम नहीं होता, जिसमें खासकर कश्मीरी गुलाब खिलते। कहते हैं कि कश्मीर में 20 तरह के गुलाब खिलते हैं। क्यों न हो, यह कश्मीर धरती का स्वर्ग जो था। आँगन इतना बड़ा होता है कि बच्चे चाहें तो उसमें क्रिकेट भी खेल सकते हैं। तभी शायद यहाँ कभी खेल के मैदानों की जरूरत महसूस नहीं हुई। घरों के अंदर और बाहर से झाँकते कई देवदार, चिनार के पेड़ आपको याद दिलाते रहते हैं कि आप वादी में हैं। कस्बों से लगकर ही

हजारों सेब के बागान हैं···और थोड़ी ऊँचाई पर बादाम और अखरोट के बागान, जहाँ पर बच्चे हमेशा तफरीह मारने जाया करते हैं।

1989 का वह 'सोंठ' (बसंत ऋतु)···उस दिन हवा में हल्की ठंड थी। अपने तीन मंजिला घर की आखिरी मंजिल पर अभिमन्यु का कमरा था···कमरे में कदम रखते ही सामने शिव की बड़ी प्रतिमा लगी हुई थी। कश्मीरी कालीन उस कमरे की रौनक बढ़ा रहा था। महँगा-सा सोफा···कश्मीरी वूल के सुंदर से परदों पर आरी का काम किया गया था। देवदार की लकड़ी से बना रईसी पलंग साफ बयान कर रहा था कि यह किसी अमीर इनसान का घर है।

अभिमन्यु के कमरे में अंग्रेजी गाना 'पैराडाइज सिटी' तेज आवाज में बज रहा था, जो उन दिनों की सबसे हिट अल्बम 'गन्स एंड रोजेज' से था। अभिमन्यु कॉन्वेंट स्कूल में पढ़ा था। उसे हमेशा से अंग्रेजी गाने ही अच्छे लगते थे। कमरे में रखी एक बड़ी-सी अलमारी के शीशे में अपने बाल बनाता अभिमन्यु, बार-बार अपनी हेअर स्टाइल बदल रहा था। बाल उसके मन मुताबिक बन नहीं रहे थे, ऐसा नहीं था, पर वह उम्र ही कुछ ऐसी थी, किशोरावस्था। यौवन के पहले पड़ाव पर अभिमन्यु ने अभी-अभी कदम रखा था। 10वीं कक्षा पिछले साल पास करके जूनियर कॉलेज में पढ़ रहा था। बाल तो छोटी सी बात थी, पर आजकल बाहर जाते वक्त दो-चार बार कपड़े बदलकर देखता था। आते-जाते आईने में ताँक-झाँक तो उसकी आदत ही बन गई थी। दिखने में सुंदरता, बातों में शालीनता···कद में अच्छी-खासी लंबाई, जो उसे कुदरत ने बख्शी थी, उस पर तो उसे नाज था ही, पर खेल-कूद की दुनिया में अपनी मेहनत से उसने अपना एक अलग मुकाम बना लिया था, खासकर फुटबॉल में।

इसलामिया हांफिया कॉलेज के स्पोर्ट्स क्लब की तो वह जान था ही, साथ-ही-साथ उसकी कक्षा की शायद ही ऐसी कोई लड़की थी, जो उसे अपनी जान न मानती हो, पर अभिमन्यु इस प्रेम-प्यार के चक्करों से दूर ही भागता था। कभी कोई उसका दोस्त अगर उसे कह भी दे कि फलाँ लड़की तुझमें इंटरेस्टेड है, तो अभिमन्यु सिर्फ मुसकरा देता और अपने खेलकूद में व्यस्त हो जाता···दिल-ही-दिल में कितनी लड़कियों के दिल उसने तोड़े होंगे, यह तो सिर्फ वो लड़कियाँ ही जानती थीं।

वह दौर ही कुछ और था। अभिमन्यु की जेनरेशन एंग्री यंग मैन 'दि अमिताभ बच्चन' की जेनरेशन थी। स्वाभाविक था कि 'वो जहाँ खड़े रहते, लाइन वहीं से शुरू होती'। हर बात में आक्रामकता इस पीढ़ी के अंदर थी। प्यार-मोहब्बत की दुनिया को पीछे छोड़ उस जमाने का यूथ अपने अंदर के हीरो को तलाश रहा था और कुछ ऐसा करना चाहता था, जो पहले कभी किसी ने किया न हो···तो उस पीढ़ी के लड़कों में हल्की-सी बेफिक्री थी, जो उनके बरताव में साफ झलकती थी···पर हाँ, वह पीढ़ी

बद्तमीजी से कोसों दूर थी। अभिमन्यु की भी खास पहचान थी कि वो बड़ा ही विनम्र था। बात भी ज्यादा नहीं करता था और जब भी करता तो सिर्फ सेंसिबल बातें ही करता था। उसने जल्दी ही अपना आसमान ढूँढ़ लिया था, खेल जगत् और वह उसी में रहना पसंद करता था। अंग्रेजी गाने सुनना उसका स्टाइल स्टेट्मेंट था। उसके पास गानों का अच्छा-खासा कलेक्शन था···और इस वक्त उसके लाल रंग के टू-इन-वन में फिर एक गाना जोर-शोर से बज रहा था 'इट्स फाइनल काउंट डाउन' और अभिमन्यु उसका आनंद ले रहा था। अभिमन्यु के कमरे से जब इतनी तेज आवाज में गाने बजते तो हर कोई समझ जाता था कि अभिमन्यु के पापा घर पर नहीं है।

अभिमन्यु के पिता अभय प्रताप कौल अपना अखबार चलाते थे 'दि ट्रुथ'। अभय प्रताप करीब 55 साल के थे, पर मजबूत कद-काठी के मालिक थे। चौड़ा सीना और बेहद संजीदा आवाज उनके व्यक्तित्व को रुआबदार बनाती थी। अभिमन्यु ने जुबान से कम और नजरों से बातें करना शायद उन्हीं से सीखा था। वे एक बेहद उसूलोंवाले इनसान थे। पत्रकारिता के जगत् में उनका कद बहुत ऊँचा था। उनका अपना एक प्रभामंडल था···पूरे अनंतनाग में उनकी काफी इज्जत थी। उनकी शख्सियत ही कुछ ऐसी थी कि अगर कोई देखे कि वे सामने से चलकर आ रहे हैं, तो बंदा अपने आप उठकर उनके सामने झुककर खड़ा हो जाता था। पत्रकारिता के जगत् में उनका लिखा आर्टिकल एक स्टेटमेंट की तरह काम करता था। पूरी वादी उसी को सच मानती। लोगों का अभय प्रताप पर और अभय प्रताप को कश्मीरियत पर पूरा विश्वास था, इतना कि अगर कभी उन्होंने इलेक्शन लड़ने का सोचा होता तो बिना विरोध के जीत जाते।

और अभिमन्यु की माँ आरती, बिल्कुल माँ! दो गिरदों की जगह चार गिरदें खिलानेवाली। हरदम बेटे से यह कहनेवाली कि बाजार की तरफ जा रहे हो तो ये ले आना या वो ले आना, सुबह-सुबह बिना वजह जगानेवाली, नहाने के लिए पीछे पड़नेवाली, और आते-जाते अपने बेटे की बलाएँ लेनेवाली बिल्कुल एक आम माँ जैसी···पर उनकी खासियत यह थी कि वे ज्ञान का भंडार थीं। अपने पति का असर कह लो या फिर यह कह लो कि वह एक कश्मीरी पंडित थी। कश्मीरी पंडित भले ही अपने बच्चों को लक्ष्मी की पूजा करना न सिखाएँ, पर ज्ञान की घुट्टी घोल-घोलकर ऐसी पिलाते हैं कि उस ज्ञान की बदौलत दुनिया के किसी भी कोने में अपने चरितार्थ के लिए जाना पड़े तो माँ लक्ष्मी अपने आप इनके साथ चल पड़ती है। ज्ञानवर्धन ही कश्मीरी पंडितों की परंपरा थी।

इस वक्त जब अभिमन्यु अपने बाल सँवारने में मशगूल था, तब उसकी माँ आरती कल मनाए जानेवाले 'नवरेह' (कश्मीरी नववर्ष) उत्साह की तैयारी में जुट गई थी। इस दिन कश्मीर में 'जंत्री' यानी पंचांग के पूजन के साथ नव वर्ष की शुरुआत की जाती

है। आरती के लिए यह दिन हमेशा एक खास दिन होता था। एक तो नया साल और दूसरा यह कि इस दिन कौल परिवार के यहाँ काफी लोग भोजन के लिए आमंत्रित होते थे। आरती अपनी वैदिक परंपराओं को उजागर रखने का प्रयास करती। इस उत्साह की तैयारी करते वक्त उनमें अलग ही उत्साह दिखता था। चेहरे पर आनंद था। घर में काम करते-करते वह दो बार अभिमन्यु को आवाज लगा चुकी थी, पर जनाब अभी तो खुद ही में खोए हुए थे। सीढ़ियों तक आकर ऊपर की तरफ देखकर माँ ने इस बार जरा गुस्से में अभिमन्यु को आवाज लगाई।

"अभि! सुनता नहीं क्या? जार छुई! जल्दी से नीचे आ।"

माँ का यह स्वर लगना मतलब अब ये आदेश है, वरना सजा का ऐलान भी हो सकता है। अपने टेप रिकॉर्डर को बंद करके, लंबी-लंबी छलाँगें लगाते हुए 'आया माँ' कहते हुए अभिमन्यु अपनी माँ के सामने आकर खड़ा हो गया। उसे सजा-सँवरा देख आरती को बड़ा आश्चर्य हुआ कि कल ही मैंने इसे बताया था कि आज सारी किताबें साफ करनी हैं और ये है कि फिर तैयार होकर कहीं जाने को तैयार है। अभिमन्यु की बाहर जाने की तैयारी को पूरी तरह से नजरअंदाज करते हुए माँ ने हुक्म किया कि चल, मेरी मदद कर। अभिमन्यु का चेहरा थोड़ा उतर गया। अपने कलाई पर बँधी नई-नई फैशन में आई इलेक्ट्रॉनिक घड़ी पर नजर डालते हुए अभिमन्यु ने अपनी माँ से कहा—

"बस, थोड़ी देर में वापस आता हूँ मम्मी···वरना बाजार बंद हो जाएगा।"

"कहाँ जा रहा है?" माँ ने पूछा।

"वॉकमैन खरीदने जा रहा हूँ···" अभी ने बताया। जवाब सुनते ही माँ कुड़कड़ करने लगी।

"घर में रेडियो है, टेप रिकॉर्डर है, वीसीआर है···और तो और, टीवी भी है। फिर ये वॉकमैन लेकर 'बांड पोथेर' करेगा? तुम्हारे पापा को मैंने मना किया था पैसे देने के लिए···पर दे दिए न उन्होंने तुम्हें पैसे···? तुम बाप—बेटों का हिसाब मुझे समझ में ही नहीं आता"

"मुझे भी समझ में नहीं आता।" अभिमन्यु झट-से बोल पड़ा।

नासमझी में माँ ने पूछा कि "मतलब क्या है तेरा?"

"मतलब ये कि मैंने आज तक पापा से जो माँगा, उन्होंने मुझे दिया, सिवा उनके दस्तखत के···रिपोर्ट कॉर्ड पर"। अभिमन्यु ने कहा।

आरती ने तुरंत अपनी पति को सही करार देते हुए कहा, "जरा शर्म कर···जो नंबर लाता है पढ़ाई में, उस पर तो में भी न साइन करूँ। कितनी बार कहा कि दिमाग तेज है। जरा-सा पढ़ लेगा तो अच्छे नंबर आ सकते हैं···पर नहीं···हमेशा खेल-कूद, हमेशा खेल-कूद। नार लोग यमन चिजन!"

अभिमन्यु समझ गया कि माँ की अब वही बातें शुरू हो जाएँगी। मेरे खेल-कूद को कश्मीरी भाषा में आग लगाएगी, उसके पहले यहाँ से निकल लो। वह माँ की नजरें बचाकर निकलने ही वाला था कि दरवाजे पर खड़े मुख्तार ने उसे आवाज दी।

"अभिमन्यु! चलना···चलना है न बाजार?"

मुख्तार—अभिमन्यु का बचपन का साथी। शायद ही कोई ऐसा दिन गया हो कि जब यह दोनों साथ न हों। एक-दूसरे के घर उतनी ही दूरी पर हैं कि इस घर में बैठकर आवाज दी जाए तो उस घर का बंदा नींद में से भी जागकर आ जाए। मुख्तार अगर कोई शरारत करे तो उसकी अम्मी, अभिमन्यु की माँ के पास शिकायत करने आ जाए कि समझाइए न इसको···और भाईचारा ऐसा कि अभिमन्यु की माँ की कही बात मुख्तार ने कभी भी अनसुनी नहीं की। सात बहनों के पीछे एक लड़का घर में पैदा हुआ था। इस कारण मुख्तार के अम्मी-अब्बू ने उसे बड़े नाजों से पाला था, पर जब मुख्तार आठ साल का हुआ, तब उसके अब्बा का इंतकाल हो गया। मुख्तार के अब्बू काफी सारी धन-दौलत अपने पीछे छोड़ गए थे। इस कारण उसका परिवार काफी अच्छे हालातों में था, पर उसके सामने कोई आदर्श नहीं था, जो उसने जल्द ही अभिमन्यु के पिता में ढूँढ़ लिया था और अभिमन्यु के पिता अभय प्रताप ने भी कभी जताया नहीं, पर मुख्तार के परिवार को उन्होंने अपने घर का हिस्सा ही माना था। मुख्तार का ज्यादा समय अभिमन्यु के साथ ही गुजरता था। मुख्तार के चाचा-चाची महीने में एकाध बार आकर उनकी पूछताछ जरूर करते। मुख्तार किसके साथ उठता-बैठता है, इस पर उसके चाचा की बारीक नजर थी, पर बात जब कौल परिवार से ताल्लुक रखती तो मुख्तार पर कोई भी रोक-टोक नहीं थी।

पढ़ाई के नाम पर तो कितनी रातें मुख्तार अभिमन्यु के कमरे में ही सो जाता था। मुख्तार के परिवार ने कभी भी ऐतराज नहीं जताया। बचपन से ही दोनों एक साथ खेले-कूदे और जवान हुए। सेब के बागानों में दिनभर घूमते रहना इनका शौक था। जेब में सिंघाड़े, अखरोट और बादाम भरकर एक बार घर से निकल जाते तो शाम को पापा के आने तक घर नहीं लौटते थे। अनंतनाग के हर गली-कूचे ने इन्हें साथ में ही बढ़ते देखा।

उम्र के 14वें साल में जब थोड़ी अक्ल आने लगती है तो इस उम्र के बच्चों में नए-नए शौक पैदा होते हैं। दोनों को ही फिल्मों का शौक चढ़ा था···जंगलात मंडी के करीब बसे हेवन थिएटर में अमिताभ बच्चन की फिल्में फर्स्ट डे फर्स्ट शो कई बार देखी थीं। इन्हीं दिनों अभिमन्यु को क्रिकेट और फुटबॉल का शौक चढ़ा था तो मुख्तार को सिगरेट पीने का। उन दिनों चांसलर नाम की चॉकलेट कलर की एक बेहद आकर्षक सिगरेट आती थी। मुख्तार शायद उसके आकर्षण से बच न सका था।

उन दिनों सिगरेट पीना कोई आम बात नहीं थी। इसे खानदान की इज्जत से जोड़ा

जाता था। कोई भी लड़का सरेआम सिगरेट नहीं फूँक सकता था। दूर सेब के बागानों में जाकर लोगों से छुपकर सिगरेट पीना तो अब मुख्तार की आदत ही बन चली थी। अभिमन्यु को यह बात जरा भी पसंद नहीं थी। उसने कई बार मुख्तार की वह आदत छुड़ाने की कोशिश की, पर मुख्तार कभी नहीं माना। पिछले ढाई साल से अभिमन्यु इसी कोशिश में था कि मुख्तार की यह खराब आदत छूटे, पर मुख्तार उससे उल्टा सवाल करता कि तुझे एक दिन भी अगर मैदान पर जाने न दिया जाए तो तू जिंदा रह सकता है? नहीं न? उसी तरह मैं भी इसके बिना नहीं रह सकता। बात तो सच थी। अभिमन्यु पर खेल-कूद का इतना जुनून सवार था कि एग्जाम्स में सारे सवालों के जवाब उसे हमेशा मालूम होते थे, पर उन्हें लिखते बैठने का पेशेंस उसमें कभी भी नहीं था। पास होने तक के पहले 2-3 सवालों के जवाब लिखकर अभिमन्यु ग्राउंड पर निकल जाता था। उसे दीवारों की कैद कभी भी पसंद नहीं थी। यह पूरी वादी उसको अपना घर लगती थी और मुख्तार उसका जिगरी यार, जिसके बिना यह वादी अधूरी थी।

दरवाजे पर खड़े मुख्तार को देख अभिमन्यु को लगा कि चलो, गनीमत है… माँ की हमेशा की बड़बड़ से छूट गए। "चल… मैं तो कब से तैयार बैठा हूँ?" कहकर अभिमन्यु मुख्तार के साथ चल पड़ा और माँ ने आवाज दी कि "रुक… मैं शाम को बाजार जानेवाली थी, पर तू अभी बाजार जा रहा है तो मेरा यह सामान लेते आ… कल नवरेह है। याद है न तुझे?" यह कहते हुए माँ ने सामान की लिस्ट के साथ अभिमन्यु के हाथ में थैला पकड़ा दिया।

अभिमन्यु शान से वॉकमैन खरीदने जा रहा था, पर माँ के सामान ने उसका मूड थोड़ा खराब कर दिया। ऐतराज सामान लाने से नहीं था, बल्कि वॉकमैन की खरीदारी में जा रहे हो और हाथ में पूजा का ढेर सारा सामान लेकर जाना बड़ा अजीब लग रहा था; उन दिनों वॉकमैन होना अमीरी की निशानियों में से एक था।

अपना मुँह लटकाए अभिमन्यु मुख्तार के साथ अनंतनाग की छोटी-छोटी गलियों को पार करता पैदल ही जा रहा था, पर जिस खुशी से अपने कमरे से निकला था, उतना खुश नजर आ नहीं रहा था। मुख्तार अभिमन्यु के मूड को जानता था। मोहल्ले से गुजरते हुए उसने अभी के हाथ से थैला लिया और कहा, "तू चल आगे, मैं पूजा का सामान खरीदकर आता हूँ। फिर यहीं मिलते हैं, यहीं से वापस घर जाएँगे।" और वह थैला लेकर निकल भी गया। मुख्तार बचपन से नववर्ष की पूजा सिर्फ देखता नहीं आ रहा था, बल्कि इतने सालों से उसमें शामिल भी हो रहा था। बचपन में हिंदू-मुसलिम भेद से परे मुख्तार जब 5 साल का था, तब… "सिर्फ 'अभि' ही पंचांग की पूजा क्यों करेगा, मुझे भी पंचांग की पूजा करनी है, इस बात पर बहुत लड़ा था, रोया था। उस दिन से आरती मुख्तार के लिए भी अलग से पंचांग खरीदने लगी और तब से अभिमन्यु के साथ मुख्तार भी नवरेह

की पूजा में शामिल होने लगा। मुख्तार को अपनी पूजा में शामिल करके अभिमन्यु की माँ का कोई धर्म भ्रष्ट नहीं हुआ और न ही मुख्तार के घरवालों ने कभी इसपर आपत्ति जताई। आज इतने सालों बाद भी बाजार का दृश्य इनकी दोस्ती से कुछ अलग नहीं था। बस पहनावे से हिंदू-मुसलिम का भेद समझ में आ रहा था, पर सभ्यता सिर्फ वादी की दिख रही थी, कश्मीरियत। उस रात वॉकमैन पाकर अभी बेहद खुश था और उसकी खुशी में शामिल मुख्तार अपने घर में आराम से सो गया था, इस बात से बेखबर कि कल उसकी दुनिया बदलनेवाली थी।

ब्रह्ममुहूर्त के साथ उस दिन कौल परिवार के घर में चहल-पहल शुरू हो गई। नवरेह का दिन आरती के लिए हमेशा से उत्साह भरा होता था। पूजा की सारी तैयारी हो चुकी थी। सुबह-सुबह अभिमन्यु ने स्नान-शुद्धि करके, पवित्र होकर इस वर्ष के आनेवाले समय की कालगणना पर 'ॐ' लिखकर उसका स्वागत किया और उसके जीवन में आनेवाले हर क्षण को उस 'ॐ' के हवाले किया। नर्गिस का फूल, जो बस इन्हीं दिनों में खिलता था, बड़ा दुर्लभ होता था। मजारों पर उगता था, पर बड़ा ही पवित्र माना गया था। मुख्तार हर साल इस फूल को कहीं-न-कहीं से खुद जाकर ढूँढ़कर ले आता था। उस ॐ पर अभिमन्यु नर्गिस के वे फूल बड़ी श्रद्धा से चढ़ाता था। उन फूलों की खुशबू दिनभर पूरे घर में महकती रहती।

जैसे-जैसे दिन चढ़ने लगा, कौल परिवार का आँगन भी चहक उठा था। इस त्योहार पर आरती सारे विद्यार्थियों को निमंत्रित करती, विशेषकर अभिमन्यु के स्कूल-कॉलेज के सारे विद्यार्थियों को। सब इस निमंत्रण का मान रखकर वादी की पारंपरिक पोशाक में आते। उस पोशाक में सारे के सारे विद्यार्थी अपनी संस्कृति का मानो परिचय दे रहे होते।

उस दिन का औचित्य साधकर आनेवाली पीढ़ी को ध्यान में रखते हुए आरती ने एक नई परंपरा शुरू की थी। वह हर साल इसी दिन माँ शारदा की एक बहुत बड़ी पूजा आयोजित करती थी। आनेवाली पीढ़ी को कश्मीर की वैदिक संस्कृति की जानकारी मिले, अपना गौरवशाली इतिहास उन्हें याद रहे, इसलिए।

आरती ने माँ शारदा की बड़ी सी मूर्ति को अच्छी तरह से सजाया था। सबने मिलकर श्रद्धा से उस ज्ञान की देवी का पूजन किया था। शारदा देवी का श्लोक वादी में गूँज उठा—

नमस्ते शारदे देवी काश्मीरपुरवासिनी,
त्वामहं प्रार्थये नित्यं विद्यादानं च देहि मे।

अर्थात् कश्मीर में निवास करनेवाली हे शारदा देवी! हम तुम्हें नमन करते हैं। आपकी हम निरंतर प्रार्थना करते हैं कि आप हमें विद्या का दान दें।

माँ शारदा की पूजा अच्छे से संपन्न हुई। देवी के सामने हर किसी ने अपनी किताबें रखी थीं, उसकी पूजा की थी। कौल परिवार तो उस दिन अपनी किताबों का पूरा संग्रह पूजा में रख देता था। सारी किताबों के बीचोबीच बड़ा सा ग्रंथ रखा था। उस पर लिखा था 'नीलमत पुराण'। अभिमन्यु की माँ का सबसे पसंदीदा ग्रंथ, जिसमें कश्मीर का पूरा सांस्कृतिक इतिहास था। अभिमन्यु की माँ इस किताब की काफी सारी घटनाएँ विद्यार्थियों को सुनाती थीं। जब भी वे अपने पूर्वजों का वर्णन करतीं, उनके चेहरे पर एक अजीब-सा निखार होता। अभिमन्यु की माँ को इस बात पर बहुत ही गर्व होता था कि हिंदू सभ्यता ने कश्मीर को सींचा है। यह विद्वानों की भूमि है, वाग्भट की अष्टांग योग, अष्टांग हृदय, चरक संहिता, पतंजलि का योग, अभिनव गुप्त की, 'तंत्रलोक', शिवपुराण, विष्णु शर्मा का पंचतंत्र, कथासरितसागर, शार्ङ्गदेव की 'संगीत रत्नकार'। इन सबका जन्म कश्यप ऋषि की इस पवित्र भूमि कश्मीर में हुआ है। प्राचीन काल से ही यह तपस्वियों की भूमि रही।

आरती, कश्मीरी विद्वानों के हजारों नाम गिनवाती थी, जिसमें शैव दार्शनिकों में कैयताचार्य, सोमनानंद, मुक्तकांता, स्वामीन, शिव स्वामीन, आनंदवर्धन, प्रद्युम्न भट्ट, उत्पलाचार्य, रमाकांत, प्रज्ञानार्जुल, लक्ष्मण गुप्त तथा महादेव भट, जिन्होंने शैविजम को प्रचार किया और हजारों विदेशी आक्रमणों के बाद भी शैविजम का संवर्धन किया। आरती का मानना था कि पूरे संस्कृत साहित्य में से अगर कश्मीर का साहित्य अलग किया जाए तो बचा हुआ संस्कृत साहित्य कुछ इतने शब्द जितना ही रह जाएगा। सारे विद्यार्थी भी उन्हें बड़ी गौर से सुनते थे। जब उन्हें पता चलता कि 13वीं सदी तक यह भूमि हिंदू सभ्यता की पहचान थी, राजा ललितादित्य का हिंदू राज्य ईरान से लेकर ब्रह्मदेश तक और दक्षिण में कावेरी तक फैला हुआ था, तब वहाँ बैठे हर विद्यार्थी को अपने होने पर नाज होता। हर साल की तरह मुख्तार और अभिमन्यु साथ-साथ बैठकर यह सब सुनते। मुख्तार के मन पर इस बात का उतना ही असर होता, जितना कि पूरे हिंदुस्तान की जनता की रोजमर्रा की जिंदगी में कहीं दूर से सुनाई देती किसी अजान जितना, जिसका उनकी अपनी जिंदगी से कोई ताल्लुक ही नहीं होता था।

आमतौर पर अभय प्रताप थ्री पीस सूट में रहते थे, पर त्योहार के दिन वे परंपारिक पोशाक 'फिरन' पहना करते थे। उनका मानना था कि हर पीढ़ी के लिए अपनी आनेवाली पीढ़ी के लिए अपनी संस्कृति को हस्तांतरित करना जरूरी है। ये सारी सभ्यताएँ प्रवाहित रहना जरूरी है, ताकि हम हमेशा जानते रहें कि हम कौन हैं? हमारी पहचान क्या है? हमारा इतिहास क्या है...पर जब भी उनकी पत्नी शारदा पीठ पर बोलना शुरू करती, वे जान जाते कि आरती अब थोड़ी ही देर में रो पड़ेगी और मैं उसके आँसू देख नहीं पाऊँगा। अभय प्रताप जैसे सख्त आदमी की बस यही एक कमजोरी थी कि वे अपनी

बीवी की आँखों में आँसू देखने से डरते थे। जैसे ही शारदा पीठ की बात शुरू हो जाती, वे वहाँ से निकल जाते थे। उसकी वजह भी थी।

कश्मीर वादी में बसे शारदा पीठ को हिंदू धर्म में एक शक्ति पीठ की मान्यता है। यह देवी सरस्वती का स्थान है। कहा जाता है कि सागर-मंथन से उत्पन्न अमृतपान के बाद, बचा हुआ अमृत ब्रह्माजी ने कृष्णगंगा नदी, (आज पाकिस्तान व्याप्त कश्मीर के नीलम वैली में है) में असुरों से छिपाकर रखा। यहाँ पर ब्रह्माजी ने देवी शारदा की स्थापना की। आगे चलकर यह एक ज्ञान का महापीठ बना। इसका रूपांतर एक विश्व विद्यालय में हुआ। यह विद्यालय अध्यात्मिकता के चरमोत्कर्ष का साक्षी बना। शारदा पीठ से ज्ञान प्राप्त कर, इस विद्यालय से मिलनेवाली अलग-अलग उपाधियाँ प्राप्त करने के लिए पूरे विश्व से लोग यहाँ आते। 5,800 साल पहले यहाँ तंत्रविद्या, शैविज्म, योग जैसे विषयों में पदवियाँ प्रदान की जाती थीं। आज भी भारतवर्ष में कहीं भी यज्ञोपवीत होता है तो बटु को उत्तर दिशा में शारदा पीठ की तरफ 3 कदम चलकर जाने की एक रस्म निभाई जाती है, जिसका अर्थ है कि मैं शारदा पीठ ज्ञान पाने के लिए जा रहा हूँ। इतनी महत्ता प्राप्त शारदा पीठ आज सीमा पार चला गया है। आजाद कश्मीर की नीलम वैली का बस एक नाम मात्र हिस्सा बनकर खँडहर हो गया। शारदा पीठ के साथ-साथ यहाँ एक और स्थल है 'गणेश घाटी', जहाँ एक परबत ने गणेशजी के मुख का आकार लिया है। यहाँ कभी इस स्वयंभू गणेश जी की आराधना हुआ करती थी पर अब यह बस एक सांकेतिक स्थल बनकर रह गया है, वैदिक संस्कृति का अवशेष बनकर।

शारदा पीठ भी जो कभी विद्वानों के शास्त्रार्थ से गूँज उठता था, आरती का वह मायका था...उनके बचपन का हिस्सा था। पाकिस्तानी कबीली हमलों में वहाँ से अनेक पंडितों को खदेड़ा गया। आरती के पिता को अपने परिवार सहित वहाँ से भागना पड़ा था। कुछ ही दिनों में अपनी सरजमीं को छोड़ आने के गम ने उनके पिता की जान ले ली थी। पूरा परिवार अनाथ हो गया था। शारदा पीठ के नाम से अपने पिता का वह दर्द आरती की आँखों में फिर उतर आता था। जैसे ही हर साल की तरह आरती का आदि शंकाराचार्य के कश्मीर में आकर यहाँ के विद्वानों से शास्त्रार्थ की बात का विषय शुरू हो गया, अभय प्रतापजी अपने काम के लिए चले गए और उनके जाते ही मुख्तार ने साँस ली।

मुख्तार अभी के पापा से डरता था, ऐसी बात नहीं थी, पर उनके प्रति उसके मन में जो आदर था, उसे जताने का मुख्तार के पास एक ही तरीका था कि उनके सामने चुपचाप रहे, शांत रहे, डिसिप्लिन में रहे तो शायद वह समझें कि मुख्तार एक अच्छा लड़का है।

अभय प्रताप का हर लफ्ज सच्चाई में ही डूबा होता था। उनकी कही बात यानी सौ फीसदी सच बात है, यह जमाना मानता था। तो, मुख्तार हमेशा उनके सामने अपना

इम्प्रेशन जमाने की कोशिश में था। अभिमन्यु के घर पूजा के लिए आए सारे विद्यार्थियों का हाल मुख्तार से अलग नहीं था। उनके जाते ही घर बिल्कुल शोर-गुल से भर गया।

पूजा तो संपन्न हो चुकी थी। अब अभिमन्यु की माँ की मेहमान नवाजी शुरू हो गई। माँ सबके लिए खाना परोसने अंदर किचन में चली गई और हर साल की तरह सारी लड़कियाँ उन्हें मदद करने उनके पीछे-पीछे किचन में चली गईं। मुख्तार तो उस घर का ही मेंबर था। वह भी अभिमन्यु की माँ की मदद करने गया और उसके साथ जिंदगी का सबसे खूबसूरत हादसा हुआ···सुनंदा मट्टू उससे टकराई और मुख्तार देखते-ही-देखते अपना दिल खो बैठा।

हुआ कुछ यूँ कि मुख्तार खाना खाने बैठे सारे विद्यार्थियों के सामने खाली थाली रखता जा रहा था और उसके पीछे-पीछे खाली थालियों में सुनंदा खाना परोसती जा रही थी। दोनों की आँखें चार हुईं और मुख्तार बेखुद हो गया। ऐसा नहीं था कि इससे पहले सुनंदा को मुख्तार ने देखा नहीं था। वह उससे जूनियर थी, पर जब भी देखा था, स्कूल ड्रेस में देखा था। पर आज वह दूसरे लिबास में उसे बेहद खूबसूरत नजर आई थी···और मुख्तार उसमें खो गया था। कार्यक्रम खत्म होने के बाद से अभिमन्यु मुख्तार को ढूँढ़ रहा था, पर मुख्तार कहीं भी मिल नहीं रहा था। अभी ने उसे हर जगह ढूँढ़ा, पर बंदे का कहीं अता-पता नहीं था। उस रात अपने नए वॉकमैन पर बॉब का··· 'डोंट वरी बी हैप्पी' गाना सुनते-सुनते अभिमन्यु कब सो गया, उसे ही पता नहीं चला।

अभिमन्यु तो 'डोंट वरी' सुनते-सुनते सो गया था, पर उन दिनों कश्मीर मसले को लेकर सबकी नींद उड़ी हुई थी। 1984 से कश्मीर में आतंक का दौर शुरू हो गया था। आतंकियों की घुसपैठ के काफी मामले सामने आए थे। हिंदू अब थोड़ा सँभलकर ही वादी में जी रहे थे। कश्मीर में उन दिनों फारुक अब्दुल्ला और कांग्रेस गठबंधन की सरकार थी। 1986 में अनंतनाग में हुए सांप्रदायिक दंगों से कश्मीर अच्छी तरह से उबर गया था, ऐसा लग रहा था, पर हकीकत शायद कुछ और थी। बसंत पंचमी के दूसरे दिन इस हकीकत पर से परदा उठाया था, अभय प्रताप के लिखे एक अग्रलेख ने, जिसमें उन्होंने सीधे-सीधे सरकार पर वार करते हुए यह कहा था कि "सरकारी नौकरियों में कश्मीरी पंडितों के साथ अन्याय किया जा रहा है। किसी भी महकमे में उन्हें नौकरी न मिले इसकी कोशिश की जा रही है, उसका जीता-जागता प्रमाण है 'जम्मू एंड कश्मीर स्टेट कॉम्पीटेंट अथॉरिटी'। यह अथॉरिटी शायद ही दुनिया की एकमात्र अथॉरिटी होगी, जो मेरिट पर नहीं, केवल एक पर्सनल इंटरव्यू को आधार बनाकर, हजारों विद्यार्थियों के, खासकर पंडितों के भविष्य का फैसला सुनाती थी। बोर्ड की 10वीं और 12वीं की परीक्षाओं में जब मेरिट लिस्ट लगती है तो 98% पंडितों के नाम उस लिस्ट में शामिल होते हैं, पर आगे इंजीनियरिंग, मेडिकल में एडमिशन के लिए जब इसी अथॉरिटी के

पर्सनल इंटरव्यू से गुजरकर अंतिम लिस्ट जारी होती है तो 98% मुसलमानों को एडमिशन मिल जाता है और जो विद्यार्थी सच में मेरिट में थे, उन्हें बस इसलिए नकारा जाता है क्योंकि वे पंडितों के बच्चे हैं। उन पंडितों के बच्चों को फिर अपने आगे की पढ़ाई के लिए कर्नाटक, हैदराबाद जैसे ठिकानों पर बड़े-बड़े डोनेशन देकर एडमिशन लेना पड़ता है। उन्हें वादी से इस तरह से बाहर निकाला जा रहा है। आहिस्ता-आहिस्ता पंडितों का सरकारी दफ्तरों से भी सफाया किया जा रहा है। उन्हें वहाँ नौकरियाँ नहीं मिलतीं। क्या सरकार यह देख नहीं पा रही? यह सब ऐसे ही चलता रहा तो वो दिन दूर नहीं, जब घाटी में एक भी कश्मीरी पंडित बाकी नहीं बचेगा। सरकार अंधी नहीं है। बस, सरकार को आँख खोलने की जरूरत है, पर यह सरकार ऐसा नहीं करेगी। मुसलिम वोट बैंक की पट्टी उसने अपनीं आँखों पर बाँधकर रखी है। अगर धृतराष्ट्र की तरह राजा अंधा बना बैठा तो महाभारत की युद्ध भूमि दूर नहीं है और उसमें धृतराष्ट्र का ही संहार है। वोट बैंक का यह पैंतरा यानी कांग्रेस और नेशनल कॉन्फ्रेंस ने खुद अपने पैरों पर कुल्हाड़ी मारने की बात है।"

इस आर्टिकल का जो अंजाम होना था, वही हुआ। उस दिन पुलिस के एक आला अफसर आसिफ के साथ, नेशनल कॉन्फ्रेंस के एक बड़े नेता इफ्तखार अहमद खुद चलकर अभय प्रताप के घर पहुँच गए। शनिवार था। कॉलेज की छुट्टी थी तो उस दिन अभिमन्यु भी घर पर ही था। जिस तरीके से वह घर में दाखिल हुए थे, लग रहा था कि कुछ-न-कुछ बुरा होनेवाला है। आरती भले ही अंदर के कमरे में बैठी थी, पर उनके कान हॉल में चल रही बातचीत पर लगे हुए थे।

इफ्तखार अहमद का कहना था कि इस लेख के जरिए आप हिंदुत्व का ध्रुवीकरण करने की कोशिश कर रहे हैं। अफसर आसिफ थोड़ा झिझकते हुए कह रहे थे कि आपके इस लेख के कारण मुसलिम अवाम में नाराजगी हो सकती है। आपको सुरक्षा की जरूरत पड़ सकती है।

अभय प्रताप के हाव-भाव से लग रहा था कि कोई भी डर उनके मन में नहीं है। वह बड़े ही शांति से कमिश्नर आसिफ से बात करने लगे। वह कहने लगे कि आवाम मेरे लिए क्या सोचेगी, इसकी फिक्र आप न करें। मुझे पर्सनली लगता है कि आवाम सही-सही सोचती है। इस कारण ही मेरा अखबार चल रहा है। मेरे खुद के ऑफिस में 98 पर्सेंट लोग मुसलिम हैं। ऐसा नहीं कि हिंदू इंटरव्यू के लिए नहीं आए थे, बल्कि इंटरव्यू के लिए हिंदू लड़के-लड़कियों की संख्या बहुत ज्यादा थी, पर जितने भी आए थे, उनमें जो बेस्ट थे, वे मेरे ऑफिस में काम करते हैं। मैं लोगों को उनका धर्म देखकर नहीं, उनकी काबिलियत देखकर काम देता हूँ। और रही बात हिंदुत्व के ध्रुवीकरण की, तो आप एक बात समझ लीजिए कि जिस इन्फॉर्मेशन के बलबूते मैंने यह लेख छापा है,

वो मुझे मेरे एंप्लाइ लाकर देते हैं, जो कि मैंने अभी बताया कि 98 पर्सेंट मुसलिम हैं। मैं अपने सोर्सेज से उसकी सत्यता परखता हूँ...मतलब संदेश सीधा है कि वे भी यही चाहते हैं कि सरकार के हर काम में पारदर्शिता हो और रही ध्रुवीकरण की बात, तो ध्रुवीकरण किसका हो रहा है, यह बात आप मुझसे बेहतर जानते हैं...इसलिए किसी रिसर्च की जरूरत भी नहीं...साफ दिख रहा है...कि पिछले 4 वर्षों से पाकिस्तान, अफगानिस्तान, तुर्की, सूडान एवं सऊदी के बर्बर आतंकियों को घाटी में लाकर बसाया जा रहा है। जिस दिन मुझे इनके खिलाफ पुख्ता सबूत मिल जाएँगे, वो खबर भी मैं बेझिझक छाप दूँगा। यह बोलकर अभय प्रताप खामोश हो गए।

एक अजीब-सा सन्नाटा उस दिन उस हॉल में था। कमिश्नर और नेशनल कॉन्फ्रेंस के नेता के पास कहने के लिए कुछ भी बचा नहीं था। तभी आरती कहवा लेकर अंदर आई। उन्हें देख आसिफ और इफ्तखार अहमद बड़े अदब से खड़े हो गए। कश्मीर की तहजीब में मेहमान की सेवा करना अपना सौभाग्य मानते थे। नौकरों से मेहमानों की खातिर नहीं करवाई जाती थी, तो आरती खुद चली आई।

आसिफ बोले, "अरे भाभी, आप मुझे आवाज दे देती तो में ले आता चाय।"

आरती ने कहा कि "नहीं आसिफ भाई, यह तो मेरी खुशनसीबी है। वैसे भी काफी देर से कौल साहब से कड़वी चाय पीकर बोर हो गए होंगे। लीजिए, कहवे के साथ ये ताजे तेलव्योर भी लीजिए।"

आरती की बात सुनकर सब हँस पड़े। आरती कहवा और तेलव्योर में तीनों को उलझाकर उस कमरे से बाहर आकर खड़ी हो गई। उस कहवे की चुस्कियों के साथ उस कमरे के माहौल का कड़वापन बह गया और फिर वही कश्मीरियत उस कमरे को ताजा कर गई। तीनों ने मिलकर थोड़ी देर कश्मीर के लिए क्या किया जा सकता है, इसपर शांति से बात की।

कमरे के बाहर खड़ी आरती ने बदलते सुरों को सुनकर राहत की साँस ली। कुछ देर में आसिफ और इफ्तखार चले गए। अभय प्रताप भी उतनी ही सहजता से अपने ऑफिस चले गए, यह बात और थी कि उस दिन जब तक कि वे घर नहीं लौटे, आरती ने उन्हें दिन में 10 बार अलग-अलग बहानों से फोन किया था, पर असल में वह जानना चाह रही थी कि अभय सही-सलामत तो है न? अभय प्रताप भी यह जानते थे कि आज घर से बार-बार फोन क्यों आ रहे हैं? तो उस दिन उन्होंने एक भी कॉल लेने से मना नहीं किया था। उस दिन अभिमन्यु को अपने पापा पर बहुत गर्व हुआ। बात की गहराई भले ही वह समझ नहीं पाया था, पर उस दिन वह पापा को देखकर 'रुतबा' शब्द का सही मतलब समझ गया था।

जैसे अभय प्रताप का अपना रुतबा था, वैसे ही दोस्तों में, मोहल्ले में, स्कूल में

अभिमन्यु का अपना रुतबा था। पूरी वादी में उसको 'कश्मीर का मैराडोना' के नाम से पहचानते थे। काफी सारे क्लब अभिमन्यु को अपने क्लब की तरफ से खेलाने के लिए काफी पैसे देने के लिए तैयार थे, पर अभिमन्यु की निष्ठा उसके अपने क्लब के प्रति थी। अभिमन्यु की सबसे खास बात थी कि वह यारों का यार था। यारी-दोस्ती के लिए अपनी जान तक देने के लिए तैयार हो जाता था और पिछले 24 घंटों में उसने अपने दोस्त की सूरत नहीं देखी थी। मुख्तार के घर जाकर जब उसने पूछा था तो उसकी अम्मी ने बताया था कि किसी रिश्तेदार के यहाँ गया है। बिना बोले गया, इस बात का अभिमन्यु को थोड़ा आश्चर्य हुआ था, पर फिर वह खयाल झटककर अभिमन्यु अपने क्लब पहुँच गया।

क्लब में अभिमन्यु के और भी दोस्त थे—रियाज, मंसूर, मसूद, सुखविंदर और राकेश राजदान। राकेश अच्छा रेडर था। अभिमन्यु सेंटर फॉर्वर्ड खेलता था और मुख्तार गोलकीपर था। राकेश अनंतनाग के दूसरे छोर पर रहता था तो उसकी मुलाकात ज्यादातर ग्राउंड पर ही होती थी, पर कई बार मुख्तार राकेश, रियाज, सोढी और अभिमन्यु अपनी साइकल लेकर वादी में घूमने निकल जाते थे। कभी गौतम नाग, कभी अशमुकाम, कभी नागबल···कभी मार्तंड सूर्य मंदिर···कभी क्या तो कभी क्या? घरवालों को भी उन दिनों बच्चों की कुछ खास चिंता नहीं लगी रहती थी, क्योंकि उन्हें यकीन था कि खेल-कूदकर बच्चे सही-सलामत घर पहुँच ही जाएँगे।

आज भी इतवार था। राकेश, अभिमन्यु, सोढी, रियाज और मुख्तार का पहले से ही प्लान बना था, अशमुकाम जाने का, वालि जियाउद्दीन औलिया की दरगाह पर, पर मुख्तार की 2 दिन से कोई खबर ही नहीं थी। बसंत पंचमी के दिन से जो गायब था, अभी तक मिला नहीं था···अभिमन्यु फिर एक बार उसके घर आया। उसकी अम्मी ने कहा कि 5-6 किलोमीटर दूर बसे ब्रिजबिहारा में उनके रिश्तेदार के यहाँ गया है। मुख्तार की अम्मी ने साथ में यह टिप्पणी भी की कि अजीब लड़का है, इतने सालों से में उसे कह रही थी कि उनके घर जाया कर, पर कभी मेरी बात नहीं मानी और परसों जबसे आपके घर से आया है, तबसे उनके घर ही जाकर बसा है। तुम अगर उस तरफ जाओ तो उसे लेते आना।

अभिमन्यु को बड़ा ही अजीब लगा। राकेश और अभिमन्यु ने अपनी साइकल में हवा चेक की, टिफिन चेक किया और तय किया कि जाते-जाते मुख्तार को भी लेते जाएँगे। रास्ते में तो पड़ता है ब्रिजबिहारा।

उन दिनों अभिमन्यु को जर्किन्स और अलग-अलग टी-शट्र्स का बड़ा शौक चढ़ा हुआ था। उसका अपना जर्किंस और टी-शट्र्स का एक कलेक्शन ही बन गया था। सुंदर-सी टी-शर्ट पहनकर उसके ऊपर उसने उस दिन ब्लू कलर की जर्किन पहनी थी। स्मार्ट तो वह था ही, पर उस दिन कुछ ज्यादा सुंदर लग रहा था। वह अंदर से बेहद

खुश था, क्योंकि अशमुकाम जाना उसे हमेशा से पसंद था। एक तो अशमुकाम में रखी 'मोजेज की पवित्र छड़ी' देखते रहना उसे बेहद पसंद था। दूसरी, वहाँ की 'विसाले ए यार' की परंपरा।

अशमुकाम की उस दरगाह में अभिमन्यु ने बचपन से देखा था कि एक शीशेबंद पेटी में यहूदियों के मसीहा मूसा यानी मोजेज की वह पवित्र छड़ी रखी थी। जब भी अभिमन्यु वह छड़ी देखता, तब उसकी आँखों के सामने उस जादुई छड़ी ने कैसे लोगों को बचाया, यह पूरा मंजर खड़ा हो जाता। कहानी यह थी कि जब यहूदी लोग अपने आप को बचाने के लिए मिस्र से भाग रहे थे, तब फिरौन और उसकी सेना उनके पीछे पड़ी थी। वहाँ से भागने का उनके पास कोई रास्ता नहीं था। आगे लाल सागर था, तो पीछे फिरौन की सेना, लेकिन तभी यहोवा (यहूदियों का भगवान्) ने एक चमत्कार किया। उसने अपने लोगों और मिस्रियों के बीच एक बादल खड़ा कर दिया। अब मिस्री इस्त्राएलियों को देख नहीं पा रहे थे, इसलिए वे उन पर हमला नहीं कर सके।

फिर यहोवा ने मूसा को लाल सागर पर अपनी लाठी बढ़ाने को कहा। जब उसने लाठी बढ़ाई, तो यहोवा ने पूरब से बहुत तेज हवा चलाई। इससे समुंदर का पानी दो हिस्सों में बँट गया और पानी दोनों तरफ दीवार की तरह खड़ा हो गया। सागर ने मूसा को रास्ता दिया था और मूसा ने उन्हें इजिप्ट के आतंक से बचा लिया था। मूसा की यह वही छड़ी थी। अभिमन्यु कई बार इसी कहानी को कृष्ण की कहानी से भी जोड़कर देखता कि जब भरी बरसात में, तूफानी रात में यमुना जी अपने उफान पर थी, नवजात कृष्ण को सही-सलामत नदी पार नंद के यहाँ पहुँचाने के लिए यमुनाजी ने वसुदेव को रास्ता दे दिया था। वैसे अशमुकाम की वह जगह इसलामी और हिंदू विचारों का अनोखा संगम थी, जिसे कश्मीर में सूफी इसलाम की परंपरा के नाम से जाना जाता था। सूफिज्म में रूह-से-रूह के मिलन की बात हुआ करती है। खुदा को महबूब मानकर उसकी इबादत की जाती है। उस परंपरा में विसाल यानी किसी भी मुरीद की अगर मौत हो जाए तो उसे मौत नहीं मानते। उसे अपने मुर्शिद से मिलन मानते हैं और उस दिन उर्स मनाया जाता है। अशमुकाम की पहाड़ी पर वालि के उर्स का नजारा सारे धर्मों के अंतर को मिटा देता है··· इस दरगाह पर हिंदू-मुसलिम-सिख सभी अपना मत्था टेकने जाते हैं। बर्फीली पहाड़ी पर सूरज ढलने के बाद, परंपरा के अनुसार जब हर कोई अपनी हाथ में मशाल थाम लेता है, मुरीद और मुर्शीद के विसाल की खुशी में शरीक होता है तो उन हजारों जलती हुई मशालों की गरमी में इनसान सिर्फ इनसान दिखाई देता है। न हिंदू, न मुसलिम, न कुछ और···।

और इस वक्त अभिमन्यु मुख्तार के बारे में सोचकर परेशान था। अशमुकाम का खयाल छोड़कर दोनों मुख्तार के रिश्तेदारों के यहाँ पहुँचे तो यह बात सुनकर हैरान हुए कि मुख्तार तो 2 दिन पहले आया है, पर सुबह तड़के पढ़ाई करने घर से निकल जाता

है। रात को ही लौटता है। अभिमन्यु और राकेश के चेहरे पर बहुत बड़ा प्रश्नचिह्न दिखाई पड़ा कि ये कौन सी पढ़ाई कर रहा है, जो उसे इतनी दूर आकर पढ़ना पड़ रहा है, वो भी छुट्टी के दिन? मुख्तार के रिश्तेदारों के सामने अभिमन्यु ने यह बात जाहिर होने नहीं दी, पर दिमाग परेशान था कि मुख्तार आखिर कर क्या रहा है?

बाहर आते ही राकेश और अभिमन्यु उस कस्बे में हर जगह मुख्तार को ढूँढ़ने लगे। उस कस्बे में उनके स्कूल के कुछ दोस्त रहते थे तो अभिमन्यु उन्हें जाकर मिला। अब्बास ने बताया कि हाँ, मिला था मुख्तार। बाजूवाली गली में दिनभर घूमता रहता है... राकेश और राजदान जल्दी-जल्दी बाजू की गली में पहुँच गए। मुख्तार को ढूँढ़ने लगे। एक जगह उन्हें मुख्तार दिखाई दिया। बस, अपने में खोया-खोया सा! अभिमन्यु ने उसे आवाज दी, पर मुख्तार को सुनाई ही नहीं दी। अभिमन्यु अब बिल्कुल उसके सामने जाकर खड़ा हुआ था।

"चल क्या रहा है तुम्हारा?" अपने सामने अचानक से अभिमन्यु को देखकर मुख्तार हड़बड़ा-सा गया। जवाब देना तो दूर, उल्टा इन्हीं लोगों से पूछने लगा कि तुम लोग यहाँ क्या कर रहे हो?

"हमारी छोड़, तू यहाँ कौन सी पढ़ाई कर रहा है, यह बता।" अभिमन्यु ने जरा गुस्से में ही मुख्तार से पूछ लिया। मुख्तार कुछ बोल नहीं पा रहा और सामने के घर से सुनंदा मट्टू बाहर आती अभिमन्यु को दिखाई दी। उसे देखते ही मुख्तार के चेहरे के जो हाव-भाव बदले थे, उसे देख अभिमन्यु एक पल में समझ गया कि यहाँ कौन सी पढ़ाई चल रही थी? उसने मुख्तार से कश्मीरी में पूछा—

"हत् ता यी कार पेई त्राठ?" (अबे! ये बिजली तुझ पर कब गिरी?)

मुख्तार के पास कोई जवाब नहीं था। वह सुनंदा में इतना खोया था कि अपने यार को इस मीठे कांड में शामिल करना भूल गया था।

अभिमन्यु मुख्तार को वहीं छोड़कर जाने लगा, यह कहकर कि यारों से छिपाता है! एक पल में मुख्तार की आँखें अभिमन्यु के सामने झुक गईं और उसकी वह सूरत देख अभिमन्यु का मोम-सा दिल तुरंत पिघल गया। मुख्तार के कांधे पर अपना हाथ डालकर अभिमन्यु ने बस इतना ही कहा, "चल, घर चल। अम्मी राह देख रही है।" अनमन से ही सही, मुख्तार अभिमन्यु के साथ चल पड़ा...सिर्फ इसलिए कि अभिमन्यु ने कहा था!

उस दिन के बाद मुख्तार ने अभिमन्यु का जीना हराम कर दिया था। वह हर दूसरे दिन अभिमन्यु को लेकर सुनंदा की बस एक झलक देखने उसके कस्बे पहुँच जाता था। अभिमन्यु को उसे अपनी साइकल पर बिठाकर 6 किलोमीटर दूर डबल सीट जाना पड़ता था...साइकल चलाते-चलाते अभिमन्यु की जान निकल जाती थी। यह कम नहीं था कि आगे डंडी पर आराम से बैठा मुख्तार सुनंदा की हर छोटी-मोटी बात बता-बताकर

अभिमन्यु को पका देता था। साइकल चलाता अभिमन्यु कभी भी इस बात का बुरा नहीं मानता था, क्योंकि वह जानता था कि उसका यार इश्क में है और इस वक्त उसे सिर्फ अपनी महबूबा ही दिख रही है।

उन दिनों का रोमांस कुछ ऐसा था कि लड़की ने अगर अपनी पलकें उठाकर देखा या मुसकराई या फिर बहाने से बात करने की कोशिश की, मतलब उसे भी इंटरेस्ट है, पर उसके पहले लड़का नजर में तो आना जरूरी है! अब मुख्तार सुनंदा को पटाने के तरीके ढूँढ़ने लगा था। अब अभिमन्यु की अलमारी के अलग-अलग जर्किंस मुख्तार के बदन पर दिख रहे थे। दिल्ली से नया-नया आया hair स्टाइलिस्ट जिसकी उन दिनों अनंतनाग के कस्बों में बड़ी हवा थी, उसकी दुकान पर जाकर पूरे 5 रुपए खर्च करके हेयर कटिंग कराई गई। उन दिनों बस से कॉलेज जाना एक अमीरी का स्टेट्स था। मुख्तार अब रोज बस से कॉलेज जाने लगा। मुख्तार के इन सब चोंचलों में अभिमन्यु का अपना खेल का टाइम टेबल गड़बड़ा गया, पर अभिमन्यु को उसकी परवाह नहीं थी, क्योंकि उसका दोस्त खुश था। सुनंदा भी अब आहिस्ता-आहिस्ता मुख्तार को देखकर मुसकराने लगी थी। जनाब ने सोचा कि चलो, अपनी मोहब्बत का इजहार करते हैं, पर कैसे? तो उन दिनों इस दिल की बात उस दिल तक पहुँचाने का सिर्फ एक ही जरिया था, खत!

उस रात अभिमन्यु के कमरे में फाड़कर फेंके कागजों की कालीन बिछ गई थी। मुख्तार को समझ ही नहीं आ रहा था कि लिखूँ तो क्या लिखूँ? पहला प्यार बड़ा खास होता है तो मुख्तार कोई रिस्क भी नहीं लेना चाह रहा था।

अभिमन्यु ने उसे अपने तरीके से काफी मदद करने की कोशिश की। दोनों को खत लिखने का अनुभव नहीं था तो अभिमन्यु ने सोचा कि लव सॉग्स की मदद ले ली जाए। अभिमन्यु ने अंग्रेजी लव सांग्स का पिटारा खोल दिया

Hello is it me you looking for
nothing gonna change my love for you
या फिर
NO New years day
Every breath you take
father figure
wrraped around your finguare

कई-कई गाने। उनके अर्थ के साथ अभिमन्यु ने मुख्तार को समझा दिए। इन गानों की लाइंस से कुछ मिलता है तो लिख देना खत में। यह कहकर अभिमन्यु कुछ और गाने समझाने लगा, पर मुख्तार इन गानों की प्रेम भावना से अपने आप को जोड़ नहीं पा रहा था। मुख्तार उठा। अपने घर से एक कैसेट लेकर आया और सुनने लगा। द ग्रेट किशोर

कुमार साहब ने पहली बार अभिमन्यु की जिंदगी में कदम रखा। ऐसा नहीं था कि इससे पहले उसने किशोर को कभी सुना ही नहीं था, पर गौर से कभी सुना नहीं था। उस रात देर तक दोनों ने मिलकर किशोर के कम-से-कम सौ गाने सुने। उसमें से कई लाइनें खत में इस्तेमाल करने की नाकाम कोशिशें भी कीं, जैसे कि

कोरा कागज था ये मन मेरा…

पल पल दिल के पास…

एक अजनबी हसीना से यूँ मुलाकात हो गई…

फूलों के रंग से…

इतने सारे तगड़े रिसर्च के बाद जो खत सुनंदा को देने के लिए पूरी तरह से तैयार हुआ, उस पर कौशुर में यानी काश्मीरी भाषा में लिखा था

मेरी प्यारी सुनंदा…

बस इतना ही…पूरा पन्ना खाली था और नीचे कहीं कोने में एक हार्ट बना था।

दूसरे दिन खत सुनंदा तक पहुँचाया भी गया। जब वह खत खोलकर पढ़ रही थी, मुख्तार दूर से उसको देख रहा था। खत पढ़कर जब वह मुसकराई थी, उस दिन मुख्तार के खुशी की इंतहा हो गई थी। उसे इतना प्यार में देखकर अभिमन्यु को लगा था जैसे मुख्तार बिना पंख आसमान में उड़ रहा है। वादी में बहार का मौसम अपनी चरम पर था। हर तरफ खुशहाली थी। विदेशी सैलानियों का तांता लगा हुआ था, खासकर हनीमून पर आए जोड़ों के कारण वादी में हर जगह मोहब्बत-ही-मोहब्बत बिखरी हुई थी। बागों में फूल सुर्ख रंग धारण कर रहे थे। उनका रंग मुख्तार और सुनंदा पर भी चढ़ा हुआ था।

मुख्तार का काफी समय अब सुनंदा के साथ बीतने लगा था, पर अभिमन्यु और मुख्तार की दोस्ती में जरा भी अंतर नहीं आया था। जब भी मुख्तार सुनंदा में व्यस्त होता, अभिमन्यु अपने खेल-कूद में लगा रहता…मंसूर, राकेश, सोढ़ी, रियाज—इनके साथ उसका फुटबॉल का गेम और सुधर रहा था। रियाज और अभिमन्यु की काफी बनती थी। आजकल साइक्लिंग अभिमन्यु की नई मोहब्बत थी…वादी का चप्पा-चप्पा उसे मालूम था तो वह अपना स्टैमिना बढ़ाने के लिए साइक्लिंग किया करता था। कई बार तो झेलम किनारे घूमता रहता। भले ही दिनभर मुख्तार सुनंदा के पीछे पीछे रहता हो…शाम को एक बार तो वह अभिमन्यु को मिलने आता ही था।

खाने के बाद दोनों छत पर बिछौना लगाकर लेटे-लेटे रात में तारे गिनते थे। किशोर के गाने सुनते मुख्तार सिगरेट पीता…उस पर अभिमन्यु गुस्सा करता कि मत पी…पर वह मुख्तार था…वो कहाँ सुननेवाला था? अब किशोर कुमार उनकी दोस्ती का एक अभिन्न अंग बन गए थे। कभी दोनों सेब के बागान में मिलकर रेडियो पर हिंदी गानों का फरमाइशी प्रोग्राम सुनते। अपने गानों की फरमाइश करते। मुख्तार हमेशा सुनंदा को

ध्यान में रखकर गानों की फरमाइशों के खत रेडियो स्टेशन को भेजता। दोनों 'अच्चाबल गार्डन' जाकर अपने रेडियो और वॉकमैन पर गाने सुनते थे। इस पूरी वादी में जो मन में आए, वे दोनों साथ-साथ करते बिल्कुल आजाद पंछियों की तरह। पर इसी आजादी के मायने कुछ ही दिनों में बदलने वाले थे, यह अंदाजा सिर्फ आनेवाले मौसम को था।

अब वादी में हवा बदल रही थी। मौसम बदल रहा था…ग्रीष्म ऋतु ने दस्तक दी थी। हल्की-हल्की गरमी बढ़ने लगी। अभिमन्यु का जन्मदिन नजदीक आ रहा था। मुख्तार अभिमन्यु को कोई खास तोहफा देना चाह रहा था। जो गिफ्ट उसने सोचा था, वह अनंतनाग के कस्बे में मिलना मुश्किल था तो उस दिन सुबह-सुबह मुख्तार श्रीनगर चला गया, जो अनंतनाग से 60 किलोमीटर था। जब वह जा रहा था, उस वक्त से अभिमन्यु का दिल बेचैन-सा था। अभिमन्यु को लग रहा था कि मुख्तार न जाए। हवा में से गरमी के साथ-साथ कुछ और भी अभिमन्यु महसूस कर रहा था। वह क्या था, यह वह खुद समझ नहीं पा रहा था। लाख मना करने पर भी मुख्तार चला गया।

उन दिनों जन्मदिन धूमधाम से मनाने का चलन नहीं था। माँ आरती उतारती थी, नए कपड़े मिल जाते थे और मंदिर जाना एक अनकहा नियम-सा बन गया था। मुख्तार 4 बजे की गाड़ी से लौटनेवाला है, यह मालूम होते हुए भी अभिमन्यु उसका 1 बजे से ही इंतजार कर रहा था। उसने अपना मन फुटबॉल में लगाया, पर उसका मन कहीं लग नहीं रहा था। वक्त बीतता रहा। एक जोरदार धमाके के साथ 5 बज गए और हर तरफ से एक शोर-सा सुनाई देने लगा। हर कोई डर के मारे अपने घरों में पनाह ले रहा था, खासकर कश्मीरी पंडित। खबर आई थी कि अनंतनाग के बस अड्डे पर मुजाहिदीन कहलवानेवालों ने बम फोड़ा था। एक पल के लिए अभिमन्यु के पैरों के नीचे की जमीन खिसक गई थी। कश्मीरी पंडितों पर हमले हो रहे थे। अभिमन्यु अपने घर की तरफ भागने की बजाय तेजी से बस अड्डे की तरफ भागा। उसके दिमाग में सिर्फ एक ही खयाल चल रहा था…मुख्तार! पसीने में डूबा अभिमन्यु हाँफते-हाँफते बस अड्डे तक पहुँच गया। हर तरफ खून-ही-खून था। शरीर के टुकड़े यहाँ-वहाँ बिखरे पड़े थे। अभिमन्यु को समझ नहीं आ रहा था कि मुख्तार को ढूँढ़े तो ढूँढ़े कैसे? ऊपर से पुलिस सबको वहाँ से भगा रही थी। अभिमन्यु जी-जान से पुलिसवालों को समझा रहा था कि उसका दोस्त श्रीनगर से आनेवाला था। पुलिस उसको वहाँ से भगा रही थी, पर वह हटने के लिए तैयार नहीं था। पागल-सा हो गया था। उसे सिर्फ शोर सुनाई दे रहा था और नजरें सिर्फ मुख्तार को ढूँढ़ रही थीं। एक पल में ही उसने महसूस किया कि मुख्तार के बिना वह कितना अधूरा है। उसकी आँखें बह रही थीं…धुँधली आँखों से सामने का नजर आना बंद हो रहा था। फिर भी, मुख्तार को ढूँढ़ने की अभिमन्यु की जी-तोड़ कोशिश चालू थी। तभी एक जाना-पहचान सा स्पर्श उसे महसूस हुआ। किसी ने उसके काँधे पर हाथ रखकर अपनी तरफ खींचा। वह मुख्तार था।

मुख्तार को देख एक पल के लिए ही सही, अभिमन्यु के दिल की धड़कन रुक गई और मुख्तार को गले लगाकर वह उसे जोर-जोर से डाँटने लगा कि मना किया था न मैंने तुझे जाने से? मेरी कभी भी सुनता नहीं है। आगे के शब्द अभिमन्यु के मुँह से निकलना मुश्किल हो गए थे। उसका गला भर आया था और मुख्तार की आँखें। दोनों एक-दूसरे के गले ऐसे लगे कि जैसे आज के बाद कभी भी जुदा नहीं होंगे। आज शायद दोनों को विसाल का सही मतलब समझ में आया था। वालि जियाउद्दीन की दरगाह का वह नजारा आज अनंतनाग के बस अड्डे पर फिर दिखा। कश्मीरी पंडितों के खिलाफ मोहल्लों में आवाजें सुनाई दे रही थीं। माहौल हर पल खराब हो रहा था। मुख्तार ने अभिमन्यु का हाथ एकदम मजबूती से पकड़ा और उसकी ढाल बनते कहा कि जब तक मैं हूँ, मैं तुझे कुछ होने नहीं दूँगा। जवाब में अभिमन्यु ने सिर्फ अपनी तरफ से उस पकड़ हुए हाथ को और मजबूती से थाम लिया था। उस रात अभिमन्यु ने शिवजी का और मुख्तार ने अल्लाह का नाम लेकर अपने घर तक एक तेज दौड़ लगाई और मौत को अपने पीछे छोड़कर दोनों सही-सलामत घर पहुँच गए, जहाँ उन दोनों की माँओं ने दोनों को ढूँढ़ने के लिए अब तक पूरा कस्बा छान मारा था।

हफ्ता भर दंगे भड़के रहे। गौ-हत्याएँ हुईं। गली-मोहल्लों में पंडितों को धमकाया जाने लगा। अभय प्रताप खुद अनंतनाग के हर मोहल्ले में जाकर लोगों को दिलासा देते रहे कि सबकुछ जल्द ही शांत हो जाएगा। आप अपने घर में सुरक्षित रहें। 8 दिन कर्फ्यू लगा रहा। अभय प्रताप पूरे अनंतनाग में अपने कुछ मुसलिम भाइयों को लेकर घूमते रहे। डरे हुए लोगों को धैर्य बँधाते रहे। किसी के खाने-पीने में कोई कमी तो नहीं, इसपर उनका बराबर ध्यान था, पर छोटी-मोटी घटनाएँ हो ही रही थीं। बम ब्लास्ट के चौथे दिन अनंतनाग के ज्यादातर कश्मीरी पंडित अपने बीवी-बच्चों के साथ अभय प्रताप के घर पहुँच गए। उनका मानना था कि अभय प्रताप ने अनंतनाग के लिए इतना कुछ किया है तो दंगाई उनके घर का रुख करने से पहले दस बार सोचेंगे। उनका परिवार अभय प्रताप के घर पर ही सुरक्षित रहेगा। मोहल्ले के सारे बच्चों और औरतों को अपनी सुरक्षा में लेकर अभय प्रताप ने उन्हें 8 दिन अपने घर में रखा। साथ में पुलिस को भी तैनात करवाया। आरती ने भी अपने पति का खूब साथ दिया। घर में रह रहे लोगों को एक पल भी एहसास नहीं होने न दिया कि यह उनका घर नहीं है। अभिमन्यु समझ नहीं पा रहा था कि ये दंगे क्यों हो रहे हैं? कश्मीरी पंडितों ने मुसलमानों का क्या बिगाड़ा है? आखिर वे चाहते क्या हैं? पर उसे जवाब नहीं मिलता था।

ऐसे हालात में भी मुख्तार एक बार जाकर देख आना चाहता था कि सुनंदा और उसका परिवार सुरक्षित है कि नहीं, पर आरती ने दोनों को घर से बाहर जाने से मना कर दिया था। मुख्तार बेचैन था। एक पल भी वह आराम से रह नहीं पा रहा था। उसकी

हालत देख अभिमन्यु को न जाने क्या हुआ और उसने अपने पापा के पास जाकर यह कहा कि उसके पहचान के कुछ पंडित यहाँ से कुछ ही दूर के कस्बे में रहते हैं। पूरी बस्ती में सिर्फ 4-5 ही पंडितों के घर हैं। आप कहो तो मैं वहाँ एक बार देख आऊँ। एक पल भी सोचने का वक्त न लेकर अपनी गाड़ी में एक पुलिस कांस्टेबल को साथ देकर अभय प्रताप ने अभिमन्यु को जाने की पर्मिशन दे दी। आरती उसे रोकने के लिए आगे बढ़ने ही वाली थी कि अभय प्रताप ने उन्हें नजरों से रोक दिया। अभिमन्यु ने अपने साथ मुख्तार को भी जोड़ लिया और इस दहशत के माहौल में भी दोनों सुनंदा के घर हो आए। तसल्ली कर आए कि वे 4 घर पूरी तरह से पुलिस की हिफाजत में हैं।

अभिमन्यु को ऐसी परिस्थिति में भी लोगों की सलामती की खबर लेने के लिए भेजने से अभय प्रताप ने लोगों के सामने और एक उदाहरण प्रस्तुत किया कि वक्त पड़े तो वे अपने परिवार को भी दाँव पर लगा सकते हैं और यहाँ कि पुलिस अपना काम अच्छे से कर रही है।

अभय प्रताप के घर में लोग सुरक्षित थे और अभय प्रताप को केंद्र सरकार पर पूरा यकीन था। उनका विश्वास सार्थक भी हुआ। 8 दिन में अनंतनाग कस्बा अपने पहले रूप में आ गया था। दंगे पूरी तरह से खत्म कर दिए गए, पर डर तो लोगों के मन में आ ही गया था। अब हर कश्मीरी पंडित मुसलमानों से बचकर निकलने लगा। कुछ ज्यादा अर्जेंसी हो तो ही लोग अब घर के बाहर निकलते थे। वादी में अब घुटन-सी थी।

इस बीच मुख्तार के साथ अनहोनी हो गई। सुनंदा अब उसे पूरी तरह से नजरअंदाज करने लगी। मुख्तार से डरने लगी। उससे दूर-दूर रहने लगी। बातचीत तो पूरी तरह से बंद हो गई थी। मुख्तार समझ ही नहीं पा रहा था कि उसका कुसूर क्या है? दंगे उसने तो नहीं करवाए। बाहर हालात एकदम सामान्य होते गए, पर मुख्तार के अंदर सबकुछ बिगड़ता गया। हमेशा हँसने-खेलनेवाला मुख्तार, अब उदास-सा बैठा रहता था। पागलों की तरह सुनंदा को हर जगह ढूँढ़ता रहता, पर वह मुख्तार को देखकर भी अनदेखा करती। मुख्तार का सिगरेट पीना इतना बढ़ गया कि वह दिनभर खाँसता रहता। अभिमन्यु ने उसके ऐसे हालात में उसका साथ एक पल भी नहीं छोड़ा। वह मुख्तार को जबरदस्ती अपने साथ ग्राउंड पर ले जाता। खेलने के लिए मजबूर करता। उसको रिझाने की कोशिश करता, पर दिन-ब-दिन मुख्तार की उदासी बढ़ती गई और एक दिन मुख्तार ने अपनी कलाई काट ली··· काफी खून बह गया था··· मुख्तार की हालत बहुत ही नाजुक थी। मुख्तार का वो पागलपन देखकर अभिमन्यु को बहुत गुस्सा आया और उसने मुख्तार को एक झापड़ रसीद कर दिया। मुख्तार रोने लगा और बिलखते हुए मुख्तार को अभिमन्यु ने गले से लगा लिया। अभिमन्यु को पकड़कर मुख्तार काफी देर रोता रहा। अभिमन्यु से मुख्तार की वह हालत देखी नहीं जा रही थी। अभिमन्यु खुद सुनंदा से मिलने गया कि सिर्फ एक

बार मुख्तार से मिले, पर सुनंदा आँखों में पानी भरकर कुछ बोले बगैर वहाँ से चली गई। मुख्तार को लगा था कि ऐसी हालात में तो कम-से-कम वह मिलने आएगी, पर वह कभी नहीं आई। अब मुख्तार बिल्कुल देवदास बन गया था। किशोर कुमार के सिर्फ दर्द भरे गीत ही सुनता था और बस सिगरेट फूँकता। अभिमन्यु उसे बार-बार कहता कि यह सिगरेट अच्छी चीज नहीं है। कई बार अभिमन्यु उसके हाथ से सिगरेट छीनकर फेंक देता था, पर फिर मुख्तार नई सुलगाता था। उसके खाँसने पर तो अब आरती को भी शक होने लगा। महीने भर में मुख्तार का वजन 10 किलो कम हो गया।

अभिमन्यु को समझ में नहीं आ रहा था कि ऐसा करे तो क्या करे जिससे उसका मुख्तार उसे वापस मिल जाए? फिर से उस उम्र का एक नया पागलपन सामने आया। अभिमन्यु ने राकेश और रियाज के साथ मिलकर सुनंदा के अपहरण का प्लान बनाया। सारी तैयारी हो गई। मेटाडोरवाले को पैसे देकर बात भी हो गई। दिन भी मुकर्रर हो गया। रियाज और सोढी थोड़ा डरे हुए थे, पर फिर भी अभिमन्यु की खातिर चले आए। रास्ते से जाती सुनंदा के पीछे-पीछे मैटडॉर चल पड़ी। अब बस एक ही पल की तीनों मिलकर सुनंदा को उठाकर मेटाडोर में डालने ही वाले थे कि न जाने वहाँ मुख्तार भागते-भागते पहुँच गया और उसने अभिमन्यु को एक झापड़ लगा दिया और पूछा कि क्या करने जा रहा था, पागल? एक पल के लिए सब शांत हो गए, पर दूसरे ही पल दोनों सोचने लगे कि यार की यारी क्या-क्या करवाती है! अभिमन्यु और मुख्तार, दोनों को अपनी इस हालत पर बड़ी हँसी आई। दोनों वहाँ से हँसते हुए निकले, यह सोचते कि सुनंदा को जिंदगी भर कभी इस बात का पता नहीं चलेगा कि कभी उसका अपहरण होनेवाला था।

दिन की हँसी रात आते-आते फिर उसी दर्द में खो गई। उस रात अभिमन्यु के कमरे में दर्द में डूबे किशोर के एक गाने के साथ मुख्तार के आँसू छलक रहे थे। और मुख्तार गाने का हर एक लफ्ज जी रहा था। गाना था—

मंजिलों पे आ के लुटते हैं,
दिलों के कारवाँ
कश्तियाँ साहिल पे अक्सर,
डूबती हैं प्यार की
मंजिलें अपनी जगह हैं,
रास्ते अपनी जगह
जब कदम ही साथ न दे,
तो मुसाफिर क्या करे?

अभिमन्यु शांत था··· मुख्तार के गम में शामिल था!

"तू बीच में न आता तो अभी सुनंदा तेरे साथ होती थी। रोने की बजाय हँस रहा

होता।" अभिमन्यु ने मुख्तार के मुँह की सिगरेट निकालकर बुझाते हुए कहा। अब गाना बदल गया था। एक नई सिगरेट जलाते हुए मुख्तार ने टेप का वॉल्यूम हल्का बढ़ा दिया। गाना था···

चिंगारी कोई भड़के तो सावन उसे बुझाए···
सावन जो अगन लगाए उसे कौन बुझाए।

छत पर पड़े-पड़े किशोर का वह गीत सुनते-सुनते मुख्तार ने सुनंदा का अपहरण न होने देने की वजह अभिमन्यु को बताई, कि इसलाम ने स्त्री को बहुत सम्मान का स्थान दिया है। उसके मर्जी के बगैर कोई भी बात करना अल्लाह ताला को कुबूल ही नहीं होती। हर स्त्री का मान रखना मर्द का फर्ज है। सुनंदा की गरिमा बनाए रखना मेरा फर्ज है। मेरे कारण उसके परिवार की समाज में मानहानि हो तो मुझपर लानत बरसेगी। तू मेरे लिए इस गुनाह को करने जा रहा था तो मुझे दोजख में भी जगह नहीं मिलती। उस रात मुख्तार अभिमन्यु का वॉकमैन और किशोर की सारी कैसेट्स अपने साथ ले गया।

उस दिन के बाद मुख्तार सिर्फ सेबों के बागों में पड़ा रहता। कॉलेज जाना भी छोड़ दिया था। उसे डर था कि अगर कहीं सुनंदा दिख जाए तो फिर से मोहब्बत न कर बैठे। मुख्तार का साथ अब सिर्फ उसकी सिगरेट देती थी। वह खाना खाने के वक्त सिर्फ अपने घर में पाया जाता था। सेब के बागान, सिगरेट का धुआँ और सुनंदा की बेवफाई में वॉकमैन पर किशोर के दर्द भरे गीत सुनना—मुख्तार की जिंदगी बस यहीं तक सिमटकर रह गई।

मुख्तार की वह हालत देख अभिमन्यु अंदर-ही-अंदर टूट रहा था।

हफ्ते भर बाद अभिमन्यु स्टेट लेवल की बैडमिंटन चैंपियनशिप मैच जीतकर आया था। बहुत खुश था। अपनी खुशी में मुख्तार को शामिल करने वह उस दिन बागान में मुख्तार के पास पहुँचा। इतनी बड़ी खुशी की बात सुनकर मुख्तार सिर्फ मुसकराया और अपने हाथ में जलती सिगरेट का धुआँ उड़ाता खामोश बैठा रहा। उसका वह रिएक्शन देखकर अभिमन्यु का दिल बैठ-सा गया। पहलेवाला मुख्तार होता तो खबर सुनते ही नाचने लगता। ढोल-नगाड़ों के साथ अब तक पूरे अनंतनाग को बता चुका होता कि मेरा दोस्त चैंपियन बन गया है। मुख्तार अपनी दुनिया से निकलना नहीं चाह रहा था तो वस्ले यार के लिए अभिमन्यु को अपनी दुनिया छोड़ना लाजमी था। अभिमन्यु ने मुख्तार के पैकेट से एक सिगरेट निकाली, सुलगाई और मुख्तार के पास बैठकर गहरे-गहरे कश मारने लगा। वह मंजर देख मुख्तार की दुनिया तार-तार हो गई। वह अभिमन्यु को सिगरेट पीते बरदाश्त ही नहीं कर पा रहा था। वो यह भी समझ रहा था कि यह वह दोस्त है, जो मुझे बुराई से बचाने के लिए किसी भी हद तक जा सकता है। मैं बुराई करता रहूँगा और यह मुझे हर वक्त बचाने आएगा। मुख्तार ने अभिमन्यु के मुँह से आहिस्ता-से

सिगरेट निकाली, पैकेट में डाली और सिगरेट का पूरा पैकेट दूर कहीं फेंक दिया और अभिमन्यु के गले लगकर खूब रोया। हमेशा की तरह अभिमन्यु उसे गले लगकर शांति से मुसकराता रहा। उस दिन के बाद अभिमन्यु ने कभी भी मुख्तार के हाथ में सिगरेट नहीं देखी। वादी का मौसम फिर एक बार बदल रहा था।

आतिश-ए-चिनार, वादी का सबसे खूबसूरत मौसम। पतझड़ में इन चिनारों की बात ही कुछ और होती है। सुर्ख पीले, केसरिया पत्ते जब जमीन पर गिरते हैं तो इनका अंदाज ही निराला होता है। ऐसे लगता है जैसा चारों ओर सोना बिखर गया हो। पैरों के नीचे आने पर इनके टूटने की आवाज दिल को छू जाती है।

लोग अकसर घरों से निकलकर इस खूबसूरत पतझड़ का आनंद लेते हैं। इस मौसम में अकसर केसर के फूल खिलते थे। अभिमन्यु अपनी साइकल पर सवार जब भी इस पंपोर में घूमता था, जाफरान यानी केसर के खिले-खिले बाग देखता, तब हमेशा भगवान् का शुक्रिया अदा करता था कि भगवान् ने उसे इस जगह जन्म दिया। उसे वादी से मोहब्बत थी।

पर साल 1989 केसरिया चिनारों के पतझड़ का मौसम था···आजाद कश्मीर से आए पत्रकार मीर कासिम, अभय प्रताप के ऑफिस में बैठे हुए थे।

8 दिन पहले अभय प्रताप ने अपने आर्टिकल में वादी से लापता हो रहे 17-18 साल के मुसलिम जवानों की एक लिस्ट जारी करते हुए सरकार को आगाह किया था और शंका जताई थी कि कहीं यह बच्चे आजाद कश्मीर में जाकर ट्रेनिंग तो नहीं ले रहे हैं? सरकार अपने युवाओं को क्या भविष्य दे रही है? इनकी जिम्मेदारी कौन उठा रहा है?

उस आर्टिकल के कारण बीते 8 दिन से अभय प्रताप के स्टाफ को धमकियाँ मिलना शुरू हो चुका था। इसके चलते काफी सारे लोग काम छोड़कर चले गए थे। स्टाफ की कमी के कारण मुख्तार और अभिमन्यु कई दफे अपने पापा की मदद करने उनके ऑफिस पहुँच जाते थे। अभय प्रताप ने धमकियों को पूरी तरह से नजरअंदाज किया था। वे शांति से अपने अगले लेख की तैयारी में जुट गए थे।

मीर कासीम उसी लेख के संदर्भ में अभय प्रताप से एक चर्चा करने आए थे और कश्मीर मसले पर बात करना चाह रहे थे। अभिमन्यु भी उस दिन दफ्तर में ही था। मुख्तार भी था। पापा ने उन्हें अब होनेवाली बातचीत का पूरा ब्योरा लिखने का काम दिया था। दोनों कागज-कलम लेकर कोने में चुपचाप बैठकर अभय प्रताप और मीर कासिम की बातचीत सुन रहे थे।

अभय प्रताप ने बात शेख अब्दुल्ला से शुरू की। कहा कि शेख अब्दुल्ला पाकिस्तान बनने के खिलाफ थे, पूरी तरह से सेक्युलर थे। कश्मीर को भारत का अभिन्न

अंग मानते थे, पर उन्होंने 1953 से 1974 तक भारत पर कश्मीरियों के साथ अन्याय करने के आरोप लगाए है जो कि बिल्कुल गलत था। वे सिर्फ इसपर नहीं रुके। उन्होंने आगे बयान दिया कि जम्मू-कश्मीर का भारत में विलय सबसे बड़ी भूल थी। इसके लिए इतिहास उन्हें कभी माफ नहीं करेगा।

उन्हें बीच में टोकते हुए मीर कासिम ने कहा कि बात तो सही थी। जब प्रिंसली स्टेट का बँटवारा हुआ था, तब कश्मीरी अवाम के साथ अन्याय हुआ था। कश्मीर की जनता पाकिस्तान में जाना चाहती थी, पर राजा हरिसिंह स्वतंत्र रहना चाहते थे। उन्हें अपनी जागीर पसंद थी। राजा ने स्वतंत्र रहने का निर्णय लिया। जिसका वहाँ की जनता ने स्वागत किया।

अभय प्रताप अपनी बात रखते हुए कहा, "मसला तभी खत्म हो गया था, पर पाकिस्तानी लश्कर ने कबालियों की बहस में कश्मीर पर आक्रमण कर दिया। राजा हरिसिंह ने घबराहट में हिंदुस्तान में शामिल हो गए। तो कायदे के हिसाब से कश्मीर हिंदुस्तान का हो गया।"

मीर कासिम ने इस बात को काटते हुए कहा, "रुकिए जनाब, कायदे की शर्त यह थी कि अवाम की मर्जी उसमें शामिल होना जरूरी था, जो नहीं थी। राजा हरिसिंह हिंदुस्तान में शामिल हुआ, वहाँ की अवाम नहीं। उन पर तो यह जबरदस्ती हुई न। आपने हैदराबाद, जूनागढ़ की रियासतों को अवाम की खुशी के लिए ही उनके राजाओं से लोहा लेकर हिंदुस्तान में शामिल किया तो कश्मीर की अवाम का किसी ने क्यों नहीं सोचा ?"

एक पल का भी वक्त न लेते हुए अभय प्रताप बोल उठे, "इस बात का एहसास यहाँ के वजीरे आला को पूरी तरह से था, जनाब, तभी तो उन्होंने पूरे हिंदुस्तान के खिलाफ जाकर अनुच्छेद 370 तुरंत लागू किया और हिंदुस्तान के अंदर ही कश्मीरी अवाम को पूरी तरह से आजाद रखा है।"

मीर कासिम ने भी मौका न छोड़ते हुए कहा, "अगर आप मानते हैं कि आप कश्मीरी अवाम के दिल की बात जानते हैं तो अभी भी देर नहीं हुई है···कर दीजिए कश्मीर को आजाद। आपको फर्क नहीं पड़ना चाहिए कि फिर वे पाकिस्तान के साथ चले जाए या कुछ और करे।"

अभय प्रताप ने मीर कासिम की आँखों में देखा और एक गहरी साँस लेते हुए कहा, "मैं यहाँ आपको थोड़ा करेक्ट करना चाहूँगा। कश्मीर को पाकिस्तान में शामिल होने से हिंदुस्तान को जरा भी ऐतराज नहीं था। फिर कश्मीर के राजा ने स्वतंत्र रहने का निर्णय लिया। हिंदुस्तान ने उनकी उस बात को सर आँखों पर रखा। अगर पाकिस्तान को यकीन था कि आगे चलकर वे पाकिस्तान के साथ ही जाएँगे तो उन्हें कश्मीर पर आक्रमण करके उसे हथियानी की जरूरत क्यों पड़ी ? क्या ये नेक इरादे थे ? जब भारत पाकिस्तान

दो अलग-अलग मुल्क नहीं थे, तब इस देश के पास स्वतंत्रता की सबसे बड़ी देन थी, अहिंसा। जिन्ना साहब उसमें शामिल भी थे। अहिंसक आंदोलन करके कश्मीर को आसानी से अपने पाकिस्तान में शामिल कर सकते थे, पर उन्होंने ऐसा नहीं किया। उन्होंने सशस्त्र हमला किया। क्यों? ऐसा क्यों किया उन्होंने? चलो, वो भी मान लिया। वे जब तक राजा हरी सिंह के सैनिकों से लड़ रहे थे, तब तक सब ठीक था, पर बात तब गंभीर हो गई जब बारामुल्ला में कबालियों ने हिंदू और सिक्खों का नरसंहार किया। लूट-पाट की...मंदिर तोड़े। उनकी औरतों को बेआबरू किया। उतने पर भी उनका मन नहीं भरा तो उन्होंने मुसलमानों को भी लूटा। बारामुल्ला के वे दो दिन जिन्ना को भारी पड़ गए। कश्मीरी अवाम जान गई कि पाकिस्तान में शामिल होना, उसका मतलब क्या हो सकता है?

"जहाँ तक हिंदुस्तान का संबंध था, उसने एक आजाद मुल्क के उस राजा की मदद की, जिसकी स्वायत्तता पर आक्रमण हुआ था और वह खुद मदद के लिए हिंदुस्तान के पास आया था। हिंदुस्तान इतना कमजोर देश नहीं था कि काबिज किए गए कश्मीर को सेना के बलबूते फिर से आजाद न करा सकता था, पर फिर एक बार उसने वहाँ के अवाम की ही सोची। यूनाइटेड नेशंस की देख-रेख में वे वहाँ जनमत संग्रह कराना चाह रहे थे...ताकि कल को कोई ये न कहे कि भारत ने कश्मीरी अवाम को जबरदस्ती भारत में शामिल किया। यूनाइटेड नेशंस की गाइड लाइंस के मुताबिक स्थिति को जस-की-तस रखा। यह भारत की बदकिस्मती थी कि इंटरनेशनल राजनीति के चलते अमेरिका और ब्रिटेन ने कश्मीर समस्या को दरकिनार कर दिया।"

मीर कासिम के पास कहने के लिए कुछ भी नहीं था, क्योंकि हकीकत वही थी जो अभय प्रताप ने कही थी। मीर कासिम की अस्वस्था देखकर अभय प्रताप ने शांति से बोलना शुरू किया, "कश्मीर का असल मसला आजादी नहीं है। सिर्फ उतना ही मसला होता तो 370 के साथ आजाद वादी में हर जगह खुशहाली होती, पर ऐसा नहीं हो सका। उसकी वजह है, जिहाद। कश्मीरी अवाम को 370 तो चाहिए, पर कश्मीरी पंडितों के बिना। क्यों? यह पंडितों की भूमि नहीं है? आप किसी फले-फूले वृक्ष को जड़ से उखाड़कर दूसरी जमीन पर फेंक देने को आजादी कहते हैं तो जनाब, आपकी बुनियादी सोच में ही कुछ गड़बड़ है। 800 सालों से हमें अपनी इस जमीन से बाहर करने की लाख कोशिशों के बाद भी हमने अपने बच्चों को कभी किसी मुसलिम से नफरत करना नहीं सिखाया, बल्कि साथ जीना सिखाया। आजाद हिंदुस्तान में करोड़ों मुसलमान हैं। हमने अपनी आजादी को उनके साथ स्वीकार किया है। हमेशा अपने समाज का हिस्सा मानकर चले हैं। और आपने क्या किया?

"ऑफ द रिकॉर्ड मैं यह कह सकता हूँ कि शेख अब्दुल्ला ने कश्मीर को अपनी

जागीर माना। भारतीय संविधान के अनुच्छेद 370 के कारण यहाँ के हिंदू पुनः गौण हो गए थे और उनकी आबादी सिमट गई। आर्थिक सुधारों के नाम पर उनकी जागीरें छीन ली गईं और मुसलिमों में बाँट दी गईं। शेख अब्दुल्ला ने कश्मीर के सारस्वत ब्राह्मणों के प्रति दुष्टता की नीति चलाई। किसी-न-किसी बात पर उनका मजाक उड़ाया जाता था। हिंदू मंदिरों को अपवित्र किया जाता था और लूटपाट की जाती थी। पंडितों की अवयस्क लड़कियों से जबरदस्ती इसलाम कबूल करवाकर उनकी शादी मुसलिम युवकों से कर दी जाती थी। गुनाह था यह।"

मीर कासिम ने पूछा, "ऑन रिकॉर्ड यह बात कहने से डरते हैं आप?

अभय प्रताप मन-ही-मन मुसकराए और बड़े ही विश्वास से कहा, "डरता तो मैं उन नौजवानों के हाथ में पकड़ाई बंदूक से भी नहीं। मैं जानता हूँ, शेख अब्दुल्ला का वह बरताव एक रिपकर्शन था, जो स्वतंत्रता से पहले उन्होंने राजा हरिसिंह की रियासत में भुगता था। राजा हिंदू होने के कारण सारे बड़े ओहदों पर और महत्त्वपूर्ण जगहों पर बरसों से पंडितों का ही बोलबाला था। मुसलमानी अवाम का खयाल नहीं किया गया। राजा के खिलाफ शेख अब्दुल्ला ने आवाज उठाई। उसके खिलाफ उन्होंने कई बार आंदोलन किया और वही वजह थी कि शेख अब्दुल्ला कश्मीरी अवाम की आँखों का तारा था और कश्मीरी जनता की भलाई के लिए ही नेहरू ने शेख अब्दुल्ला को कश्मीर का प्रधानमंत्री बनाया…यह सोचकर कि जिसने अपने अंदर चाकू के घाव झेले हों, उसे चाकू लगने का दर्द मालूम होता है, तो एक संवेदनशील इनसान कभी भी दूसरों पर चाकू से वार नहीं कर सकता। शेख अब्दुल्ला उस दर्द से गुजरे हैं तो 370 के कारण गौण हुए पंडितों का दर्द समझेंगे। उन्हें अपने साथ लेकर चलेंगे, पर शेख अब्दुल्ला ने नेहरू के अरमानों का ही खून कर दिया…पंडितों को अपने साथ लेकर चलना तो दूर, वे जहाँ थे, वहाँ से भी उन्हें उखाड़ने की पूरी कोशिश की गई। अगर मैं अभय प्रताप इस बात को ऑन रिकॉर्ड कहता हूँ तो उसका नतीजा सिर्फ दंगे हैं…वादी जिन हालातों से गुजर रही है, ऐसे में इतिहास का हवाला देकर लोगों को एक-दूसरे से दूर करने से अच्छा है कि मौन रहकर उनको एक साथ जोड़ें, लेकिन मेरे मौन रहने से शेख अब्दुल्ला के गुनाह कम नहीं होते।"

मीर कासिम ने कहा, "उसकी सजा तो उन्हें मिल ही गई थी। उनकी सरकार को बर्खास्त कर दिया गया। उन्हें कैद में नजरबंद रखा गया। उन पर कश्मीर में जाने पर पाबंदी लगा दी गई। इंदिरा गांधी के साथ मिलकर अपनी नीतियाँ बदलनी पड़ीं।

बड़े दुःखी मन से अभय प्रताप बोल उठे, "तब तक बहुत देर हो चुकी थी, जनाब। वादी की नई पीढ़ी के अंदर शेख अब्दुल्ला ने पंडितों के खिलाफ जो जहर बोया, उसका नतीजा मेरा 2 दिन पुराना आर्टिकल है। आजादी के नाम पर यहाँ के नौजवानों को बरगलाया जा रहा है, यह बात आप भी जानते हैं और हम भी जानते हैं कि यह लापता

बच्चे कहाँ है, पर हम सबूतों के अभाव में कुछ कर नहीं सकते। आप चाहें तो हमें सबूत दे सकते हैं, मीर कासिम साहब।"

अभय प्रताप की उस बात पर एक पल के लिए मीर कासिम झेंप गए और फिर गहरी सोच में चले गए।

असल में किसी जमाने में मीर कासिम आजाद कश्मीर के एक सेनानी यानी मुजाहिदीन भी रह चुके थे। कश्मीरी आजादी के नायक मकबूल बट से प्रेरित थे। 'कश्मीर की आजादी तक जंग रहेगी, जंग रहेगी' का नारा उनके जेहन में गूँजता था। 'चिनार शोले उगल रही है' का तराना आज भी सुनकर उनके आँसू उतर जाते थे, लेकिन कुछ साल पहले उन्होंने वो सब छोड़कर पत्रकारिता अपनाई थी। कारण वही था। आजाद कश्मीर के मुजाहिदीन की जगह आहिस्ता-आहिस्ता जिहादियों ने ली थी।

अपनी सोच से बाहर आकर मीर ने नम्रतापूर्वक अभय प्रताप से कहा, "सच फरमाया आपने। यह सच्चाई मुझसे बेहतर कौन जान सकता है? मेरी तरफ के कश्मीर को भारत पर तो कभी भरोसा था ही नहीं, लेकिन पाकिस्तान पर से भरोसा उठ जाने की भी कई वजह हैं। मिसाल के तौर पर कश्मीरी किशोरों, हाशिम और अशरफ ने जब 1971 के शुरू में गंगा प्लेन का अपहरण करके लाहौर में उतारा था तो पाकिस्तान और पाकिस्तानी कश्मीर में इन दोनों का हीरो की तरह स्वागत हुआ। साल के अंत में जब मशरिकी पाकिस्तान बंग्लादेश बन गया तो इन्हीं दोनों को भारतीय एजेंट करार दे कर जेल में डाल दिया गया था।

"हाल ही में आजाद कश्मीर में जिहादियों का पुरजोर विरोध भी हुआ। नीलम घाटी में जिहादियों के खिलाफ नारे लगाते हुए लोग रास्ते पर आ गए, पर उसका कुछ खास असर नहीं हुआ, लेकिन इस घटना ने यह दिखा दिया कि अवाम असल में क्या चाहती है? वह जिहाद नहीं चाहती, शांति से सहजीवन चाहती है। अवाम हिंदुस्तान की हो या आजाद कश्मीर की, उसे असली आजादी का मतलब मालूम है, पर इस जहर का क्या करे?"

"संघर्ष!" अभय प्रताप ने तुरंत जवाब दिया, "सही वजहों के लिए इनसान को संघर्ष करना पड़े तो करना चाहिए। मेरी लड़ाई कश्मीरी पंडितों के हक की लड़ाई है ही नहीं, सही वजहों की लड़ाई है। अगर मैं दिल्ली में होता और मुसलमानों के हक कोई छीन रहा होता तो मैं उनके लिए भी संघर्ष करता। इत्तफाकन में कश्मीरी पंडित हूँ तो मेरे संघर्ष को सांप्रदायिकता का रँग दिया जाता है, पर मुझे उसकी परवाह नहीं है, फिलहाल, मुझे उन नासमझ नौजवानों की चिंता है, जो सीमा पार बंदूक थामना सीख रहे हैं और हममें से कोई कुछ कर नहीं रहा। मेरी ताकत है कि मैं जमीर को जगाऊँ···वह मैं मरते दम तक करता रहूँगा, मेरा संघर्ष चलता रहेगा।" कुरसी से उठते हुए अभय प्रताप ने कहा, "नाऊ व्हिल यू एक्सक्यूज मी? अपनी मीटिंग का वक्त खत्म हुआ है।"

ऐसे लगा कि मीर कासिम उनसे और बात करना चाह रहा था, पर वक्त की पाबंदी के कारण मीर कासिम सलाम दुआ करके निकल गया।

इस बातचीत की डिक्टेशन ले रहे अभिमन्यु को आज अपने पिता का कद समझ में आ रहा था। उसके साथ खड़ा मुख्तार अभय प्रताप को देखकर सम्मोहित था। वह सीधा जाकर अभय प्रताप के सामने खड़ा हो गया और उसने पूछा, "मैं इस लड़ाई में कैसे शामिल हो सकता हूँ?" उस नादान, लेकिन जोशीले बच्चे को गौर से देखकर अभय प्रताप ने सिर्फ इतना ही कहा कि अपने धर्म को सही तरह से समझो।

अब मुख्तार इसलाम को समझना चाहता था। वह मसजिदों में भी जाने लगा। अब मुख्तार 5 वक्त का नमाजी हो चुका था। उसका पहला प्रमाण यह था कि उस दिन जमात में जाकर आने के बाद वह शाम को अभिमन्यु के पास एक थैली लेकर आ गया। थैली बिस्तर पर उंडेल दी तो उसमें से सारी कैसेट्स बाहर आ गईं, जिनमें किशोर के गाने थे और अभिमन्यु का वॉकमैन। मुख्तार ने कहा कि अब मुझे इसकी जरूरत नहीं। अभिमन्यु को बड़ा आश्चर्य हुआ। वह तुरंत समझ गया कि मौसकी पर इसलाम में पाबंदी है। शायद इस वजह से वह पूरा संगीत लौटा रहा है··· एक पल के लिए अभिमन्यु के दिमाग में अमीर खुसरो पर लिखा स्कूल का एक निबंध याद आया, जिसकी पहली लाइन थी कि अमीर खुसरो चौदहवीं सदी के एक प्रमुख शायर, गायक और संगीतकार थे।··· अभिमन्यु को तो यह भी याद आया कि अनंतनाग में जब भी बशीर अहमद का 'भांड पाथेर' का प्रोग्राम होता था तो मुख्तार और वो उसका कितना मजा उठाते थे, जिसमें सामाजिक व्यंग्य पर संगीत के सहारे तंज कसा जाता था, पर अभिमन्यु कुछ बोला नहीं, क्योंकि उसने मुख्तार को कभी भी···किसी भी बात के लिए रोका नहीं था। अभिमन्यु को आजादी का मतलब मालूम था। मुख्तार एक-एक कैसेट की याद···खासकर दर्दभरे गीतों के कैसेट की याद ताजा करते हुए सारी कैसेट्स अभी को वापस दे रहा था। उन कैसेट्स में एक अंग्रेजी गानों के अल्बम की एक कैसेट देख अभिमन्यु को बड़ा आश्चर्य हुआ···वह कैसेट अपने हाथ में लेकर अभिमन्यु ने पूछा, "तू कबसे अंग्रेजी गाने सुन रहा था··· ?" उस कैसेट को गौर से देखते हुए मुख्तार ने कहा, "अरे, ये कैसेट तेरा जन्मदिन का तोहफा थी। इसे लेने तो में उस दिन श्रीनगर गया था, पर फिर ब्लास्ट हुआ और यह मेरे पास ही रह गई। बीलेटेड हैप्पी बर्थडे अभी," कहते हुए मुख्तार ने वो कैसेट अभिमन्यु के हाथ में रखी। अल्बम का नाम था, वन वे टिकट।

तोहफा पाकर कोई भी खुश हो जाता है पर 'वन वे टिकट' का नाम पढ़कर अभिमन्यु को कुछ अच्छा नहीं लग रहा था। उसने बेमन से वह गिफ्ट लिया। तोहफा हाथ में थमाकर मुख्तार ईशा की नमाज पढ़ने चला गया, पर अभिमन्यु के जेहन से 'वन वे टिकट' का अर्थ जा नहीं रहा था।

"आजकल कश्मीर में पतझड़ के मौसम का अंत था। इसके बाद यहाँ सर्दियाँ शुरू हो जाएँगी और तीन महीने तक कँपकँपा देनेवाली ठंड के साथ वादी में बर्फबारी होती रहेगी···," 55 साल के दीनानाथ चाचा आरी से लकड़ी के तख्ते चीरते-चीरते उनके सामने बैठे एक अमरनाथ यात्री के साथ बातचीत कर रहे थे, जो अभी-अभी अपनी यात्रा पूरी करके वापस दिल्ली लौटना चाह रहा था। जाते-जाते आस-पास के इलाकों का नजारा करते-करते वह दीनानाथ के आँगन तक पहुँच गया था। आशा ने उसे खाने की थाली दी और अपने बाबा को भी दे दी। सर्दियाँ शुरू होने को थीं तो दीनानाथजी का काम काफी बढ़ गया था। आशा दो बार उन्हें प्यार से टोककर गई, "खाना खा लो न, बाबा? ठंडा हो रहा है।" पर दीनानाथजी अपने काम में ही मग्न थे। आखिरकार आशा ने मशीन बंद करते हुए उन्हें सुना दिया, "अलताफ चाचा और शहनाज बुआ की छत के लिए चिंतित हो न, कि अगर उनके घर आज तख्ते पहुँचे नहीं तो छत बनने में देरी होगी और उन्हें तेज सर्दी का सामना करना पड़ेगा? पर भूखे पेट काम करने से तुम बीमार हो गए तो··· ? तब क्या करोगे··· ? फिर तो एक भी तख्ता चीर नहीं पाओगे।" अपनी बेटी के प्यारे गुस्से का लिहाज करते दीनानाथ ने खाने की थाली उठाकर खाना खाना शुरू किया। खाते-खाते दीनानाथजी ने कहा, "उनकी छत तो है ही, पर सलीम, शहजाद, दूरे, इनका भी काम है न? उन्हें भी तो तख्ते चाहिए। उनका काम भी बाकी है।"

आशा ने उन्हें सुना और अधिकार से बोली, "खाना खाने के बाद थोड़ा आराम करना है, फिर उसके बाद जितना चाहे काम कर लो, बाबा। दिन-रात काम कर रहे हैं आप।"

"मैं सो गया तो बर्फबारी लोगों को चैन से सोने नहीं देगी, बेटा। मुझे मेरा काम वक्त पर खत्म करना ही होगा। आराम करने में मैं वक्त बरबाद नहीं कर सकता।" दीनानाथजी यह कह ही रहे थे कि तब तक कस्बे से इस्माइल चाचा का पोता बशीर दौड़ता हुआ दीनानाथ के आँगन में पहुँचा और कहने लगा, "काका, अब्बाजान ने कहा है कि दुकान और घर बंद करके जल्दी से हमारे घर आ जाएँ। शायद दंगे हो जाएँगे।" दंगों का नाम सुनते ही यात्री बहुत घबरा गया। उसकी हालत समझकर दीनानाथ ने कहा, "डरो नहीं भाई, यहाँ सारे अपने हैं। कुछ नहीं होगा।"

पर दीनानाथजी के विश्वास को एक पल में सुरंग लग गया। उनके सामने ही कुछ लोग मोहल्लों से निकलकर पंडितों के खिलाफ नारे देने लगे कि 'पंडितों कश्मीर छोड़कर चले जाओ। पंडितों, कश्मीर छोड़कर चले जाओ।' वह तारीख थी 14 सितंबर, 1989।

घाटी में वह दिन कश्मीरी पंडितों के बुरे दिनों की शुरुआत का दिन था।

उस दिन भाजपा के राष्ट्रीय कार्यकारिणी के सदस्य पंडित टीका लाल टपलू की जे.के.एल.एफ. ने हत्या कर दी और इस हत्या के साथ कुछ ही दिनों में वादी ने करवट ली। वादी का मौसम अब बिल्कुल ही सर्द हो गया। वादी ने सफेद बर्फीली चादर ओढ़ ली थी। जाड़े के इस मौसम में सारे इनसानी जज्बात ठंडे पड़ गए थे। जगह-जगह पर हिंदू अधिकारियों की हत्याएँ होने लगी थीं। हथियारबंद आंदोलन की वह शुरुआत थी।

पूरी वादी में आहिस्ता-आहिस्ता हिंसा फैलने लगी। कश्मीरी पंडितों को वादी से बाहर करने का जो षड्यंत्र रचा गया था, उसे अंजाम में लाया जा रहा था। खिलखिलाती वादी घर में सिमटकर रह गई थी, जिसकी दो वजह थीं—कँपकँपाती सर्दी और आए दिन लगनेवाले कर्फ्यू।

मुख्तार और अभिमन्यु कंबल ओढ़े दिनभर घर में पड़े रहते थे, क्योंकि ग्राउंड का माहौल भी बहुत खराब हो चुका था। उन दिनों भारत की क्रिकेट टीम पाकिस्तान के दौरे पर थी। मास्टर ब्लास्टर सचिन तेंडुलकर का वह पहला दौरा था, जिसको लेकर अभिमन्यु बड़ा उत्साहित था, पर सचिन 15 रन बनाकर ही आउट हुआ। उसके आउट होने पर दुःख होने की बजाय उस दिन अनंतनाग के उस क्रिकेट ग्राउंड पर अभिमन्यु ने खुशी बहते हुए महसूस की थी। उसी मैच में संजय मांजरेकर की बल्लेबाजी देखने लायक थी। उन्होंने एक शतक और एक दोहरे शतक की मदद से सीरिज में 94 की औसत से 594 रन ठोंके।

संजय मांजरेकर के शतक लगाने पर सोढी जब खुशी से नाचा था, तब कुछ लड़कों ने सोढी को बुरी तरह से पीटा था। मुख्तार, मंसूर और रियाज की मदद से अभिमन्यु ने सोढी को उन लड़कों से बचाया था। उन दिनों हालात कुछ ऐसे हुए थे कि ज़ब कोई भी भारतीय क्रिकेटर अच्छा खेलता था तो हिंदू लड़कों को सरेआम गाली-गलौज की जाती थी। 22 दिसंबर, 1989 के उस चौथे वन-डे मैच में जब पाकिस्तान ने 38 रन से जीतकर सीरिज जीती थी तब आजाद हिंदुस्तान के अनंतनाग कस्बे में जश्न मनाया गया था···और उसी दिन खबर आई कि जस्टिस नीलकांत गंजू की भी गोली मारकर हत्या कर दी। फिर एक बार 8 दिनों के लिए कर्फ्यू लग गया।

आजू-बाजू हो रही घटनाओं का मुख्तार और अभिमन्यु के मन पर असर हो रहा था, पर अभिमन्यु जरा भी डरा हुआ नहीं था। उसे उसके पापा पर पूरा भरोसा था कि वे सब ठीक कर देंगे।

"चल, थोड़ा बाहर घूमकर आते हैं" घर में बैठकर उकताए हुए अभिमन्यु ने मुख्तार से कहा। मुख्तार ने तुरंत मना कर दिया। अभिमन्यु जानता था कि मेरी जान की सोचकर मुख्तार घर के बाहर नहीं चल रहा और मैं बोर न हो जाऊँ इसलिए दिनभर यहाँ मेरे साथ बैठा रहता है, पर जताता नहीं।

"नमाज पढ़ने नहीं जाना आज तुझे? जमात है न आज?" अभिमन्यु ने पूछा। मुख्तार उस पर कुछ नहीं बोला। चुपचाप डब में बैठकर दूर पहाड़ों को ताकता रहा··· वादी में बर्फ गिरना शुरू हो चुकी थी। ऐसे मौसम में साँस लेना भी थोड़ा मुश्किल हो जाता है।

"चल उठ, चलते हैं," कहकर अभिमन्यु जबरदस्ती मुख्तार को नीचे लाया और दोनों घर के बाहर जाने लगे, तभी आरती ने उन्हें रोक दिया।

आजकल आरती की मुसकराहट न जाने कहाँ खो गई थी? हवा में ठंड इतनी थी कि आरती ने कश्मीरी ऊन से बने स्वेटर पर पश्मीना शॉल लपेटी हुई थी। फिर भी आज उस पश्मीना शॉलों से उन्हें गरमी मिल नहीं रही थी। उसने अभिमन्यु और मुख्तार को घर के बाहर जाने से मना किया था, पर वो आरती से जिद करके घर के बाहर चले ही आए। चिनारों के सारे पत्ते गिर चुके थे··· बिन पत्तों के दरख्त अब बिल्कुल ही तनहा-से लग रहे थे। उनके ऊपर गिरती बर्फ उन्हें और बेजान करती जा रही थी। इस बार की ठंड जानलेवा थी। गली से चलते अभिमन्यु ने नोट किया कि कई दरवाजों पर लिखे ॐ के अक्षर मकान मालिकों ने मिटा दिए थे। गली के कोने पर जो भवानी माता का मंदिर था, वो अब बिल्कुल ही सूना पड़ गया था। शायद उसमें तोड़-फोड़ हो चुकी थी। रास्ते से गुजरते हुए उसने महसूस किया कि कुछ जाने-पहचाने चेहरे भी उसे देखकर अनदेखा करके जा रहे थे। भवानी माता मंदिर की हालत देख मुख्तार ने अभिमन्यु से कहा, "तू घर जा। मैं जमात में जाकर जल्दी तेरे पास पहुँचता हूँ।" इतने में दूर से रियाज को अपनी साइकल पर आते दोनों ने देख लिया। रियाज रुका जरूर, पर उसने अभिमन्यु की तरफ देखा भी नहीं और मुख्तार को हिदायत दे गया कि इसके साथ रहेगा तो तू भी मरेगा कभी। छोड़ दे इसका साथ। रियाज अभिमन्यु के सामने से ऐसे गुजर गया कि कभी इसे जानता ही नहीं हो। अभिमन्यु को तकलीफ से ज्यादा सदमा लगा।

"चल, घर चलते हैं," मुख्तार ने अभिमन्यु को वापस घर की तरफ खींचते हुए कहा, पर अभिमन्यु अपनी जगह से हिला भी नहीं और गंभीर स्वर में उसने पूछा, "हम मसजिद जाने के लिए निकले है न?" मुख्तार को अभिमन्यु की जिद का अंदाजा था। वह चुपचाप उसके साथ मसजिद तक चलता गया। जब तक मुख्तार की नमाज खत्म नहीं हुई, अभिमन्यु बिना डरे मसजिद के बाहर खड़ा रहा। नमाज खत्म करके लोग बाहर आ गए, पर अपने घर नहीं गए। उस भीड़ ने तुरंत एक जुलूस का रूप धारण कर लिया और वह जुलूस पूरे अनंतनाग में यह नारे लगता घूमता रहा—

'बटव, रोलिव, गोलिव, या चोलिव' अर्थात् 'पंडितों मिलो, मरो या भाग जाओ'

उस जुलूस में अभिमन्यु के पहचान के कुछ चेहरे थे जो उसे घूर रहे थे।

अभिमन्यु ने पंडितों के प्रति घृणा के भाव को उस दिन पहली बार इतनी नजदीक

से महसूस किया और उसके दोस्त मुख्तार ने उसका हाथ एकदम मजबूती से वैसे ही पकड़ लिया था, जैसे ब्लास्टवाले दिन पकड़ा था।

घर वापस आते वक्त उन्हें राकेश राजदान अपनी पूरी फैमिली के साथ मिला, दो लॉरियों समेत। राकेश ने बताया कि दो दिन पहले उसके भाई को नुक्कड़ पर कुछ लोगों ने घेर लिया और जबरदस्ती 'अल्लाह हू अकबर' कहने पर मजबूर किया। फिर मारपीट की। तबसे उसका भाई गहरे सदमे में है और वे यहाँ से अपना सब समेटकर दिल्ली जा रहे हैं। इस बार राकेश ने मुख्तार को देखा भी नहीं। वह सिर्फ अभिमन्यु से बात करके हमेशा के लिए वादी छोड़कर चला गया।

मुख्तार और अभिमन्यु चुपचाप घर लौट आए। उन्हें वापस आता देख अब तक उनके इंतजार में बेचैन दरवाजे पर ही खड़ी आरती अपने घर के अंदर चली गई।

मुख्तार और अभिमन्यु बहुत देर तक चुपचाप अभिमन्यु के रूम में बैठे रहे। दोनों गहरे सदमे में थे। उनके बीच कि रेस्ट्लेसनेस को खत्म करते हुए आखिरकार मुख्तार ने अभिमन्यु से पूछा कि तू तो कभी वादी छोड़कर नहीं जाएगा न ?

"कभी नहीं।" अभिमन्यु ने जवाब दिया।

और तभी आरती गरम-गरम कहवा लेकर वहाँ आ गई। कहवे ने शरीर के अंदर थोड़ी गरमाहट पैदा कर दी थी।

हिजबुल मुजाहिदीन ने 4 जनवरी, 1990 को प्रेस नोट जारी किया, जिसे कश्मीर के उर्दू समाचार-पत्रों, आफताब और अल सफा ने छापा। प्रेस नोट में हिंदुओं को कश्मीर छोड़कर जाने का आदेश दिया गया था। कश्मीरी हिंदुओं की खुले आम हत्याएँ शुरू हो गई थीं।

अब नमाज के बाद हर गली-मोहल्लों में जुलूस निकलने लगा था। कश्मीरी पंडितों को बार-बार चेतावनी दी जा रही थी कि वादी को छोड़कर चले जाओ। जीना है तो चले जाओ··· उनका नारा था।

'हम सब एक, तुम भागो या मरो'

कश्मीरी पंडितों का घर से बाहर निकलना मुश्किल हो गया था।

पंडितों के छोटे-छोटे बच्चों को रास्ते में रोककर 'अल्लाह-हू-अकबर' बोलने के लिए मजबूर किया जाने लगा।

रोज रात में पंडितों के घरों पर पत्थर फेंके जाने लगे।

कुछ लोग अपना सामान बाँधने लगे। आहिस्ता-आहिस्ता वादी से एक-एक करके पंडितों के परिवार जाने लगे। अभय प्रताप जाते हुए लोगों को रोकने का पूरा प्रयास करने लगे। उनकी बात मानकर कुछ लोग रुक भी गए। उनमें सोढी का सिख परिवार भी था।

अभय प्रताप ने लोगों को उम्मीद दी थी कि सब ठीक हो जाएगा। आए दिन कर्फ्यू का लगना, अब आम बात थी।

कर्फ्यू के दिनों में मुख्तार ध्यान रखता था कि अभिमन्यु के घर में किसी चीज की जरूरत तो नहीं, और खुद जाकर चीजें बाजार से ले आता।

'सबकुछ ठीक हो जाएगा'...अभय प्रताप की इस उम्मीदों पर और एक आघात हुआ।

'जमात ए इसलामी' ने घाटी में इसलामिक ड्रेस कोड लागू कर दिया और उसे पहनने के लिए हर एक पर जबरदस्ती होने लगी।

पंडितों की औरतों ने घर से बाहर निकलना तो बिल्कुल ही बंद कर दिया।

उस दिन देर रात अभिमन्यु ने अपने घर पर 2-4 पत्थर गिरने की आवाज सुनी। उन पत्थरों के साथ-साथ आरती की भी डर से भरी आवाज सुनी। वह अभिमन्यु को पुकारते हुए उसके कमरे की तरफ सीढ़ियाँ चढ़कर आ रही थी, यह सोचकर कि कहीं अभिमन्यु डर तो नहीं गया। अभिमन्यु को लेकर वह नीचे अभय प्रताप के पास आ गई...काफी देर पत्थर बरस रहे थे। हवा में बहुत ज्यादा दहशत थी। क्या हो सकता है, इसका किसी को कुछ अंदाजा नहीं था...अभय प्रताप बाहर जाकर देखना चाह रहे थे, पर अभिमन्यु और आरती ने उन्हें रोक दिया। फिर अचानक से सब शांत हुआ। अभिमन्यु थोड़ा डर गया था। 10 मिनट तक सबकुछ शांत था। पूरा परिवार हॉल में ही बैठा रहा। आरती मन-ही-मन अपने भगवान् को पुकार रही थी। अभिमन्यु को समझ में नहीं आ रहा था कि उसे करना क्या है? और तब किसी ने जोर-जोर से दरवाजा खटखटाना शुरू किया। आरती बहुत ही घबरा गई...उन्होंने अभय प्रताप को दरवाजा खोलने से मना किया। फिर एक बार दरवाजा जोरों से खटखटाया गया। आरती और अभिमन्यु को अंदर के कमरे में जाने के लिए कह कर सावधानी से अभय प्रताप ने दरवाजा खोला। बाहर कोई भी नहीं था। अभय प्रताप ने काफी यहाँ-वहाँ देखा, पर कोई नजर नहीं आया। वापस घर में जाने के लिए जब वे मुड़े तो उनके दरवाजे पर एक कागज चिपका हुआ था। और उस पर सारे पंडितों को वादी खाली करके यहाँ से जाने का हुक्म दिया था।

दूसरे दिन अभय प्रताप ने इस घटना की बेबाक निंदा की। अभय प्रताप सिंह ने अपने अखबार द्वारा यह डिक्लेयर कर दिया कि यह भूमि पंडितों की भी उतनी ही है, जितनी मुसलमानों की। हम यहाँ से नहीं जाएँगे। दोपहर का वक्त था। अभय अपने ऑफिस में ही थे कि उनका फोन बजा। उनके असिस्टेंट कृष्णावतार ने फोन उठाया। जो कुछ भी उसने सुना था, उस कारण वह बेहद डर गया था। अभय प्रताप ने कृष्णावतार की हालत देख उससे रिसीवर लेकर बात करना शुरू किया।

अभय प्रताप को इससे पहले भी धमकी भरे फोन आते थे, पर आज जिस तरह से सामनेवाले ने फोन किया था, अभय प्रताप बात की गंभीरता को समझ गए थे। सामनेवाले ने उन्हें आनेवाले समय में मरनेवाले कुछ लोगों की लिस्ट सुनाई और कहा कि अगर अभय प्रताप उन्हें बचाना चाहते हैं हैतो अभय प्रताप खुद जाकर उन्हें कश्मीर छोड़ने के लिए कहें और खुद भी यहाँ से चले जाएँ।

अभय प्रताप तो किसी भी धमकी से डरनेवालों में से नहीं थे, पर एहतियात बरतने के तौर पर वे उन सारे कश्मीरी पंडितों से मिले जो अच्छे ओहदे पर थे और उनकी हत्या हो सकती थी। उनकी सुरक्षा की व्यवस्था करके अभय देर रात अपने घर लौट आए। उनके साथ एक हथियारबंद सिपाही भी था।

वादी की सर्दियाँ अपने चरम पर थीं। गिरती हुई बर्फ ने घरों के इर्द-गिर्द 6-6 फीट की बर्फ की दीवारें बनाना शुरू किया था।

उस रात कड़ाके की ठंड थी। पिछले 2 महीने से लगातार काम कर रहे दीनानाथ चाचा अब सुकून से सोने की तैयारी में थे। अलाव जलाने के लिए कुछ लकड़ियाँ अपने आँगन में आरी से काट रहे थे। घर में गरमी के लिए आशा आग जला रही थी। काका ने उसे लकड़ियाँ लाकर दे दीं और दरवाजा बंद करने जा ही रहे थे कि कुछ नकाबपोश लोग हाथ में बंदूक लिये उनके घर में चले आए। दीनानाथजी को धक्का मारकर गिरा दिया और पूछा, "तुम्हें हमारा हुक्म नहीं मिला क्या अभी तक?"

"कौन सा हुकुम?" दीनानाथ चाचा ने अपने आप को सँभालते हुए पूछ लिया।

"इस वादी को खाली करने का हुक्म"

दीनानाथ चाचा उठकर निडरता से बोले कि "हम कहीं नहीं जानेवाले। ये मेरा घर है। हम यहाँ पले-बढ़े हैं। तुम होते कौन हो हमें हमारे ही घर से निकालनेवाले? अपने जीते जी तो मैं यहाँ से जाऊँगा नहीं।"

उनकी यह बात सुनते ही नकाबपोश ने बंदूक का दस्ता दीनानाथ के चेहरे पर दे मारा··· दीनानाथ चाचा पीठ के बल गिर पड़े। जख्मी होकर भी दीनानाथ ने कहा कि "तुम लोग कुछ भी कर लो, पर हम यहाँ से नहीं जाएँगे।" नकाबपोश ने दीनानाथ को लातों से इतना पीटा इतना पीटा कि दीनानाथ लहुलोहान हो गए··· आशा ने उन्हें बचाने की काफी कोशिश की, पर दीनानाथ के सामने उन नकाबपोशों ने आशा की आबरू को तार-तार किया, दीनानाथ को गोली मारी। इतने पर भी उन वहशियों का मन नहीं भरा तो जालिमों ने जीते-जी शरीर के बीचोबीच से आशा को आरी से काटकर फेंक दिया और अपनी बंदूकों से कस्बों में गोली चलाते हुए वे कश्मीरी पंडितों को यह हिदायत देते जाने लगे कि··· "पंडितो, अपने नापाक वजूदों से वादी को खाली करो वरना सबका हश्र दीनानाथ और उनकी बेटी के जैसा होगा।" साथ-ही-साथ उन्होंने यह भी धमकी दी

कि अगर कोई भी दीनानाथ या फिर उनकी बेटी का अंतिम संस्कार करने की कोशिश करेगा तो उसे भी गोली मार दी जाएगी।

अनंतनाग के छोटी-मोटी गलियों में से उस रात कई कश्मीरी पंडितों की लाशें उनके घर से बाहर फेंकी गईं। सिर्फ अनंतनाग ही क्यों, वादी में हर जगह यही नजारा था। श्रीनगर में एक नर्स के साथ सामूहिक बलात्कार करके उसके नंगे शरीर को रास्ते पर फेंक दिया गया। पूरी वादी में पंडितों की औरतों पर कहर बरसना शुरू हो गया था। लोगों का जबरदस्ती धर्मांतरण करना शुरू हुआ था। अनेकों हिंदू अधिकारियों का कत्लेआम शुरू हो गया था। वादी में हर पंडित के दिल में जो उम्मीद थी, उसकी जगह अब दहशत ने ली थी। जान बचाने के लिए काफी लोगों ने इसलाम कबूल करना शुरू किया।

बचे हुए कश्मीरी पंडितों के घरों के आगे कागज चिपकाए जाने लगे, जिनपर लिखा था—

'बटव, रोलिव, गोलिव या चोलिव'

वादी पूरी तरह सुलग गई थी।

सेना का एक अफसर अभय प्रताप के ऑफिस में बैठा था। सरकार ने उसे अभय प्रताप की सुरक्षा के लिए तैनात किया था। स्पेशल सिक्योरिटी मुहैया कराई थी। उसकी वजह थी, आज का उनका लेख।

कुरान के सुराह-अल-इस्रा (17 : 22) की एक आयत को अपने लेख की हैडिंग बनाकर अभय प्रताप ने एक ज्वलंत लेख लिखा था, जिसमें औरतों के प्रति रवैए के कारण जिहादियों पर अभय प्रताप का गुस्सा साफ साफ नजर आ रहा था।

(उर्दू में आयत है कृपया एमएसएस को देखिए) 17 : 22

उस आयत का मतलब था—

"जिना के करीब भी न फटको"—(17:32) जिना मतलब बलात्कार।

"इसलाम के दिए हुए मानवाधिकारों में अहम चीज यह है कि औरत का शील और उसकी इज्जत हर हाल में आदर के योग्य है, चाहे औरत अपनी कौम की हो, या दूसरे कौम की; जंगल-बियाबान में मिले या फतह किए हुए शहर में, हमारी अपने मजहब की हो या दूसरे मजहब की या उसका कोई भी मजहब हो, मुसलमान किसी हाल में भी उस पर हाथ नहीं डाल सकता। उसके लिए बलात्कार (जिना) को हर हाल में हराम किया गया है, चाहे यह कुकर्म किसी भी औरत से किया जाए।"

इस बात को आगे कहते हुए उन्होंने लिखा कि "हाथ में बंदूक उठाकर, इसलाम की दुहाई देनेवालों के हाथ-में-हाथ मिलाकर, पंडितों का कत्ले आम करने से पहले कश्मीरी अवाम से मैं पूछना चाहता हूँ कि क्या वे काफिर हो गए हैं? जैसे कि वे दुहाई देते हैं कि जो इसलाम को नहीं मानता वो काफिर है तो नबी की इस आयत को न

माननेवाले काफिर बनकर किस इसलाम की रक्षा कर रहे हैं?"

आरती ने भी वह आर्टिकल पढ़ लिया था। उनका दिल बैठा-सा जा रहा था। उसे अपनी पति की चिंता खाए जा रही थी। उसकी तबीयत बिगड़ने लगी। अभिमन्यु दिनभर उसके पास बैठा रहा। उसने पापा को दो बार फोन करके मम्मी की हालत के बारे में बताया, पर बहुत कोशिश करने के बाद भी वे अपना काम जल्दी खत्म कर नहीं पा रहे थे। आरती जिद पकड़ने लगी कि चलो, मैं वहाँ चलती हूँ, जहाँ तुम्हारे पापा हैं। आज वो बुरी तरह से जिद पर अड़ी थी तो मुख्तार और अभिमन्यु उन्हें ताँगे में बिठाकर पापा के ऑफिस जाने लगे···तब तक मगरिब की अजान हो चुकी थी।

थोड़ी ही देर में मगरिब की नमाज के बाद कश्मीर की मसजिदों के लाउड स्पीकर जो अब तक केवल अल्लाह हू अकबर के स्वर छेड़ते थे, चिल्ला-चिल्लाकर कहने लगे—

"कश्मीर में रहना है तो अल्लाह हू अकबर कहना है",

"असि गाची पाकिस्तान, बताओ रोअस ते बतानेव सन"

(हमें पाकिस्तान चाहिए, हिंदू स्त्रियों के साथ, लेकिन पुरुष नहीं"),

ये नारे मसजिदों से लगाये जानेवाले कुछ नारों में से थे।

पंडितों, कश्मीर छोड़कर चले जाओ और अपनी बहू-बेटियाँ हमारे लिए छोड़ जाओ···।"

लोग रास्तों पर आकर खुलेआम दंगा करने लगे। अभिमन्यु और आरती को आधे रास्ते ही घर लौटना पड़ा और उनके पीछे पीछे अभय प्रताप भी सही सलामत अपने घर पहुँचे। अब तो हर मसजिद का यहीं हाल था। शायद आतंक की इसलाम पर यह विजय थी···जिसका खामियाजा पंडितों को भरना पड़ा।

अभय प्रताप खुद रास्ते पर उतरकर लोगों का दु:ख बाँटने निकलते थे। उनके साथ अब सेना के कुछ जवान तैनात थे। लोग अब उनसे सवाल करने लगे थे कि आपने हमें यहाँ रहने के लिए मजबूर किया, पर हमारी सुरक्षा की जिम्मेदारी कौन ले रहा है? अभय प्रताप को अभी भी अमन में विश्वास था। यहाँ के लोगों की अच्छाई पर विश्वास था, कश्मीरी पंडितों की रक्षा के लिए आई सेना पर भरोसा था। वे नहीं चाहते थे कि जल्दबाजी में सब लोग अपनी भूमि को छोड़कर अनजाने देश चले जाएँ। इतना सबकुछ होने के बाद भी देर-सवेर यहाँ सबकुछ ठीक हो जाएगा, इस बात का उन्हें यकीन था। अभय प्रताप लोगों को समझाते थे कि डर-डर के जीने का क्या फायदा है? अपने हक के लिए हमें लड़ना चाहिए। कोई भी आकर बंदूक दिखाकर आपको अपनी भूमि से जाने के लिए कह सकता है तो दुनिया में कहीं भी ये हो सकता है। वहाँ पर भी आपको बंदूक दिखाई गई तो आप कहाँ जाओगे? पर लोगों पर जी-जान का खतरा मँडरा रहा था। उन्हें

समझ में नहीं आ रहा था कि वे करें तो क्या करें?

अभय प्रताप को अब ताने भी सुनने को मिल रहे थे कि वे खुद पुलिस सुरक्षा में रह रहे हैं और हम लोग यहाँ मर रहे हैं। अभय प्रताप ने उनकी बातों का जरा भी बुरा नहीं माना, पर उनके ड्राइवर फरीद को यह बात बहुत बुरी लगती थी। वह उनके साथ पिछले 10 सालों से था। वह जानता था कि उसके साहब जो कह रहे हैं, ठीक ही कह रहे हैं। यहाँ के लोग सच में अच्छे हैं। फरीद को एक बात अंदर से खाए जा रही थी कि कुछ जिहादियों की वजह से पूरी कश्मीरी मुसलमानी कौम बदनाम हो रही थी। "मैं भी एक कश्मीरी मुसलिम हूँ। मेरा भी इसलाम में विश्वास है, पर मैंने ये कभी नहीं चाहा कि पंडित यहाँ से चले जाएँ। हम आम कश्मीरियों ने तो ये बात कभी सोची भी नहीं होगी। मैं कभी नहीं चाहूँगा कि मेरे साहब कभी यहाँ से जाएँ।" वो साये की तरह अपने साहब के साथ रहता था। उन्हें एक पल भी अकेला नहीं छोड़ता था। वह जानता था कि ऐसे लोग बहुत कम होते हैं, जो बिल्कुल ही निष्पक्ष होते हैं। किसी भी स्वस्थ समाज को ऐसे लोगों की जरूरत होती है, ताकि सरकार अपना काम ठीक कर रही है या नहीं, इसका हमेशा मूल्यांकन होता रहे।

पर जो समाज को डिक्टेटरशिप की तरफ ले जाना चाह रहा हो, ऐसे आकाओं को अभय प्रताप अब खलने लगा था। वह उनके इरादों के बीच में आ रहा था और सबसे अहम, उनके धर्म में अभय प्रताप के एक लेख ने दखल दी थी तो उन्हें अब अभय प्रताप को सबक सिखाना था।

14 जनवरी, 1990 लोहड़ी का दिन था। उस दिन वादी के सिक्खों पर कहर बरपा था। जिहादी उनके घरों में घुस-घुसकर उन्हें घसीटकर बाहर ले आए। सबको गुरुद्वारे के बाहर खड़ा किया गया। सबसे पहले वे उन्हें इसलाम कबूल करने के लिए कहते, पर एक भी सिख ने ये बात नहीं मानी तो उनकी औरतों को काबिज किया, फिर भी नहीं माने तो सबको लाइन में खड़ा करके गोलियों से भून दिया। उनकी औरतों की लाश पर से गहने उतार-उतारकर ले गए। फिर उन्हें गुरुद्वारे के सामने फिंकवा दिया। उन लाशों में छोटे-छोटे बच्चे भी थे। उस दिन गुरुद्वारे का वह दृश्य देखकर पहली बार अभय प्रताप का हौसला टूटा था। वे वह दृश्य देख नहीं पा रहे थे। मन में बार-बार यही खयाल आ रहा था कि लॉ एंड ऑर्डर कहाँ है? तो उन्हें मालूम हुआ कि राज्य का लॉ एंड ऑर्डर लंदन में छुट्टियाँ मना रहा था।

उन लाशों को देख अभय प्रताप को गुरु तेगबहादुर की कुरबानी याद आई कि कश्मीरी पंडितों ने अपने जनेऊ और तिलक को औरंगजेब की दहशत से बचाने के लिए गुरु तेग बहादुर को मदद के लिए बुलाया। वे उनकी मदद के लिए आए और उन्होंने हिंदुओं को बलपूर्वक मुसलमान बनाने का विरोध किया। गुरु तेग बहादुरजी ने पंडितों से

कहा कि आप जाकर औरंगजेब से कह दें कि यदि गुरु तेग बहादुर ने इसलाम धर्म ग्रहण कर लिया तो उनके बाद हम भी इसलाम धर्म ग्रहण कर लेंगे और यदि आप गुरु तेग बहादुरजी से इसलाम धारण नहीं करवा पाए तो हम भी इसलाम धर्म धारण नहीं करेंगे। औरंगजेब ने यह स्वीकार कर लिया। गुरु तेग बहादुर इसलाम स्वीकार करें, इसलिए उन्हें इतनी यातनाएँ दीं कि कोई भी आम इनसान वह सह नहीं पाता। हिंदू धर्म आबाद रहे, इसलिए तेग बहादुर यातनाएँ सहते गए पर आखिर तक उन्होंने इसलाम कबुल नहीं किया। अंत में उनका सिर काट दिया गया। अभय प्रताप महसूस कर रहे थे कि उनके अंदर भी कुछ टूट रहा है। "मेरी जिद के कारण मैं इतने लोगों की हत्या होने नहीं दे सकता," अभय प्रताप ने खुद के अंदर खुद को मरते महसूस किया। वह एकदम गुमसुम से हो गए थे।

उस दिन के बाद जो लोग जाना चाह रहे थे, उन्हें पूरी सुरक्षा से वादी के बाहर जाने के लिए अभय प्रताप मदद कर रहे थे। उनका लॉ एंड ऑर्डर पर का विश्वास उठ गया था। अब वो लोगों कि जिंदगी से कोई खिलवाड़ नहीं चाहते थे।

उन्हें ऐसे टूटते देख अभिमन्यु को अच्छा नहीं लग रहा था। इतने में दो घर आगे रहनेवाली रेणु सहमी-सहमी सी घर में दाखिल हुई। उसके डर का कारण था कि उसका बड़ा भाई अपने परिवार को वादी से निकालकर जम्मू ले जाना चाह रहा था। जम्मू में परिवार के रहने-ठहरने के इंतजाम के लिए वह जम्मू गया हुआ था। उसके घर में सिर्फ उसकी माँ और पापा थे। उसने अपना डर आरती के सामने रखा। उसने पूछा कि अपने मोहल्ले पर उन जिहादियों ने हमला बोल दिया तो क्या करना है? आरती एकदम सहजता से बोल गई, "तू डर मत। तू अपनी मम्मी-पापा के साथ अभी से हमारे यहाँ आ जा और अगर ऐसा कुछ हुआ तो आँगन में जो कुआँ है न, हम उसमें कूद जाएँगे। उनके हाथ नहीं लगेंगे।" अभय प्रताप और अभिमन्यु ने चौंककर उन दोनों को देखा, उन दोनों ने अपना-अपना रास्ता निकाल लिया था। अभय प्रताप सुन्न पड़ गए थे।

फिर वह काली रात आ गई। 19 जनवरी, 1990, उस एक रात ने कश्मीरी पंडितों के दिल पर वो जख्म दिए, जो कभी भरे नहीं।

□

2

वे अड़तालीस घंटे

15 जनवरी, 1990 के बाद आनेवाला हर दिन पंडितों पर भारी पड़ रहा था। वादी में हर जगह लाउड स्पीकर की आवाजें अपना गला फाड़कर कह रही थीं कि

"कश्मीर में रहना है तो 'अल्लाह हू अकबर' कहना है¨¨पंडितो, अपनी बीवी और बेटियाँ हमारे लिए छोड़कर यहाँ से भाग जाओ¨¨" और आतंकी भागने का मौका भी नहीं दे रहे थे। वे समूहों में आते, पंडितों के घरों को घेरकर, कत्ल से पहले हिंदुओं के अंग-भंग करते, आँखें निकालतें, नाखून खींचते, बाल नोचते और फिर जिंदा जलाते। चमड़ी खींचना, खासकर महिलाओं के स्तनों को गाड़ी से बाँधकर घसीटते हुए तड़पा-तड़पाकर मारना आम बात थी। वहशियत भरे उन तीन दिनों के बाद वह काला दिन आया। 19 जनवरी, 1990 सुबह से लाउड स्पीकर पर हिंदुओं को वादी खाली करके जाने के लिए कहा जा रहा था। कर्फ्यू तो लग ही रहे थे, पर हवा में डर का जो माहौल था, उस पर कोई कैसे कर्फ्यू लगा सकता था? बंद घरों में सिसकियाँ लेते हिंदू परिवार, और जो हो रहा है वो देख न पाने की वजह से अपने आप को घरों में बंद किए कुछ मुसलिम परिवार, दोनों ही वक्त के सामने लाचार थे। इस लाचारी की परवाह किए बगैर उस दिन अभय प्रताप अपने ऑफिस जाने के लिए निकले, पर फोन की घंटी ने उन्हें रोक दिया। उन्होंने फोन उठाया। दूसरी तरफ से आवाज आई—

"अभय प्रताप, आज कयामत फैसला करेगी।"

"कौन बोल रहा है?" अभय प्रताप ने पूछा।

"वही बोल रहे हैं, जिनके साथ चाहो तो तुम अब भी चल सकते हो"

"हजार बार कह चुका हूँ¨¨ कि आपकी आजादी मेरे समझ में नहीं आती। आप मेरा वक्त जाया कर रहे हो।" अभय प्रताप ने तीखे शब्दों में जवाब दिया।

"वक्त ही नहीं बचा है तुम्हारे पास, अभय प्रताप। तुम्हें जल्दी सोचना होगा। हमारी आजादी की जंग में शामिल हो जाओ। यहाँ की आवाम तुम्हारी बात मानती है। तुम्हारे

इस जंग में शामिल होने से, यहाँ कि अवाम भी मान लेगी कि हमारी जंग जायज है।" सामनेवाले ने शांति से कहा।

"मतलब यहाँ की अवाम नहीं मानती कि तुम्हारी जंग जायज है तो जनाब, क्यों नहीं मानते हो ?" अभय प्रताप ने उल्टा सवाल किया।

अब सामनेवाला अपना आपा खोकर बोलने लगा—

"तुम्हारे जैसे लोगों ने यहाँ के मुसलमानों का दिमाग खराब कर रखा है, वो अपना अच्छा-भला नहीं समझते।"

"अवाम अपना अच्छा-भला समझती है, पर आपकी बंदूक से डरती है, लेकिन मैं इस बंदूक से डरनेवाला नहीं हूँ। आपकी आजादी जायज होती तो आजादी का झंडा थामनेवाला मैं पहला शख्स होता और हिंदुओं को भगाकर नहीं, उनके होने का सम्मान करके आजादी की जंग लड़ता···बिना बंदूक के।"

"हिंदुस्तान से कहकर आप हमें आजादी दो। हम बंदूक छोड़ देंगे।" सामनेवाले ने कहा।

"आप बंदूक छोड़ दो। अपने आपको आजाद महसूस करने लगोगे।" बहुत ही ठहरी हुई आवाज में अभय प्रताप ने कहा।

अभय प्रताप माननेवाले नहीं, यह समझकर सामनेवाले ने कहा—

"तो तू नहीं आएगा हमारे साथ ?"

"नहीं। मैं अपने देश के साथ गद्दारी नहीं करूँगा और तुम्हारे जैसे गद्दारों को भी सबक सिखाऊँगा।" अभय प्रताप ने कड़क आवाज में कहा।

सामनेवाले ने अब तेज आवाज में अभय प्रताप को धमकाया—

"गद्दारी हिंदुस्तान ने की है। तुम हिंदुओं ने की है। हम पहले से आजाद रहना चाहते थे। तुम्हारा हिंदू राजा हमको मरने के लिए हिंदुस्तान में लेकर आया, जो हमें मंजूर नहीं, और अब तुम्हारा जिंदा रहना भी हमें मंजूर नहीं।"

फोन कट गया।

एक सुरक्षाकर्मी अभय प्रताप की बात सुन रहा था। उसे पूरी तरह से अंदाजा था कि यह जिहादियों का फोन था। अभय प्रताप शांति से अपने ऑफिस के लिए निकले। सुरक्षा कर्मी ने उन्हें रोकते हुए कहा, "सर, वी रिक्वेस्ट यू। प्लीज, आप बाहर मत जाइए सर।"

"मैं घर पर नहीं रुक सकता सोल्जर। ऐसे मैं उन्हें गलत मैसेज दूँगा कि मैं डर गया। उससे उनके हौसले और बुलंद हो जाएँगे, जो मैं नहीं चाहता।"

यह बातचीत चल ही रही थी कि फिर एक बार फोन बजा। इस बार फोन पर अभय प्रताप के सहायक कृष्णावतार थे। वे बड़े डरे हुए थे।

"उन्होंने अखबार के ऑफिस को आग लगा दी है, सर! पूरी बिल्डिंग जल रही है। सबकुछ खत्म हो रहा है, सर। आप जल्दी आ जाइए।"

अभय प्रताप कुछ पल एकदम शांत हो गए। इतने सालों की मेहनत से बनाया हुआ मुकाम अब जलकर खाक होनेवाला था। पल दो पल तो उन्हें समझ में ही नहीं आ रहा था कि क्या करना है, पर तुरंत उन्होंने अपना होश सँभाला और पूछा—

"तुम कहाँ हो, बाकी स्टाफ ठीक है न?"

"मैं और बाकी स्टाफ वहाँ से निकल आए, सर। बाजू की गली से आपको फोन कर रहा हूँ। दमकल की गाड़ियों ने भी आने से मना कर दिया। कुछ कीजिए, सर। सब खत्म हो जाएगा"

"तुम अपने घर पहुँचो, अवतार। मैं कुछ करता हूँ।" अभय प्रताप ने उसका फोन रखकर तुरंत अग्निशामक दल को फोन किया। फोन की रिंग जाती रही जाती रही और हर एक सेकंड अभय प्रताप मन में कहते रहे···उठाओ, जल्दी उठाओ फोन।

"हेलो" किसी ने फोन उठाकर कहा।

"हेलो, मैं अभय प्रताप बोल रहा हूँ। 'द ट्रुथ' के ऑफिस में आग लग गई है। आप जल्दी वहाँ गाड़ियाँ भेज दीजिए। फौरन, मैं भी पहुँचता हूँ।"

"नहीं जा सकते···" सामने से डरी हुई आवाज में जवाब आया।

"क्यों?" अभय प्रताप ने चिल्लाकर पूछा।

"ड्राइवर नहीं हैं, जनाब।"

"ड्राइवर क्यों नहीं हैं? और ड्राइवर नहीं है तो तुम चले आओ।"

"ड्राइवर हैं पर जाएँगे नहीं। उन्होंने यहाँ कागज चिपकाया है कि जो कोई भी 'द ट्रुथ' के वहाँ जाएगा···अपनी जान से जाएगा।"

अभय प्रताप ने फोन काटकर सीधा डी.एस.पी. के ऑफिस में फोन लगाया।

"हेलो। हाँ, मैं अभय प्रताप बात कर रहा हूँ।"

"जी बोलिए, सर।" आसिफ ने उधर से जवाब दिया।

"ये क्या व्यवस्था हो रही है शहर में सुरक्षा की? कोई भी आकर सरकारी मुलाजिमों को धमकाकर जाता है और डर के मारे वे अपना काम नहीं कर रहे।"

"हुआ क्या है?" आसिफ ने अनजान बनते पूछा।

"जी, मेरे ऑफिस में आग लगी है। आप तुरंत उसे बुझाने का कुछ इंतजाम कीजिए। मैं भी वहाँ पहुँच रहा हूँ "

"जनाब, अब आपके सिर पर बंदूक रखकर कोई कुछ करने से कहता है तो मजाल है किसी की जो उसकी हुकुम खिलाफी करे? उन बेचारों को क्यों कोस रहे हैं आप?"

"आपके पास तो उस बंदूक का जवाब बंदूक से देने की ताकत है न? कुछ कीजिए" अभय प्रताप बरसे।

आसिफ उस तरफ से बेफिक्री से बोले, "सौ बात की एक बात, जनाब। सच कहूँ तो मैं इसमें कुछ कर नहीं सकता। यह मजहबी मामला हो चुका है। मेरा परिवार भी इसी शहर में रहता है। आप समझ सकते हो। और जनाब, सिर्फ बिल्डिंग ही जली है न··· खैर मनाइए कि बिल्डिंग के अंदर आप नहीं थे। क्यों आप अपने साथ दूसरों की जान खतरे में डाल रहे हो? आप समझ रहे हो न मैं क्या कह रहा हूँ?"

"जी। जो समझना था, मैं समझ चुका हूँ!"

अभय प्रताप ने गुस्से से फोन रख दिया और उतने ही गुस्से से घर के बाहर चले आए और तेज रफ्तार के साथ अपनी गाड़ी की तरफ बढ़े। उन्हें जल्द-से-जल्द अपने ऑफिस पहुँचना था। तभी सेना की एक गाड़ी उनके आँगन में रुकी। कमांडोज ने उन्हें घेर लिया और उनमें से एक ने कहा—

"सर, आपकी जिम्मेदारी हम पर है। हम अभी आपके अखबार की तरफ से ही आए है। वो कोई मुजाहिदी नहीं थे। जिहादियों की एक पूरी पलटन थी। जिहाद कर रहे हैं वे। जुनून सवार है उन पर। उनके रास्ते में जो भी आएगा, मारा जाएगा। आपको कुछ हो गया तो सेना पर सवाल उठाए जाएँगे। आप हमारी सहायता कीजिए और प्लीज घर में रहिए सर, वरना मुझे आपको आदेश देना पड़ेगा। जो में करना नहीं चाहता। हमारी भी मजबूरी समझिए सर।" उस ऑफिसर ने अभय प्रताप से कहा।

अभय प्रताप समझ गए थे कि मेरे अहं के लिए मैं सेना का नाम खराब नहीं कर सकता। वे अपने घर के अंदर लौट गए, पर उनका एक-एक पल परेशानी में डूबा था और फिर एक फोन बजा। सामने वही लोग थे—

"तेरी देशभक्ति हमने जलाकर राख कर दी है, अभय प्रताप। अब तो हमारे साथ आ जा।"

"देशभक्ति कागज के चंद पुर्जों में कैद नहीं हो सकती। तुम्हारी जहालत का नमूना पेश किया है तुम लोगों ने। देशभक्ति उस जले हुए बिल्डिंग में नहीं, मेरे विचारों में है, हमारे जमीर में है। मेरे साथ जुड़े ऐसे हजारों लोगों में है।" अभय प्रताप गरजकर बोले।

"भाषण बंद कर! आज शाम तक का वक्त देता हूँ तुमको। हम अभी भी चाहते हैं कि तू हममें शामिल हो जाए। वरना तेरे और तेरे लोगों के साथ जो करेंगे, तू खुद देख ही लेगा। बस, शाम तक का वक्त है···वरना ईशा की नमाज हम तेरे घर आकर पढ़ेंगे।"

फोन फिर एक बार कट गया।

अभय प्रताप का दिमाग गुस्से से भरा हुआ था। घर में ही बैठकर वे अपना नया आर्टिकल लिखने बैठे। जिसका शीर्षक था—

"जलते घर को देखनेवालो फूस का छप्पर आपका है
आपके पीछे तेज हवा है आगे मुकद्दर आपका है"

अभय प्रताप जब भी गुस्से में होते, आरती और अभिमन्यु उनके आस-पास भी नहीं भटकते थे। दोनों ने उन्हें अपने कमरे में अकेला छोड़ दिया। आरती सुरक्षा कर्मियों के खाने के प्रबंध में लग गई और खुली हवा का आदी अभिमन्यु ऊपर छत पर चला गया। छत से वह अपने पूरे इलाके पर नजर घुमा रहा था। कर्फ्यू के कारण हर गली, हर चौबारा सुनसान पड़ा था। एक खामोशी दूर-दूर तक फैली हुई थी। तूफान आने से पहले जैसे सबकुछ खामोश हो जाता है, वैसी वाली खामोशी थी। आनेवाले तूफान की दस्तक और वह तूफान आया!

मगरिब की नमाज के बाद लाउड स्पीकर पर पंडितों को आखिरी चेतावनी दी गई कि पंडितों, भाग जाओ···वरना मर जाओ। हर गली-मोहल्ले में हथियार थामे लोग घूमने लगे थे। उस भीड़ की आवाज ने पूरी वादी में दहशत भर दी थी। वे लोग दो घंटे से लगातार चेतावनी दे रहे थे। हर गली से जुलूस निकल रहे थे। हिंदू लोगों के दरवाजे खटखटाकर उन्हें बाहर निकलने के लिए कह रहे थे। अभय प्रताप के घर का रुख किसी ने नहीं किया।

दो घंटे वादी में आतंक भरे थे। फिर मसजिदों में ईशा की नमाज की अजान हुई और अजान के बाद कुछ देर सब शांत रहा। इतना शांत कि क्या होने जा रहा है, कोई अंदाजा ही नहीं था।

रात करीब 8:00 बजे ईशा की नमाज के बाद मुख्तार दौड़ता-दौड़ता अभिमन्यु के घर में दाखिल हुआ। वह बहुत घबराया हुआ था। उससे न बोला जा रहा था, न साँस ली जा रही थी। ऐसी भी अवस्था में उसने कहा, "कत्ले आम का फरमान जारी हुआ है। कुछ कीजिए। आपकी तो सरकार में पहचान है, कुछ तो कीजिए।" मुख्तार ने लपकर अभिमन्यु का हाथ पकड़ा और उसे अपने साथ खींचते हुए सबसे कहा कि आप सब लोग मेरे घर चलो। यहाँ बहुत खतरा है। उसके आने से अभिमन्यु को भी लगा कि कुछ कश्मीरियत बाकी है। बहुत देर बाद अभिमन्यु ने थोड़ी खुलकर साँस ली थी। अभय प्रताप मुख्तार के जज्बात समझ रहे थे, पर यह भी जानते थे कि हमें पनाह देने के कारण जिहादी मुख्तार और उसके पूरे परिवार का बुरा हश्र कर सकते हैं। इस वक्त मुख्तार का उनके घर में होना, मुख्तार की जान को खतरा था। अभय प्रताप ने मुख्तार को समझा दिया कि वे सेना की सुरक्षा में है। उन्हें कुछ नहीं हो सकता। अपने दरवाजे पर तैनात एक जवान को अभय प्रताप ने कहा कि मुख्तार को सही-सलामत छोड़ आए।

मुख्तार मन से जाने के लिए जरा भी तैयार नहीं था। ऐसी संकट की घड़ी में उसे

अभिमन्यु के साथ रहना था, पर मुख्तार अभय प्रताप की बात मानने के लिए बाध्य था। टेंशन का माहौल देख मुख्तार अभय प्रताप को और परेशान करना नहीं चाह रहा था। मुख्तार उस घर से निकल कर जा ही रहा था कि एक ही क्षण में वह पलटा। पलटकर अभिमन्यु के पास जाकर उसका हाथ पकड़ कर कहा।

"तू घर से बाहर जरा भी नहीं निकलना, डर लगे तो तुरंत मेरे घर आ जाना। ठीक है? वरना अभी चल। मेरे घर में तुझे कुछ नहीं होगा!" अभिमन्यु ने अपनी पापा की तरफ ऐसे देखा कि उनके होते हुए उन्हें कुछ नहीं होगा। मुख्तार का डर कम करने के लिए अभिमन्यु ने उसे कहा—

"तू ज्यादा सोच मत। हमें कुछ नहीं होगा। मैं घर से बाहर नहीं निकलूँगा। तेरी कसम।"

अपने लिए मुख्तार की आँखों में जो चिंता थी, उसे देख अभिमन्यु को एक पल के लिए लगा कि मुख्तार के गले लग जाए। वह लगने भी वाला था कि लाउड स्पीकर फिर एक बार चिल्लाया, "अल्ला हू अकबर" और उस लाउड स्पीकर के साथ बाहर रास्ते पर खड़ी भीड़ जोर-जोर से नारे देने लगी, "अल्ला हू अकबर⋯ अल्लाह हू अकबर।" मुख्तार के गले लगने की अभिमन्यु की आरजू उस अल्ला हू अकबर की आवाज में दब गई। बेमन से ही सही, मुख्तार वहाँ से चला गया।

फोन बज रहा था। बाहर शोर इतना था फोन की आवाज भी उस शोर में ठीक-ठीक सुनाई नहीं दे रही थी। अभय प्रताप ने अभिमन्यु से कहा कि दरवाजे-खिड़कियाँ बंद कर लो⋯और उन्होंने फोन उठाया। दूसरी तरफ वही आवाज उनकी थी, जिनके नाम नहीं होते।

"क्या तय किया, अभय प्रताप भाईजान? चले आइए हमारे साथ।"

"नहीं⋯! और दुबारा कभी कॉल नहीं करना।" अभय प्रताप ने बेहद गुस्से में कहा।

"दुबारा कॉल करने की नौबत नहीं आएगी, अभय भाईजान। कितनी देर सुरक्षा में रहोगे? और आधा घंटा? एक घंटा? और जिनके पास सुरक्षा नहीं, तुम्हारे उन लोगों को कैसे बचाओगे?"

यह बात सुनते ही अभय प्रताप ने झटके से फोन कट किया और ऑफिस में उनके जो सहायक थे, कृष्णावतार ने उनके घर फोन डायल करना शुरू किया, उन्हें यह कहने के लिए कि जल्दी-से-जल्दी घर खाली करके वहाँ से निकल जाओ। पहली दो दफा फोन एंगेज आ रहा था। अभय प्रताप को अवतार की चिंता खाए जा रही थी। फोन अभी भी एंगेज था, अभय प्रताप लगातार डायल करते रहे। उनकी परेशानी देख आरती बहुत घबरा गई। अभय प्रताप को यकीन था कि उनके अखबार के हिंदू स्टाफ की जान अब

खतरे में है। स्टाफ में सिर्फ कृष्णावतार के घर ही फोन था, उस वक्त अभय प्रताप के हाथ में सिर्फ फोन करके उसे आगाह करने के सिवाय कोई और उपाय नहीं था।

जब तक कि कृष्ण अवतार का फोन एंगेज आ रहा था…बाकी लोगों की चिंता भी अभय प्रताप को सता रही थी। पुलिस को कॉल करके कोई फायदा नहीं था, क्योंकि उनके हिसाब से अब यह मजहबी मामला था।

अभय प्रताप ने सीधे राज्यपाल को फोन लगाया। सेक्रेटरी से जवाब मिला कि वे इस वक्त मसरूफ हैं, थोड़ी देर में आपको कॉल बैक करेंगे। अभय प्रताप ने फिर कृष्ण अवतार को फोन लगाया। इस बार अवतार के घर के फोन की घंटी बजी और उसी वक्त अवतार के दरवाजे पर 'हिंदुस्तान मुर्दाबाद। जहरे ए कश्मीर जिंदाबाद' के नारे के साथ दस्तक हुई।

कृष्णावतार जान बचाने के लिए अपनी बेटी और बीवी को लेकर अंदर के कमरे में भागा। फोन की घंटी बजती रही, बजती रही, पर उसे उठाने की हिम्मत कृष्ण अवतार में नहीं थी, क्योंकि तब तक जिहादी खिड़कियाँ तोड़कर घर में दाखिल हुए थे। जिस कमरे में अवतार छिपा था, उस कमरे का दरवाजा तोड़कर जिहादियों ने पहली गोली कृष्ण अवतार की बीवी को मारी। उसके हाथ में 6 साल की उनकी बेटी थी। बेटी को बचाने अवतार लपका तो धाँय-धाँय करती 5-6 गोलियाँ उसके शरीर के आर-पार निकल गईं और खून में लथपथ अवतार की लाश उसकी बेटी के सामने गिर पड़ी। उस नन्ही-सी जान ने रोना शुरू किया। उसके रोने का शोर बंद करने के लिए सिर्फ एक गोली काफी थी, जो बंदूक से निकल भी गई।

बाहर बढ़ते अल्लाह हू अकबर के शोर ने अभय प्रताप को जैसे बता दिया था कि मौत उनके घर पर कभी भी दस्तक दे सकती है। अब तो यह आलम था कि घर के बाहर भी मौत थी और घर के अंदर भी। बीतनेवाला हर पल दहशत भरा था कि जाने कब, कोई दरवाजे पर दस्तक दे और उनकी गोलियों से सीना छलनी हो जाए। शायद आरती ने अभय प्रताप की आँखों में मौत को देख लिया था। अब वहाँ से निकल जाना भी मुश्किल था। आरती ने यह स्वीकार भी कर लिया कि अब इस इंतजार का अंजाम सिर्फ मौत है! डरे हुए अभिमन्यु और आरती को अपनी बाँहों में समेटे अभय प्रताप दरवाजे की तरफ देखते रहे।

आरती कभी अपने बेटे को देखती, कभी अपने पति को। अभिमन्यु के सिर पर हाथ फेरते। कम-से-कम उसको जिंदा रखने की आशा में आरती ने झिझकते हुए अभय प्रताप से पूछा, "कम-से-कम इसे तो कलमा पढ़ने दीजिए, कहने दीजिए इसे ला इलाही इल्लाला…। ये जिंदा रहा तो मेरी आत्मा नहीं भटकेगी। आरती के मुँह से वह अल्फाज सुनकर अभय प्रताप को लगा कि मौत शायद इसे कहते हैं। अभिमन्यु ने आगे बढ़कर अपनी माँ को गले लगा लिया और आरती की इतने दिन अंदर दबी आवाज झर-झर

करते आँसू बनकर आँखों से बहने लगी और उसी वक्त दरवाजे पर जोर-जोर से खट-खट हुई। आरती ने रोते-रोते अभिमन्यु को कसकर अपने सीने से लगा लिया। सोचा, कि अभी दरवाजा तोड़कर वो अंदर आ जाएँगे और फिर इस खौफ का हमेशा के लिए अंत हो जाएगा!

अभय प्रताप ने अपने आपको मौत के लिए तैयार किया, पर अभिमन्यु को अभी भी उम्मीद थी कि उसके पापा सबकुछ ठीक कर देंगे। माँ के पल्लू में सिमटा अभिमन्यु दरवाजे की तरफ देखता रहा। उसे अपनी और मम्मी की तेज चल रही धड़कन साफ-साफ सुनाई दे रही थी। उस दहशत को चीरती हुई एक जानी-पहचानी आवाज सुनाई दी माजिद की! अभिमन्यु की रुकी हुई धड़कनों ने फिर धड़कना शुरू किया ...और अभय प्रताप ने आगे बढ़कर दरवाजा खोल दिया। घबराया हुआ माजिद घर के अंदर दाखिल हुआ और अभय प्रताप से कहने लगा, "वे आपकी तरफ बढ़ रहे हैं। चलिए, निकलिए यहाँ से। वे कभी भी अंदर आ सकते हैं!"

अभय प्रताप खामोश खड़ा रहा। उन्हें मौत से डरकर भागना नहीं था। माजिद ने आरती और अभिमन्यु को देखकर कहा, "साहब, वे आपसे बहुत नफरत करते हैं। आपका बदला वो आपके परिवार से न ले लें!" अभय प्रताप की रूह काँप गई। फोन की घंटी ने फिर एक बार अभय प्रताप को जिंदा किया। फोन की दूसरी तरफ खुद राज्यपाल जगमोहन थे। उनकी आवाज सुनते ही अभय प्रताप ने कहा कि "सारे हिंदुओं की जान पर बन आई है। कोई एक्शन क्यों नहीं लिया जा रहा है?"

जगमोहन ने जवाब दिया कि "सारे हिंदुओं को सुरक्षित यहाँ से ले जाया जा रहा है। एक्शन उसके बाद ही हो सकता है; गोली से बचना है तो गोली मारनी पड़ेगी। तुम समझ रहे हो न मैं क्या कह रहा हूँ?"

अभय प्रताप उनका इशारा समझ गए। बाहर तैनात ऑफिसर ने इशारा किया कि जल्दी चलिए, सर। अभय प्रताप को उस वक्त के राज्यपाल जगमोहन की नीतियों का अंदाजा था। उन्हें मैदान साफ मिले इसलिए अब अभय प्रताप ने एक पल भी देर नहीं की और सब वैसे-के-वैसे दौड़कर जाकर गाड़ी में बैठ गए।

मौत उनका हर गली पर इंतजार कर रही थी, पर उनके साथ सुरक्षा कर्मी थे और उनके सालों पुराने ड्राइवर पर उन्हें सही सलामत रखने का जुनून सवार था। माजिद ने गाड़ी बाहर निकाल ली। कुछ ही फासले पर मुख्तार का घर था। अभिमन्यु ने माजिद से कहा, "बस, 1 मिनट गाड़ी रोक दो, मैं मुख्तार को बताकर आता हूँ।" सुरक्षा कर्मियों ने गाड़ी से उतरने के लिए बिल्कुल ही मना कर दिया। अभिमन्यु का चेहरा उतर गया। आरती ने अभिमन्यू से कहा कि बस एक-दो दिन की ही तो बात है। मुख्तार समझदार लड़का है। वो समझ जाएगा।

अभय प्रताप ने माजिद को गाड़ी आगे लेने के लिए इशारा कर दिया। अभिमन्यु को महसूस हुआ कि उसका कुछ छूटता जा रहा है। वह मुख्तार के घर को देखता रहा कि शायद मुख्तार जाते-जाते नजर आ जाए, पर मुख्तार अपने घर में ही बैठा रहा था।

छोटी-मोटी गलियों से, हथियारबंद लोगों से बचते-बचाते माजिद ने एक गली में गाड़ी मोड़ दी।

"ये किस तरफ ले रहे हो माजिद?" अभय ने पूछा

"अभी हाई-वे से जाना सुरक्षित नहीं होगा साहब! मैं वेरिनाग से गाड़ी निकालूँगा।" अभय प्रताप को उसका कहना ठीक लगा। सुरक्षा कर्मियों ने उन्हें कस्बे से सुरक्षित बाहर लाकर छोड़ दिया। उनकी गाड़ी अभिमन्यु के कॉलेज के पास रुकी जहाँ सुरक्षा कर्मी उतर गए। आगे बाएँ जाते तो रास्ता वादी की तरफ जाता था और दाएँ मुड़ते तो जवाहर टनल की तरफ, जो वादी से बाहर दूर दूर ले जाती थी। माजिद ने दाहिने के रास्ते पर गाड़ी मोड़ी। पीछे छूटते कॉलेज को देखकर अभिमन्यु को लगा कि में यहाँ वापस कब आऊँगा, भगवान् जाने! मुख्तार का खयाल उसके मन में शुरू हुआ कि मैं जाने से पहले मुख्तार को बता भी नहीं पाया कि मैं निकल रहा हूँ।

अपने कॉलेज को ओझल होते देखता-देखता अभिमन्यु अब एक नई राह पर चल पड़ा था जिसकी मंजिल तय नहीं थी। आगे का सफर अब माजिद के भरोसे था। रास्ते में बर्फ जमी होने के कारण माजिद को गाड़ी निकालने में काफी दिक्कतें आ रही थीं। रास्ता भी सुनसान हो चला था। दूर-दूर तक कोई नजर नहीं आ रहा था। यह रास्ता केवल माजिद को मालूम था। गाड़ी चलाते वक्त वह बार-बार आरती को आईने से देख रहा था। उसकी नजर आरती ने कान में पहने जेवर पर जा रही थी। इतने अँधेरे में भी अभय प्रताप ने वह महसूस किया। गहनों को देख माजिद काफी देर कुछ सोचता रहा और अचानक से एक मोड़ पर माजिद ने गाड़ी रोक दी। अभय प्रताप को समझ में नहीं आ रहा था कि वो कर क्या रहा है। उसने पीछे मुड़कर आरती से कहा—

"भाभी, अपने जेवर उतारो!"

अभय प्रताप, आरती और अभिमन्यु एकदम सुन्न हो गए और माजिद को शंका से देखने लगे। अभिमन्यु को लगा कि कहीं माजिद जिहादी तो नहीं! उसने अपने साथ कोई बंदूक तो नहीं लाई है! आरती को लगा, अब सब खत्म···माजिद उन लोगों में शामिल है···हमें उनके हवाले करने के लिए ही इस रास्ते से लाया है और उसके पहले हमें लूट रहा है। तीनों को झटका लगा कि बाहर की दुनिया दुश्मन थी ही, अब ये भी वही बरताव कर रहा है।

"तुम्हारा दिमाग तो ठिकाने है माजिद?" अभय प्रताप ने सख्त आवाज में पूछा।

माजिद निडर होकर बोला कि "जी साहिब! तभी तो भाभी को जेवर उतारने के

लिए कह रहा हूँ और आप भी अपना जनेऊ उतारकर दे दीजिए, ताकि आगे कोई रोके तो उसे यह न लगे कि आप हिंदू हो वरना मारे जाएँगे।"

अभी भी माजिद को लेकर सबके मन में शंका थी, पर उनके पास दूसरा कोई रास्ता नहीं था। आरती ने एक-एक करके अपने सारे जेवर उतार दिए···अभय प्रताप और अभिमन्यु ने अपने जनेऊ उतर दिए। आरती अपना देज-होर उतारना नहीं चाहती थी···देज-होर विवाहिता कश्मीरी पंडित महिलाओं के लिए एक अपरिहार्य गहना है जो 'सुहाग' की एक निशानी के रूप में हमेशा पहने रहती हैं।

माजिद ने कहा, "भाभी, यही तो उतारना जरूरी है, वरना वे समझ जाएँगे कि आप हिंदू हो।" अभिमन्यु को देख आरती ने अपने दज-होर उतार दिए। उनके जेवर और जनेऊ माजिद ने एक कपड़े में बाँधकर डैशबोर्ड में डाल दिए। गाड़ी चल पड़ी। रास्ता बहुत खराब था, पर माजिद को जरा भी परवाह नहीं थी। उसकी गाड़ी ने तेज रफ्तार पकड़ी। आरती अभिमन्यु और अभय प्रताप एकदम अलर्ट थे। उन्हें माजिद के इरादों पर शक था, पर बिना कुछ बोले वे माजिद उन्हें जहाँ ले जा रहा था, चले जा रहे थे।

अब अनंतनाग से वे कम से कम 20 कि.मी. दूर आ चुके थे। फिर भी माजिद गाड़ी ऐसे भगा रहा था जैसे कि एक पल के लिए भी रोका तो शायद मौत वहीं मिल जाए, और हुआ भी वैसा ही। तेज चल रही गाड़ी की रफ्तार अचानक से धीमी हो गई।

उनसे थोड़ी दूरी पर तीन लोग बीच रास्ते खड़े थे। माजिद को जबरन गाड़ी रोकनी पड़ी। अभिमन्यु को अब तो पूरा यकीन हो गया कि यह माजिद उनमें शामिल है। उन तीनों ने गाड़ी को घेर लिया और अंदर ताँक-झाँक करने लगे। दरवाजे को पीटते वो बार-बार गाड़ी का दरवाजा खोलने के लिए कह रहे थे। अँधेरा इतना घना था कि एक-दूसरे के चेहरे भी मुश्किल से दिख रहे थे। ऊपर से ठंड के कारण दिमाग ने काम करना बंद कर दिया था। वे लोग कश्मीरी में माजिद को बाहर बुला रहे थे। आरती को लगा कि अब सब खत्म। एक ही क्षण में माजिद हमें उन सबके हवाले कर देगा। माजिद मौका ढूँढ़ रहा था कि कैसे इन्हें चकमा दे कर गाड़ी भगा दी जाए, पर एक बंदा बिल्कुल कार के सामने ही खड़ा था। माजिद जान गया था कि वे जिहादी थे। इसलिए माजिद दरवाजा खोलने के लिए तैयार ही नहीं था। उन्होंने अब गाड़ी पर लातें मारना शुरू किया और एक ने अपनी बंदूक निकाल ली। उनकी बंदूक देख अभय प्रताप बाहर उतरने लगे। अभिमन्यु और आरती ने उनका हाथ थाम लिया और बाहर न जाने के लिए उन्हें रोक दिया, पर तब तक अभय प्रताप दरवाजा खोल चुके थे। उनमें से एक आदमी ने अभय प्रताप को गाड़ी से बाहर खींच लिया और पूछताछ करने लगे कि हिंदू है या मुसलमान। माजिद तुरंत गाड़ी के बाहर कूद गया और कश्मीरी में कहा कि हम सब मुसलमान है।

नाम क्या है। उसने कश्मीरी में पूछा—

मजीद ने अभय प्रताप का नाम माजिद अब्दुल बताया। अभय प्रताप खुद क्यों नहीं बोल रहे हैं इसपर उन्हें गहरा शक हुआ। दूसरे ने गाड़ी में झाँककर देखा, पर अँधेरे की वजह से अंदर हिंदू बैठा है या मुसलिम, जरा भी समझ में नहीं आ रहा था। मौत फिर एक बार उनके सामने थी। माजिद ने आगे बढ़कर उन्हें समझाने की कोशिश की कि बच्चा बेहद बीमार है। उसका इलाज करने जा रहे हैं। फिर भी उन लोगों को यकीन नहीं हो रहा था···उन्होंने माजिद और अभय प्रताप को मारपीट करना शुरू किया और कहा कि कुरान की कोई आयत कहो। माजिद ने तुरंत एक आयत कही। वे थोड़े शांत हुए पर अब वे अभय प्रताप से अल्ला हू अकबर सुनना चाहते थे। उन्होंने अभय प्रताप से कहा कि मुसलमान है तो अल्लाह हू अकबर कहने में हर्ज ही क्या है··· ? अभय प्रताप ने अपने बीवी और अभिमन्यु को देखा। आरती अपने बेटे को अपने सीने से लगाए मन में सिर्फ भगवान् का नाम जप रही थी। अभय प्रताप के मन में एक ही खयाल आया कि जिंदा रखना है, तो जिंदा रहना है। मौत उनके सामने थी और मौत के सामने अभय प्रताप झुके, पर अपने अंदाज में। उन्होंने दरूद शरीफ की वह आयत सुनाई, जिसमें हर मुसलमान सल्लेला हूँ अलै ही वसल्लम की खैरियत के लिए दुआ माँगते हैं।

दुरूद शरीफ के अल्फाज—

"अल्लाहुम्मा सल्ले अला मुहम्मदिन व अला आले मुहम्मदिन कमा सल्लईता अला इब्राहीमा वअला आले इब्राहीमा इन्नका हमीदुम मजीद"

[ऐ अल्लाह! मुहम्मद और आले मुहम्मद पर इसी तरह रहमतें नाजिल फरमा जिस तरह तूने इब्राहीम और आले इब्राहीम पर नाजिल फरमाईं।]

वह आयत पढ़ते वक्त अभय प्रताप के मन में यह चल रहा था कि अगर वाकई सितारों के पार अगर कोई दुनिया है तो वहाँ बैठे नबी इस नए इसलाम को देख शायद आहत हो गए हों और उन्हें सच में दुआ की जरूरत पड़ रही हो··· ? नबी के अल्लाह ने अभय प्रताप की आयत सुनी हो या नहीं, पर आरती के भगवान् ने उनकी पुकार सुनी थी··· पेट्रोलिंग रही एक सेना की जीप अपना सायरन बजाते वहाँ आती दिखी और जिहादी भाग गए।

तीनों मन-ही-मन अपनी सोच पर शर्मिंदा हुए कि उन्होंने माजिद पर शक किया, पर उनके मन में क्या चल रहा था, इससे बेखबर माजिद ने इस बार 100- 120 के बीच की रफ्तार पकड़ी, जहाँ अगर जिहादियों के हाथ से न मरते तो शायद इस रफ्तार के कारण उस गहरी खाई में गिर कर मर जाते। पर अब उन्हें माजिद पर पूरा भरोसा था। वे सब के सब इत्मिनान से तो नहीं थे, पर अब खौफजदा भी नहीं थे···सिर्फ मायूस थे।

आरती से रहा न गया। उसका मन बार-बार उन्हें कचोट रहा था कि उसने माजिद पर शक किया। उसने रहकर उन्होंने गाड़ी चला रहे माजिद के काँधे पर अपना हाथ

हल्के-से रखते कहा, "माजिद भाईजान, माफ कर दीजिए...मैंने आप पर शक किया..." उस पर माजिद ने जो कहा, वह सुनकर तो माजिद और उनके बीच का रहा-सहा फासला भी मिट गया।

माजिद ने कहा, "जानता हूँ भाभी। आप सब मुझे शक की निगाह से देख रहे थे। सही भी था। गुनहगार को ऐसी नजर से ही देखना चाहिए। गुनाह तो हमसे हुआ है। आप क्यों माफी माँग रही हैं? अगर हो सके तो आप सब मुझे माफ कर दें कि मैं आपको अपने घर ले जाकर वहाँ सुरक्षित रखने की बजाय यहाँ से दूर ले जा रहा हूँ। मेरे जैसे कुछ लोग मिलकर आपकी सुरक्षा में उतर आते तो यह नौबत ही नहीं आती। हमें हमारी बुजदिली के लिए माफ कर दीजिए भाभी। पर हम कुछ समझते तय करते, उससे पहले ही बहुत कुछ हो गया!"

माजिद के वो शब्द सुनने के बाद काफी देर तक गाड़ी के अंदर खामोशी छाई रही। गाड़ी के अंदर बैठे हर शख्स ने उस वक्त महसूस किया कि सर्दी के उस मौसम में, जहाँ घाटी ने सफेद बर्फीली चादर ओढ़ रखी थी, अब उसका रंग सुर्ख हो चला था। जगह-जगह पर खूँ के निशान थे। वादी ने यह लाल मौसम कई बार देखा था, पर इस बार इतना खून बहा था कि बहकर जाता भी तो कहाँ जाता? झेलम के पानी में बर्फ बनकर जम गया था। दर्द झेल रही झेलम भी बर्फ-सी जम गई थी।

वेरिनाग। झेलम का उद्‍गम स्थान, जिसने अपनी आबोहवा से कश्मीरियत को सींचा था और आज वह भी सर्द होकर बहना भूल गई थी। तूफानी रफ्तार से माजिद वेरिनाग से गुजर रहा था, आरती ने झेलम को हाथ उठाकर प्रणाम किया। गुजरती झेलम को देखते-देखते आरती के मन में खयाल आया कि यह झेलम आगे चलकर चिनाब में मिलकर पाकिस्तान पहुँच जाती है। हम हिंदुओं के खून से सने पानी पर वहाँ की आनेवाली पीढ़ी पलनेवाली है। आरती का मन शाप देने के लिए मचल गया, पर तभी उनकी नजरें अभिमन्यु के मासूम चेहरे पर पड़ीं और उसने अपने आपको रोक लिया। उसे प्रकृति का नियम मालूम था—जो आप बोओगे। वही आप काटोगे। अपने बेटे के कारण उसने अपना मन काला होने से रोक लिया, पर समय की काली स्याह से अपने आप को बचा न पाई। सफेदी से लाल होती और लाल से स्याह होती वह 19 जनवरी की काली रात थी।

अजीब रात। दहशत, वहशियत, अविश्वास और शायद कश्मीरियत का अंत करती वह काली रात, जिसने चंद मिनटों में ही अभिमन्यु, आरती और अभय प्रताप को उस मुकाम पर लाकर खड़ा कर दिया, जहाँ कुछ देर पहले उनके पास अपनी जायदाद, संपत्ति, रुतबा और अपना खुद का हवेलीनुमा घर था और कुछ ही घंटों बाद वे मजबूर, लाचार और लावारिस-सी जिंदगी जीने के लिए मजबूर होनेवाले थे। गाड़ी ने रफ्तार से पीर पंजाल के पहाड़ों का रास्ता ले लिया और कुछ जिंदगियाँ अभी भी इस उम्मीद के

साथ झेलम पार चली आईं कि कुछ ही दिनों में सबकुछ ठीक होगा और फिर झेलम के दोनों किनारे बसी दो सभ्यताएँ फिर से एक दूसरे के साथ जीना सीख लेंगी। अब झेलम दिखना बंद हो चुकी थी और गाड़ी जवाहर टनल में प्रवेश कर चुकी थी।

उस सर्द काली रात में माजिद बिना रुके बिना थके गाड़ी चलाता रहा। सूरज की किरणों के साथ उसने जम्मू की एक गली में गाड़ी रोक दी। माजिद के चेहरे पर हल्की खुशी थी कि उसने अपने साहब को सही सलामत जम्मू पहुँचा दिया है। जम्मू से कश्मीर की बस लेकर वह वापस वादी लौटनेवाला था। उसने कार की चाबी अभय प्रताप के हाथ में रखते हुए कहा कि "साहब, अब मुझे वापस लौटना पड़ेगा वरना मेरी अम्मी परेशान हो जाएँगी।"

कार की चाबी उसे वापस करते हुए अभय प्रताप ने उसे कहा, "तुम गाड़ी अपने साथ वापस ले जाओ, माजिद। हफ्ते भर में सबकुछ ठीक हो जाएगा। तब तुम हमें वापस लेने आ जाना।"

माजिद के पास सोचने के लिए वक्त नहीं था या फिर शायद उसे भी उम्मीद थी कि सच में हफ्ते भर में सबकुछ ठीक हो जाएगा। वह गाड़ी में बैठकर निकल गया। जाने से पहले उसने अपने जेब में हाथ डाला और जितने भी पैसे उसके पास उस वक्त थे, सारे के सारे अभय प्रताप के हाथ में रखकर बड़ी अदब से कहा कि "साहब, मेरी औकात नहीं कि मैं आपको पैसे दे दूँ, पर यह कुछ पैसे हैं, जो आपके काम आ सकते हैं।" अभय प्रताप ने पैसे लौटाने चाहे तो उन पैसों को वापस अभय प्रताप के हाथ में रखकर माजिद ने कहा, "आप जब वापस आओगे तो इसके दुगने पैसे आपसे ले लूँगा साहब!"

अभय प्रताप आगे कुछ कहें, इससे पहले गाड़ी में बैठकर वह निकल गया। हम सही घर के सामने उतरे है या नहीं, इसका अंदाजा लेकर अभिमन्यु, आरती और अभय प्रताप उस घर की तरफ बढ़े और उन्होंने डोर बेल बजाई। घर के अंदर से आहट महसूस हो रही थी, पर काफी देर दरवाजा किसी ने खोला नहीं। वह घर अभय प्रताप के मौसेरे भाई विवेक जुत्शी का था। विवेक ने दरवाजा खोला, पर उसके चेहरे पर इनके सही सलामत यहाँ तक आने का कोई आनंद नहीं था। उल्टे, इन तीनों को अपने घर में देख उस परिवार के दोनों पति-पत्नी कुछ परेशान से दिखे। भाभी ने कहा भी कि हमें लगा ही था कि तुम लोग यहीं आओगे। इस पर अभय प्रताप कुछ बोले नहीं।

अभिमन्यु का हमउम्र भाई राहुल अभी को देख बड़ा खुश था। वह उसे अपने साथ अपने कमरे में ले गया। आरती भी अपनी देवरानी के साथ अंदर चली गई और अभय प्रताप नहाने चले गए। अभिमन्यु, आरती और अभय प्रताप नहा-धोकर थोड़ा हल्का महसूस करने लगे। अभिमन्यु की चाची ने नाश्ते का अच्छे से प्रबंध किया, पर अभी भी कोई खुलकर कुछ बातचीत नहीं कर रहा था। अभय प्रताप के भाई ने सिर्फ इतना कहा,

"बहुत बुरा हुआ सबकुछ। हम अखबार में खबरें पढ़ रहे थे।"

अभिमन्यु ने महसूस किया कि उनके यहाँ आने के कारण इस घर का माहौल कुछ अजीब-सा हो गया है। यह वह चाची है ही नहीं, जो गरमियों की छुट्टी में पूरे परिवार सहित हमारे यहाँ 10-10 दिन बिताकर जाती थी। आरती उनकी मेहमाननवाजी में कोई कसर नहीं छोड़ती थी। शॉपिंग कहो शॉपिंग, घूमने कहो घूमना, जो चाची कहती, आरती उनको छोटी बहन मानकर उनकी हर माँग को पूरा करती थी। आरती की तारीफ करते चाची नहीं थकती थी और अब आज चाची ने आरती को प्रणाम तक ठीक से नहीं किया था। हालात ही ऐसे थे कि वह चुपचाप जो हो रह है, बस उसे देखे जा रहा था। दोपहर के खाने के इंतजाम में आरती अपनी भाभी की मदद करने किचन में गई। काम करते-करते जब दोनों की बातें शुरू हो गईं तब आरती अपनी आपबीती सुनाने लगी, पर उन्हें ऐसा लगा कि उनकी भाभी वह सुनना नहीं चाहती। आरती चुप-सी हो गई और उसके अंदर कुछ खटकने लगा।

खाना बनकर तैयार हुआ। भाभी सबको खाना परोस रही थी और साथ-ही-साथ उनकी अपनी माली हालत कैसे ठीक नहीं, ये भी बता रही थी। आरती और अभय प्रताप को जो समझना था, समझ चुके थे। खाना खाने के बाद आरती, अभिमन्यु और अभय प्रताप एक कमरे में बैठकर इसी सोच में थे कि अब करना क्या है?

"मैं जरा कुछ फोन करके आता हूँ। पता करता हूँ वहाँ हो क्या रहा है?" यह कहकर अभय प्रताप उठकर बाहर जाने लगे।

"मैं भी चलता हूँ।" उनके साथ चलते हुए अभिमन्यु ने कहा। अभय प्रताप ने ऐतराज नहीं जताया।

दोनों के घर से बाहर जाने के बाद दरवाजा अंदर से बंद करने के लिए आरती भी उनके साथ चल पड़ी और भाभी के कमरे से आती आवाजें उसके कानों में पड़ीं। भाभी विवेक से कह रही थी, "कितने दिन रहेंगे ये लोग यहाँ? इन्हें यही आना था? उनके घर छुट्टियाँ क्या मना लीं हर साल, आ गए वसूल करने।" विवेक उसे कहते रहे, "चुप हो जाओ। कहीं भाईसाहब सुन न लें और तुम भूल गई हो कि जिस घर के लिए तुम इतना इतरा रही हो, भाई साहब अगर गारंटर न होते तो यह घर बनता ही नहीं।" इस पर भी भाभी ने विवेक को सुना ही दिया, "कोई एहसान नहीं किया उन्होंने। उनका फर्ज था, छोटे भाई की मदद करना। उनकी इतनी जान-पहचान है तो पूरा जम्मू शहर पड़ा है। मेरे ही घर में मनहूसियत लेकर आना था उन्हें? आपसे अगर बोला नहीं जा रहा तो में बोल देती हूँ उनको कि शरणार्थी कैंप लगे हुए हैं। जाएँ वहाँ।"

'शरणार्थी' शब्द सुनते ही अभय प्रताप और आरती का कलेजा फिर एक बार काँप-सा गया। कमरे के बाहर खड़े अभिमन्यु, अभय प्रताप और आरती ने अपनी

चपल्लें पहनीं। सामान तो उनके पास कुछ था ही नहीं।

कुछ ही सेकंड्स में उन्होंने उस घर से विदा ली। सहमा-सहमा सा अभिमन्यु अपने माँ-बाप के साथ बस चलता रहा। कोने के एक मंदिर में वह रुके।

मंदिर हर तरह से सुरक्षित दिख रहा था। मंदिर में आने-जानेवाले लोग बेफिक्र थे। उन्हें कोई डर नहीं था कि कहीं से कोई हमला हो सकता है, वे अपने में इतने व्यस्त थे, शायद इसलिए उस मंदिर में इन तीन परदेसी लोगों पर किसी की नजर नहीं पड़ी। जितने वहाँ के लोग सुकून से थे, उतने ही अभय प्रताप अंदर से उखड़े-उखड़े थे।

अभय प्रताप सामनेवाले बूथ पर वादी के हालातों का जायजा लेने गए, पर जिसे भी वे फोन करते, कोई भी ठीक से जवाब दे नहीं रहा था। अभय प्रताप के सवालों से बचता दिख रहा था। हुआ क्या है, कोई कुछ बता नहीं रहा था। अभय प्रताप बेहद परेशान हो गए और फाइनली उन्होंने राज्यपाल के ऑफिस में फोन लगाया। राज्यपाल अपने ऑफिस में नहीं थे, पर उन्हें वहाँ के ऑफिसर की बात से इतना ही समझ में आया कि वादी पूरी तरह से सुलग चुकी है। वहाँ जाना खतरे से खाली नहीं है। सब ठीक होने में और 2-4 रोज लग सकते हैं। फोन रखने से पहले सामनेवाले ऑफिसर ने कहा, "अभय प्रतापजी, जरा सुनिए।" अभय प्रताप उसे सुनने लगे। बात शुरू करने में उसने थोड़ा वक्त लिया और झिझकते-झिझकते उसने कहा, "आप कुछ दिन जम्मू में ही बिताइए, प्लीज। उन्होंने आपका घर फूँक दिया है!" उस वक्त अभय प्रताप एकदम से ठंडे पड़ गए। उनके पास अब कहने-सुनने के लिए कुछ बचा नहीं था...वहाँ क्या स्थिति है, वे बिल्कुल समझ गए थे, पर वे अभी भी टूटे नहीं थे। उनके मन की हालत एक शे'र में अच्छे से बयान हो सकती है।

वो दिलों में आग लगाएगा, मैं दिलों की आग बुझाऊँगा
उसे अपने काम से काम है, मुझे अपने काम से काम है।

उनके मन में अब जम्मू के अखबार का पता घूम रहा था। अभय प्रताप वापस मंदिर लौटे। बड़ी आशा से आरती ने उनसे पूछा, "हम अपने घर कब जाएँगे?"

"थोड़ा वक्त लगेगा!" अभय प्रताप बस इतना ही कह पाए। उन्होंने आरती पर राज जाहिर होने नहीं दिया।

वे तीनों वहाँ काफी देर बैठे रहे। अभिमन्यु को अपना घर बार-बार याद आ रहा था। अभिमन्यु के दिल में परिस्थिति के खिलाफ एक आग-सी लगी थी। उस आग की लपटें वादी में बैठा मुख्तार महसूस कर रहा था।

मुख्तार अभिमन्यु के घर से निकलती आग की लपटे अपने आँखों से देख रहा था। वादी में कल रात जालिमों ने अभय प्रताप के घर को आग लगा दी थी, जो अभी तक बुझी नहीं थी या फिर बुझानेवाला कोई नहीं था। अपने सामने जलते अपने यार के मकान को

देखकर मुख्तार आपे से बाहर हो गया था। घर के अंदर जाकर तसल्ली करना चाहता था कि उसका दोस्त जला तो नहीं है न, पर उसकी अम्मी ने उसे अपना वास्ता देकर रोक दिया था। अब उस पर एक-एक पल भारी पड़ रहा था। उसके लिए रुकना मुमकिन न था। अम्मी की नज़र बचाकर वह अभिमन्यु के घर में दाखिल हुआ। हर कदम पर अल्लाह से अर्जियाँ लगा रहा था कि यह परिवार सुरक्षित हो। अभिमन्यु के घर का सारा सामान जला पड़ा था। उससे वह नजारा बरदाश्त नहीं हो रहा था। घर का एक-एक कोना उसकी और अभिमन्यु की दोस्ती का गवाह था, जो अब जलकर खाक हो गया था। डरते-डरते ही मुख्तार ने घर का एक-एक कमरा छान मारा। उसकी अर्जियाँ कबूल हो गई थीं। घर में परिवार की मौत का कोई नामो निशान नहीं था। जले हुए मकान में सिर्फ खाक का गुबार था, पर अब अभिमन्यु को कहाँ ढूँढ़ना है, उसे समझ में नहीं आ रहा था।

बाहर हालात बहुत ही खराब थे। कर्फ्यू की परवाह किए बगैर मुख्तार अनंतनाग के चप्पे-चप्पे पर दिनभर पागलों की तरह अभिमन्यु को ढूँढ़ता रहा। अपने यार की सलामती की दुआ माँगता रहा। उसने अपने सारे दोस्तों के घर जाकर पूछा कि किसी को कुछ मालूम है कि कौल परिवार कहाँ गया है? पर किसी को कुछ भी मालूम नहीं था। मुख्तार ने उसे सेबों के बागानो में तलाशा, फुटबॉल ग्राउंड पर ढूँढ़ा, पर अभिमन्यु उसे कहीं नहीं मिला। अपनी जान का जोखिम उठाकर मुख्तार अपने अभिमन्यु को ढूँढ़ रहा था, पर उसके यार का वादी में नामोनिशान तक नहीं था। जहाँ भी जाता-मायूसी हाथ लगती। वह दीवानावार हो गया था।

नुक्कड़ पर रियाज खड़ा मिला, मुख्तार ने उसे भी पूछा कि अभिमन्यु कहाँ हैं कुछ खबर है? रियाज को उस पर बेहद गुस्सा आया। उसने मुख्तार को चिढ़ाना शुरू किया कि "पंडित भाग गया, अब कभी नहीं आएगा जा घर जा अपने।" पर मुख्तार को यकीन था कि मुझे बताए बगैर अभिमन्यु कभी भी नहीं जाएगा। इस बात पर रियाज और उसकी झड़प भी हो गई। वहाँ खड़े कुछ लड़के रियाज की मदद के लिए आ गए। सब लड़कों ने मुख्तार को घेरकर धमकाना शुरू किया, "साले, तुझे पंडित की पड़ी है? गद्दार कहीं के, मजहब खिलाफी करता है। ये बात समझ कि पंडित गया तो वादी अब पाक हो गई है। यह अब हमारा मुल्क है। हिंदुस्तान से हमें कुछ लेना-देना नहीं, अपने दिमाग में यह बात पक्की कर ले वरना तेरा भी वही हाल करेंगे जो पंडितों का किया।" और उन्होंने मुख्तार को पीटना शुरू किया। मुख्तार जैसे-तैसे उन लड़कों से अपनी जान बचाकर भागा।

घायल मुख्तार को अभी भी अपने घावों की फिक्र नहीं थी। उसके मन में एक ही सवाल था कि मेरा यार कहाँ है? क्या हुआ है उसके साथ। अब मुख्तार अपना हौसला खो रहा था। उसे सारी दुनिया अपने यार के बिना अधूरी लग रही थी, जैसे कभी अभिमन्यु को अनंतनाग के उस बस अड्डे के बस स्टॉप पर धमाके के दिन लगी थी।

मुख्तार दिनभर भूखा-प्यासा भटक रहा था। उसके मन में अब बुरे-बुरे विचार आने लगे थे कि कहीं जिहादी सबको उठाकर कहीं लेकर तो नहीं चले गए? मुख्तार का मन बार-बार कह रहा था कि अभिमन्यु के बिना जीना, जीना नहीं होगा। सारी कोशिशें नाकाम होने के बाद वह थाने की तरफ बढ़ा कि शायद वहाँ से कोई खबर मिल जाए। रियाज से हुई हाथा-पाई में उसके कपड़े भी फटे थे। पैर से खून भी बह रहा था, पर उसे परवाह नहीं थी। अभिमन्यु के न मिलने से अब तो उसे रोना भी आना शुरू हो गया था कि अचानक उसके सामने एक जादू-सा हो गया।

अभिमन्यु की कार को उसने दूर से आते देखा और उसके मन की सारी शंकाएँ मिट गईं। अपने यार से मिलने मुख्तार उसकी कार की तरफ लपका। कार के सामने जाकर उसने गाड़ी को रोका, पर उसमें उसका यार नहीं था, जख्मी मुख्तार को देख माजिद गाड़ी से उतरा और पूछा, "तुम्हारा यह हाल कैसे हुआ?"

"वो सब छोड़ो, पापा कहाँ हैं, मम्मी कहाँ है और मेरा अभिमन्यु वो कहा है?" मुख्तार ने पूछा। माजिद ने कहा, "वो तो चले गए। अभी-अभी उन्हें जम्मू छोड़कर आया हूँ।"

मुख्तार को अपने कानों पर यकीन नहीं हो रहा था। उसके खयाल दौड़ने लगे कि ऐसे कैसे जा सकता है वो मुझे छोड़कर चला गया? उसने कहा था कि वो मेरे पास आएगा। फिर वह जा कैसे सकता है? उसके बिना मेरा क्या होगा, उसे इस बात का खयाल नहीं आया!

माजिद ने दोनों को बचपन से साथ बढ़ते देखा था। अभिमन्यु के जाने से मुख्तार दुःखी होगा, यह जाहिर-सी बात थी। पर माजिद का इस वक्त अपने घर पहुँचना जरूरी था तो वह निकल गया, पर मुख्तार के दिल के लगे घाव वह उस वक्त समझ नहीं पाया। मुख्तार के दिल में सौ खयाल दौड़ रहे थे।

अचानक मुख्तार ने महसूस किया कि उसके अंदर एक खालीपन-सा आ गया है जो शायद ही कभी भरा जाएगा, उदास मन से चलते-चलते वह अभिमन्यु के जलते घर में दाखिल हुआ और न जाने कितनी देर वहाँ बैठा रहा, यह सोचते हुए कि मेरे यार ने मुझे बताने कि जहमत भी नहीं उठाई कि मैं जा रहा हूँ! इसका मतलब कि वो मेरे बिना रह सकता है। जीने के लिए उसे मेरी दोस्ती की जरूरत नहीं थी। क्या में ही पागल था कि उसके पीछे-पीछे रहता था? क्या रियाज ठीक कह रहा था कि मुझे दोस्त मानकर वह मुझपर एहसान कर रहा था? नहीं-नहीं, मेरा अभिमन्यु ऐसा नहीं था! वो एहसान कैसे कर सकता है? वो तो मेरी मम्मी को अपनी मम्मी मानता था। मेरे घर में बैठकर कितनी अलसायी सी दोपहरें हमने साथ गुजारी हैं। और मेरी मम्मी मुझसे ज्यादा तो उसे प्यार करती थी। मुझसे ज्यादा उसे अपना बेटा मानती थी। मैं भले ही अपनी माँ की न सुनूँ, वो

उनकी हर बात मानता था। वो अपनी माँ को छोड़कर कैसे जा सकता है ? कहने के लिए सिर्फ वे दो अलग घर थे। वो अपना घर छोड़कर कैसे जा सकता है ? और में अब किसे देखकर जीऊँगा ? क्या कोई भाई अपने भाई को ऐसे अकेले बिना बताए छोड़ जाता है ? या फिर परवेज चाचू ही सही कहते थे कि उन पर इतना विश्वास मत कर, तू मेरा खून है, मेरी बात मान लिया कर ! पर शायद मैं ही अभिमन्यु के चक्कर में अपने चाचू से दूर हो गया। उस आग से सुलगते मकान में मुख्तार का मासूम मन सुलगना शुरू हुआ था। मुख्तार ने महसूस किया कि वह अंदर से टूट चुका है, मुख्तार के जीवन में भी शायद अँधेरे ने दस्तक दी थी और यहाँ जम्मू में भी।

कुछ ही देर में सूरज डूबनेवाला था। अभय प्रताप कुछ सोचकर उठकर चलने लगे। उस शाम सहमे-सहमे से ये तीन लोग चलते हुए जम्मू के एक गली से दूसरी गली होते-होते अपनी नई मंजिल शरणार्थी कैंप के नजदीक पहुँचे। उस बस्ती से लोगों की आवाजें तो आ रही थीं, पर ठीक से कुछ दिखाई नहीं दे रहा था। सर्दी के दिन थे तो हर तरफ धुंध ही धुंध थी। 4 फीट पर मुश्किल से कुछ दिख रहा था। तभी सर्दी से कँपकँपाती एक छोटी सी बच्ची ने रोते-रोते अभय प्रताप का हाथ थामकर पूछ लिया, "आपको मालूम हैं क्या कि मेरी मम्मी कहाँ है ?" वह बच्ची अभय प्रताप को कुछ जानी-पहचानी सी लगी। परी-सी दिखनेवाली उस मासूम कश्मीरी पंडित लड़की को अपनी गोद में उठाते हुए अभय प्रताप उसे शांत करने का प्रयास करने लगे और कहा, "रोओ नहीं बेटा। यहीं कहीं होंगी। चलो, ढूँढ़ते हैं। तुम रहती कहाँ हो ?" बच्ची ने कैंप की तरफ इशारा किया।

जैसे-जैसे अभय प्रताप उस बस्ती की तरफ बढ़ने लगे, लोगों की आवाजें ठीक-ठीक सुनाई देने लगीं और बस्ती में जल रहे दीयों के कारण वह कैंप पूरी तरह से नजर आने लगा। वह नजारा देख अभय प्रताप का दिल बैठ-सा गया। हजारों की तादाद में वहाँ शरण लिये लोग दूर-दूर तक फैले दिख रहे थे। निराशा, अवसाद, पश्चात्ताप, अपना सबकुछ छोड़-छोड़कर भागे हुए लोगों की उथल-पुतल और सबसे अहम कि अपना कोई भी दोष न होते हुए भी मिलनेवाली सजा भुगतते लोगों का वह नजारा किसी भी संवेदनशील इनसान को हिला देने की लिए काफी था। लाखों की उस भीड़ में इस नन्ही-सी जान ने अपने माता-पिता को खो दिया था, बिल्कुल वैसे जैसे सामने दिख रहे अपनी मातृभूमि से उखड़े हजारों लोगों को यहाँ के राजनेताओं की स्वार्थी राजनीति ने 'शरणागत' शब्द का ठप्पा लगाकर उन्हें लावारिस बना दिया था। वादी के हर कोने से भागने के लिए मजबूर हिंदू श्रीनगर, बारामूला, बड़गाम, पुंछ, कुपवाड़ा, राजौरी, उधमपुर, डोडा या फिर अनंतनाग से निकलकर ऐसे हजारों कैंप में आकर बसने के लिए मजबूर थे। लाखों की उस भीड़ में अभय प्रताप उस बच्ची के माँ-बाप को ढूँढ़ने चले थे।

हर तरफ शोर ही शोर था, लोगों के अंदर भी और बाहर भी। बच्ची को गोद में उठाए अभय प्रताप अपनी सोच में थे कि क्या किया जाए? तभी किसी ने तकरीबन उस बच्ची को खींचकर उसकी गोद से अपनी गोद में लिया। उस झटके के कारण अभय प्रताप अपनी सोच से बाहर आए। जिसने उस लड़की को खींचा था, वह उसकी माँ थी। अभय प्रताप को वहाँ देखकर उस औरत का गुस्सा फूट पड़ा और वह चिल्लाकर बोली, "हम लोग तुझे ही ढूँढ़ रहे थे अभय प्रताप!"

आरती और अभिमन्यु को वह बात जरा भी अच्छी नहीं लगी कि अभय प्रताप से कोई तू-तड़ाक करके बात करे। आरती ने गौर किया कि अनंतनाग में जब दंगे हुए थे, तब सारी औरतें और बच्चे 8 दिन अभय प्रताप के घर पर सुरक्षा में थे। उसमें यह बच्ची और उसकी वह माँ भी थी। उस औरत के शोर से वहाँ और भी लोग जमा हुए और उसमें से हर एक के मन में अभय प्रताप के लिए गुस्सा था।

"तेरे कारण आज हम इस हालत में हैं। सबकुछ ठीक हो जाएगा, यह कह कहकर तूने हमें वहाँ रोके रखा।" उस औरत का गुस्सा फूट-फूटकर बाहर आ रहा था। साथ-साथ वह रो भी रही थी।

"देख, अब हमारा क्या हाल हुआ है? वक्त रहते तूने हमें जाने दिया होता तो आज हम यहाँ नहीं होते।" और वह रोने लगी। अपनी बच्ची को अभय प्रताप के सामने करके उसने रोते-रोते कहा, "देख मेरी इस बेटी को। राज कुमारी की तरह रखा था मैंने, अब दूध के एक गिलास के लिए तरस रही है।" यह कहते-कहते वह औरत अभय प्रताप पर झपट पड़ी। आरती ने अपने पति को उस औरत से अलग किया। भीड़ में काफी लोग थे, जो अपनी इस हालत का जिम्मेदार अभय प्रताप को भी मानते थे।

भीड़ अब अभय प्रताप को घेरकर जवाब माँग रहीं थी। आरती की आँखों से सिर्फ आँसू बहते रहे और अभिमन्यु बहुत गहरे सदमे में था। भीड़ में से आवाजें उठने लगीं कि "हमारी दुनिया नर्क बनानेवाले इस अभय प्रताप को हम यहाँ रहने नहीं देंगे। इस पर विश्वास रखकर हम अपना सबकुछ खो बैठे हैं।" भीड़ अभय प्रताप, अभिमन्यु और आरती को घेरकर कैंप के बाहर धकेलने लगी। एक तरह से अपमानित करके अभय प्रताप का वे जुलूस ही निकाल रहे थे।

अभिमन्यु अपने पापा को सुरक्षित करने की नाकाम कोशिशें करता रहा, पर लोगों में बहुत आक्रोश था। उसके सामने अभिमन्यु की कोशिशें कम पड़ रही थीं। जिन्हें अभय प्रताप के बारे में मालूम नहीं था, वे सिर्फ तमाशबीन बनकर देखते रहे। अभय प्रताप चुपचाप सब सहकर चल रहे थे और मन में सोच रहे थे कि मेरे लिए यह सजा जरूरी है, क्योंकि मैंने इतिहास को भूलकर कश्मीरियत पर भरोसा किया था। सजा तो मुझे मिलनी ही चाहिए। अभय प्रताप के दु:खों का सिलसिला रुकने का नाम नहीं ले रहा था। आरती और अभिमन्यु

को अपनी बाँहों की सुरक्षा में लेकर बेबस अभय प्रताप उस बस्ती से बाहर जाने लगे। तभी उस भीड़ को चीरती हुई एक 22 साल की लड़की ने तेजी से अभय प्रताप के सामने आकर, अपने हाथों से उनका रास्ता रोककर, गहराती हुई आवाज में कहा "रुक जाइए, सर।"

अभय प्रताप, अभिमन्यु और आरती उस लड़की को देखकर सोचने लगे कि अब क्या नया होनेवाला है। उसे देखकर लोगों ने भी अपने आपको थोड़ा रोक लिया। अभिमन्यु को समझ में आया कि यह लड़की इस कैंप में अपनी एक अलग जगह रखती है। लड़की ने आगे कहा कि "इन लोगों को माफ कर दीजिए, सर। ये सबके सब हालात के मारे हैं, बौखलाए हुए हैं। इन्हें खुद समझ में नहीं आ रहा कि कहाँ जाएँ? क्या करें? सरकार पर गुस्सा दिखाओ तो सरकार डंडे मारती है। किसी पर तो इनका गुस्सा उतरना था न?"

इतनी छोटी सी उम्र में वह लड़की ऐसे हालातों में भी समझदारी की बात कर रही है, यह देखकर अभय प्रताप को बड़ा आश्चर्य हुआ। वे कुछ कहने ही वाले थे कि वहाँ कैंप का मैनेजर आ गया।

"यह कैंप मैनेजर हैं, सर।" आहिस्ता-से लड़की ने तीनों को बताया। दिखने में ही वह बड़ा खड़ूस लग रहा था। उसे देख भीड़ जिस तरह से बिखर गई, अभिमन्यु को लगा कि यह बहुत गुस्सेवाला इनसान होगा और वह था भी। उनकी तरफ आते-आते ही मैनेजर को अंदाजा हो गया था कि अभी यहाँ कुछ हो रहा था और उसे मुझे देखते ही सब भाग गए। मैनेजर ने उस लड़की के पास आकर पूछा कि "रोशनी, यहाँ क्या हो रहा था अभी?" रोशनी ने बिल्कुल सहजता से जवाब दिया, "नए मेहमान का स्वागत। इनसे मिलिए। ये हमारे वादी की बहुत बड़ी हस्ती हैं, मिस्टर अभय प्रताप। 'द ट्रुथ' के एडिटर साहिब।" अभिमन्यु आश्चर्य में था। उसने पूछ ही लिया, "आप हम लोगों को जानती हैं?"

लड़की ने तुरंत जवाब दिया, "वादी में शायद ही कोई ऐसा हो जो इन्हें न जानता हो। मैंने जब उन लोगों की बात सुनी तो जान गई कि ये वही अभय प्रतापजी हैं।"

आरती ने शायद मन-ही-मन उस लड़की की बलाएँ ली हैं, ऐसा अभिमन्यु को महसूस हुआ।

मैनेजर अभय प्रताप का नाम सुनकर थोड़ा झेंप-सा गया, पर अपनी अकड़ कायम रखते कहा, "आपको वहाँ अपना नाम लिखवाना पड़ेगा, तभी आप कैंप में रह सकते हैं।" अभय प्रताप सोच में थे कि बस्तीवाले उन्हें यहाँ रहने देना नहीं चाह रहे हैं। ऐसे में यहाँ रुकें या चले जाएँ। अभय प्रताप रुके-से रहे। रोशनी शायद लोगों के दिल की बात पढ़ना जानती थी। उसने अभय प्रताप को देखकर सिर्फ इतना कहा, "आप इतनी जल्दी हार नहीं मान सकते, सर। आप बरसों से हम जैसो का आदर्श रहे हैं। यह लड़ाई हमसब मिलकर लड़ेंगे, ऐसा आपने कहा था, सर...!"

अभय प्रताप ने महसूस किया कि उनके कदम उठकर मैनेजर के पीछे चलने लगे

हैं। बस्ती से गुजरते हुए सब कैंप ऑफिस की तरफ चलकर जाने लगे। अभिमन्यु अपने आस-पास का जायजा लेने लगा। वादी के पक्के मकानों से निकलकर आए लोग, यहाँ जनवरी की ठंड में कपड़े से बने टेंट में रह रहे थे।

अभिमन्यु के परिवार ने ऑफिस कहलवाए जानेवाले उस टेंट में कदम रखा।

"आपको परिवार के सदस्य की संख्या अनुसार महीने में एक बार राशन मिलेगा।" मैनेजर ने घिसे-पिटे लफ्जों में कहा। अब तो उसके लिए यह रोजमर्रा की बात हो गई थी। हरेक घंटे में शायद वह दस परिवारों से जो यह कह रहा हो, उससे भावनाओं की उम्मीद करना बेकार है। यह बात समझकर अभय प्रताप ने रजिस्टर खोलने के लिए उठाया। रजिस्टर पर लिखा था 'मुठी शरणार्थी कैंप, जम्मू,' 'शरणार्थी' शब्द पढ़कर अभय प्रताप के दिल में खलबली मच गई। उनके मन में आवाज उठी कि चलो, लौट चलते हैं। पर फिर एक बार उनकी नजर के सामने सुलगती वादी के सारे दृश्य गुजर गए। आँगन का वह कुआँ याद आया, जिसमें आरती अपनी जान देने के लिए तैयार बैठी थी और अभिमन्यु? क्या वे अभिमन्यु के बदन पर एक भी खरोंच सह पाते? अपने अंदर उमड़ते तूफान को अभय प्रताप ने अंदर ही दबा लिया और अपना नाम रजिस्टर में लिखकर अपने आप को शरणार्थियों में शामिल कर दिया!

अभिमन्यु इस नई दुनिया को अभी भी स्वीकार नहीं पा रहा था। उसे अभी भी दुनिया से थोड़ी उम्मीद थी तो थोड़ा डरते-डरते ही सही अभिमन्यु ने मैनेजर से पूछा कि क्या उन्हें अलग टेंट मिल सकता है?

मैनेजर ने बेरुखी से उसकी बात का जवाब देते हुए कहा, "तुम्हारे जैसे रोज यहाँ हजारों आते हैं। कल भी आएँगे, परसों भी आएँगे। अब तुम ही सोच लो हर किसी के लिए अलग से टेंट मुमकिन हैं क्या?" अभिमन्यु को लगा कि जैसे उस इनसान को हमपर क्या गुजर रही है, इसका जरा सा भी खयाल नहीं है। हम उसके लिए जीते-जागते इनसान नहीं, बल्कि उसके रजिस्टर में दर्ज सिर्फ कुछ आँकड़े हैं जो बढ़ते ही जा रहे हैं और हकीकत भी उससे कुछ अलग नहीं थी। किसी भी सरकार के लिए किसी भी शरणार्थी कैंप के 'जिंदा इनसान' महज कागज पर लिखे कुछ आकड़ें ही तो होते हैं।

अभय प्रताप, अभिमन्यु और आरती को उसका बात करने का अंदाज बेहद बुरा लगा। आरती बोलना चाह रही थी कि हम लोग खुशी से नहीं आ रहे हैं, पर बोल नहीं पाई।

मैनेजर अपने टेंट की लिस्ट चेक करने लगा। काफी पन्ने चेक करने के बाद उसने कहा, "एक भी टेंट खाली नहीं है। और टेंट मँगवाए हैं, जब तक कि वो लग नहीं जाते, तब तक आप अपना कुछ इंतजाम कर लीजिए।" कौल परिवार पर और एक आफत आ गिरी। बार-बार बसने और उखड़ने से वहाँ की जिंदगियाँ तंग आ चुकी थीं। मैनेजर की वह बात सुनकर नाउम्मीद हुई आरती वहीं पर बैठ गई। अभिमन्यु अपनी माँ

की तरफ यह सोचकर दौड़ा कि शायद उन्हें कुछ हो गया हो। अपनी माँ का वह हारा हुआ चेहरा देख अभिमन्यु जहाँ का तहाँ रुक गया। उसने अपने पेट में जैसे गड्ढा-सा बनता महसूस किया। वह चेहरा और वह एहसास अभिमन्यु जिंदगी भर नहीं भूल सका। जब तक अभय प्रताप आरती को फिर से हाथ देकर उठाते, तब तक रोशनी ने उन्हें बड़ी इज्जत से उठाते हुए मैनेजर से कहा कि उसके टेंट में इन तीनों के लिए जगह थी··· और वह अंदाजा लगाने लगी कि मैनेजर अब क्या कहेगा? अपना काम बच गया, यह सोचते हुए मैनेजर ने तुरंत कहा, "हाँ हाँ, ले जाओ उन्हें!"

तीनों वहाँ से निकलकर रोशनी के टेंट के लिए चलने लगे। चलते-चलते रोशनी ने फिर अपने स्वभाव का परिचय दिया। उसने कहा, "मैनेजर की बात का जरा भी बुरा मत मानना। अंडरप्रेशर है बेचारा। यहाँ रह रहे लोगों कि व्यवस्था देखना उसका काम है, पर उसकी मदद के लिए जितने लोग चाहिए, उतने लोग सरकार ने दिए नहीं है। ऊपर से शांति बनी रहे, इसकी जिम्मेदारी भी उस पर डाल दी है तो थोड़ा उखड़ा-उखड़ा रहता है। जब भी देखता है कि जो लोग थोड़ा आपे से बाहर होने की कोशिश कर रहे हैं तो हजार वजहें देकर वह उन लोगों को राशन कम दिया करता है, तो सब उससे डरने लगे है। यहाँ आकर सब जान गए है कि पेट की भूख सब पर भारी पड़ती है। मैनेजर का ऐसा करना उसकी मजबूरी है। उसे भी कोई खुशी नहीं मिलती ऐसा करके, पर बौखलाए हुए लोगों को काबू में रखना जरूरी है, वरना हर कोई अपने मन मुताबिक करने लगेगा तो यहाँ जो अफरा-तफरी मचेगी, उसमें सब अपने ही झुलसकर रह जाएँगे।"

अभय प्रताप ने रोशनी के सर पर हाथ रख दिया, यह जताने के लिए कि वे उससे मिलकर बड़े खुश हैं,। पर कुछ कहने-सुनने का वह मौका नहीं था। ऐसे हालातों में कोई भी इनसान गुमसुम-सा ही हो जाता है। बस, उसकी आँखें सब बयान करती रहती हैं। रोशनी ने अपने टेंट का परदा सरकाया और अभिमन्यु, आरती और अभय प्रताप को अंदर आने का इशारा करते कहा कि अब यह आपका भी घर है!

अभय प्रताप, आरती और अभिमन्यु ने रोशनी के घर में कदम रखा था और रोशनी ने इन तीनों के मन में अपनी जगह कायम कर ली थी।

अब 10 बाय 10 के बने उस कपड़े के घर में 6 लोगों ने अपना ठिकाना कर लिया था—अभिमन्यु, आरती, अभय प्रताप, रोशनी व रोशनी के माता-पिता। रोशनी की माँ ने बड़े ही उत्साह के साथ तीनों का घर में स्वागत किया था। दर्द ने दर्द को पहचान लिया था। बेघर होने का अहसास शायद उस घर को भी था। उसकी छत भले ही कोने में बैठे हुए रोशनी के पापा के सर से टकरा रही थी, पर उन सबका दिल आसमान से भी ऊँचा था। चूल्हे की आग में और थोड़ी लकड़ियों को सरकाते हुए उस पर रोशनी ने चावल चढ़ा दिए और वह खाना बनाने लगी।

"क्या आप भी श्रीनगर से हैं?" रोशनी की माँ ने पूछा।

आरती ने जवाब दिया। "नहीं, अनंतनाग से।"

"हम श्रीनगर में रहते थे। रोशनी का बड़ा भाई बैंक में काम करता था। जाहिलों ने पूरे बैंक को आग लगा दी। झुलस-झुलसकर मर गया मेरा बेटा।" यह कहते कहते रोशनी की माँ रो पड़ी। रोशनी ने अपनी माँ को सांत्वना दी और अभय प्रताप से कहा, "हम यहाँ दो महीने पहले आए। मैं श्रीनगर में नर्स का काम किया करती थी। भाई की जली हुई लाश देखकर पापा को लकवा मार गया। तबसे ये बिस्तर पर ही हैं।" वहाँ जगह इतनी छोटी सी थी कि अपने जज्बात छुपाने की कितनी भी कोशिश की जाए, हर कोई एक-दूसरे का चेहरा पढ़ ही सकता था। सब उस जज्बात में इतने डूबे हुए थे कि उस रात किसी को यह अहसास तक नहीं हुआ कि चावल के साथ खाने के लिए उस दिन रोशनी के घर में दाल नहीं थी तो सब सूखे चावल खाकर 'लेट गए'। 'लेट गए', इसलिए कि हर किसी के आँखों से नींद गायब थी। हर हालत में जिंदा रहना, अगर इनसान की बुनियादी फितरत नहीं होती तो उस रात उस जानलेवा ठंड में कपड़े के बने उन हजारों टेंटों से सबकी लाशें बाहर निकालनी पड़तीं। 6 लोग उस छोटे से टेंट में पड़े-पड़े आनेवाली सुबह के इंतजार में थे, बिल्कुल एक-दूसरे से चिपके हुए। आरती से सटकर अभिमन्यु सोया था। अपने बेटे को ठंड से बचाने के लिए आरती ने उसे अपने पल्लू से ढक लिया था और उसके सिर पर हाथ फिरा रही थी ताकि वह ठंड को भूलकर नींद के हवाले हो जाए, पर कितना भी चाहो, ठंड अपना असर छोड़ ही रही थी। अभिमन्यु के हाथ-पैर एकदम ठंडे पड़े थे। गाल भी एकदम सर्द हो चले थे। उसे कुछ भी महसूस होना बंद हो गया था। समझ में आ रहे थे तो सिर्फ आरती के आँसू, इस बात से बेखबर कि अपने आँसू अभिमन्यु के गाल पर बरस रहे हैं। देर रात तक आरती रोती रही। अपने पति से छुपकर आँसू बहाती रही। अभिमन्यु भी एक-एक आँसू अपने गाल पर झेलता शांत पड़ा रहा। अभिमन्यु ने पहली बार महसूस किया कि आँसू भी गरम होते हैं। उसे समझ में नहीं आ रहा था कि माँ के आँसुओं में इतनी आँच आई कहाँ से है? यह राज शायद शहनाज जानती थी।

शहनाज, मुख्तार की माँ, जो इस वक्त दुनिया से छुपकर आरती के जले हुए मकान में आरती का बचा-खुचा सामान समेट रही थी, ताकि जब उसकी सहेली उसकी बहन आरती वापस आ जाए तो उसे वह कुछ तो लौटा पाए। जिस तरह वहाँ आरती के आँखों से पानी बह रहा था, यहाँ भी शहनाज की आँखें नम थीं और दोनों की आँखों का पानी वादी में लगी आग बुझाने के लिए काफी नहीं था। प्यार की जगह नफरत ने ली थी। शहनाज ने जो सामान इकट्ठा किया था, उसे वापस अभिमन्यु के घर में फेंकते हुए मुख्तार ने अपनी अम्मी से कहा, "तुम्हें उनके सामान की पड़ी है? जलते हुए इनसान को

वो पीछे छोड़ गए हैं। उसका क्या करोगी?" शहनाज जानती थी कि मुख्तार अभिमन्यु की जुदाई बरदाश्त नहीं कर पा रहा, गम में है। अपने नादान बच्चे को गले से लगाते शहनाज ने उसे तसल्ली देने की कोशिश की कि वे सब जल्दी आएँगे। मुख्तार ने नफरत से ही कहा, "वापस आना ही था तो चले ही क्यों गए? उसे मुझपर विश्वास नहीं था कि में उसका खयाल रख सकता हूँ? दोस्त था न मेरा? वो यहाँ रह नहीं सकता था तो मैं उसके साथ चला जाता, पर वो मुझे छोड़कर गया। उसने कसम खाई थी। कसम तोड़ी नहीं जाती। उसने मेरी कसम तोड़ी! दोस्ती में गद्दारी की उसने। अगर वो आना भी चाहे अब तो मैं उसे आने नहीं दूँगा।" शहनाज जान गई थी कि उसका बेटा अभिमन्यु के बिना जी नहीं पा रहा और वह खुद भी तो कहाँ उनके बिना रह पा रही थी? वक्त सब ठीक कर देगा, यह सोचते हुए वह मुख्तार को वापस घर ले जाना चाह रही थी, पर मुख्तार नहीं गया। वह उसी उजड़े मकान में फिर यह सोचता बैठा कि अभिमन्यु ने कसम तोड़ी। मैं उसे कभी माफ नहीं करूँगा। अभिमन्यु की याद के हजारों साँप मुख्तार के मन को डस रहे थे और यहाँ जम्मू कैंप में साँपों के डसने से मौत का आँकड़ा आज 19 का हो चुका था।

जम्मू कैंप में कौल परिवार की पहली सुबह ही इस खबर से हुई कि बाजू के टेंट में साँप घुस आया और एक औरत की मौत हो गई। साँप के डसने से मौतें कैंप में आम बात थी। सरकार ने जम्मू शहर के बाहर यह कैंप लगाए थे, जहाँ आजू-बाजू जंगल ही था। अभिमन्यु को साँपों से बेहद डर लगता था और वहाँ के माहौल में अभिमन्यु अपने आप को ढाल नहीं पा रहा था। उसने पापा से पूछा, "क्या हम कहीं और जाकर नहीं रह सकते? यहाँ ऐसे रिफ्यूजी बनकर रहना अच्छा नहीं लग रहा।" पापा ने उसका हौसला बढ़ाते कहा कि बस कुछ ही दिनों की बात है। उनकी यह बात चल ही रही थी तो कैंप के सामने आठ-दस बसों का जैसे जत्था-सा रुक गया। उन बसों से बहुत सारे लोग उतरने लगे। उनमें से कुछ चेहरे देखकर अभिमन्यु भी हैरान रह गया। वे वादी के बड़े रसूखदार लोग थे, जिन्हें वहाँ के हालात के चलते वादी छोड़नी पड़ी थी। अभय प्रताप के मुकाबले कई ज्यादा रईस और बेहतर जीवनशैली वाले लोग उनमें शामिल थे। वे सबके सब लाइन में लगकर अपना नाम रजिस्टर में दर्ज कराने लगे। उन्हें देख अभिमन्यु की सारी शिकायतें अपने आप खत्म हो गईं और उसने मन-ही-मन यहाँ की जिंदगी को स्वीकार किया।

अभय प्रताप उन लोगों में से जिन्हें जानते थे, उन्हें प्रणाम करके जम्मू शहर की तरफ अखबार का ऑफिस ढूँढ़ने चले गए। रोशनी आरती को लेकर राशन कहाँ से लेना है, क्या सिस्टम है, यह सब समझाने उनके साथ चली गई। अभिमन्यु को वैसे भी खुली हवा में जीना पसंद था तो वह भी पूरा कैंप देखने निकल पड़ा।

पिछले 24 घंटों में उन पर जो बीती थी, उसमें से यह पहला पल था कि वह अपने

बारे में सोचे, और उसे पहला खयाल मुख्तार का आया। अभिमन्यु का मन वादी की तरफ खिंच रहा था। अब तो उसे वादी का हर एक जर्रा याद आ रहा था। अपनी वादी में खोया-खोया सा अभिमन्यु जब कैंप से गुजर रहा था, तब उसे कैंप में पत्थरों को कंचे समझकर खेलनेवाले छोटे बच्चे दिखाई दिए। उन्हें देखकर उसे कंचों पर से उसका और मुख्तार का पहला झगड़ा उसे याद आया।

बचपन में बच्चों को कंचे और बंटे जमा करने का बहुत शौक होता है। अभिमन्यु ने भी एक बड़े से बक्से में काफी सारे बंटे जमा करके रखे थे। गली के लड़कों के साथ खेलते-खेलते मुख्तार काफी कंचे हार रहा था। उसने अभिमन्यु से कुछ कंचे उधार माँगें, पर अभिमन्यु ने ये कहकर उसे कंचें देने से मना किया, "आज तेरा दिन अच्छा नहीं है, तू हार रहा है। उससे अच्छा है कि खेलना बंद कर दे।" मेरा दोस्त होकर भी अभिमन्यु ने मुझे कंचें नहीं दिए, यह बात मुख्तार को बहुत बुरी लगी और उसने अभिमन्यु से बात करना ही छोड़ दिया। उसे मनाने के लिए अभिमन्यु ने पूरा का पूरा कंचों और बंटों से भरा बक्सा मुख्तार को दे दिया था। कल तक वो बक्सा अभिमन्यु ने मुख्तार के घर में देखा था।

अभिमन्यु का मन अब बहुत बेचैन होने लगा। उसे रह-रहकर मुख्तार याद आने लगा। अभी सोचने लगा कि उसे मालूम तो होगा न मैं सुरक्षित हूँ। उसको मेरी बहुत चिंता थी। अभिमन्यु के मन से मुख्तार का खयाल जाने को तैयार नहीं था। उसे लग रहा था कि ये जो उसके सामने बसे खड़ी है, उनमें बैठकर अपने मुख्तार के पास पहुँच जाए और उसे गले लगा ले। अभिमन्यु के दिल में दूसरा खयाल भी तुरंत दौड़ गया कि क्या पता, शायद मुख्तार उसे ढूँढ़ता हुआ इन बस से ही यहाँ आया होगा। उस खयाल के साथ अभिमन्यु बसों की ओर भागा। उसने हर तरफ मुख्तार को खोजने की कोशिश की, कि शायद आया हो तो में उसे दिख जाऊँ। पर उन बसों से कोई भी मुख्तार अभिमन्यु के दर्द को न समझने आया था, न उसे वापस ले जाने आया था!

अभिमन्यु ने अपने मन को शांत किया। वह अनमना-सा कैंप में घूमने लगा और उसने एक कोने से सिगरेट का धुआँ उड़ते देखा। अभी भी अभिमन्यु की जेहन से मुख्तार हटा नहीं था। वह धुएँ की तरफ चलता चला गया तो देखा कि महज 13-14 साल के लड़के कहीं से बीड़ी उठाकर लाए थे और बारी-बारी से उसका कश ले रहे थे। उन्हें लगा कि अभिमन्यु भी कश मारना चाहता है तो उन्होंने अभिमन्यु के सामने बीड़ी पकड़कर उसे एक कश ऑफर किया। मुख्तार भी कभी-कभी मजाक के मूड में होता था तो ऐसे ही करता था। अभिमन्यु के सामने सिगरेट पकड़ कर कहता था, "देख, एक कश मार के देख। आगे चलकर अफसोस न हो!" और अभिमन्यु वह सिगरेट मुख्तार से लेकर जमीन पर डालकर पैरों से बुझाते हुए कहता था, "यह अच्छी चीज नहीं है।"

इस वक्त अभिमन्यु के सामने बीड़ी थी और वह अपने मुख्तार के खयाल में था… आदतन उसने बीड़ी ली और जमीन पर फेंककर बुझाने ही वाला था कि आरती और रोशनी उसे अपने सामने खड़ी दिखीं। आरती ने अभिमन्यु के हाथ में बीड़ी देखी और उन्हें झटका-सा लगा। बिना कुछ बोले वह वहाँ से चली गई। अभिमन्यु को अपनी माँ को समझाने का मौका भी नहीं मिला कि उसने बीड़ी बुझाने के लिए उठाई थी।

बेहद खराब मूड में आरती ने अपने टेंट में कदम रखा। वह अपने टेंट में बेचैनी से अभय प्रताप के आने का इंतजार करती रही। दो घंटे बाद अभय प्रताप लौटे। उस दो घंटों में अभिमन्यु की हिम्मत नहीं पड़ी कि टेंट के अंदर माँ के सामने जाए। वह भी पापा के इंतजार में टेंट के बाहर ही टहलता रहा। अभय प्रताप के आते ही आरती ने कहा, "चलो यहाँ से, हमें नहीं रहना यहाँ। अपने घर चलते हैं। हाँ, अब सब ठीक हो गया होगा। यहाँ का माहौल अभिमन्यु के भविष्य पर असर कर सकता है। मैं नहीं चाहती कि मेरा बेटा यहाँ रहे।"

वह जिस तरह से भावुक हो रही थी, अभय प्रताप तुरंत समझ गए कि कुछ-न-कुछ हुआ है। अभय प्रताप ने हमेशा से ही अभिमन्यु की परवरिश का जिम्मा आरती को सौंपा था। अभिमन्यु के बारे में हर फैसला आरती करती थी, पर अभी हालात अभय प्रताप के काबू से बाहर थे और अब घर जाते भी तो किसके घर जाते? उनका घर था कहाँ अब?

उन्होंने आरती को समझाया, "वहाँ सब ठीक होने में देर लगेगी। मेरी अभी वहाँ बात हुई है। इतनी जल्दी वहाँ कुछ ठीक होगा, ऐसे लग नहीं रहा। वहाँ जाने के बाद भी अभिमन्यु को रोज उसी खौफ से गुजरना होगा। उससे अच्छा है कि अंबाला में मेरी जो बहन रहती है, उनके घर कुछ दिन उसे रखें।"

आरती को अभिमन्यु को सुरक्षित रखने का उपाय भा गया, पर उन्होंने अभिमन्यु को किसी रिश्तेदार के घर पर रखने से साफ मना किया। कुछ सोचकर अभय प्रताप ने कहा कि उसे किसी कॉलेज में दाखिला दिला देते हैं। हॉस्टल में रहेगा तो सारे प्रॉब्लम ही खत्म हो जाएँगे। आरती का चेहरा काफी दिन के बाद खिला।

'माँ-बाप मेरे ही बारे में बात कर रहे हैं,' यह बाहर खड़े अभिमन्यु ने जान लिया था। उसका अंदाजा था कि पापा बुलाकर उसे बीड़ी के लिए बहुत डाँटेंगे, पर ऐसा कुछ भी नहीं हुआ। पूरा दिन अभिमन्यु परेशान रहा कि दोनों में से अभी तक किसी ने कुछ कहा कैसे नहीं, पर बड़ों से सवाल करना उसकी तहजीब में नहीं था। देर रात अभिमन्यु के माता-पिता एकदम हल्की आवाज में बात कर रहे थे, ताकि बाकी किसी को सुनाई न दे, पर अभिमन्यु उनके एकदम बगल में ही सो रहा था तो न चाहते हुए भी उनकी आवाजें उसके कान में पड़ रही थीं।

"आपने कुछ सोचा किस कॉलेज में दाखिल करेंगे उसे?" आरती ने पूछा।

"अभी कुछ दिन जाने दो, आरती। पैसों की हालत तुमसे छिपी नहीं है। पैसों का कुछ इंतजाम हो जाएगा तो ले जाऊँगा उसे।" अभय प्रताप ने जवाब दिया। पता नहीं आरती में इतनी जान कहाँ से आ गई कि वह तेजी से उठकर बैठ गई और जाने से पहले माजिद ने उनके हवाले किए उन्हीं के जेवर एक के बाद एक उतारकर अभय प्रताप के हाथ में रखने लगी और बिल्कुल रोते-रोते उन्होंने कहा, "उसे यहाँ रहना जरा भी अच्छा नहीं लग रहा। कभी रहा नहीं न ऐसे। और आप यहाँ का माहौल भी देख ही रहे हैं। यहाँ लोग हमें पसंद नहीं कर रहे। हम तो सह लेंगे, वो क्यों सहे? ऐसा ही चला तो आज बीड़ी उठाई थी। कल जुआ खेलने बैठेगा तो?"

अब जाकर अभय प्रताप समझे कि अभिमन्यु को बीड़ी पीते आरती ने देख लिया, इसलिए इतनी परेशान है। उन्होंने आरती को समझाने के सुर में पूछा—

"तुम्हें अपनी परवरिश पर भरोसा नहीं है, आरती?"

"क्या आपने कभी सोचा था कि हम कभी इस हालात में पहुचेंगे, पर हैं न? मेरे बेटे का भविष्य बचा लो। जेवर वापस आ जाएँगे, पर वक्त नहीं। आप चाहते हैं न कि वो आपकी बहन के पास रहे, तो अंबाला के नजदीक का कोई कॉलेज देख लेना, ताकि वे भी वहाँ उसका ध्यान रख सके, पर उसे यहाँ से निकाल लो।" आरती ने बड़े ही फॉर्मली कहा।

अचानक से अभय प्रताप के दिमाग में एक नाम चमका। बलदेव भाटिया, अभय प्रताप ने आरती को बताया कि वह पानीपत के गवर्नमेंट कॉलेज में प्रिंसीपल है। एक जमाने में दोनों साथ-साथ पत्रकारिता किया करते थे। वे पंजाब अमृतसर से, तो अभय प्रताप कश्मीर से। दोनों खबरों का आदान-प्रदान किया करते थे, पर बाद में जब भाटिया पानीपत में आकर बस गया तो वह पत्रकारिता छोड़कर प्रोफेसर बन गया और अब उसी कॉलेज में वह प्रिंसीपल बन गया है। आरती और अभय प्रताप के दिल ने राहत महसूस की कि कोई तो राह उन्हें दिखाई दी। दूसरे ही दिन आरती के कुछ गहने बेचकर अभिमन्यु और अभय प्रताप हरियाणा स्टेट ट्रांसपोर्ट की बस में सवार थे। रोशनी और आरती अभिमन्यु को रवाना करने जम्मू बस स्टैंड पर आई थीं। आरती ने बहुत सारी हिदायतों के साथ अपने बेटे को गाड़ी में बिठा दिया। गाड़ी छूटने में 5 ही मिनट थे कि अभिमन्यु गाड़ी से उतरा, वह अपनी माँ को कुछ कहना चाह रहा था, पर कह ही नहीं पा रहा था। रोशनी का चेहरा देख उसकी उलझन सुलझ गई। उसने रोशनी के पास जाकर आहिस्ता-से कहा, "माँ को बता देना कि मैंने कभी भी सिगरेट नहीं पी है और कल भी नहीं पी रहा था। उसे कहना कि उसका बेटा कभी भी सिगरेट नहीं पिएगा। निश्चिंत रहे…!"

अभिमन्यु ने अपने माँ के चरण छुए और वह गाड़ी में बैठ गया। उसे गाड़ी में बैठकर जाते देख रोशनी को लगा कि वह उसका दिल ले गया। रोशनी भी काफी देर अभिमन्यु को देखती रही और अभिमन्यु के साथ बैठे अभय प्रताप सोचते रहे कि यह एक अच्छी बात हो गई कि अभिमन्यु जा रहा है। उसके डिग्री लेकर वापस आने से पहले वह और आरती वादी में जला हुआ घर फिर से बाँध लेंगे तो दूसरी तरफ अभिमन्यु भगवान् को बार-बार धन्यवाद दे रहा था कि उसे अब कैंप से मुक्ति मिल गई। फिर उसे कभी उस कैंप में रहना नहीं पड़ेगा।

अभय, आरती, अभिमन्यु और रोशनी हर कोई खुश था। जम्मू को पीछे छोड़ आई हवा में अब गरमाई थी, जो अभिमन्यु को बड़ी भा रही थी।

□

3

सब्ज शादाब के सही मायने

(पानीपत 1990)

पानीपत, जिसका नाम लेते ही इतिहास के वे तीन युद्ध याद आते हैं, जिसने भारत का पूरा इतिहास बदलकर रख दिया। अभिमन्यु की बस भी हरियाणा स्थित उसी पानीपत के बस अड्डे पर आकर रुक गई। अभिमन्यु और अभय प्रताप बस से उतरे। हर बस अड्डे का नजारा जैसा होता है, पानीपत बस अड्डा भी वैसा ही था। कोई जा रहा था, तो कोई आ रहा था। किसी को बस मिल गई थी तो किसी की छूट गई। कहीं बच्चे दौड़ रहे थे तो बस के पीछे फेरीवाले अपना सामान बेचने की होड़ में थे। खान-पान के स्टॉल थे। तेल से उबलती कढ़ाहियों से समोसे निकल रहे थे तो कहीं लस्सी के गिलास बँट रहे थे। हर तरफ शोर था। सामने दिख रहे टेलीफोन बूथ की तरफ अभय प्रताप बढ़ गए। "मैं बलदेव को फोन कर लेता हूँ," कहकर वे बूथ के अंदर चले गए। उन्होंने अंदर जाकर टेलीफोन डायरेक्ट्री से आर्यन कॉलेज का नंबर ढूँढ़ा और फोन लगाकर बात करने लगे। अभिमन्यु बूथ के बाहर खड़ा होकर इस नए शहर को निहार रहा था। उसके सामने से कुरुक्षेत्र की बस गुजर गई। बस आगे चली गई और अभिमन्यु ने देखा कि एक 5-8 फीट का लंबा सिख लड़का अपने हाथ में चाकू लेकर एक लड़के के पीछे दौड़ते-दौड़ते बस अड्डे में घुस गया। अपनी जान बचाने के लिए तेजी से कूदता-फाँदता दौड़ रहा था। हल्ले-गुल्ले में भी ये दो नाम गूँज रहे थे। जो पहले चढ़ा वह हरजीत था और जो बाद में चढ़ा वो सतपाल। एक पल के लिए उसे पकड़ भी लिया था, पर सतपाल ने एक जोर का झटका देकर अपने आप को हरजोत से बचा लिया। अभिमन्यु उन्हें देख रहा था। अभिमन्यु ने अभय प्रताप को देखा। अभय प्रताप फोन में व्यस्त थे। अपनी जान बचाता भागता सतपाल दो आदमियों से टकरा गया। वे आदमी गिर पड़े। गिरनेवाले लोग उस पर चिल्लाने ही वाले थे कि सतपाल के पीछे पड़े हरजोत को उन्होंने देख लिया, जिसके हाथ में चाकू था। वे लोग कुछ बोले बगैर अपना गिरा हुआ सामान जल्दी-जल्दी में बटोरकर वहाँ से

भागने लगे। सतपाल वहाँ खड़ी एक बस में चढ़ गया। हाथ में चाकू लेकर दौड़नेवाले लड़के को अगर अभय प्रताप ने देख लिया होता तो शायद वे उन लड़कों के पीछे गाड़ी में जाकर क्या खून-खराबा हो रहा वो देखते जरूर, पर उन्होंने उसे नहीं देखा था। अभिमन्यु ने वह धारदार चाकू भी देखा था और यह भी देखा था कि जिस लड़के के हाथ में चाकू था, अंदर उसे 5-6 लड़कों ने घेर लिया है। अभिमन्यु समझ गया कि यह उस सिख लड़के के लिए जाल था। जो जान लेने के लिए भाग रहा था। अभिमन्यु देखना चाह रहा था कि क्या होगा, पर अभय प्रताप ने बूथ से बाहर आकर चलने के लिए कह दिया। चलते-चलते अभिमन्यु बार-बार मुड़कर देख रहा था कि आगे क्या होगा ? हुआ कुछ भी नहीं। हरजोत ने अपनी पिस्टल निकाल ली तो उसकी जान लेने पर आमादा लड़कों के पसीने छूट गए। हर कोई अपनी जान बचाने के लिए जहाँ से जैसे मिले, बस से कूदकर भाग गया। हरजोत ने पिस्टल अपने जेब में रख दी और बस से ऐसे उतर गया कि जैसे कुछ हुआ ही नहीं, जैसे उसके लिए यह रोजमर्रा की बात थी। अभिमन्यु ने जो देखा था, वह अपने पापा को बताना चाह रहा था, पर साइकल रिक्शा में बैठते-बैठते अभय प्रताप ने ही बोलना शुरू किया, "अभी अगर आरती यहाँ होती तो वह सबसे पहली बात तुम्हें यह बताती कि यह वह भूमि है जिसे भगवान् कृष्ण ने उन पाँच गाँवों को शामिल किया था, जो युद्ध टालने के लिए उसने दुर्योधन से पांडवों के लिए माँगे थे।" रिक्शा चल पड़ा। कृष्ण के लिए यह पावन भूमि रही होगी या नहीं, यह तो मालूम नहीं, पर अभिमन्यु ने बस से आते वक्त यहाँ के हरे-भरे लहराते खेतों को देख एक अजीब-सी खुशी का अनुभव किया था। जो सब्ज रंग उसे वादी में खटक रहा था, वही रंग उसके मन में यहाँ उमंग पैदा कर रहा था। रिक्शा आर्यन कॉलेज के बड़े से प्रांगण में रुक गया। अभय प्रताप और अभिमन्यु मुख्य बिल्डिंग तक चलते चले गए। उस दिन सोमवार था। दूर से ही दिखाई दे रहा था कि कक्षा में लेक्चर्स चल रहे हैं। इक्का-दुक्का छात्र आते-जाते दिख रहे थे। बाकी हर जगह पर शांति थी। बड़े से पोर्च से गुजरकर अभय प्रताप और अभिमन्यु ने उस बिल्डिंग में कदम रखा। प्रिंसीपल का ऑफिस दूसरी मंजिल पर है, यह बात अभय प्रताप ने वहाँ से गुजर रहे एक चपरासी से जान ली। वे सीढ़ियों से चलकर प्रिंसीपल के केबिन तक पहुँचे। केबिन के बाहर बोर्ड पर 'बलदेव भाटिया' का नाम देखकर अभय प्रताप को बड़ी तसल्ली हुई। चपरासी के जरिए अंदर चिट भेजकर अभय प्रताप ने प्रिंसीपल को अपने आने की इत्तिला कर दी। अभय प्रताप को उम्मीद थी कि बलदेव तुरंत उन्हें बाहर आकर मिलेगा या अंदर बुला लेगा, पर ऐसा कुछ नहीं हुआ। बाहर रखे लकड़ी के बेंच पर अभय प्रताप और अभिमन्यु काफी देर बैठे रहे। अभय प्रताप थोड़ा-सा अपमानित महसूस करने लगे थे कि अंदर से बुलावा आया। दोनों केबिन में गए। बलदेव भाटिया अपनी कुरसी पर ही बैठे रहे। न उन्होंने उठकर अभय प्रताप का स्वागत किया, न ही खुशी जताई।

"प्लीज सिट।" एक फॉर्मेलिटी की तहत भाटिया ने अभय प्रताप को बैठने के लिए कहा, पर अभिमन्यु का मन नहीं हुआ कि वो वहाँ बैठे। वह कुरसी के पीछे चुपचाप खड़ा रहा।

अभय प्रताप को देखकर बलदेव भाटिया ने पूछा, "चाय पियोगे या ठंडा?" भाटिया के उस सवाल से अचानक से अभिमन्यु ने महसूस किया कि वह किसी तनाव से बाहर आ गया है।

"चाय।" अभय प्रताप ने शांति से जवाब दिया।

भाटिया ने अभिमन्यु से पूछा, "क्या पढ़ते थे कश्मीर में?"

"साइंस।" अभिमन्यु ने एक विद्यार्थी की तरह जवाब दिया। भाटिया ने अभय प्रताप को देखकर कहा, "अगर तुम जम्मू से निकलने से पहले ही मुझे फोन कर देते तो मैं तुम्हें वही रोक देता। साल के बीच में एडमिशन मुश्किल है।"

अभय प्रताप ने हैरानी भाटिया को देखा और फिर अभिमन्यु को। अभिमन्यु निराशा से अपने पापा को देख रहा था। अभय प्रताप ने आँखों से ही उसके मन में आशा जगाकर कहा, "अभिमन्यु, तुम जरा मेरा बाहर इंतजार करो।" अभिमन्यु बाहर चला आया, पर उसे पूरा विश्वास था कि उसका एडमिशन यहीं पर होगा।

कभी-कभी ऐसा हो जाता है कि आपका मन आपको पहले से ही बता देता है कि अब आप के साथ क्या होनेवाला है? बेफिक्र होकर अभिमन्यु बाहर की बेंच पर जाकर बैठ गया। लेक्चर खत्म हुआ, इसका निर्देश जोर-जोर से होते घंटा नाद ने किया और जो नजारा अभिमन्यु ने देखा, वह शायद कश्मीर की खूबसूरत वादियों से भी ज्यादा मनभावन था। अपनी-अपनी क्लास से निकलकर सारे छात्र बाहर आ गए और आर्यन कॉलेज के उस प्रांगण ने जैसे एक मेले का रूप लिया, जहाँ किसी भी बात पर पाबंदी नहीं थी। मुसकराते चेहरे, खिलखिलाती बातें और ठहाके लगाती हँसी ने अभिमन्यु के मन में चैतन्य पैदा किया। वहाँ के छात्रों ने उनके मनपसंद कपड़े पहने हुए थे। यहाँ पर कोई भी ड्रेस कोड लागू नहीं था। लड़कियों ने अलग-अलग फैशन के सलवार-कमीज, मिडीज यहाँ तक कि दिल्ली वगैरह शहरों सी आई लड़कियों ने मिनीस्कर्ट्स भी पहने हुए थे, और उस पर किसी को कोई आपत्ति नहीं थी। वो खूबसूरत थीं। अभिमन्यु ने वादी में लड़कियों को सिर्फ चोटियों में देखा था। यहाँ की लड़कियों की अलग-अलग हेयर स्टाइल्स ने उसे सोचने पर मजबूर कर दिया कि 'यार! लड़कियों के बाल उन्हें इतने अलग-अलग और सुंदर बना देते हैं'। काफी देर तक तो अभिमन्यु हर आती-जाती लड़की के बालों की रचना ही देखता रहा। किसी ने बॉय कट किया था, किसी के बाल काँधे तक ही थे तो किसी के लंबे खुले बाल लड़कों के दिलों में हलचल पैदा कर रहे थे। कमाल तो तब हो रहा था, जबकि उसके पास से आने-जानेवाली कुछ-कुछ लड़कियाँ

बेझिझक उसे देखकर एक स्माइल देकर आगे निकल रही थीं या फिर जाते-जाते बड़ी सहजता से 'हेलो' बोलकर गुजर रही थीं। अभिमन्यु था भी हैंडसम। हार्डली ही ऐसा होता था कि उसको सेकंड लुक न मिला हो। गोरा-चिट्टा कश्मीरी तहजीब में पला-बढ़ा लड़का, यहाँ पर डैफिनेटली स्टैंड आउट करता था। बिना जान-पहचान किए लड़कियों ने उसे शरारत भरी नजरों से देखकर मुसकराना अभिमन्यु को अपनी तल्खी से बाहर लेकर आ रहा था। उसके लिए यह दुनिया ही अलग थी। वादी में लड़के की तरफ आँख उठाकर देखने में लड़की के 6 महीने लग जाते थे···पर यहाँ लड़का-लड़की की बात करना, दोस्ती करना उतनी सीरियस बात नहीं लग रही थी। कॉरिडोर से गुजरते लड़के-लड़कियाँ बेफिक्री से एक-दूसरे के हाथ में हाथ डालकर घूम रहे थे। कहीं-कहीं पेड़ों के पीछे दुनिया से बचते कपल्स भी नजर आ रहे थे, पर उनमें जरा भी झिझक नहीं थी। भले ही झिझक न हो, पर बेशर्मी भी नहीं थी। कितनी अलग-अलग तरह की फैशन थी सबमें। शायद ही कोई ऐसी लड़की हो जिसने लिपस्टिक न लगाई हो या अपने नाखूनों में नेल पेंट न लगाई हो। लड़के भी कम नहीं थे। यहाँ का हर लड़का अपने आपको फिल्म 'मैंने प्यार किया का' सलमान खान समझ रहा था या फिर 'कयामत से कयामत तक' का आमिर खान, जो उन दिनों की सबसे हिट फिल्में थीं। वे भी हेयर स्टाइल में लड़कियों से पीछे नहीं थे। पढ़ाई के नाम पर हर किसी के हाथ में बस एक नोट बुक थी और शर्ट में लगा पेन। शायद यह लड़कों का फैशन था। टीचर्स को भी अपेक्षा नहीं थी कि वे स्कूल की तरह बक्से उठाकर आएँ। उल्टा, अभिमन्यु ने महसूस किया कि शिक्षक भी बड़े अंडरस्टेंडिंग वाले थे। जानते थे कि बच्चों के यही दिन हैं मौज-मस्ती करने के तो फालतू की रोक-टोक नहीं थी। बिल्डिंग के एंट्रेंस की सीढ़ियों पर बैठकर कुछ लड़के आती-जाती लड़कियों को देख सीटी बजाकर कह रहे थे, "कह दो के तुम हो मेरी वरना, जीना नहीं मुझे है मरना" और लड़कियाँ भी छेड़े जाने पर ऐतराज नहीं जता रही थीं, क्योंकि वे जानती थीं कि यह तो बड़ा हेल्दी सा फ्लर्ट है। उस कैंपस में वे सुरक्षित हैं। कुछ लड़के अपनी नई-नई बाइक का रौब झाड़ रहे थे तो कोई अपनी फियट कार का। सीढ़ियों पर गप्पें मारते छात्र अपने टीचर से भी हँसी-मजाक करते नजर आए। उधर प्रिंसीपल के केबिन में मामला गंभीर था। साल के मध्य में आकर दाखिला देने के लिए भाटिया राजी नहीं था।

"इसे आप एक स्पेशल केस समझिए, बलदेव। कश्मीर के हालात किसी से छुपे नहीं है।" अभय प्रताप ने अपनी बात रखते हुए कहा।

"मैं कश्मीर के हालात समझ रहा हूँ, पर मैं नियमों को ताक पर रखकर कोई भी निर्णय नहीं ले सकता। आप समझिए, अभय प्रतापजी। आप अगर मेरी जगह होते तो आप क्या करते? नियमों को तोड़ते?"

"नियम इनसान के लिए होते हैं, इनसान नियमों के लिए नहीं। मैं तुम्हारी जगह होता तो नए नियम बनाने की अपनी ताकत को पहचानता, और नए नियम बनाता।" बिना झिझक अभय प्रताप ने जवाब दिया।

यह जाहिर था कि अभय प्रताप का वह जवाब बलदेव भाटिया को बेहद बुरा लगा, पर अभय प्रताप का वो इरादा कतई नहीं था।

"आपके हाथ में अधिकार है। उसका सही इस्तेमाल कीजिए बलदेव।" अपने आपको फिर नियंत्रित करके एक याचक की तरह अभय प्रताप ने कहा।

अभय प्रताप के आवाज से बलदेव की हिम्मत बढ़ी। उसने अपना अधिकार जताते कहा कि "बातें करना बहुत आसान है, अभय प्रतापजी, पर उस पर अमल करना उतना आसान नहीं। वरना आज आप पानीपत में नहीं, कश्मीर में होते।"

इस बार बात बुरी लगने की बारी अभय प्रताप की थी, जो उन्हें बुरी लगी। उनके मन में आया के क्या यह वही बलदेव है जो मेरे वजूद के लिए सलाम ठोंकता था? 10 साल पहले सिखों के खिलाफ लिखे एक आहत कर देनेवाले आर्टिकल के चलते बलदेव की गिरफ्तारी हुई थी। सिक्खों से डरकर कोई भी उनकी जमानत के लिए नहीं आया था। इत्तफाक से उन दिनों यानी 1981 में अभय प्रताप अमृतसर में थे। खालिस्तान की माँग जोर पकड़ रही थी। अमृतसर के हालात पर उन्हें आर्टिकल लिखना था तो रिसर्च के लिए वहाँ गए हुए थे। उन्होंने उन सिक्खों और बलदेव भाटिया में सुलह करा कर बलदेव भाटिया की रिहाई कराई थी। इतने सालों में यह बात अभय प्रताप बिल्कुल भूल गए थे, पर आज न जाने उन्हें यह बात याद क्यों आ रही थी? तब भी अभय प्रताप की शख्सियत का दबदबा उतना ही था, जितना कि परसों तक था। तब वक्त ने अभय प्रताप का दामन थामा था, और आज बलदेव भाटिया का।

अभय प्रताप ने फिर से शांति से कहा, "अभिमन्यु को एक छत की, सही माहौल की जरूरत है। इसका यहाँ एडमिशन होना जरूरी है। कुछ कीजिए।" पर बलदेव भाटिया को तो अभय प्रताप को और गिड़गिड़ाते हुए देखना था। अभिमन्यु के कागजात चेक करते हुए उसने कहा कि, "चलो, एक पल के लिए मैं अपने अधिकार का इस्तेमाल करके उसे एडमिशन भी दे दूँ, पर किस बेसिस पर? आपने अपने बेटे के मार्क्स देखे हैं? इतने कम मार्क्स में कैसे एडमिशन करा दूँ?"

अभय प्रताप की आँखों में उम्मीद जागी और तुरंत उसने जवाब दिया, "वह बड़ा होशियार है। बस, खेल-कूद में थोड़ा ज्यादा ध्यान रहता है। वह फुटबॉल का एक बेहतरीन प्लेयर है। स्पोर्ट्स कोटे में एडमिशन कर लीजिए, प्लीज।"

"मुमकिन नहीं है, अभय प्रताप। अगर उसके मार्क्स भी अच्छे होते तो मैं एक पल के लिए सोच सकता था। मैं कुछ नहीं कर सकता हूँ। आप जा सकते हैं।" अभिमन्यु की

फाइल बंद करके अभय प्रताप के हाथ में रखते बलदेव भाटिया ने कहा। अभय प्रताप को क्या करना है, समझ में नहीं आ रहा था। बलदेव के इस बरताव ने उन्हें तोड़कर रख दिया। वे सोचने लगे कि बाहर बैठे अभिमन्यु को क्या कहूँ? जम्मू जाकर आरती को क्या मुँह दिखाऊँ? वापस कश्मीर लौटने की कोई सूरत नहीं थी, कैंप के हालात बेहद खराब थे। जेब में गिने-चुने पैसे बाकी थे। हजारों खयाल उस पल उनके मन में दौड़ गए। लाचारी-बेबसी ने उन्हें ऐसे घेर लिया कि कब वे बलदेव के पैरों में गिरकर गिड़गिड़ाने लगे, उन्हें शायद खुद समझ में नहीं आया। उन्होंने बलदेव के पैरों में गिरकर कहा, "मुझपर इतना एहसान कर दो, बलदेव वरना मेरे बेटे का भविष्य बिगड़ जाएगा।"

पैरों में गिरे अभय प्रताप को देखकर बलदेव भाटिया का अहंकार शांत हो गया, पर अकड़ अभी भी कायम थी।

"बस, बस, मेरे सामने यह सब मत करो।" अभय प्रताप को तकरीबन झिड़करते हुए बलदेव भाटिया ने कहा।

अभय प्रताप वैसे ही अपने घुटनों पर पर बैठे रहे और फिर एक बार उन्होंने बलदेव के सामने हाथ जोड़े और अपनी गरदन झुका ली। बेबसी के कुछ पल गुजर गए और अभय प्रताप के कान में शब्द पड़े, "मैं एडमिशन दे सकता हूँ, पर साइंस में नहीं, आर्ट्स में।"

"चलेगा" अभय प्रताप ने अपनी गरदन नीचे रखकर ही जवाब दिया और वे उठकर खड़े हो गए।

"एडमिशन के लिए पैसे लाए हो या खाली हाथ हो? उसमें में तुम्हारी कोई मदद नहीं कर सकता।" बलदेव भाटिया ने बेरूखी से कहा।

"लाया हूँ।" अपने सिर को न उठाते अभय प्रताप ने कहा।

"ऑफिस में जाकर सारी फॉर्मेलिटीज पूरी करो।" बलदेव ने कहा।

उस केबिन से सर झुकाकर अभय प्रताप निकले। अभय प्रताप को पहली बार लगा कि उनका सबकुछ छिन गया। उन्होंने अपनी सारी ताकत खो दी है। वे इतने खामोश हो गए कि उनकी खामोशी जानलेवा-सी थी। उन्हें देखते ही अभिमन्यु उठ खड़ा हुआ और पूछा कि "एडमिशन हुआ?" अभी भी अभय प्रताप की नजरें नीची ही थीं। उनकी हिम्मत नहीं थी कि अभिमन्यु से नजर मिला पाएँ। कुछ पैसे निकालकर अभिमन्यु के हाथ में रखते हुए, अभिमन्यु से नजरें चुराते हुए उन्होंने सिर्फ इतना कहा, "यहाँ से आगे तुम्हें अपने आपको सँभालना है, अब तुम बड़े हो गए हो। बस, अपना खयाल रखना। एडमिशन हो गया है।"

अभिमन्यु क्या कहेगा, इसका इंतजार किए बिना वे वहाँ से चल पड़े। अभिमन्यु के लिए उसके पापा बिल्कुल अजनबी से लगे। लगा कि यह वह इनसान ही नहीं है, जिसे

मैं केबिन में छोड़कर आया था। वो कुछ समझ पाता, तब तक तो अभय प्रताप चलते-चलते काफी दूर निकल गए थे। अभिमन्यु को पीछे छोड़ आगे आगे चल रहे अभय प्रताप बस यही सोच रहे थे कि मैं इतना गिरकर मेरे बेटे की नजरों में उठ नहीं सकता। अभय प्रताप पहली बार शायद अपने वजूद पर शर्मिंदा थे। पीछे मुड़कर देखने की हिम्मत उनमें नहीं थी, वे आगे चलते ही चले गए।

पापा पीछे मुड़कर मुझे बाय करेंगे, इस उम्मीद से अभिमन्यु वहीं खड़ा रहा, पर उन्होंने मुड़कर नहीं देखा। उनके दिल पर लगे घाव से बेखबर अभिमन्यु ने अपने दिल को यह सोचकर तसल्ली दी कि शायद मुझे उनसे दूर रखना वे बरदाश्त नहीं कर पा रहे थे तो बिना बोले चले गए। उन्होंने हाथ में रखे हुए पैसों से अभिमन्यु ने अपने लिए नया भविष्य खरीद लिया। उसने एडमिशन की सारी फॉर्मेलिटीज पूरी कीं। उसकी एडमिशन आर्ट फैकेल्टी में हुआ है यह जानकार उसे थोड़ा ताज्जुब जरूर हुआ, पर उसे उसकी परवाह नहीं थी, क्योंकि उस वक्त अभिमन्यु अपने सामने लिखे एक बोर्ड को पढ़ रहा था और मन-ही-मन में खुश था। बोर्ड पर लिखा था आर्यन कॉलेज स्पोर्ट्स क्लब···और अब अभिमन्यु का अपना एक पता भी था—

अभिमन्यु अभय प्रताप कौल,
खट्टर कोठी,
आर्यन कॉलेज के पास,
पानीपत, हरियाणा।

जब अभिमन्यु हरियाणा में प्रवेश कर रहा था, तब 'हरियाणा' शब्द का मतलब समझने की कोशिश कर रहा था। हरि+आयन। मतलब हरी का आयन··· मतलब भगवान् का घर। अभिमन्यु अचंभित होकर चलती बस की खिड़की से झाँक-झाँककर उस धरती को देख रहा था और मन में सोच रहा था कि क्या सच में यहाँ कृष्ण भगवान् 18 दिन तक रहे थे? अभिमन्यु ने अपने दोनों हाथ जोड़कर इस भूमि को और उसकी कल्पना में बसे कान्हाजी को दिल से प्रणाम किया। बस चलती रही और दूर-दूर तक फैली जमीन पर अभिमन्यु अपनी मन की आँखों से कभी अपनों पर वार करने के खयाल से भयभीत होकर खड़ा अर्जुन देखता तो कभी बाणों से बनी पितामह भीष्म की शय्या? कभी वह दानवीर कर्ण को अपने रथ से निकलकर जमीन पर गिरे पहिए के पास बैठा देखता तो कभी चक्रव्यूह को भेदकर अपने पराक्रम की पराकाष्ठा दिखाते एक नन्हे से बालक अभिमन्यु को उसके अपनों ने ही घेरकर निर्दयता से कैसे मारा, यह देखता। चक्रव्यूह में उस अभिमन्यु को सोचकर इस अभिमन्यु का मन पल दो पल के दुःख से भर गया, पर दूसरे ही क्षण अभिमन्यु ने सोचा कि उस अभिमन्यु को लोग एक प्रचंड पराक्रमी योद्धा के रूप में याद करते हैं। मैं भी उसे ही याद कर रहा हूँ, न कि उनको, जिन्होंने उसे मारा।

इस खयाल ने फिर अभिमन्यु को थोड़ा बेहतर महसूस करवाया। वह अब हरे-भरे खेत खलिहानों को देखने लगा। यहाँ की धरती हरा सोना उगल रही थी, क्योंकि हरियाणा राज्य में उन दिनों हरित क्रांति का दूसरा चरण चल रहा था। दूध-दही-मक्खन की कोई कमी नहीं थी। उस कारण यह राज्य देश में सबसे समृद्ध राज्यों में एक गिना जा रहा था। ग्रामीण इलाकों में देशभर में से सबसे अधिक करोड़पति हरियाणा से थे। हर कोई मौज-मस्ती में था। दु:ख का दूर-दूर तक नामोनिशान नहीं था और सबसे अहम हवाओं पर पहरे नहीं थे और दुआओं में अपनों के साथ गैरों को भी शामिल करने का यहाँ का चलन था। हर तरफ हरियाली थी और अभिमन्यु के जीवन में भी बहार आ चुकी थी, जिसका का नाम था 'जस' जसप्रीत अहलूवालिया।

हुआ कुछ यूँ था कि एडमिशन लेने के बाद जब अभिमन्यु अपना हॉस्टल ढूँढ़ रहा था, तब हॉस्टल से पहले उसे कॉलेज का स्पोर्ट्स ग्राउंड मिला जहाँ कुछ लड़के फुटबॉल खेल रहे थे, दो टीमों में प्रैक्टिस मैच चल रही थी। फुटबॉल देख अभिमन्यु अपने आपको रोक नहीं पाया और सीधे ग्राउंड के अंदर दाखिल हो गया। इतना ही नहीं, बॉल को अपने नजदीक देख, वह बॉल पर झपट पड़ा और अपना हुनर दिखाते-दिखाते कब उसने गोल किया, किसी को समझ में भी नहीं आया। लड़कों को एक-दूसरे से दोस्ती करने में जरा भी वक्त नहीं लगता। इतना अच्छा प्लेयर देख काफी लोग अभिमन्यु के खेल से इंप्रेस थे, खासकर सम्राट और विनोद। सम्राट की टीम हार ही रही थी कि अभिमन्यु ने आकर गोल कर दिया और वहीं पर एक तमाशा खड़ा हुआ। अपोजिट टीम का कप्तान रणदीप हुड्डा 'बोंबा बोंब' करता हुआ सम्राट के पास आने लगा कि ये कौन बीच में घुस आया है खेल के। ये गोल जायज नहीं है। उसको गुस्से में ऐसे आते देख सम्राट ने तुरंत सवालों की झड़ी अभिमन्यु पर लगा दी, "जल्दी बोल, इसी कॉलेज का है न? कौन से क्लास में पढ़ता है? फुटबॉल का कोई सर्टिफिकेट है क्या! नाम क्या है?"

अभिमन्यु ने अपनी हाथ में कॉलेज फीस की रसीद पकड़कर कहा कि आज ही एडमिशन हुआ है और फुटबॉल का स्टेट चैंपियन हूँ। फिर क्या था? सम्राट छाती फाड़कर दहाड़ने लगा। आते हुए रणदीप को हुल देते हुए सम्राट झगड़े के मूड में बोला, "ऐ, आवाज नीची, दोस्त है अपना ये। अपनी ही क्लास में पढ़ता है। चाहे तो जाकर चेक कर ऑफिस रजिस्टर में। विनोद इंजर्ड (enjured) हुआ तो उसके बदले इसने एंट्री मारी है।" रणदीप ने भी गुस्से में पूछा कि पहले टीम में नाम नहीं लिखवाया था तुम लोगों ने, ये गलत है, ये गोल नहीं गिना जाएगा। सम्राट भी पीछे हटने के लिए तैयार नहीं था। वह भी तेज आवाज में बोला कि कैसे नहीं गिना जाएगा? हारने से डरता है क्या! हमारी टीम अब स्ट्रांग हो गई तो फट गई तेरी? तेरा बाप भी गिनेगा। बाप का नाम सुनते ही रणदीप ने सम्राट की कॉलर पकड़ी और दोनों में हाथापाई शुरू हो गई। अभिमन्यु

को जरा भी अंदाजा नहीं था कि उसकी इस कॉलेज में इतनी धाँसू एंट्री होगी। सम्राट को बचाने उसकी टीम के साथ अभिमन्यु भी आगे आ गया और रणदीप को बचाने उसकी टीम के लोग भागे। दोनों ऐसे लड़ रहे थे जैसे बरसों पुरानी दुश्मनी हो, और दुश्मनी थी भी। सम्राट और विनोद ने इस साल ही एडमिशन लिया था। सम्राट दिल्ली से था तो विनोद चंडीगढ़ से। रणदीप हुड्डा पानीपत का लोकल था। पढ़े-लिखे घर से आता था, पर पानीपत के ठेठ कल्चर में उसकी परवरिश हुई थी। बाहर से पढ़ने आए विद्यार्थियों से उसकी क्या दुश्मनी थी भगवान् जाने, पर उसका मानना था कि यह दिल्ली-चंडीगढ़ जैसे बड़े शहरों से आए लड़के-लड़कियों के चलते यहाँ का माहौल खराब हो रहा है। यहाँ की लड़कियों को बिगाड़ रहे हैं। सम्राट एक बड़े बाप का लड़का था, बहुत लाड़-प्यार में पला था। उसके माँ-बाप ने उसकी हर जायज-नाजायज माँगें पूरी की थीं तो उसे कभी भी किसी से सुनने की आदत नहीं थी। वह अपनी रईसी की मस्ती में ही रहता था। खेल-कूद में अच्छा था। हाँ, पर थोड़ा बड़बोला था। बातों को थोड़ा बढ़ा-चढ़ाकर बोलना उसकी आदत-सी थी। सम्राट का अगर एक लाइन में वर्णन किया जाए तो 'भाई को उड़ता तीर अपने पर लेने' की आदत थी। सारा कॉलेज जहाँ रणदीप से डरा-डरा सा रहता था, वहीं पर सम्राट ने उसे कभी भी घास नहीं डाली थी। और अब इन दोनों की दुश्मनी में अनजाने में अभिमन्यु सम्राट के पक्ष में खड़ा था।

रणदीप ने अब फिर एक बार सम्राट को चैलेंज किया कि आ मैदान में, तेरे नए पंटर के साथ। देखते हैं, कौन जीतता है। सम्राट ने भी चैलेंज ऐक्सेप्ट किया और फिर एक बार फुटबॉल का मैच शुरू हो गया। अभिमन्यु ने बड़ी आसानी से गोल किए और सम्राट की टीम जीत गई। जीतनेवाली टीम ने अभिमन्यु को काँधे पे उठाकर जीत का जश्न मनाया, अभिमन्यु बेहद खुश था। तभी रणदीप उसके पास आया और रकीब के अंदाज में उसने पूछा, "पहले कभी देखा नहीं तुझे⋯पानीपत से है या बाहर से है⋯?" उसका सीधा मतलब था कि पानीपत से हुआ तो ठीक वरना बाहर से होगा तो भारी पड़ेगा।

"दिल्ली से है⋯अपना यार है⋯और इसको क्या दिखा रहा है, मुझसे बात कर।" सम्राट ने रणदीप को पीछे धकेलकर कहा। दोनों की फिर लड़ाई न हो, इसलिए सारे दोस्त रणदीप को वहाँ से ले गए। सम्राट और विनोद अभिमन्यु के पास ही रुके रहे। अभिमन्यु सोचता रहा कि ये हो क्या रहा है? उसका चेहरा देख सम्राट ने उसे कहा, "डर मत। मैं हूँ न⋯ कुछ नहीं करेगा वो⋯।" उसकी वह बात सुनते ही अभिमन्यु के मन में एक पल मुख्तार की आवाज गूँज गई कि तुझे कुछ नहीं होगा। तू मेरे घर चल। शायद उस वक्त अभिमन्यु की जिंदगी में मुख्तार की जगह सम्राट ने ले ली थी। कश्मीर के जख्म फिर कुरेदनेवाले ही थे कि अभी तक एक बहादुर इनसान की तरह लड़ रहे सम्राट के चेहरे पर

भय नजर आया, उसने थोड़ी दूरी पर देखते हुए कहा, "मर गए, शामत आ गई···" और सम्राट वहाँ से भागने लगा। विनोद अभिमन्यु के साथ ही खड़ा रहा। अभिमन्यु ने देखा कि किसे देखकर सम्राट भाग रहा है। अभिमन्यु ने आहिस्ता-से नजर घुमाई, हवा में लहराते पशमीना शॉल के पीछे से एक गोरी-चिट्टी सुंदर-सी लड़की···सोणी सिखणी उसे अपनी तरफ दौड़ती नजर आई। दौड़ने के कारण उसकी शॉल बार-बार उसके काँधे से गिर रही थी और वह बार-बार उसे गिरने से बचा रही थी। उसके हाथ में छड़ी सा कुछ था। उसने हल्का गुलाबी रंग का पंजाबी सूट पहना हुआ था। सुनहरे बाल हवा में हल्के-हल्के उड़ रहे थे। अभिमन्यु ने अपने सीने के अंदर उसके कदमों की आहट महसूस की। सिखनी चिल्लाकर कह रही थी।

"रुक···रुक···!" उसके मुँह से निकलते पहले शब्द जो अभिमन्यु ने सुने···

"रुक रुक···!" और वह वहीं रुका-सा रहा। वह उसके नजदीक आई, एकदम नजदीक। अपने काँधे से गिरती उस पशमीना शॉल को अभिमन्यु के हाथ में रखते हुए उसने कहा, "ले फड़, इसे गिराना मत, मैं उस सम्राट को देखकर आती हूँ।" अपनी हाथ में रख उस पशमीना शॉल को अभिमन्यु देखता रहा। उसे लगा जैसे उस लड़की ने पूरा कश्मीर उसके हाथ में थामने के लिए दिया था। उस शॉल से आनेवाली भीनी-भीनी खुशबू से वह मदहोश-सा हो गया। अभिमन्यु को आज तक मालूम नहीं कि उस कश्मीरी शॉल की वजह से जसप्रीत उसे पहली नजर में ही अपनी-सी लगी थी या उस लड़की में ही कुछ बात थी। लड़की सम्राट के पीछे जाने के लिए निकली, पर एक पल रुकी। उसने मुड़कर अभिमन्यु को देखा, वही 'सेकंड लुक', जिसका अभिमन्यु हमेशा से ही हकदार था, उसे मिल गया। जसप्रीत की नजरें साफ-साफ बता रही थीं कि अभिमन्यु का चेहरा उसे पसंद आया है। अभिमन्यु का हाल भी उससे कुछ अलग नहीं था। दूसरे ही क्षण वह पलटकर सम्राट के पीछे दौड़ी। अभिमन्यु और विनोद, जसप्रीत और सम्राट का भागम-दौड़ी का खेल देखने लगे और घूम-फिरकर सम्राट उनके पास आकर ग्राउंड पर फैली घास पर थककर लेट गया। जसप्रीत उसके पीछे पहुँचकर उसे गुस्से में धमकाने लगी, "देख सम्राट, सारे पंगे तूने लिये हैं। किसने बोला था तुझे डिबेट में भाग लेने के लिए? अब लिया है तो कुछ तैयारी तो करनी पड़ेगी न? मुझे हारना पसंद नहीं। तेरे कारण अगर अपना कॉलेज हारा तो तुझे पानीपत से बाहर कर दूँगी। चार बजे से तेरा लायब्रेरी में इंतजार कर रही हूँ और तू यहाँ फुटबॉल खेल रहा है। चल, अभी···मिलकर कुछ पढ़ते हैं।"

बात यह थी कि वह जनवरी का महीना था। वे दिन छात्रों के कल्चरल, स्पोर्ट्स एंड एक्स्ट्रा करिकुलर एक्टिविटीज के थे। जब सब में एक जोश सा भरा रहता है, हर कोई अपना हुनर दिखाने का मौका तलाशता रहता है, इसमें भी सम्राट भाई ने उड़ता तीर

अपने पर लिया था। रणदीप के उकसाने पर अपना नाम डिबेट की लिस्ट में दे दिया था और उसे जसप्रीत पार्टनर मिली थी। जसप्रीत बेहद स्टूडीयस लड़की थी, हमेशा फर्स्ट आनेवाली। उसके पापा आई.पी.एस. अफसर थे तो उसकी परवरिश अलग-अलग जगहों पर हुई थी। उसका जीवन जीने का अपना ही अंदाज था। कॉलेज का हर लड़का उसके लिए आहें भरता था सिवा सम्राट के। जसप्रीत और सम्राट दिल्ली में एक ही स्कूल में पढ़े थे और स्कूल के दिनों से ही एक-दूसरे को जानते थे। जसप्रीत सबको अपने ठेंगे पर रखती थी। वह बहुत बोल्ड थी। हर एक लड़का उसको पटाने में लगा पड़ा था, पर अब तक किसी की दाल गली नहीं थी।

तीन दिन में डिबेट सेशन था और इस वक्त सम्राट साफ मुकर रहा था। "यार मैंने कुछ भी तैयारी नहीं की है, डिबेट तो हम ऐसे भी हारने ही वाले है तो अब क्यों तैयारी में वक्त बरबाद करें?" पर जसप्रीत मानने के लिए तैयार नहीं थी। उसका कहना था, "डिबेट शुरू होने के एक मिनट पहले तक मैं तेरे पीछे पड़ी रहूँगी। जान खा जाऊँगी तेरी, ताकि आगे चलकर अफसोस न हो कि हम कुछ कर सकते थे और हमने किया नहीं।"

अभिमन्यु के दिल को उसकी वह बात बेहद भा गई, पर उसने जरा भी जाहिर होने नहीं दिया कि वह जसप्रीत से बेहद प्रभावित है।

सम्राट उठा, उसने अपने दोनों हाथ जोड़कर जसप्रीत को प्रणाम करके कहा, "अच्छा मेरी बहन, करते हैं तैयारी।" फिर दोनों की नजर अभिमन्यु पर पड़ी। सम्राट अभिमन्यु के पास आकर अब औपचारिक परिचय देने लगा।

"हाई, सम्राट हियर"

"अभिमन्यु" अभिमन्यु ने उससे गर्मजोशी से हाथ मिलाते हुए कहा।

"ये विनोद है और यह जसप्रीत।" विनोद ने अभिमन्यु हाथ मिलाया, पर जसप्रीत कुछ बोली नहीं, उल्टा अभिमन्यु ने उसे पूछा, "इस शॉल को फाड़ना क्यों है?" एक पल जसप्रीत समझी नहीं, पर तुरंत उसे अहसास हुआ था कि उसने शॉल देते वक्त कहा था "ले फड़।" मतलब इसे पकड़ो! जसप्रीत अभिमन्यु की मासूमियत पर जोर-जोर से हँसने लगी उसने आहिस्ता-से अपनी शॉल अभिमन्यु से ले ली और कहा, "नया आया है क्या?" और वह फिर हँसी। उसका इस तरह मुसकराना अभिमन्यु के दिल में फूल खिला रहा था। जसप्रीत ने आगे जाकर फिर मुड़कर सम्राट से कहा, "कल सुबह लायब्रेरी में मिलते हैं।" और उसने एक बार फिर अभिमन्यु को देखा। अभिमन्यु मन-ही-मन मुसकराया।

"चल भाई, कल कॉलेज में मिलते हैं।" अभिमन्यु के कानों में सम्राट की आवाज पड़ी। सम्राट और विनोद जाने लगे। अभिमन्यु ने भी अपनी राह ले ली और जाते-जाते सम्राट से पूछा, "हॉस्टल कहाँ है? मुझे यहाँ कुछ भी मालूम नहीं है।" सम्राट ने एक पल

के लिए सोचा और कहा, "चल, दिखाते हैं।" तीनों आज के फुटबॉल मैच की बातें और रणदीप को सौ गालियाँ देते हॉस्टल पहुँचे। वॉर्डन को सारे पेपर दिखाए। हॉस्टल फीस की रसीद दिखाई, पर वॉर्डन ने साफ-साफ मना किया, "कोई भी रूम खाली नहीं है। प्रिंसीपल साहब ने कहा था कि किसी के साथ एडजस्ट करा देना, पर कोई भी राजी नहीं है। इसमें मैं क्या कर सकता हूँ? तुम चाहो तो यहीं कहीं बरामदे में एडजस्ट हो जाओ।"

अभिमन्यु को समझ में नहीं आ रहा था कि अब क्या करे? उसने मन की तैयारी भी कर ली कि ठीक है। उस कैंप से तो अच्छी जगह है, पर तभी सम्राट ने उसके गले में हाथ डालकर कहा, "यार, ये तेरी लंबी-लंबी टाँगों के लिए ये बरामद छोटा पड़ जाएगा। हमारे हवा महल चलता है तो चल। यहाँ कोई तेरे साथ एडजस्ट नहीं करेगा, पर तू चाहे तो तू हमारे साथ एडजस्ट कर सकता है।" सम्राट ने अभिमन्यु को बड़े दिल से ऑफर दिया। अभिमन्यु को लगा कि यह भगवान् की रची घटनाओं की कोई शृंखला जैसी है। अभिमन्यु ने सम्राट के साथ जाना चुन लिया।

"सामान! सामान कहाँ है तुम्हारा?" विनोद ने एक वाक्य, जो दो सेकंड में पूरा हो सकता था, उसके लिए पूरे चार सेकंड लेकर अभिमन्यु से पूछा और शायद उसके इस ढीलेपन के कारण ही ग्रुप में उसका नाम 'सुस्ती' पड़ा था।

'सामान कहाँ है' इस सवाल पर अभिमन्यु का जवाब अभय प्रताप ने बस में आते वक्त ही तय किया था। जम्मू पीछे छूटकर जब हरियाणा नजदीक आ रहा था, तब अभय प्रताप ने अभिमन्यु को काफी सालों के बाद एक कहानी सुनाई थी। जब अभिमन्यु छोटा था, तब वे उसे कहानी सुनाया करते थे। कहानी सुनते-सुनते अभिमन्यु उन्हीं के पास सो जाता था, पर आगे चलकर जब अभय प्रताप ने अपना अखबार शुरू किया, तब अभय प्रताप का काम इतना बढ़ा कि उन्हें खुद के लिए फुरसत नहीं होती थी और एक उम्र के बाद लड़के भी अपने पापा के उतने नजदीक नहीं होते जितने कि माँ के होते हैं। आउट ऑफ रिस्पेक्ट पापा से दूर रहना हर लड़के के साथ होता है। उस दिन बस में वह दूरी खत्म करके पापा ने काफी सालों बाद अभिमन्यु के कंधे पर एक हाथ डालकर उसे बस में अपने सीने से लगाए एक कहानी सुनाई थी नर्मदा परिक्रमा की। उन्होंने कहा कि बहुत साल पहले एक धनी व्यापारी को यह अहसास हुआ था कि जो कोई भी मुझसे प्यार जताता है, वह केवल मेरे पैसे के लिए। अगर मेरे पास फूटी कौड़ी भी न हो तो कोई मुझे पानी भी नहीं पूछेगा। मतलब, मेरा अपना अस्तित्व केवल इन पैसों की वजह से है। पैसा नहीं है तो लोगों के प्रेम का पात्र नहीं हूँ। यह तो गलत है···मुझे अपने आपको ढूँढ़ना पड़ेगा, जहाँ लोग मुझे बिना मतलब के प्यार करें। बहुत दिनों तक वह उदास रहा। फिर बेचैन होकर अपने गुरु के पास पहुँचा। गुरु ने उसे सारी संपत्ति दान देकर नर्मदा परिक्रमा की आज्ञा दे दी। उसने सारी संपत्ति अपने रिश्तेदारों

में बाँट दी और जरूरत का कुछ सामान अपने पीठ पर लादकर वह नर्मदा नदी की परिक्रमा पर निकल पड़ा। उसके पास अब एक भी पैसा नहीं था और गुरु ने तय किए वक्त पर परिक्रमा पूर्ण करनी थी। एक नदी के दोनों तीरों पर अलग-अलग आचार-विचारों के लोग बसते हैं। व्यापारी ने पहले पड़ाव में लोगों से भिक्षा माँगकर अपना गुजारा किया। वह रोज नदी किनारे से चलता रहा। लोगों ने कभी भिखारी समझकर, कभी आदर से परिक्रमावासी समझकर तो कभी गुस्से से भी उसे भिक्षा दी। उसने वह स्वीकारी। पेट की आग थी और गुरु की आज्ञा। वह भिक्षा के लिए कई लोगों के सामने झुका तो अपने आप उसका अहंकार नष्ट हो गया। वह आगे बढ़ता गया। अब पहाड़ियों का रास्ता था। अपने पीठ पर लदे सामान से चलना मुश्किल हो रहा था और उसके कारण रफ्तार भी कम हो गई। उसने अपना काफी सामान वहीं छोड़ दिया और एक झोले में बस एक कपड़ा रखे वह आगे बढ़ गया। अब उसने रफ्तार पकड़ी। उसे समझ में आया कि भूतकाल का बोझ बहुत भारी होता है। उसे उतारने में ही समझदारी है। दिनभर चलते रहना, रात में जहाँ मुकाम पड़े वहाँ रहना। कभी जंगल में रहना पड़ता, कभी किसी के घर के आँगन में, कभी नदी में बह रहे तराफे पर तो कभी-कभी किसी के घर में नरम मुलायम गद्‌दों पर सोने को मिलता। उसने सीखा कि जो नसीब में है वही उसे मिलेगा। पहले से परेशान नहीं होना है। आगे चलकर अब घने जंगल से नदी बह रही थी। दूर-दूर तक कोई इनसान नहीं था, उसे खुद फल आदि ढूँढ़कर अपना गुजारा करना पड़ता। जंगलों में साँप, जंगली जानवरों के डर में जागना पड़ता, उसका मन निराश हो जाता। वापस लौटने का मन करता, पर उसने गुरु की आज्ञा को अपने से ऊपर रखा। भले ही रास्ता खत्म होने का नाम न लेता, वह चलता गया। उसने बीच में परिक्रमा नहीं छोड़ी और अंतिम चरण में पहुँचा। घना जंगल, हिंसक प्राणी और चोर-डाकुओं का डर। दो-दो दिन उसे खाना नहीं मिल रहा था। वह भूखा रह जाता। उसका शरीर भी अब जवाब देने लगा। वह थक गया। निराश हो गया। उसका दिल हुआ कि वापस चलते हैं। जानवर ने मुझे खा लिया तो मेरा मकसद ही खत्म हो जाएगा। यह ढूँढ़ने का कि मैं कौन हूँ ? वह काफी थक भी गया था और इतनी यात्रा करने के बाद भी उसके हाथ ऐसा कुछ लगा नहीं था, जिसकी उसे तलाश थी। उसने लौटने का मन बना लिया और शांति से सो गया। उसे चुनाव करना था कि परिक्रमा को अधूरा छोड़ा जाए या आगे बढ़कर डर का सामना करके उस पर विजय पानी है! उसके दोनों तरफ ही मौत थी पर उसने सोचा कि परिक्रमा पूरी करने से दुनिया मुझे याद रखेगी, और उसके गुरु सारी दुनिया से कहेंगे कि उसने मेरी आज्ञा का पालन किया। अब तो उसके कदम भी उसका साथ नहीं दे रहे थे। जब तक उसे होश था, वह चलता रहा, चलता रहा और कब उसने होश खोया, उसे खुद मालूम नहीं! जब होश में आया तो उसने अपने आपको

एक शिव मंदिर में पाया। वहाँ काफी सारे लोग उसके होश में आने की राह देख रहे थे। जैसे ही वह होश में आया, लोगों ने उसकी जय-जयकार की। दो-तीन दिन में ही उसे समझ में आया कि परिक्रमा पूरी करने के कारण उसकी गिनती अब महात्माओं में होने लगी है। जो कोई भी परिक्रमा पूरी करता था, उसे वहाँ बड़े ही आदर से देखा जाता था। उसकी पूजा की जाती थी। उसके शब्दों को लोग सर-आँखों पर रखते थे। लोग उसके चरणों में आकर चढ़ावा चढ़ा जाते थे। वो अक्सर सोचता कि परिक्रमा अधूरी छोड़ने पर ऐसा न होता। कहानी खत्म करके अभय ने अभिमन्यु के सिर पर हाथ फेरा और बोले, "हम सब अपनी परिक्रमा पर चल पड़े हैं, हमने अपनी संपत्ति खोई है, इसका सोज करते बैठना है या परिक्रमा पर निकलना है, यह मैं तुम पर छोड़ता हूँ अभी।" अभिमन्यु ने तभी तय किया था कि परिक्रमा पर निकलना है।

जब विनोद ने उसे पूछा कि तेरा सामान कहाँ है, तब अभी ने हँसकर जवाब दिया कि 'छूट गया'। सम्राट ने बड़ी सहजता से कहा कि, "कोई नहीं यार, कुछ-न-कुछ कर लेंगे" और तीनों हॉस्टल से चल पड़े थे।

आज दिनभर की एक के बाद एक होनेवाली इतनी सारी घटनाओं का विचार करते-करते अभिमन्यु सम्राट के साथ उसके हवा महल पहुँचा।

दो मंजिला कोठी के ऊपर टेरेस था और उस टेरेस पर जो एक कमरा बना था, उसे सम्राट और विनोद ने किराए पर लिया था। टेरेस के ऊपर होने के कारण वहाँ हवा जैसे चाहे वैसे अपनी मर्जी से बहती थी, तो सम्राट ने उसका नाम 'हवा महल' रख दिया था। अभिमन्यु को कमरा बहुत पसंद आया, पर उसे भूख लगी थी। अभिमन्यु की भूख बिना बोले सम्राट कैसे समझ गया, यह तो अभी को मालूम नहीं, पर सम्राट ने लेटे पड़े विनोद यानी सुस्ती को एक लात मारकर उठाते कहा, "बे सुस्ती, चल उठ ऑमलेट बना। मेहमान भूखा है, दिखता नहीं क्या ?"

प्यार से लातें मारना, गाली देकर बात करना, बात-बात पर एक-दूसरे का मजाक उड़ाना, वक्त पड़े तो गुस्सा करना, रूठना-मनाना अगर दोस्तों में न हुआ तो वो यारी-दोस्ती कैसी, यार ? तो सम्राट ने सुस्ती को लात मारी, इस बात का न सुस्ती को बुरा लगा, न ही अभिमन्यु को। सुस्ती ने उस रात अभिमन्यु को प्लेट में डालकर जो ऑमलेट दिया था, उसे अपने हाथ में लेने से पहले शायद अभिमन्यु ने मन में कहा था, "ओम भवति भिक्षां देही" और उसने अन्न देवता और दोस्त देवताओं को मन में ही प्रणाम करते अन्न ग्रहण किया था। उसके बाद तो शायद अभिमन्यु की संकट की घड़ी में जिस किसी ने भी उसकी मदद की, हौसला बढ़ाया या हिम्मत दी उस हर इनसान के एहसानों का वह ताउम्र शुक्रगुजार रहा। भले ही यह बात उसे जतानी नहीं आई हो, पर उनके होने का वह अहसास अभिमन्यु कभी भूला नहीं।

ऑमलेट खाकर सम्राट और सुस्ती पसर गए। उन्हें सोता समझकर अभिमन्यु ने अपने कपड़े उतारे और उन्हें धोने वह बाथरूम में चला गया। सम्राट की नजर से वह बात छिपी नहीं। उसने रस्सी पर टँग रही अपनी लुँगी बाथरूम के दरवाजे पर लटका दी और आकर चुपचाप पड़ा रहा। सम्राट झगड़ालू था। बिगड़ैल था। बदतमीज था, पर उसमें इनसान के मन की बात जान लेने की अजीब ताकत थी और ऐसे बिगड़ैल लड़के को अभिमन्यु ने पूरी तरह से स्वीकार किया था, इसका सबूत थी वह लुँगी। अभिमन्यु ने जब दरवाजा खोला, तब उसके हाथ वह लुँगी लगी। जब उसने बाथरूम बंद किया था, तब वह लुँगी वहाँ नहीं थी। विनोद इतना सुस्त था कि अगर उसे लुँगी देनी होती तो वह आवाज लगाता कि भाई लुँगी चाहिए तो उधर रखी है, ले ले। पर दरवाजे पर लटकी लुँगी खामोशी से अभिमन्यु को सम्राट की दोस्ती का पैगाम दे रही थी। अभिमन्यु ने एक नजर भर सम्राट को देखा। सम्राट आँखें बंद करके जाग रहा था। उसे नींद नहीं आ रही थी। अभिमन्यु ने लुँगी अपने कमर पर बाँध ली और बिना आवाज किए अपने कपड़े सुखाने वह टेरेस पर गया। वह कपड़े सूखा रहा था कि सम्राट ने टेरेस पर आकर अपना ट्रांजिस्टर चालू किया और एक सिगरेट जला ली। सिगरेट के सुलगते ही अभिमन्यु के मन में मुख्तार की याद जल उठी। वह जलती सिगरेट को देखता रहा, लेकिन इस बार उसने सम्राट को सिगरेट पीने से रोका नहीं। उसके जीवन में वह अधिकार सिर्फ मुख्तार का था, जो उसने कभी किसी को दिया नहीं। सम्राट ने रेडियो का वॉल्यूम बढ़ा दिया और इत्तेफाक भी यह हुआ कि रेडियो पर किशोर का गाना आ रहा था—

जब जिस वक्त किसी का, यार जुदा होता है
कुछ न पूछो यारो दिल का, हाल बुरा होता है
दिल पे यादों के जैसे, तीर चलते हैं
दीये जलते हैं, फूल खिलते हैं
बड़ी मुश्किल से मगर, दुनिया में दोस्त मिलते हैं

यहाँ अनंतनाग में मुख्तार का हाल बेहद बुरा था। जबसे अभिमन्यु गया था, उसने बिस्तर पकड़ लिया था। खाना-पीना भी तकरीबन छूट ही गया था। मुख्तार ने अभिमन्यु के बिना जीना नहीं सीखा था। वह दिनभर उदास बैठा रहता। दिन में दस बार अभिमन्यु के घर के चक्कर लगा आता और जब कुछ भी कर नहीं पाता तो अपनी अम्मी से कहता कि मुझे जम्मू जाने दो। मुझे उससे मिलना है। मुझे बस देख आना है कि मेरा अभिमन्यु ठीक है या नहीं? जबसे गया है, कोई खबर नहीं है। वादी अभी भी सुलग ही रही थी। बाहर हालात इतने खराब थे कि सेना के लिए 'शूट ऐट साइट' का हुकुम जारी करना पड़ा था।

उसकी वजह भी थी कि जे.के.एल.एफ. (जम्मू-कश्मीर लिबरेशन फ्रंट) ने जगमोहन को ऑल्मोस्ट किड्नैप कर लिया था, पर उनकी किस्मत अच्छी थी कि बच

गए। जिहादियों की इतनी हिम्मत देखकर जगमोहन सरकार सख्त हो गई थी और उन्होंने जिहादियों से लोहा लेना शुरू किया था। अब वादी में मुसलमानों के मन में जगमोहन के खिलाफ आक्रोश था। क्योंकि जगमोहन ने मुसलमानों के खिलाफ सख्त काररवाई की थी, जिसके चलते अब वहाँ मुसलमानों के जनाजे उठ रहे थे। ऐसे हालातों में अपने एकलौते बेटे को शहनाज कैसे जाने देती? कर्फ्यू से लोगों का जीवन जैसे थम गया था। अब तो वहाँ का मुसलमान दोनों तरफ से मारा जा रहा था। जिहादियों को मदद न करता तो उनकी तरफ से, और उनकी मदद कर रहा था इसलिए हिंदुस्तान की फौज से। लोग सिर्फ साँस ले रहे थे, इसलिए उन्हें जिंदा कहा जा सकता था। उनके हाथ अब सिर्फ दुआ के लिए उठ रहे थे।

दुआओं का असली असर तो अभिमन्यु पर नजर आ रहा था। आज उसके सिर पर एक छत थी और वह आजादी से उसके नीचे साँस ले रहा था, इस बात से बेखबर कि आरती आज फिर एक बार अपने घर से बेघर होने जा रही थी।

कैंप में आरती शाम से अभय प्रताप की राह देख रही थी। वह आज दिनभर उदास रही। अभिमन्यु उनसे दूर गया था, यह एक वजह तो थी ही, पर उन्हें आज खुद पर भी थोड़ा-थोड़ा गुस्सा आ रहा था। उसे लग रहा था कि वे बहुत ही स्वार्थी माँ है। अपने बेटे को यहाँ से सुरक्षित करके भेज दिया, पर यहाँ और कितने बच्चे हैं, जिनके बाप शायद उस नरसंहार में मारे गए। विधवाएँ है, उन्हें कौन सहायता करेगा? वह दिनभर यही सोचती रही कि अभय प्रताप के आते ही वह इसपर उनसे बात करेगी। देर रात अभय प्रताप कैंप पहुँचे। उनके चेहरे से ही आरती ने अंदाजा लगा लिया था कि उनकी तबीयत शायद ठीक नहीं है। वो बेहद खामोश हो गए थे। आरती ने उन्हें टेंट में चलने के लिए कहा, पर उन्होंने मना कर दिया। वे टेंट के बाहर ही एक बड़े-से पत्थर पर बैठ गए। पूरा कैंप सोने की कोशिश कर रहा था। आरती भी बाहर उनके पास आकर बैठी, "अभिमन्यु वहाँ ठीक हैं न?" उन्होंने पहला सवाल किया। अभय प्रताप ने सिर्फ गरदन हिलाकर 'हाँ' कहा। काफी देर दोनों खामोश बैठे रहे। आरती को उनसे हजार सवाल पूछने थे, पर उनकी खामोशी अब आरती को डरा रही थी। चुप न रहकर आरती ने पूछा, "हुआ क्या है? आपकी उदासी मुझसे सही नहीं जा रही।"

"अब हमें शायद कुछ दिन यहीं रहना पड़ेगा, इन्हीं हालात में।" अभय प्रताप ने आरती को कॉन्फिडेंस में लेना शुरू किया।

"कब तक?" आरती ने दु:खी होते हुए पूछा?

"शायद महीने-दो महीने"

"क्यों? इतना वक्त क्यों ले रही सरकार हमें अपने घर भेजने के लिए?" आरती ने दर्द में पूछा।

"क्योंकि अब वहाँ अपना कोई घर रहा नहीं जला दिया गया है। कुछ भी नहीं बचा" उनके इस वाक्य से आरती के मन में दूर-दूर तक सन्नाटा छा गया। उसके बाद के हर पल में आरती की आँखों में उनका पूरा घर उतर आया। उस पल-दो पल में शायद आरती उसके घर के एक-एक कोने को मानो छूकर आ गई। अभय प्रताप को लगा कि वे शायद रोएगी, चिल्लाएगी, फूट पड़ेगी, पर उसने ऐसा कुछ भी नहीं किया। कुछ खास जोड़े स्वर्ग से धरती पर उतरते हैं, एक-दूसरे के लिए बने होते हैं। अभय प्रताप और आरती शायद उनमें से, एक थे। इतने साल अभय प्रताप के साथ गृहस्थी करने के बाद वह जान गई थी कि अभय प्रताप की आँखों में यह जो दुःख उतर आया है, वह घर के खाक होने का जरा भी नहीं है। वो उसे फिर से बना सकते हैं। यह कुछ और बात है, जो वे मुझे अभी बताना नहीं चाह रहे। भगवान् ने औरत को बनाकर सच में कमाल किया है। वह छोटी-छोटी बातों के लिए रोएगी, झगड़ेगी, रूठ जाएगी, पर जब पहाड़ जितनी बड़ी मुसीबत उन पर टूट पड़े तो पता नहीं उनमें उससे लड़ने की हिम्मत कहाँ से आती है? वही हिम्मत इस वक्त आरती महसूस कर रही थी। उसे मालूम था कि इस वक्त उसके पति को उसके साथ की जरूरत है। वह कमजोर नहीं पड़ सकती।

"घर तो फिर बन जाएगा, पर अगर आपने अपने आपको खो दिया तो मैं कहाँ ढूँढूँगी आपको? अब तो यह कैंप ही मेरा घर है, पर मैं उसमें अपने पति को सर उठाकर आते देखना चाहती हूँ।" आरती ने अपने पति के लिए अपना प्यार जाहिर किया।

आरती का वह रूप देख अभय प्रताप की खोई हुई हिम्मत फिर से वापस आ गई। सुबह से परेशान अभय प्रताप के चेहरे पर एक मुसकराहट दौड़ी, जो आरती की जानी-पहचानी थी। उन्हें मुसकराता देख वह भी मुसकरा दी और दोनों ने एक-दूसरे के हाथ ऐसे थामे जैसे कि अब हम कभी भी कमजोर नहीं पड़ेंगे। इतनी देर उन्हें दूर से देखती रोशनी की आँखों से खुशी में आँसू छलके और मुसकराते हुए उसने कहा, "आंटी ने शाम से कुछ नहीं खाया है, अगर आप दोनों का रोमांस खत्म हुआ हो तो कुछ खा लीजिए।"

रोमांस। इस शब्द का खयाल भी ऐसे हालात में अभिमन्यु के मन में आ नहीं सकता था, पर वह किन परिस्थितियों से होता हुआ यहाँ आया है, इससे बेखबर जसप्रीत आनेवाले दिनों में 'रोमांस' शब्द से अभिमन्यु की दुनिया शादाब करनेवाली थी और मोहब्बत का क्या है, होनी होती है तो हालात कैसे भी हों, हो ही जाती है। दुनिया का सबसे खूबसूरत जज्बा, मोहब्बत, जो मुश्किलात में भी अपनी एक अलग खूबसूरत दुनिया बना लेता है और जसप्रीत अभिमन्यु को वहाँ ले जाने के लिए खुद पहुँचनेवाली थी, यह बात अभिमन्यु भी नहीं जानता था।

उस दिन सम्राट ने जसप्रीत को सुबह लायब्रेरी में मिलने का वादा किया था, पर

सम्राट और सुस्ती अभी तक उनके कमरे में लेटे पड़े थे। अभिमन्यु कॉलेज जाना चाहता था, पर सर्दी के दिन थे तो अभिमन्यु के कपड़े अभी तक सूखे नहीं थे। वह स्नान करके फिर से लुंगी लपेट के चुपचाप बैठा था। एक पल के लिए उसके मन में आया भी कि गीले कपड़े पहनकर जाऊँ, क्या फर्क पड़ता है? पर सर्दी इतनी थी कि गीले कपड़े पहनने पर वह बीमार पड़ सकता था और बीमार पड़ना वह बरदाश्त नहीं कर सकता था। कॉलेज, हॉस्टल और मेस की फीस भरने के बाद अभिमन्यु के पास सिर्फ 50 रुपए बचे थे और आगे पूरा महीना बाकी था। ऊपर से हॉस्टल में फीस जमा होने के बावजूद इस घर के भाड़े का भी बोझ उस पर आ गया था। साबुन, ब्रश, तेल और कम-से-कम एक अंडरवियर का खरीदना उसके लिए जरूरी था और वह बचे हुए पैसे उसके लिए भी कम पड़नेवाले थे। ऐसे में बीमारी पर कौन खर्चा करना चाहेगा? अभिमन्यु कपड़े सूखने का इंतजार करता रहा। उसका मन किया कि उठकर चाय बनाकर पिए, पर वह अपने दोस्तों पर किसी तरह से भी बोझ नहीं बनना चाह रहा था। अपनी चाय पीने की इच्छा को उसने अपने अंदर दबा दिया और यह सोचने बैठ गया कि आनेवाले तीन साल इस कैंपस में निकालने हैं। साइंस तो छूट गया। आर्ट्स में क्या कर सकते हैं? सोचते-सोचते उसे अपनी राह मिली थी कि मैं भी पापा की तरह ही आगे चलकर पत्रकारिता का कोर्स करूँगा और वादी में जले पापा के अखबार को फिर से खड़ा करूँगा। इस खयाल से वह खुश था और इस खुशी को जाहिर किया, किसी के पैरों में बँधी पायलों की आवाज ने। छम-छम, छम-छम। वह पायल की आवाज अभिमन्यु को बड़ा आनंद दे रही थी। यह किसकी पायलों की आवाज है, यह देखने के लिए अभिमन्यु ने उठकर दरवाजा खोला और दरवाजे पर जसप्रीत थी। फिर एक बार वह बेहद गुस्से में थी।

"कहाँ है वह?" उसने गुस्से में पूछा।

अभिमन्यु लुंगी लपेटे जिस हालत में था। लड़की के सामने उसे बेहद शर्म महसूस हुई, पर कुछ कर नहीं सकता था। उसके जवाब का इंतजार किए बिना जसप्रीत रूम के अंदर चली आई और सो रहे सम्राट को आवाज देकर जगाने लगी। जसप्रीत को अपने कमरे में देख सुस्ती एकदम हड़बड़ा गया। बाहर जाकर देखने लगा कि उनके कमरे में लड़की को आते किसी ने देखा तो नहीं। उनके घर में लड़की के कदम पहली बार पड़े थे, जो जरा भी अलाउड नहीं था। सुस्ती को फिक्र थी कि अगर मकान मालिक ने घर खाली करने के लिए कहा तो कहाँ जाएँगे? तब तक सर्दी का बहाना करते अभिमन्यु ने वहाँ पड़ी एक चादर से अपने आप को ढक लिया और सोए पड़े सम्राट के पास जाकर उसे उठाने की कोशिश करने लगा। अभिमन्यु के जगाने और जसप्रीत के शोर से सम्राट जाग गया और जसप्रीत को अपने रूम में देख उसे बड़ा झटका लगा।

"तुम यहाँ क्या कर रही हो? रोड पर ला दोगी हमें।" जसप्रीत को बहुत गुस्सा

चढ़ा था। उसने गुस्से में कहा, "अगर तू कॉलेज पहुँचता तो मुझे यहाँ आने की जरूरत ही नहीं पड़ती थी।"

जसप्रीत सम्राट पर बरसने लगी, "तुझे अपने कॉलेज की इज्जत की पड़ी है या नहीं? यूनिवर्सिटी कॉलेज कॉम्पीटिशन में यह डिबेट फाइनल स्कोर तय करेगा। रणदीप ने जान-बूझकर तुझे इस डिबेट में धकेला है। वह जानता था, तू एक नंबर का फुकरा इनसान है। आईएचएम कॉलेज से डिबेट जीतना तेरे बस की बात है नहीं। तू हार जाए और फिर कभी अपने इस कॉलेज में सर उठाकर न चले, यह उसकी चाल थी, पर मेरी भी तो सोचो कोई? मेल और फीमेल रेप्रेजेंट की शर्त नहीं होती तो वह डिबेट जीतने के लिए में अकेली काफी थी। तेरी फुकरेपंती के चलते मैं क्यों जिंदगी भर सर नीचे कर के चलूँ? वहाँ रणदीप की दादागिरी के चलते कोई दूसरा पार्टनर मेरे साथ आने के लिए तैयार नहीं है" आगे के शब्द जसप्रीत ने गला फाड़ के कहे, "मेरी मुश्किल समझ रहा है तू? अब उठेगा या दे मारूँ!" कहते जसप्रीत ने गुस्से में सम्राट को मारने के लिए वहाँ पड़ा चिमटा उठाया और उसकी तरफ फेंका। उसके चिमटे से बचने के लिए सम्राट कूदकर पलंग से हटा... और कहा कि पागल हो गई है यह लड़की?

पर जसप्रीत का पागलपन अभिमन्यु पर भारी पड़ा था। सम्राट की तरफ फेंका गया चिमटा जाकर अभिमन्यु के सिर पर जा लगा था। उसके सर से खून बह रहा था। एक पल के लिए सब के सब शांत हुए और अपनी पायल का शोर करती जसप्रीत अभिमन्यु की तरफ बढ़ी। उसने अभिमन्यु के जख्म पर अपना हाथ रख कर खून को रोक दिया। और सुस्ती को गरम पानी लाने का ऑर्डर दिया। सम्राट दोनों को देखे जा रहा था और सुस्ती पानी गरम करने लगा। इतना तेज गुस्सा करनेवाली जसप्रीत ने जब बहता खून देखा तो उसकी आँखों से टप-टप, टप-टप करके आँसू बहने लगे। अभिमन्यु उसे कहता रहा कि इतनी ज्यादा नहीं लगी है, पर उस वक्त जसप्रीत को वह सुनाई नहीं दे रहा था। वह अपने आप में ही थी कि मेरी वजह से किसी इनसान को चोट लग गई है। गिल्ट से वह भर गई थी। आँख से आँसू छन रहे थे। अपने आपको कोसती-रोती जसप्रीत अभिमन्यु से माफी माँगे जा रही थी। फिर उसके अंदर का दुःख अब उन आँसुओं के रूप में बहने लगा। वह कहने लगी, "मुझे यहाँ आना ही नहीं चाहिए था, पर सम्राट ने बेड़ा गर्क करके रखा है। तुम कोई मेरी बात नहीं समझोगे। डिबेट हार गई तो बड़ी बेइज्जती हो जाएगी अपने कॉलेज की।" अभिमन्यु की नजर उस पर से हट ही नहीं रही थी। रो-रोकर उसका पूरा चेहरा लाल हो गया था... और अभिमन्यु को वह बड़ी सुंदर मालूम पड़ रही थी। अचानक अभिमन्यु ने कहा, "मैं तुम्हारे साथ डिबेट में हिस्सा लूँगा।" एक पल में जसप्रीत की सारी हरकतें रुक गईं। रोना भी थम गया और एक आश्चर्य से उसने अभिमन्यु को देखा। अभिमन्यु की आँखों में गहराई थी, जिसमें वह

डूबती चली गई। उसे मालूम नहीं था कि यह लड़का कौन है, इसकी काबीलियत क्या है, यह डिबेट जीतने लायक है भी या नहीं, पर उसने महसूस किया कि मैं जीतूँगी या नहीं, यह मुझे मालूम नहीं, पर अब मुझे हारने से डर नहीं लग रहा है। अपनी आँखें पोंछकर उसने गरम पानी में अपना रूमाल भिगोया और अभिमन्यु के जख्म साफ करने लगी।

"मैं कर लूँगा।" अभिमन्यु ने रूमाल अपने हाथ में लेते हुए कहा। अचानक से जसप्रीत को महसूस हुआ कि वह तीन लड़कों के रूम में है। वह फटाफट उठकर खड़ी हो गई, सम्राट ने अपने पास पड़ा बैंड-एड अभिमन्यु के जख्म पर लगा दिया...अभिमन्यु को ठीक देखकर जसप्रीत ने कहा, "मैं आगे कॉलेज चलती हूँ, तुम तैयार होकर आ जाना। फिर मिलकर तैयारी करते हैं।" वह चली गई। उसके जाते ही सम्राट अभिमन्यु पर कूद पड़ा और कहने लगा, "जियो मेरे यार। कितनी बड़ी मुसीबत से बचा लिया मुझे?" कोने में बैठे सुस्ती का रिएक्शन बिल्कुल अलग था।

"तू चीज क्या है भाई? आते ही पहले सीधा फुटबॉल टीम में एंट्री मारी, दूसरे ही दिन लड़की के दिल में। अब क्या-क्या तबाही मचानेवाला है तू? जरा खयाल करना। हम तेरे सीनियर्स है, समझा न!" सुस्ती ने अभिमन्यु को उसका सीनियर होना जताया।

सीनियर्स। उन दिनों सीनियर्स से जूनियर्स काफी डरते थे। वह दौर रैगिंग का था और सीनियर्स के लिए फुल ऑन एंटरटेंमेंट का जरिया। वह इसे अपने जन्मजात अधिकार की तरह इस्तेमाल किया करते थे। कोई भी सीनियर्स से नहीं बचता तो भला अभिमन्यु भी कैसे बचता?

जसप्रीत के जाने के बाद तैयार होकर सम्राट, अभिमन्यु और सुस्ती कॉलेज पहुँचे। भले ही आधा टर्म खत्म हुआ हो, अभिमन्यु के लिए कॉलेज का पहला ही दिन था। पहले 2 लेक्चर तो मिस हो चुके थे, अब तीसरे लेक्चर में एक हैंडसम बंदे को अपनी क्लास रूम में पाकर लड़कियाँ फुसफुसाने लगीं। सबकी नजरें बार-बार अभिमन्यु को देख रही थीं। उसके बारे में चर्चा हो रही थी। क्लास के लड़कों से भला ये बात कैसे सही जाती? क्लास के थोड़े दबंग लड़कों ने अभिमन्यु को घेर लिया—

"नया है?"

"हाँ।"

"तो तुझे रूल्स मालूम नहीं हैं न?"

"नहीं।"

अब तक तो जसप्रीत ने भी क्लास में एंट्री ली और वह भी समझ गई कि अभिमन्यु की रैगिंग शुरू है। हल्की-फुल्की रैगिंग में एक अपने तरह का मजा होता था। पूरी क्लास अब अभिमन्यु की रैगिंग का मजा लेने लगी। जिसमें सम्राट, सुस्ती और जसप्रीत भी शामिल हो गए।

"खड़ा रह बेंच पर।" एक ने कहा।

"जल्दी, जल्दी" सारी क्लास चिल्लाई। इतने सारे दबाव के कारण अभिमन्यु चुपचाप बेंच पर खड़ा हो गया।

"चल, अब अपने सारे सीनियर्स को सलाम ठोंक।" दूसरे ने कहा।

अभिमन्यु को बड़ा अजीब लगा। वह ऐसा कुछ करने के लिए तैयार नहीं था। वह वैसे ही खड़ा रहा और पूरी क्लास उस पर प्रेशर डालती रही।

"बड़ों को सलाम करने में शर्म आती है क्या?" जसप्रीत उसका रैगिंग लेते हुई चिल्लाई। सब जोर-जोर से से हँसने लगे, पर अभिमन्यु एकदम सहम सा गया।

अब सब स्टूडेंट्स बेंच बजाने लगे और चिल्लाने लगे कि सलाम ठोंको सबको, सलाम ठोको, पर अभिमन्यु उसके लिए राजी नहीं था और बेंच की आवाजें बढ़ती जा रही थीं। जसप्रीत, सम्राट और विनोद भी इस सबका मजा ले रहे थे। जसप्रीत उसे हँसकर शायद इशारों में समझाना चाह रही थी कि अब कर भी दो सलाम और मजे ले लो इस लम्हे के। ये शायद फिर तुम्हारी जिंदगी में नहीं आनेवाले। उसे देख अभिमन्यु मन में सोच रहा था कि ये वही लड़की है, जो अभी थोड़ी देर पहले रो रही थी। और तभी रणदीप की एंट्री हुई। उसके साथ कॉलेज के सीनियर लड़के टोनी और हरपाल भी थे। उनके आते ही शोर थोड़ा कम हो गया, पर रैगिंग चालू ही रही। रणदीप समझ गया कि अभिमन्यु की रैगिंग चल रही है। रणदीप को देखते ही सम्राट ने अभिमन्यु को नीचे उतरने का इशारा किया। अभिमन्यु नीचे उतरने ही वाला था कि रणदीप ने कहा, "वैसा ही खड़ा रह।" टोनी बहुत सीनियर मालूम पड़ रहा था। उसने गंदे तरीके से कहा कि "हमे भी तो तेरे मजे लेने दे, चूजे।" सारी क्लास हँस पड़ी सिवा सम्राट, जसप्रीत और सुस्ती के। रणदीप ने गौर किया कि जसप्रीत का चेहरा सिकुड़-सा गया है। रणदीप ने तुरंत अभिमन्यु को कहा, "वही खड़ा रहकर 1 करोड़ की उलटी गिनती कर।"

यह करना अभिमन्यु के लिए आसान था। उसने इंग्लिश में उलटी गिनती करना शुरू किया, पर रणदीप ने उसे बीच में रोकते कहा कि अंग्रेजी में नहीं, हिंदी में। अब अभिमन्यु के लिए बड़ी मुसीबत हो गई। कश्मीर के स्कूल्स में हिंदी या उर्दू यह ऑप्शन होता है। कश्मीर में रहते कौन हिंदी भाषा चुनता है? तो लाजिमी थी अभिमन्यु ने उर्दू भाषा चुनी थी और उसे हिंदी में न लिखना-पढ़ना आ रहा था, न ही हिंदी की गिनती। वह फिर सहम-सा गया। रणदीप उस पर दबाव बढ़ाता गया और अभिमन्यु को कोसने लगा, "अंग्रेज की औलाद, अपनी भाषा तो आती नहीं और यहाँ आकर फुटबॉल टीम में भरती होना है? अब तो तू गिनती करके ही यहाँ से उतरेगा।" ग्राउंड की नफरत अपने आप रणदीप से बाहर निकल रही थी। हल्की-फुलकी रैगिंग अब मुठभेड़ में तब्दील होती दिख रही थी। जसप्रीत समझ गई कि अभिमन्यु अब समस्या में घिर सकता है। कॉलेज

के ये गुंडे-बदमाश लड़के अभिमन्यु का बुरा हाल कर सकते हैं। सम्राट उठकर कुछ बोलने ही वाला था कि जसप्रीत उठकर अभिमन्यु के पास बेंच पर जाकर खड़ी हो गई। रणदीप जसप्रीत को पसंद करता था, पर जसप्रीत ने उसे कभी भाव नहीं दिया था। इन बदमाश लड़कों से वह हमेशा से ही दूर रहती थी। रणदीप हमेशा कोशिश करता था कि जसप्रीत के सामने उसका इंप्रेशन अच्छा रहे। जसप्रीत के सामने वह कम पंगे करता था, पर साथ-ही-साथ इसका भी खयाल रखता था कि बाकी स्टूडेंट्स में उसका डर बना रहे। जसप्रीत को इस मामले में कूदते देख रणदीप थोड़ा शांत पड़ गया।

"तुम्हें हिंदी नहीं आती?" जसप्रीत ने अभिमन्यु को पूछा।

"नहीं।" अभिमन्यु ने जवाब दिया।

जसप्रीत ने अभिमन्यु से कहा, "मेरे पीछे दोहराना।" और जसप्रीत ने हिंदी में उलटी गिनती करना शुरू किया। अभिमन्यु ने उसे फॉलो किया, यह सोचते हुए कि क्या बंदी है? दगा भी देती है, दुआ भी करती है और तभी क्लास रूम में टीचर ने एंट्री मारी और अभिमन्यु की रैगिंग पर फुल स्टॉप लग गया। यहाँ तो फुल स्टॉप लग गया था, पर रणदीप के मन से वह बात नहीं जा रही थी कि जसप्रीत उस लड़के में क्यों इंटरेस्ट ले रही है? रणदीप के दिल में अभिमन्यु का आना चुभने लगा था।

मोहब्बत ने कब किस की परवाह की है? वह तो अपनी मनमानी करती है और जसप्रीत ने भी वही किया। जसप्रीत और अभिमन्यु लायब्रेरी पहुँचे। काफी लोग वहाँ शांति से पढ़ रहे थे। उन्हें पार करते-करते एकदम लास्टवाले टेबल की तरफ जसप्रीत ने इशारा किया कि वहाँ बैठते हैं, क्योंकि वह टेबल लायब्रेरियन से काफी दूरी पर थी। यह दोनों जो डिस्कशन करते, उसकी आवाज लायब्रेरियन तक नहीं पहुँच सकती थी और उसने इन्हें डाँटकर भगाने के चांसेस (chances) कम थे। दोनों टेबल तक पहुँचे और अभिमन्यु ने अपनी परवरिश का परिचय दिया। उसने जसप्रीत के बैठने के लिए आहिस्ता-से कुरसी खींची और जब तक कि वह ठीक तरह से वहाँ बैठ नहीं गई, अभिमन्यु वहाँ खड़ा रहा। कन्फर्म किया कि वह ठीक तरह से है न। और फिर एक एटीट्यूड (attitude) के साथ खुद भी बड़े आराम से दूसरी कुरसी पर बैठ गया। जसप्रीत ने गौर किया कि बाकी के लड़के जसप्रीत से मिलकर बड़े उत्तेजित दिखाई देते हैं। उसे इंप्रेस करने की कोशिश में लगे रहते हैं, पर यह बंदा एकदम शांत है। मुझे इंप्रेस करने कि कोई कोशिश इसमें नहीं है। और यह कुरसी खींचना साफ-साफ दिख रहा है कि उसकी तहजीब का हिस्सा है...। अब दोनों ने बिल्कुल धीमी आवाज में बात करना शुरू किया, ताकि दूसरे लोग डिस्टर्ब न हो। टॉपिक था, मंडल आयोग। इस आयोग का कार्य क्षेत्र सामाजिक एवं आर्थिक रूप से पिछड़ों की पहचान कराना था और उसके आधार पर आरक्षण के लिए भारत सरकार को अपनी रिपोर्ट सौंपनी थी। उन दिनों यह मुद्दा खबरों में इसलिए छाया हुआ

था, क्योंकि इस मुद्दे को उस वक्त की कांग्रेसी कार्यकारिणी ने अपने चुनावी एजेंडे में शामिल किया था और विपक्ष ने उसका पुरजोर विरोध किया था। मंडल आयोग का मुद्दा सुनते ही अभिमन्यु के चेहरे पर उत्साह दिखा। जसप्रीत अपनी डिबेट में पिछड़े वर्ग को आरक्षण मिलना चाहिए, इस पक्ष में थी और अभिमन्यु ने इसका विरोध किया, क्योंकि उसका मानना था कि जाति के आधार पर कोटा आवंटन नस्लीय भेदभाव का एक रूप है और समानता के अधिकार के विपरीत है। काफी देर तक दोनों अपने मुद्दे से हट नहीं रहे थे। उन दोनों में धीमी आवाज में ही सही, पर एक जंग-सी छिड़ गई थी। दोनों समाज को समझने की अपनी क्षमता के इस अखाड़े में उतर आए थे। दोनों जोर लगा रहे थे। जसप्रीत जिस तरीके से अपने मुद्दे अभिमन्यु के सामने रख रही थी, अभिमन्यु से लड़ रही थी, अभिमन्यु बड़ा ही प्रभावित हो रहा था। जसप्रीत उसे जरा भी आम लड़कियों की तरह नजर नहीं आ रही थी। अभिमन्यु ने गौर किया कि इस विषय का हर पहलू उसने बारीकी से स्टडी किया था। जिस बात पर उसका विश्वास था, उसके लिए लड़ने की उसकी तैयारी थी। जसप्रीत एक तरह से खुल्ला चैलेंज ही अभिमन्यु को दे रही थी कि दम है तो मुझसे जीत कर बता, क्योंकि इस डिबेट के लिए मैंने न सिर्फ पेपर पर तैयारी की है, बल्कि खुद जाकर उन पिछड़े लोगों के हालत देख आई हूँ। कई मुद्दों पर तो अभिमन्यु परास्त भी हो गया। एक पल के लिए उसे लगा भी कि शायद जसप्रीत सही है। आखिरकार उसने जसप्रीत से एक सवाल किया कि जिस पिछड़े वर्ग के गाँव जाकर वह उनसे मिलकर आई है, क्या उसी गाँव के, उन्हीं की तरह पल रहे उन लोगों से मिली है क्या, जो पिछड़ी जाति के नहीं है? वे भी उन्हीं परिस्थितियों में पल-बढ़कर अपनी काबिलियत पर नौकरी पाने की कोशिश करते हैं। उनका जन्म पिछड़ी जाति में नहीं हुआ। बस, इसके लिए अगर उन्हें नौकरी नहीं मिलती तो क्या ये उन पर अन्याय नहीं है? एक कायदा जो एक को न्याय दे और दूसरे पर अन्याय करे, यकीनन उस कायदे में कुछ कमी है! यह कहकर अभिमन्यु शांत हुआ। उसे एक पल के लिए लगा कि शायद अभय प्रताप उसके अंदर कहीं मौजूद हैं। अब तो जसप्रीत भी इस बात पर सोचने लगी कि हाँ शायद जो लोग पिछड़े जाति के नहीं है, उन्होंने हमेशा सरकार की नीतियों का साथ दिया, यह सोचकर कि वाकई हमसे ज्यादा उन लोगों को मदद की जरूरत है। पर एक तरह से अन्याय तो उन पर भी तो हो ही रहा है। अब जसप्रीत मुसीबत में थी। उसने जब डिबेट के लिए फॉर्म भरा था तो उसने आरक्षण के हक में डिबेट करना चाहा था। अब वह पलट नहीं सकती थी।

"मैं अपना नाम वापस ले लूँगी, डिबेट से" उसने नासमझी में कहा।

उसका उतरता चेहरा देख अभिमन्यु को पता नहीं क्यों बुरा लग रहा था? अभिमन्यु उसे इस तरह हारते हुए नहीं देख सकता था। कुछ पल सोचकर अभिमन्यु ने कहा कि

"हम नाम वापस नहीं लेंगे।" उस 'हम' शब्द ने फिर एक बार अभिमन्यु और जसप्रीत की बिखरी टीम को एक साथ बाँध लिया।

"हम आरक्षण के हक में ही डिबेट करेंगे, पर जाति के आधार पर नहीं, आर्थिक तौर पर पिछड़े हुए लोगों के हक में आरक्षण पर डिबेट करेंगे, फिर चाहे वे लोग किसी भी जात, धर्म या वर्ग के लोग हों" जसप्रीत का चेहरा खिल गया।

इन दोनों की इस डिबेट में किसी ने जीतकर भी हार स्वीकार की थी तो कोई हारकर बहुत कुछ पा गया था। जसप्रीत ने खुद को खोकर अभिमन्यु को पाना शुरू किया था।

अब अभिमन्यु उसे नोट्स डिक्टेट कर रहा था। वह आर्थिक आरक्षण पर बोले जा रहा था और अब जसप्रीत उसे सुने जा रही थी।

जैसे-जैसे वक्त बीतता गया, जसप्रीत के सामने अभिमन्यु के शख्सियत की परतें एक-एक करके आहिस्ता-से खुलती गईं। जसप्रीत तो उसे नादान समझकर तैयारी करने लाई थी, पर वह जानती नहीं थी कि अभिमन्यु एक कश्मीरी पंडित है। शिक्षा उसकी नस-नस में है। अभिमन्यु के घर में अखबार पढ़ना जरूरी था तो उसका जनरल नॉलेज बहुत ही था। ऊपर से वह अभय प्रताप का लड़का था तो अपनी बात को सटीकता से रखना, उसकी परवरिश का हिस्सा था, जो डिबेट जीतने के लिए काफी था। सोने पे सुहागा कि वह कॉन्वेंट में पड़ा था तो उसकी इंग्लिश पर जबरदस्त पकड़ थी। जसप्रीत ने सोचा भी नहीं था कि एक सहमे-से लड़के के अंदर एक बहुत ही परिपक्व लड़का है और इस वक्त उसका मुझपर जादू चल रहा है। जसप्रीत का डिबेट का टेंशन बिल्कुल ही गायब हो गया। अब जसप्रीत बस अभिमन्यु को सुनते जा रही थी, सुनते जा रही थी और सुन भी क्या रही थी? अभिमन्यु के दिल की धड़कन। वह क्या बोल रहा है, इसपर अब जसप्रीत का जरा भी ध्यान नहीं था। ध्यान था तो अभिमन्यु के रंग-रूप पर। कभी वह उसके घने बाल देखती थी, जिनमें अभिमन्यु बीच-बीच में अपना हाथ घुमा रहा था तो कभी उसके चेहरे का नूर देखती। कोई बात समझाते वक्त हमेशा अभिमन्यु के चेहरे पर एक शरारत भरी मुसकान आती रहती, जिसकी जसप्रीत कायल हो चली थी। वो बिल्कुल आँखों में आँखें डालकर बात करता। उन आँखों के पीछे से उसका दिल साफ-साफ नजर आता और उस दिल में न कोई बनावट थी न सजावट। थी तो बस एक खामोशी, गहरी खामोशी। वह खामोशी हैरान कर देनेवाली थी और उस खामोशी ने जसप्रीत को भी बेचैन कर दिया। वह अब उस खामोशी के पीछे के शब्दों को सुनना चाहती थी। उस खामोश चेहरे के पीछेवाले अभिमन्यु को समझना चाहती थी, पर यह कभी भी मुमकिन नहीं था। अपना दर्द जाहिर करना अभिमन्यु के स्वभाव में नहीं था। हाँ, पर उसका चेहरा एक आदमी पढ़ सकता था, जो इस वक्त अभिमन्यु के सामने काफी देर से बैठा था, पर उसकी खबर दोनों को नहीं थी। न अभिमन्यु को और न ही जसप्रीत को। सम्राट! उनके

सामने बैठा सम्राट बहुत देर से दोनों को देख रहा था और सुस्ती से शर्त लगा रहा था, "जब भी करेगी, जसप्रीत ही प्रपोज करेगी। लगी सौ-सौ की शर्त?" और सुस्ती इस बात पर शर्त लगा रहा था कि अगर जसप्रीत इसे प्यार कर बैठेगी तो रोएगी, क्योंकि यह बंदा बड़ा तेज जा रहा है। आते ही इसने कॉलेज की वह लड़की पटाई, जिसपर सबकी नजर थी। कॉलेज के बहुत दिन बाकी हैं और कॉलेज में ढेर सारी लड़कियाँ भी बाकी हैं। रोएगी मेरी जसप्रीत!

"अबे, तेरी कबसे हो गई जसप्रीत?" सम्राट ने चमक कर पूछा।

"पहले दिन से ही थी।" सुस्ती ने तकरीबन रोते हुए कहा।

अब सुस्ती शर्त जीतनेवाला था या सम्राट। यह तो सिर्फ वक्त ही तय कर सकता था और यही वक्त जम्मू में अभय प्रताप की कड़ी परीक्षा ले रहा था। आरती से हिम्मत पाकर अभय प्रताप ने फिर एक बार जिंदगी को गले लगाने की हिम्मत दिखाई थी। उन्होंने ठान लिया था कि कश्मीर के हालातों के संदर्भ में पूरे हिंदुस्तान में अपने आर्टिकल्स के द्वारा ऐसा जनमत तैयार करेंगे कि यूनाइटेड नेशंस के मानवाधिकार संगठन को भी इसमें दखल देना पड़ेगा। उन्होंने जम्मू के उस कैंप में बैठकर एक जहाल लेख लिखा। अपने उस लेख को छापने की मंशा लेकर वे जम्मू के जाने-माने अखबार के दफ्तर पहुँच गए। अखबार के एडिटर ने उनका गर्मजोशी से स्वागत किया।

बड़े सम्मान से अभय प्रताप को बिठाया, तुरंत बॉय को कहकर चाय-नाश्ते का प्रबंध किया गया। एडिटर साहब अभय प्रताप को अपने ऑफिस में पाकर खुश थे। अभय प्रताप को पूरा यकीन था कि वह अखबार उनका वह आर्टिकल बेझिझक छाप देगा।

एडिटर साहब ने बड़े आदर के साथ उनका लिखा लेख पढ़ना शुरू किया। वे वह लेख बड़ी ही बारीकी से पढ़ रहे थे कि उनके हाव-भाव बदलते गए। अभय प्रताप ने कश्मीर में जो-जो हो रहा था, उसका पूरा ब्योरा देते हुए अपने अग्रलेख का समापन करते हुए आखिर के पैराग्राफ में यह लिखा—

यदि 84 करोड़ (अब 130 करोड़-संख्या) जनबल का राष्ट्र अपने नागरिकों के लिए उनके अपने मूल स्थानों पर शांतिपूर्वक रहने की व्यवस्था नहीं कर सकता तो उसे राष्ट्र कहलाने का कोई अधिकार नहीं है। कश्मीर की समस्याओं का समाधान उसकी कमजोरियाँ दूर करके और वहाँ से असामाजिक तत्त्वों को समाप्त करके ही किया जा सकता है। यह कार्य केवल नवीन आदर्शों से प्रेरित भारत द्वारा ही हो सकता है। ऐसे भारत में नहीं, जो बहुत छोटे-छोटे राजनीतिक स्वार्थों में लिप्त हों और न ही ऐसे नेताओं के साथ, जो ज्वलंत समस्याओं की बजाय सहिष्णुता के गलत भ्रमों में ही फँसे हुए हैं।

कश्मीर की वर्तमान स्थिति का प्रमुख कारण भारतीय राजनीति, सामाजिक और आध्यात्मिक व्यवस्था का नकारात्मक रवैया है। यह किसी एक व्यक्ति के कारण नहीं,

यह हमारी व्यवस्था के दूषित होने के कारण हुआ है।

भारतीय बुद्धिजीवी और विचारवान लोग वास्तविक समस्याओं की ओर ध्यान नहीं देते। देश की समस्याओं को हल करने के लिए कोई भी क्रियात्मक कदम नहीं उठाया जा रहा। कोई आदर्श, कोई नवीन भावना, जीवन का कोई नया दर्शन राष्ट्र के सामने नहीं रखा जा रहा। इस समय भारत के सामने प्रेरणापूर्ण महान् आदर्श की कमी है। कश्मीर की समस्या पर देश के अधिकांश लोग निराश हैं और उन्होंने अपने आप को भाग्य के भरोसे छोड़ दिया है। शेष जो कुछ लोग बचे हैं, उनमें इतनी शक्ति नहीं कि वे राष्ट्र के इस पोत की कमान सँभालकर इसे संकटों से उबार लें।

यह आलोचना उन नकारात्मक शक्तियों की है, जिन्होंने इन समस्याओं को सुलझने नहीं दिया। यह आलोचना व्यक्तिगत नहीं है परंतु मेरे सामने इतिहास की सच्चाई प्रकट करने के अतिरिक्त कोई दूसरा मार्ग नहीं था।

एडिटर ने पूरा आर्टिकल पढ़ा। उन्होंने कुछ देर के लिए अभय प्रताप को बाहर बैठने के लिए कहा। अभय प्रताप बाहर के सोफे पर बैठकर शीशे के उस पार बैठे एडिटर की हरकतों पर गौर करने लगे। एडिटर परेशान दिख रहा था। उसने फोन पर काफी देर किसी से बात की। फिर उन्होंने अभय प्रताप को अपने केबिन के अंदर बुलाकर नम्रता से कहा, "माफ करना अभय प्रतापजी, हम आपका आर्टिकल नहीं छाप सकते।" अभय प्रताप को अंदाजा हो गया था कि उन्हें ऐसा ही कुछ सुनने को मिलेगा। उन्होंने अपना आर्टिकल उठाया और यह कहते वहाँ से निकालने लगे कि मैं दूसरी जगह कोशिश करता हूँ। एडिटर शायद अभय प्रतापजी की बहुत इज्जत करता था। उसने कहा, "जरा बैठिए, अभय प्रताप जी।" अभय प्रताप उसकी विनती को मान देते हुए बैठ गए। एडिटर ने बड़ी ही झिझक के साथ कहा, "यह आर्टिकल शायद किसी भी प्रेस में छपेगा नहीं। अब तक तो हर प्रेस में फोन जा चुके होंगे कि आपको किसी भी तरह से एंटरटैन (entertain) न किया जाए। इसमें आपने कांग्रेस की सेक्युलर नीति पर वार किया है, उनके नेताओं पर भाष्य किया है। इतना ही नहीं, बल्कि बुद्धिजीवियों को भी आपने नहीं बख्शा है। मेरी मानिए तो इस लेख के छापने का विचार मन से निकाल दीजिए।" अभय प्रताप को समझने में वक्त नहीं लगा कि अब उन्हें नौकरी के लिए कोई भी अखबार खड़ा नहीं करेगा। उनकी सच्चाई ने फिर से उनका रोजगार उनसे छीन लिया था। फिर भी, उन्होंने हार नहीं मानी। पूरे दिन वे एक अखबार से लेकर दूसरे अखबार के दहलीज की धूल छानते रहे, पर उनके जैसे तीखे और तेज विचारवाले इनसान की किसी भी अखबार को जरूरत नहीं थी और अभय प्रताप भी अपने धर्म के साथ किसी भी तरह का समझौता नहीं करना चाहते थे। उनका धर्म था, सच्चाई को लोगों तक पहुँचाना, जिसे उस वक्त की सरकार ने छिपाकर रखा था। कश्मीर में क्या हो रहा है, वह कश्मीर के बाहर आने

नहीं दिया था। वहाँ जिहादी अभय प्रताप के दुश्मन बने थे और यहाँ? यहाँ की सरकार जो एक लोकतंत्र का दावा करती थी। दो दिन तक लगातार अभय प्रताप अपने लिए रोजगार ढूँढ़ते रहे। जम्मू बड़े बुरे हालातों से गुजर रहा था। इस छोटे से शहर पर कश्मीर से आए लाखों लोगों का भार पड़ा था। हर कोई अपने रोजगार के लिए कैंप से निकलकर जम्मू की गालियों की खाक छान रहा था। नौकरी मिलना बहुत ही मुश्किल काम था। जिसे जो मिले, वह काम करने के लिए तैयार था। दो दिन भटककर भी कोई काम नहीं मिला तो अभय प्रताप को अभिमन्यु के महीने के खर्चे की चिंता सताने लगी। बलदेव भाटिया जिस तरह से उनसे पेश आया था, उसकी आँच भी वे अभिमन्यु तक पहुँचने नहीं देना चाह रहे थे। तो, अब उन्होंने तय किया कि जो भी काम मिले, कर लेंगे। वो सुबह से जम्मू के बाजार में हर दुकान, हर घर में जाकर पूछ रहे थे शायद कहीं करने लायक कोई काम मिले, पर उनके लिए किसी के पास कोई भी काम नहीं था। आखिरकार एक दवा के दुकानदार को उन पर दया आ गई। वह एक उम्र दराज इनसान था। उसने अभय प्रताप को बिठाकर पूछताछ की। उनके बारे में जान लिया। उन्हें अभय प्रताप विश्वसनीय लगे। उस दुकान में पहले से ही एक वर्कर काम कर रहा था तो दुकान मालिक ने उन्हें महज दो हजार रुपए माहवार की तनख्वाह का ऑफर दिया। अभय प्रताप की मजबूरी ने वह ऑफर स्वीकार किया और फिर एक बार अभिमन्यु का भविष्य सुरक्षित हो गया और पानीपत में अभिमन्यु ने अभय प्रताप के विश्वास को साकार करने में कोई भी कसर बाकी नहीं उठा रखी।

अभिमन्यु और जसप्रीत की जोड़ी ने सिर्फ डिबेट में ही नहीं, बल्कि क्विज में भी अपने ज्ञान के झंडे गाड़ दिए और आर्यन कॉलेज कुरुक्षेत्र यूनिवर्सिटी वार्षिकोत्सव में जोरों-शोरों से जीता था। उस जीत के पीछे अभिमन्यु की अपनी मेहनत थी। जसप्रीत और अभिमन्यु की जोड़ी हिट हो गई थी। अपनी इस जोड़ी पर जसप्रीत को बड़ा नाज था। आर्यन कॉलेज के आसमान पर अचानक से एक सितारा चमका था और जिसकी चाँदनी कॉलेज की हर लड़की महसूस करना चाह रही थी, पर जसप्रीत उन्हें वह मौका नहीं दे रही थी। इस तारे को दुनिया से छुपाकर वह उसे अपने आँचल में समेटना चाहती थी। अब वह रोज कॉलेज में अभिमन्यु का इंतजार करती। जब वह आता, उसे छुप-छुपकर देखती। जब नहीं आता तो दीवानों की तरह उसे यहाँ-वहाँ ढूँढ़ती। अभिमन्यु भी उसकी हर हरकत समझ रहा था। अगर कभी-कभी जसप्रीत न दिखती तो अभिमन्यु भी बेचैन हो जाता। अब अपने नाम में अभिमन्यु का नाम मिलाकर नोट बुक में लिखना और मिटाना जसप्रीत का रोज का काम था। उसकी सहेलियों ने तो उसे अभिमन्यु के नाम से छेड़ना भी शुरू किया। जसप्रीत यह भी जानती थी कि अभिमन्यु भी उसे पसंद करता है, पर जताता नहीं है। जसप्रीत की एक स्त्री सुलभ जिद थी कि वह उसे प्रपोज करे और

अभिमन्यु को समझ में नहीं आ रहा था कि वह जो जसप्रीत के लिए महसूस कर रहा है, उसे ही मोहब्बत कहते हैं और माशूक के सामने उसका इजहार करना मोहब्बत की रवायत होती है, पर ऐसा कुछ हो नहीं रहा था। दोनों बस दिल ही दिल में एक-दूसरे को चाह रहे थे। जसप्रीत की पल-पल की नजर अभिमन्यु पर थी और उसकी नजर से यह बात छिपी नहीं थी कि अभिमन्यु सबसे ज्यादा खुश स्पोर्ट्स ग्राउंड पर होता है और वह लगातार एक ही कपड़े पहन रहा है। सम्राट से उसे पता चला कि अभिमन्यु का सामान खो गया है तो वही कपड़े रोज धोकर वह पहनता है। सम्राट ने आगे यह भी कहा कि मैंने उसने उसे कपड़े ऑफर किए थे। उसने 'हाँ' तो कहा था, पर कभी इस्तेमाल नहीं किया, सिवाय लुँगी के···दूसरे ही दिन जसप्रीत एक सुंदर सा शर्ट-पैंट लेकर हवा महल पहुँची। उसे वहाँ देख फिर सम्राट और सुस्ती की सिट्टी-पिट्टी गुम हो गई कि ये लड़की हमें इस घर से बाहर करके ही दम लेगी, पर जसप्रीत थोड़े ही माननेवाली थी। वह तो बस, चली आई घर के अंदर। बड़े ही प्यार से उसने अभिमन्यु के हाथ में वह गिफ्ट रखा और कहा, "यह हमारी जीत का सेलेब्रेशन है। तुम नहीं होते तो वह डिबेट मैं जीत नहीं सकती थी।"

सामने पड़े शर्ट-पैंट को देखकर अभिमन्यु को एक पल के लिए जसप्रीत पर बहुत प्यार आया। वह समझ गया कि जसप्रीत का उसे यह शर्ट-पैंट देने के पीछे बड़ी ही विशुद्ध धारणा है, पर वही पंडितोंवाली तहजीब बीच में आ गई। शास्त्रों में किसी भी ब्राह्मण को केवल पाँच घरों में जाकर भिक्षा माँगने का चलन होता है, वह भी केवल इसलिए कि उन्हें ज्ञान अर्जन करना होता है। अगर वह चरितार्थ के लिए काम-काज करने लगे तो ज्ञान अर्जन नहीं हो पाएगा और अभिमन्यु पाँच दान माँग चुका था—पहला माजिद से, दूसरा कैंप में सरकार से, तीसरा रोशनी ने उन्हें सहारा दिया था, चौथा प्रिंसीपल ने दाखिला दिया था और पाँचवाँ सम्राट ने छत के साथ-साथ लुँगी भी दी थी। अभिमन्यु को आगे बढ़ने के लिए इतना काफी था, पर वह जसप्रीत का दिल भी तोड़ना नहीं चाहता था। उसने भी बड़े प्यार से उस गिफ्ट को जसप्रीत के हाथ में वापस रखते हुए कहा कि "जीत हमारी थी। तुम भी उसमें शामिल थीं। मुझे भी फिर तुम्हें गिफ्ट देना बनता है। जिस दिन मैं तुम्हारे लिए गिफ्ट ले आऊँगा, उस दिन तुम्हारा यह गिफ्ट शान से पहनूँगा, जस।"

'जस' शब्द सुनते ही जसप्रीत को लगा कि गिफ्ट नकारकर एक ही पल में अभिमन्यु ने मुझे पराया कर दिया और प्यार से 'जस' पुकारकर दूसरे ही पल में अपना लिया। वह खुश भी हो गई और मायूस भी। जसप्रीत को एक पल के लिए लगा कि उसने अभिमन्यु को कहीं हर्ट तो नहीं कर दिया। जसप्रीत की आँखों ने अभिमन्यु को अपनी सफाई देना शुरू किया और अभिमन्यु भी शायद उसे आँखों से कह रहा था, "मुझे प्लीज

माफ कर दो। मेरा दिल इसकी इजाजत नहीं दे रहा कि मैं यह गिफ्ट स्वीकार करूँ।" दोनों एक-दूसरे को देखते रहे। उन दोनों के बीच का वह ऑडनेस महसूस करके सम्राट ने उधर से गाना गुनगुनाना शुरू किया—

"रफ्ता रफ्ता वो मेरी हस्ती का सामान हो गए
पहले दिल, फिर जाने जाँ, फिर जाने जाना हो गए।"

अभिमन्यु और जसप्रीत ने अपने आप को सँभाल लिया।

सुस्ती के अपने ही खयाल दौड़ रहे थे कि गिफ्ट नकारकर अभिमन्यु ने जसप्रीत को अपने से दूर कर दिया। अब मैं फिर से अपना ट्राई मार सकता हूँ। वह इस बात पर मन-ही-मन खुश था। वह नहीं जानता था कि अभिमन्यु के स्वाभिमान के कारण अब तो अभिमन्यु जसप्रीत को और अपना-सा लगने लगा है। उस दिन के बाद न जसप्रीत ने, न सम्राट ने और न ही सुस्ती ने कभी अभिमन्यु के स्वाभिमान को छेड़ने की कोशिश की। हर किसी ने एक-दूसरे को जैसे थे, वैसे स्वीकारा, अच्छे-बुरे गुणों के साथ। आर्यन कॉलेज में यारियों का एक नया दौर शुरू हो गया। अब अभिमन्यु, जसप्रीत, सम्राट और विनोद का एक ग्रुप बन गया था। जहाँ भी जाते, साथ जाते। साथ पढ़ते। शाम को स्पोर्ट्स ग्राउंड पर जसप्रीत का आना-जाना भी बढ़ गया था। अभिमन्यु लंच और डिनर, दोनों मेस में ही करता था। उसको कंपनी देने के लिए सम्राट, सुस्ती और जसप्रीत रात 8:00 बजे तक कॉलेज में रुके रहते। फिर रात में चलते-चलते तीनों पहले जसप्रीत को उसके घर तक छोड़ने जाते और उसके बाद अपने हवा महल पहुँचते। अब तो यह उनका रूटीन ही हो गया था। न ही जसप्रीत ने किसी से कहा कि वह अभिमन्यु को चाहती है और न ही अभिमन्यु ने कभी अपनी मोहब्बत जाहिर होने दी, पर अब पूरा कॉलेज जानता था कि अभिमन्यु और जसप्रीत के बीच कुछ चल रहा है। बहुत कम समय में अभिमन्यु अपने कॉलेज में पॉपुलर भी हो गया। वह स्पोर्ट्स, पढ़ाई, स्वभाव, सब में अच्छा था।

जिस तरह से ब्रिटिश इंग्लिश ऐक्सेंट में अभिमन्यु अंग्रेजी में गाल उठाकर बात करता था, कॉलेज की 80 फीसदी व लोकल जनता उस पर फिदा हो चुकी थी। अब तक कॉलेज के छात्रों ने रणदीप के डर के कारण उसे अपना लीडर माना था, पर अब वे सब के सब दिल से अभिमन्यु को अपना लीडर मानने लगे थे। अभिमन्यु अब टीचर्स का भी चहेता बन चुका था। रणदीप को साफ-साफ दिख रहा था कि जसप्रीत तो उसके हाथ से चली गई है, पर छात्र भी अब ज्यादा तवज्जो अभिमन्यु को दे रहे हैं। तो, अपनी पोजीशन फिर से हासिल करने के लिए कोई कांड करना रणदीप के लिए लाजमी था।

उस दिन लेक्चर खत्म करके अभिमन्यु, सम्राट, सुस्ती और जसप्रीत कैंटीन में बैठे थे। अभिमन्यु खुश था। उसे अपनी पहचान वापस मिल रही थी, जो वह कश्मीर में छोड़ आया था। उसके मन में हमेशा आता कि काश! मुख्तार यहाँ होता और इस आजादी को

समझ पाता। समझ पाता कि इस वक्त अभिमन्यु के ठीक पीछे के टेबल पर बैठे परवेज को यहाँ का संग्राम सिंह अलग नहीं समझता। दरअसल, इस हिंदू बहुल देश में परवेज अपने आपको अलग न समझे इसलिए उसकी तो थोड़ी ज्यादा केयर करते हैं लोग। Sy.BA में पढ़ रही सकीना सिद्दीकी को बिना बुर्के के आने-जाने पर कोई बेशर्म नहीं समझता और कितने भी दंगे हुए हों, यहाँ मुसलमानों के धर्म स्थलों पर कभी भी किसी ने हमला नहीं किया। सब्ज शादाब हरियाणा की यह आजादी अब अभिमन्यु हर बात में महसूस करता था। मुठी कैंप के पते पर खत डालकर उसने उसके कॉलेज की जीत की बात भी अभय प्रताप और आरती को बताई थी और कल रात ही कॉलेज हॉस्टल के फोन पर उसकी अपने माता-पिता से बात हुई थी। दोनों ने उसे आशीर्वाद देकर कहा था कि यहाँ की चिंता मत करना। यहाँ सब ठीक है। अभय प्रताप के वहाँ होने के कारण अभिमन्यु को वहाँ की चिंता नहीं थी। उसे आज भी विश्वास था कि सब ठीक हो जाएगा और जल्द ही उसे कॉलेज की छुट्टियाँ बिताने कश्मीर अपने घर जाने का मौका मिलेगा। अब उसके जीवन में शांति थी और वह इसे किसी भी कीमत पर खोना नहीं चाहता था। अभिमन्यु अब थोड़ा हँसी-मजाक करना भी सीख गया था। जब भी वह किसी जोक पर दिल खोल कर हँसता, तो जसप्रीत को लगता था कि जैसे उसका जैक्पॉट लग गया हो। कैंटीन में बैठे-बैठे चाय की एक चुस्की लेकर जसप्रीत ने कहा, "सुस्ती, चल। कोई जोक सुना।" सुस्ती के पास जोक्स का भंडार हुआ करता था और जब वह जोक्स सुनाता तो उसका चेहरा दमकता था। जोक्स सुनाते वक्त उसके पास एनर्जी कहाँ से आती थी, कोई नहीं जानता था। शायद उन जोक्स के लिए ही लोग उसे अपने साथ रखते थे। जसप्रीत ने कहा था, तो सुस्ती को सुनाना ही था। सुस्ती ने एक जोक सुनाया। इस बार का उसका जोंक बेहद ही वाहियात था।

"तेरे जोक सुनने से अच्छा था कि मैं रूम पर जाकर कुछ पढ़ाई शुरू करता... पढ़ाई के दिन आ गए हैं।" सम्राट ने एक गाली देने के बाद यह कहा।

"लड़की के सामने गाली देना—बैड मैनर्स।" जसप्रीत ने सम्राट को डाँटकर कहा।

"सानू माफ कर देना, भाभीजी।" जसप्रीत के सामने हाथ जोड़ते सम्राट ने कहा।

"भाभी ?" जसप्रीत ने प्रश्नार्थ पूछा।

सम्राट ने अभिमन्यु को देखते जसप्रीत से कहा कि "अगर यह अभी मेरा भाई है ते तू मेरी कौन हो गई ?"

अभिमन्यु ने तमककर सम्राट को देखा और जसप्रीत के गाल शर्म से लाल हो गए।

सामने की टेबल पर बैठा रणदीप इनको काफी दिनों से बरदाश्त नहीं कर पा रहा था। जैसे ही उसने सम्राट के मुँह से जसप्रीत के लिए 'भाभीजी' शब्द सुना, उसका दिमाग खिसकने लगा। दिमाग तब और खिसका जब जसप्रीत 'भाभीजी' शब्द पर शरमाई।

उस दिन के बाद तो सम्राट ने हमेशा जसप्रीत को 'भाभी' ही पुकारा और इस पर न कभी अभिमन्यु ने ऐतराज जताया और न ही जसप्रीत ने, पर सुस्ती को बहुत ऐतराज था और उसे अपने आप पर बहुत गुस्सा आ रहा था। अपना गुस्सा ठंडा करने के लिए वह काउंटर के पास शीतल पेय लेने गया। रणदीप भी बेहद गुस्से में था और सुस्ती भी, क्योंकि दोनों की मोहब्बत को कोई उनके सामने उड़ा ले गया था। रणदीप को लड़ने का बहाना चाहिए था तो उसने शीतल पेय ले जा रहे सुस्ती के बीच टाँग अड़ाकर उसे गिरा दिया और रणदीप की किस्मत उस दिन इतनी बुरी थी कि वह पूरा-का-पूरा शीतलय पेय रणदीप पर ही गिर गया। रणदीप ने सुस्ती को पकड़कर पीटना शुरू किया तो पहले से उखड़े सुस्ती ने अपनी पूरी खुन्नस रणदीप पर निकालनी शुरू की। सुस्ती ने उससे जैसे बने वैसे, अपने हाथ-पैर चलाकर रणदीप को मारना शुरू किया, पर रणदीप बहुत तगड़ा था। उसने विनोद को एक मुक्का जड़ दिया। सम्राट दौड़ा और उसने रणदीप को सुस्ती से अलग कर के ऐसे धकेला कि रणदीप बुरी तरह से जाकर टेबल पर गिर गया। अब टोनी भी सम्राट को मारने आ गया। उसने सम्राट को पकड़ा और मारने ही वाला था कि अभिमन्यु ने आकर टोनी के हाथ रोक दिए। इतने पर सम्राट रुका नहीं। उसने बुरी तरह से रणदीप को पीटना शुरू किया। अभिमन्यु ने बड़ी मुश्किल सम्राट को रणदीप से अलग किया और टोनी को भी सम्राट के पास आने से रोक दिया। "ये कल का लौंडा मुझे रोक रहा है?" इस बात का टोनी को बड़ा गुस्सा आया और उसने अपना मोरचा अभिमन्यु की तरफ बढ़ाया। जैसे ही वह अभिमन्यु की तरफ बढ़ा, वहाँ मौजूद हर एक स्टूडेंट अभिमन्यु की रक्षा में आ गया और सबने टोनी पर हल्ला बोल दिया। टोनी और रणदीप को इस बात का जरा भी अंदाजा नहीं था कि ऐसा कुछ हो सकता है। टोनी और रणदीप खौफजदा हो गए, पर फिर तभी एक चमत्कार हुआ। अभिमन्यु ने सारे स्टूडेंट और टोनी के बीच में आकर टोनी को बचा लिया और जोर से कहा, "रुक जाओ, ये मारपीट बंद करो, मारपीट कोई हल नहीं है किसी चीज का।" पहली बार किसी ने अभिमन्यु को इतनी तेज आवाज में कुछ कहते सुना था। सब के सब रुक गए।

जसप्रीत ने अभिमन्यु के अंदर कुछ महसूस किया। वह क्या था, जसप्रीत को पता नहीं था, पर अब उसे यकीन था कि अभिमन्यु के अंदर ऐसा कुछ है, जो उसने दबाकर रखा है, जैसे खुद जसप्रीत ने अपने अंदर कुछ दबा के रखा था। आज जैसे अभिमन्यु चीखा, वैसे वह भी चीखना चाह रही थी। अभिमन्यु के उस एहसास को उसने बखूबी पहचान लिया क्योंकि वह खुद भी इस अहसास से जूझ रही थी। जसप्रीत यह भी जानती थी कि यह जो हम दोनों के अंदर कुछ दबा हुआ-सा है, उसका बाहर आना बेहद जरूरी है, वरना वही बात जहर बनकर उसे अंदर से मार देगी।

अभिमन्यु ने भी महसूस किया कि शायद उसके अंदर का कश्मीर इस वक्त

तड़पकर बोल रहा था। जब अभिमन्यु को अहसास हुआ कि उसकी आवाज बहुत तेज है तो अपने आपको सँभालते हुए उसने रणदीप से कहा कि यार मारपीट क्यों कर रहे हो? एक शीतल पेय ही तो गिरा है। अब रणदीप फिर से शेर बनने की कोशिश कर रहा था। उसने जान-बूझकर गिराई है। सुस्ती बीच में फिर रणदीप पर झपट पड़ा।

इस बार रणदीप सुस्ती को मारने पल्टा नहीं। इर्द-गिर्द की भीड़ देख उसे समझ आ गया था कि अब उसने कुछ उँगली की तो वह खुद पिटेगा। पूरे कॉलेज का सपोर्ट उस वक्त अभिमन्यु के साथ था। वह चाहता तो रणदीप को पिटवाकर सबक सिखा सकता था, पर अभिमन्यु ने अपने आप जान लिया कि यह कोई सही हल नहीं होगा। इससे सिर्फ झगड़े बढ़ेंगे और वो भी सिर्फ इसलिए कि एक शीतल पेय के कारण एक शर्ट खराब हो गई। कोई फायदा नहीं। अभिमन्यु के अंदर के आदर्श ने एक हीरो का रूप ले लिया था।

अभिमन्यु ने रणदीप से बड़ी विनम्रता से कहा कि "माफ कर दे, यार इसे। ये झगड़ा खत्म करो। किसी को कुछ मिलनेवाला नहीं है। हमारे माँ-बाप ने हमें यहाँ पढ़ाई के लिए भेजा है। उनकी उम्मीदों पर पानी नहीं फेरते।"

यहाँ से इस वक्त चले जाने में ही होशियारी है, यह जानकार रणदीप वहाँ से फुसफुसाता चला गया। पर उसके मन में सुस्ती, सम्राट और अभिमन्यु के लिए पूरी तरह से दुश्मनी पनप चुकी थी, क्योंकि इन तीनों ने मिलकर रणदीप की ताकत आज पूरी तरह से खत्म कर दी थी।

हाथापाई में विनोद को गहरी चोट आई थी। तो दवा लेने के लिए अभि, जस, सम्राट और विनोद दवा की दुकान पर चले गए। उसके लिए दवा खरीदी। विनोद का बदन अब बड़ा दर्द कर रहा था।

"तू अब सीधे रूम पर जा। हम जस को उसके घर छोड़कर आते हैं।" अभिमन्यु ने विनोद से कहा।

विनोद को भी वही ठीक लगा और वह अपने रूम पर आराम करने निकल गया। अभिमन्यु ने विनोद की हालत देख एक पल के लिए सही, अपने दोस्त के लिए भगवान् का शुक्रिया अदा किया कि बहुत बड़ी मारपीट से बच गए। काश! अब यह जल्दी ठीक भी हो जाए।

यहाँ अभिमन्यु अपने दोस्तों के लिए दुआ माँग रहा था और जम्मू में अभय प्रताप दवा कि दुकान में एक नौकर की तरह काम करते हुए एक ग्राहक की गालियाँ खा रहे थे। उस दिन दवाइयों का स्टॉक आया हुआ था। सारी दवाइयाँ दुकान में अपनी-अपनी जगह रखकर एक्सपायर्ड (expired) दवाओं को अलग करके उसकी एक अलग से लिस्ट बनानी होती है। दुकान में दूसरा हेल्पर आज काम पर नहीं आया था। अभय प्रताप अकेले ही स्टॉक भी देख रहे थे और ग्राहकों को भी देख रहे थे। एक ग्राहक ने

आकर दवा की पर्ची अभय प्रताप को थमा दी। अभय प्रताप उन्हें दवाएँ दे रहे थे कि बाजू में अखबार पढ़ते बैठे उनके दुकान मालिक ने निराशा के स्वर में कहा, "क्या होगा वादी का, भगवान् ही जाने?" अभय प्रताप कश्मीर के नाम पर तुरंत भावुक हो गए। अभय प्रताप को जो तनख्वाह मिलती थी, उसमें रोज अखबार खरीदना मुमकिन नहीं था। उन्होंने और आरती ने तय किया था कि कैंप में बहुत सारी बेआसरा विधवाएँ और उनके बच्चे रहते हैं। उन्हें हमारी तरह बाहर जाकर काम करना मुमकिन नहीं है। हम हमसे जितना हो सकेगा, ऐसे लोगों की मदद करेंगे। आरती देवी ने तो कुछ बच्चों को जमा करके पढ़ाना भी शुरू कर दिया था। आरती और अभय प्रताप अपनी एक-एक पाई बड़ी ही सावधानी से खर्च करते थे। रोज अखबार खरीदने की ऐय्याशी की नहीं जा सकती थी। अभय प्रताप दुकान मालिक का कल का अखबार, जो उसके काम का नहीं रहता, वो आज पढ़ते थे, लेकिन इस वक्त उन्होंने ग्राहक को फटाफट दवा देकर चलता किया और बड़ी ही विनम्रता से उन्होंने वह अखबार पढ़ने के लिए माँगा। अखबार में छपी कश्मीर की खबर को वे बड़े ध्यान से पढ़ने लगे। लाइनों के बीच क्या छपा है, जानने की कोशिश करने लगे और उन्हें खयाल ही नहीं रहा कि और दो ग्राहक वहाँ आकर खड़े थे। उसमें से एक बड़ा बद्तमीज किस्म का था। उसने अभय प्रताप से सीधा कहा, "सुनाई नहीं देता क्या, कब से दवा माँग रहा हूँ? इतना लाट साहब है तो अपने घर जाकर पढ़ न अखबार?" दुकान मालिक ने भी अभय प्रताप को सुना ही दिया, "काम पर ध्यान दो। कभी थे तुम अखबार के मालिक। अब हकीकत में जीना सीखो। भूल जाओ कश्मीर को।" अपने ही लोगों की कश्मीर के प्रति जो धारणा थी, उसे देख आहत होने के सिवा अभय प्रताप के पास कोई और चारा नहीं था। उन्होंने ग्राहक और दुकान मालिक से माफी माँगते कहा, "मुझे क्षमा करना। मैं भूल गया था कि मैं आपकी धरती पर हूँ।" उनके वाक्य का सही अर्थ समझे, इतना दुकानदार काबिल न था और अभय प्रताप की काबिलियत से उनके घर का चूल्हा जल नहीं पा रहा था। जम्मू में जीने की जद्दोजहद थी तो पानीपत में मारने-मरवाने की साजिश हो रही थी।

विनोद घर पर अकेला था। उसका बदन अभी भी दर्द कर रहा था। शाम से वह वैसा ही लेटा पड़ा था। अब तो अँधेरा भी हो गया था। उठकर घर की लाइट ऑन करने की भी उसे नहीं सूझी। किसी की आहट हुई तो वह समझा कि शायद सम्राट और अभिमन्यु होंगे। अँधेरे में 2 लोग अंदर आ गए और विनोद को उठाकर खुली टेरेस पर ले आए। विनोद कुछ समझ पाता, तब तक रणदीप ने उसे एक झापड़ मार दिया।

"बड़ी चरबी चढ़ी थी तुझे दोपहर में?" विनोद समझ चुका था कि रणदीप अपने गुंडों को लेकर घर में घुस आया है। वे 4-5 लोग थे और विनोद अकेला। उसने फिर भी हिम्मत दिखाई और रणदीप पर झपट पड़ा। टोनी और हरपाल ने उसे पकड़कर बुरी

तरह से मारना शुरू किया। उतने में भी विनोद चिल्लाया कि सम्राट को आने दे, फिर देखता हूँ, तुम सालों को। सम्राट का नाम सुनते ही रणदीप ने विनोद का हाथ मरोड़कर उसे जोर से धक्का दिया। विनोद अपने घुटनों के बल गिर गया। टोनी ने उसके दोनों हाथ पथ पर मोड़कर कसकर पकड़ लिए और रणदीप ने उसके बाल खींचकर पूछा, "कहाँ है तेरा सम्राट? बुला उसको।" तभी सम्राट और अभिमन्यु वहाँ आ गए। उन्होंने देखा कि रणदीप ने विनोद को दबोच रखा है। टोनी के साथ वहाँ और दो अनजान लोग खड़े है। विनोद के पिटाई के निशान उसके चेहरे पर साफ नजर आ रहे थे। वो निशान देख अभिमन्यु का माथा ठनका, पर वह तुरंत जान गया था कि उनके लिए पूरी फील्डिंग लग चुकी है, क्योंकि अभी कोठी में कदम रखने से पहले बाहर रास्ते पर कुछ गुंडे-से दिखनेवाले लड़के सम्राट और अभिमन्यु को नजर से निशाना बनाकर चल रहे थे। विनोद को उस बुरी हालत में देख रणदीप को मारने के लिए सम्राट बड़ा उतावल दिखा और वह रणदीप की तरफ तेजी से बढ़ा, ये कहते हुए कि अकेले को घेरकर मारते हो? दम है तो मुझसे लड़ो। पर गरमी में आगे बढ़ा सम्राट अचानक से ठंडा पड़ गया, क्योंकि अभी तक पीछे चुपचाप सिगरेट पीते तमाशा देख रहा लड़का आहिस्ता-से सामने आ गया। वह हरजोत था। वही लड़का, जिसे अभिमन्यु ने पानीपत बस अड्डे पर चाकू लेकर भागते देखा और बाद में उसके हाथ में पिस्टल थी। हरजोत अब बारी-बारी से सबको देखने लगा। विनोद ने अपनी नजरें झुका लीं। सम्राट का भी वही हाल हुआ। सम्राट अंदर से छटपटा रहा था, पर हरजोत को देखकर खामोश हो गया। हरजोत ने अब अभिमन्यु को देखा, पर अभिमन्यु उससे जरा भी डरा नहीं था, उल्टा अभिमन्यु की आँखों में हरजोत के लिए गुस्सा था। अभिमन्यु की आँखें साफ-साफ बयान कर रही थीं कि हम शरीफ हैं तो हमारी शराफत का नाजायज फायदा मत उठाओ। अभी भी अभिमन्यु हरजोत की आँखों में आँखें डालकर देख रहा था, और हरजोत भी उसे शांति से घूरे जा रहा था।

रणदीप वहाँ से चिल्लाया। "ऐ हरामखोर, आँखें नीची कर। वरना आँखें निकाल लूँगा!"

अब सम्राट से रहा नहीं गया और वह जोर से बोला, "ऐ, मुँह सँभालकर बात कर वरना…"

"वरना क्या?" टोनी ने सम्राट को और उकसाने के लिए, विनोद को एक लात मारते हुए पूछा, विनोद तड़प गया और अभिमन्यु से वह बरदाश्त नहीं हुआ। उसने अपनी नजरों को और पैनी करके हरजोत को घूरते कहा कि

"वरना हम तुम सबको इस टेरेस से नीचे फेंक देंगे।"

हरजोत की आँखें आश्चर्य से झपकीं और तभी टोनी और रणदीप अभिमन्यु को गाली बकते हुए उसकी तरफ हल्ला बोलते हुए बढ़े और विनोद और सम्राट उनको

रोकने वहाँ से आए। लगा कि अब खून ही बहेगा, पर हरजोत अपनी नजरें वापस अभिमन्यु पर गड़ाता हुआ चिल्लाया। "रुक जाओ सब!"

हरजोत के सामने किसी की भी कुछ बोलने की हिम्मत नहीं थी।

"सब अंदर जाओ" हरजोत ने स्थिति को सँभालते हुए कहा। रणदीप, टोनी और हरपाल फनफनाते हुए अंदर चले गए, पर अभिमन्यु को हरजोत के साथ अकेले छोड़ने की हिम्मत सम्राट और विनोद में नहीं थी।

"निकलो। मुझे इस लड़के से अकेले में हिसाब करना है।" हरजोत ने दम भरते सम्राट और विनोद से कहा। सम्राट और विनोद को जाना ही पड़ा। सब कमरे के अंदर से बाहर टेरेस पर क्या हो रहा है, उसका अंदाजा लेते रहे।

"कौन है तू?" हरजोत ने पूछा

"अभिमन्यु"

"तैनुं मेरे कोल डर नहीं लगदा?"

"लगा था, पर या तो मार सकते थे या मर सकते थे। मारकर मरना बेहतर समझा।"

हरजोत को अब इस 18 साल के लड़के पर जैसे प्यार ही आया था।

"इतनी हिम्मत कहाँ से जुटा ली इतनी सी जान में?" हरजोत ने पूछा।

"हर रोज एक मौत मरते आया हूँ। तुम्हारा वह चाकू अब मुझे डराने के लिए छोटा है।" अभिमन्यु ने बेबाक उत्तर दिया।

हरजोत ने अभिमन्यु को बड़े गौर से देखना शुरू किया। वही जानलेवा खामोशी, जिसे जसप्रीत ने भी महसूस किया था, वही अब हरजोत भी महसूस कर रहा था।

उसकी आँखों में आँखें डालकर हरजोत ने पूछा, "क्या दर्द लेकर घूम रहा है सीने में?" अब अभिमन्यु ने हरजोत को जवाब देना जरूरी नहीं समझा। वह वैसा ही खामोश रहा। वह खामोशी हरजोत की जानी-पहचानी थी। उसने अपने आपको अभिमन्यु की आँखों में देखा था।

खामोशी के कुछ पलों के बाद हरजोत ने एक गहरी साँस भरी और वह जाने के लिए निकला, पर जाने से पहले उसने अपने दाहिने हाथ से अभिमन्यु के दाहिने काँधे पर हल्के-से थपथपाते हुए कहा कि "जिंदगी में कभी भी कोई मदद चाहिए हो तो मुझे याद कर लेना।"

"शुक्रिया, पर मुझे अपनी मदद करनी आती है।" अभिमन्यु ने फिर एक बार हरजोत से नजरें मिलाते कहा। हरजोत खामोशी से मुसकराया और उसने बाकी लोगों से कहा, "चलो सब।"

सब के सब सिर्फ हैरान थे। रणदीप की बची-खुची इज्जत भी लुट चुकी थी और सम्राट और विनोद की कॉलेज में चौधरी बनकर घूमने की शुरुआत हो चुकी थी।

अब कॉलेज का हर एक लड़का और लड़की अभिमन्यु के ग्रुप में आना चाह रहा था, इसलिए नहीं कि हरजोत का अब अभिमन्यु से ताल्लुक था, पर इसलिए कि अभिमन्यु उनका चहेता था। किसी भी स्टूडेंट को वह अपने से अलग नहीं मानता था। न उसमें रणदीपवाली दादागिरी थी और न ही वो अपने फायदे के लिए किसी का इस्तेमाल करता था अब हवा महल की छत स्टूडेंट्स से भरी रहती। वहाँ छात्रों का आना-जाना, उठना-बैठना, हँसना-खेलना लगा रहता था।

अभिमन्यु के चार्म की बदौलत सम्राट और विनोद भी थोड़ा चौड़े होकर चलने लगे थे। कॉलेज में दोनों अपनी मनमानी करने लगे थे और जसप्रीत को यह बात अच्छी नहीं लगती थी। उसने कई बार अभिमन्यु से कहा भी कि सम्राट और विनोद तुम्हारा फायदा उठाते हैं। पर अभिमन्यु अपने दोस्तों के लिए थोड़ा संजीदा था। उसे मालूम था कि वे दोनों कुछ इतना बुरा भी नहीं कर रहे थे कि जिसके लिए उन्हें टोका जाए। बस, जसप्रीत का जिंदगी को देखने का नजरिया अलग था तो उसे उन दोनों की बातें खटक रही थीं। खेलने-कूदने के दिन खत्म हो गए थे। अब पढ़ाई के दिन शुरू हुए थे। वार्षिक परीक्षाएँ बस तीन महीने दूर थीं। अभिमन्यु बाकी सब विषयों में अच्छा था, पर उसकी हिंदी थोड़ी कमजोर थी। अभिमन्यु को हिंदी सिखाने के बहाने अब जसप्रीत रोज ही अभिमन्यु के रूम पर आती। जिस तरह से लड़के कमरा फैला कर रखते थे, उससे वह बेहद परेशान थी। तो, अब पढ़ाई से पहले वह आते ही कमरे को पूरी तरह से व्यवस्थित करती। कभी-कभी खाना भी बना देती। वह अभिमन्यु से पूछती, “क्या कल रात हरजोत आया था। पता नहीं उस हरजोत को तुमसे इतना प्यार क्यों है? क्या जादू किया है उस पर? मुझे भी सिखा दो?” जसप्रीत की इस बात पर सम्राट जसप्रीत के नजदीक जाकर कान में फुसफुसाता, “तुम्हारा जादू पहले से ही चला है मेरे भाई पर, सिर्फ वो बोलता नहीं है। अगर तुम भी नहीं बोलोगी तो कुँआरी मर जाओगी।” जसप्रीत सिर्फ मुसकरा देती, क्योंकि जबसे वह कॉलेज कैंटीन की लड़ाई का मामला हुआ था और अभिमन्यु तड़पकर चीखा था कि लड़ाई-झगड़े से कुछ हासिल नहीं तो उस चीख ने जसप्रीत की मोहब्बत के मायने बदल दिए थे। उसमें अब अभिमन्यु की मोहब्बत पाने से ज्यादा उसके अंदर पल रहे दर्द को मिटाने की चाहत थी। उस दर्द को अपने अंदर महसूस करने की तड़प थी। अब वह अभिमन्यु को पाना नहीं चाहती थी, बल्कि उसके लिए कुरबान होना चाहती थी। प्रेम का अर्पण से समर्पण का उसका सफर शुरू हो चुका था और इसका साक्षी उसने भगवान् को बनाया था। इसलिए उनके कमरे में उसने भगवान् की तस्वीर लाकर रखी थी और अभिमन्यु को प्यार से धमकी भी दी थी कि रोज शाम-सवेरे एक अगरबत्ती उसे जलानी ही है। जसप्रीत ने उस कमरे की सूरत ही बदल दी थी।

उस घर में एक अलसाए से रविवार की शाम, हिंदी की पढ़ाई पूरी करने के बाद

जसप्रीत अभिमन्यु, सम्राट और विनोद के लिए चाय बना रही थी। सम्राट और विनोद की हिंदी ठीक-ठाक ही थी, पर अभिमन्यु को लिखने-पढ़ने में थोड़ी दिक्कत थी।

"आज तुम्हें पूरा एक पन्ना पढ़ना है अभिमन्यु। पढ़े बगैर उठना नहीं। तभी चाय मिलेगी।" चाय का पानी रखते हुए जसप्रीत ने कहा।

"कौन सा पन्ना पढ़ूँ?" अभिमन्यु ने पूछा

"देखो, मेरे बैग में कोई उपन्यास पड़ा होगा हिंदी का, निकाल लो।" उबलती चाय के पानी में चम्मच घुमाते हुए जसप्रीत ने कहा।

अभिमन्यु ने झिझकते हुए जसप्रीत का बैग खोला। उसमें से एक किताब उसने निकाली और कहा कि "यह अमृता प्रीतम का उपन्यास है। इसमें से पढ़ूँ क्या?"

अमृता प्रीतम नाम सुनते ही जसप्रीत के हाथ वहीं के वहीं रुक गए। सम्राट के हाव-भाव भी बदल गए। अचानक से सम्राट ने विनोद को जबरदस्ती बाहर ले जाते हुए कहा कि "चल यार, सिगरेट पीकर आते हैं।"

"अरे, चाय तो पीकर जा।" अभिमन्यु ने कहा।

"आकर पीते हैं न" कहते हुए सम्राट विनोद को लेकर निकल गया।

चाय को वैसे ही उबलता छोड़ जसप्रीत ने अभिमन्यु के हाथ से वह किताब लेकर वापस अपनी बैग में रखी। जसप्रीत का खिलखिलाता चेहरा अचानक से मायूस होता देख अभिमन्यु को समझ में नहीं आ रहा था कि हुआ क्या है? उसने पूछा भी लेकिन जसप्रीत ने बात टाल दी और कहा कि चलो टेरेस पर जाकर चाय पीते हैं। अपने-अपने चाय के कप उठाकर दोनों बाहर टेरेस पर आ गए। अभिमन्यु ने चाय का एक सिप लिया, पर उसमें शक्कर ही नहीं थी, पर अभिमन्यु कुछ भी बोला नहीं। जसप्रीत ने चाय का सिप लिया। कड़वा मुँह बनाया और पूछा, "तुम बोल नहीं सकते थे कि इसमें शक्कर नहीं है?"

"तुम भी कहाँ कुछ बोल रही हो?" अभिमन्यु ने जसप्रीत को देखते कहा, पर फिर बात टालने के लिए जसप्रीत ने कहा कि "लाओ, मैं इसमें शक्कर मिलाकर लाती हूँ।" और वह कमरे में जाने के लिए मुड़ी।

"नमक डालकर लाना। मुझे पसंद है नमक वाली चाय।" अभिमन्यु ने कहा।

"नमक वाली चाय?" जसप्रीत ने आश्चर्य से पूछा?

"हाँ। हमारे कश्मीर में इसे नून चाय कहते हैं।" अभिमन्यु ने गहनता से कहा।

जसप्रीत जहाँ की तहाँ खड़ी रह गई। 'कश्मीर' सिर्फ इस एक शब्द ने अभिमन्यु की उस चीख का दर्द जसप्रीत ने अपने अंदर महसूस किया। जसप्रीत अभिमन्यु के नजदीक जाकर खड़ी हो गई। उसे कुछ पूछना भी था और वह पूछने से डर भी रही थी, पर फिर भी उसने पूछा, "ऑफिस रिकॉर्ड में तुम्हारा ऐड्रेस तो अंबाला का है। फिर ये

तुम्हारा कश्मीर ? क्या तुम कश्मीर से हो ? जहाँ हाल ही में ?" इतना कहकर वह फिर से चुप हो गई और अभिमन्यु को देखती रही। जसप्रीत की आँखों में अभिमन्यु अपने लिए सहानुभूति महसूस कर रहा था, जो उसे नहीं चाहिए थी। उसका मानना था कि जो कश्मीरी हिंदुओं ने भुगता है, वह उनके सिवा कोई और समझ ही नहीं सकता था।

"मैं जम्मू से हूँ। अंबाला में मेरी बुआ रहती है।" अभिमन्यु ने फिर एक बार अपने दुःख को जग में जाहिर होने से बचा लिया, पर अब कश्मीर का जिक्र तो हो चुका था। बात को आगे बढ़ना ही था। जसप्रीत ने बोलना शुरू किया। जब वह बोल रही थी तो उस बोलने में अभिमन्यु उसके रोने की आवाज साफ-साफ सुन सकता था। जस ने कहा।

"तुम्हें मालूम है मैंने सोशियोलॉजी सबजेक्ट क्यों लिया ?"

"क्यों ?" अभि ने पूछा

"क्योंकि आम हालातों में मैं समझ ही नहीं पाती कि अपने समाज का ऐसे रूप कैसे बना है ? तो मैं इनसान के इतिहास में झाँककर देखना चाहती थी कि उसने अपना समाज बनाया ही क्यों ? जवाब था, प्यार करने के लिए। एक-दूसरे की जरूरत के लिए और एक-दूसरे के संरक्षण के लिए। पहले कबीलों में लड़ाइयाँ होती थीं, पर उन्होंने भी अपनी समाज की सुरक्षा के लिए बेवजह के खून-खराबों से बचने के लिए एक-दूसरे से दोस्ती की। मानवीय मूल्यों को स्वीकार किया और एक सशक्त समाज बनाया। अगर इनसानी इतिहास ऐसा है तो वह आज एक-दूसरे की जान का दुश्मन क्यों बना है ? किसी मासूम बच्चे और औरत की कोई कैसे जान ले सकता है ?" अभिमन्यु उसे समझने की कोशिश कर रहा था। उसे सांत्वना देने की कोशिश करते अभिमन्यु ने कहा—

"जस ! किसी और के लिए तुम मत रोओ। मरने वाला बच्चा मेरा सगा भाई था और जिस औरत को उन्होंने मारा वो मेरी माँ थी।" जसप्रीत ने कहा। अब अभिमन्यु एकदम चकरा-सा गया।

"कब और क्यों ?" अभिमन्यु ने दुःख और आश्चर्य के साथ पूछा।

"1 नवंबर, 1984। 31 अक्तूबर को इंदिरा गांधी की हत्या के बाद दिल्ली में जो दंगे हुए, हिंदुओं ने सिक्खों के घरों में घुस-घुसकर उन्हें और उनके परिवार जनों को मारा। पूरे भारत में सिक्खों का यहीं हाल था। मेरा घर देहली में है, पर में वहाँ कभी नहीं जाती। खून से सना घर मेरी नजरों के सामने से नहीं हटता। मैं उस दिन स्कूल में थी। दंगे भड़केंगे, इसका किसी को अंदाजा नहीं था, पर भड़के। पुलिस की गाड़ी में मुझे लेने पापा स्कूल पहुँचे। हम घर लौटे तो माँ और भाई की लाशें घर में पड़ी थीं। पूरे घर में उनका खून फैला हुआ था। माँ के हाथ में अमृता प्रीतम की वही किताब थी, जो अभी तुम्हारे हाथ में थी जिसे मैं कभी अपने से अलग नहीं करती। जैसे कैंटीन में उस दिन तुम चीखे थे, मैं भी कई सालों से ऐसे चीखना चाह रही हूँ। चीख-चीखकर सारे हिंदुओं को

बताना चाह रही हूँ कि मेरे मारे गए भाई और माँ को खालिस्तान नहीं चाहिए था। उन्हें तो यह भी मालूम नहीं था कि लोग खालिस्तान क्यों माँग रहे थे?" जसप्रीत के दिल से दर्द की ऐसी लहर दौड़ी जिसमें अभिमन्यु पूरी तरह से डूब गया। उसके अंदर सबकुछ खामोश हो गया। बहुत देर तक कोई कुछ नहीं बोला।

जसप्रीत और अभिमन्यु इस वक्त नदी के दो किनारों की तरह थे, दोनों ही चोट खाए हुए। अभिमन्यु को ताज्जुब था कि इतना सब होने के बाद भी जसप्रीत एक हिंदू लड़के से इतना प्यार कैसे कर रही थी, पर शायद दोनों ही समझ चुके थे कि नफरत से ऊपर मोहब्बत होती है। दो किनारों के बीच अब मोहब्बत का दरिया खामोशी से बह रहा था। उसे वे दोनों ही महसूस कर रहे थे। सूरज ढल रहा था… ढलते सूरज की केसरिया किरणें जसप्रीत के चेहरे को छू रही थीं। उसमें वह बेहद खूबसूरत लग रही थी। अभिमन्यु उसे जी भरके देख रहा था…एक पल के लिए उसे लगा कि आगे बढ़कर वह उसे चूम ले। उसकी रूह को छू कर उसके सारे दर्द मिटा दे। मन-ही-मन उसने उसे चूम भी लिया। उसे आज वह पहली बार बिल्कुल अपनी-सी लगी थी या फिर वो अब उसकी अपनी थी। दोनों एक-दूसरे की आँखों में खो गए थे। जसप्रीत ने भी पहली बार अभिमन्यु की आँखों में अपने आप को पाया था। न जाने वे कितनी देर वैसे ही खोए रहे?

विनोद और सम्राट वापस आए। दोनों को एक-दूसरे में खोया हुआ देख सम्राट ने उन दोनों को छेड़ते हुए फिर एक शे'र कहा—

"बेखुदी बेसबब नहीं गालिब
कुछ तो है जिसकी परदादारी है"

—मिर्जा गालिब

"कोई पर्दागारी नहीं है। जो है, तुम्हारे सामने है।" अभिमन्यु ने कहा। सम्राट को लगा कि अभिमन्यु जसप्रीत को जैसे प्रोटेक्ट कर रहा है और शायद कह रहा है कि अब जो बात करनी है, मुझसे करो। जसप्रीत को किसी ने तंग नहीं करना है।

"ओ बेट्टे जो है, पूरी दुनिया को मालूम है। तुम दोनों एक-दूसरे को कब बताओगे?" सम्राट अपनी बात पर अड़ा रहा।

"ऐसा कुछ भी नहीं है।" अभिमन्यु ने कहा और वह सबके लिए चाय बनाने अंदर कमरे में चला गया।

अब जसप्रीत को थोड़ा बुरा लगा कि अभिमन्यु ने ऐसा क्यों कहा कि कुछ नहीं है। सम्राट उसका उतरा हुआ चेहरा पढ़ गया और अब वह जसप्रीत से मजाक करने लगा।

"ये यारों में भी कुबूल नहीं कर रहा कि तुझ से प्यार करता है तो दुनिया के सामने क्या कुबूल करेगा? मतलब, तेरे लिए धोखे की घंटी है…" जसप्रीत सोचने लगी, सम्राट

ने फालतू में जसप्रीत के दिमाग में कीड़ा डाल दिया। दुविधा में जसप्रीत ने सम्राट से कहा, "नहीं, ऐसा नहीं है। वो अच्छा लड़का है।" सम्राट ने अब और हैंडल दिया और कहा, "कितना अच्छा है, चल देखते हैं। इसका जन्मदिन आ रहा है। अगर उसके पहले इसने तुझसे वो तीन मैजिकल वर्ड कहे तो मान जाएँगे अच्छा लड़का है। वरना···" सम्राट उस वरना को पूरा करने ही जा रहा था कि विनोद बीच में कूद गया और उसने हड़बड़ाहट में कहा, "वरना तू मान जा कि वो तुझे घुमा रहा है और तू डर मत, कॉलेज में और अच्छे लड़के हैं।" जसप्रीत को विनोद पर थोड़ा गुस्सा आ गया और वो वहाँ से चली गई। उसको वैसे गुस्से में जाते देख सम्राट ने विनोद को देखा और कहा—

"ऐ बेवकूफ! अच्छे लड़के भी होते हैं और बेवकूफ भी।"

"ओ छोरे! बेवकूफी मत कर। सिद्दे-सिद्दे चला गड्डी। वरना नहर में जा गिरेंगे।" हरजोत बाइक पर अभिमन्यु के पीछे बैठकर उसे ठीक तरह से गाड़ी चलाने के लिए कह रहा था। जब से हरजोत अभिमन्यु की जिंदगी में आया था, अभिमन्यु की जिंदगी ने करवट ली थी। वे दोनों हमेशा हरजोत की बाइक पर लहराते खलियानों के बीच से बह रही उस नहर पर घूमने आते। कभी पूरा ग्रुप आता तो कभी-कभी सिर्फ जस को अपने पीछे बिठाकर वह इस नहर के किनारे-किनारे घूमता रहता। जस भी खाप पंचायतों के डर से बेफिक्र अभिमन्यु के पीछे हक से बैठती और कभी-कभी तो पीछे बैठे-बैठे वह अभिमन्यु के गले में हाथ डालकर उसे जताने की कोशिश करती कि वह सिर्फ उसकी है और उसके गले में पड़े हाथों को अपने कमर पर बाँधकर हल्के-से उसे अपनी तरफ खींचता अभिमन्यु भी बिना बोले यही कहता कि हाँ, तुम मेरी ही हो। जसप्रीत की आदर्श थी अमृता, प्रीतम जो हमेशा से ही अपने वक्त से आगे चल रही थी, जिन्होंने बेबाक तरीके से साहिर पर अपनी मोहब्बत जाहिर की थी और साहिर के उन्हें छोड़कर जाने के बाद भी वे उन्हें ताउम्र मोहब्बत करती रहीं। नहर किनारे घूमते हुए जसप्रीत हमेशा अभिमन्यु को अमृता प्रीतम की मोहब्बत भरी कविता, गजल या नज्म सुनाया करती थी। समाज शास्त्र उसका उसका विषय था तो कई बार वह इस समाज को अमृता प्रीतम के जरिये भी समझने की कोशिश करती। एक औरत को समझने की कोशिश करती जो 1947 में देश के बँटवारे के वक्त लाहौर से हिंदुस्तान आने की कोशिश में थी, क्योंकि बँटवारा हुआ तो पंजाब के बॉर्डर पर तबाही मची थी। हिंदू लोग वहाँ से यहाँ आने के लिए निकले थे। कत्लेआम हो रहा था। लाहौर में जगह-जगह बोर्ड लगे हुए थे कि यहाँ से औरत और धन-दौलत ले जाना मना है। अपनी इज्जत बचाती औरतें यहाँ से वहाँ भाग रही थी। खुद को जला रही थीं। कुएँ में कूद रही थीं। खून में नहा रही थीं। उन दिनों में अमृता प्रीतम ने अपने कविता के जरिये किसी को मदद के लिए पुकारा था। वह कविता एक दिन इसी नहर किनारे जसप्रीत ने बड़ी ही

संजीदगी से अभिमन्यु को सुनाई थी।

"अज्ज आखाँ वारिस शाह नूँ कित्थों कबरां विच्चों बोल
ते अज्ज किताब-ए-इश्क दा कोई अगला वरका फोल
इक रोई सी धी पंजाब दी तू लिख-लिख मारे वैन
अज्ज लक्खां धीयाँ रोंदियाँ तैनूं वारिस शाह नु कैन
उठ दर्दमंदां देआ दर्देया उठ तक्क अपना पंजाब
अज्ज बेले लाशां बिछियाँ ते लहू दी भरी चनाब"

इसका अर्थ था कि—

"आज मैं वारिस शाह से कहती हूँ, अपनी कब्र से बोल,
और इश्क की किताब का कोई नया पन्ना खोल,
पंजाब की एक ही बेटी (हीर) के रोने पर तूने पूरी गाथा लिख डाली थी,
देख, आज पंजाब की लाखों रोती बेटियाँ तुझे बुला रहीं हैं,
उठ! दर्दमंदों को आवाज देनेवाले! और अपना पंजाब देख,
खेतों में लाशें बिछी हुईं हैं और चिनाब नदी लहू से भरी बहती है"

'चिनाब लहू से भरी बहती है,' इस पंक्ति ने अभिमन्यु को उस कविता से जोड़ रखा था। कविता को सुनते-सुनते एक बार वह अपने आँगन के कुएँ में भी झाँकर आया था। उस कविता ने उसे भी सुन्न कर दिया था।

वह कविता सुनाने के बाद बड़ी ही सहजता से जसप्रीत ने अभिमन्यु को कहा था, "मुझे दो तरह के मरदों की मर्दानगी समझ में नहीं आती। एक वो, जो कि एक बेबस औरत को घेरकर अपनी मर्दानगी जताते हैं, दूसरे, वो जो ये सब देखकर भी चुप कर जाते हैं। दोनों की मर्दानगी औरत पर आकर ही खत्म हो जाती है। एक उसे लूट जाता है। दूसरा, उसे लुटता देखता रह जाता है। उनसे तो बेहतर वो औरतें होती हैं जो अपने आपको बचाने के लिए अगर मार नहीं सकतीं तो मरने की हिम्मत रखती हैं।" जसप्रीत की इस बातचीत ने अभिमन्यु को झिंझोड़कर रखा था। फिर एक बार जसप्रीत उसके सामने एक मजबूत औरत कि तरह खड़ी थी, जिसे उसकी माँ के मरने के बाद अमृता प्रीतम ने पाल-पोसकर बड़ा किया था। जसप्रीत की शख्सियत अभिमन्यु की शख्सियत को टक्कर दे रही थी और इस वक्त उसकी सच में सामनेवाली गाड़ी से टक्कर होते-होते बच गई थी। हरजोत उसे कब से समझा रहा था कि बेवकूफी मत कर, बाइक ऐसे मत चला।

"चल उत्तर छोरे, अण बैठ म्हारे पिच्छे।" हरजोत ने कहा।

अभिमन्यु उसके पीछे बैठ गया और वे नहर के किनारे से बाइक पर तफरी मारने लगे।

"बावड़ा हो गया के आज?" हरजोत ने पूछा।

अभिमन्यु ने उसे कुछ जवाब नहीं दिया था, पर सच में पिछले दो दिन से अभिमन्यु बावला हो पड़ा था। उसे मुख्तार की याद सता रही थी। उसने आजतक कभी भी अपना जन्मदिन मुख्तार के बगैर नहीं मनाया था। आज भी सुबह से ही अभिमन्यु उदास-सा यहाँ-वहाँ भटक रहा था, क्योंकि आज बिस्तर से उठते ही रेडियो पर उसने 'दोस्ती' फिल्म का यह गाना सुना था।

"चाहूँगा मैं तुझे साँझ सवेरे। फिर भी कभी अब नाम को तेरे आवाज में न दूँगा।"

न जाने आज उसे मुख्तार की इतनी याद क्यों आ रही थी? ऐसा नहीं था कि बीते दिनों में उसने कभी मुख्तार को याद नहीं किया था। उल्टे, सम्राट की सिगरेट बनकर वह हमेशा उसके सामने होता था। सोचता कि क्या अभी भी मुख्तार सिगरेट पीता होगा तो उसे कौन रोकता होगा? क्या वो मुझे याद करता होगा? मुझे वहाँ जाने में प्रॉब्लम है पर वो तो यहाँ आ सकता है। असल में अभिमन्यु भी दिल-ही-दिल में मुख्तार से नाराज था कि इतने दिन हो गए, उसने मेरी खबर भी नहीं ली। उसके तो वहाँ दोस्त हैं। उसे वहाँ से भगानेवाला कोई नहीं। ठीक ही होगा। भूल गया वो मुझे। अभिमन्यु मुख्तार को भूलने की कोशिश करता, पर किसी-न-किसी बात पर दिन में एकाध बार तो अभिमन्यु को मुख्तार की याद सताती। दिल ही दिल में मुख्तार से इतना नाराज चल रहा अभिमन्यु, लेकिन जब हरजोत की बाइक पर उसके पीछे बैठकर घूमता तो वह हमेशा हरजोत से कहता कि मेरा मुख्तार यहाँ होता तो तेरी ये बाइक तेरे हाथ में कभी नहीं रहती। हरजोत जब भी अभिमन्यु से पूछता कि मुख्तार कौन है? अभिमन्यु सिर्फ इतना कहता कि मुख्तार कोई नहीं हैं मेरा? हरजोत मन-ही-मन मुसकराता और बाइक के आईने में से पीछे बैठे अभिमन्यु का चेहरा देखता, क्योंकि वह जानता था कि मुख्तार के नाम से अभिमन्यु के चेहरे पर जो नूर छा जाता है वो और किसी बात से नहीं आता।

उस रात मतलब अभिमन्यु के बर्थडे की पहली रात शाम को घूम-घामकर तकरीबन 11:30 बजे हरजोत ने अभिमन्यु को उसकी कोठी के सामने उतारा। कोठी के बाहर ही विनोद और सम्राट उसकी बहुत देर से राह देख रहे थे—

"कहाँ था तू?" सम्राट ने थोड़े चिढ़चिढ़ेपन से पूछा।

"यहीं था। क्या हुआ?" अभिमन्यु ने कहा।

"कुछ नहीं, जल्दी चल। हॉस्टल में अजय की तबीयत बहुत खराब हो गई है। उसके साथ रहना पड़ेगा रात भर।" हरजोत ने तुरंत गाड़ी उसको देते हुए कहा, "जा, गाड़ी ले जा मेरी। मैं रुकता हूँ तेरे रूम पर आज···" तीनों बाइक पर ट्रिप्लिंग करते गए। बाइक पर बैठने से पहले विनोद ने हरजोत के कान में बात डाल ही दी कि इसका बर्थडे सेलिब्रेट करने ब्वॉयज हॉस्टल जा रहे हैं।

अभिमन्यु के बैच ने ब्वॉयज हॉस्टल में उसके लिए सरप्राइज पार्टी अरेंज की थी,

जहाँ क्लास की लड़कियाँ भी आनेवाली थीं और इस बात की मैनेजमेंट को कानोकान खबर न हो, इसका भी पूरा इंतजाम किया गया था। वॉर्डन को शराब से बेहद प्यार था तो उसका हफ्ते का कोटा पूरा करके उसका मुँह बंद कर दिया था। सब मिलकर अभिमन्यु के लिए जोरदार सेलब्रेशन करनेवाले थे। इस बार जसप्रीत ने तय किया था कि अभिमन्यु को वह नए कपड़े खरीदकर दे ही देगी। उसके बदन पर एक ही शर्ट देखकर वह खुद बहुत बोर हो चुकी है। उसने अगर मेरा गिफ्ट किया शर्ट पहन लिया तो सम्राट खुद समझ जाएगा कि वह मुझसे प्यार करता है। नहीं पहना तो मैं समझ जाऊँगी। सारी तैयारी हो चुकी थी।

हरजोत को कॉलेज में जाने पर पाबंदी थी, क्योंकि 3 साल पहले उसने एक मासूम स्टूडेंट को बचाने के लिए काफी हंगामा खड़ा किया था। उसे कॉलेज से रस्टिकेट किया था। तो वह कॉलेज में न जाकर अभिमन्यु की रूम पर ही रुका रहा। अभिमन्यु के लिए सरप्राइज पार्टी थी, पर सरप्राइज इतना बड़ा होगा ये उसने कभी सोचा नहीं था। अभिमन्यु जब ब्यॉयज हॉस्टल के लिए निकल गया उसके चंद मिनटों बाद ही रूम का दरवाजा किसी ने खटखटाया। हरजोत ने दरवाजा खोला। सामने एक लड़का खड़ा था।

"कौन चाहिए?"

"अभिमन्यु।"

"तुम्हारा नाम?"

"मुख्तार"

मुख्तार नाम सुनते ही हरजोत ने उसका गर्मजोशी से स्वागत किया।

हरजोत ने गौर किया कि मुख्तार की तबीयत शायद ठीक नहीं है। वो बेहद खाँस रहा था। एकदम मरियल सा हो गया था। मुख्तार को अभिमन्यु के बिना कभी जीवन रास ही नहीं आया। उसने कश्मीर में एक-एक पल ऐसे काटा था जैसे कि उसके जीवन में कोई रस ही नहीं। दिन-रात बस अभिमन्यु के लिए सोचता। मौके ढूँढ़ता कि कब में जम्मू जा सकूँगा और अब अभिमन्यु का बर्थडे था, तो उसको आना ही था। उसमें अपनी अम्मी और चाचा से लड़-झगड़कर अपना जम्मू का टिकट कराया। जम्मू पहुँचकर वहाँ के हालात देखकर उसका मन भर आया। उसने सोचा मेरा यार पानीपत में किस हाल में होगा, क्या पता? उसके मन में था कि अभिमन्यु भी मेरे बिना नहीं रह पा रहा होगा। वह भी मेरी तरह मेरे बिना उदास होगा। उसे देखते ही उसे ऐसे गले लगाऊँगा कि ये जो फासले हैं, वे सब मिट जाएँगे। वो वहाँ नहीं रह सकता तो मैं यहाँ रह जाऊँगा। अभिमन्यु को देखे बिना अब उसे करार नहीं आ रहा था।

"अभिमन्यु कहाँ है?"

"चल मैं ले चलता हूँ तैनूँ तेरे यार दे कोल। हॉस्टल गया है।"

मुख्तार ने अपना बैग वहाँ रखा और वह भी तुरंत हरजोत के साथ चल पड़ा। उसका मन बड़ा घबरा रहा था। मैं कैसे पेश आऊँगा, इसके बारे में सोचते-सोचते वह हॉस्टल पहुँचा। हरजोत उसे गेट पर छोड़कर चला गया। अपने यार को देखने के लिए बेताब मुख्तार जब वहाँ पहुँचा तो जो देखा। उस पर उसका विश्वास नहीं हो रहा था। उसका यार उसके सामने मस्ती में झूम रहा था, नाच रहा था। खुशियाँ मना रहा था। जसप्रीत ने जबरदस्ती उसके हाथ में एक गिफ्ट पेपर में लिपटा बॉक्स थमा दिया ''जिसमें उसने अभिमन्यु के लिए शर्ट पैक की हुई थी। असल में इस सरप्राइज पार्टी से वाकई अभिमन्यु बहुत खुश था। उसे समझ में आ रहा था कि उसे लोग कितना चाहते हैं। ये सारे इंतजाम खास उसके लिए किए गए है। वह अपने दोस्तों के गले मिल रहा था और जैसे-जैसे वो अपने दोस्तों के गले लगकर खुश हो रहा था, मुख्तार के मन में सुइयाँ चुभो रहा था। मुख्तार यह बरदाश्त ही नहीं कर पा रहा था कि अभिमन्यु ने नए दोस्त बना लिये हैं। वह मेरे बिना जीना सीख गया है। उसने मुझे पूरी तरह से भुला दिया है। मेरे बिना केक न काटनेवाला अभिमन्यु कटा हुआ केक लोगों को प्यार से खिला रहा है। अभिमन्यु खुश है, इस बात से सुख होने की बजाय अभिमन्यु मेरे सिवा खुश है, इस बात का दुःख मुख्तार को अंदर से तोड़ रहा था। वह मंजर उसे नापसंद था। मुख्तार के दिल में हजार काँटे चुभ रहे थे। वहीं खड़ा होकर वह मन-ही-मन बार-बार एक ही सवाल पूछ रहा था कि तुझे अपनी दोस्ती पर यकीन नहीं था कि मैं आ जाऊँगा और उसने दिल-ही-दिल में कसम खाई कि मैं हजार मुसीबतें पार करके तुझ तक पहुँच गया, पर अब मुझ तक पहुँचना इतना आसान नहीं रहेगा तेरे लिए। मैं कुछ ऐसा करूँगा कि तुझे मुझसे मिलने के लिए अपनी दोस्ती का इम्तिहान देना पड़ेगा। आगे के 10 मिनट में मुख्तार पानीपत के बस अड्डे पर था और बस, कुछ ही घंटों के भीतर अभिमन्यु अपने मुख्तार को उस बस अड्डे पर पागलों की तरह ढूँढ़ रहा था।

रात में सेलिब्रेशन के बाद अभिमन्यु और दोस्त हॉस्टल में अजय के रूम पर ही रुक गए। जब सुबह घर पहुँचे तो हरजोत ने सिर्फ तीनों को साथ देखकर सवाल किया कि "मुख्तार कहाँ है ?"

"मुख्तार ?" अभिमन्यु ने आश्चर्य से पूछा।

"हाँ, मुख्तार। तेरे बर्थ-डे के लिए आया था। मैं खुद उसे हॉस्टल छोड़ आया था। ये देख उसका बैग।"

अभिमन्यु ने तुरंत बैग देखकर खोला उसमें से शहनाज ने अभिमन्यु के लिए कुछ खाने की चीजें भेजी थीं। मुख्तार के एक जोड़ी कपड़े और बिल्कुल नीचे रखा उनके दोस्ती का साक्षी वह वॉकमैन, जो बिल्कुल जली और पिघली हालत में था। उन चीजों को देख अभिमन्यु की आँखें भर आईं।

"कल से आया है और मुझसे अभी तक नहीं मिला।" लगभग रोते हुए अभिमन्यु ने खुद से कहा और उसके बाद पानीपत के चप्पे-चप्पे पर अभिमन्यु और हरजोत ने मुख्तार को ढूँढ़ा, पर मुख्तार कहीं नहीं था।

दोपहर बीत गई पर मुख्तार नहीं मिला। अभिमन्यु ने सोचा कि शायद पापा के पास गया जम्मू हो। अभिमन्यु ने कैंप में अपने पापा को फोन किया और पापा ने बताया कि मुख्तार उनसे मिलकर ही पानीपत गया था और कश्मीर निकलने से पहले भी उसने फोन किया था कि "मैं जा रहा हूँ"। इतना सुनते ही अभिमन्यु ने फोन कट कर दिया।

'मुझसे मिले बगैर गया। क्यों किया मुख्तार ने ऐसे, क्या हो गया उसको?' यह सोचते-सोचते न जाने कितनी देर अभिमन्यु उदास-सा कैंटीन में बैठा रहा। वह यह बात भी भूल गया कि आज उसका जन्मदिन है। सम्राट और विनोद ने उसे काफी समझाने की कोशिश की, पर अभिमन्यु और मुख्तार का रिश्ता कितना गहरा था, इस बात वो शायद समझ नहीं रहे थे। अभिमन्यु ने दिनभर कुछ खाया नहीं था। भूखे पेट ही यहाँ से वहाँ मुख्तार को ढूँढ़ रहा था। सम्राट ने उसे दो बार खाने के लिए कहा भी, पर अभिमन्यु के हलक से निवाला उतरना नामुमकिन था। उसके मन में सिर्फ मुख्तार के खयाल चल रहे थे। वह अपने खयालों में ही बैठा रहा। उसे यह भी ध्यान नहीं आया कि जसप्रीत उसके सामने आकर बैठ गई है, वो भी गुस्से में। सुबह से दो बार वह अभिमन्यु के रूम पर जाकर आई थी, पर अभिमन्यु गायब ही था। न कॉलेज में था, न लायब्रेरी में, न ही ग्राउंड पर। सम्राट और विनोद सिर्फ इतना बता पाए थे कि किसी दोस्त को ढूँढ़ने गया है। आज अभिमन्यु का जन्मदिन था तो जसप्रीत ने अपने हाथ से उसके लिए खाना बनाया था और वह उसे खिलाना चाह रही थी, पर आज दिनभर उसे अभिमन्यु मिला नहीं था और अब जब के मिला था तो मुँह फुलाकर बैठा था। अभिमन्यु ने कभी भी मुख्तार और कश्मीर के बारे में किसी से कुछ कहा नहीं था। सब सिर्फ इतना जानते थे कि अभिमन्यु की बुआ अंबाला में है और माता-पिता जम्मू में। अभिमन्यु और उसके परिवार पर क्या गुजरी है, इससे अनजान सम्राट और विनोद अब फिर से जसप्रीत को छेड़ने लगे कि "अजीब प्यार हैं तुम्हारा, तुम्हारे दोस्त ने दिनभर कुछ खाया नहीं है और तुम्हें उसकी परवाह नहीं है?" जसप्रीत इतनी परिपक्व जरूर थी कि बिना बोले ही समझी थी कि वह अभिमन्यु की मोहब्बत है। अब तक वह सम्राट से बेहद परेशान हो चुकी थी। उसे लगा कि आज इस सम्राट का मुँह हमेशा के लिए बंद कर देती हूँ...। उसने अभिमन्यु के लिए लाए खाने का डिब्बा खोला और गुलाब जामुन को चम्मच से निकालकर अभिमन्यु के सामने खड़ी हो गई। अब ये उसकी परीक्षा थी कि अभिमन्यु उसके हाथ से निवाला खाए और जसप्रीत की मोहब्बत को दुनिया के सामने स्वीकारे या उसे रुसवा करे। अभिमन्यु ऐसे किसी मूड में नहीं था। वह तो अपने आप में था और होश में तब आया, जब पूरी कैंटीन में उसके

और जसप्रीत के नाम से हूटिंग चालू हुई···पूरा कॉलेज देख रहा था कि अभिमन्यु वह निवाला खाएगा या नहीं? हूटिंग बढ़ती गई और जसप्रीत अपना विश्वास खोने लगी कि अभिमन्यु क्यों नहीं खा रहा, पर अभिमन्यु कभी भी जसप्रीत का अपमान नहीं कर सकता था। केवल जसप्रीत की जग हँसाई न हो, इसलिए अभिमन्यु ने वह निवाला खा लिया और पूरे कॉलेज के साथ जसप्रीत भी उसे इजहार समझ बैठी, पर वह जानती नहीं थी कि मुख्तार के आने से अभिमन्यु की दुनिया बदलनेवाली थी।

'मुख्तार मुझसे मिलकर नहीं गया,' इस सवाल का जवाब अभिमन्यु को मिल नहीं रहा था। इसका जवाब तो केवल मुख्तार ही दे सकता था। अब अभिमन्यु को कैसे भी करके मुख्तार से मिलना था। पानीपत से जम्मू और जम्मू से अनंतनाग जाने के कम-से-कम डेढ़ सौ रुपए और वापस आने के डेढ़ सौ। तीन सौ रुपए तो अभिमन्यु के पूरे महीने का खर्चा था, जो अब तक उसके पापा भेज रहे थे। पर पापा किन हालात में वे पैसे भेज रहे थे, इसका इल्म अब तक अभिमन्यु को नहीं था। वह उठा। उसने फिर एक बार कैंप में फोन लगाया। अभय प्रताप और आरती किसी काम से कैंप से बाहर गए हुए थे तो अभिमन्यु का फोन है, यह जानकार खुश होकर रोशनी फोन पर आ गई। बार-बार फोन करना मुमकिन नहीं था और अब वापस फोन लगाने के लिए अभिमन्यु के पास पैसे भी नहीं थे और मुख्तार से मिलने की तड़प इतनी ज्यादा थी कि उसने रोशनी से कहा कि "प्लीज पापा को कहना कि उसे 300 रुपए का मनी ऑर्डर कर दें मुझे उसे कैसे भी करके कश्मीर जाना है।" उस वक्त रोशनी ने कुछ नहीं कहा। "ठीक है।" इतना कहकर उसने फोन रख दिया।

अभिमन्यु मनी ऑर्डर की राह देखता रहा। मनी ऑर्डर तो नहीं आया, पर स्पीड पोस्ट से आया रोशनी का खत उसे मिला।

"अभिमन्यु

खत, वो भी मेरा खत देखकर तुम हैरान जरूर होंगे, पर मुझे लगा कि मुझे तुम्हें खत लिखना चाहिए। खत इसलिए क्योंकि कैंप में रहनेवाले मेरे जैसे और शरणार्थियों को जम्मू से पानीपत का कॉल लगने पर सेकंड दर सेकंड बढ़ते फोन के बिल से बहुत डर लगता है और यह भी डर लगता है कि इस समय और पैसे के द्वंद्व में जो कहना है, वह कह भी पाएँगे या नहीं?

उससे कई गुना बेहतर यह कागज का टुकड़ा लगता है, जो अनचाहे शब्द मिटाने का समय भी देता है और शब्दों को जैसे चाहे वैसे लिखने का मौका भी।

तो वही मौका लेते हुए मैं तुम्हें बताना चाह रही हूँ के यहाँ कैंप में सबकुछ अच्छा है। आरतीजी और मैं दिनभर साथ ही रहते हैं। उन्होंने यहाँ कैंप में ही बच्चों के लिए स्कूल चालू किया है। हम दोनों खाना साथ ही पकाती हैं। खाना पकाते वक्त वे हमेशा

कहती हैं कि हमारे घर में खाने के लिए 3 लोगों पर रोज 10 लोगों का खाना पकता था और शाम तक खत्म भी हो जाता था। एक वक्त के लिए 3 किलो की सब्जी भी कम पड़ती थी। बाजार जाना होता तो ये इतनी छोटी थैलियाँ थोड़ी ही चलती थीं। अभिमन्यु, तुम्हें बता दूँ कि उन्होंने बड़ी-बड़ी थैलियाँ लेकर बाजार जाने की आदत बदल ली है। अब उनके पति की तनख्वाह में मुश्किल से दो दिन के बाद एकाध सब्जी वो खरीद सकती हैं। आरतीजी यह भी कह रही थीं कि उनका बेटा यानी तुम गणित में बहुत होशियार थे। मेरी गिनती हमेशा से कच्ची है, अभिमन्यु। जरा तुम ही मुझे बताना कि अगर एक आदमी की महीने की तनख्वाह 2 हजार है तो वह दिन में कितना कमाता होगा और वो भी अपनी मान मर्यादा-गौरव को उस दुकान के बाहर डोरमैट की तरह रखकर…जहाँ हर कोई उस पर पैर रखकर आगे चला जाता हो। उस माँ को और उस आदमी को अपने बेटे से बहुत उम्मीदें हैं, अभिमन्यु। बाकी तुम बताओ। आरतीजी और अभय प्रतापजी जब भी तुम्हारी पढ़ाई में अव्वल आने की बात सुनते हैं तो उनके हौसले बढ़ जाते हैं। आरती तो तुम्हारी किसी जीत की खुशी पूरे कैंप में सबको शक्कर बाँटकर जाहिर करती हैं। उस दिन वह यह नहीं सोचतीं कि उनकी थैली छोटी है। उम्मीद है, तुम वहाँ अच्छे से पढ़ रहे होंगे। फोन पर तुमने कहा था कि तुम्हें कश्मीर अपने घर जाना है…कश्मीर। अपने घर तो यहाँ कैंप का हर इनसान जाना चाह रहा है, अभिमन्यु और हम जाएँगे जरूर। फिलहाल के लिए बस और 2 लाइनें लिख रही हूँ, अगर उन लाइनों के सही माइने तुम्हें समझ आ गए तो मेरा यह खत कुछ काम आया यह समझूँगी।

लोग टूट जाते हैं एक घर बनाने में
तुम तरस नहीं खाते बस्तियाँ जलाने में

अभिमन्यु की आँखों से आँसू बहने लगे। जले-पिघले वॉकमैन के सही मायने वो अब समझा था। मुख्तार के बैग को अपने सीने से लगाए, वह काफी देर वैसे का वैसा पड़ा रहा, क्योंकि उसमें उसका कश्मीर था। वादी के जले घर का अहसास था और अब ओढ़ने के लिए मुख्तार की एक शर्ट भी थी…पर शर्ट के साथ-साथ वह वादी के मुसलमानों के खिलाफ नफरत भी ओढ़ बैठा। उन्हें मन-ही-मन बददुआएँ देने लगा जिन्हें आजादी चाहिए थी। उसके मन में मुसलमानों के खिलाफ युद्ध शुरू हो चुका था, पर वह शायद मुख्तार से नफरत कर नहीं पा रहा था, वरना मुख्तार का बैग सीने से लगाए क्यों बैठता ? मुख्तार के बैग के पास जसप्रीत के गिफ्ट का पैकेट पड़ा था, पर शायद अभिमन्यु उसे कभी भी खोलनेवाला नहीं था।

अब तक जसप्रीत उसकी दुनिया का एक अहम हिस्सा थी, लेकिन अब अभिमन्यु के सामने उसकी अपनी हकीकत थी कि अब न उसके पास कश्मीर का घर था, न ही उसके पापा का रुतबा बचा था। उसके पापा का यहाँ की सरकार ने ऐसा खयाल

रखा था, जैसे कि किसी जाँबाज शेर के नाखून काटकर उसे जंगल में छोड़ दिया गया हो, जहाँ वह दहाड़कर अपने होने का ऐलान भी नहीं कर सकता। अभिमन्यु के पास न कोई संपत्ति थी, न धन दौलत। उसके पास तो अपना कोई भविष्य भी नहीं था। हकीकत यही थी कि अब उसके माँ-बाप कैंप में शरणार्थी थे। उसके पापा कि तनख्वाह महज दो हजार रुपए थी, जिसमें उन्हें पूरा परिवार पालना था। ऐसे में, वह जसप्रीत को कोई उम्मीद नहीं देना चाहता था। जसप्रीत की एक अच्छी दुनिया थी। अपनी दुनिया में लाकर अभिमन्यु उसे शायद सुखी न रख पाता। इस सोच के कारण अभिमन्यु ने अब जसप्रीत को टालना शुरू कर दिया। घर पर होता तो दोस्तों से कहलवा देता कि वह घर पर नहीं है। कॉलेज में होता तो लायब्ररी में पढ़ता रहता। जसप्रीत वहाँ आ जाती तो वहाँ से उठकर चला जाता। जसप्रीत भी समझ गई कि यह मुझे टाल रहा है। वह अभिमन्यु से पूछती कि हुआ क्या है ? कुछ तो बोलो, पर अभिमन्यु कुछ बोल न पाया, जसप्रीत परेशान हो गई। उसका माथा तब ठनका जब उसने अभिमन्यु के बदन पर पहली बार एक दूसरी शर्ट देखी, जो कि उसकी दी हुई नहीं थी। वह शर्ट देख जसप्रीत को ऐसे लगा कि अभिमन्यु ने मुझे पराया कर दिया है। यह बात उसके अहं पर लग गई और उसने सोचा कि अब मैं इसे मनाने नहीं जाऊँगी, जब ठीक हो जाएगा मेरे पास ही आएगा। वह अब अभिमन्यु के ठीक होने का इंतजार करने लगी, पर अभिमन्यु बिगड़ता ही चला गया। उसने परवेज और सकीना सिद्दकी से बातचीत बंद कर दी। अभिमन्यु का यह रूप कोई समझ नहीं पा रहा था—न जस, न सम्राट, न विनोद।

खुद अभिमन्यु अपने अंदर एक नया अभिमन्यु महसूस कर रहा था, जिसे अब सिर्फ अपने मम्मी-पापा की चिंता थी और दिमाग में था कि कश्मीर का क्या किया जाए, पर पहले उसे अपने पापा के लिए कुछ करना था। उसके पापा ने हमेशा चाहा कि वह साइंस कंप्लीट करके एक डॉक्टर बने। अभिमन्यु ने ठान लिया कि वह आर्ट्स के साथ-साथ प्रिंसीपल से रिक्वेस्ट करके साइंस की परीक्षाएँ भी देगा। अनऑफिशियली, अगर उसके अच्छे मार्क्स आ जाए तो फिर प्रिंसीपल सर डिसाइड करें कि अगले साल अभिमन्यु कौन सी फैकल्टी में पढ़ेगा, पर साइंस की पढ़ाई के लिए अभिमन्यु के पास किताबें नहीं थीं और अब पापा से पैसे माँगने का सवाल ही नहीं था। अभिमन्यु को अब एक नौकरी की जरूरत महसूस हुई। उन दिनों कॉलेज में लोग अपने प्रॉडक्ट्स का प्रमोशन करने आते थे। वह मार्केटिंग का एक जरिया था। 5 दिन उन्हें अपने स्टॉल्स पर छात्रों की जरूरत पड़ती थी, उसके बदले उन्हें कुछ पैसे मिल जाते। अभिमन्यु को एक चाय के ब्रांड का प्रमोशन करने का मौका मिला। डेमो के लिए उसे लोगों को चाय बनाकर पिलानी पड़ती थी। अभिमन्यु की किस्मत अच्छी थी कि अभिमन्यु की बनी चाय कमाल करने लगी। सेम ब्रांड की चाय अगर दूसरा कोई बनाता तो उतनी अच्छी नहीं

बनती, जितनी अभिमन्यु बनाता। वो 5 दिन कट गए। अभिमन्यु को कुछ पैसे मिले पर किताबें खरीदने के लिए काफी नहीं थे। एक बार फिर किस्मत ने अभिमन्यु का साथ दिया। जिस इनसान का वह स्टॉल था, वह अभिमन्यु के पास एक ऑफर लेकर आ गया, "मैं तुम्हें चाय की एक स्टॉल लगाकर देता हूँ। तुम्हारी भी कमाई हो जाएगी, मेरी भी।" अभय प्रताप ने जो कहानी अभिमन्यु को बस में सुनाई थी, उस हिसाब से अभिमन्यु का वह सफर शुरू हुआ था, जिसमें अब पहाड़ी इलाका शुरू हुआ था। अब वहाँ उसे खुद की मदद खुद ही करनी थी। चाय के स्टॉल की ऑफर तो अभिमन्यु ने ले लिया, पर वह आप बीती किसी के साथ शेयर नहीं करना चाहता था। वो उस कॉलेज में छात्रों का एक आदर्श था। लोग उससे मदद माँगने आते थे। अगर वे उसे इस हालत में देखते तो उनकी नजरों में अभिमन्यु के लिए आदर की जगह दया आ जाती। वह लोगों की दया भरी नजरों से बचना चाहता था। तो उसने उस आदमी से रिक्वेस्ट की कि चाय की स्टॉल वो चलाएगा जरूर, पर स्टेशन पर। कॉलेज के बाद। हरजोत से कहकर अभिमन्यु अपने लिए किताबें खरीद सकता था पर अब तक वह 'शरणार्थी' इस शब्द का अर्थ समझ गया था और इस शब्द से जितने जल्दी हो सके, उतनी जल्दी वह खुद को और खुद की फैमिली को दूर ले जाना चाहता था। अभिमन्यु अब दिन-रात मेहनत करने लगा… रात भर स्टेशन पर चाय बेचता। वहीं घंटे-दो घंटे सो जाता। सुबह उठकर रूम पर आकर, फ्रेश होकर कॉलेज चला जाता जसप्रीत के सामने से ऐसे गुजर जाता जैसे उसे जानता ही नहीं। वह ऐसे कैसे पत्थर बन गया, जसप्रीत समझ नहीं पा रही थी। वह अकेले में रोती, बिलखती, अभिमन्यु के दोस्तों से बार-बार मिलकर रिक्वेस्ट करती कि उसे समझाओ कि मुझसे बात करे। पर अब अभिमन्यु पर किसी का जोर नहीं चलता था। दोस्त भी परेशान रहने लगे कि रात-रात ये कहाँ गायब रहता है। पर अभिमन्यु था कि अपनी चुप्पी तोड़ने के लिए तैयार नहीं था। सम्राट तो उस पर एक दिन भड़क भी गया, "यार तू हमें अब अपना दोस्त नहीं समझता" इस पर अभिमन्यु का दो टूक जवाब था, "दोस्त समझता हूँ इसीलिए कोई सफाई नहीं देना चाहता" उसके बाद विनोद और सम्राट ने उससे कभी कुछ पूछा नहीं भले ही अभिमन्यु आजकल सबसे कटा-कटा सा रहता, पर वह एक इनसान से जरूर बात करता। वह थी रोशनी, "रोशनी के खतों के जरिए वह कैंप की एक-एक बात जान लेता और अपनी सारी बातें उसे खत के द्वारा बताता, क्योंकि वह उसकी हमखयाल थी। उसे भी उम्मीद थी कि एक दिन वापस कश्मीर में अभय प्रताप का अपना अखबार होगा। अपने पापा के लिए अभिमन्यु ने इससे पहले इतना प्यार कभी महसूस नहीं किया था। अब उसे उनकी हर पल की चिंता थी और उनके बारे में हर बात उसे रोशनी से मालूम पड़ रही थी। जसप्रीत से अब रहा नहीं जा रहा था। उसने हरजोत का सहारा लिया…लोगों को लगता था कि हरजोत अभिमन्यु से कुछ क्यों नहीं कह रहा।

अभिमन्यु तो उसकी हर बात मानता था, पर हरजोत को अभिमन्यु के पल-पल की खबर थी। जब मुख्तार अभिमन्यु को बिना मिले चला गया, तब से ही हरजोत ने अभिमन्यु कि पिछली जिंदगी की छानबीन शुरू की थी। हरजोत अंबाला होकर आया था। उसने जाना था कि अभिमन्यु पर क्या बीती है और इस वक्त अभिमन्यु किन हालातों से गुजर रहा है। पर हरजोत उसकी किसी भी तरह की मदद करके उसकी गैरत को आहत नहीं करना चाहता था। अगर अभिमन्यु ने कभी सामने से मदद माँगी होती तो हरजोत उसके लिए आसमान नीचे लाकर रखने के लिए तैयार ही बैठा था, पर अब उसके सामने एक बहन ने पुकार लगाई थी तो हरजोत का अभिमन्यु से बात करना लाजमी था।

रात के करीब डेढ़ बजे का वक्त जबसे अभिमन्यु ने स्टेशन पर चाय बनाकर बेचने का काम शुरू किया था, तब से यह वक्त अभिमन्यु के लिए कुछ खास बनता चला गया। इस वक्त प्लेटफॉर्म पर कश्मीर जानेवाली और पाकिस्तान से आनेवाली ट्रेनें एक ही वक्त पर आतीं और अभिमन्यु के पास खुशी और गम, दोनों लातीं। कई बार अभिमन्यु ने मन-ही-मन पाकिस्तान की ट्रेन पर पत्थर फेंककर मारे तो कई बार अभिमन्यु का मन करता कि कश्मीर की ट्रेन पर सवार हो जाए, पर मुमकिन नहीं था।

"एक चाय मिलेगी?" कश्मीर जाती ट्रेन में खोए अभिमन्यु को हरजोत ने पूछा।

अभिमन्यु एक पल हरजोत को देखकर झेंप-सा गया। "तुम यहाँ?"

"तूणे तो बुल्लाया नहीं अप्णी नई दुकान पे। तो मैं सोच्या, मैं ही चला जाऊँ। गलत किया के?"

"आप कभी गलत नहीं हो सकते हरजोत पाजी।" अभिमन्यु ने उन्हें चाय देते हुए कहा...

"इंसाण हूँ, हजारों गलतियाँ की है मैंने। पर तू य्यो बता कि तू क्यों गलतियाँ किए जा रहा है?"

"मैंने क्या किया पाजी?" अभिमन्यु ने पूछा।

"चल आ, बताता हूँ"

हरजोत अभिमन्यु को स्टेशन के बाकड़े पर ले गया। पैर फैलाकर आराम से बाकड़े पर बैठ गया चाय की एक चुस्की लेकर। हरजोत अभिमन्यु को देखकर बोला, "छोरी ने क्यों रुला रहा है? थाम ले हाथ उसका"

इस पर अभिमन्यु कुछ नहीं बोला। दूर गई कश्मीर कि ट्रेन को निहारता रहा। उस जाती हुई ट्रेन कि धड़धड़ाहट अभी तक अभिमन्यु सुन रहा था। उसे वैसे देख हरजोत बोला, "ट्रेन तो कल फिर आएगी अभी। टूटकर प्यार करनेवाली लड़की बार-बार नहीं आती।"

जिस शिद्दत से हरजोत वह बात बोला, अभिमन्यु ने जाना कि यह एक टूटे दिल की आवाज है।

"आपकी वाली वापस नहीं आई?" अभिमन्यु ने पूछा।

अब हरजोत के दिल के तार छिड़ गए थे, उदासी में वह बोल गया, "मेरा तो कुछ भी वापस नहीं आया। न माँ, न बाप, न मोहब्बत और न ही इज्जत। मैं सबकुछ लुट लुटाके बैठा हूँ। पर तेरा ऐसा नहीं है…"

मेरा क्या ऐसा नहीं है, अभिमन्यु समझना चाह रहा था कि हरजोत क्या बोलना चाह रहा है? हरजोत ने अभिमन्यु को गौर से देखा और जान गया कि यह अपने मुँह से कभी अपना दर्द नहीं सुनाएगा। अपने और अभिमन्यु के दर्द के तारों को जोड़ने कि कोशिश में हरजोत बोल उठा, "जिस दिन तूने मेरी नजर से नजर नहीं हटाई थी, मैं उसी दिन समझ गया था कि तू मेरा हमदर्द है। मैं वह नजर पहचानता हूँ, जिसमें जिंदा रहने से भी ज्यादा अपने होने को जिंदा रखना पड़ता है। जैसे तूने मुझसे आँखें नहीं झपकाईं, वैसे मैंने उस दिन ठाणे में उस इंस्पेक्टर से नजर नहीं हटाई और देखता रहा।

स्टेशन पर अब बिल्कुल सन्नाटा था। थी तो हरजोत की दर्द भरी आवाज, "1984 यही पानीपत में, मैं तेरी उम्र का ही था।

पंजाब में खालिस्तान की माँग तेज हो गई थी। हर जगह कर्फ्यू लगे थे, पर फिर भी हम कुछ दोस्त गली में जमा होते थे। थोड़ी-बहुत हँसी-मजाक होती थी। यकायक एक मित्र ने हँसकर पूछा—"अरे भाई, आज का स्कोर क्या है?" ये सुनते ही सन्नाटा छा गया। एक हिंदू दोस्त ने तल्ख अंदाज में एतराज जताया और बात हाथापाई तक पहुँच गई। क्योंकि यह सवाल आए दिन चरमपंथियों की ओर से हो रही हिंसा पर था, जिसका निशाना हिंदू और उदारवादी सिख बन रहे थे।

"हालात इतने खराब हो चले थे कि पंजाब से लोग चंडीगढ़ या दिल्ली भाग रहे थे। इस वाकिए के बस दो दिन बाद अमृतसर में भाजपा प्रमुख हरबंस लाल खन्ना की उनके अंगरक्षक समेत गोली मारकर हत्या की गई। अगले दिन शवयात्रा के दौरान हिंसा भड़की, जिसमें बहुत सारे लोग मारे गए। फौज बुलाई गई। मेरे पापाजी फौज में थे। उनकी सिख बटालियन ने अपने ही लोगों पर गोली चलाने से इनकार कर दिया। उन्हें बर्खास्त कर दिया गया। जब वे घर आए तब यहाँ के लोगों ने उन्हें गद्दार करार दिया। बहुत ही बेइज्जत किया। बाहर दंगे भड़के हुए थे और पापाजी के अंदर गदर। गद्दारी का कलंक वे सह नहीं पाए और उन्होंने मेरे सामने पहले माँ को फिर अपने आपको गोली मार दी…। मुझे मारते वक्त उनके हाथ काँप गए। वे मुझे मार न सके। माँ-बाप की लाशों को देखते हुए मैं सुन्न-सा बैठा रहा। तब से लेकर आज तक एक भी आँसू नहीं बहाया। जहाँ मुझे सहानुभूति की जरूरत थी, वहाँ पड़ोसियों ने मेरे पापा के मरने का जश्न बनाया, यह भूलकर कि मरनेवाले इनसान को सन् 1971 की लड़ाई में बहादुरी के लिए नवाजा गया था। पुलिस मुझे पकड़ ले गई। हर आधे घंटे में मुझे पीटा जाता यह कुबुल कराने के लिए कि मेरे सीमा

पार के लोगों से संबंध हैं। रात भर वे मुझे पीटते रहे। अब मेरी सहने की शक्ति खत्म हो चुकी थी। बाहर दंगे भड़के ही हुए थे···दोनों तरफ के लोग मारे जा रहे थे। वो हिंदू पुलिस अफसर अपनों के मरने का बदला मुझसे ले रहा था। इस बार जब मुझे मारने के लिए उठा, तब मेरी उस तरफ वही नजर उठी जो उस दिन तेरी मेरी तरफ उठी थी। डर गया वो, पर कुछ साबित न कर सका। अब मैं वो सिख लड़का था, जो आतंक के आरोप में जेल जा चुका था। पंजाब में सिख लोगों का बहुमत। यहाँ हरियाणा में हिंदुओं की। अपनी जान की हिफाजत के लिए चाकू रखने लगा। खालिस्तान तो नहीं बना, पर आतंकी का दागदार गहरा होता चला गया। लोग मुझसे डरे रहने लगे और मुझे वो ताकत अच्छी लगने लगी। जो जानवर उस पुलिस अफसर के अंदर था, अब वो मेरे अंदर भी आ गया मैंने उसे अपने अंदर पलने दिया। वक्त रहते उसे मार देता तो शायद मैं भी आज सुकून की जिंदगी जी रहा होता। ये जानवर न, हर किसी के अंदर होता है, इसका उसके धर्म से कोई लेना-देना नहीं होता। अगर लेना-देना होता तो हर इलाही आतंकी होता। मैंने तो अपनी दुनिया बरबाद कर दी है, पर तू मत कर। मैं तेरी हर हालत से वाकिफ हूँ, लाले दी जान। तू खुशनसीब है कि तेरे पास-माँ बाप हैं··· । वो तुझे ऐसे कुढ़ता हुआ देखेंगे तो क्या खुश होंगे? तेरा दिल भी उस लड़की के लिए तड़पता है। उससे दूर रहकर तू भी खुश नहीं है। तुझे काम करके पैसे कमाने हैं न? कमा न? किसने रोका है? पर खुश रहकर भी पैसे कमा सकता है। उस लड़की का दिल तोड़कर न तू खुश है न वो।" एक आह भरते हरजोत ने आगे कहा कि "मेरी तरह तरसता रह जाए, उससे पहले जा, बात कर जसप्रीत से।"

हरजोत अब पूरी तरह से सँभल चुका था। हरजोत और अभिमन्यु के बीच दर्द का रिश्ता कायम हो चुका था। दोनों ने बहुत कुछ गँवाया था, और बहुत कुछ पा लिया था। अभिमन्यु को पहली बार अहसास हुआ था कि उसकी सबसे बड़ी दौलत उसके मम्मी-पापा सही-सलामत हैं। उसे प्यार करनेवाली एक लड़की उसके साथ है। हरजोत के पास ऐसा कुछ भी बाकी नहीं है।

"आप ने भी प्यार किया था, पा'जी?" अभिमन्यु ने हरजोत से पूछा।

"हाँ···पर मेरा प्यार बस दो लाइन में खत्म होता है कि

निकलना खुल्द से आदम का सुनते आए थे लेकिन,
बड़े बेआबरू होकर तेरे कूचे से हम निकले।

"लड़की हिंदू थी और पानीपत में एक सिक्ख लड़के का हाथ थामने की उसमें हिम्मत न थी। वो हिम्मत तेरी जसप्रीत में है अभि··· जाने मत दे।" इतना कहकर हरजोत उठा। अब तो सुबह हो चुकी थी। सूरज की केसरिया किरणें धरती को छू रही थीं··· उन किरणों को देखकर अभिमन्यु को जसप्रीत का वो चेहरा बार-बार याद आ रहा, जिस पर उस शाम ऐसा ही केसरिया रंग छाया हुआ था और वह बेहद खूबसूरत लग रही थी।

"बड़ी खूबसूरत लग रही हो, पर फायदा क्या इस खूबसूरती का? वो तो तुम्हें देखता भी नहीं आजकल।" कॉलेज कैंपस में जसप्रीत को छेड़ते हुए रणदीप और टोनी उसके पीछे-पीछे चल रहे थे। आजकल अभिमन्यु कैंपस में दिख नहीं रहा था तो दोनों फिर से अपनी औकात पर आने लगे थे।

जसप्रीत आजकल बड़ी उदास रहने लगी थी। जहाँ वह अपनी नोट बुक में अभिमन्यु का नाम हजार दफे लिखा करती थी, अब उन कागजों पर दर्द भरे गीत उतरने लगे थे। वह भी उस गुनाह की सजा भुगत रही थी, जो उसने किया ही नहीं था। अभिमन्यु जब पढ़ता रहता, वह दूर से ही उसे निहारती रहती। उसकी आने-जाने की राह में जान-बूझकर खड़ी हो जाती, इस उम्मीद से कि शायद अभिमन्यु उसे बता दे कि उसने अभिमन्यु से मोहब्बत करके ऐसा क्या गुनाह किया है, पर उसे कोई जवाब नहीं मिला था। कई दिनों तक तो वह घर से नहीं निकलती। गमजदा मायूसी ने उसे घेर लिया था। टोनी और रणदीप अब अकसर आते-जाते उसपर तंज कसने लगे थे। ऐसा ही एक दिन था।

वह चुपचाप आगे चलती रही। रणदीप ने हद ही कर दी। जसप्रीत के बिल्कुल सामने आकर उसने जसप्रीत से कहा, "तुम हमेशा से जानती हो कि मैं तुम्हें पसंद करता हूँ। उसने तुझे छोड़ दिया फिर भी मैं तुझे अपना सकता हूँ।"

अब जसप्रीत का दिमाग घूम गया। उसने बड़े भरोसे से रणदीप को जवाब दिया कि "हाथ पकड़कर छोड़ देनेवालों में से वो नहीं है।"

रणदीप के अहं पर चोट लगी और उसने सबके सामने जसप्रीत का हाथ पकड़कर कहा कि "हम भी हाथ पकड़कर छोड़नेवालों में से नहीं हैं। जा बोल उसको कि अगर हिम्मत है तो ये पकड़ा हुआ हाथ छुड़ा कर बता।"

जसप्रीत अपना हाथ छुड़ा लेने की काफी कोशिश कर रही थी, पर रणदीप ने उसका हाथ मजबूती से थामा हुआ था। जसप्रीत को वह अपना अपमान लगा और वह बेहद गुस्से से भर गई और गुस्से के मारे उसके आँखों से पानी टपकने लगा। उसने अपना दूसरा हाथ रणदीप को मारने के लिए उठाया, पर वह हाथ भी रणदीप ने जोर से दबाकर रखा। जसप्रीत अपने आपको छुड़ाने के लिए छटपटाई। अब भीड़ इकट्ठा होने लगी तो रणदीप ने उसका हाथ छोड़ दिया और कहा, "जा बोल अपने आशिक को। मैं भी देखूँ, क्या करता है वो?"

अपमानित जसप्रीत वहाँ से रोते-रोते अपने रूम पर चली गई।

लायब्रेरी में पढ़ रहे अभिमन्यु को भागकर एक लड़के ने खबर दी। कुछ दिनों से अभिमन्यु के अपने अंदर एक भड़ास थी, उससे वह झुंझला ही रहा था कि किसी ने बोला कि जसप्रीत को रणदीप ने छेड़ा, उसके साथ बद्तमीजी की तो उस भड़ास को पूरी हवा मिल गई।

उसके कानों में कश्मीर के लाउड स्पीकर की आवाजें फिर गूँजने लगीं कि 'बटवो वादी छोड़ो और अपनी बहू-बेटियों को हमारे लिए छोड़ जाओ'।

अभिमन्यु के अंदर का खून खौलने लगा था, वह पागलों की तरह रणदीप को कॉलेज में ढूँढ़ने लगा। उसके कानों में अमृता प्रीतम की कविता की लाइनें फिर से उभरने लगीं—

'देख, आज पंजाब की लाखों रोती बेटियाँ तुझे बुला रहीं हैं,
खेतों में लाशें बिछी हुई है और चेनाब लहू से भर रही है।'

रणदीप अभी भी अभिमन्यु को मिल नहीं रहा था और अभिमन्यु के अंदर तपिश बढ़ रही थी। उसे जसप्रीत के शब्द सुनाई दे रहे थे कि मुझे वह मर्दानगी समझ में नहीं आती जो अन्याय होने पर भी चुप कर जाए। अभिमन्यु सोच रहा था कि जसप्रीत की गरिमा अगर मैं न सँभाल सकूँ तो फिर कौन सँभालेगा?

और उसे अपने सामने रणदीप दिखा। अभिमन्यु के सर पर खून सवार था। अभिमन्यु ने रणदीप को पकड़कर इतना पीटा, कि रणदीप लहूलुहान हो गया। अभिमन्यु उसे इतनी बेदर्दी से मार रहा था कि सम्राट और विनोद डर गए कि कहीं रणदीप मर ही न जाए। सम्राट और विनोद ने अभिमन्यु को रोकने की कोशिश की पर अभिमन्यु किसी की बस में नहीं आ रहा था। उसने खून से सने रणदीप को अपने दोनों हाथों से उठाया और जमीन पर पटकने ही वाला था कि रणदीप के जख्मों से बहते खून ने जैसे उसे रोक लिया। ये वही रंग था जिसे उसने वादी में देखा था। जसप्रीत के दिल्लीवाले मकान में देखा था, कल-परसों ही हरजोत के चाकू पर देखा था और सब से अहम इस वक्त अपनी आँखों में उतरते देखा था। यह वही जानवर तो था जिसके लिए हरजोत ने उसे आगाह किया था। अभिमन्यु के हाथ वहीं के वहीं रुक गए, उसने रणदीप को छोड़ दिया…अब रणदीप में उसे बस एक वेदना से तड़पता इनसान दिख रहा था। सम्राट और विनोद तुरंत रणदीप को अस्पताल ले गए और साथ-साथ अभिमन्यु के अंदर के उस जानवर को भी दूर, बहुत दूर ले गए। अभिमन्यु ने मन में ही रणदीप का शुक्रिया अदा किया कि उसके कारण अभिमन्यु के अंदर का इनसान, इनसान ही बना रहा, वरना नफरत ने उसे शैतान बना दिया था। अपने रूम पर आकर अभिमन्यु बाथरूम में गया और अपने बदन को ठंडा करने उस पर न जाने कितनी देर पानी के नीचे खड़ा और सोचता रहा कि मैं ये क्या कर रहा था? मेरे हाथ में अगर रायफल थमा दी जाए तो मैं मुख्तार को नहीं मार सकता, न मुख्तार की अम्मी को। न ही परवेज को, न ही सकीना सिद्दकी को, न ही वादी में मेरे दोस्तों को जिनके साथ में पला-बढ़ा। एक सिख लड़की ने हिंदुओं के प्रति अपनी नफरत भुलाकर मुझे खुद से ज्यादा चाहा, उसे मैं कैसे रुला सकता हूँ? मेरा मुख्तार अपनी जान पर खेलकर इतनी दूर मुझसे मिलने आया। अगर वो

मुझसे नफरत नहीं करता तो मैं उसे नफरत कैसे कर सकता हूँ? ठंडे पानी में भी उसने अपने आँखों से बह रहे आँसुओं की गरमी को महसूस किया और अपने गीले काँधे पर एक नरम हाथ का स्पर्श महसूस किया जो जसप्रीत का था। जसप्रीत उसके काँधे पर हाथ रखकर खामोशी से खड़ी उसे अपनी नजरों से बता रही थी कि अपने आपको और तकलीफ मत दो।

बाहर खड़े सम्राट और विनोद ने समझ लिया कि ये दोनों काफी दिनों के बाद मिल रहे हैं, इन्हें कुछ देर अकेला छोड़ा जाए। दोनों बाहर से ताला मारकर चले गए।

आज काफी दिनों के बाद जसप्रीत अभिमन्यु के रूम पर आई थी। कई दिन पहले अपने घर की तरह सजाया हुआ वो घर आज फिर से कमरा बना पड़ा था। एक भी चीज जगह पर नहीं थी। अभिमन्यु को देने के लिए जसप्रीत को तौलिया ढूँढ़ना पड़ा। अभिमन्यु को तौलिया देकर वो फिर से अपना घर सँवारने लगी। अपना स्नान पूरा करके अभिमन्यु बाथरूम में ही तैयार होता रहा। वह जब तक तैयार होता रहा, जसप्रीत ने कमरे की चीजें अपनी जगह रखना शुरू किया। उस कमरे को फिर से घर बनाना शुरू किया, उन दोनों का घर। उसे समझ में नहीं आ रहा था कि आज अभिमन्यु तैयार होने में इतना वक्त क्यों ले रहा है। जब अभिमन्यु तैयार होकर बाथरूम से निकला तो उसके बदन पर जसप्रीत की दी हुई शर्ट थी। उसे देखते ही जसप्रीत की आँखों से खुशी के आँसू बह निकले और खुशी के मारे वह अभिमन्यु से जा लिपटी। उसे होश भी न रहा और खुशी में बस अभिमन्यु को चूमती रही। काफी देर वह वैसे ही पड़े रहे। उस मदहोशी में अभिमन्यु आहिस्ता-आहिस्ता नींद के हवाले हो गया। जसप्रीत उसके चेहरे को तकती रही और सोचती रही कि काफी दिनों के बाद इसका चेहरा बिल्कुल मासूम लग रहा है, जैसे पहले दिन वह इस कॉलेज में आया था, वैसा जसप्रीत उसके माथे पर हाथ फेरती रही। अभिमन्यु के दिल से सारी नफरत बह गई थी और उसकी जगह मोहब्बत ने ली थी। मोहब्बत अपने मुख्तार के लिए, वादी के बेकसूर मुसलमानों के लिए, रणदीप के लिए, कैंप में बद्तमीजी से पेश आए उस कैंप मैनेजर के लिए या फिर हर उसके लिए जिसने शायद कभी अभिमन्यु का बुरा किया हो। हर किसी के लिए पल रही मोहब्बत के कारण आज अभिमन्यु की जिंदगी शादाब हो चली थी, या फिर ऐसा कहा जाए कि 'शादाब' शब्द के सही मायने तो समझ गया था। इस शादाब हरियाणा ने उसे भर-भरकर सबकुछ दिया था। सबसे पहले तो दोस्त दिए थे। उसे उसकी महबूबा यहीं पर मिली थी। इसी धरती तक पहुँचकर उसके मुख्तार ने उसे जता दिया था कि मैं तुझे नहीं भूला। हरजोत से नजरें मिलाकर उसने अपने अंदर के डर पर जीत पा ली थी। अपने हाथ में ताकत होते हुए भी सामनेवाले को सजा न देकर, माफ करने का हुनर उसे यहीं से ही हासिल हुआ था। कॉलेज में रहते उसके अंदर एक लीडर की खूबी पैदा हुई थी और आज उसने

अपनी जिंदगी की सबसे बड़ी जीत हासिल की थी, अपने रकीब से भी मोहब्बत करना सीख गया था।

उसे शायद आज यह बात अजीब न लगी हो कि कृष्ण ने उन पाँच गाँवों में पानीपत को क्यों शामिल किया था, पर यहाँ पानीपत का और एक युद्ध बाकी था और उसका आगाज हो गया था।

अभिमन्यु को शांति से सोता देख जसप्रीत उठी और वह फिर से घर एकदम आहिस्ता-से साफ करने लगी, ताकि कोई आवाज न हो और अभिमन्यु न जाग जाए। सफाई करते वक्त उसके हाथ जो चीज लगनी नहीं चाहिए थी, वो लगी। रोशनी के अभिमन्यु को लिखे खत और अभिमन्यु ने रोशनी को लिखा एक खत, जो अभी पोस्ट करना बाकी था। ऊपर अभिमन्यु का नाम लिखा था तो जसप्रीत ने उसे पढ़ना शुरू किया। दर्द में डूबा वह एक-एक खत पढ़कर उसका दिल दर्द से भर गया।

"अभिमन्यु, तुम्हें बता दूँ कि तुम्हारे मम्मी पापा का रोमांस बहुत जोरों पर है आजकल। पिछले हफ्ते तुम्हारे पापा के पैरों में एक कील चुभ गई थी। उन्हें डॉक्टर के पास ले जाना जरूरी था, पर जैसे तुम्हें मालूम है कि डॉक्टर की फीस हममें से कोई भी दे नहीं सकता तो सरकार द्वारा कैंप में आनेवाले डॉक्टर पर ही हम सब निर्भर करते हैं। सरकारी डॉक्टर सिर्फ इतवार को ही आता है और उसके लिए पूरे 5 दिन बाकी थे। आरतीजी जबरदस्ती तुम्हारे पापा को प्राइवेट डॉक्टर के पास ले गई। इलाज कराया और आजकल आरती देवी उस डॉक्टर के घर रोज खाना बनाने का काम करने जाती हैं। डॉक्टर का घर कैंप से एक किलोमीटर की दूरी पर है। रोज चलकर जाती हैं और चलकर आती हैं। अभय प्रतापजी उन्हें छेड़ते रहते हैं कि बुढ़ापे में आकर वॉक-वगैरह करके फिट रहोगी तो मुझे कांप्लेक्स हो जाएगा कि मेरी बीवी इतनी सुंदर और फिट है और मैं बूढ़ा मरियल सा मत जाया करो। तब उनका जवाब होता है कि अभिमन्यु की पत्नी आएगी उसके साथ मुकाबला होता रहेगा तो मुझमें जान चाहिए कि नहीं… ? तुम्हें बता दूँ, अभिमन्यु कि आरती हर बात में तुम्हारा नाम लिए बगैर नहीं रह पाती और जब रात होती है तो आरतीजी उनके जख्मों को मरहम लगाते रोती हैं और जब वह सो जाएँ तो अभय प्रतापजी आहिस्ता-से उनके पैर दबाते रहते हैं। ये गम कितनी खूबसूरत चीज है न अभिमन्यु, जो अपनों को इतना जोड़े रहता है।"

जसप्रीत के दिल से एक सिसकी निकल गई…हर खत ऐसे ही किसी दर्द में डूबा था। एक-एक खत पढ़कर जसप्रीत सुन्न पड़ती चली गई। उसने सोए हुए अभिमन्यु को देखा और उसके मन में अभिमन्यु के लिए हजार शिकायतें उभर आईं। सोया हुआ अभिमन्यु उसे अनजान लगा। उसे लगा कि ये कौन शख्स है, जिसे मैंने अभी अपना सर्वस्व सौंप दिया। इसे तो में पहचानती ही नहीं। इतने सारे दर्द में उसने मुझे शामिल नहीं

किया···हँसना, खेलना, यहाँ–वहाँ भटकना, गप्पें मारना तो गैरों के साथ भी किया जाता है। कोई नहीं मिला तो एक कुत्ते से भी हम प्यार कर लेते हैं, पर गम? गम हम सिर्फ किसी अपने के साथ ही बाँट सकते हैं। और वो गम अभिमन्यु ने मेरे साथ नहीं बाँटा। मेरी मोहब्बत का हक उसने रोशनी को दिया। क्या उसे मुझपर यकीन नहीं था कि मैं भी उसके गम बाँट सकती हूँ? इस इनसान ने मुझे कभी अपना नहीं समझा। समझा होता तो ये महीने–दो महीने की दूरी कभी नहीं होती। सम्राट दरवाजा खोलकर अंदर आ गया था। रोती हुई जसप्रीत उनके उस घर को पीछे छोड़कर चली गई।

थोड़ी देर बाद अभिमन्यु कि आँख खुली। सम्राट और विनोद को सामने देख अभिमन्यु वैसे ही मुसकराया जैसे कि हमेशा मुसकराता था और बोला, "बड़ी गहरी नींद में था, यार। सॉरी, तुम्हारे होने का पता नहीं चला," वह जानी–पहचानी स्माइल देखकर सम्राट और विनोद ने उसे गले लगा लिया।

"जस कहाँ है?"

"अभी रोती हुई गई यहाँ से। तूने फिर कुछ उल्टा–सीधा बोल दिया क्या उसको?" सम्राट ने पूछा

"नहीं, यार। उल्टा हम तो···" इतना कहकर अभिमन्यु रुक गया, पर वो जो कहना चाह रहा था, वो बिना बोले ही सम्राट और विनोद समझ गए थे।

"इस बात पर पार्टी हो जाए। लेट्स सलिब्रेट। हरजोत के फार्म हाउस चलते हैं।" सम्राट ने उत्साह से कहा।

आज अभिमन्यु अपने दोस्तों की कोई भी बात टालना नहीं चाह रहा था। पर स्टेशन के चाय के दुकान की कमिटमेंट थी, तो उसने बिल्कुल निवेदन करते हुए कहा कि कल कॉलेज बंक करके चलते हैं।

"दिन में?" विनोद ने पूछा।

"हाँ··· क्योंकि मैं रात में आ नहीं सकता। मैं स्टेशन पर चाय का स्टॉल चलाता हूँ रात को! अभिमन्यु ने अपने दोस्तों को अपनाना शुरू किया था।

अभिमन्यु को लगा कि इस बात पर सम्राट और विनोद चौकेंगे, उससे नाराज हो जाएँगे, पर ऐसा कुछ नहीं हुआ।

सम्राट ने बड़ी सहजता से कहा कि मालूम है हमें।

अभिमन्यु चौंका, "मालूम है? कैसे?"

"सिर्फ नाम के दोस्त नहीं हैं तेरे।" विनोद ने कहा, "तू रातों में गायब रहने लगा। हमें बड़ा टेंशन सा हो गई। दो दिन पीछा किया था तेरा। सच कहता हूँ तू हमारा दोस्त है, यह जानकर बहुत गर्व महसूस फील किया, फिर तुझे अपने पर छोड़ दिया। जान गए कि परेशान है।" सम्राट ने कहा।

"कमीने, तेरे आने से पहले सारे बरतन धोकर रखते थे। घर में खाने-पीने का सामान लाकर रखते थे, ताकि तुझे परेशानी नहीं हो। गौर किया कभी तूने हमारी दोस्ती पर?"

अभिमन्यु के पास बोलने के लिए कुछ भी नहीं था। वह अपने मैं इतना था कि दूसरे उसे दिखाई नहीं दिए थे। सम्राट अभिमन्यु को परेशान देख नहीं पाया तो तुरंत उसने टॉपिक बदला।

"ये जसप्रीत रोती हुई क्यों गई?" सम्राट ने पूछा।

"मालूम नहीं, यार।" सोचते हुए अभिमन्यु ने कहा। फिर वह सोचने लगा कि जो हुआ, उस कारण कहीं वह गिल्टी तो फील नहीं कर रही। वह उठा, फटाफट तैयार हुआ और जसप्रीत के रूम के नीचे पहुँचा। जसप्रीत को आवाज दी। जसप्रीत उसे मिलने नीचे आ गई।

जसप्रीत ने भी ठान लिया था कि अपने दर्द का अहसास वह उसे कभी होने नहीं देगी। उसने ठीक तरह से उससे बात की और उसने अभिमन्यु को भनक भी नहीं पड़ने दी कि अभिमन्यु ने उसे हर्ट किया है। पर अभिमन्यु को वो उससे कटी-कटी से महसूस हुई। जितना पूछा जाए, बस उसका जवाब उसे मिल रहा था। सामने से 10 सवाल करनेवाली जसप्रीत ने उससे एक भी सवाल नहीं किया था। यह भी नहीं पूछा था कि इतने दिन से में उससे ऐसे क्यों पेश आ रहा था। आज अभिमन्यु उसे सब बता देना चाह रहा था, पर जसप्रीत ने कहा, "कल मिलते हैं, आज मैं बहुत थक गई हूँ।"

वह 'बाय' बोलकर निकल भी गई। अभिमन्यु वहीं रुका रहा। हमेशा पीछे मुड़कर एक बार फिर अभिमन्यु को बाय बोलनेवाली जसप्रीत ने आज मुड़कर नहीं देखा।

"जसप्रीत!" अभिमन्यु ने उसे आवाज दी। वो रुक गई। "कल हरजोत के फार्म पर जा रहे हैं हम सब···चलोगी?"

जसप्रीत 'नहीं' कहना चाह रही थी, पर तुरंत उसने सोचा कि मैं अभिमन्यु को हर्ट नहीं कर सकती। वो पहले से ही दुःखी है, मैं उसकी परेशानी और नहीं बढ़ा सकती। उसने मुझसे प्यार किया—नहीं किया, मैं नहीं जानती पर, मैंने तो उससे प्यार किया है। मैं कैसे उसे हर्ट कर सकती हूँ? 'न' कहते कहते जसप्रीत ने उसे 'हाँ' कह दिया। अभिमन्यु को लगा कि अभी जिसने 'हाँ' कहा वो पहलीवाली जस है···वो खुश होकर वहाँ से निकला और हॉस्पिटल रणदीप के पास पहुँचा। रणदीप अभी ठीक था···अभिमन्यु को वहाँ देख रणदीप थोड़ा घबरा-सा गया, पर अभिमन्यु ने उसके हाथ अपने हाथ में लेकर उससे दिल से माफी माँगी। कहा कि उस वक्त उस जगह तेरी बहन होती और कोई उसे छेड़ रहा होता, तब भी मैं यही करता। अभिमन्यु थोड़ी देर वहाँ रुका रहा। डॉक्टर से बात करके कन्फर्म किया कि घबराने की कोई बात नहीं है। फिर अभिमन्यु स्टेशन चला गया।

दूसरे दिन सब हरजोत के फार्म हाउस पर पहुँच गए। जसप्रीत मन से अभिमन्यु

से दूर भी नहीं थी और पास भी नहीं थी। आज यार-दोस्तों की खुशी के कारण हरजोत सुबह से पिए जा रहा था। सबने मिलकर हमेशा कि तरह वहाँ खाना पकाया। गाने गाए··· गप्पें मारीं··· अभिमन्यु का काफी मजाक उड़ाया। सम्राट ने तो जसप्रीत को 'भाभी-भाभी' कहकर खूब चिढ़ाया। अभिमन्यु ने कहा कि रणदीप को अब हम अपने ग्रुप में शामिल करेंगे और ताज्जुब कि बात यह थी कि किसी ने भी इसपर ऐतराज नहीं जताया। सम्राट, हरजोत और विनोद के साथ जस बिल्कुल नॉर्मल पेश आ रही थी, पर अभिमन्यु से बिल्कुल संभलकर बात कर रही थी।

"जस, मैं तुमसे कुछ कहना चाह रहा हूँ।" अभिमन्यु ने उसका हाथ हाथों में लेकर कहा।

हरजोत अब दोनों को एकांत देना चाह रहा था। उसने अपनी बॉटल पकड़ी और बाहर निकलते कहा कि चल सम्राट तुझे मेरा फार्म हाउस दिखाता हूँ। सम्राट भी इशारा समझ गया पर विनोद ने सवाल किया—

"कितनी बार देख चुके हैं", "आज नए से क्या देखना ?"

"बाहर एक तोता एक मैना को गाना सुनानेवाला है आज, वो सुनाते हैं तुझे, चल।" और हरजोत विनोद को जबरदस्ती अपने साथ ले गया।

पर उस दिन हरजोत की किस्मत में सय्याद था।

हरजोत के दुश्मनों के गैंग ने हरजोत के फॉर्म के बाहर उसकी काली ओपन जीप देखी थी। रॉकी और सतपाल हरजोत की तलाश में उसके फार्म हाउस पर घुस आए थे··· उन्हें अंदाजा नहीं था कि हरजोत के साथ कोई और भी है।

सतपाल ने अपनी पिस्टल निकाल ली···सम्राट व हरजोत एक पेड़ के नीचे बैठ गए। हरजोत फिर पीने लगा···उसे बहुत चढ़ी हुई थी। विनोद थोड़ा होश में था। उसने देखा कि फार्म पर दो लोग चोरी-छिपे चल रहे हैं। वह उन्हें रोकने के लिए आवाज देने ही वाला था कि उनमें से सतपाल ने हरजोत पर निशाना लगाया, यह कहते हुए कि आज मेरे भाई की मौत का बदला पूरा हो जाएगा। विनोद समझ गया कि निशाना हरजोत है।···वह हरजोत की तरफ चिल्लाते हुए भागा कि हरजोत भाग, पर तब तक गोली चल चुकी थी और वह जाकर विनोद को लगी। विनोद जख्मी होकर गिर गया। गोली की आवाज सुनकर अभिमन्यु बाहर आ गया और उसने देखा कि दो लोग हरजोत की तरफ गोलियाँ चलाते जा रहे हैं और नशे में होने के कारण हरजोत पिस्टल भी नहीं चला पा रहा है। तबतक सतपाल की गोलियाँ खत्म हो गईं। सम्राट और अभिमन्यु सतपाल और रॉकी को पकड़ने भागे, पर तब तक वे बाइक पर बैठकर फरार हो चुके थे। विनोद भी गोली खाकर वहाँ पड़ा था और हरजोत को भी काफी गोलियाँ लगी थीं। अभिमन्यु सम्राट और जश ने मिलकर दोनों को जीप में डाला और जीप तेज रफ्तार से हॉस्पिटल की तरफ चल पड़ी।

थोड़ी ही देर में हरजोत और विनोद, दोनों आई.सी.यू. रूम में थे। पुलिस भी आ चुकी थी और वह अभिमन्यु, जसप्रीत और सम्राट से सवालात कर रही थी। उन्होंने कॉलेज के प्रिंसीपल को भी बुला लिया। थोड़ी ही देर में वहाँ प्रिंसीपल सर पहुँच गए। डॉक्टर से बात करके वे कॉरिडोर में खड़े अभिमन्यु, जसप्रीत और सम्राट के पास पहुँच गए।

प्रिंसीपल : तुम लोग यहाँ पढ़ने आते हो या यह सब करने? मेरी इतने सालों की रेप्युटेशन खाक में मिलाकर रख दी। इस क्रिमिनल ऐलिमेंट्स तुम्हारा क्या संबंध है? कुड यू प्लीज इक्स्प्लेन अभिमन्यु एंड सम्राट।

सम्राट : सर, मेरा इस क्रिमिनल से कोई संबंध नहीं है, सर। मुझे अभिमन्यु ने कहा और मैं इसके साथ चला गया।

अभिमन्यु और जसप्रीत ने तमक कर सम्राट को देखा कि वह कैसे पलटी मारकर गया। प्रिंसीपल ने जसप्रीत की तरफ देखा, पर जसप्रीत को बचाने अभिमन्यु बीच में बोल पड़ा, "सर, जसप्रीत, विनोद और सम्राट हरजोत को नहीं जानते थे। हरजोत मेरा दोस्त था। मैं ही इन तीनों को वहाँ ले गया था, सर।" अभिमन्यु ने जसप्रीत को चुप रहने का इशारा करते कहा।

"मुझे लगा ही था कि मैंने तुम्हें इस कॉलेज में एडमिशन देकर बहुत बड़ी गलती की है। अगर तुम्हारे बाप ने मेरे पैरों में गिरकर तुम्हारी ऐडमिशन की भीख नहीं माँगी होती तो मैं कभी तुम्हें एडमिशन नहीं देता।" अभिमन्यु को ये सुनकर बहुत बड़ा शॉक लगा कि पापा ने ये सब मेरे लिए किया। प्रिंसीपल इतने पर भी रुका नहीं। उन्होंने अभिमन्यु को देखकर आगे कहा, "भगोड़े बाप का बेटा क्रिमिनल ही बन सकता है।"

भगोड़ा शब्द अभिमन्यु के दिल पर वार कर गया।

"सर, आपको ऐसा कहने का कोई हक नहीं है। मेरे पापा भागे नहीं थे। उन्होंने सरकार के साथ सहयोग किया था।" अभिमन्यु ने कहा।

"भाग आए हो तुम सब के सब। अगर वहाँ डटे रहते तो कश्मीर के ये हालात नहीं होते।" अभिमन्यु को यह बात बेहद नागवार गुजरी।

जसप्रीत ने अभिमन्यु का मूड बदलते देखा। वो अभिमन्यु को खींचकर प्रिंसीपल से दूर ले जाने कि कोशिश करने लगी। अभिमन्यु ने उसे झटके से अपने से दूर करते कहा, "रुको, रोशनी।"

जसप्रीत ने ये कहते हुए अभिमन्यु का हाथ हल्के-से छोड़ दिया कि उसका नाम रोशनी नहीं जसप्रीत है··· । पर इस वक्त जसप्रीत क्या कह रही है, इससे अभिमन्यु को लेना-देना नहीं था···उसके दिमाग में बार-बार 'भगोड़ा' शब्द गूँज रहा था। वह प्रिंसीपल की तरफ लपका और उनके सामने हाथ जोड़कर, पर गुस्से में खड़ा हो गया···और कहने लगा—

"सर, हम सब भागे हुए कश्मीरी पंडित अपने घर को लौटना चाहते हैं। कैंपों में रहना हम किसी को अच्छा नहीं लग रहा, सर। कश्मीर में डटे रहने में हम सब की हिम्मत थोड़ी कम पड़ गई, क्योंकि भगानेवालों के हाथ में रायफलें थीं। वे हमसे 80 प्रतिशत ज्यादा तादाद में थे और हम सब निहत्थे थे। वहाँ का खून-खराबा याद करके हमारी हिम्मत अभी भी थोड़ी कम पड़ रही है। क्या आप जैसे लोग हमारे साथ वहाँ चल सकते हैं? कुछ दिन हमारे साथ वहाँ रह सकते हैं? अगर आप ऐसा कर सकते हैं तो मैं और मेरे पापा इस वक्त वहाँ चलने के लिए तैयार हैं। चलिए, सर…" प्रिंसीपल की बहादुरी पर वह वार था। उसके पास कहने के लिए कुछ नहीं था, पर अभिमन्यु ने उनकी गैरत को ललकारा था। उनकी मुसीबत यह थी कि वे कश्मीर के आतंकी माहौल में जाने से डर रहे थे। बिना आवाज किए अभिमन्यु ने उनके कान के नीचे बजाई थी।

"यू आर रस्टिकेटेड…" प्रिंसीपल ने बहुत ही गुस्से में कहा।

"इसके अलावा आप और कर भी क्या सकते हो सर? अंदर मौत से जूझ रहे उस हरजोत को आप ही ने रस्टिकेट किया था न? रस्टिकेट करने जितना उसका दोष भी नहीं था, तब भी आपने उसे कॉलेज से निकाल बाहर फेंका क्योंकि वो सिख था?"

प्रिंसीपल का गुस्सा इतना चढ़ा कि उन्होंने अभिमन्यु को एक झापड़ रसीद कर दिया और वे गुस्से में वहाँ से जाने लगे। अभिमन्यु को वो झापड़ बड़ा अच्छा लगा था, क्योंकि वो उसके गाल पर नहीं बल्कि बलदेव भाटिया के आत्मा पर पड़ा था। अब अभिमन्यु दूर जाते बलदेव भाटिया को चिल्ला-चिल्लाकर कह रहा था, "हरजोत ने बताया था मुझे सर कि आपकी पुश्तैनी कोठी अमृतसर में है। आपको मेरे पापा को भगोड़ा कहने का कोई अधिकार नहीं सर। '83 के दंगों में सिखों के आतंक से आप भी वहाँ भाग आए थे। सर, मेरे पापा सरकार की मदद करने वहाँ से निकले थे। मेरे पापा भगोड़े नहीं है।" जसप्रीत अभिमन्यु के इस आक्रोश को बस देखे जा रही थी। यह उसका अभिमन्यु नहीं था।

अभिमन्यु पलटा। आई.सी.यू. में गया। उसने हरजोत को एक नजर देखा, उसके माथे पर हाथ रखा और जताया कि यार, इस दुनिया में मैं तेरा हूँ। पास ही के बेड पर लेटे विनोद को देखकर मन-ही-मन उसके जल्दी ठीक होने की कामना की और जसप्रीत और सम्राट से कहा कि इन दोनों की खबर करते रहना।

"सुरक्षित माहौल में, वातानुकूलित केबिन में बैठकर बड़ी-बड़ी बातें करना बहुत आसान है, यहाँ के लोगों के लिए। पर मैं उनमें से नहीं हूँ। मैं जा रहा हूँ।"

अभिमन्यु वहाँ से अनमयस्य स्थिति में चला गया सम्राट, विनोद और हरजोत के पास रुक गया।

अभिमन्यु को गुस्सा नहीं था, पर उसे लग रहा था कि अब उसके पापा को उसकी जरूरत है। यहाँ रहना ही बेकार है, जहाँ अपने लोग ही अपने को न समझें। वह रूम पर आया। अपने बैग भर दिया...और पानीपत बस अड्डे पर आ गया। जम्मू के लिए इस वक्त कोई बस नहीं थी। वह करनाल की बस पकड़कर अपनी बुआ के पास चला आया। बुआ और उसकी फैमिली अंबाला गए हुए थे, पर हमेशा आते-जाते रहने के कारण एक चाबी अभिमन्यु के पास थी। अभिमन्यु ने सोने की बहुत कोशिश की पर अभिमन्यु को नींद नहीं आ रही थी। वह बस एक ही बात सोच रहा था कि वह कैंप जाकर पापा को क्या बताएगा? माँ से क्या कहेगा? पर उसके पास कोई जवाब नहीं था। वह छत को ताँकते लेटा रहा।

रात करीब डेढ़ बजे किसी ने दरवाजा खटखटाया। बुआ इतनी रात क्यों आएगी, यह सोचते-सोचते अभिमन्यु ने दरवाजा खोला। दरवाजे पर सम्राट था।

"जरा बाहर आ, बात करनी है।" उसने कहा

"तुम आओ अंदर। कोई नहीं है, अंदर बैठकर बात करते हैं।"

सम्राट ने पीछे मुड़कर कहा, "आ जाओ!" सम्राट के थोड़ी दूरी अँधेरे में खड़ी जसप्रीत सामने आ गई। उसे देख सम्राट चौंक गया। सब मिलकर अंदर चले गए। उस रात तीनों कब तक चुपचाप बैठे रहे, भगवान् जाने पर वो खामोशियाँ भी बोल रही थीं। दिल-ही-दिल में जसप्रीत उसे कह रही थी।

'रुको! रुको जरा!'

ये वही शब्द थे, जब जसप्रीत उसे पहली बार मिली थी।

जसप्रीत का दिल बार-बार कह रहा था, 'रुको। मत जाओ' पर अब वह यह भी जानती थी कि अब अभिमन्यु को रोकना मुश्किल है और मुझसे ज्यादा उसके माँ-बाप को उसकी जरूरत है।

सुबह-सुबह करनाल बस अड्डे पर सम्राट और जसप्रीत ने अभिमन्यु को बस में बिठा दिया। जसप्रीत अभिमन्यु को जी भरके देखती रही। उसका दिल रो रहा था। उसका दिल कर रहा था कि वह भी उसी गाड़ी में बैठकर अभिमन्यु के साथ चली जाए या फिर यह गाड़ी कभी भी यहाँ से न हिले। फिर भी हिम्मत करके उसने पूछा, "पापा से बात करके दूसरे कॉलेज में ऐडमिशन हो सकता है।"

अभिमन्यु ने उसकी तरफ देखते पूछा, "अगर वो भूल नहीं पाए कि मैं हिंदू हूँ तो फिर कहाँ जाऊँगा?" जसप्रीत के पास इस सवाल का जवाब नहीं था। बस की डबल बेल बजी। इतनी देर रोक कर रखे आँसू आखिर छलक ही गए। गीली आँखों से जसप्रीत ने अभिमन्यु के हाथ में एक कागज रखा और वह बस से उतर गई।

दोनों दूर तक एक-दूसरे को देखते रहे। जब जसप्रीत आँखों से ओझल हो गई,

अभिमन्यु ने उसका दिया कागज खोला। उस पर अमृता प्रीतम की एक कविता लिखी हुई थी।

मैं तुझे फिर मिलूँगी।
किधर ? किस तरह ?
ये मालूम नहीं।
पर, मैं तुझे फिर मिलूँगी…।
कहते हैं कि यादों के धागे कायनात की लम्हों की तरह होते हैं,
मैं उन लम्हों को चुनूँगी। उन्हें समेट लूँगी।
मैं उस धागे को फिर बुनूँगी।
मैं तुझे फिर मिलूँगी।

□

4

वोतलबुज

देर रात बस जम्मू पहुँची।

"तुम्हें मुठी कैंप जाना है न?" कंडक्टर ने पूछा

"हाँ"

"तो तुम्हें यहीं उतरकर चलकर जाना पड़ेगा। दूसरा कोई रास्ता नहीं है।" कंडक्टर ने कहा।

अभिमन्यु बस से उतर गया, यह सोचते हुए कि 4 महीने हो गए, पर अभी भी कोई रास्ता मुठी कैंप की तरफ न जाता है, न वहाँ से आता है। शरणार्थी को अपना सफर अपने कदमों पर ही तय करना पड़ता है। वह उस अँधेरी रात में चलता चला जा रहा था। जम्मू शहर से कुछ ही दूरी पर, पथरीली जमीन पर आनन-फानन में बसाया गया यह कैंप सरकार की राजनीतिक सोच पर एक सवाल बन बैठा था, पर इस वक्त अभिमन्यु का उससे लेना-देना नहीं था। उसके विचार तेजी से दौड़ रहे थे कि मैं मम्मी और पापा को क्या जवाब दूँगा? क्या कहूँगा उनसे कि मैं क्यों पढ़ाई अधूरी छोड़कर आया? क्यों रस्टिकेट हो गया? माँ को कैसा लगेगा? क्या कहेंगी वो। अभिमन्यु को उनके गहने बार-बार याद आने लगे, जो उसकी पढ़ाई के लिए बेचे गए थे। सोचते-सोचते अभिमन्यु के चलने कि रफ्तार कम हो गई। सुस्त कदमों से वह यह फासला तय करने लगा। थोड़ी दूर चलने पर ही अँधेरे में डूबा कैंप उसे नजर आया। हजारों की तादाद में फैले टेंट ने एक पल के लिए उसकी धड़कन रोक दी और मन में सवाल उठा कि कब तक ये टेंट ऐसे ही लगे रहेंगे? इस सवाल का किसी के पास कोई जवाब नहीं था। हर तरफ सिर्फ अँधेरा था। कुछ-कुछ टेंटों से झाँकती रोशनी, वहाँ कोई अभी भी जाग रहा है, इसका अहसास दिला रही थी। उन जागते हुए टेंट में उसका अपना परिवार भी होगा, इसका अभिमन्यु को यकीन था। अभिमन्यु के कदम वहीं थम गए। मैं क्यों वापस आया? क्या करूँगा यहाँ? इसका जवाब उसके पास नहीं था। वह अपनी सोच

में खड़ा था और कहीं से उसके कानों में कबीर के दोहे पड़े।

उड़ जाएगा हँस अकेला! जग दर्शन का मेला।

अभिमन्यु उस आवाज की तरफ बढ़ा। कैंप से बस कुछ ही दूरी पर घने अँधेरे में, एक छोटे से दीए के सहारे एक फकीर पेड़ की एक ढोनी में बैठा कबीर के दोहे गुनगुनाता अपने में मस्त था। वो गा रहा था—

जैसे पात गिरे तरुवर के
मिलना बहुत दुहेला।
ना जानूँ किधर गिरेगा
लगया पवन का रेला।

इस दोहे का अर्थ था कि पेड़ की शाख से अलग हुए पत्ते का वापस उस शाखा से जुड़ना मुश्किल है। तेज बहती हवा उसे कहाँ उड़ा ले जाएगी, यह कोई नहीं जानता। अभिमन्यु अपने आप को उस पत्ते की भाँति महसूस करने लगा। कश्मीर से हवा जम्मू तक उड़ा लाई थी···जम्मू से पानीपत और अब फिर जम्मू। और फिर कहाँ, कोई नहीं जानता।

अभिमन्यु ने उस फकीर को देखा। उसे दुनिया से कोई लेना-देना नहीं था। वह बस कबीर के दोहे में ही मगन था। वही कबीर, जो उत्तर प्रदेश के काशी में बसे थे और कभी उन्हें भी देस निकाला दिया गया था। 'उत्तर प्रदेश' इस शब्द से अभिमन्यु को स्कूल में पढ़े इतिहास की दो बातें याद आ गईं। एक तो 1857 का प्रथम स्वतंत्र संग्राम जहाँ मेरठ की छावनी में विद्रोह की एक चिंगारी भड़की और फैलते-फैलते सीधा दिल्ली तक अपना असर छोड़ गई, वो भी बहुत ही कम समय में। एक ऐसा विद्रोह जो हिंदुओं ने किया था और जिसका नेतृत्व अंतिम मुसलमान बादशाह बहादुर शाह जफर ने किया था। हिंदू-मुसलिम साथ मिलकर लड़े थे। संचार का प्रभावी माध्यम न होने के बावजूद हर जगह पर इसकी आग फैली थी···फिर 19 जनवरी को लगी आग की आँच को किसी ने जम्मू तक में भी क्यों महसूस नहीं किया था? दूसरी बात उसे उत्तर प्रदेश के बारे में सताती थी कि जो कुछ भी कश्मीर में हो रहा है, उसकी नींव उत्तर प्रदेश में पड़ी थी, जब अलीगढ़ मुसलिम विश्वविद्यालय की स्थापना हुई थी। इसी विषय में अभिमन्यु ने अभय प्रताप का लिखा एक लेख पढ़ा था। उस दिन तो अभिमन्यु ने वह लेख घर में पेपर पढ़ना जरूरी था, इसलिए पढ़ा था, लेकिन आज वह उस लेख की कही बात को वास्तव में जी रहा था। अभय प्रताप ने लिखा था कि अलीगढ़ में मुसलिम राष्ट्रवाद की नींव रखी गई। इसकी स्थापना का इरादा बेशक नेक था, पर यह इरादा कुछ और ही मंजिल तय कर गया। इस विद्यालय की स्थापना उन हालात में हुई थी, जब 1857 के स्वतंत्रता संग्राम को उखाड़ फेंकने के लिए और अपना अंकुश जमाए रखने के लिए अंग्रेजो ने हिंदुओं

के साथ-साथ लाखों मुसलमानों को भी बेदर्दी से फाँसी देकर मौत के घाट उतार दिया। उनकी जायदादें जब्त कर ली गईं। सरकारी नीतियाँ कुछ इस तरह तय कीं कि मुसलमानों का कारोबार नष्ट होने लगा। वे मुसलमान जो बड़े आलीशान महलों में शानदार जीवन व्यतीत करते थे, अब वही मुसलमान टूटे-फूट छोटे-छोटे मकानों में जीने पर मजबूर हो गए। अंग्रेजों ने देश में अंग्रेजी शिक्षा चालू कर उर्दू और फारसी पूरी तरह से बंद कर दी। मुसलमान अपने बच्चों को अंग्रेजी शिक्षा नहीं देना चाहते थे। गैर-मुसलिम ढंग से उन्हें नहीं पढ़ाना चाहते थे तो उसका नतीजा यह हुआ कि वे आर्थिक, सामाजिक, शैक्षणिक और राजनीतिक दृष्टि से पिछड़ गए। मुसलमानों को इससे उभार लाने के अच्छे इरादों के साथ अलीगढ़ विद्यालय की स्थापना 1875 में सर सय्यद अहमद खान द्वारा की गई थी। भले ही सर सय्यद ने आगाह किया था कि इस विद्यालय को राजनीति से दूर रखो, पर ऐसा इतिहास को मंजूर नहीं था। यहीं से निकलकर कुछ छात्रों ने आगे चलकर मुसलिम लीग की स्थापना की और उसका केंद्र था, अलीगढ़। मुसलिम लीग के चलते ही हिंदुस्तान का बँटवारा हो गया और पंजाब और कश्मीर पाकिस्तान की वो ख्वाहिश बनी, जिसे वो कभी हासिल नहीं कर पाया। कश्मीर और पंजाब जिन्ना की मुसलिम लीग पर वो तमाचा थे, जो शायद उनसे बरदाश्त नहीं हुआ। इस कारण स्वतंत्रता की जो कीमत कश्मीर और पंजाब ने अदा की है, स्वतंत्र भारत के शायद ही किसी राज्य ने अदा की होगी। इसका भी अपना एक इतिहास है। जिन्ना, जिसने पाकिस्तान की नींव डाली, असल में पहले काफी वर्षों तक कांग्रेस से जुड़े रहे। 1913 में वे मुसलिम लीग में चले गए, पर फिर भी वे कांग्रेस के साथ ताल-मेल बिठाकर चलने की कोशिश करते रहे। वे कांग्रेस से पूरी तरह से तब अलग हो गए जब महात्मा गांधी 1818 में भारतीय राजनीति में सक्रिय हो गए। महात्मा गांधी और जिन्ना में वैचारिक मतभेद शुरू हो गए। गांधीजी ने राजनीति में अहिंसात्मक, सविनय अवज्ञा और हिंदू मूल्यों को बढ़ावा दिया। विधान परिषदों का बहिष्कार किया जबकि जिन्ना का मत उनसे अलग था। जिन्ना का मानना था कि सिर्फ संवैधानिक संघर्ष से ही आजादी पाई जा सकती है। जिन्ना भारतीय राष्ट्रीय कांग्रेस के समर्थक थे, परंतु गांधी के असहयोग आंदोलन के बुर्के में खिलाफत आंदोलन के चलाए जाने का उन्होंने तीव्र विरोध किया और इसी प्रश्न पर खिलाफत आंदोलन और असहयोग आंदोलन की असफलता के चलते वह कांग्रेस से अलग हो गए।

खिलाफत आंदोलन का प्रश्न तुर्की के सुल्तान से संबंध रखता था। पूरी दुनिया के मुसलमान तुर्की के सुल्तान को अपना धर्मगुरु मानते थे। प्रथम विश्व युद्ध में उसने इंग्लैंड के विरुद्ध जर्मनी का साथ दिया था। युद्ध में भारत के मुसलमानों का साथ पाने के लिए अंग्रेजो ने यहाँ के मुसलमानों को एक झूठ परोसा कि अगर वे युद्ध जीत जाते हैं तो खलीफा के रूप में तुर्की के सुल्तान की स्थिति का सम्मान किया जाएगा। मुसलमानों

ने तुर्की के खिलाफ अंग्रेजों की इस शर्त पर सहायता की थी कि वे भारतीय मुसलमानों के धार्मिक मामलों में हस्तक्षेप न करें और साथ ही उनके धर्म स्थलों की रक्षा करें, लेकिन जब युद्ध समाप्त हुआ तो तुर्की के साथ उसी तरह का व्यवहार हुआ, जैसा अन्य पराजित राष्ट्र के साथ होता है। भारतीय मुसलमान ब्रिटिश सरकार से नफरत करने लगे। इस कारण मुसलमानों ने ब्रिटिश सरकार के विरोध में आंदोलन चलाया, जिसे खिलाफत आंदोलन कहा गया। ऐसे मौकों को हिंदू-मुसलिम एकता के लिए गांधीजी ने उपयुक्त समझा और खिलाफत को पूरी तरह से समर्थन दिया।

आगे अभय प्रताप ने एक स्टेटमेंट दी थी कि गांधीजी ने 'खिलाफत आंदोलन' का समर्थन करके संगठित इसलामी उग्रवाद को भारत में पनपने का मौका सामने से दे दिया···और 'इसलाम खतरे में' के नारे के साथ अपने आपको जोड़ लिया था। सीधे शब्दों में कहा जाए तो तुर्की के खलीफा के अपमान का बदला लेने की भावना दुनिया के सारे मुसलमानों के अंदर जाग गई थी। यह अब इसलाम के विरुद्ध गैर-इसलाम का युद्ध हो गया था और यहाँ पर अहिंसा की भाषा बोलनेवाले गांधीजी ने हिंसा से इस युद्ध को जीतने की मंशा रखनेवाले मुसलमानों का साथ देकर एक तरह से हिंसा का ही समर्थन किया था। भारतीय राजनीति में मुसलिम तुष्टीकरण यहीं से शुरू हुआ। मुसलमानों का साथ देकर हिंदुस्तान में हिंदू-मुसलिम एकता का गांधीजी का अच्छा उद्देश भी वही मंजिल तय कर गया, जो अलीगढ़ विद्यालय ने की थी। तुर्की में खलीफा का पद ही नष्ट करके वहाँ के माल पाशा को गद्दी सौंप के खिलाफत आंदोलन को पूरी तरह से नेस्तनाबूद कर दिया गया और उसका असर यहाँ हिंदुस्तान में दिखा। हिंदू-मुसलिम एकता के लिए बने लखनऊ ऐक्ट को सुरंग लग गई और हमेशा के लिए हिंदू-मुसलिम में दरार आ गई, क्योंकि मुसलमान जो बदला तुर्की में न ले पाए वो यहाँ उन्होंने हिंदुओं का कत्लेआम करके लिया। पूरे देश में हिंसा बढ़ी। मालाबार में बहुत बड़ा नरसंहार हुआ। 1,500 हिंदुओं की हत्याएँ हुईं। 2,000 लोगों का जबरदस्ती धर्म परिवर्तन किया गया। मुसलमानों का साथ देने के बावजूद उनकी हार का बदला उन्होंने हिंदुस्तानियों से लिया, इसपर गांधीजी ने वक्तव्य किया कि अगर कुछ हिंदू मुसलमानों के द्वारा मार भी दिए जाते हैं तो क्या फर्क पड़ता है? अपने मुसलमान भाइयों के हाथों से मरने पर हिंदुओं को स्वर्ग मिलेगा।

जब अभिमन्यु को उस लेख कि यह लाइन याद आई तो उसने दूर से ही अपने कैंप को देखा और सोचा कि सन् 1921 के हालात में और आज के हालातों में कुछ भी फर्क नहीं। फर्क है तो सिर्फ इतना कि तब देश आजाद नहीं था, अपने निर्णय ले नहीं सकता था और अब देश आजाद है, जहाँ वे अपने निर्णय ले सकता है···दोनों ही सूरतों में एक बात कॉमन थी कि मुसलिम तुष्टीकरण तब भी था और आज भी स्थिति

वैसे ही है। अभिमन्यु ने एक गहरी साँस ली। अभी भी उसने तय नहीं किया था कि वो अभय प्रताप को क्या कहेगा? वो वहीं टहलता रहा···दूर फकीर के ढोनी में अभी भी दीया जल रहा था। उस घने अँधेरे में अभिमन्यु को उतनी सी रोशनी का भी बड़ा सहारा मिल रहा था। (वह फिर से आर्टिकल के बारे में सोचने लगा। वह मन-ही-मन अभय प्रताप के इस बेबाक मिजाज के लिए उन्हें सलाम करता रहा। कश्मीर में रहकर इस तरह का आर्टिकल लिखना, अपने आप में एक बहुत बड़ी बात थी।) वह अपने पिता को अब कश्मीर में देखने लगा। उनका रुतबा, उनका सीधी और बुलंद आवाज में अपनी बात करने का तरीका। किसी से भी न डरने की हिम्मत और सबसे बड़ा गुण, हौसला। उन्होंने उनकी प्रेस जला दी, इसका कभी शोक नहीं मनाया। उन्हें दर्द इस बात का था कि कश्मीरियत जल रही थी। अभय प्रताप को सोचकर अभिमन्यु फिर से जी उठा। उसने सोचा कि मेरी बात पापा समझ जाएँगे, क्योंकि मैंनें कुछ गलत नहीं किया है। मैंने गोली नहीं चलाई है। उल्टे, एक जख्मी इनसान को अस्पताल ले गया, जो मेरा दोस्त था। और रही बलदेव भाटिया से ऊँचे आवाज में बात करने कि बात, तो मैंने केवल सच बोला है। उन्हें अपना आईना दिखाया है और सच बोलने के लिए मेरे पापा को कभी बुरा नहीं लगेगा। अभिमन्यु के पैरों में जान आ गई। वह जल्दी-जल्दी कैंप की तरफ बढ़ा। बस और 500-600 मीटर पर उसका कैंप था। पर कैंप की तरफ से आती बदबू अभिमन्यु के लिए असहनीय थी। लाखों लोगों के शौच का ध्यान रखा नहीं गया था और इसमें सरकार कि कोई गलती भी नहीं कही जा सकती थी। यह सबकुछ इतना अचानक हो गया था कि किसी को कुछ सोचने का मौका ही नहीं मिला था। कैंप के पीछे की तरफ जो गंदगी मची थी, उसने यहाँ की आबो हवा खराब कर दी थी। लाखों लोग जो यहाँ अपने तंबुओं में साँस लेने की कोशिश कर रहे थे, उनके फेफड़ों में इतनी बदबूदार हवा जाकर उन्हें किस लिहाज से जिंदा रख रही थी, इसका जवाब किसी के पास नहीं था। साँस लेना अगर जिंदा होना होता है तो वे सब के सब जिंदा थे। खैर, वह जल्दी-जल्दी में अपने टेंट के पास पहुँचा। देखा कि तंबू में अँधेरा है। अंदर न कोई आवाज है, न कोई हरकत, शायद सो गए हैं। अभिमन्यु अपनी माँ को आवाज देने ही वाला था, उसने सोचा, इस बदबू से लड़ते-लड़ते थककर सो गए होंगे। अभिमन्यु ने उन्हें जगाने का इरादा छोड़ दिया और उस बदबू से दूर-दूर चलने लगा। चलकर उस जगह पहुँचा, जहाँ एक बड़ा पेड़ था और ऐसे लग रहा था शायद दिन में लोग यहाँ आकर बैठते होंगे। वहाँ बैठने के लिए आजू-बाजू से कुछ पत्थर लाकर चबूतरे जैसा लोगों ने बना दिया था। अभिमन्यु वहाँ लेट गया और अपने हाथों को अपने सिर के नीचे ले जाकर उसका तकिया बना दिया और आसमान तकने लगा। सोचने लगा कि इस वक्त पानीपत में होता तो स्टेशन पर चाय बना रहा होता। आने से पहले वह स्टेशन

जाकर अपना पूरा हिसाब देकर आया था। उसकी कमाई के कुछ पैसे इस वक्त उसकी जेब में थे, जो कल वो अपनी माँ को देनेवाला था। लेटे-लेटे उसे जसप्रीत की याद आने लगी। बस में आते वक्त वह दुविधा में था कि उसने जसप्रीत के साथ गलत किया या सही? यहाँ की बदबू ने उसे जवाब दे दिया था कि उसने सही किया था। कल दोपहर तक अभिमन्यु की जिंदगी एक मायने में खुशहाल थी और आज वह फिर एक बार रास्ते पर था। उसे याद आया कि जसप्रीत परीक्षाएँ खत्म होने के बाद अभिमन्यु, सम्राट और विनोद को उसके घर अमृतसर ले जानेवाली थी। उसके मामाजी के पास। माँ की मौत के बाद अपने मामाजी के यहाँ वह पली-बढ़ी थी। दिल्ली के दर्दनाक हादसे के बाद उसके पापा ने उसे वहाँ रखा था, क्योंकि अमृतसर एक सिक्ख बहुल शहर था। वहाँ हिंदुओं से उतना खतरा नहीं था। अभिमन्यु सोचने लगा कि हिंदुओं से खतरा? और अमृतसर कब सिक्ख बहुल करार दिया गया? अभिमन्यु के इस खयाल ने उसे अभय प्रताप के एक लेख के बारे में सोचने पर मजबूर किया, जिसमें उन्होंने खिलाफत आंदोलन के बारे में लिखा था—

खिलाफत आंदोलन को समर्थन देने का सबसे प्रमुख विरोध सी.आर. दास के साथ मिलकर कांग्रेस के अन्य नेताओं ने, जैसे—एनी बेसेंट, बिपिन चंद्र पाल और जी.एस. खापर्डे ने किया और कांग्रेस को छोड़ दिया। इन नामों में एक और महत्त्वपूर्ण नाम था, जो खिलाफत के लिए विरोध कर रहा था वो था, जिन्ना का। जो दूरदर्शिता गांधी नहीं कर पाए, शायद वो जिन्ना और सी.आर. दास में थी। उन्होंने गांधी को स्पष्ट रूप से आगाह किया था कि खिलाफत का समर्थन करके तुम लोग मुसलमानों को, वे मुसलमान हैं, इस बात का बोध करा रहे हो। इस कारण आगे चलकर धार्मिक दंगे भड़केंगे, पर गांधीजी ने उनकी बात नहीं सुनी और जिन्ना ने कांग्रेस से इस्तीफा दे दिया। अभय प्रताप ने लिखा था कि सन् 1921 तक किसी भी मुसलमान के मन में यह शक नहीं था कि वो एक हिंदुस्तानी है, पर सन् 1924 को अंग्रेजों ने पूरी दुनिया से खिलाफत के आंदोलन को मिटा दिया और मुसलमान अपनी पहचान ढूँढ़ने की कोशिश करने लगा। जिन्ना ने हमेशा ही हिंदू-मुसलिम एकता पर जोर दिया था और उसी क नतीजा था सन् 1916 का लखनऊ करार, जो खिलाफत ने बरबाद कर दिया। सन् 1924 के बाद जिन्ना के वैवाहिक जीवन में गंभीर समस्याएँ उभरने लगीं, सेहत भी जवाब दे गई। बाद में वे काफी सालों तक लंदन में ही रहे, भारतीय राजनीति से दूर। वहाँ उनकी मुलाकात अल्लामा इकबाल से हुई और अल्लामा इकबाल की सोच ने पाकिस्तान के खयाल को जन्म दिया, जिसे आगे चलकर जिन्ना ने हकीकत बना दिया। सन् 1934 में वे भारत लौटे और मुसलिम लीग का पुनर्गठन किया और इनके संगी-साथी थे, आगा खान, चौधरी रहमत अली, चौधरी खलीक उज्जमां, लियाकत अली और अल्लामा इकबाल। ये वही इकबाल थे, जिसने 'सारे जहाँ से अच्छा

हिंदोस्ताँ हमारा' गाना लिखा था, पाकिस्तान की नींव डालनेवाले मुख्य किरदार।

धर्म की बुनियाद रखकर हिंदुस्तान से अलग होने के लिए कभी भी कश्मीर, सिंध और पंजाब की मुसलिम जनता ने मुसलिम लीग का साथ नहीं दिया। मुसलिम लीग का साथ दिया—उत्तर प्रदेश, बिहार बंगाल और मालाबार की मुसलिम जनता ने। वो तो श्यामा प्रसाद मुखर्जी थे, जिन्होंने बँटवारे के वक्त कांग्रेस, अंग्रेज और मुसलिम लीग के खिलाफ अपनी आवाज बुलंद कर दी कि अगर धर्म के नाम पर बँटवारा हो ही रहा है तो पंजाब सूबे का पूर्वी प्रांत और बंगाल सूबे का पश्चिमी प्रांत जिसमें हिंदू बहुल हैं तो उसे हिंदुस्तान में होना चाहिए। तब जाकर आज के भारत का पंजाब और पश्चिम बंगाल भारत में आया। अभिमन्यु ने सोचा कि तब पंजाब के पूर्वी प्रांतों में सिक्ख लोग ज्यादा थे। उन्हें हिंदुओं से कभी अलग माना ही नहीं गया। तभी तो पूर्वी पंजाब आज हिंदुस्तान में है। अब सिक्ख और हिंदू अलग कैसे हो गए? इस बँटवारे का खामियाजा आज सबसे ज्यादा कश्मीर और पंजाब को भुगतना पड़ रहा है, जिसने कभी नहीं चाहा था कि पाकिस्तान बने। पाकिस्तान ने पंजाब और कश्मीर में एक ही साथ आतंकी गतिविधियाँ जारी रखी।

खालिस्तान के नाम पर वे पंजाब को अलग करना चाहते थे। कर नहीं पाए पर पूरे पंजाब की नस्ल को चरसी बना दिया। अब उनकी नजर कश्मीर पर थी और वे उसमें कामयाब होते दिख रहे थे। अभिमन्यु उठकर बैठ गया। अब उसके दिल को चैन नहीं था। एक खयाल उसे बार-बार कुरेद रहा था कि पंजाब और मेरे कश्मीर ने पाकिस्तान बनानेवाले उन मुट्ठीभर लोगों का कभी साथ नहीं दिया, उसका हमें इनाम मिलना चाहिए था तो आज 4 महीने हो गए, हमें हिंदुस्तानी सरकार ने यहाँ सड़ने के लिए छोड़ दिया है, और वापस हम जा नहीं सकते क्योंकि कश्मीर में कोई कायदा बचा ही नहीं है। ये कैसा लोकतंत्र है, जहाँ मैं अपने ही घर में आजादी से रह नहीं सकता? फिर एक बार मुट्ठीभर लोग हाथ में शस्त्र लेकर घाटी में सीना तानकर खड़े होते हैं और हिंदुस्तान की पचासी करोड़ जनता पर भारी पड़ते हैं। कैसी आजादी है ये जिसने मुझे इस शरणार्थी कैंप तक पहुँचा दिया? क्यों? किसलिए? अब अभिमन्यु की नींद उड़ गई थी। उसे लगा कि उसका दम घुट रहा है। अभिमन्यु का दम घुटता रहा, घुटता रहा और 'वोतलबुज' शब्द बिजली की तरह अभिमन्यु के दिमाग में कौंध गया। 'वोतलबुज' शब्द बार अभिमन्यु को कश्मीर की डल झील के किनारे ले गया। बचपन में शिकारों में बैठकर पूरी डल झील की सैर करना उसे अच्छा लगता था, पर जबसे उसने इतिहास को समझने की कोशिश की थी, तब से उसे डल झील में हमेशा चटाई में लिपटी हजारों मजलूम हिंदुओं की लाशें नजर आती थीं। असल में, वोतलबुज एक शर्तों का खेल था। एक ऐसी शर्त, जिसमें मौत तय थी, किनारे खड़े लोग इस बात का मजा लेते थे कि मरनेवाला जीने के लिए कितनी

कोशिश करेगा? सैकड़ों साल पहले जब कश्मीर पर मुसलिम शासन था तो यहाँ के रईस मुसलमान अपने मनोरंजन के लिए एक खेल खेलते थे। वो डल झील के किनारे कुरसियाँ लगाकर बैठ जाते। उनके बाशिंदे जा-जाकर गरीब, काम करनेवाले हिंदुओं को पकड़कर लाते। दिनभर काम करके कुछ कमाई करके शाम को घर लौटूँगा, इस खयाल से सुबह रोजी के लिए निकला वह हिंदू, जब इनके शौक के लिए पकड़ा जाता, तब तक तो उसे मालूम भी नहीं होता था कि आज वह घर लौट नहीं पाएगा। ऐसे कई हिंदुओं को जबरदस्ती वहाँ लाकर खड़ा कर दिया जाता था। उनके हाथ-पैर बाँधकर उन्हें चटाई में लपेटकर बाँध दिया जाता था और एक-एक करके उन्हें झील में फेंक दिया जाता था। जिसे फेंका गया है वो अपने आप को बचाने के लिए चटाई में लिपटे-लिपटे ही ऊपर आने की कोशिश करता था। डूबनेवाला अपनी जान बचाने की कोशिश में कितनी बार ऊपर आएगा, इस बात पर किनारे बैठे लोग शर्त लगाते। हारते या जीतते, पर जिस पर शर्त लगाई थी वो तो कश्मीर में हमेशा से हारता आया है। कोशिश जरूर करता कि मैं जी जाऊँ। फिर ऊपर आने की कोशिश करता, फिर डूब जाता। फिर ऊपर आता। फिर डूबने लगता। ज्यादा देर जिंदा भी नहीं रह पाता, क्योंकि बँधे हुए हाथों से कोई कैसे तैर सकता है? ज्यादा देर न साँस को रोक पाता। न पानी को अपने अंदर समाने से रोक पाता। बाकी रहते उसकी आखिरी साँस के कुछ बुलबुले, जो उसकी मौत की खबर किनारेवालों को दे देते थे।

अभिमन्यु के मन को अस्वस्थता ने घेर लिया। उसके पास हजारों सवाल थे··· जवाब कोई नहीं। अपने अंदर की नफरत वो पानीपत में ही छोड़ आया था, पर इस अस्वस्थता का क्या कर सकता था? अभिमन्यु अब उस झील में गिर चुका था और उसके अंदर वोतलबुज का खेल शुरू हो गया था। इस वक्त अभिमन्यु का मन बार-बार डूब रहा था। अपने ही गमों में लिपटा अभिमन्यु रात भर जागता रहा, सुबह की राह देखता रहा, उस बस्ती में जाने के लिए, जहाँ की हवा उसे साँस भी नहीं लेने दे रही थी।

सुबह-सुबह कैंप में हलचल शुरू हो गई। दूर चबूतरे पर बैठा अभिमन्यु उठकर अपने टेंट की ओर चलने लगा। जिस नाले के कारण इतनी बदबू फैली थी, अब वो अभिमन्यु को दिखाई दे रहा था। अपने नाक पर हाथ रखकर उस गंदे नाले के किनारे से चलकर अभिमन्यु अपने टेंट के पास पहुँचा। टेंट के बाहर रोशनी कुछ गमलों में लगाए गए फूलों को पानी दे रही थी। गमले भी कैसे कि कोई प्लास्टिक की टूटी-फूटी बाल्टी या टीन का जंग लगा हुआ डिब्बा या फिर प्लास्टिक का कोई मग्गा। इन सबको जमा करके उनमें मिट्टी भरके रोशनी ने अपने तरीके से वहाँ एक बाग खिलाया था। रात के घने अँधेरे में वे गमले अभिमन्यु देख नहीं पाया था, जो अब दिन के उजाले में साफ-साफ देख रहा था। वह रोशनी को देखता रहा और सोचता रहा कि, 'अजीब लड़की

है। यहाँ किसी को अपनी जिंदगी का अता-पता नहीं, ये नए जीवन को पानी दे रही है। अभिमन्यु ने रोशनी को गौर से देखना शुरू किया। उसने पुराने, पर साफ-सुथरे कपड़े पहने थे। हाथ में काँच की 2-2 चूड़ियाँ थी। बाल अच्छे से बँधे हुए थे। माथे पर छोटी सी बिंदी थी और आँखें? उसकी आँखों में और बरताव में एक अजीब सी चमक थी। जिस तरह मुसकराकर वह पौधों को पानी दे रही थी, इतने खस्ता हालात में भी कोई बीमार भी फिर से जी उठे तो ये पौधे कैसे न खिलते? पौधों को पानी देते-देते रोशनी को लगा कि उसे कोई घूर रहा है। उसने हल्के-से अपनी गरदन पीछे की तरफ करके देखा।

"अभिमन्यु!" उसके मुँह से आवाज निकली।

उस एक आवाज के साथ ही दूसरे क्षण में आरती अपने टेंट के दरवाजे पर दिखी और उनके पीछे खड़े अभय प्रताप।

दोनों अभिमन्यु की तरफ आने लगे और उन्हें देख अभिमन्यु ने महसूस किया कि एक दर्द की लहर अभी उसके मन में दौड़ गई है। आरती देवी और अभय प्रताप उसे अचानक से उम्र से 10 साल बूढ़े दिखे। उनकी जिंदगी का नूर ही चला गया था। कल रात ही अभिमन्यु ने अपने पापा के रुतबे को याद किया था और अभी उनके सामने वह इनसान खड़ा था, जिसके काँधे अचानक से झुक गए थे, आँखों की चमक कहीं खो गई थी। आधे बाल सफेद हो गए थे। वजन कुछ ज्यादा ही कम हो गया था और चेहरे की मुसकराहट कहीं गायब थी। और आरती देवी? उन्हें देखते ही अभिमन्यु ने उनकी आँखों के नीचे हल्की-सी झुर्रियाँ देखीं। कम-से-कम सौ-दो सौ जरी की साड़ियाँ, लाखों के जेवर अपने पीछे छोड़ आई औरत एक बिल्कुल ही साधारण-सी साड़ी पहनकर उसके सामने खड़ी थी। अभिमन्यु अगर उन्हें दूर से देखता तो शायद ही पहचान पाता। अभिमन्यु के पेट में गड्ढा-सा पड़ता गया। अभिमन्यु ने बढ़कर माँ-बाप के पैर छुए। आरती देवी ने बढ़कर उसे गले लगा लिया, पेशानी को चूम लिया और बलाएँ लेती रही। उनका मुसकराना जरा भी थम नहीं रहा था। उन आँखों में अभिमन्यु ने फिर से वही चमक देखी जो वो हमेशा से देखता आ रहा था। माँ-बेटे के प्यार को देख रहे अभय प्रताप ने चिंता से पूछा—

"अचानक कैसे आ गया? सब ठीक हैं न?"

"हाँ पापा।" अभिमन्यु ने उनसे नजरें बिना मिलाए जवाब दे दिया।

वापस टेंट के अंदर जाते-जाते आरती ने कहा, "उसे बैठने तो दो। इतनी दूर से आया है वो।" सब टेंट के अंदर चले गए।

रोशनी ने अंदर आकर तब तक एक गिलास पानी भरकर अभिमन्यु को दे दिया। रोशनी की माँ सबके लिए चाय बना रही थी। उन्होंने अभिमन्यु को देखकर, चाय का पानी और बढ़ा दिया और एक मुसकराहट के साथ कहा, "आओ-आओ। बैठो। सब ठीक?"

"हाँ।" अभिमन्यु ने जवाब दिया। पानी पीते-पीते अभिमन्यु टेंट का भीतरी भाग देखने लगा। अपनी हमेशा की कोने की जगह पर रोशनी के पिता लेटे पड़े थे, शून्य में ताकते। अभिमन्यु के आने या जाने से उनकी जिंदगी पर कोई असर नहीं हुआ था। अभिमन्यु एक पराए इनसान की तरह वहाँ बैठे टेंट को गौर से देख रहा था। कुछ दरी-चद्दरें, खाना बनाने के जरूरी बरतन। एक बक्सा, शायद उसमें आरती और अभय प्रताप के कपड़े थे। राशन रखने के लिए टीन के पुराने 3-4 डिब्बे, खाने के तेल की बोतल। एक इतना छोटा सा आईना कि जिसमें सिर्फ चेहरा दिखता हो। टेंट के बीचोबीच पार्टीशन के लिए बँधी रस्सी। फिलहाल उस पर कुछ कपड़े टँगे पड़े थे। 2-4 किताबों के साथ कुछ कोरे कागज, पेन, एक फाइल और पुराने अखबार, स्लेट और भगवान् की एक मूर्ति। बस, इतना ही कुछ सामान वहाँ था। अभिमन्यु ने रोशनी की तरफ देखा। अभिमन्यु को वहाँ देख रोशनी बड़ी खुश थी। यहाँ का सारा हाल अभिमन्यु को रोशनी के खत से पता लगता ही था, पर वास्तविक्ता कई गुना भयावह थी। अभय प्रताप दुकान से लाया कल का अखबार शांति से पढ़ रहे थे। अभिमन्यु को लगा कि वे उसमें अपना कश्मीर ढूँढ़ रहे हैं। आजकल अखबारों ने भी कश्मीर के बारे में लिखना बंद कर दिया था। अभय प्रताप को उनका कश्मीर मिल नहीं रहा था तो वे थोड़े अस्वस्थ नजर आए।

"अचानक से कैसे आया, अभि?" आरती ने पूछा।

"तुम सबकी याद आ रहीं थी।" अभिमन्यु ने कहा।

"अच्छा किया, आ गया। अब 2-4 दिन रहकर ही जाना।" आरती ने कहा। इसपर अभिमन्यु चुप ही रहा।

"परीक्षा कब हैं?" अभय प्रताप ने पूछा।

"अगले हफ्ते।" अभिमन्यु ने जवाब दिया

इसपर आरती और अभय प्रताप एक-दूसरे को देखने लगे। दोनों को लगा कि कुछ गड़बड़ है। हफ्ते भर बाद परीक्षा है और यह अचानक से यहाँ चला आया, ये कैसे हो सकता है, पर इस वक्त दोनों ने इसपर बात करना ठीक नहीं समझा।

"मुख्तार यहाँ आया था न? कैसा है वो?" अभिमन्यु ने पूछा।

मुख्तार का नाम सुनते ही आरती का चेहरा उतर गया। वो तो उसका दूसरा बेटा ही था। पानीपत जाने से पहले जिस मानसिक अवस्था में अभिमन्यु को ढूँढ़ते वो यहाँ आया था, वो अवस्था तो अभिमन्यु से भी बुरी थी। उसके मन् पर शायद दोहरा बोझ होगा कि वो अपने दोस्त की रक्षा नहीं कर पाया और दोस्त के बिना उसे रहना नहीं आया।

"आया था।" आरती ने बस इतना ही कहा।

"कैसा है वो? वहाँ आकर मुझसे मिला भी नहीं।" अभिमन्यु ने अपना मन हल्का

किया। अभय प्रताप और आरती को इस बात का आश्चर्य हुआ। अभय प्रताप अभिमन्यु के मन की अवस्था समझ रहे थे।

"जान-बूझकर नहीं मिला होगा। यहाँ का हाल देखकर उसका रोना रुक ही नहीं रहा था। हमने जैसे-तैसे उसे समझा कर तुम्हारे पास भेजा था।" आरती ने बताया ।

"थोड़ा ज्यादा इमोशनल है मुख्तार। जो हुआ, उसके लिए खुद को जिम्मेदार मानने लगा था। शायद इसी गिल्ट के कारण तुम्हारा साम्हना कर नहीं पाया होगा और चला गया होगा वापस।" अभय प्रताप ने अभिमन्यु को अपने तरीके से समझाने की कोशिश की।

मुख्तार के साथ मन से ही अभिमन्यु कश्मीर पहुँचनेवाला था, पर एक प्याली चाय ने उसे वहाँ जाने से रोक दिया।

"चाय!" कहते हुए रोशनी ने उसके सामने स्टील के एक प्याले में चाय रख दी और बाकी लोगों को भी दे दी। चाय की हल्की-हल्की चुस्की लेते हुए अभय प्रताप फिर अखबार में गुम हो गए। "मैं स्नान करके आती हूँ" ये कहकर रोशनी की माँ अपने कपड़े लेकर बाहर निकल गई।

"आज तो आप अपने बेटे से अलग नहीं रहना चाहोगी न, आंटीजी? तो आप अपने बेटे से गप्पें लड़ाइये, आज मैं आपका स्कूल सँभाल लेती हूँ। बच्चे आते ही होंगे।" ये कहते रोशनी ने वहाँ पड़ी एक किताब, चॉक और स्लेट उठाई और निकल पड़ी। "आकर बात करती हूँ तुमसे।" जाते-जाते उसने अभिमन्यु से कहा।

रोशनी के पिता थोड़ी देर बाहर की हवा में बैठना चाह रहे थे, तो उन्होंने उनके पास पड़ी एक स्टील की प्लेट पर 4 बार चम्मच से आवाज की। शायद उनमें यह समझ थी कि इतने दिन बाद बेटा आया है तो माँ-बाप को उसके साथ अकेला छोड़ देना चाहिए। अभय प्रताप उठ खड़े हो गए और उन्होंने रोशनी के पापा को अपने दोनों हाथों में उठा लिया। अभिमन्यु समझने की कोशिश में था कि हो क्या रहा है। आरती ने उनका बिस्तर उठाकर बाहर जाकर अच्छे से बिछा दिया। अभय प्रताप ने उन्हें वहाँ बड़े आराम से लिटा दिया और वो फिर अंदर आकर बैठ गए। अपने माँ-बाप को परिस्थिति के साथ ऐसे घुलता-मिलता देख अभिमन्यु को अच्छा भी लगा और बुरा भी। अच्छा इसलिए कि अपने बरताव से अभय प्रताप ने हमेशा से ही एक मिसाल कायम की थी, जो आज भी उनके अंदर दिख रही थी। और दुःख, इसलिए कि एक आदमी जो कश्मीर की नीतियों में अपनी भूमिका रखने के काबिल था, आज उसे यह सब करते देख अभिमन्यु का मन व्यथित था। अब उसके मन में नए सवाल पैदा हो गए कि वो कौन लोग हैं, जिन्होंने मेरे पापा को अखबार में लिखने से या नौकरी देने से इनकार कर दिया? अभिमन्यु जब उनसे दूर पानीपत में रह रहा था, तब भी यह सवाल उसे आया था, पर उसकी तीव्रता आज जितनी तेज और घायल नहीं थी। वो अपने पापा के अस्तित्व को ऐसे बिखरते देख

नहीं पा रहा था। नफरत वो पीछे छोड़ आया था, पर नफरत की जगह वह अपने अंदर आक्रोश को महसूस कर रहा था, जो उसे उस टेंट में बैठने नहीं दे रहा था। अब उस टेंट में अभय प्रताप, आरती, अभिमन्यु और उसके अंदर छुपा आक्रोश था। वहाँ सब में एक अजीब तरह की खामोशी थी। मन में चल रही बात को कोई कहना नहीं चाह रहा था या फिर सही मौके की तलाश कर रहा था।

"तेरी परीक्षा की पढ़ाई पूरी हो गई लगती है।" आरती ने एक झिझक के साथ पूछ लिया।

"नहीं, चालू है।" अभिमन्यु ने जवाब दिया। आरती के मन में थोड़ी आशा जागी कि शायद सब ठीक है। पर, अभय प्रताप बलदेव भाटिया का बरताव देख चुके थे। उन्हें अभिमन्यु के इस उत्तर पर विश्वास नहीं था, फिर भी वो चुप ही रहे। इतने दिनों बाद अपने बेटे को सामने पाकर आरती बेहद खुश थीं। अभय प्रताप वो खुशी कम करना नहीं चाह रहे थे। सबकी चाय खत्म हो गई। अभिमन्यु के हाथ से खाली प्याला लेते हुए आरती ने कहा "जा, तू नहा ले। बाकी की बातें बाद में करते हैं" कहते हुए एक पुरानी-सी चादर निकालकर आरती ने अभिमन्यु के हाथ में रख दी।

"तेरे नहाने के लिए पानी लेकर आती हूँ।" यह कहते हुए आरती टेंट के बाहर आ गई और बाहर रखी एक पुरानी लोहे की बाल्टी उठाने लगी। अभिमन्यु ने उनके पीछे आकर उनके हाथ से बाल्टी ले ली और कहा कि मैं ले आता हूँ पानी। आरती ने कहा, "नहीं, मैं ही ले आती हूँ। तुझे समझ नहीं आएगा।"

"ले आने दो, उसे आरती।" अभय प्रताप ने आरती से कहा। आरती ने न चाहते हुए बाल्टी अभिमन्यु के हाथ में दे दी। अभय प्रताप ने एक रुपया निकालकर अभिमन्यु के हाथ में रखकर कहा कि पानी का टैंकर आने के लिए अभी थोड़ा वक्त है। अभी पानी चाहिए होगा तो खरीदना पड़ेगा। इतना कहकर वे शांति से अपना कागज-पेन उठाकर अपना काम करने लगे। पानी खरीदना पड़ता है, यह बात अभिमन्यु को कुछ हजम नहीं हुई। असल में सरकार ने कैंपवासियों के लिए टैंकर से पानी की व्यवस्था की थी। हर एक के हिस्से का पानी तय था जो उन्हें मिल जाता था, लेकिन उसमें भी भ्रष्टाचार था। टैंकरवाले और कैंप मैनेजर की मिली-भगत से कुछ टैंकर का पानी चोरी करके एक बड़े से टंकी में जमा किया जाता था और वहीं पानी यहाँ बेचा जाता था। इंडस वॉटर ट्रीटी—अभिमन्यु के मन में पहला खयाल इस ट्रीटी के बारे में आ गया। इस ट्रीटी के जरिए भारत पिछले 43 साल से अपनी नदियों का पानी मुफ्त में पाकिस्तान को दे रहा है और मैं नहाने के लिए पानी खरीदने जा रहा हूँ। अपनी साइकल के ऊपर झेलम किनारे सैर करते अभिमन्यु के दिमाग में कभी आया भी नहीं होगा कि उसे पानी खरीदना पड़ेगा। दूसरा खयाल आया कि पानी बेच कौन रहा है, फिर से वही 'वोतलबुज'। अभिमन्यु ने गुस्से

में बाल्टी उठाई और पानी खरीदने चल पड़ा। पानी बेचनेवाले कैंप मैनेजर ने बेशरमी से अभिमन्यु के हाथ से पैसे लिये और एक लड़के को आवाज देते कहा कि एक बाल्टी पानी दे इसे। टंकी के बाजू में 14-15 साल के लड़कों का जैसे अड्डा था। शराब की कुछ बोतलें, सिगरेट के टुकड़े, जुआ खेलने के पत्ते—इन सबके बीच वे सोए पड़े थे। उनमें से एक अपनी आँखें मलते उठा, उसने अभिमन्यु से बाल्टी लेकर उसमें पानी भर दिया और शर्ट के पॉकेट से सिगरेट निकालकर उसे जलाते हुए कहा, "साला, सुबह-सुबह आ गया। दो घंटे बाद टैंकर आने ही वाला था न? मेरी नींद खराब कर दी।" और वह उसी टंकी के बाजू में बैठकर आराम से सिगरेट फूँकने लगा। अभिमन्यु को लगा कि उसका बदन तप रहा है। एक पल उसे पानी बेचनेवाले मैनेजर और उस लड़के को मारने का मन भी हुआ, पर फिर उसने सोचा कि भले ही वो उस लड़के को झापड़ जड़ भी देता, पर इस वृत्ति का वो क्या कर सकता था, जो किसी की भी मजबूरी का फायदा उठाती थी? अभिमन्यु को उसका इस तरह बेपरवाई से सिगरेट फूँकना अच्छा नहीं लग रहा था और सिगरेट देखकर उसे न ही मुख्तार की याद आ रही थी। अभिमन्यु ने गौर से उस लड़के को देखा कि वो लड़का कुछ जाना-पहचाना सा है। "हे राम" अभिमन्यु के मन-ही-मन में शब्द गूँजे। वह लड़का अभिमन्यु के स्कूल में उससे 3 साल जूनियर था। अच्छे-भले घर का संस्कारी लड़का था। अब बिल्कुल मवाली-सा दिख रहा था। जिस लड़के पर अभिमन्यु को अभी तक इतना गुस्सा आ रहा था, उसके लिए उसका मन करुणा से भर गया। कैंप के हालात ने उसकी क्या हालत कर दी थी, ये देखकर अभिमन्यु को अब एक पल भी वहाँ रुकने का मन नहीं हुआ। अभिमन्यु पानी उठाकर तेजी से चलने लगा। आजू-बाजू के दृश्य न चाहते हुए भी उसे देखने पड़ रहे थे। चार महीने पहले जब अभिमन्यु इस कैंप में पहली बार आया था, तब हालत इतने बुरे नहीं थे। लोगों को लगा था कि बस 2-4 दिन या ज्यादा-से-ज्यादा हफ्ते भर की बात है। फिर हम अपने घर को लौट जाएँगे, पर आज 4 महीने बाद सबकी आशा निराशा में बदल चुकी थी। जो लोग यहाँ से निकलकर जा पाए थे, वो सब जा चुके थे। उन्होंने जम्मू के आस-पास ही एक कमरे के मकान किराए पर ले लिये थे, पर जिनके पास जाने के लिए कोई ठिकाना नहीं था और न ही जेबों में पैसे थे, वो यहीं रह गए। वापस घर लौटने की उम्मीद में अब उनका यह हाल था कि उनके अच्छे बच्चे अब जीने के लिए चोरी-चकारी करने लगे थे। छोटे-छोटे बच्चे, जिनके बाल कभी सुंदर से सजे-सँवारे रहते थे, उनके बालों में मिट्टी पड़ गई गई थी। दो बूँद तेल उन्हें नसीब नहीं था। दो जोड़ी कपड़े अपने बच्चों को खरीदने की ताकत वहाँ किसी में नहीं थी। सबके कपड़े फटे-पुराने मैले-से थे। कई घरों में तो छोटे-छोटे बच्चे अकेले नजर आ रहे थे, क्योंकि कश्मीर के आतंक ने किसी की माँ छीनी थी तो किसी का बाप, और जो बचा था वो कमाने के लिए बच्चों को अकेला

छोड़ जाता था, क्योंकि वह भी समझ गया था कि सरकार से मिलनेवाले राशन से उनका पेट तो भर सकता था, पर उनकी जिंदगी सँवर नहीं सकती। यहाँ पर रहनेवाले हर इनसान का सबकुछ उजड़ गया था। उस उजड़ी हुए बस्ती में थी तो सिर्फ बदहवासी, अवसाद से भरे चेहरे, जो चार महीने में शायद ही मुसकराए होंगे और दूर तक फैली गंध! कूड़ा-कचरा, मैल को अपने अंदर भी और अपने बाहर भी ढोते हुए वे चलते-फिरते इनसानी ढाँचे किसलिए जिंदा थे, यही सवाल बार-बार अभिमन्यु के मन में उठता रहा। अभिमन्यु को लगा कि वो भी अंदर से कहीं मर रहा है। अपने कदम तेजी से उठाते अभिमन्यु अपने टेंट के सामने खड़ा रहा। टेंट के सामने नाले के बाजू में दो बाँसों का सहारा लेकर एक रस्सी बँधी थी। उस पर वह पुरानी चद्दर डालकर आसरा बनाते अभिमन्यु ने खुद को झूठा यकीन दिलाया कि अब उसे नहाते वक्त कोई देख नहीं पाएगा, पर वह चादर इतनी छोटी थी कि उसकी आत्मा पर लगी गंद धोते हुए उसे अभय प्रताप ने देख ही लिया। अभय प्रताप देख रहे थे कि ये वही अभिमन्यु नहीं है। उसके दिमाग में गुस्सा भरा पड़ा है। यहाँ के हालातों से वह नफरत करता है। वहाँ नहाता हुआ अभिमन्यु नाले से उठ रही बदबू से इतना भर गया था कि पूरा एक रुपया देकर खरीदा गया पानी भी उसे स्वच्छता का अहसास नहीं दिला रहा था। नहा-धोकर वह टेंट में चला गया। जब वे कश्मीर में अपने घर में थे तो नीचे किचन से जोरदार आवाज लगाकर आरती सुबह-सुबह हमेशा तीसरे माले पर अपनी 200 फीट बड़े बाथरूम में नहा रहे अभिमन्यु को पूछा करती थी, "चिंटू...नाश्ते में क्या बनाऊँ?"

पर आज वह गुंजाइश नहीं थी। आरती अपने बेटे को उसके मनपसंद नाश्ते की ऑफर दे नहीं सकती थी। उनके पास सिर्फ दो ही पर्याय थे; या तो दाल-चावल, या तो दाल-रोटी। आजकल उनका नाश्ता, लंच, डिनर सबकुछ इन 3 पदार्थों के इर्द-गिर्द ही था,। अभिमन्यु की नजर से देखा जाए तो आज वह दुनिया का सबसे उम्दा खाना था, क्योंकि चार महीने बाद वह अपनी माँ के हाथ का खाना खा रहा था।

"शाम को बात करते हैं," यह कहकर अभय प्रताप अपनी जॉब के लिए निकल गए। जाने से पहले उन्होंने रोशनी के पिता को अंदर उनकी जगह पर बिठा दिया था। रोशनी की माँ भी किसी दुकान में झाड़ू-पोंछे का काम किया करती थी, वो भी अपने काम पर चली गई। अभिमन्यु की माँ कुछ दुविधा में नजर आई। उन्हें अपने बेटे को नहीं बताना था कि वे भी दूसरे के घर जाकर खाना बनाने का काम करती है, पर जाना तो जरूरी था और वह दो दिन के लिए आए बेटे के मन को अपनी नौकरी की बात बताकर दुःखी नहीं करना चाहती थी। जम्मू के उन हालात में अगर एक दिन भी काम पर न जाओ तो नौकरी खतरे में आ सकती थी, जिसकी उन्हें बेहद जरूरत थी। अभिमन्यु की पढ़ाई और कैंप में जिनका भविष्य खतरे में है, उन बच्चों के लिए जो अभी भी बिगड़े

नहीं है। आरती अभिमन्यु से पानीपत की बातें करने लगी, पर अभिमन्यु समझ रहा था कि वे सिर्फ सवाल कर रही है। जवाब में उनका ध्यान नहीं है। आरती की परेशानी रोशनी के आते ही हल हो गई।

रोशनी बच्चों को पढ़ाकर आ चुकी थी। उसके आते ही आरती ने कहा, "आरती, तू बैठ, अभिमन्यु से बातें कर। मैं जरा बाहर होकर आती हूँ।" वे आँखों ही आँखों में रोशनी से इशारे करती गई कि अभिमन्यु को इसके बारे में मत बताना, पर रोशनी के खतों के जरिए अभिमन्यु पहले से ही जानता था कि उसकी माँ भी अब नौकरी करती है। एक तो डॉक्टर के यहाँ खाना बनाने जाती है। दूसरे, जम्मू के एक वकील के घर उनकी बेटी को पढ़ाने जाती है।

"अभि, तू क्या करेगा अब दिनभर?" जाने से पहले चिंता से आरती ने अभी को पूछा।

"जम्मू घूमकर आऊँगा।" अभि ने जवाब दिया।

आरती ने अपने बटुए से पाँच रुपए निकालकर अभि के हाथ में रखे और कहा कि फलानी जगह पर अच्छे कश्मीरी कुल्चे और छोले मिलते हैं, भूख लगे तो वहाँ खा लेना और अँधेरा होने से पहले लौट आना हाँ। वो बात सुनकर एक पल के लिए अभिमन्यु की आँखें नम हो गईं। ये कहकर कि अँधेरा होने से पहले लौट आना, आरती जैसे उसे दिनभर जम्मू शहर में रहने का ही इशारा कर रही थी क्योंकि वे नहीं चाहती थीं कि उसका बेटा दिनभर इस गंदगी में रहे और दूसरी बात कि थोड़ी ही देर में धूप तेज होनेवाली थी और टेंट के अंदर गरमी के कारण रहना मुश्किल होनेवाला था। न वहाँ कोई पंखा था, न ही दिलों में ठंडक। अभिमन्यु ने सोचा कि ममता की ये क्या मजबूरी है कि वे सुकून से अपने बेटे के पास बैठ भी नहीं सकतीं, ताकि उसका बेटा परेशान न हो। इससे पहले कई बार माँ ने हाथ में पाँच रुपए रखे थे, लेकिन आज के वे पाँच रुपए अभिमन्यु के लिए सबसे अनमोल थे। अभिमन्यु ने अपनी मुट्ठी बंद कर ली। रात में उसने सोचा था कि अपनी कमाई वह सुबह आरती को दे देगा, पर इस पाँच रुपए के सामने उसकी कमाई बहुत ही छोटी पड़ गई, क्योंकि हालात अच्छे थे, तब भी माँ पाँच रुपए ही देती थी और हालात खस्ता थे, तब भी उसके बटुए से पाँच रुपए ही निकले थे। माँ के दिल को कोई समझ नहीं सकता और समझने की जरूरत भी नहीं होती। बस, महसूस करने की जरूरत होती है। अभिमन्यु के सिर पर प्यार से हाथ फेरकर आरती अपने काम पर चली गई। टेंट में अब रोशनी के पापा थे, रोशनी और अभिमन्यु। रोशनी अपने पापा को अपने हाथ से खाना खिलाने लगी। अभिमन्यु गुमसुम-सा वहीं बैठा रहा।

"तो अभिमन्यु, अचानक से कैसे आना हुआ?" अपने पापा की देखभाल करते रोशनी ने पूछा।

"रस्टिकेट कर दिया गया हूँ।"

यह जवाब सुनते ही रोशनी ने आश्चर्य से अभिमन्यु को देखा।

"क्यों? क्या हुआ?" रोशनी ने हड़बड़ाहट में पूछ लिया।

"तुम अपना काम निपटाओ, फिर बाहर बैठकर बात करते हैं।" रोशनी के पापा की मौजूदगी को ध्यान में रखते हुए अभिमन्यु ने कहा और वो बाहर चला गया। रोशनी अभी भी सदमे में थी। उसने अपने पापा को ठीक तरह से खाना खिलाया, उनके कपड़े बदले और जल्दी-जल्दी वो बाहर आ गई। अभिमन्यु बाहर नहीं था। वह उसे ढूँढ़ते-ढूँढ़ते उस बड़े पेड़ के पास पहुँच गई, जहाँ अभिमन्यु उदास-सा बैठा हुआ था। वहीं पर पड़ी एक सूखी लकड़ी उठाकर मिट्टी में रेखाएँ खींच रहा था। रोशनी आकर उसके पास बैठ गई। उसे लगा, अभिमन्यु खुद बताना शुरू करेगा, पर वह तो चुपचाप-सा मिट्टी में रेखाएँ खींचता रहा। रोशनी से रहा नहीं गया और उसने पूछा—

"क्या हुआ कॉलेज में?"

अभिमन्यु ने उसे जो हुआ, वह साफ-साफ बता दिया। वो सब सुनकर रोशनी बड़ी दुःखी-सी हो गई।

"आंटीजी को बहुत दुःख होगा, अभिमन्यु। तुम्हें वापस जाकर प्रिंसीपल से माफी माँगकर अपनी पढ़ाई पर ध्यान देना चाहिए। तुम कल ही वापस चले जाओ।" रोशनी ने कहा—

"कल रात जब में यहाँ पहुँचा था, मुझे भी यही लगा था कि मुझे वापस जाना चाहिए, पर मम्मी और पापा को इन हालात में देखकर अब मुझे नहीं लगता मैं लौट पाऊँगा। लौटना भी नहीं चाहिए। आज सबसे ज्यादा उन्हें किसी चीज की जरूरत है तो वो मैं हूँ। मैं समझूँगा कि में एक साल फेल हो गया, पर मेरे यहाँ रहने से मेरी पढ़ाई का उनपर जो बोझ पड़ रहा है वो कम हो जाएगा। मैं भी जाकर नौकरी करूँगा और उन्हें यहाँ से बाहर अच्छी जगह ले जाऊँगा।"

रोशनी अभिमन्यु को समझ पा रही थी, पर यह भी नहीं चाहती थी कि अभिमन्यु अपनी पढ़ाई छोड़ दे।

"आरतीजी को ये बात पसंद नहीं आएगी, अभिमन्यु। उन्हें तुमसे बहुत आशाएँ हैं।"

"मैं उनकी हर आशा पर खरा उतरूँगा, रोशनी, पर जिंदगी भर मेरे दिल पर यह बोझ रहेगा कि मेरे कारण उन्हें किस तरह की जिंदगी गुजारनी पड़ी।"

"बस थोड़े ही दिनों की बात है, अभिमन्यु। एक बार तुम पढ़-लिख लो, सब ठीक होना है।" रोशनी ने उसकी उम्मीद बढ़ाते हुए कहा।

"मुझे पढ़-लिखकर काबिल होने में और 2 साल लगेंगे। यह बहुत बड़ा वक्त है।

मैं इतने लंबे अरसे तक उन्हें ऐसे नहीं रख सकता।" अभिमन्यु ने जवाब दिया।

रोशनी ने और कुछ कहना ठीक नहीं समझा। वो भी अगर अभिमन्यु की जगह होती तो शायद यही करती। दोनों चुपचाप वहीं बैठे रहे। फिर रोशनी ने पूछा कि "क्या बताओगे आरतीजी को?"

"सिर्फ सच।" अभिमन्यु ने जवाब दिया।

"कब?" रोशनी ने पूछा

"आज।" अभिमन्यु ने कहा।

"कह पाओगे?" रोशनी ने पूछा

"कहना पड़ेगा मुझे। माँ डाटेंगी, नाराज हो जाएँगी, बात नहीं करेंगी मुझसे, पर मेरे सामने तो रहेंगी। मेरे होते हुए उन्हें नौकरी नहीं करनी पड़ेगी। उनकी नाराजगी मंजूर है मुझे, पर अब मैं उन्हें छोड़कर कहीं नहीं जाऊँगा।" अभिमन्यु ने बहुत मजबूत इरादों के साथ कहा।

"तो अब करोगे क्या?" रोशनी ने पूछा।

"यहाँ भी तो कॉलेज हैं न? सरकार को हम लोगों की स्थिति तो मालूम ही है। यहीं पर एडमिशन ले लूँगा।"

इस बात पर रोशनी का चेहरा एकदम से उतर गया। उतरे चेहरे से उसने कहा, "सब इतना आसान नहीं रहा। पिछले चार महीनों में कम-से-कम तीन लाख हिंदू यहाँ जम्मू में आकर बस गए है। बाकी के पूरे हिंदुस्तान में जहाँ भी उनके लिए सही जगह लगी, चले गए हैं। कैंप के बच्चों की शिक्षा के लिए आरतीजी और खुद अभय प्रताप गए थे यहाँ के सारे स्कूल्स और कॉलेज्स में। यहाँ के किसी भी स्कूल या कॉलेज ने इन्हें अपने छात्रों के साथ पढ़ाने से इनकार कर दिया।"

"क्यों?" अभिमन्यु ने आश्चर्य से पूछा।

"उनका मानना है कि इन सारे शरणार्थियों को अचानक से ऐसे प्रवेश देकर हम अपने बच्चों की शिक्षा के साथ खिलवाड़ नहीं कर सकते। इतने सारे विद्यार्थियों को दाखिल करना मुमकिन नहीं।" रोशनी ने जवाब दिया। रोशनी के इस जवाब से अभिमन्यु अपने आप को उपेक्षित महसूस करने लगा और अंदर-ही-अंदर उसे गुस्सा भी आने लगा।

गुस्से में उसके मुँह से निकल ही गया, "कमाल का देश है, यार अपना। वहाँ सुरक्षा कर नहीं सकता, यहाँ शिक्षा दे नहीं सकता। हम सबको लाइन में खड़ा करके गोली क्यों नहीं मार देते ये लोग?" अभिमन्यु के गुस्साए चेहरे को देख रोशनी कहने लगी कि "शांत हो जाओ, अभिमन्यु। यहाँ हर कोई एक-दूसरे के साथ एडजस्ट करने की कोशिश कर रहा है। उनकी भी तो मजबूरी समझो। सारे पेरेंट्स डरते हैं कि शरणार्थी

बच्चों की मन:स्थिति का असर उनके अपने बच्चों पर पड़ेगा। उन्हें सिखाने के प्रयास में हमारे बच्चों पर टीचर का लक्ष्य कम केंद्रित होगा। हमारे बच्चों का हक शरणार्थियों को न चला जाए, ऐसा लगता है सबको। गंभीर बात तो यह है कि उन्हें शरणार्थी गरीब, चोर और झुग्गी-झोंपड़पट्टी में रहनेवाले लोग लगते हैं। यहाँ के लोग शरणार्थियों से डरे हुए हैं। इस बात को समझो।"

अब तो अभिमन्यु को और गुस्सा आया, "डर क्या होता है, हम लोगों से ज्यादा और कोई नहीं जानता है और तुम मुझे ही शांत होने के लिए कह रही हो?" अब अभिमन्यु के अंदर दबा आक्रोश हल्के-से बाहर आने लगा। उसने थोड़ा ऊँची आवाज में कहा कि "इन्हीं हालात में भी बिठाओ सारे यहाँ के बच्चों को और हमारे बच्चों को परीक्षा में। मैं यकीन के साथ कहता हूँ कि अपने कश्मीर के बच्चे अव्वल नंबर लाएँगे। बात करते हैं। क्या ये वही लोग हैं, रोशनी, जो कश्मीरी पंडित के साथ उठने-बैठने में अपनी शान समझते थे?" भारत-पाकिस्तानवाद अब जम्मू-कश्मीर में तब्दील हो गया था।

"इन लोगों को क्यों दोष दे रहे हो, अभिमन्यु? सब अपनी जगह सही हैं।"

"क्या सही है, रोशनी?" अभिमन्यु ने गुस्से में ही पूछा।

"जम्मू वासी ये पहला शरणार्थी शिविर नहीं देख रहे हैं अभी। तुम 1971 का भारत-पाकिस्तान युद्ध भूल गए…?"

रोशनी ने उसे याद दिलाया तो उसे याद आया कि 1971 में ऐसे ही 12 लाख शरणार्थियों के कारण ही भारत को वह युद्ध लड़ना पड़ा था। असल में, वह पाकिस्तान का एक गृह युद्ध था, पूर्व पाकिस्तान यानी आज के बांग्लादेश और पाकिस्तान के अंदर। तब दोनों देश मिलकर पाकिस्तान हुआ करता था। पूर्व हिस्से की जनता को पश्चिमी पाकिस्तान ने राजनीतिक लाभों से वंचित ही रखा, इस बात की उनमें नाराजगी थी। पूर्वी प्रांत में बंगाली बोलनेवालों का बहुमत था, लेकिन पाकिस्तान के हुकूमत ने यहाँ बंगाली भाषा पर पाबंदी लगा दी और उर्दू भाषा को जबरन थोपा। ये बात वहाँ की जनता को नागवार गुजरी और बाँग्ला भाषा आंदोलन शुरू हुआ, जो सफल भी रहा और पूर्वी पाकिस्तान में बाँग्ला भाषा ही प्रशासन की भाषा बनी रही। लेकिन इसके बाद पाकिस्तान की हुकूमत ने यहाँ की जनता पर बेहद जुल्म ढाना शुरू किया। उसका परिणाम यह हुआ कि पूर्वी पाकिस्तान में स्वायत्तता की माँग ने जन्म लिया। इस माँग को दबाने के लिए पाकिस्तान ने अपनी सेना को खुला हाथ दे दिया। सेना की काररवाई में बांग्लादेश में खून की नदियाँ बहीं। एक आँकड़े के अनुसार वहाँ 30 लाख बंगाली लोगों का संहार हुआ, जिसमें हिंदू-मुसलिम दोनों शामिल थे। 1971 के खूनी संघर्ष में दस लाख से ज्यादा बांग्लादेशी शरणार्थियों को भारत में शरण लेनी पड़ी। भारत इस समस्या से जूझने में उस समय काफी परेशानियों का सामना कर रहा था और भारत को बांग्लादेशियों के अनुरोध

पर इस समस्या में हस्तक्षेप करना पड़ा, जिसके फलस्वरूप 1971 का भारत-पाकिस्तान युद्ध शुरू हुआ, जो भारत ने जीता। 16 दिसंबर, 1971 भारतीय सेना के समक्ष पाकिस्तान ने आत्मसमर्पण कर दिया और बांग्लादेश एक स्वतंत्र राष्ट्र बना। पाकिस्तानी सेना के नरसंहार से अपनी जान बचाकर भागे लाखों मुसलिम शरणार्थी, उन्हें भारत सरकार ने भारत भर में अलग-अलग कैंपों में रखा। उनका एक कैंप जम्मू भी था। उनका बोझ भी इस जम्मू शहर ने झेला है, अभिमन्यु।" रोशनी ने कहा।

अभिमन्यु का दिल सुन्न-सा था। उसे अपनी सारी समस्याओं की जड़ें पाकिस्तान से जुड़ती दिख रही थीं। वह सोच रहा था कि ये कैसे लोग हैं जो अपने ही 30 लाख लोगों को मौत के घाट उतार सकते थे? अपनी ही बहू-बेटियों की इज्जत उतार सकते थे। बस इसलिए कि उन्हें बाँग्ला भाषा बोलनी थी और पश्चिमी पाकिस्तानी अपने आपको पूर्वी पाकिस्तान से श्रेष्ठतर समझते थे। ये कौन लोग हैं, और यहाँ तो उनके धर्म के ही लोग थे। तो आखिर झगड़ा किस बात का था? अपने अहंकार का कि मैं बड़ा हूँ? मैं जो कहता हूँ वही सही है! अभिमन्यु के अपने विचार दौड़ रहे थे। एक पल के लिए अपना दुःख भूलकर अभिमन्यु को लगा कि मैं उन बांग्लादेशी शरणार्थियों के कैंप में जाकर आऊँ। देखकर आऊँ कि जिन पर अपने ही लोगों ने हथियार ताने थे, उनके चेहरे कैसे दिखते हैं? क्या वो मुझसे अलग दिखते हैं? इसका जवाब भी अभिमन्यु को तुरंत मिल गया। 1971 से लेकर 1990 तक पिछले 19 सालों से वो लोग वहीं-के-वहीं हैं, पर अभिमन्यु से बिल्कुल ही अलग, क्योंकि वे पराए देश से आए शरणार्थी थे। आज की तारीख में न वे किसी देश के नागरिक थे, न किसी को वोट डाल सकते थे, न अपनी जमीने खरीद सकते थे, न चुनाव लड़ सकते थे। अगर इस शहर से उन्हें किसी दूसरे शहर जाना है तो प्रशासन से जाकर पहले इजाजत लेनी पड़ती थी। उनके किसी भी स्कूल में दाखिले नहीं होते थे। सरकारी नौकरियाँ उन्हें नहीं मिलती थीं और मुसलिम होने के कारण हिंदुस्तान के सारे लोग उनको शक की निगाहों से देखते थे। पर अभिमन्यु तो इस देश का ही नागरिक था। कश्मीर से लेकर कन्यकुमारी तक यह उसका अपना देश था और भारत के नागरिक के पास जो जो अधिकार थे, वे सब के सब अभिमन्यु के पास भी थे। सबसे अहम ये कि यहाँ की सारी जनता उसके धर्म की थी, तो जो वो कश्मीर में इतने साल से हिंदू होने के कारण डर-डरकर रहता था, यहाँ वह सुकून से रह सकता था। अचानक से अभिमन्यु के दिल से शरणार्थी की भावना ही गायब हो गई। जो बोझ वो चार महीने से ढो रहा था··· उसने उसे उतार फेंका था। नदी की परिक्रमा करते यात्री की तरह उसे अब समझ आया था कि जिंदगी सिर्फ एक नजरिया होती है। अपनी खुशी की परिभाषा पर निर्भर करती है कि मैं किसमें खुश हूँ। अभिमन्यु को रात में दिखे फकीर का चेहरा याद आया कि वह कैसे अपनी ही मस्ती में था। मेरे पास तो टेंट है, उसमें एक बल्ब ही सही, पर जलता है।

पानी और राशन मेरे कैंप तक लाकर कोई मुझे देता है। वो फकीर तो पेड़ की ढोनी में था। उसका दिया हवा से कब बुझनेवाला था, उसे भी पता नहीं था। भीख माँगकर पेट भर रहा था, पर कितना खुश था? अभिमन्यु के चेहरे पर हल्की मुसकान आ गई यह सोचकर कि इस खुशी की भी एक मजेदार बात यह होती है कि हर किसी की खुशी की परिभाषा हमेशा बदलती ही रहती है। आज अगर वह नौकरी पाकर खुश है तो कल उसे बँगला चाहिए, परसों गाड़ी। ये सब है तो प्रसिद्धि चाहिए। इनसान खत्म हो जाता है, पर ये ख्वाहिशें कभी खत्म नहीं होतीं। फकीर तो अपनी मस्ती में खुश था क्योंकि अपने माँ-बाप, भाई-बहन, रिश्ते-नातों को पीछे छोड़ आने का धैर्य उसमें था, पर अभिमन्यु को अपने माँ-बाप की जिम्मेदारी उठानी थी। वो अपने कर्तव्यों से हट नहीं हो सकता था। अभिमन्यु अपने अंदर एक अलग तरह की ताकत महसूस कर रहा था। रोशनी उसका मुसकराना काफी देर से देख रही थी, पर अभिमन्यु अपने खयालों से बाहर आना ही नहीं चाह रहा था। आखिरकार रोशनी ने उसके खयालों की लड़ी को तोड़ते हुए कहा, "अगर तुम्हारा मुसकराना खत्म हुआ हो तो मुझे भी बताओगे कि क्या सोच रहे हो?"

"कुछ खास नहीं। तुम ही कुछ कह रही थी।" अभिमन्यु ने कहा।

"मैं कह रही थी कि उस बांग्लादेश के शरणार्थियों के अनुभव से अपने बच्चों को उनके साथ स्कूल में नहीं पढ़ा रहे थे, क्योंकि ऐसे कैंपों से शहर में गुनहगारी का स्तर बढ़ते देखा है।"

"इसलिए माँ ने यहाँ अपना ही स्कूल खोला है?" अभिमन्यु ने पूछा।

"हाँ, यह एक वजह भी है, पर असली वजह यह है कि सरकार ने इस पर एक उपाय निकाला की शाम को उनका स्कूल खत्म होने के बाद हमारे बच्चे वहाँ स्कूल में जाकर पढ़ेंगे।"

"तो माँ और तुम बच्चों को कैंप में क्यों पढ़ाती हो? स्कूल क्यों नहीं भेजती शाम को?" अभिमन्यु ने पूछा।

रोशनी ने अभिमन्यु को देखकर एक स्माइल किया और कहा, "उन बच्चों की उम्र देखी है क्या तुमने? किसी की 6, किसी की 8, किसी की 10। मतलब, 6 से 14 साल के छोटे-छोटे बच्चे। दिनभर इस मायूस जगह में रहकर शाम को इतनी दूर चलकर स्कूल जाने का हौसला नहीं जुटा पाते, थक जाते हैं। तो आरतीजी ने तय किया कि धूप तेज होने से पहले यहीं इस पेड़ के नीचे उन्हें पढ़ाया जाए।"

अभिमन्यु अपनी माँ पर बहुत गर्व महसूस कर रहा था। उसका गुस्सा पूरी तरह से उतर गया।

"उनका फेवरेट टीचर कौन है, मालूम है तुम्हें, अभिमन्यु?" रोशनी ने मुसकराते हुए पूछा।

"तुम ही होगी और कौन हो सकता है ?" अभिमन्यु ने भी तुरंत जवाब दिया।

"मैं नहीं, अभय प्रताप।" रोशनी ने जवाब दिया और प्रतिक्रिया के लिए अभिमन्यु का चेहरा ताकने लगी। अभिमन्यु के लिए यह सच में आश्चर्यवाली बात थी।

उसी आश्चर्य से उसने पूछा, "पापा पढ़ाते हैं!"

"हाँ, उनका मानना है कि किसी भी देश का सुनहरा भविष्य राजनेताओं से ज्यादा एक शिक्षक पर निर्भर करता है और जिस दिन वे पढ़ाने के लिए खड़े होते हैं न, अभिमन्यु, कैंप के सारे बच्चे तो जमा हो ही जाते हैं, पर औरतें-मर्द, यहाँ तक के बूढ़े लोग भी आकर उनको सुनने लगते हैं।"

अभिमन्यु खुश हो रहा था। रोशनी को भी उसे देखकर अच्छा लग रहा था। उसने वहाँ से उठते हुए कहा, "अब बहुत देर हो गई है। मुझे बहुत सारे काम हैं।" रोशनी और अभिमन्यु टेंट की तरफ चलने लगी। चलते-चलते अभिमन्यु ने उसे पूछा, "तुम भी कोई जॉब करती हो क्या ?"

"नहीं।" रोशनी ने जवाब दिया।

"तो तुम्हारा यहाँ वक्त कैसे बीतता है ?"

टेंट के अंदर आते रोशनी ने अपना एक छोटा सा बैग उठाते कहा कि "मेरे लिए यहाँ बहुत सी चीजें हैं करने के लिए। तुम सोचो, तुम्हें क्या करना है अब ?"

"तुम भी जा रही हो ?" उसके बैग को देखते अभिमन्यु ने पूछा।

"हाँ। यहीं कैंप में ही हूँ, पर बहुत काम है। मैं थोड़ा काम करके आती हूँ। तब तक तुम सो जाओ या फिर घूम आओ कहीं।"

"हम्म।" अभिमन्यु ने बस इतना ही कहा।

रोशनी ने अपने पापा से पूछा कि उन्हें कुछ चाहिए तो नहीं। उन्होंने इशारे में 'न' कहा।

रोशनी चली गई।

उसके जाते ही मैनेजर के कैंप से एक लड़का आया और उसने कहा कि "अभिमन्यु कौन है ? उसका फोन आया था। किसी सम्राट का था। फिर से करेगा वो फोन।"

अभिमन्यु उसके साथ मैनेजर के टेंट की तरफ चल पड़ा। लड़के ने फिर अभिमन्यु से 2 रुपए माँग लिये और कहा कि ये फोन देना है या नहीं, मैनेजर तय करेगा। अभिमन्यु को हरजोत के बारे में जानना था तो उसने चुपचाप से 2 रुपए निकालकर उस लड़के को दे दिए। फोन जिस टेंट में था, उसके बाहर अभिमन्यु काफी इंतजार करता रहा। टेंट में मैनेजर अपनी कुरसी डालकर पैर पसारे बैठा था। हर चीज में वो पैसे बना रहा था। कैंप में आती-जाती लड़कियों और औरतों को देख-देखकर गंदे से कमेंट्स कर रहा था और वहीं जुआ खेल रहे उन्हीं बच्चों के साथ मिलकर अपने ही कमेंट्स पर हँस रहा था।

अभिमन्यु को लगा कि उन बच्चों के कान पकड़कर उन्हें सही–गलत का फर्क समझाने की बजाय ये मैनेजर उनको इस्तेमाल कर रहा है। सरहद पार के उन लोगों में और इस मैनेजर में फर्क ही क्या है, जो इस उम्र के बच्चों की दिशा और दशा, दोनों बिगाड़ रहा है। अभिमन्यु ने सोचा कि ये सरकार का काम है। सरकार को कैंप का ध्यान रखना चाहिए। अभिमन्यु ने भी आम लोगों की तरह इस बात से पल्लू झाड़ लिया, क्योंकि अपने माँ–बाप को यहाँ से निकालना अभिमन्यु की प्राथमिकता थी। काफी देर इंतजार करने के बाद अभिमन्यु का फोन आ गया। दूसरी तरफ सम्राट था।

"कैसा है, यार ? ठीक तरह पहुँच गया ?" सम्राट ने पूछा।

"हाँ। हरजोत कैसा है ? क्या कहा डॉक्टर ने ?" अभिमन्यु ने पूछा।

"हाँ, वो खतरे से बाहर है। बस, हफ्ते भर में घर आ जाएगा। और तू उसकी चिंता मत कर। वो अब हमारे साथ ही रहेगा।"

अभिमन्यु को एकदम हल्का महसूस होने लगा। उसे सम्राट पर पूरा भरोसा था।

"ले, बात कर। कोई और तुझसे बात करना चाह रहा है।" सम्राट ने कहा।

कुछ चूड़ियाँ उस तरफ खनकीं और अभिमन्यु समझ गया कि जसप्रीत फोन पर है। जसप्रीत ने 'हेलो' कहा। अभिमन्यु 'हेलो' कहने ही वाला था कि उसकी नजर मैनेजर पर पड़ी जो कान लगाकर सुन रहा था कि अभिमन्यु किससे बात कर रहा है। अभिमन्यु ने कुछ कहा नहीं। जसप्रीत तड़पकर उस तरफ से 'हेलो–हेलो' कहती रही और इस तरफ अभिमन्यु अपनी गंदी बस्ती को देख रहा था। उसमें जसप्रीत को हेलो कहने का धैर्य नहीं था। वह सिर्फ जसप्रीत की आवाज सुनता रहा और कुछ देर बात जसप्रीत का रोना। फिर उस तरफ से सम्राट ने फोन लिया और 'हेलो' कहा।

उसकी 'हेलो' सुनते ही अभिमन्यु ने उसे कहा, "सम्राट, मेरी जिंदगी अब पूरी तरह से बदल गई है, यार। मैं वापस तुम लोगों की दुनिया में लौट नहीं सकता। ये बात समझा देना किसी को। यहाँ सबकुछ ठीक हो जाएगा तो तुमसे, विनोद और हरजोत से मिलने आऊँगा, लेकिन कुछ दिन मुझे अकेला छोड़ दो। मैं ही फोन कर लिया करूँगा तुम लोगों को। यहाँ बहुत भीड़ होती है। तू समझ रहा है न, सम्राट ?"

सम्राट की आवज में अभिमन्यु के लिए हल्की चिंता थी। पर वो भी यारों का यार था।

"तुझे जितना वक्त चाहिए, ले ले। लाले दी जान, हम तेरा यहाँ इंतजार करेंगे। और जब भी लगे, बस आवाज दे। पहुँच जाएँगे।" ये कहकर सम्राट ने अपने दोस्त के दिल का थोड़ा–सा बोझ उतार लिया। जसप्रीत के साथ बीता एक–एक पल याद करते–करते अभिमन्यु फिर अपने टेंट पहुँचा। जसप्रीत को दु:खी करके वो भी खुश नहीं था।

अभिमन्यु टेंट में आकर बैठ गया। अपना बायोडेटा लिखने के लिए उसने कुछ

कागज टटोले तो उसके हाथ अभय प्रताप का वह आर्टिकल लगा, जिसे छापने के लिए मना कर दिया था। अभिमन्यु ने पूरा आर्टिकल पढ़ा। उसे वह बहुत अच्छा लगा और अब एक सवाल उसे बार-बार घायल कर रहा था कि अभय प्रताप जैसे इनसान का आर्टिकल छापने से क्यों मना कर दिया गया? उसका उसे जवाब चाहिए था, पर इस वक्त उसे अपना बायोडेटा लिखना जरूरी था तो उसने उस आर्टिकल का खयाल छोड़ दिया। लिखते-लिखते उसकी नजर बार-बार रोशनी के पिता पर जा रही थी। वो उनको देख रहा था और मन में सोच रहा था कि अपने बेटे के गम में उनकी जो हालत हो चुकी थी, उसका असर पूरे परिवार पर पड़ा था। कश्मीरी पंडितों की औरतें किसी के घर जाकर काम करेंगी, यह बात तो कभी किसी ने सोची भी नहीं होगी। उनके बारे में सोचते-सोचते फिर एक डर ने अभिमन्यु को घेर लिया कि ये इन हालातों में कब तक ऐसे पड़े रहेंगे, अपाहिज से? उन्हें वैसे देखते हुए अब अभिमन्यु वहाँ ज्यादा देर रुक नहीं सकता था। उसने लिखने का काम फटाफट खत्म किया और तुरंत उठकर जम्मू शहर की तरफ चल पड़ा।

जिस न्यूज पेपर के एडिटर ने अभय प्रताप का लेख छापने से मना किया था, अब अभिमन्यु को उससे इस जवाब की उम्मीद थी। न्यूज पेपर का नाम आर्टिकल के ऊपर लिखा ही था तो अभिमन्यु ने वह ऑफिस ढूँढ़ निकाला और वहाँ पहुँच गया। अपना पूरा नाम चिट पर लिखा, 'अभिमन्यु अभय प्रताप कौल' और चिट चपरासी के जरिए अंदर भेज दी। बड़े ही आश्चर्य की बात थी कि एडिटर ने अभिमन्यु को तुरंत अपने केबिन में बुला लिया और बड़े आदर के साथ बिठा दिया।

"अभय प्रताप भी आए हैं?" एडिटर ने पूछा।

"नहीं। मुझे ही आप से कुछ काम था।" अभिमन्यु ने जवाब दिया।

"कहो, बेटा?" एडिटर ने बेटा कहकर अभिमन्यु से अपनापन जताया।

"आपको लगता है कि पापा ने उस आर्टिकल में कुछ गलत लिखा था?"

"नहीं। वे अपनी जगह बिल्कुल सही थे।" एडिटर ने कहा।

"फिर भी आपने उन्हें नौकरी नहीं दी?"

एडिटर कुछ पलों के लिए शांत हो गया। वह अभिमन्यु के अंदर के बेटे का गुस्सा समझ रहा था। फिर एक लंबी साँस लेते हुए उन्होंने कहा कि "मैं खुद अभय प्रताप को ढूँढ़ते-ढूँढ़ते उनकी मेडिकल की दुकान पर पहुँचा था। बड़े सम्मान के साथ मैंने उन्हें नौकरी ऑफर की थी, पर उन्होंने मना कर दिया।"

"क्यों?" अभिमन्यु ने आश्चर्य से पूछा।

"जो शब्द उन्होंने कहे में वही दोहराता हूँ, अभिमन्यु।" एडिटर ने कहा और वह आगे की बात बताने लगा। अभय प्रताप ने कहा था कि मैं सरकार की भूमिका का सम्मान

करता हूँ कि कश्मीर में जो हो रहा है, उसे वे हिंदुस्तान की जनता के सामने इसलिए नहीं रख रहे, ताकि पूरे हिंदुस्तान में सांप्रदायिक दंगे न भड़कें, पर मुझे अफसोस के साथ कहना पड़ रहा है कि हिंदुस्तान की जनता की सामाजिक आचार और विचारधारा का सही तरह से भरण-पोषण करने में यहाँ के राजकीय नेतृत्व से बार-बार गलतियाँ हो गई हैं। एक सहिष्णु भारत में आपने दोनों धर्मों को एक-दूसरे के प्रति आदर करना नहीं सिखाया है, उल्टे, उनकी धार्मिक मान्यताओं का अपनी राजनीति के लिए निरंतर उपयोग किया है। अपने-अपने राजकीय पक्ष बनाकर हिंदू-मुसलिमों को फिर एक बार बाँट दिया है, वरना आप मुझे बताओ कि दंगों के वक्त हिंदू मोहल्ले में मुसलमानों की जानें और मुसलिम मोहल्लों में हिंदुओं की जानें बचाने की कोशिश में लगे ये आम लोग कहीं एक नरसंहार हुआ है, उसकी खबर पढ़कर और एक नरसंहार की तैयारी में लग जाएँगे? अगर ऐसा होता है तो मेरा सवाल फिर वही है कि ये कैसी सोच को यहाँ के राजनेताओं ने मासूम जनता के अंदर पैदा किया है? मुझे यकीन है, अगर मेरा लेख सही मायनों में समझकर पूरे हिंदुस्तान की जनता पढ़ेगी तो न तो दंगे होंगे और न ही कोई नया नरसंहार। बस, एक बात होगी और वो ये कि आतंक पर यहाँ की सरकार से पूरा हिंदुस्तान सवाल करेगा, जिससे ये सरकार बचना चाह रही है। रही आपकी नौकरी की बात, तो वो में कर नहीं सकता, क्योंकि सच्चाई लिखना मेरा धर्म है और उसे मैं छोड़ नहीं सकता।

"और सच झेलने की ताकत यहाँ की जनता में है या नहीं, ये तो जनता तय करेगी, पर उस जनता को ये मौका देने की ताकत आपके अंदर नहीं है।"

अभय प्रताप की फिर वही बेबाक बात सुनकर अभिमन्यु का सीना फूल गया। वह उस ऑफिस से बड़े ही अभिमान के साथ बाहर निकला, पर फिर भी एक ऐसी बुलंद शख्सियत को वह किसी छोटे से दुकान में काम करते देख नहीं सकता था। उसके मन का विचार पक्का था कि अब उसे एक नौकरी चाहिए थी, जो उसे और उसके परिवार को इस माहौल से दूर ले जा सके। अभिमन्यु ने हर गली हर, नुक्कड़ के हर ऑफिस में जा-जाकर एक नौकरी माँगी। वो तो चपरासी की नौकरी भी करने के लिए तैयार था, पर जम्मू शहर में नौकरियाँ बची कहाँ थीं? चलते-चलते वह अभय प्रताप की दुकान से गुजरा। एक पल के लिए डर भी गया कि पापा ने मुझे ऐसे नौकरी माँगते देखा तो क्या सोचेंगे? पर हकीकत का सामना उसे करना ही था। दूर खड़े होकर वह काफी देर तक अपने पापा को देखता रहा। उनके शारीरिक हाव-भाव अब पूरी तरह से बदल चुके थे। वे काम ही कर रहे थे, भीख नहीं माँग रहे थे, पर उनका इस तरह काम करना अभिमन्यु से बरदाश्त नहीं हो रहा था। बस, फिर वही सवाल उसके मन में उठने लगा कि क्यों? हम इस स्थिति में क्यों हैं? हमने किसी का क्या बिगाड़ा था? फिर वही आक्रोश जिससे अभिमन्यु उभरने की कोशिश में था। बार-बार ऐसी परिस्थितियाँ उसके सामने आ रही

थीं कि ये सवाल उसे परेशान करता जा रहा था। उसे अपने सवाल का जवाब तो चाहिए था कि हम अपने घर कब जाएँगे? जवाब सिर्फ सरकार दे सकती थी। अभिमन्यु ने अपने कदम सरकारी ऑफिस की तरफ मोड़े। उसे यह भी मालूम नहीं था कि किसे जाकर मिलना है, पर फिर भी उसने जम्मू म्युनिसिपल की तरफ अपना रुख किया। यह टाउन हॉल की एक पुरानी बिल्डिंग थी। वहाँ अलग-अलग विभाग थे। लोगों की काफी भीड़ थी। लोग हाथों में कागजात लेकर अपने कामों के लिए लाइन में खड़े थे। सरकारी ऑफिस से आनेवाली कागजात की महक वहाँ हर जगह से आ रही थी। ऑफिसर हमेशा की तरह ऐंठ में थे। सरकारी काम से ज्यादा उन्हें मुँह में पान चबाने की पड़ी थी। टेबल के नीचे से लेन-देन हर सरकारी ऑफिस की तरह आम बात थी। अब इतनी भीड़ में अपनी प्रॉब्लम को किसे जाकर बताना है, यह अभिमन्यु के लिए असमंजस था। बरामदे से चलते-चलते उसने सोचा, यहाँ-वहाँ पूछने से तो अच्छा है मैं सीधे यहाँ के मेयर से ही बात करूँ। वह मेयर के ऑफिस के बाहर बैठा रहा। वहाँ का चपरासी उसे 10 बार पूछता रहा कि क्या काम है, क्या काम है और हर बार अभिमन्यु जवाब देता रहा कि मेयर साहब को ही बताऊँगा। वह बैठा रहा, बैठा रहा, लेकिन उसका नंबर आया ही नहीं। जब ऑफिस बंद हुआ तो मेयर साहब बाहर आ गए। वह पूरी सिक्योरिटी में थे। अभिमन्यु ने उनसे बात करनी चाही तो सिक्योरिटी ने उसे हड़का दिया कि कल ऑफिस में आकर बात करना। फिर भी अभिमन्यु उनके साथ-साथ चलकर रिक्वेस्ट करता रहा कि मुझे बस 2 मिनट बात करनी है, पर उसकी कोई सुनने के लिए तैयार ही नहीं था। उसे जवाब मिल रहा था कि सुनेंगे, पर कल ऑफिस खुलने के बाद। अब अभिमन्यु से रहा नहीं गया और उसने पूछ ही लिया, "सिर्फ इतना बता दो कि हम कश्मीर वापस कब जा सकेंगे? हम कैंप में नहीं रहना चाहते हैं।" उसके इस सवाल से मेयर नाराजगी में रुक गया।

अब रुककर उसने जवाब दिया, "हम भी उसी की राह देख रहे हैं कि तुम सब लोग वापस कब जाओगे? केंद्र सरकार ने उधर से आदेश दिया कि तुम्हें यहाँ कैंप में रखा जाए, पर यहाँ की कौन सोचेगा? तुम लोगों के कारण कितना काम का बोझ बढ़ गया है हम लोगों पर, पता भी है तुमको? तुम लोगों का क्या है? मुफ्त का राशन-पानी और बिजली मिल जाती है, सबके सब कामचोर बन बैठे हो। अरे, जाना है तो जाओ कश्मीर। हमसे क्यों पूछते हो? एक वो था, अभय प्रताप जिसने यही सवाल पूछ-पूछकर हमारा जीना हराम कर दिया था। अब ये नया अभय प्रताप, वही सवाल लेके खड़ा है। रोका किसने है तुमको तुम्हारे घर जाने से? जाओ, जहाँ जाना है… पर यहाँ मत आओ मुझसे पूछने। जाकर उधर दिल्ली में पूछ लो।" मेयर ने हुकुम किया कि फिर कोई ये सवाल लेकर आए तो उसे सीधा दिल्ली का पता देना। मेरा वक्त बरबाद मत करना।

मेयर अपनी गाड़ी में बैठकर चला गया। मेयर की इतनी असंवेदनशीलता देख इस बार अभिमन्यु को गुस्सा नहीं आ रहा था। वह चौंक गया था। उसे इस उत्तर की आशा कतई नहीं थी, पर उस वक्त वह 18-19 साल का बच्चा था। क्या कर सकता था, इस जवाब का? थोड़ी देर पहले जब वह यह सोचकर खुश हुआ था कि वह स्वतंत्र भारत का एक नागरिक है। उसी भारत में अब न उसके पास कोई नौकरी थी और न ही घर। ऊपर से अब तो उसे वह महीने का मिलनेवाला राशन भी भीख लगने लगा था और कामचोरी का इल्जाम भी बैठे-बिठाए माथे पर आ लगा था। कश्मीर के हालात से वाकिफ इस शहर में उसका यह हाल था तो पूरा भारत जो कश्मीरियों पर क्या गुजरी है, जानता भी नहीं था। वहाँ जाकर उसके हाल बद से बदतर हो जाते। अभिमन्यु फिर एक शे'र के साथ डूबने लगा।

इसी तलाशो तज्जसुस में खो गया हूँ मैं
जो मैं नहीं हूँ तो क्यों हूँ?
जो हूँ तो क्या हूँ मैं?

रात काफी हो चुकी थी। अभिमन्यु अभी भी टेंट में वापस नहीं लौटा था। अभय प्रताप और आरती के साथ रोशनी भी परेशान थी कि ये अभी तक आया क्यों नहीं? रोशनी को एक पल लगा कि शायद वापस पानीपत चला गया हो, पर बिना बोले वह नहीं जाएगा, इस बात का भी उसे यकीन था। आरती का उतरा चेहरा देख अभय प्रताप ने कहा कि मैं उसे जरा देखकर आता हूँ। यहीं-कहीं होगा। अभय प्रताप बाहर जाने के लिए निकले ही थे कि अभिमन्यु ने टेंट में कदम रखा। वह बहुत ही थका-थका सा मालूम पड़ रहा था। माँ की बताई हुई कुल्चे-छोले की रेहड़ी पर आज पूरी शाम उसने झूठी प्लेटें धोने का काम किया था। लोगों की झूठन उठाई थी और अपनी रोजी-रोटी का बंदोबस्त किया था। इस काम की उसे बस पल भर के लिए शर्म आई कि लोग ये कहेंगे कि अभय प्रताप का बेटा पढ़ाई छोड़कर रेहड़ी पर प्लेटें धो रहा है, पर दूसरे ही क्षण उसने सोचा कि कोई उसे मुफ्तखोर बताए, उससे कई गुना ये बात अच्छी थी कि उसे जानने पहचाननेवाले उसे उस रेहड़ी पर काम करता देखें।

"कहाँ था इतनी देर?" आरती का पहला प्रश्न।

"पैसे कमा रहा था, माँ..." अभिमन्यु के आवाज में कोई झिझक नहीं थी।

आरती और अभय प्रताप को कुछ झटका सा लगा।

"क्या मतलब है?" आरती ने पूछा।

"एक ही मतलब है माँ, कि तुम्हें ऐसे काम करते मैं नहीं देख सकता।"

आरती ने तमककर रोशनी की तरफ देखा। रोशनी हड़बड़ा गई और उसने नजरें झुका लीं। आरती को समझ में आया कि रोशनी ने सबकुछ बता दिया है।

आरती कुछ बोले, इससे पहले अभय प्रताप ने कहा कि "कल तुम कॉलेज वापस जा रहे हो। मैं तुम्हें छोड़ आऊँगा बस डिपो।"

"मैंने कॉलेज भी छोड़ दिया है, पापा।"

"क्या।" आरती के मुँह से निकल गया

"पर क्यों?"

"उन्होंने मुझे निकाल दिया, माँ।"

"क्या किया तूने?" आरती ने सदमे में पूछा और आरती का गला एकदम से भर आया और आगे उनके मुँह से आवाज निकलनी ही बंद हो गई। उन्हें धक्का सा लगा। रोशनी ने बढ़कर उन्हें पानी दे दिया। पानी पीते पीते उन्होंने रोशनी से सिर्फ इतना कहा, "ये तुमने अच्छा नहीं किया रोशनी।" रोशनी की आँख भर आईं, पर वह अभी कुछ भी कहनेवाली नहीं थी, क्योंकि वह जानती थी कि इस वक्त उसकी भावनाओं से ज्यादा अभिमन्यु को इस हालत में सँभालना जरूरी है, अगर वह ही यहाँ रोने लगी तो उसे यहाँ सँभालनेवाला कोई नहीं है। आगे अभिमन्यु क्या बोलनेवाला है अभय प्रताप, वह बस सुनना चाह रहे थे। वे दुनिया और बलदेव भाटिया, दोनों को देख चुके थे। तो कुछ ऐसा ही हुआ होगा, इसका उनको अंदाजा था ही।

"अरे बोल। बोलता क्यों नहीं? क्यों रस्टिकेट किया उन्होंने?" आरती ने पूछा।

"मैंने कुछ भी नहीं किया, माँ। मैं बस अपनी पढ़ाई कर रहा था।"

"पढ़ाई करने पर आजकल कॉलेज से रस्टिकेट करते हैं, अभिमन्यु?" आरती ने आवाज जरा तेज करके पूछा, "हम यहाँ दिन-रात मर रहे हैं कि तू अच्छी जिंदगी जिए और तू हमें आकर बता रहा है कि मैं रस्टिकेट हो गया। देख जरा आँखें खोलकर, कहाँ वापस आ गया है तू? देख, ये तेरे पापा अभय प्रताप कहाँ रह रहे हैं? हम तुझसे उम्मीद लगाए बैठे हैं और तू रस्टिकेट हो गया। फेल हो गया, एक बार सुन सकती थी, पर तू रस्टिकेट हो गया, अभिमन्यु। अपने पापा के नाम की तुझे कोई परवाह नहीं?"

"माँ, मैंने सचमुच कुछ नहीं किया।"

रोशनी अभिमन्यु की साइड लेने आगे आई और कहा, "आंटीजी!"

उसकी बात शुरू भी नहीं हुई कि आरती ने उसे वहीं रोक दिया और कहा, "तुम मत बीच में पड़ना।" अभय प्रताप ने रोशनी को आँखों से ही समझा दिया कि अभी कुछ मत बोलो। इससे पहले भी खुद अभय प्रताप आरती और अभिमन्यु के बीच कभी नहीं आए थे।

"क्या वे लोग पागल हैं कि बिना कुछ किए तुझे कॉलेज से बाहर कर दिया?" आरती ने फिर अभिमन्यु से पूछा।

"हाँ, पागल ही हैं वो लोग माँ, और अच्छा हुआ कि रस्टिकेट हुआ मैं।" अभिमन्यु

ने अपना आक्रोश जाहिर करते कहा। अभिमन्यु आगे कुछ बोले, इससे पहले आरती ने एक तमाचा अभिमन्यु के गाल पर रसीद कर दिया, पर अभिमन्यु को इसका जरा भी बुरा नहीं लगा। उसने फिर से अपनी बात पूरी करते हुए कहा, “अब आप मुझे वापस भेजना भी चाहेगी, तब भी मैं आपको इन हालातों में छोड़कर नहीं जाऊँगा, माँ।”

आरती ने हताश होकर अभय प्रताप से कहा कि “आप समझाइए न इसे कुछ? यहाँ पल-पल मरना पड़ता है।”

“आपको पल-पल मरते ही तो देख नहीं सकता मैं माँ। मैं नहीं जाऊँगा वापस।”

आरती ने अभिमन्यु के गाल पर एक और तमाचा जड़ दिया और कहा कि “मैं चलूँगी तेरे साथ कल पानीपत अब मैं कुछ और सुनना नहीं चाहती।”

अभय प्रताप और रोशनी शांति से सबकुछ देख रहे थे। आरती उसे कुछ कहने ही वाली थी कि कोने में बैठी रोशनी की माँ की एक सिसकी निकल गई और वह मुँह पर अपना पल्लू ढककर रोने लगी। रोशनी उसकी तरफ लपकी और उसको सांत्वना देने लगी। किसी को समझ में नहीं आ रहा था कि वो क्यों रो रही है। रोते-रोते रोशनी की माँ ने कहा, “उस पर हाथ मत उठा, आरती। बच्चा है अभी। जिद है उसमें। मेरा बेटा जिंदा होता और ऐसे कहता तो मैं उसे अपने सीने से लगा लेती।” रोशनी की माँ ने फिर एक बार सिसकी भरी और कहा कि “तू देख नहीं पा रही है कि ये तुझसे इतना प्यार करता है कि वहाँ का सुख छोड़कर तेरे साथ यहाँ मायूसी में रहना चाह रहा है। काश कि मेरा बेटा जिंदा होता!”

रोशनी की माँ फूट-फूटकर रोने लगी। उन्हें रोता देख रोशनी के पिता ने अपने टेढ़े-मेढ़े हाथ से बाजू में पड़ा चम्मच बड़े कष्ट से उठाया और पास पड़ी स्टील कि थाली को चम्मच से पीटना शुरू किया और पीटते ही रहे, पीटते ही रहे। वो थाली की कर्कश आवाज ही उनकी जुबान बन गई थी। वो आवाज उनकी पत्नी से कह रही थी कि मैं तुम्हें रोता देख नहीं सकता हूँ। तुम रोओ मत। सबने उस अपाहिज इनसान की मजबूरी देखी कि वो अपनी पत्नी को बढ़कर गले भी नहीं लगा सकता था। न बाहर जाकर कुछ काम कर सकता था और न ही अपनी बेटी के लिए कुछ कर सकता था। वो थाली की आवाज अभिमन्यु से बरदाश्त नहीं हो पा रही थी। उसे वह असहजता बरदाश्त नहीं हो रही थी। अभिमन्यु अचानक से अपने पापा से लिपट-लिपटकर रोने लगा, सिसकने लगा और कहता रहा कि “मैं तुम दोनों को छोड़कर नहीं रह सकता हूँ, पापा। मुझे वापस मत भेजो। मुझे नहीं जाना है।” अभय प्रताप ने भी थोड़ा झुककर अपने बेटे को सीने से लगाए रखा और उसके सर पर हाथ फेरते रहे। अभिमन्यु का काँपता शरीर और उस नन्हे से शरीर के अंदर बहुत कुछ उथल-पुथल हो रही है, ये अभय प्रताप ने महसूस किया और पापा का हाथ सर पर फेरने से काँपता शरीर कुछ सुकून पा रहा है… उसके

दिमाग का शोर थोड़ा कम हो रहा है, ये अभिमन्यु ने महसूस किया। बाप-बेटे का रिश्ता खत्म होकर वहाँ एक नए रिश्ते ने जन्म लिया था। वो रिश्ता क्या था, ये आनेवाला वक्त ही तय करनेवाला था, पर इस वक्त जबकि वे दोनों एक-दूसरे के गले लगे हुए थे। यह साफ-साफ नजर आ रहा था कि एक वक्त से हारे बाप ने अपने काँधों का कुछ बोझ अपने बेटे के काँधे पर डाला हुआ था और एक बेटा अपने पापा का बोझ थोड़ा हल्का करने के काबिल हुआ था।

पर यह बेटा बड़ा जिद्दी था। उसने उस दिन सरकार के दिए राशन का बना खाना खाने से इनकार कर दिया और टेंट में रहने से भी। उस रात वह भूखा उस पेड़ के नीचे सो गया, जहाँ उसने आसमान ओढ़ लिया और जमीन को बिछौना बना दिया। अब न तो वह मुफ्तखोर था और न ही कामचोर।

अब वह पेड़ और उसका चबूतरा ही अभिमन्यु का घर बना था। अभी भी आकर वह आराम से वहाँ पसर गया था नींद की राह देखते-देखते। कल रात भी वह सोया नहीं था और आज इतना थकने के बावजूद भी उसे नींद नहीं आ रही थी। वह करवट बदलता रहा। टेंट से वापस आने से पहले अभिमन्यु ने अपने कमाई के जितने भी पैसे थे, वे आरती के हाथ में रखकर कहा था, "माँ, मैंने कॉलेज छोड़ दिया है, पढ़ाई नहीं। जम्मू के कॉलेज से ही एक्सट्रल (external) पढ़ाई करूँगा। आज से तुम नौकरी पर नहीं जाओगी, मैं जाऊँगा। और क्या पता, ये सब करने की जरूरत ही न पड़े? हम कश्मीर अपने घर लौट सकें।" आरती इसपर कुछ खास खुश नहीं थी, पर वह देख पा रही थी कि उसका छोटा सा चिंटू अब एक जिम्मेदार मर्द बन रहा है। अब तक वह उसे क्या करना, क्या नहीं करना, यह समझाते आ रही थी, अब समझने की बारी उसकी थी। अंदर कहीं इस बात का उसे सुकून भी था, पर वह एक माँ थी और नहीं चाहती थी कि अभिमन्यु यहाँ इस बस्ती में रहे। पर वह यह भी जानती थी कि अभिमन्यु जिद्दी है। एक बात उसके मन ने ठान ली तो बस वो ही करता है।

"पर तेरा ये साल खराब हो जाएगा, बेटा। तू वहाँ के प्रिंसीपल से माफी माँगकर ये साल तो क्लियर कर ले।" आरती की आवाज में निवेदन था,

"रहने दो उसे आरती यहाँ। वहाँ उसे माफी नहीं मिलेगी।" अभय प्रताप ने कहा। उन्होंने जिस प्रकार से यह बात कही थी, अभिमन्यु शांत हो गया, यह जानकर कि पापा असल बात क्या है, यह जानते हैं। वो मुझे दोषी नहीं मानते। अभय प्रताप ने कह दिया था तो आरती अब कुछ कह नहीं सकती थी, पर फिर भी उसने कहा कि "पूरा साल बरबाद हो जाएगा इसका।"

"नहीं होगा।" रोशनी ने कहा।

"कैसे?" अभिमन्यु ने पूछा

"शायद यह साल भी बच सकता है। यहाँ के लोकल बच्चों की परीक्षा के बाद ही हम कैंपवाले बच्चों की परीक्षा होनेवाली है। उसमें बीस-बाईस दिन बाकी हैं। हम कल ही जाकर बात कर आएँगे।" रोशनी ने कहा और वह टेंट के बाहर चली आई थी।

आरती ने अभिमन्यु को खाना खाने के लिए कहा, पर उसने साफ-साफ मना किया, यह कहकर कि किसी की खैरात नहीं चाहिए। उसने अपनी माँ को कसम दी थी कि आज से सिर्फ हमारी कमाई का ही खाना बनेगा। इस पर गुस्सा होने की बजाय अभय प्रताप और आरती हँस दिए थे क्योंकि अभिमन्यु की सोच बिल्कुल उनसे मिलती थी। आरती राशन जरूर ले आती थी, पर उससे उन बच्चों के लिए खाना बनाती थी, जिन्होंने अपने माँ और बाप, दोनों को उस नरसंहार में खोया था। कुछ बच्चे अपनों से बिछड़कर यहाँ पहुँचे थे। ऐसे बच्चे, जिनका कोई भी उनके साथ नहीं था। यहाँ आने के बाद के पहले के कुछ दिन जो कुछ समाजसेवी संस्थाओं ने कैंप में लोगों के अन्न और कपड़ों का खयाल रखा था, उतना ही अभय प्रताप और आरती ने ग्रहण किया था। उसके बाद इस टेंट में उनकी कमाई का ही खाना पका था। यह बात अभिमन्यु नहीं जानता था और इस वक्त जब उसने ऐसे कहा था तब भी अभय प्रताप और आरती ने अपने बेटे को यह बताया नहीं, क्योंकि वे दोनों जानते थे कि कुछ बातें समझने की होती हैं, बोलकर बताने की नहीं। वो अभिमन्यु के स्वाभिमान का इस वक्त भरण-पोषण कर रहे थे तो उन्होंने उसे खाने का आग्रह नहीं किया। किसी भी माँ-बाप को, अपना बेटा भूखा सोए, इस बात से तकलीफ होती हैं, पर ये दोनों माँ-बाप इस बात से खुश थे कि उनका बेटा आप कमाई खाना चाह रहा था। इस टेंट में जगह तंग है, यह कहकर अभिमन्यु ने यह भी बता दिया कि वो बाहर जाकर सोएगा। कहा कि उसे इस टेंट के अंदर नींद नहीं आएगी। बात तो सही भी थी। इस छोटे से टेंट में मुश्किल से पाँच लोग रह रहे थे। गरमी का भी मौसम था तो किसी ने कुछ ऐतराज नहीं जताया, पर अब अभय प्रताप इस घटना को अलग नजरिये से देखने लगे। उन्हें लगा कि इसमें स्वाभिमान से ज्यादा अभिमन्यु का अहंकार है। अब उन्हें जानना था कि आज दिनभर अभिमन्यु कहाँ-कहाँ भटका, क्योंकि सुबह जब माँ ने उसे खाना खिलाया था, तब उसने कोई शिकायत नहीं की थी। अब दिनभर में ऐसा क्या हो गया कि वो खाना उसे खैरात लगने लगा? शायद वे जानना चाह रहे थे कि अभिमन्यु अपनी परिक्रमा के कौन से पड़ाव पर आ पहुँचा है, पर फिर उन्होंने सोचा कि वो खुद जब बताएगा, तब बताएगा। टेंट से बाहर आकर अभिमन्यु ने देखा कि रोशनी उसके लगाए गमले को टेंट के दरवाजे में लाइन से लगाकर रख रही थी। अब अभिमन्यु को उन गमलों का राज मालूम हुआ कि कैंप में फैली बदबू को अपने टेंट में आने से रोकने के लिए उसने इतने सारे फूल खिलाए थे। बदबू जब रोशनी के उन फूलों से होकर टेंट में दाखिल होती थी, तब वह खुशबू बनकर पूरे टेंट में महकती रहती थी, बिल्कुल रोशनी के स्वभाव की तरह।

"सोना नहीं है? कहाँ जा रहे हो?" जाते हुए अभिमन्यु से रोशनी ने पूछा।

"नींद ढूँढ़ने।…" अभिमन्यु ने हँसकर जवाब दिया था।

और अब यहाँ लेटे-लेटे तकरीबन आधा घंटा हुआ था, पर वह नींद उसे मिल नहीं रही थी। इसके बाद की कितनी रातें वो ऐसे ही जागकर गुजारनेवाला था, कौन जाने? कौन जाने कि उसके नसीब में अब नींद कब थी? मुख्तार, सम्राट, विनोद और जसप्रीत—बस, यही कुछ नाम अब अभिमन्यु की जिंदगी में बचे थे, जो एक हल्की मुसकान अपने आप उसके चेहरे पर लाते थे, खासकर जसप्रीत। जसप्रीत और उसके रिश्ते का और एक मजबूत आयाम था कि दोनों के जीवन में चिनाब बहती थी, सपनों में अमृत बनकर और हकीकत में खून बनकर। चिनाब आधी हिंदुस्तान में बहती थी, आधी पाकिस्तान में। ये कैसा बँटवारा था? अभिमन्यु इन्हीं सारी बातों को सोचे बगैर नहीं रह पाया। फिर उसे जसप्रीत की अमृता प्रीतम याद आई, जिसे बँटवारे में लाहौर से हिंदुस्तान आना पड़ा था। 'लाहौर'—इस शब्द से अभिमन्यु को रेडक्लिफ लाइन याद आई, जिससे उसका कश्मीर भी बँट गया था। कभी कश्मीर एक बहुत ही बड़ा साम्राज्य था और यहाँ की सारी जनता हिंदू थी। जीते-जागते कश्मीर को हिंदुस्तान भूल गया था तो उसका इतिहास कैसे किसी को याद रह सकता है? तुर्किस्तान तक फैले इस भव्य हिंदू साम्राज्य को 1947 के आते-आते रेडक्लिफ ने हिंदू-मुसलमानों में बाँट दिया था। उसका परिणाम था, लाखों हिंदू-मुसलिमों के कत्ल। अभिमन्यु सोचता रहा कि साल 1947 का वो समय जब ब्रिटेन से आनन-फानन में बुलाए गए रेडक्लिफ से कहा गया था कि भारत के दो टुकड़े करने हैं…। उस रेडक्लिफ से, जो न कभी भारत आए थे, न यहाँ की संस्कृति की समझ थी, न ही लोगों की। उन्हें भारत को बाँटने का जिम्मा सौंप दिया गया था? अभिमन्यु के इस सवाल का जवाब एक वरिष्ठ पत्रकार कुलदीप नय्यर को मिला था। उन्हें रेडक्लिफ से बातचीत का एक मौका मिला था। तब रेडक्लिफ ने आपबीती सुनाते हुए कहा था, "मुझे 10-11 दिन मिले थे, सीमा रेखा खींचने के लिए। उस वक्त मैंने बस एक बार हवाई जहाज के जरिए दौरा किया। जिलों के नक्शे मेरे पास नहीं थे। मैंने देखा, लाहौर में हिंदुओं की संपत्ति ज्यादा है, लेकिन मैंने ये भी पाया कि पाकिस्तान के हिस्से में कोई बड़ा शहर ही नहीं था। मैंने लाहौर को भारत से निकालकर पाकिस्तान को दे दिया। अब इसे सही कहो या कुछ और, लेकिन ये मेरी मजबूरी थी। पाकिस्तान के लोग मुझसे नाराज हैं, लेकिन उन्हें खुश होना चाहिए कि मैंने उन्हें लाहौर दे दिया।"

अभिमन्यु हमेशा सोचता था कि हिरोशिमा और नागासाकी पर परमाणु बम गिराने का आदेश देनेवाले ट्रूमन और रेडक्लिफ को क्या कभी इस बात का मलाल हुआ होगा? क्या वे कभी शांति से सो पाए होंगे? शायद नहीं और अभिमन्यु भी शांति से सो नहीं पा रहा था।

अमृतसर में बसे हजारों लोग, जो वापस लाहौर देखने के लिए तरसते हैं, वैसे ही इस वक्त अभिमन्यु अपने घर जाने के लिए तरस रहा था। इस तरसते हुए दिलों का एक ही दुश्मन था, इसलामिक जिहाद, जिसने सबके आँखों की नींद छीन ली थी। रात गुजर गई, पर अभिमन्यु के दिल में अँधेरा ही रहा।

सुबह-सुबह अभिमन्यु ने पहला सवाल अभय प्रताप से किया, "पापा, कश्मीर में ईरान तक पहले सब हिंदू थे। जब अरब तुर्क और मंगोल यहाँ आए तो उनके डर से काफी हिंदू लोग मुसलमान बन गए। आज भी कश्मीर में कई लोग मुसलमान होने के बाद भी अपना पंडित नाम ही रख लेते हैं। मोहम्मद जिन्ना, अल्लामा इकबाल और शेख अब्दुल्ला, इन सबके दादाजी भी हिंदू थे। कश्मीरी पंडित थे। फिर भी इन लोगों को हिंदुओं से इतनी नफरत क्यों है?"

अभिमन्यु के इस सवाल पर आरती अब अभिमन्यु पर गुस्सा करने लगी। "तू ये सब सोचने यहाँ आया है, अभिमन्यु? ये सब सोचने का ये वक्त नहीं है। तुझे कॉलेज जाना है, तैयार हो जा। जा, जाकर देख ले ये साल बचता है क्या? हिंदू-मुसलिमों को बाद में बचा लेंगे।" एक माँ तड़पकर बोली।

अभय प्रताप को आरती की इस बात पर हँसी आई। हँसते-हँसते उन्होंने कहा, "हिंदू-मुसलिमों को पहले बचाते हैं, साल अपने आप बच जाएँगे।" काफी दिनों के बाद अभय प्रताप को ऐसे हँसते देख अभिमन्यु को बहुत अच्छा लगा। रोशनी भी इनकी बातें सुन रही थी। अभिमन्यु उस मूड को अभी खराब करना नहीं चाह रहा था।

आरती ने अभय प्रताप को इस सवाल का जवाब देने का मौका ही नहीं दिया और कहा, "आज आप स्कूल सँभालो। मेरा आज फिर कुछ करने का मन नहीं है। मैं थोड़ा आराम करूँगी।" माँ आराम करेगी इस बात से अभिमन्यु खुश था, पर अभय प्रताप नहीं। वे देख रहे थे कि आरती आजकल जल्दी थक जाती है, पर उन्होंने अभिमन्यु से इस बारे में कुछ कहा नहीं।

"रोशनी, तुम अभिमन्यु के साथ चली जाना।" आरती ने रोशनी से कहा।

अभिमन्यु सोचने लगा कि रोशनी पर आरती जो कल रात इतनी नाराज थी, उस नाराजगी अभी दूर-दूर तक नामोनिशान नहीं था।

"चलो, कॉलेज चलना है न?" खुशी से रोशनी ने अभिमन्यु से पूछा।

"चलना क्या है? लेकर ही जाना। उसका यह साल बरबाद न हो।" आरती ने कहा।

अभिमन्यु आरती को पहले ही काफी मायूस कर चुका था। अब उसे और परेशान नहीं करना चाह रहा था। वह तैयार होकर रोशनी के साथ अपना साल बचाने निकल पड़ा।

रोशनी इस बात से बहुत खुश हो गई। उसे अभिमन्यु के साथ रहने का थोड़ा मौका मिल रहा था। एक-डेढ़ किलोमीटर का रास्ता था। दोनों पैदल ही निकल पड़े। चलते-चलते रोशनी ने बातचीत शुरू की। "तो सुबह-सुबह हिंदू-मुसलिम का झगड़ा शुरू कर दिया तुमने। क्या चल क्या रहा है दिमाग में?"

"कुछ नहीं, बस ऐसे ही।" अभिमन्यु ने उसे टाल दिया।

"अपने सवालों के जवाब लिए बिना चल जाता है तुम्हारा?" रोशनी ने उसे छेड़ते हुए पूछा। अभिमन्यु समझ रहा था कि रोशनी उसे पसंद करती है पर अभिमन्यु तो सिर्फ जसप्रीत से ही प्यार करता था। तो उसने रोशनी की चाहत को बढ़ावा नहीं दिया। थोड़ी देर वो दोनों वैसे ही चुपचाप चलते रहे। रोशनी भी समझ गई कि अभिमन्यु उससे दूर रहने की कोशिश कर रहा है, पर वह अब उसे प्यार किए बिना रह नहीं पा रही थी, पर अब जब कि अभिमन्यु ने उसे दूरी के संकेत दे दिए थे, उसने भी तय किया कि जब तक अभिमन्यु नहीं चाहेगा, वह अपने प्यार को उससे छुपाकर रखेगी और अभिमन्यु मन में सोच रहा था कि मुझे रोशनी को जसप्रीत के बारे में सबकुछ बता देना चाहिए। वो जसप्रीत, जिसे अब वो कभी भी मिलनेवाला नहीं था। दोनों का प्यार मजबूर था। रोशनी और अभिमन्यु, दोनों एक-दूसरे के साथ अजीब उलझन महसूस करने लगे, पर ऐसा कब तक चलनेवाला था? थोड़ी और दूर चलकर रोशनी ने बातचीत फिर से शुरू की, "तुम्हें पितामह भीष्म मालूम है अभिमन्यु?" रोशनी ने पूछा।

"हाँ, वही न जो महाभारत सीरियल में आते हैं?" अभिमन्यु ने मजाक करते कहा।

"हाँ, वही।" रोशनी ने भी मजाक को आगे बढ़ाया।

"उनका क्या?"अभिमन्यु ने पूछा

रोशनी बताने लगी कि "भीष्म से किसी ने एक दिन सवाल किया कि आप इतने धर्मपरायण, न्यायी और कौरवों में श्रेष्ठ माने जानेवाले इनसान ने भी पांडवों पर हो रहे अत्याचार, भरी सभा में द्रौपदी पर हो रहे अत्याचार के खिलाफ कभी कुछ बोला क्यों नहीं? चुपचाप अन्याय देखते रहे? इसपर भीष्म ने जवाब दिया था कि आप जिनका अन्न खाते हो, उनके जैसे बन जाते हो, उनके आचार-विचार उस अन्न में उतर जाते हैं। मैं इतने साल से कौरवों का अन्न खा रहा था। उनके जैसा ही हो गया।" अभिमन्यु ने आश्चर्य से रोशनी को देखा। उसे उसके सवाल का जवाब मिल गया था कि धर्मांतरित हिंदू भी हिंदू के खिलाफ क्यों है। रोशनी ने उसे इतने साधारण तरीके से बहुत बड़ी बात समझा दी थी। तभी तो हमारे बड़े-बुजुर्ग कहते हैं कि आपका स्वभाव आप कहाँ खाते हो और क्या खाते हो, उससे बनता है। कॉलेज का गेट अब सामने दिख रहा था। दोनों अंदर चले गए और ऑफिस में पहुँचे।

कोई शरणार्थी कुछ बात करना चाह रहा है, यह जानकर वहाँ के क्लर्क ने पहले

तो मिलने से मना ही कर दिया, पर रोशनी ने चपरासी से काफी मिन्नतें करके दो मिनट का वक्त ले ही लिया। अभिमन्यु ने अभी तक सिर्फ सुना था कि यहाँ के कॉलेज पढ़ाई के क्रम में कक्षा में और परीक्षा में शरणार्थियों के साथ दोयम दर्जे का व्यवहार करते हैं, पर अब वह खुद ये भुगत रहा था।

क्लर्क ने उन्हें बैठने के लिए भी नहीं कहा।

"कहो क्या काम है, और जरा जल्दी बताना", क्लर्क ने बेरुखी से कहा।

"जी, ये अभिमन्यु हैं और ये इस कॉलेज से परीक्षा देना चाहते हैं।"

"इतने दिन क्या कर रहे थे? अब आए हो जब परीक्षाएँ नजदीक हैं।"

"जी, मैं पानीपत में पढ़ रहा था।" अभिमन्यु ने कहा।

"जी पढ़ नहीं रहे थे, काम करने गए थे।" रोशनी ने झट-से कहा और उसने अभिमन्यु को चुपचाप बैठने का इशारा किया।

क्लर्क को कुछ गड़बड़ लगा, पर उसे इन दोनों में जरा भी दिलचस्पी नहीं थी तो उसने कहा कि अब मुश्किल है। सारे एडमिशन हो चुके हैं फरवरी में ही, तब क्यों नहीं आए? अब मुश्किल है।

रोशनी ने थोड़ा गिड़गिड़ाते कहा, "सर, एडमिशन नहीं चाहिए, सिर्फ साल बरबाद न हो इसलिए परीक्षा देनी है।"

"मुमकिन नहीं है, क्यों मेरा वक्त बरबाद कर रहे हो?"

रोशनी ने फिर थोड़ा दयनीय होकर कहा, "सर, आप जानते ही हैं कि हम किन हालातों में हैं? प्लीज, जरा कुछ सोचिए न?" रोशनी जिस तरह उससे गिड़गिड़ाकर एग्जाम की भीख माँग रही थी, अभिमन्यु के दिल में बहुत काँटे चुभ रहे थे।

"अरे, हम लोगों ने सोचा, तभी तो साल के बीच में दाखिला कराया था। इतनी पड़ी थी साल बरबाद होने कि तो तभी आते। अब नींद से जाग रहे हो?" क्लर्क ऐसे बात कर रहा था, जैसे उसने एहसान कर दिया था साल के बीच एडमिशन देकर। अभिमन्यु को उसका बरताव अच्छा नहीं लग रहा था।

"सर, ये पढ़ाई में बहुत अच्छा है। बस, परीक्षा देने दीजिए, सर। आपको सिर्फ एक पेपर पर साइन ही तो करना है, सर। प्लीज कर दीजिए।"

क्लर्क एक पल के लिए शांत हो गया। उसने अभिमन्यु को देखा। अभिमन्यु अच्छे परिवार का नजर आ ही रहा था। रोशनी को लगा कि शायद यह मान जाएगा। उसे क्लर्क से बड़ी उम्मीद थी, पर दूसरे पल ही उस पर पानी फिर गया। क्लर्क ने कहा, "साइन तो कर सकता हूँ, पर उस साइन की कुछ कीमत होगी।" रोशनी हक्की-बक्की होकर देखती रही।

अभिमन्यु, जो अब तक अपने आप कंट्रोल कर रहा था, वह मैनेजर को कुछ कहने

ही वाला था कि रोशनी उठी और उसने क्लर्क को थैंक्स कहा कि उन्होंने उनका कीमती वक्त उन्हें दे दिया। वह अभिमन्यु को तकरीबन वहाँ से खींचते हुए बाहर ले गई।

फुसफुसाते अभिमन्यु ने पूछा, "तुमने मुझे उसे जवाब देने क्यों नहीं दिया?"

रोशनी ने बड़ी ही शांति से कहा, "वो भी हालत का मारा होगा बेचारा। अपने मेहनत की कमाई उसके परिवारवालों को कम पड़ती होगी, हमने उसे भ्रष्ट होने का मौका दिया। उसने उठा लिया। गलती हम करें और भुगते वो। चलो छोड़ो।"

"हमने क्या गलती की, रोशनी? तुम ऐसा कैसे कह सकती हो?"

"हाँ, अभिमन्यु। सरकार ने हमें मौका दिया एडमिशन का। हमने अपने कारणों से उसे खो दिया। अब उस क्लर्क पर जोर डाल रहे हैं कि वो हमें एडमिशन दे। वो रूल तोड़ेगा तो उसके पैसे वसूल करेगा न?"

"अरे, पर वो भी तो रूल तोड़ रहा है न? उसकी सजा कुछ नहीं, हम ही भुगतें सबकुछ?" अभिमन्यु ने रोशनी पर थोड़ा-सा गुस्सा जताया।

"उसकी सजा या माफी भगवान् तय करेंगे, वे सब का हिसाब रखते हैं। तुम मत परेशान हो। अब क्या करना है, वो सोचो।" रोशनी ने उसे वापस एक बार खींचते हुए कहा। अभिमन्यु का मूड ऑफ हो गया। वो बिना बोले रोशनी के साथ चलता रहा।

मुँह फुलाए अभिमन्यु को देखकर रोशनी ने कहा, "तुम्हें रोकने की और एक वजह थी, मैं बलदेव भाटिया वाला एपिसोड फिर नहीं चाहती थी। यहाँ का इंस्पेक्टर राशिद बट्ट बहुत ही जुल्मी आदमी है। हम कश्मीरियों से उसे बेहद नफरत है। हम लोगों को परेशान करने का मौका ही वो ढूँढ़ता रहता है। उस तक ये बात तुरंत पहुँच जाती। फिर बड़ी प्रॉब्लम खड़ी हो जाती, अभिमन्यु।"

"मैं नहीं डरता किसी से।" अभिमन्यु ने थोड़े गुस्से में कहा।

"वही तो। तुम्हारे इसी गुस्से के कारण यहाँ कुछ हो जाता तो आरतीजी को जरा भी अच्छा नहीं लगता और हो सकता था कि जिनकी परीक्षाएँ होनेवाली हैं, उन पर कुछ असर पड़ता। उनका तो सोचो?" रोशनी ने बड़ी ही सहजता के साथ कहा। उसकी सहजता, किसी प्रॉब्लम से हँसकर बाहर आने की अदा और किसी के भी प्रति साफ मन देख अभिमन्यु भी थोड़ा सहज हो गया और कभी बचपन में आरती की उसे सुनाई महाभारत की एक कहानी उसे याद आ गई।

अर्जुन और दुर्योधन, दोनों ही गुरु द्रोण के शिष्य थे। दोनों ही बड़े पराक्रमी थे। किसी में साहस की कमी नहीं थी। गुरु द्रोण ने उनकी जितनी भी परीक्षाएँ लीं, दोनों बराबरी में ही रहे। अब यह तय करना मुश्किल हो गया कि दोनों में से सर्वश्रेष्ठ युवराज कौन है, ये कैसे तय करें⋯? द्रोण बड़े ही परेशान थे। तब उन्होंने अपनी परेशानी भीष्म के सामने रखी। भीष्म दुर्योधन और अर्जुन की नस-नस से वाकिफ थे। उन्होंने गुरु द्रोण

की समस्या हल की। उन्होंने अर्जुन से कहा कि पूरी धरती घूमकर एक बुरा आदमी ढूँढ़कर लाओ। और दुर्योधन से कहा कि पूरी धरती घूमो और एक अच्छा इनसान ढूँढ़कर लाओ। अर्जुन और दुर्योधन, दोनों ही अपनी-अपनी तलाश में चले गए और कुछ दिनों के बाद लौट आए, पर दोनों ही खाली हाथ थे। पूरी धरती पर अर्जुन को एक भी बुरा इनसान नहीं मिला और दुर्योधन को एक भी अच्छा इनसान नहीं मिला। इनसान अपने अंदर जो होता है, वही बाहर देख पाता है। अभिमन्यु को रोशनी बिल्कुल अर्जुन-सी नजर आ रही थी। दोनों काफी देर चलते रहे। अभिमन्यु को बार-बार जसप्रीत की याद आ रही थी, जब वे भी ऐसे ही कनाल के किनारे चला करते थे। गप्पें मारते थे। घंटों एक-दूसरे के लिए बेचैन रहते थे। लड़ते-झगड़ते थे, पर अब सब शांत था। अभिमन्यु चुपचाप रोशनी के साथ चलता रहा। रोशनी तो अब उसके सामने कभी भी अपने प्यार का इजहार करनेवाली नहीं थी। यह उसका अहं नहीं था, पर वह नहीं चाहती थी कि पहले से ही परेशान अभिमन्यु की जिंदगी को और परेशान किया जाए। वह भी चुपचाप चल रही थी। दोनों ही कैंप लौट रहे थे और अब सच में अभिमन्यु के अंदरवाले अर्जुन की महाभारत शुरू होनेवाली थी, क्योंकि अब वह परीक्षा में बैठ नहीं पा रहा था, और न ही उसके पास कोई नौकरी थी। वह चलते-चलते फिर कैंप की तरफ ही बढ़ गया था। कैंप में दाखिल होते ही फिर उसका मनोबल गिरने लगा। फिर वही बदबू। वही गंद। कोई साफ करे तो कितना? अभिमन्यु कैंप में अपने टेंट की तरफ बढ़ ही रहा था कि फिर उसे वो सिगरेट पीते, जुआ खेलते बच्चे नजर आए। उनकी इस हालत से अभिमन्यु को बड़ा डर लगता था। उनसे डर लगता था या मैं वैसा न बन जाऊँ। उन्हें देख अभिमन्यु शारीरिक हाव-भाव बदल जाते थे। उसके सामने हरजोत की जिंदगी आ जाती थी। किसी का अस्तित्व खत्म होते दिखता था। शायद अभिमन्यु उनमें अपना अक्स देखने से डरता था। जैसे ही उसने उन लड़कों को देखा, उसने तुरंत रोशनी से कहा कि मैं जरा कहीं घूम आता हूँ। देर हो जाएगी। माँ को बता देना। और हाँ, माँ को अभी कुछ मत बताना एग्जाम के बारे में। मैं आकर बताऊँगा। कहकर अभिमन्यु जम्मू की तरफ चल दिया। एक पल के लिए रोशनी को लगा कि वह उसे पूछे कि कहाँ जा रहे हो, पर फिर उसने अपने आपको रोक दिया और 'ठीक है' कहकर रोशनी भी चली गई। एक पूरा दिन बरबाद करने की बजाय अभिमन्यु ने अपने कश्मीरी कुल्चों की रेहड़ी पर ही काम करना बेहतर समझा। अभिमन्यु को देखते ही रेहड़ीवाला बड़ा खुश हुआ। अभिमन्यु ने उसका काम अच्छे से किया था। हिसाब भी बराबर रखा था और अभिमन्यु पढ़ा-लिखा था तो ग्राहकों से अच्छे से बात करता था।

"मुझे तो लगा, तुम नहीं आओगे।" रेहड़ीवाले ने कहा।

"आना पड़ा।" अभिमन्यु ने कहा और अपने काम पर लग गया।

रेहड़ीवाले ने उसे कहा कि "छोले बनाने आते हैं?"

"सिखा दो, सीख लूँगा।" अभिमन्यु ने बड़ा ही प्रामाणिक उत्तर दिया।

"आ जाओ, सिखाता हूँ।" रेहड़ीवाले ने कहा।

"और ये जूठी प्लेटें धोने का काम?"

"उसके लिए दिन में एक लड़का आएगा। शाम को तुम धो लिया करना।" रेहड़ीवाले ने जवाब दिया।

अभिमन्यु अब छोले बनाना सीख रहा था और मन में चल रहा था कि माँ को पता पड़ा कि एग्जाम का काम नहीं हुआ है तो वह फिर दुःखी हो जाएगी। सोचते-सोचते वह अपना काम करता रहा। घंटा-आधा घंटा बीता नहीं कि वहाँ एक 10 साल का छोटा लड़का जूठी प्लेटें धोने के काम पर आ गया। चेहरे से वो चीनी लग रहा था, पर था तिबेतियन। गोरा-गोरा, छोटी-छोटी आँखें और सर के बाल पूरे मुंडे हुए, किसी लामा की तरह। इतना छोटा सा बच्चा काम में बड़ा तेज था। उसे देखकर पता नहीं क्यों अभिमन्यु को बड़ा आराम आ रहा था। अभिमन्यु को लग रहा था कि जाकर उसे गले से लगा लूँ और अभिमन्यु के मन की वो बात उस बच्चे तक अपने आप ही पहुँच गई थी और एक मासूम-सी मुसकराहट के साथ उस बच्चे ने भी मन-ही-मन उस आलिंगन का स्वीकार किया था। दोनों ही एक-दूसरे की भाषा जरा भी नहीं समझते थे, पर बस कुछ ही पलों में भाषा उनकी समस्या रही ही नहीं। बस, वे एक-दूसरे को गौर से देखते और समझ जाते कि किसे क्या कहना है? बीच-बीच में अपना काम करते-करते एक-दूसरे को देख मुसकराते तो कभी एक-दूसरे की मदद करने लगते। बीच-बीच में जाकर अभिमन्यु उसे अपने गले से लगा ही लेता था और बदले में वह छोटा सा लड़का, अभिमन्यु के गाल चूम लेता था। ऐसे करते करते पूरा दिन बीत गया। अभिमन्यु खुश था, पर उसकी खुशी ज्यादा देर नहीं रही। उस बच्चे की दादी शाम को उसे लेने आई, 55 -60 साल की तिबेतियन औरत। उसने बच्चे के काम के पैसे लिये और बच्चे को लेकर वो आगे चल पड़ी। उस बच्चे ने जाते-जाते अभिमन्यु को बड़ी मुसकराहट के साथ तिबेतियन भाषा में 'बाय-बाय' कहा। अभिमन्यु ने जाते हुए उस बच्चे को हिंदी में पूछा कि "क्या कल फिर आओगे?" वह बच्चा जाते-जाते सिर्फ मुसकरा गया। रेहड़ीवाले ने अभिमन्यु को बताया कि ये तिबेतियन लोग हैं। इनका कोई एक ठिकाना नहीं। पिछले 30 साल से ये यहाँ से वहाँ भटक रहे हैं। अभिमन्यु इस बार गहरे पानी में डूब रहा था, क्योंकि तिबेतियन नरसंहार का तमाशा पूरी दुनिया खामोशी से देखती रही। किसी ने कुछ भी नहीं कहा, न तब, न पिछले 32 सालों में। दलाई लामा दुनिया भर अपने और अपने लोगों के लिए न्याय माँगते रहे, पर किसी ने भी राजकीय कारणों से इनकी कभी मदद नहीं की और एक पूरी-की-पूरी सभ्यता नष्ट हो गई। वह समृद्ध, प्राचीन सभ्यता, जो अपने घर में

बैठकर दुनिया की शांति के लिए प्रार्थना करती थी, जिन्हें बाहरी दुनिया से कुछ लेना-देना नहीं था, जो हमेशा से अपने निर्वाण के, यानी मोक्ष के मार्ग पर ही चले थे, वह सभ्यता साम्राज्यवाद के चलते नष्ट कर दी गई थी। उनके कुछ बिखरे हुए अवशेष हिमाचल के धर्मशाला नगर में बचे थे। अभिमन्यु के अंदर फिर वोतलबुज का खेल शुरू हो गया। पहले पीओके से, अब कश्मीर से कश्मीरी पंडितों की सभ्यता नामशेष होती उसे दिख रही थी, पहले सिर्फ पाकिस्तान से, अब सारी दुनिया से अभिमन्यु को शिकायत थी। दुनिया में किसी में इतनी हिम्मत नहीं थी कि वह कश्मीरी पंडितों को उनका हक दिला सके। अभिमन्यु को लगा कि कहीं मेरे अंदर दुर्योधन तो नहीं आ बसा है? मुझे कहीं कुछ अच्छा दिख क्यों नहीं रहा?

आज फिर अवसाद में घिरे अभिमन्यु ने देर रात अपने टेंट में प्रवेश किया। आरती सोई थी और अभय प्रताप अपना लिखने का कुछ काम कर रहे थे।

"खाना लगा दूँ?" बिल्कुल ही धीमी आवाज में रोशनी ने अभिमन्यु से पूछा, ताकि आरती जाग न जाए।

"मैं खाकर आया हूँ।" अभिमन्यु ने कहा।

"खाना खाकर सो जाना, अभिमन्यु।" अभय प्रताप ने जैसे हुकुम ही दिया। अभिमन्यु को कोई ताज्जुब नहीं था कि उसके पापा जानते थे कि वह भूखा है।

रोशनी ने उसे थाली में खाना दिया। उसने चुपचाप से खाना खाया। कोई इतनी सी भी आवाज नहीं कर रहा था, ताकि आरती की नींद न खुले। वह सुबह से बीमार थी, पर आरती अपने बेटे की आहट पाकर जाग ही गई और लेटे-लेटे पूछा, "खाना खाया, अभिमन्यु?"

"खा रहा हूँ, माँ। तुम ठीक हो?" अभिमन्यु ने पूछा।

"हाँ, अब तू है न मेरे पास। एडमिशन का क्या हुआ?" आरती ने इतने में ही पूछ लिया। अभिमन्यु का चेहरा सर्द होने लगा।

"बताया न मैंने कि वे विचार करके बतानेवाले हैं।" रोशनी ने झट से जवाब दिया। अभिमन्यु ने राहत पा ली। इतना सुनकर आरती फिर से सो गई। शायद उन्हें कोई दवा दी गई थी। उसका ही असर था कि वे सोती रहीं।

अभिमन्यु ने रोशनी से इशारों में पूछा कि माँ को क्या हुआ है?

रोशनी ने भी इशारे में ही कहा कि ठीक हैं वे।

अभय प्रताप उन दोनों के इशारे देख रहे थे, पर उन्होंने अपने काम में ध्यान देना शुरू किया। खाना खत्म करके अभिमन्यु बाहर हाथ धोने आया तो देखा कि आज रोशनी और उसके पापा का बिस्तर बाहर ही लगा है, ताकि आरती अंदर आराम से सो सके। ये दोनों पति-पत्नी और उनकी बेटी ये इतने समझदार लोग हैं कि उसके लिए अभिमन्यु ने

मन में हजार बार भगवान् का शुक्रिया अदा किया।

"पापा, सोने जा रहा हूँ।" कहकर अभिमन्यु फिर पेड़ के पासवाले अपने उस चबूतरे के पास गया। उसने आज तक पूरा कैंप कभी घूमकर नहीं देखा था और नसीब से उसका टेंट कैंप शुरू होते ही बस पाँचवें नंबर पर था। वह यही सोचता रहा कि मेरे जैसे और कितने लोग ऐसे घरों के बाहर रात काटते होंगे? उसका मन हुआ कि कैंप में एक चक्कर मारकर आऊँ, पर अब और दुःख देखने की उसकी इच्छा नहीं थी। वह अपने चबूतरे पर लेट गया। आज न उसे जसप्रीत याद आ रही थी, न सम्राट् की और न ही मुख्तार की। उसे बस वह छोटा सा बच्चा याद आ रहा था, जो अपनी दादी का हाथ पकड़कर अभिमन्यु से दूर चला गया था। पहले हँसाकर और फिर रुलाकर गया था। अभिमन्यु उसका चेहरा भूल नहीं पा रहा था। अपनी कल्पना में अभिमन्यु उसे तिब्बत में ढूँढ़ने लगा और ढूँढ़ते-ढूँढ़ते कहीं दूर उसे कैलाश नजर आया, जो अब चीन का हिस्सा बन चुका था। जहाँ जाने के लिए तिब्बत से होकर गुजरना पड़ता था। हर हिंदू की एक इच्छा होती है कि वह जीवन में एक बार मानसरोवर की यात्रा करे। भले ही उन्हें हिंदुस्तानी सरकार की तरफ से हज यात्रियों की तरह सब्सिडी न मिलती हो, पर हर हिंदू अपनी किसी यात्रा के लिए थोड़े-थोड़े पैसे जमा करता ही रहता है। अभिमन्यु कैलाश पर बैठे अपने शिव से एक ही सवाल किए जा रहा था कि तेरे कैलाश के बिल्कुल पास में ही ये सबकुछ हो रहा है। तू कुछ करता क्यों नहीं, पर उसे कोई जवाब नहीं मिला।

अभिमन्यु करवटें बदलता रहा और शिव के अनेक रूपों के बारे में सोचता रहा। यह सोचते-सोचते उसे उस फकीर की याद आई। लगा कि शायद दूर से फकीर की आवाज कानों में पड़ जाएगी, पर आज फकीर भी नहीं था। न जाने अभिमन्यु उस फकीर के बारे में क्यों सोचने लगा। आज वह फकीर कहाँ होगा, कौन सा भजन गुनगुना रहा होगा? आज उसने खाना खाया भी होगा या अपनी ही मस्ती में भूख की खबर ही नहीं होगी? फकीर लोग मानते हैं कि बंदे की फिक्र तो ऊपरवाले को होती है। ऊपरवाले की मर्जी के बिना एक पत्ता भी नहीं हिलता। तब ऊपरवाला इतना निर्दयी कैसे हो सकता है? ऊपरवाले की तो खबर नहीं पर इस वक्त अभिमन्यु निर्दयी नहीं हो सकता था। वह एक छोटी सी बच्ची को अपनी माँ को ढूँढ़ते देख रहा था। यह वही बच्ची थी जिसकी माँ ने अभय प्रताप को बहुत ही अपमानित किया था। उनकी उस हालत का जिम्मेदार अभय प्रताप को ठहराया था। आज वह बच्ची फिर अपनी माँ को खोज रही थी। इस पेड़ के पास आकर अपनी माँ को आवाज दे रही थी। इतनी रात गए इस अकेली लड़की को उसकी माँ कहाँ छोड़ गई होगी, यह सोचते-सोचते अभिमन्यु उठा और लड़की की तरफ जाने लगा। अभिमन्यु को याद आया कि जिस दिन वह इस लड़की से पहली बार मिला था, यह एकदम गुड़िया-सी लग रही थी। आज उसका उतरा चेहरा, बिखरे बाल,

स्याह पड़ा चेहरे का रंग और ऐसी आँखें जिसमें किसी भी बात की कोई उम्मीद नजर नहीं आ रही थी। वो आँखें देख अभिमन्यु सोच में पड़ गया कि फकीर के उस ऊपरवाले ने इस मासूम को भी बख्शा नहीं है। क्यों? इस मासूम का क्या गुनाह था? अभिमन्यु के मन में सवाल उठा, पर इस कैंप में हजारों सवाल थे जिनके कोई जवाब नहीं थे, उसमें से ये भी एक सवाल है, यह सोचकर अभिमन्यु ने उस लड़की को पूछा, "कहाँ गई है तुम्हारी माँ?"

अजनबी इनसान को अपने सामने देखकर लड़की ने कुछ भी जवाब नहीं दिया और उदास-सी खड़ी रही। चेहरे से वो डरी हुई थी। शायद कोई बुरा सपना देख नींद से जागी होगी और माँ को पास न पाकर घबराई गई होगी, यह सोचकर अभिमन्यु ने उसका नन्हा-सा हाथ थाम लिया और कहा कि चलो, हम दोनों मिलकर तुम्हारी माँ को ढूँढ़ते हैं, पर लड़की शांति सी वहीं खड़ी रही। अभिमन्यु से अपना हाथ छुड़वाकर वह वहीं खड़ी रहकर अपनी माँ को आवाजें देती रही।

उस बच्ची को समझाने के लिए अभिमन्यु ने मुसकराकर उसकी ओर देखा और कहा, "तुम्हारी माँ अंदर कैंप में होगी। चलो, वहाँ देखते हैं।"

लड़की ने अपनी गरदन को नीचे झुकाते हुए कहा कि "मेरी माँ जब भी खो जाती है, मुझे यहीं मिल जाती है।" अभिमन्यु सोच में पड़ गया कि यह क्या मामला है? लड़की ने और 2-3 बार आवाज दी, पर उसकी माँ नहीं आई। "चलो, हम ढूँढ़ते हैं," कहकर अभिमन्यु ने वापस से उसका हाथ पकड़ा, पर लड़की ने फिर से अपना हाथ उससे छुड़वाया और बड़े विश्वास के साथ कहा कि माँ अब आ जाएगी, मेरे टेंट में। लड़की कैंप की तरफ लौट गई। अभिमन्यु असमंजस में खड़ा रहा और पीछे की झाड़ियों में आहट हो गई। कोई वहाँ से चलकर आ रहा है ऐसा महसूस होने लगा। अभिमन्यु को दो साये साफ-साफ नजर आ रहे थे। अब दो लोगों की आवाजें भी सुनाई देने लगीं। एक मर्द की, एक औरत की।

औरत दयनीय आवाज में कह रही थी "तुमने कहा था तुम 50 रुपए दोगे। ये तो सिर्फ 20 हैं? मुझे मेरे पूरे पैसे दे दो।"

मर्द कह रहा था, "तेरी बेटी ने आकर सारा मजा खराब कर दिया। और तुझमें भी अब वो बात बची भी नहीं। जितना मिल रहा है उतना ले ले। वरना थोड़े दिन में इसके भी लायक नहीं रहेगी तू।"

मर्द उस औरत को झिड़क रहा था और वह अपने बाकी के 30 रुपए के लिए उससे लड़ रही थी। उसके पीछे पड़ी थी और मर्द उसकी बात मानने के लिए तैयार नहीं था। औरत बहुत बिनती करती रही कि मुझे मेरे 50 रुपए पूरे दे दो! पर वह मर्द उस औरत को हड़काता रहा और आगे चलता रहा। वह उसके पीछे-पीछे अपने 30 रुपए की

मिन्नतें करती दौड़ रही थी। मर्द का इस तरह उसे दुत्कारना उस औरत को अच्छा नहीं लग रहा था, पर अपनी मजबूरी के सामने टूट चुकी थी। अचानक से उस औरत ने उस मर्द का हाथ पकड़कर उसे जबरदस्ती रोक लिया और कहने लगी, "चलो 30 रुपए नहीं देना है मत दो, पर उस कैंप मैनेजर से कहो कि मुझे दूसरे टेंट में शिफ्ट करे। मेरी बेटी छोटी है। उस टेंट में हमारे साथ एक टीबी पेशेंट है। मेरी बेटी बीमार पड़ सकती है।"

"तू सीख गई है तरीके, मर्दों से अपनी बात मनवाने के। जैसे मेरे बुलाने पर यहाँ आई थी, कैंप मैनेजर को तू बुला ले···कर देगा वो तेरा काम।" मर्द ने बेशर्मी से कहा।

"उसे 5 हजार रुपए चाहिए टेंट बदलवाने के। ये सब नहीं चाहिए उसे।" औरत ने झल्लाते हुए कहा।

"चाहिए तो उसे भी यही है, पर तुझसे नहीं। 17 नंबर टेंट की निशा मालूम है न तुझे? उसका बाप आजकल डेंगू से बीमार पड़ा है। बाप को बीमारी से बचाने के लिए बहुत आती-जाती रहती है वो आज कल कैंप मैनेजर के टेंट में। तू मेरा धन्यवाद कर कि तेरी बेटी पर दया खाकर तुझे यहाँ बुला लेता हूँ वरना उस निशा जैसी मजबूर कैंप की बाकी लड़कियों की तरह तुझे भी जाना पड़ता, हर 2 दिन बाद थाने। उस इंस्पेक्टर राशिद बट्ट की हाजिरी बजाने।" औरत वहीं-की-वहीं रुक गई। सच्चाई वही थी। इंस्पेक्टर बट्ट ने कभी कैंप की लड़कियों की मजबूरी का फायदा उठाकर, तो कभी अपनी वरदी का जोर दिखाकर उनके साथ मनमानी की थी। इन अत्याचारों की किसी को भी कानोकान खबर नहीं थी, क्योंकि लड़कियाँ ऐसी बातें अपनों को बताने से डरती थीं। पुलिसवाले उनके बाप-भाइयों को किसी जुर्म में अंदर करने की धमकी देते थे तो वे लड़कियाँ सब चुपचाप सहने के लिए मजबूर थीं। इस कैंप में इस अत्याचारों की खबर सिर्फ उन्हें थी, जिन पर ये अत्याचार हुए थे या फिर उन्हें जिन्होंने ये अत्याचार किए थे। झाड़ी के पीछे से अब एक साया अभिमन्यु के सामने आ चुका था। वह मर्द एक हवलदार था। रक्षक ही भक्षक बना हुआ था। हवलदार को देख अभिमन्यु ने महसूस किया कि माथे की नस चढ़ रही है, आँखों में फिर से खून उतर रहा है, पर दूसरे ही क्षण खून फिर आँसू बनकर पानी हो गया। झाड़ी में से औरत अब बाहर आ गई थी। उसे देख अभिमन्यु अपनी आँखों पर विश्वास नहीं कर पाया था। एक खानदानी कश्मीरी औरत एक तवायफ का रूप ले चुकी थी। न उसे अपने कपड़ों का होश था और न ही जिस्म का। उसके जिस्म से कहीं बढ़कर उसके लिए वे 30 रुपए थे, जो उसकी बेटी को बीमारी से बचा सकते थे। अभिमन्यु को इतनी रात गए वहाँ अकेला देख हवलदार उसके पास आया। हवलदार ने देखा कि अभिमन्यु उस औरत को देख रहा है। हवलदार ने उस औरत पर फिर एक बार अत्याचार किया, अभिमन्यु को ये कहते हुए कि सिर्फ रोती रहती ही साली, कोई मजा नहीं। जा, दूसरी ढूँढ़। और हवलदार अपनी बात को जोक समझकर

हँसता हुआ चला गया। अभिमन्यु को देखकर भी उस औरत ने अपने कपड़े सँवारे नहीं, उल्टा उसे देखकर उसकी आँखें फिर एक बार चमकीं। अभिमन्यु के पास आकर उसने पूछा, "चलोगे क्या ? पर पैसे पहले लूँगी। पूरे 50 रुपए।"

अभिमन्यु को लगा कि जैसे उस का बलात्कार हुआ है। उस औरत में और उसमें कोई फर्क ही नहीं है। हथियारबंद लोगों ने उसे कमजोर समझकर उसके अपने घर से बेघर करके एक तरह से उस पर बलात्कार ही किया था और यहाँ के लोगों ने अपने हाथ में अधिकार की डोर पकड़े इस कैंप की हर मजलूम औरत का इस्तेमाल किया था। कश्मीर में औरतों पर बलात्कार करनेवाले उन लोगों से ये लोग अलग कैसे हैं, अभिमन्यु समझ नहीं पा रहा था। "चलोगे क्या ?" इस शब्द के साथ अभिमन्यु फिर डूबने लगा। इस बार तो उसकी आत्मा इस कदर डूब रही थी कि वो खुद अपने आप को बचाना नहीं चाह रहा था। रात इतनी गुजर चुकी थी कि अब कैंप में एक भी बल्ब रोशन नहीं था। उस घने अँधेरे की तरफ जाती उस औरत को अभिमन्यु देख रहा था, पर उसे वह तवायफ नजर नहीं आ रही थी। उसे बस माँ दिख रही थी, जो न जाने ऐसे कितने 50 रुपए जोड़-जोड़कर अपने अंदर की औरत को मारकर एक माँ को जिंदा रखने की कोशिश कर रही थी। अब तक तो अभिमन्यु की नींद उड़ी थी, पर अब उसके होश उड़ गए। उस पेड़ के नीचे तो अब सुबह का इंतजार करता रहा। मच्छरों का काटना अब उसे उतनी पीड़ा नहीं दे रहा था।

सूरज की पहली किरण के साथ अभिमन्यु ने पानी की टंकी की तरफ रूख किया। उस लड़के को जगाकर उससे एक रुपया देकर पानी खरीदा। पानी देते देते उस लड़के ने आहिस्ता-से अभिमन्यु कि कान में कहा कि टंकी की पिछली साइड से आओगे तो यही पानी 50 पैसे में वो दे सकता है, कैंप मैनेजर से छुपकर। अभिमन्यु उसे देखता रह गया और सोचने लगा कि ये लड़के आवारा बन गए, शराबी, जुआरी तो थे ही, अब भ्रष्ट भी बन गए। कल को इन्हें चोरी करने में भी कुछ बुरा नहीं लगेगा और परसों कत्ल करने में इनके हाथ नहीं काँपेंगे। ये गुनहगार करार दिए जाएँगे और तब सब ये भूल जाएँगे कि इनकी मासूमियत का कत्ल पहले किसने किया था ?

नाले पर जाकर अभिमन्यु नहाया। आज उसे आसरे के लिए उस चद्दर की जरूरत नहीं पड़ी।

"चलोगे क्या ?" ये शब्द उसकी मर्दानगी की लाज ले गए थे और वह पूरी तरह से नंगा था।

"मैं आता हूँ," कहकर अभिमन्यु आरती क्या कह रही है, यह सुनने के लिए वहाँ रुका भी नहीं। पूरे कैंप में अब वो उस औरत का टेंट ढूँढ़ने निकला था। लोगों के टेंट में झाँककर देखना उसकी तहजीब में नहीं था, पर उसके अंदर एक ऐसी चेतना पैदा हो

गई आज वो लोगों की गालियाँ सुनकर भी उन टेंटों के अंदर झाँकने लगा। उन टेंटो के परदे हटा-हटाकर जब अभिमन्यु उस छोटी बच्ची को खोजने की कोशिश कर रहा था, टेंट के हर परदे के पीछे कोई एक दर्द भरी कहानी थी। कई लोग डेंगू से ग्रस्त थे। बीमार लोगों के इलाज के लिए घरों में पैसे नहीं थे। या तो कमानेवाले अपनी जी तोड़ मेहनत से उनके इलाज में लगे थे या फिर शांत रहकर उन्हें आहिस्ता-आहिस्ता मरने दे रहे थे, ये सोचकर कि इतने महीनों से जो दर्द दिलों में पल रहा है, उससे हर पल मरने से अच्छा है कि यह डेंगू से मर जाएँ। आजाद हो जाएँगे। अभिमन्यु ने सोचा कि हम उस देश में रह रहे थे जहाँ सरकार से ज्यादा एक मच्छर ताकतवर था, जो सरकार के सामने ही लोगों को मार रहा था। कई टेंटों में अवसाद भरे चेहरों से बैठे लोग शायद अपनी मौत का इंतजार कर रहे थे, खासकर वो लोग जिन्होंने कभी अपनी पूरी जिंदगी लगाकर, अपनी सारे जीवन की जमा-पूँजी लगाकर एक छोटा सा घर अपने परिवार के लिए बनाया था। 19 जनवरी के शाम के बस दो घंटों ने उसे खाक बना दिया था। ये दर्द सिर्फ वो लोग ही समझ सकते थे जिनका घर जला था। कश्मीर के स्वर्ग से निकले वो लोग, जिन्होंने कभी भी किसी बीमारी को देखा तक नहीं था, उनकी टेंटों में आज ब्लड प्रेशर, हृदय रोग, हेपेटाइटिस या टाइफाइड की गोलियाँ नजर आ रही थीं और वे दुनिया की सबसे महँगी दवाएँ थीं, क्योंकि वे उन घर की बेटियों ने अपनी लाज देकर खरीदी थीं। अभिमन्यु को लगा कि किसी युद्ध पर जाने से पहले कोई सैनिक जैसे अपनी दारू और असलहा जमा करता है, वैसे ही हर टेंट की एक-एक वेदना उसके युद्ध की सामग्री बनती जा रही है। उसके अंदर बदले की भावना जाग्रत् होने लगी है। उस बच्ची की तलाश में अभिमन्यु ने और एक टेंट का परदा हटाया। उस टेंट में एक बूढ़ा दंपती नजर आया। वहाँ कोई बच्ची नजर नहीं आई तो अभिमन्यु आगे बढ़ने के लिए मुड़ा।

"अभिमन्यु!" एक जानी-पहचानी सी आवाज ने उसे पुकारा। अभिमन्यु ने मुड़कर देखा। उस बूढ़ी औरत ने आगे बढ़कर पूछा, "कुछ काम था, अभिमन्यु?" अभिमन्यु ने गौर से उस औरत को देखा और फिर वही वोतलबुज का अहसास अभिमन्यु के अंदर जगा। कश्मीर में अभिमन्यु के घर के सामने के मकान में रहनेवाले वो डॉक्टर दंपती थे। अभिमन्यु के फैमिली डॉक्टर। उनकी जर्जर हालात के कारण अभिमन्यु उन्हें जरा भी पहचान नहीं पाया था। डॉक्टर आंटी उसे पहचान गई थी। "आओ, अभिमन्यु।" उन्होंने कहा। उनके आदर के लिए अभिमन्यु अंदर चला गया। वो देखती रही कि अभिमन्यु कुछ कहेगा, पर अभिमन्यु सदमे में वहीं खड़ा रहा। फिर न रहकर उन्होंने ही अभिमन्यु से पूछा कि "क्या अभय प्रताप ने डॉक्टर साहब की दवाई भेजी है?" अभिमन्यु ने पूछा कि "क्या हुआ है डॉक्टर साहब को?" और वह डॉक्टर साहब को देखने लगा। डॉक्टर साहब अपनी दुनिया में खोए हुए थे। अकेले में बड़बड़ा रहे थे। उनकी बातों में कुछ

दवाइयों के नाम आ रहे थे और वो अपने पेशेंट को दवा प्रिस्क्राइब कर रहे थे। अपने पेशेंट की जाँच में जुट गए थे। वो पेशेंट जो सिर्फ उनके जहन में सिर्फ उनको दिख रहे थे। डॉक्टर साहब अभी भी कश्मीर में अपनी डिस्पेंसरी में जी रहे थे। उन्होंने अपना दिमागी संतुलन खो दिया था। दिनभर कैंप को ही कश्मीर समझकर टहलते रहते। डॉक्टर साहब की तरह और हजारों लोग इस कैंप में अपना कश्मीर ढूँढ़ रहे थे। यहाँ की गरमी उनसे बरदाश्त नहीं हो रही थी, न यहाँ का पानी और न ही यहाँ की इनसानियत, जिन्होंने उन्हें यहाँ ऐसे मरने के लिए छोड़ दिया था। डॉक्टर साहब की पत्नी ने बताया कि अभय प्रताप अलग-अलग सामाजिक संस्थाओं के पास जा जाकर उनसे जितनी मदद मिल सके, माँगकर ले आते हैं। उससे यहाँ के बीमार लोगों की दवाइयाँ खरीद लाते हैं। इसमें रोशनी उनका हाथ बँटाती है। रोशनी दिनभर यहाँ के बीमार लोगों की सेवा करती रहती है। यहाँ की बीमारी से जैसे उसने अपनी एक जंग छेड़ दी है। बिना रुके, बिना थके वो अभय प्रताप के काँधों से काँधा मिलाकर लड़ती रहती है। अभिमन्यु हैरान रहा कि कैंप हृदय, गुर्दे, अल्सर, गंभीर मनोवैज्ञानिक और मानसिक असंतुलन जैसी बीमारियों से जूझ रहा है। कैंप की जिंदगी ने कश्मीरी पंडितों को वहाँ लाकर खड़ा कर दिया है, जहाँ उसका शारीरिक, सामाजिक, शैक्षणिक, आर्थिक और राजनीतिक जीवन पूरी तरह से तबाह था। उनका यहाँ इस कैंप में होना किसकी गलती है? बार-बार अभिमन्यु खुद को सवाल कर रहा था।

जवाब सिर्फ एक था, निष्क्रियता...हर किसी की निष्क्रियता।

अभिमन्यु अपनी सोच में था और एक चाबी के गुच्छे की आवाज उसके कानों में पड़ी। डॉक्टर आंटी की कमर में एक चाबी का गुच्छा था जो शायद उनके कश्मीर के घर का था। शायद ही किसी कश्मीरी पंडित ने अपने घर की चाबी का वे गुच्छा फेंक दिया होगा जो उनके कश्मीर के घर का था। हर किसी ने उसे एक गहने की तरह सँभालकर रखा होगा। अचानक, अभिमन्यु को याद आया। उस रात जब वो अपने घर से निकल रहे थे तो आरती ने घर से बाहर निकलते-निकलते आदतन अपने घर की चाबी का गुच्छा उठाया था। एक और बात अभिमन्यु को अस्वस्थ कर गई कि वो चाबी का गुच्छा उनकी माँ का था, नीलम घाटी के उनके घर का और उसी गुच्छे में उन्होंने अपने कश्मीर के घर की चाबियाँ भी जोड़ दी थीं। और अब जम्मू भी कश्मीर से दूर नहीं था। अभिमन्यु का दिल फिर एक बार काँप-सा गया और उसी क्षण उसे उन लोगों पर बहुत गुस्सा आया जो लोग कहते हैं कि कश्मीर सिर्फ एक जमीन का टुकड़ा है। दे दो, क्यों जानें गँवा रहे हो, पर वे आकर इस चाबी के गुच्छे को आँखें खोलकर देखें कि जिसे वो जमीन का टुकड़ा कह रहे हैं, वो अपने अस्तित्व की लड़ाई है। आज वह जमीन का टुकड़ा दे भी दिया तो कल वे पुरे हिंदुस्तान में घुसकर आ सकते हैं। बंदूक

की नोक पर ही आपको भगा सकते हैं, जहाँ फिर भागने के लिए आपके पास जमीन का कोई टुकड़ा नहीं बचेगा। आज हम पिस रहे हैं। अगर इस सोच का कुछ किया नहीं गया तो कल हमारी जगह पर आप होंगे। फिर एक बार अभिमन्यु टेंट के बाहर आया यह सोचते हुए कि सिर्फ देखने और सोचने के सिवा मैं क्या कर रहा हूँ? आनेवाला हर खयाल उसे नंगा, और नंगा करता चला गया। दिशाहीन-सा चलता रहा, चलता रहा। अगली गली में, एक टेंट के बाहर वो औरत अपनी बच्ची को अपने सीने से लगाए सोई पड़ी थी क्योंकि अंदर बीमार इनसान था। अभिमन्यु उस टेंट के बाहर बदहवास-सा बैठ गया। उस औरत के जागने की प्रतीक्षा करने लगा। अंदर से एक जवान इनसान के खाँसने की आवाज बार-बार आती रही, पर फिर भी अभिमन्यु वहीं वैसा-का-वैसा बैठा रहा। इन सारी बातों से अभिमन्यु को गुस्सा आना चाहिए था, पर इस कैंप की बीमारियों ने उसे घेर लिया था। वह अपने आपको बहुत कमजोर महसूस करने लगा। कैंप की चहल-पहल शुरू हो चुकी थी। कैंप के लोगों ने यहाँ अपनी ही एक इकॉनामी बना ली थी। जम्मू शहर से जरूरत की चीजें छोटी-मोटी, जैसे सब्जी तरकारी, दूध ब्रेड, अंडे, कपड़े लाकर वे यहाँ थोड़े ज्यादा भाव में बेच रहे थे। किसी-किसी ने अपने टेंट के बाहर ही छोटी छोटी दुकानें भी लगा ली थीं और उसके ऐवज में हर हफ्ते कुछ पैसे कैंप मैनेजर की जेब में जाते थे। इस इकॉनामी में पानी भी बिक रहा था, औरतों की इज्जत भी, बच्चों का बचपन भी और बूढ़ों का सहारा भी। अभिमन्यु यह भी देख पा रहा था कि सबसे ऊँचे दाम पर यहाँ हिंदुस्तान के सरकार की इज्जत नीलाम हो रही थी, जिसकी उन्हें कोई परवाह भी नहीं थी। सरकार तो जाग नहीं रही थी, पर सोई हुई माँ और बेटी जाग गई। उस टेंट के अंदर रहनेवाले सारे लोग अपने-अपने कामों के लिए बाहर चले गए थे। औरत उठी और उसने अभिमन्यु को देखा, पर वो अभिमन्यु को पहचान नहीं पाई कि वो ही उसे कल रात मिला था। अपने दरवाजे पर बैठे इस लड़के को वह औरत इसलिए पहचान नहीं पाई कि शायद उसे हर ग्राहक एक ही नजर आता था, जिसका अपना कोई चेहरा नहीं था या फिर वो उस चेहरे को हर किसी मर्द में देखती थी, जिसने पहली बार उसे वेश्या बनाया था। या फिर हर मर्द उसे बस 50 रुपए का नोट ही नजर आता था। दरवाजे पर बैठे उस लड़के का उस औरत को इस वक्त लेना-देना नहीं था, क्योंकि इस वक्त उसे अपनी लड़की को चाय बनाकर पिलानी थी और उसके लिए खाना बनाना था। वे औरत अभिमन्यु को पूरी तरह से नजरअंदाज करके टेंट के अंदर चली गई। अभिमन्यु अपने मन में तय कर रहा था कि मुझे उस औरत से क्या बात करनी है, क्या कहना है। मन में पूरी तरह से रिहर्सल करके अभिमन्यु उस टेंट के अंदर चला गया। उस टेंट के बाकी के लोग तो अभिमन्यु के सामने ही जा चुके थे, पर वह बीमार मर्द वहीं लेटा पड़ा था। अभिमन्यु को अंदर आते देख वो मर्द इस तरह से बाहर

गया जैसे कि उसकी हमेशा कि यह आदत हो। उस टेंट में कोई भी नया मर्द देखकर वह ऐसे ही बाहर जाता था। अभिमन्यु को वहाँ देख औरत ने अपनी लड़की के हाथ में एक स्टील का गिलास और कुछ पैसे थमाकर कहा कि जा दूध ले आ, सारिका। लड़की दूध लाने चली गई। उसके जाते ही औरत ने आदतन कहा, दिन के मैं 100 रुपए लेती हूँ, 25 टेंट मैनेजर को और 25 इंस्पेक्टर बट्ट को देने पड़ते हैं इस टेंट में ये सबकुछ करने के। और हाँ, थोड़ी देर बाद आना। मेरी लड़की पढ़ने जाएगी, उसके बाद।" ये बात सुनकर अभिमन्यु के रोंगटे खड़े हो गए। उसे लगा जैसे उसे उल्टी आ रही है। कैंप की बदबूदार हवा इतनी परेशान नहीं कर रही थी, जितनी ये बात अभिमन्यु को परेशान कर गई। कैंप मैनेजर और इंस्पेक्टर बट्ट, ये दो नाम कल से अभिमन्यु के जहन से उतर नहीं रहे थे। अभिमन्यु वहीं का वहीं खड़ा था। उसे वैसा ही खड़ा हुआ देख औरत ने अपना काम करते-करते कहा, "जा, अब बाद में आना, मेरी बेटी आती होगी।"

"मैं आपको अपने टेंट में ले जाने आया हूँ।" अभिमन्यु ने दृढ़ता से कहा।

औरत को अपने कानों पर यकीन नहीं हो रहा था। खुशी से वह अभिमन्यु के पास आकर पूछने लगी कि "क्या तुम सच कह रहे हो?"

अभिमन्यु ने 'हाँ' कहा।

एक पल के लिए सोचकर औरत ने पूछा कि तुम्हारे टेंट में कोई बीमार तो नहीं है?

"नहीं, सब सेहतमंद और पढ़े-लिखे हैं।" ये सुनते ही औरत के खुशी का ठिकाना नहीं रहा।

"कितने पैसे देने पड़ेंगे मुझे?" थोड़ा-सा डरते-डरते उसने पूछा।

"कोई पैसे नहीं देने हैं।" अभिमन्यु ने कहा। कोई बिना पैसे के कुछ दे रहा है इस बात पर अब उस औरत को यकीन नहीं था।

"फिर क्या चाहते हो, पैसे नहीं तो?" औरत ने पूछा।

अभिमन्यु ने जवाब दिया कि "कुछ भी नहीं।" इस बात पर उस औरत को जरा भी यकीन नहीं हो रहा था। उसने कुछ पल के लिए सोचा और पूछा, "कौन हो तुम और कहीं तुम्हें रोशनी ने तो नहीं भेजा है?"

इसपर अब अभिमन्यु चौंक गया। असल में रोशनी कई बार इस औरत के पास सारिका को अपने घर ले जाने आई थी, पर अभय प्रताप की नफरत की वजह से इस औरत ने अपनी बेटी के साथ वहाँ जाने से इनकार किया था। उसका अभी भी मानना था कि वे वक्त रहते वहाँ से निकल ही रहे थे, लेकिन अभय प्रताप ने वहाँ आकर उन सबको रोक दिया और उस नरसंहार में उसका पति मारा गया। उसने हमेशा से अभय प्रताप से नफरत की थी और उसके टेंट में न जाकर वो एक तरह से अभय प्रताप को सजा ही दे रही थी। उसके हजार बार मना करने के बाद भी रोशनी उन दोनों को लेने आती थी।

वह सारिका का बहुत ध्यान रखती थी। अभिमन्यु यह सब बातें नहीं जानता था तो उसने सीधे-सीधे बता दिया कि "मुझे रोशनी ने नहीं भेजा है, पर मैं रोशनी के टेंट में ही रहता हूँ। मैं अभय प्रताप का बेटा हूँ।"

इस बात पर उस औरत ने अभिमन्यु से गुस्से में कहा कि "निकलो यहाँ से, और यहाँ फिर कभी मत दिखना। नफरत है मुझे अभय प्रताप से।"

उसकी नफरत तो अभिमन्यु ने कैंप के पहले दिन ही देख ली थी, पर अभी भी उतनी ही नफरत है, ये बात अभिमन्यु को अच्छी नहीं लग रही थी। अभिमन्यु को क्या कहना है, उसे कुछ सूझ नहीं रहा था और सारिका दूध लेकर लौट आई थी। उस मासूम चेहरे को देख अभिमन्यु के अंदर की आवाज अपने आप बोल उठी। उसने सारिका के पास जाकर बड़े प्यार से सारिका के काँधे पर एक हाथ रखा और दूसरा उसके सिर पर, और उस औरत की आँखों में आँखें डालकर कहा कि "आपको नहीं, पर इसको मेरी जरूरत है। आप देख नहीं पा रहीं कि नफरत में अंधी होकर आप इसके सेहत के साथ खिलवाड़ कर रही हैं? आप यकीन करें कि मैं इसे अपने आप से भी ज्यादा प्यार करूँगा। कभी भी इसे अपने पिता की और भाई की कमी महसूस नहीं होने दूँगा। आप दोनों को मैं अपने आपसे पहले रखूँगा। आपको ऐसा लगता है कि मेरे पापा आपके गुनहगार हैं तो मैं उसका प्रायश्चित्त करने के लिए तैयार हूँ। बस, आप दोनों मेरे साथ चलो। आप मेरे लिए मेरे माँ से कम नहीं हैं।" अभिमन्यु की आँखों में, बातों में, आवाज में, आत्मा में इतनी सच्चाई थी कि उस औरत की नफरत उसके सामने कम पड़ गई। उसने अभिमन्यु की आँखों में झाँककर उसकी आत्मा को देख लिया जो उसे बड़ी पवित्र लगी। पिछले चार महीने से हर उम्र के मर्द ने उसे बस इस्तेमाल की चीज समझा था। पहली बार आकर कोई उसे 'माँ' कहकर उसकी आत्मा को झकझोर रहा था। अभी तक रोशनी भी उसकी बेटी को लेने आती थी, लेकिन सिर्फ बेटी को। यह लड़का आज उसे भी सम्मान के साथ घर ले जाना चाहता था। उसकी आत्मा अब शायद सुकून में थी। अभिमन्यु के हर लफ्ज पर उस औरत को यकीन था। उस टेंट में अब खामोशी थी और वह खामोशी बहुत सुकून देनेवाली थी। अभिमन्यु को उस खामोशी ने फिर एक बार उभार लाया था। "तुम थोड़ी देर यहीं बैठो, मैं आती हूँ," यह कहकर वह औरत टेंट के बाहर चली गई और जब लौटी तो अपनी बेटी के लिए नए कपड़े, नए जूते, खाने-पीने की चार अच्छी चीजें लेकर लौटी। उसने बड़ी ममता से अपनी बेटी को नहलाया। प्यार से उसे नए कपड़े पहनाए, अपने हाथों से उसके बाल सँवारे। जो खाने की चीजें लाई थी, उन्हें अपने हाथों से खिलाया। खिलाते वक्त वह बार-बार अपनी बेटी के सिर पर हाथ फेरती रही और रोती रही। फिर उसे बाँहों में भर-भरकर प्यार किया। उसकी नजर उतारकर उसके नन्हे से हाथ में अभिमन्यु का हाथ पकड़ा दिया और कहा, "ले जाओ इसे।"

"आप भी चलो। आप भी बीमार पड़ सकती हैं यहाँ रहकर।" अभिमन्यु ने कहा।

"मैं आती हूँ बाद में।" इतना कहकर उस औरत ने फिर एक बार अपनी बेटी को चूम लिया और कहा कि भैया का हाथ कभी नहीं छोड़ना।

अभिमन्यु ने उस नन्ही-सी जान को अपनी गोद में उठा लिया और औरत से कहा कि "आप आ जाना। आप ही का घर है वो।" औरत की आँखों में आँसू थे और होंठों पर मुसकान। इस वक्त वह औरत दुनिया की सबसे खूबसूरत माँ लग रही थी, जिसकी वह छवि सारिका अपनी आँखों में भर रही थी और अब उसे अभिमन्यु की गोद मिल गई थी। वक्त की चपेट ने उस 18-19 साल के अभिमन्यु को वक्त से पहले परिपक्व बना दिया था। अब वह सच में अपने पिता की और खुद पिता बनने की जिम्मेदारी उठाने के लायक हुआ था।

"अब यह हमारे साथ ही रहेगी।" सारिका को आरती के हवाले करते हुए अभिमन्यु ने कहा। उस टेंट में अचानक सबके चेहरे पर खुशी-सी छा गई। रोशनी ने बढ़कर प्यार से सारिका के गाल खींचे, आरती ने भी उसके सर पर हाथ रख दिया। सारिका को वहाँ पाकर सबसे ज्यादा खुश अभय प्रताप थे, पर उन्हें कभी भी अपनी खुशी या गम जाहिर करने का हुनर नहीं आया। रोशनी को अभिमन्यु पर बहुत ही गर्व महसूस हो रहा था कि जो काम वो इतने दिनों से करना चाह रही थी, वो अभिमन्यु ने कुछ पल में ही कर दिया था। और आरती, वो अपने भगवान् के सामने खड़ी होकर भगवान् का शुक्रिया अदा कर रही थी कि उसके पति का शाप खत्म हुआ। उस औरत की नफरत खत्म हो गई। इस टेंट में सब सारिका के आने की खुशी पूरी तरह से मना भी नहीं पाए थे कि बाहर कुछ शोर-सा सुनाई देने लगा। अभिमन्यु, रोशनी और अभय प्रताप अपने टेंट से निकलकर उस तरफ बढ़े, जहाँ काफी भीड़ दिख रही थी। जल्दी-जल्दी में वे उस भीड़ के पास पहुँचे तो देखा कि सारिका की माँ ने पेड़ से लटककर आत्महत्या कर ली है। उसकी लाश जमीन पर उतारकर रख दी गई थी। उसकी लाश के पास वही हवलदार खड़ा था, पर उसके चेहरे पर जरा भी मातम नहीं था। अभिमन्यु को सिर्फ सारिका का खयाल आया कि सारिका ने पूछा कि माँ कहाँ है तो क्या बताऊँगा? उस नन्ही सी बच्ची को यह भी नहीं मालूम कि मौत होती क्या है। माँ रही नहीं, मतलब क्या? एक पल के लिए अभिमन्यु को लगा कि मुझे नहीं लाना चाहिए था, सारिका को अपनी माँ से दूर। कैंप में रहनेवाले लोग रोने के इतने आदी हो गए थे कि अब कोई भी बात उन्हें रुला नहीं पा रही थी। सबका यही कहना था कि अच्छा हो गया, मर गई। आजाद हो गई सारी तकलीफों से। लोग शोक करने की बजाय उसको जलाने के लिए लकड़ी के पैसे कौन देगा, इसकी चर्चा कर रहे थे। कैंप में यह 45वीं आत्महत्या थी। लोगों के लिए वह सिर्फ एक लाश थी, उससे ज्यादा कुछ नहीं। हाँ, उस लाश को एक कपड़े में बाँधकर,

पुलिस जीप में डालकर पोस्ट मार्टम के लिए ले जाया गया। अभय प्रताप पुलिसवाले को रिक्वेस्ट करते रहे कि एक बार उसकी बेटी को उसे देखने दो, पर पुलिसवाले को उस पर भी दया नहीं आई।

हॉस्पिटल ले आना बेटी को "कहकर हवलदार निकल भी गया।"

अभय प्रताप ने अभिमन्यु से कहा, "सारिका को लेकर आ जाओ। हॉस्पिटल चलते हैं।" हॉस्पिटल का नाम सुनकर अभिमन्यु वहीं का वहीं खड़ा रहा। वो अभी भी इस सदमे से बाहर नहीं आया था।

"क्या हुआ, अभिमन्यु ?" अभय प्रताप ने पूछा।

"पापा, सारिका को हॉस्पिटल नहीं ले जाते।" अभिमन्यु ने बड़ी दर्द भरी आवाज में कहा।

"क्यों ?" अभय प्रताप ने पूछा।

अभिमन्यु की आँखों के सामने से सारिका की माँ का अभी एक घंटे पहले का रूप तैर गया। जिस ममता से वह सारिका का लाड़ प्यार कर रही थी, सारिका बहुत खुश थी।

"अभिमन्यु।" खोए हुए अभिमन्यु को अभय प्रताप ने आवाज दी।

"पापा, सारिका के मन में उसकी माँ की वही छवि रहने देते हैं जो आज सुबह उसने देखी थी। हॉस्पिटल में उसकी माँ का शरीर चीर-फाड़कर रख देंगे। मैं नहीं चाहता कि सारिका हॉस्पिटल जाए।"

एक तरह से अभिमन्यु का कहना सही भी था।

अभय प्रताप ने तुरंत कहा, "तुम सारिका के पास रहो। मैं हॉस्पिटल जाता हूँ।" अभय प्रताप निकल गए और अभिमन्यु टेंट में आकर सारिका के पास बैठ गया। आरती का चेहरा उतर ही गया था और रोशनी पहली बार गुमसुम हो गई थी।

इतनी छोटी बच्ची में समझ थी कि घर में कुछ तो हो गया है, मुझे कोई शोर नहीं करना चाहिए। तो वो भी बिल्कुल चुपचाप बैठी रही।

अभिमन्यु ने अपने बाजू में बैठी सारिका को देखा। न जाने उसे क्या लगा और उसने उस बच्ची को बिल्कुल अपनी बेटी की तरह उठाकर अपने गोद में बिठा लिया, अपने सीने से लगा लिया और वह उसे थपकियाँ देने लगा। वह मासूम भी अभिमन्यु के सीने से चिपकी रही और आहिस्ता-से उसने अपना सिर अभिमन्यु के सीने पर रख दिया, जैसे कि उसे अपनी जिंदगी में स्वीकार लिया हो। कुछ ही पल में अभिमन्यु को अहसास हुआ कि उसकी दुनिया बदलनेवाली है। उस बच्ची को सीने से लगाकर उसे जो एक खुशी महसूस हुई। उस पल ने उस बच्ची को अभिमन्यु की जैसे सगी बहन बना दिया। उसके लिए अभिमन्यु के मन में इतना प्यार उमड़ा कि अब असल में वह उस बच्ची के लिए कुछ भी कर सकता था। उसको सीने से लगाए सचमुच में अभिमन्यु थोड़ी देर

के लिए ही सही, पर जी गया। दिनभर सारिका ने 10 बार अपनी माँ के बारे में पूछा। अभिमन्यु उसे अलग-अलग बहाने से बहलाता रहा। एक ही दिन में दोनों भाई-बहन को एक-दूसरे की इतनी आदत हो गई कि अब सारिका हर वक्त अभिमन्यु के आस-पास ही रहने लगी।

दूसरे दिन अभिमन्यु और अभय प्रताप जाकर उसकी माँ का अंतिम संस्कार कर आए।

अभिमन्यु के दो दिन सारिका को समझने में निकल गए और रात पेड़ के चबूतरे पर नींद की राह में तारे गिनते-गिनते निकली। माँ के बिना सारिका थोड़ा-सा ही सँभली थी, लेकिन अभिमन्यु की माँ की तबीयत थोड़ी खराब होने लगी थी।

उस रात भी अभिमन्यु जागता रहा और रात भर आसमान के तारों से पूछता रहा कि तुम्हें कश्मीरी पंडितों से क्या दुश्मनी है कि उनकी कुंडली में आकर ऐसे बैठे हो कि एक पूरी-की-पूरी पीढ़ी ध्वस्त कर दी है। अभिमन्यु मन की अजीब सी अवस्था में तारों से बड़बड़ा रहा था। कोई अगर उसकी बातें सुनता तो उसे पागल करार देता।

रात भर अभिमन्यु तारों से ही बातें करता रहा, दु:ख में डूबता रहा और जसप्रीत को याद करके उभरता रहा। फिर कश्मीर में मुख्तार के साथ भटकता रहा और अपने घर को याद करते फिर डूब गया। सुबह-सुबह जब हल्का-सा अँधेरा था, अभिमन्यु ने देखा कि अभय प्रताप चलकर उसके पेड़ के पास आ रहे थे, जो कि अब उसका घर बना था।

"सोए नहीं रात भर?" अपने बेटे को करुणा से देखते, उसके पास बैठते हुए अभय प्रताप ने पूछा।

"अभी-अभी जागा हूँ, पापा।" अभिमन्यु ने उन्हें शांति से जवाब दिया।

अभय प्रताप उसे देख रहे थे। शायद जो बात करने आए थे, कर नहीं पा रहे थे। अभिमन्यु को बड़ा ताज्जुब हुआ कि अपनी बात बेबाक तरीके से रखनेवाले अभय प्रताप के मुँह से शब्द क्यों नहीं निकल रहे, पर अब अभिमन्यु इतना सयाना हो चुका था कि मन की बात समझने लगा था।

"माँ चाहती है कि मैं यहाँ नहीं रहूँ। यहीं कहने आए हैं न आप, पापा?" अभिमन्यु ने पूछा। अभय प्रताप ने कुछ जवाब नहीं दिया। वह दो पल शांति से अपनी आँखें मूँदकर बैठ रहे। उन दोनों में कुछ पल गुजर गए।

अभिमन्यु ने आगे बढ़कर उनका हाथ अपने हाथों में लेकर कहा, "पापा, आप चिंता मत करो, मैं यहाँ ठीक हूँ।" अभिमन्यु के हाथ पर अपना हाथ बड़े प्रेम से रखते हुए अभय प्रताप ने काँपती आवाज में कहा, "तुम ठीक हो, पर तुम्हारी माँ ठीक नहीं है। जब से तुम आए हो, वो चैन से सो नहीं पाई है। रात में हर घंटे के बाद जाग जाती है। बाहर आकर दूर से ही देखती है कि तुम जाग रहे हो। तुम्हें नींद नहीं आ रही। वो परेशान

हो जाती है। अंदर आकर रोती है। फिर थोड़ी देर बाद इस उम्मीद से बाहर आती है कि शायद अब तुम सो चुके होंगे, पर फिर उसकी दबाई हुई सिसकी मैं सुन लेता हूँ और जान जाता हूँ कि बाहर तुम अभी भी जाग रहे हो।" इतना कहकर अभय प्रताप चुप हो गए। भोर की वह ठंडी-ठंडी हवा अब दोनों को जम्मू की गरमी के अहसास से दूर ले जा रही थी। इस ठंडी हवा को पूरी तरह से अपने सीने में भरते हुए अभिमन्यु ने गहरी साँस ली और अपने पापा के हाथ को हल्के-से दबाते हुए कहा, "हम दोनों के इस प्रेम में आप भी रातभर जागते रहते हैं न, पापा?"

"मुझे आदत हो गई है, बेटा, पर तुम्हारी माँ की तबीयत बिगड़ने लगी है। उसे कुछ हुआ तो?" इतना कहकर अभय प्रताप फिर चुप हो गए। अभिमन्यु ने उनका हाथ मजबूती से थाम लिया और उन्हें लेकर वह अपनी टेंट की तरफ बढ़ गया। रोशनी, सारिका, रोशनी की माँ और उसके पिता शांति से सोए हुए थे। अभिमन्यु ने महसूस किया कि आरती आँखें बंद करके लेटी हुई है। अभिमन्यु सीधे अपनी माँ के पास जाकर लेट गया और उसका हाथ अपने माथे पर रखकर उसने आहिस्ता-से कहा, "बहुत दिन हुए, तूने मुझे थपकियाँ देकर सुलाया नहीं है न? इसलिए मुझे नींद नहीं आती।" आरती उठकर बैठ गई, उसने अपने बेटे का सिर अपनी गोदी में रखा और एक बार उसका माथा चूम लिया। उनका गला रुँध गया, आँखों से आँसू टपकने लगे और प्रेम से हाथ अभिमन्यु को थपकियाँ देते रहे। अभय प्रताप भी चुपचाप लेट गए। बहुत देर तक वे दोनों वैसे ही रहे। फिर आहिस्ता-से आरती ने कहा, "मैं चाहती हूँ तू पढ़-लिखकर अपना नसीब बना। अब तेरी एक छोटी बहन भी है। बाकी की चीजों में उलझेगा तो खुद को परेशान करेगा और तुझे हम ऐसा देख नहीं सकते। तू नहीं चाहता न मैं काम करूँ? नहीं करती। तू भी इस वक्त कमाने का खयाल छोड़ दे। तेरे पापा जितना कमाते हैं, हम गुजारा कर लेंगे, पर तू आनेवाले दिनों में सिर्फ पढ़ाई पर ध्यान दे। बस, कुछ ही तो दिनों की बात है। कब हैं परीक्षाएँ तेरी? फॉर्म भर आया न तू?" इस वक्त अभिमन्यु अपनी माँ का दिल दु:खा नहीं सकता था। वह कहीं पढ़ चुका था कि बीमारी शरीर में आने से पहले मन में आती है। फिर शरीर उसके आने के सिर्फ लक्षण ही बताता रहता है। असल में तो मन ही बीमार रहता है। अभिमन्यु अपनी माँ को खो नहीं सकता था। ये पाप अपने सर नहीं ले सकता था।

"हाँ, फॉर्म भर कर आया हूँ और आनेवाले दिनों में सिर्फ पढ़ाई करूँगा।" थोड़ी ही देर में सुबह हो गई।

आरती का पूरा ध्यान आज सुबह से सिर्फ सारिका पर था। सुबह से वह दस बार पूछ चुकी थी कि मेरी माँ कहाँ है, मुझे उसके पास जाना है। आरती उसे समझा रही थी कि उसकी माँ भगवान् के पास है। अब उसे वापस आने में थोड़ी देर लगेगी।

अभिमन्यु ने सारिका को गोद में उठाया और उसका मन बहलाने बाहर आ गया। इस बीमार-से कैंप में उसका मन बहलाने निकला अभिमन्यु उसे और कहाँ ले जा सकता था? छोटी सी बच्ची एक चॉकलेट खाकर खुश हो सकती थी, पर इस कैंप में चॉकलेट कहाँ मिल सकती थी, कहीं नहीं। फिर भी अभिमन्यु उसे दुकान पर ले गया। राशन की दुकान पर तौबा भीड़ थी। लोग राशन के लिए अपना गुस्सा राशनवाले पर उतार रहे थे।

"अरे, राशन चाहिए हमको, इस महीने का राशन अभी तक नहीं मिला हमें।" एक आदमी ने चिल्लाकर कहा।

"कहाँ से लाऊँ मैं राशन? मेरे पास सप्लाई नहीं आई अभी तक।" दुकानदार ने जवाब दिया।

अभिमन्यु ने सारिका को गोदी से उतारा और उसे कहा कि वो आरती के पास जाए, मैं चॉकलेट लेकर आता हूँ। सारिका चली गई।

"महीने की 10 तारीख हो गई और तुम कह रहे हो कि सप्लाई नहीं आई?" भीड़ में से और एक आदमी ने चिल्लाकर जवाब माँगा।

"अरे, नहीं आई सप्लाई तो क्या करूँ? इतने परेशान हो तो जाकर पूछ लो अपने सरकार से, सरकार मेरी सुनती नहीं। क्या पता, तुम्हारी सुन ले?"

तीसरा आदमी अब अपना आपा खोकर बोला कि "पिछले महीने भी तुमने यहीं किया था। अगर वाकई सप्लाई नहीं थी तो तुमने सामान बाहरवालों को कैसे बेचा था ब्लैक में?"

"कौन ब्लैक कर रहा है, भाई? हमें भी तो सुनाओ।" इंस्पेक्टर राशिद बट्ट वहाँ अपने एक कांस्टेबल के साथ आकर पूछने लगा 6 फीट का गोरा-चिट्टा पठान, अपने पेट पर 5 किलो की चर्बी चढ़ाए, मुँह में पान दबाए अपनी वरदी की धौंस जताते वहाँ पहुँच था। उसे वहाँ देखकर लोग थोड़े-से हिचकिचा गए।

"आइए, आइए, बट्ट साहिब।" दुकानदार चमचागिरी करते हुए बोला। इंस्पेक्टर बट्ट का नाम सुनते ही अभिमन्यु के माथे पर त्योरियाँ चढ़ गईं। ये वहीं नाम था जिसका मन-ही-मन अभिमन्यु पीछा कर रहा था। बट्ट के बोलचाल से ही लग रहा था कि वह इस कैंप को अपनी जागीर समझता है। वो वहाँ जमी भीड़ को कीड़े-मकोड़ों की तरह देख रहा था।

"ये इतनी भीड़ क्यों लगा रखी है? क्या हल्ला मचा रहे हो।" बट्ट ने पूछा।

भीड़ में दो-चार लोग साथ ही बोल पड़े कि ये दुकानदार हमें हमारा राशन नहीं दे रहा। हम हमारा राशन लिये बगैर यहाँ से नहीं जाएँगे। लोग चिल्ला-चिल्लाकर अपना राशन माँगने लगे। घबराई रोशनी दौड़ते-दौड़ते वहाँ पहुँच गई। उसे अभिमन्यु के गुस्से के बारे में पता था। उसके साथ सारिका भी थी। रोशनी अभिमन्यु को भीड़ में ढूँढ़ने की

कोशिश कर रही थी, पर भीड़ इतनी थी कि उसे कुछ दिखाई नहीं दे रहा था और जब उसने बट्ट को वहाँ देखा तो समझ गई कि आज जरूर यहाँ कुछ-न-कुछ होगा। उसने तुरंत सारिका को टेंट की तरफ भेज दिया और कहा कि जब तक मैं नहीं आऊँ, घर से कहीं बाहर मत जाना। सारिका चली गई। राशिद बट्ट उस कैंप के लिए एक तरह का शैतान ही था। हफ्ते भर में एक चक्कर यहाँ लगा जाता और कैंप के लोगों में हजार कमियाँ निकाल कर उन्हें जेल में बंद करने का डर दिखाकर उनसे पैसे ऐंठता। जो उसके खिलाफ बोलते, उनके साथ मारपीट करता।

"कुछ नहीं मिलेगा तुम लोगों को। जो करना है वो करो। सबको मुफ्त में खाने की आदत पड़ गई है। चलो, निकलो यहाँ से।" बट्ट ने अपनी तेज और नफरत भरी आवाज में कहा।

जिस बात से अभिमन्यु भाग रहा था, बार-बार वे ही सारी चीजें अभिमन्यु के सामने आ आ कर उसे युद्ध के लिए ललकार रही थीं। अभिमन्यु का सब एक बार फिर याद आने लगा, लाउड स्पीकर की आवाजें, धमकी भरे कागज, हिंदुओं को गाली देते मुसलमानी जुलूस। जलते घर। गिरती लाशें। हर पल पीछा करती मौत और उससे भागते लोग, इन कैंपों में रहकर अपना वजूद खोते लोग। अपना मान-सम्मान खोए हुए पुरुष, बार-बार भगोड़े होने का तमगा सहते लोग। 20-20 रुपए के लिए अपनी आबरू बेचती औरतें। और वो भी कम पड़ रहा था इसलिए जान देती माँएँ। अभिमन्यु के कानों में फिर एक बार वही नारे जोर-जोर से गूँजने लगे कि पंडितों, कश्मीर को छोड़ दो और अपनी औरतें हमारे लिए छोड़ जाओ। अभिमन्यु अपने कश्मीर में पहुँच गया था। उसे लगा कि वह अपना मानसिक संतुलन खो रहा है। आजू-बाजू के लोग अपने राशन के लिए चिल्ला रहे थे। दुकानदार से झगड़ा कर रहे थे। दुकानदार उन्हें चिल्ला-चिल्लाकर कह रहा था कि चुपचाप चले जाओ और अभिमन्यु को सुनाई दे रहा था कि कश्मीर छोड़कर चले जाओ। अभिमन्यु कभी कश्मीर में था, कभी राशन की दुकान पर वह चिल्लाना चाह रहा था कि कश्मीर हमारा भी है, इस पर हमारा भी हक है, पर उसकी आवाज निकल ही नहीं रही थी। उसे दिख रहा था कि इंस्पेक्टर पठान ने लोगों पर लाठी चार्ज शुरू किया। वह लाठी कभी अभिमन्यु को रायफल मालूम पड़ रही थी तो कभी लाठी। शोर से बचने के लिए उसने दोनों कानों पर अपने हाथ रख दिए। वह अनमनी अवस्था में वैसा ही खड़ा रहा। रोशनी की नजर अभिमन्यु पर पड़ी और उसे देखते ही रोशनी को तुरंत मालूम हुआ कि अभिमन्यु की तबीयत बिगड़ रही है। अभिमन्यु के पास पहुँचने के लिए वह भीड़ से जूझती रही। पठान भी चिल्ला-चिल्लाकर कह रहा था, "यहाँ आकर दंगा करते हो हरामखोरो? आज सबको ठीक करके ही दम लूँगा" और वह बेरहमी से लोगों को मारता रहा।

फिर भी लोग चिल्लाते रहे कि हमें हमारा राशन दे दो। हमारे बच्चे भूखों मर रहे हैं। दे दो राशन वरना,

"वरना? वरना क्या करोगे तुम?" पठान ने लोगों को ललकारते हुए पूछा।

"वरना हम हमारा हक छीन लेंगे!" इतने शोर में भी अभिमन्यु की आवाज अपनी बुलंदी पर थी।

उसकी वह आवाज सुनकर वहाँ अचानक सब शांत हो गया। सब लोग अभिमन्यु को देखने लगे। जो वे इतने दिन से कहना चाह रहे थे, अभिमन्यु ने कह दिया था। पठान ने वो आवाज भी सुन ली थी और आवाज लगाने वाले को भी देख लिया। उसने देखा कि जिसकी अभी ठीक तरह से मूँछें भी नहीं निकली थीं वो लड़का उसे ललकार रहा था। पठान भीड़ को चीरते हुए अभिमन्यु के पास पहुँच गया। उसने अभिमन्यु का कॉलर पकड़कर अभिमन्यु का मजाक उड़ाते हुए कहा, "तू हक छीनेगा, चिलगोजे?" और बट्ट ने अभिमन्यु को मारने के लिए अपनी लाठी उठाई। वह अभिमन्यु को मारने ही वाला था कि अभिमन्यु ने उसकी लाठी को अपने हाथ से रोक दिया और नफरत से पठान की आँखों में देखा।

उसके ये तेवर देख पठान ने पूछा, "इतनी गरमी? किसका पिल्ला है रे तू?"

"जबान सँभालकर बात करो।" अभिमन्यु ने जवाब दिया। रोशनी अभिमन्यु की तरफ आगे बढ़ी कि पठान को रोका जाए, पर अभिमन्यु ने नजर से उसे वहीं रोक दिया। अभिमन्यु की नजर इतनी पैनी थी कि रोशनी कि हिम्मत ही नहीं पड़ी कि आगे बढ़कर वह कुछ कहे।

"साला, हमें सिखाएगा बात कैसे करनी है? बहुत नेतागिरी चढ़ रही है तुझे? चल पुलिस थाने सारी, हेकड़ी वहीं निकालता हूँ।" कहकर पठान ने अभिमन्यु को कॉलर से ही घसीटा और जीप की तरफ ले जाने लगा। जाते-जाते चिल्लाकर कहने लगा, "खाने को अनाज नहीं, करने को काम नहीं। अपनी जमीन नहीं, अपना आसमान नहीं और हक चाहिए तुझे अपना? चल थाने। देता हूँ तुझे तेरा हक। मेरे सामने नेता बनता है?" पठान ने अभिमन्यु को खींचकर जीप में धकेल दिया। अभिमन्यु के पीछे हवलदार बैठ गया और जीप थाने की ओर चली गई। रोशनी तुरंत अभय प्रताप के पास भागी।

"पुलिस अभिमन्यु को पकड़ कर ले गई।" रोशनी ने कहा

"क्यों" कहते हुए आरती अपने बिस्तर से उठ गई।

"राशन की दुकान पर वो इंस्पेक्टर बट्ट से भिड़ गया।"

अभय प्रताप तुरंत चौकी के लिए निकले और बार-बार मना करने के बाद भी आरती उनके साथ चल पड़ी। सारिका को अपनी माँ के पास छोड़कर रोशनी भी चल पड़ी। रास्ते में रोशनी मन में सोच रही थी कि इंस्पेक्टर राशिद बट्ट तो गलत है ही, पर

क्या अभिमन्यु सही कर रहा है? अधिकार छीने कैसे जा सकते हैं? वो तो बहाल होते हैं। राशनवाला राशन नहीं दे रहा है तो उसे बर्खास्त कर देना चाहिए, न कि उसकी दुकान लूटकर उसके साथ हिंसा करनी चाहिए। रोशनी बेचैन-सी हो चली। दो महीने पहले भी वह ऐसी ही बेचैन हो गई थी, जब वह और अभय प्रताप म्युनिसिपल ऑफिस गए थे। फरवरी के महीने से ही अभय प्रताप और वह हर दो दिन बाद म्युनिसिपल ऑफिस के चक्कर लगाया करते थे, ये जानने के लिए कि वादी के हालात कैसे हैं? सरकार हम कैंपवालों को वापस अपने घर पहुँचाने के लिए क्या कर रही है? हम सब कब अपने घरों को वापस लौट सकते हैं? पहले-पहले वे ऐसे सवाल करनेवालों के साथ हमदर्दी से पेश आते थे, पर जैसे-जैसे वक्त गुजरता गया, न ही उनके पास जवाब था और न ही हमदर्दी बची थी। अभय प्रताप कई बार कैंप की स्वच्छता की समस्या भी उनके पास ले जाते। कभी सफाई होती, कभी नहीं होती थी। 2 महीने पहले एक ऑफिसर ने बहुत ही बद्तमीजी के साथ अभय प्रताप से बात की थी कि अपनी परेशानी खुद सुलझाओ। हमें परेशान करने मत आया करो। तब अभय प्रताप ने उनसे प्रार्थना की थी कि हालात किसी के हाथ में नहीं है, पर आप एक मानवीय संवेदना के साथ तो बातचीत कीजिए। जहाँ पूरे हिंदुस्तान को हम लोगों के साथ खड़ा होना चाहिए, वहीं पर आप लोगों को ऐसे दुत्कारते रहोगे तो उनका रहा-सहा मनोबल भी टूट जाएगा। ऑफिसर ने बहुत ही हीनता पर उतरते हुए जवाब दिया था कि हम लोग आपके साथ खड़े नहीं हैं? तीन लाख भागे हुए लोगों का बोझ सरकार पर पड़ा है। कहाँ से आता है ये पैसा? ये जो आप मुफ्त का राशन तोड़ रहे हो न, ये पूरे हिंदुस्तान कि जनता जो टैक्स अदा करती है उस पैसों में से आता है। सोच लो, अगर कोई नैसर्गिक विपदा में आपका सबकुछ लुट जाता तो आप कहाँ जाते? खुशनसीब हो तुम लोग, जो सरकार तुम्हारा इतने महीनों से ध्यान रख रही है। राशन के साथ-साथ तुम्हारी झोली में महीने के कुछ पैसे डाल रही है। इस घटना के बाद कभी भी अभय प्रताप सरकार से यह पूछने नहीं गए कि जो हुआ, उसका जिम्मेदार कौन है? उस दिन कैंप लौटते वक्त रोशनी बड़ी बेचैन थी। चलते-चलते रो पड़ी थी, पर कोशिश कर रही थी कि अभय प्रताप उसके आँसू न देखें, पर अभय प्रताप समझ गए थे कि वो रो रही है। उन्होंने चलते-चलते हल्के-से उसके सर से हाथ फेरा। उसकी बेचैनी समझकर अभय प्रताप ने उसे बेहद ही अच्छे तरीके से कुछ समझाया था। उन्होंने कहा था कि सच्चा धर्म क्या है, यह अगर समझना है तो वो हमें हमारे धार्मिक किताबों में बहुत ही सटीक और सहज तरीके से देखने को मिलता है। 'महाभारत' की एक धार्मिक कथा के अनुसार, समुंदर के अंदर एक सबसे पुरातन कछुए अकुपार की पीठ पर शेषनाग नाग अपना संतुलन बनाकर बैठा है। उस शेषनाग के माथे के ऊपर पृथ्वी को रखा गया है। यह कछुआ और शेषनाग लाखों सालों से पृथ्वी को सागर के पानी में डूबने से बचा

रहे हैं। पृथ्वी को बचाने का अपना काम निरंतर बिना थके, बिना रुके करते आ रहे हैं। सोचो, अगर दोनों में से एक ने भी अपना काम ठीक तरह से नहीं किया या छोड़ दिया तो यह पूरी सृष्टि डूब जाएगी, पर वे वैसा नहीं चाहते। अपने काम को पहचानते हैं और इस वसुंधरा को बचाने का अपना धर्म निभाते हैं। लोगों को यहाँ क्या बचाना है, क्या नहीं, यही मालूम नहीं तो हमारी उम्मीद ही बेकार है कि वे अपना काम सही ढंग से करेंगे। सरहद के उस पार या इस पार बहुत लोग बीमार हैं और मजे की बात यह है कि वे बीमार हैं, ये उन्हें मालूम ही नहीं है। तो बीमार लोगों के लिए क्या मन मैला करना ? हम जितना बचा सकते हैं, हमें बचाना चाहिए। इस वक्त कैंप के लोगों का मनोधैर्य हमें बनाए रखना चाहिए। सबसे पहले तो उनके शरीर और मन बीमार हो चले हैं। हमें उसे ठीक करने का प्रयास करना चाहिए। उस दिन के बाद अभय प्रताप ने अपना पूरा ध्यान कैंप की सेहत पर लगाया था और रोशनी ने भी उनके साथ अपने आप को पूरी तरह से इसमें झोंक दिया था। अभय प्रताप की संगत में वह सही और गलत का फर्क करना समझ गई थी। और इस वक्त उसका अभिमन्यु गलत था, बीमार था। दुनिया को बचाने से पहले रोशनी को अभिमन्यु को बचाना था। कल रात उसने अपनी माँ से भी झूठ बोला था, ये बात भी रोशनी ने सुन ली थी। उसकी बीमारी का वह पहला लक्षण था और अभिमन्यु को बचाने का पहला कदम था, इंस्पेक्टर राशिद बट्ट से अभिमन्यु को छुड़ाना।

"छोड़ दीजिए, सर। उसने कुछ भी गैर-कानूनी काम नहीं किया है।" पुलिस थाने में अभय प्रताप इंस्पेक्टर राशिद बट्ट से विनती कर रहे थे। बाहर लोगों की काफी भीड़ जमा थी। लोग नारे लगा रहे थे कि अभिमन्यु को छोड़ दो। अभय प्रताप ने अंदर से ही उन्हें शांत रहने का इशारा किया। सब शांत हो गए। अंदर अभय प्रताप के साथ आरती भी बैठी थी। आरती अपने बेटे को वहाँ ढूँढ़ रही थी। एक लॉकअप में लोगों को बंद करके रखा था। उनमें अभिमन्यु कहीं नहीं था। आरती ने दूसरे लॉक-अप में देखा। उस लॉक-अप में अभिमन्यु बहुत ही जख्मी हालत में पड़ा था। उसका सूजा हुआ चेहरा, उस पर लाल-काले निशान, हाथ से बहता खून—सब बयान कर रहे थे कि इंस्पेक्टर बट्ट ने उसे बहुत बुरी तरह से पीटा है।

आरती ने अपने बेटे की हालत देखी और वह वैसी ही कुरसी पर जम-सी गई। नजर सिर्फ अभिमन्यु पर गड़ी थी। अभिमन्यु वहीं बैठा-बैठा अपनी माँ को देखता रहा।

"उसने गैर-कानूनी काम नहीं किया, पर शुरुआत तो की है उसने।" इंस्पेक्टर बट्ट ने अभय प्रताप से कहा।

"आप उसके लिए उसे कैद करके नहीं रख सकते। आप को उसे छोड़ना पड़ेगा।" अभय प्रताप ने अपनी आवाज में सख्ती लाते हुए कहा।

"अच्छा, तो उसके अंदर अकड़ यहाँ से आई है ? तभी मैं सोच रहा था कि पिद्दी-

सा लड़का मुझे कैसे ललकार सकता है ?" बट्ट ने कहा।

"आप जो कर रहे थे, उसके लिए हमारे कैंप का छोटा बच्चा भी आपको सबक सिखा सकता है, पर हम शांतिप्रिय लोग हैं। कानूनी तरीके से पेश आ रहे हैं।" अभय प्रताप का गुस्सा अब बोल रहा था। अभय प्रताप के इस बोल ने इंस्पेक्टर का वजूद हिला दिया था।

"शक्ल से तो आप इस हरामजादे के बाप लगते हो। कानून की बात करके हरकतें भी इसकी तरह कर रहे हो, पर याद रखो, ये इंस्पेक्टर बट्ट का थाना है तुम्हारा कैंप नहीं, जहाँ लोग तुम्हारे आगे-पीछे घूमते हैं। ज्यादा पर निकाले तो काट फेंकूँगा।"

अभय प्रताप से कोई इस तरह बद्तमीजी से बात करे, ये अभिमन्यु सह नहीं सकता था। वह जख्मी हालात में भी चिल्लाया कि "इंस्पेक्टर, जरा तमीज सीखकर आओ वरना…"

बट्ट वहीं से चिल्लाया, "वरना क्या बे ? जितनी मार पड़ी है, लगता है, कम है। और दो दिन रखो रे साले को। और तुम निकलो अभय प्रताप। ये तो तमीज भर घर नहीं आएगा। इसका वरना ही मुझे निकालना है…बड़ा नेता बनता है।"

अभय प्रताप ने फिर एक बार कहा, "मैं आपसे प्रार्थना करता हूँ कि आप इसे छोड़ दें वरना…"

अभय प्रताप ने जिस तरह से 'वरना' शब्द कहा, एक पल के लिए बट्ट भी सोच में पड़ गया, पर फिर भी अकड़ के उसने कहा कि "तुझे भी मार खाने का शौक चढ़ा है क्या ? बुढ़ापे में इतनी मार सह नहीं पाएगा। नहीं छोड़ता तेरे बेटे को। बोल, क्या कर लेगा ?"

"मैं क्या करूँगा ? अब जो करना है, कैंप के लोग ही करेंगे। पिछले 5 महीने से कैंप के लोग तुम्हारे अत्याचार सह रहे हैं। अब उनकी भी जुल्म सहने की इंतहा हो गई है। आज का राशन की दुकान का नजारा याद करो, राशिद। वहाँ से आज अभिमन्यु यहाँ आया है, कल और दो लोग आएँगे, परसों दस, और चौथे दिन पूरा कैंप तुम्हारे खिलाफ उतरेगा। तब तो सरकार को तुम्हारी खबर लेनी ही पड़ेगी। खुशनसीब हो कि जम्मू में हो। कहीं तुम्हारा तबादला सरकार ने वादी में कर दिया तो अपना नाम मत भूलना कि तुम्हारा नाम राशिद बट्ट है। पंडितों का नाम अभी भी तुम लगाते हो और सुना है, तुम्हारी एक बेटी भी है ? उस पर तो रहम खाओ। निहत्थों पर क्यों अपना जोर आजमा रहे हो ? हिम्मत है तो यह भाषा वादी में खड़े होकर बोलना, जो सचमुच में मुलजिम हैं, उनके सामने। अब बाहर की भीड़ का लिहाज करो और मेरे बेटे को छोड़ दो, वरना अगर वे अब अंदर आना चाहे तो मैं उन्हें रोक नहीं पाऊँगा।" रोशनी और अभिमन्यु अभय प्रताप का यह रूप देखकर हैरान रह गए थे। इतनी जख्मी हालत में भी अभिमन्यु के चेहरे पर

मुसकान आई थी। अर्जुन को उसका सारथी मिल गया था।

इंस्पेक्टर बट्ट पूरी तरह से बौखला चुका था। उसने पल-दो पल बाहर खड़े अभिमन्यु की राह देख रहे लोगों की भीड़ को देखा। इस वक्त लोग चाहते तो काट-कूट के इंस्पेक्टर बट्ट को कहीं फेंक आते तो कोई कुछ कर नहीं सकता था, पर लोग कानूनी तरीके से ही हिंदुस्तान में रह रहे थे। उन्हें ऐसे ही रहना पसंद था। बाहर जमा उन हजारों हिंदू लोगों के बीच एक मुसलमान इंस्पेक्टर बट्ट इस वक्त जीवित था तो केवल हिंदुस्तान में कायदा बाकी था, इसलिए। वजह सिर्फ एक थी कि वो सब शांतिप्रिय लोग थे, वरना इंस्पेक्टर बट्ट की क्या बिसात थी कि वो इतना अकड़कर जिए? किसी के अधिकार छीनना यहाँ पाप माना गया था। अगर कहीं ये सिखाया नहीं गया होता तो हिंदुस्तान की सीमाएँ आज भी ईरान से जाकर ही मिलतीं। निहत्थे लोगों को हथियार के बल पर डराना कौन सी बहादुरी थी? एक पाँच साल के बच्चे के हाथ में हथियार दे दो, उसे गोली चलाने की आजादी देकर, तुम निहत्थे उसके सामने खड़े होकर दिखाओ। लोग पाँच साल के बच्चे से भी डरेंगे, पर इंस्पेक्टर बट्ट जैसे लोग अभी भी समझ नहीं रहे थे कि हिंदुस्तान के नौजवान सेना में भरती होकर अपना शौर्य दिखाते हैं, निहत्थों पर नहीं।

"जाने दो इन सबको" बट्ट ने हवलदार से कहा। इस बार उसकी आवाज में नरमी थी। बट्ट अभय प्रताप के हाथों, बिना हथियार कत्ल हो गया था।

हवलदार ने अभिमन्यु को लॉक-अप से बाहर निकाला। सब उठ खड़े हुए पर आरती अपनी संवेदना खो चुकी थी। वह शून्य में नजरें गाड़े बैठी थी।

"चलो, आरती।" अभय प्रताप ने कहा, पर आरती हिलने का नाम नहीं ले रही थी। अभय और अभिमन्यु, दोनों को समझ में आया कि कुछ गड़बड़ है। दोनों उसकी तरफ लपके। रोशनी भी उसकी तरफ बढ़ी।

"माँ-माँ। क्या हुआ माँ?" अभिमन्यु ने उसका हाथ मलते हुए कहा।

"आरती, आरती। क्या हुआ…?" अभय प्रताप ने आरती के कॉंधे हिलाते हुए उनसे पूछा। अभय प्रताप के स्पर्श से आरती अपने आप में वापस आ गई। उसने देखा कि अभिमन्यु उसका हाथ पकड़े हुए है। उसने अपने हाथ को अभिमन्यु के हाथ से छुड़ा लिया, रोशनी और अभय प्रताप के सहारे उठ खड़ी हो गई और अभिमन्यु को पीछे छोड़ अभय प्रताप के साथ पुलिस थाने के बाहर निकल गई। जाते-जाते अभय प्रताप ने रोशनी से कहा, "अभिमन्यु को डॉक्टर के पास ले जाओ, मैं आरती को कैंप लेकर जाता हूँ।" अभिमन्यु समझ चुका था कि उसने माँ को खो दिया है और साथ में यह भी समझ रहा था कि मैं उनका इकलौता बेटा हूँ। अगर मुझे कुछ हुआ तो वो जी ही नहीं पाएगी। मेरे लिए न सही, उनके लिए मुझे अपनी चिंता करनी चाहिए। जिंदगी की सबसे बड़ी सजा होती है, किसी अपने का मौन, जो बिल्कुल धीमे जहर की तरह इनसान के शरीर पर

काम करता है। एक सजा से बचकर अभिमन्यु दूसरी सजा के लिए तैयार हो गया था और ये सजा जानलेवा थी। जख्मी अभिमन्यु को रोशनी ने आकर थाम लिया। अभिमन्यु को अब इस परिस्थिति से बाहर ले आना ही रोशनी का एकमेव लक्ष्य बन गया। बाहर की भीड़ ने अभिमन्यु को अपने काँधे पर उठाकर जीत का जश्न मनाया। रोशनी के साथ कुछ लोग मिलकर अभिमन्यु को डॉक्टर के पास ले गए। दवा-दारू करके उसे वापस कैंप ले आए। जब वे कैंप में वापस आए तो यहाँ का नजारा बहुत बदल गया था। जिस राशन वाले ने 2 घंटे पहले राशन देने से इनकार किया था, अब वो चुपचाप राशन बाँट रहा था। अभिमन्यु को देखते ही उस राशनवाले ने अभिमन्यु को सलाम किया। राशन लेनेवाले लोगों के चेहरे पर अभिमन्यु के लिए एक बड़ा-सा धन्यवाद था। सब मुसकराकर अभिमन्यु को देख रहे थे। जिन-जिन लड़कियों पर बट्ट ने अत्याचार किए थे, वे सब की सब अभिमन्यु और रोशनी की मदद के लिए आगे बढ़ीं। किसी ने रोशनी का बैग थाम लिया तो किसी ने दूसरी तरफ से आकर अभिमन्यु को चलने के लिए सहारा दिया। किसी ने उसे चाय की दुकान पर ही रोक लिया और मुफ्त में एक चाय पिलाई तो पानी बेचनेवाले लड़के ने उसे आकर आहिस्ता-से कहा, "भाई, माफ कर देना हाँ। आज से आप जितना पानी चाहो, मुफ्त में ले जा सकते हो।" कैंप मैनेजर तो अभिमन्यु के सामने भी आने से डर रहा था। अचानक से अभिमन्यु में लोगों को एक उम्मीद नजर आई थी। लोगों को जो एक्शन चाहिए था, एक हीरो चाहिए था, वो उन्हें अभिमन्यु में नजर आ चुका था। उस वक्त ऐसे लग रहा था, जैसे कैंप में दीवाली मन रही हो। चाय की दुकान से जब अभिमन्यु उठा तो लोगों ने उसे काँधे पर उठाकर, हल्ला मचाते हुए उसके टेंट तक छोड़ा। उसके टेंट के बाहर लोगों की काफी भीड़ जमा हुई थी और अभिमन्यु के आते ही सबने अपना सिर्फ एक सवाल उसके सामने रखा कि भाई, सरकार से पूछो न, हम घर कब जाएँगे? अभय प्रताप अपने टेंट से बाहर आए। उन्हें ये सब अपेक्षित ही था तो वे शांति से अपने टेंट के अंदर चले गए। बाहर 19 साल का वह बच्चा अब कैंप का नेता बन चुका था और लोगों ने कैंप में उठने वाले हजारों सवालों में से सिर्फ एक ही सवाल को सबसे ऊपर रखा था कि हम सब अपने घर कब जाएँगे? भगवत् गीता का पहला अध्याय खत्म होने को था। अर्जुन का विषाद खत्म होने को था, पर हुआ नहीं था। अभी भी कृष्ण ने अर्जुन से यह नहीं कहा था कि युद्ध करो।

टेंट में अभिमन्यु का स्वागत रोशनी के पिता ने किया। जो कुछ भी हुआ, उसके लिए वे थाली बजाकर अपनी खुशी जाहिर कर रहे थे। उनकी थाली की आवाज आज अभिमन्यु को परेशान नहीं कर रही थी, क्योंकि रोशनी के पिता की आँखों में आज पहली बार अभिमन्यु ने उम्मीद देखी थी। रोशनी और अभय प्रताप ने उन्हें वैसे देखकर एक हल्की सी स्माइल दी। अभिमन्यु ने देखा कि आरती ने बिस्तर पकड़ा है। वह उनके पास

बैठा। उसको इतना जख्मी देखकर सारिका को रोना आ गया। इतनी-सी बच्ची अभिमन्यु को दर्द में देख नहीं सकती थी और रोकर ही अपना प्यार अभिमन्यु को जता पा रही थी। रोशनी की माँ पहले से ही आरती के पास बैठकर उसका सिर गरम कपड़े से सेंक रही थी। आरती के सिर में बहुत दर्द उठा था। सारिका ने रोशनी की माँ के हाथ से गरम कपड़ा लिया और वह अभिमन्यु के गाल को सेंकने लगी। रोशनी की माँ ने उसकी बलाएँ ले ली। अभिमन्यु का बदन बहुत दर्द कर रहा था, पर फिर भी उसने उस नन्ही-सी जान को उसके प्यार सहित उसे अपने पास बिठा लिया और उसे अहसास दिलाया कि अब उसका सारा दर्द गायब हो गया है। अभिमन्यु को देखते ही माँ ने करवट बदली और वो अभिमन्यु की तरफ पीठ करके सो गई। उनकी नाराजगी अभिमन्यु समझ पा रहा था और अपने बेटे के बदन के जख्म देखकर आरती का मन रो रहा था, पर वे यह भी जानती थी कि अपने संतान की अच्छाई के लिए सही वक्त पर सख्ती भी जरूरी होती है।

अभय प्रताप भी थोड़े उदास से थे। वे भी अभिमन्यु को ऐसे देख नहीं पा रहे थे। रोशनी ने अभिमन्यु की दवाई उसे दे दी और वह अपनी माँ की मदद करने में जुट गई। अभय प्रताप भी अपने काम पर जाने की तैयारी में जुट गए थे। लड़का पुलिस स्टेशन जाकर आया, ये कोई अच्छी बात नहीं थी। अभिमन्यु अपने पापा को देख रहा था कि वे गुमसुम हो गए थे। उन्हें वैसा उदास देखकर अभिमन्यु के मन में ग्लानि पैदा हो रही थी। उस ग्लानि में कुछ पल बीत गए और अभय प्रताप से दिल से माफी माँगते हुए अभिमन्यु ने कहा, "सॉरी पापा, गलती हो गई।"

"सॉरी मत बोलो, बेटा। इंस्पेक्टर बट्ट के साथ ये सब एक न एक दिन होना ही था। तुम गलत नहीं थे, अभिमन्यु। इसलिए साथ था, लेकिन अभी जो बाहर हो रहा है, उसके लिए मैं तुम्हारे साथ नहीं हूँ। अधिकार छीनने की भाषा मेरे बेटे की नहीं हो सकती। लोगों में गलत उम्मीद मत जगाओ। तुम्हें मालूम भी है कि वादी में हो क्या रहा है? लोगों की जान की कीमत बंदूक की एक गोली से भी कम है वहाँ। बारूद के ढेर पर बैठे हैं सब के सब। कहाँ ले जाओगे वहाँ इन खस्ता हाल लोगों को? जरा ये सब सोचना और फिर जो करना है, करना।"

"आप तो गांधी की तरह बात कर रहे हो, पापा।" आखिरकार अभिमन्यु ने अपने दिल का जहर बाहर निकाल ही लिया। अभिमन्यु की ये बात अभय प्रताप के लिए बड़ी ही झकझोर देने वाली थी। उन्हें लगा कि अब अगर अभिमन्यु को ठीक तरीके से समझाया नहीं गया तो ये हिंदू आतंकवादी बनने की कगार पर खड़ा है। उसकी यह बात सुनकर रोशनी भी सतर्क हो गई थी। आरती उठकर बैठ गई और अभिमन्यु को आश्चर्य से देखने लगी। अभय प्रताप शांति से अभिमन्यु के पास बैठ गए और उन्होंने पूछा कि "मतलब क्या है तुम्हारा, अभिमन्यु?"

अभिमन्यु कुछ बोल नहीं पाया। वह चुपचाप अपनी नजरें नीची किए बैठा रहा।

"बोलो, अभिमन्यु। क्या चल रहा हैं तुम्हारे मन में? तुम बोलोगे नहीं तो मैं कैसे समझूँगा? तुम्हारा बोलना जरूरी है, बेटा।"

अब अभिमन्यु ने थोड़ा हौसला दिखाकर कहा, "पापा, अब तक तो अंदर के जख्म गहरे थे, अब शरीर भी जख्मी करने लगे हैं ये लोग। बाहर के घाव भर भी जाएँगे पापा, पर अंदर जो कुरेद रहा है, कचोट रहा है उसका क्या करूँ? आज जब वो पुलिसवाला मुझे मार रहा था, तब मैं रोया नहीं। बस, यही सोचता रहा कि जिन्हें जो भाषा समझ में आती है, उन्हें उसी भाषा में जवाब देना चाहिए। कश्मीर का आतंकी और वो पुलिसवाला मुझपर जोर इसलिए आजमा रहे थे क्योंकि मैं कमजोर था। मेरे हाथ में शस्त्र होता तो क्या वो ये सब करता?

"मुझे नफरत है कश्मीर से और हर उस इनसान से, जो मेरी खुशियाँ, मेरा घर मुझसे छीनकर कश्मीर में मुसकराता है। आपने हमें अच्छाई सिखाकर गलती की है, पापा। और अभी भी गांधी की जबान बोल रहे हैं, जिनकी सहिष्णुता के कारण सारे झगड़े शुरू हुए। मुझे नहीं चाहिए ऐसी सहिष्णुता, जो इनसान को इनसान न रहने दे। अभय प्रताप ने देखा कि अभिमन्यु पूरी तरह से टूट चुका है। उन्होंने आगे बढ़कर अभिमन्यु को अपनी बाँहों में भर लिया और कहा, "तुम्हें जो सही लगता है, वो करने का तुम्हें पूरा हक है मेरे बच्चे, मैं इसके आड़े नहीं आऊँगा। आज के बाद तुम जो भी करोगे, मैं तुम्हें बिना कोई सवाल किए तुम्हारे साथ खड़ा रहूँगा। तुम्हें बंदूक थामनी है, मैं खुद तुम्हें लाकर दूँगा, पर उससे पहले मैं तुम्हें कुछ बताना चाहता हूँ। बताना चाहता हूँ कि भगवान् श्री कृष्ण चाहते तो बस एक क्षण में वे दुर्योधन का नाश कर सकते थे, पर उन्होंने ऐसा नहीं किया। युद्ध टालने के लिए उन्होंने अंतिम समय तक दुर्योधन से वार्त्तालाप किया। दुर्योधन के पक्ष में खड़े अनेक रथी-महारथियों को आह्वान किया कि वे दुर्योधन को कुछ समझाएँ। खुद जाकर कर्ण को उसकी अच्छाई का वास्ता देकर युद्ध से रोकना चाहा। जब प्रत्यक्ष युद्ध शुरू हुआ, तब भी वे सुदर्शन चलाकर महाभारत का वो विनाशकारी युद्ध दो क्षण में समाप्त कर सकते थे, लेकिन एक-एक दिन वो राह देखते रहे कि किसी को तो अक्ल आएगी और युद्ध रुकेगा। अंत में बचे केवल 5 लोग, जिन्हें जीते हुए राज्य में कोई भी रस नहीं रहा। वो संन्यास लेकर चले गए। अगर आगे चलकर संन्यास ही लेना था तो इतने महा भयानक युद्ध का शंखनाद किया ही क्यों? पहले ही सबकुछ त्यागकर चले जाते?"

अपने पापा को बीच में टोकते अभिमन्यु ने सवाल किया, "पापा, अर्जुन युद्ध से पहले रणभूमि में आया था तब वो युद्ध त्यागकर जानेवाला था। कृष्ण ने उसे युद्ध के लिए तैयार किया।"

"अर्जुन ने अपनों के मोह के कारण युद्ध लड़ने से इनकार कर दिया था। उसका सीधा मतलब हो जाता कि मैं तुमसे प्यार करता हूँ तो मैं तुम्हें मार नहीं सकता और तुम्हें मार नहीं सकता, मतलब तुम अपनी मनमानी करने के लिए आजाद हो। वो उसकी कायरता कहलाती।" अभय प्रताप कहने लगे, "पूरी भगवत गीता का बखान करके भगवान् कृष्ण ने उन्हें यही समझाया कि किसी के मोह में न तुम्हें शस्त्र त्यागने हैं और न ही किसी के डर के कारण तुम्हें शस्त्र उठाने हैं। ये सबकुछ मेरा नहीं है, यह जानकर जब निस्स्वार्थ होकर युद्ध करोगे तो उससे धर्म की स्थापना होगी। तुम्हें केवल धर्म की स्थापना के लिए युद्ध करना है और धर्म क्या था, किसी से कोई छल करके उसका राज्य न हथियाए। भरी सभा में फिर किसी स्त्री के वस्त्र न उतरें। अहंकार में आकर कोई अपनी प्रजा को युद्ध लड़ने पर विवश न करे। जो बड़े-बुजुर्ग नए युवराजों के मार्गदर्शन के लिए हों, वे सब विदुर समान हों, न कि धृतराष्ट्र जैसे पुत्र प्रेम में अंधे होकर राज्य को उचित अधिकारी से वंचित करनेवाले हों और न ही पितामह भीष्म जैसे निष्क्रिय हों। अपना काम सही ढंग से करना, यही धर्म है। अर्जुन के पास अब युद्ध की सही वजह थी, अभिमन्यु। तुम्हारे पास ? तुम्हारे पास अपने घर का मोह है, अहंकार है कि तुम्हें कोई कैसे वहाँ से निकाल सकता है और डर भी है कि तुम्हें कोई मार न दे। इसलिए तुम्हें शस्त्र की जरूरत पड़ी है। ये तो कोई वजह नहीं हुई अपनों के साथ इतने लोगों की जान खतरे में डालने की। रही गांधीजी की बात, तो कई लोगों ने महात्मा को हमेशा गलत समझा है (Mahatma is always misunderstood by many people)। गांधीजी ने इसलाम के पारंपरिक स्वरूप को पहचाना था। वो लोगों से इस धर्म के बाहरी आवरण को त्यागकर इस धर्म के मुख उद्‌देश्य को अपनाने के लिए कह रहे थे। वो जानते थे कि 800 सालों से साथ रहने के बाद हिंदू-मुसलिम एक साथ जीना सीख गए है। अंग्रेज इन्हें अलग करके अपनी रोटी सेंक रहे थे, तो गांधीजी का कहना था कि हम हिंदू-मुसलिम भाई साथ रहें तो कोई हमारा कुछ बिगाड़ नहीं सकता था। उनका उद्‌देश्य नेक था। उनसे सिर्फ एक गलती हो गई कि वे लंबे अरसे तक समझ नहीं पाए कि लोग प्रेम के लिए मानसिक दृष्टि से तैयार नहीं हैं। वो गांधी की बात समझ ही नहीं पाए। बहुजन हिंदू समाज में मुसलिम अपने अस्तित्व के लिए डरे हुए थे और डरे हुए लोग प्यार नहीं कर सकते, सिर्फ शक कर सकते हैं। उन दिनों में उन्हें ये समझानेवाला कोई कृष्ण नहीं था कि मुसलमानो, अपनी जमीन का मोह त्याग दो और हिंदुओ, डरे हुए मुसलिमों को इतना अपनाओ कि उन के मन का डर ही निकल जाए और वे एक-दूसरे से इतना प्यार करें कि कल को इस देश में किसी हिंदू औरत को कोई बुरी नजर से देखे तो हिंदू से पहले मुसलमान उसकी आँखें निकाल ले और इसलाम के विवादित मुद्‌दे जिहाद पर कोई सवाल उठाए तो हिंदू उसे समझा पाए कि जिहाद का सही मतलब क्या है ?"

"क्या है पापा, जिहाद का असली मतलब?" अभिमन्यु ने उत्साह से पूछा।

"देखो बेटा, जिन हालातों में इसलाम पनपा, वो हालत थे कि मोहम्मद साहब ने अपने भाई बंधुओं से अलग जाकर अपना एक पंथ बनाया, जिसे उन्होंने इसलाम कहा। अरबी भाषा में इसलाम का अर्थ है, हुक्म मानना या अच्छे शब्दों में कहा जाए तो आत्मसमर्पण करना। इसलाम के प्रचार और प्रसार के लिए बना जेहाद अल अकबर अहिंसात्मक संघर्ष है, जिसमें गैर-मुसलिम आदमी के सुधार के लिए हर मुमकिन प्रयास करता है और उसको ईमान पर लाना यानी मुसलमान बनाने की कोशिश करता है। नबी को काफी सारे अनुयायी मिले और इसलाम धर्म मजबूत होता गया। मोहम्मद साहब की ताकत न बढ़े, इसलिए उन्हीं के भाई-बंधुओं ने मुसलमान बने लोगों को बरगलाकर वापस इसलाम से बाहर लाने की कोशिशें शुरू कीं। तब वजूद में आया 'जेहाद अल असगर'। जेहाद अल असगर का उद्देश्य इसलाम के संरक्षण के लिए संघर्ष करना होता है। जब इसलाम के अनुपालन की आजादी न दी जाए, उसमें रुकावट डाली जाए, मुसलमानों का शोषण किया जाए, उन पर अत्याचार किया जाए तो उसको रोकने की कोशिश करना और उसके लिए बलिदान देना जेहाद अल असगर है। इसलाम ने खुद पहले आक्रमण करने की हर अवस्था को निषिद्ध ठहराया है और मुसलमानों को केवल प्रतिरक्षात्मक युद्ध की अनुमति दी है। पवित्र कुरआन के 'लाइकरा-ह फिददीनि' इस आदेश के हवाले से मैं यह कह रहा हूँ। इतना ही नहीं, कोई अगर ईमान नहीं लाता तो उसे उसका धर्म पालन करने की पूरी छूट इसलाम ने दी है। कुरान के अनुसार धार्मिक स्वतंत्रता और धार्मिक रक्षा इसलामी शासन की स्थायी नीति थी।

"खुद की रक्षा के लिए अगर युद्ध करना पड़े, तब उस युद्ध में भी नैतिकता एवं मानवता की रक्षा करने के लिए कुरान में कठोर निर्देश दिए गए है और केवल उन्हीं लोगों पर हथियार उठाने की अनुमति दी है, जो मुसलमानों से लड़े और पराजित होने के बाद भी हथियार डालने से इनकार कर दे। हारे हुए लोगों कि जीविका संबंधी सामग्री को नष्ट करने की भी सर्वथा मनाही कर दी है।

"पर इसी जिहाद का अहंकारी, सत्ता के नशे में चूर लोगों ने बिल्कुल गलत तरीके से इस्तेमाल करके सच्चे मुसलमान को बदनाम करने में कोई कसर नहीं छोड़ी। ईमान खुशी से लाने के लिए कहा गया था, डराकर नहीं और इसलाम की रक्षा के लिए शस्त्र उठाने का हुक्म था, शस्त्र उठाकर इसलाम के नाम पर मासूमों की जान लेने का नहीं।

"जो डरकर इसलाम कुबूल करता है उसकी तो नमाज कुबूल ही नहीं होती। काश! नबी ये भी लिख जाते कि जो डराता है, उसकी भी नमाज कुबूल न हो। इसलाम खतरे में ऐसे लोगों की वजह से ही है। जिहाद इनके खिलाफ होना चाहिए। जो सच्चा मुसलमान है वो खुद होकर कभी हिंसा नहीं करेगा, अभिमन्यु। तुम्हारे मुख्तार ने तुम्हारा घर नहीं

जलाया मेरे बच्चे और माजिद ने हमें सुरक्षित यहाँ पहुँचाया है।"

अभिमन्यु के अंदर अब बहुत कुछ शांत हो गया था तभी अभय प्रताप ने वो महसूस किया और अपने बच्चे को नए पंख देकर अपनी बाँहों से आजाद कर दिया। उसके भगवान् ने उसे 'गीता' समझाई थी। वो भी बड़े सहज शब्दों में कि

वो दिलों में आग लगाएगा, मैं दिलों की आग बुझाऊँगा
उसे अपने काम से काम है, मुझे अपने काम से काम है

अभिमन्यु के दिल की आग भी बुझ चुकी थी। आरती, रोशनी, रोशनी की माँ, रोशनी के पिता—सब अभय प्रताप जैसी शख्सियत को अपने साथ पाकर बड़ा गर्व महसूस कर रहे थे। हर किसी के अंदर वहाँ कुछ रोशन हुआ था। आरती को वापस लिटाकर चादर ओढ़ाते हुए अभय प्रताप ने कहा, "अभिमन्यु, अभी तुम भी थोड़ा आराम करो। लेट जाओ थोड़ी देर। मैं जरा जम्मू हो आता हूँ। डॉक्टर की अपॉइंटमेंट लेकर आता हूँ। आरती में शुगर के लक्षण हैं। ब्लड टेस्ट जरूरी है।" अभय प्रताप ने कहा।

रोशनी और अभिमन्यु ने चमककर आरती को देखा। अभिमन्यु को क्या कहना है, क्या बोलना है, कुछ समझ में ही नहीं आया, पर उसके अंदर एक आपराधिक भावना पैदा हो गई। अभी-अभी खिला हुआ चेहरा फिर मुरझाने लगा। उसका चेहरा देख अभय प्रताप ने कहा कि सिर्फ लक्षण है। अभी कुछ हुआ नहीं है। तुम चिंता मत करो, पर अभिमन्यु के चेहरे पर चिंता तो साफ-साफ दिखाई दे रही थी।

अभिमन्यु को देखकर रोशनी को क्या हुआ, भगवान् जाने। वह उठी और अपनी माँ से कहा कि मैं जरा जम्मू होकर के आती हूँ। उसकी माँ ने "ठीक है" कहा। कोई सवाल-जवाब नहीं किया। रोशनी की माँ तो उस घर की सबसे समझदार औरत थी। उसने अपनी जिंदगी के साथ सुलाह कर ली थी। दिनभर काम करना, पति का खयाल रखना। बेटी को चार समझदारी की बातें बताते रहना और सुकून से सो जाना···। उसने फिर से समझदारी दिखाई और टेंट में भीड़ कम करने के लिए वह सारिका को लेकर घूमने निकल गई।

"अभिमन्यु, तुम्हें कुछ चाहिए।" रोशनी ने जाने से पहले अभिमन्यु को पूछा। अभिमन्यु ने 'ना' में गर्दन हिलाई।

रोशनी ने अभय प्रताप से कहा, "आज आप घर पर ही रहिए। मैं आपके मेडिकलवाले को बता दूँगी कि आज आप काम पर नहीं आओगे और मैं ब्लड टेस्ट का इंतजाम भी करके आती हूँ।"

"तुम क्यों परेशान हो रही हो? मैं जा ही रहा हूँ।" अभय प्रताप ने कहा।

रोशनी ने दोनों माँ-बेटे की हालत देखी और कहा कि इन दोनों को मुझसे ज्यादा आपकी जरूरत है। रोशनी बाहर जाने के लिए निकली, पर एक सेकंड के लिए फिर

मुड़ी और अपने अपाहिज पापा को देखा। दोनों ने आँखों-आँखों में क्या बात की भगवान् ही जाने, पर रोशनी हल्की-सी भावुक होकर उस टेंट से निकली। अभिमन्यु ने वह बात नोट की, पर वह कुछ बोला नहीं। अभय प्रताप जान-बूझकर अपने कैंप के काम के लिए बाहर निकल गए। वो चाहते थे कि आरती और अभिमन्यु की बातचीत हो, पर आरती अभी भी अभिमन्यु से बात करना नहीं चाह रही थी, पर उनके अंदर अब एक सुकून था। अभिमन्यु के मन से जहर निकल गया था। वह वापस लेट गई और बस कुछ ही पलों में नींद के हवाले हो गई। अब अभिमन्यु को भी सिर्फ उसकी माँ से लेना-देना था। आज उन्हें इस हालत में लाने के लिए वही जिम्मेदार था। और तो और, कल उनसे अभिमन्यु ने झूठ भी बोला था।

वो अपनी माँ के पास बैठा रहा। दो घंटे गुजर गए। इन दो घंटों में अभिमन्यु अपनी माँ को ताकता रहा। जब उनकी हल्की नींद खुली वह अपनी माँ के सिर पर हाथ फेरने लगा···माँ ने उसका हाथ झिड़क दिया। अभिमन्यु ने सोचा कि मैं ये सब पाने का हकदार हूँ। पूरा हक है माँ को ये सब करने का। वह अंदर से बहुत भावुक हो गया था, पर किसी से कुछ कह नहीं पा रहा था। मन-ही-मन प्रार्थना कर रहा था कि ब्लड टेस्ट में कुछ न निकले। ये थकान माँ को मेरे कारण हुई है, बस भगवान् मुझे कोई रास्ता दे दे जिससे मैं माँ के चेहरे पर वो मुस्कान फिर ला सकूँ। माँ के बार-बार हाथ झिड़काने के बावजूद अभिमन्यु उनके इर्द-गिर्द रहा। कभी चादर ठीक करता, कभी उनके बाल ठीक करता। कभी पूछता कि माँ पानी चाहिए? कभी पूछता कि नमकवाली चाय बनाकर दूँ? माँ को कुछ हो जाएगा, यह अहसास उसे तड़पा रहा था। वो हर मुमकिन कोशिश कर रहा था कि माँ एक बार उससे बात करे, पर माँ उससे बात ही नहीं करना चाह रही थी। अभिमन्यु के बार-बार आस-पास मँडराने से आरती तंग आ गई और उसने कहा कि "मरी नहीं हूँ, जिंदा हूँ अभी। जा तू बाहर। अपनी मनमानी कर! तेरा मेरा कोई लेना-देना नहीं अब।" इतना कहकर वह सिर पर चादर ओढ़कर सो गई। उसी वक्त सारिका टेंट में दाखिल हुई। सारिका को देखकर अनाथ होने का अहसास पहली बार अभिमन्यु को हुआ। वह फिर एक बार इस बच्ची को और खुद को अनाथ नहीं करना चाहता था। अब उसे जो भी करना था, आरती के लिए करना था। उसे आज हरजोत के फार्म हाउस पर जाने का अफसोस हुआ। अब अभिमन्यु को ये सोचकर डर लगने लगा कि उसने तो माँ को कहा था कि फॉर्म भर दिया है। अब अगर ये झूठ पकड़ा गया तो?

अब वो वहाँ बैठकर आरती का सामना नहीं कर सकता था। अभिमन्यु के कदम अपने आप उस पेड़ की तरफ चल पड़े। उसे कुछ भी समझ में नहीं आ रहा था कि माँ का क्या करूँ? वह पेड़ के पास जाना चाह रहा था, पर उसने देखा कि धूप कड़ी थी, तो कोई टेंट में बैठ नहीं पा रहा था। कैंप के इर्द-गिर्द फैले पेड़ों की छाँव में लोगों ने अपने

डेरे डाले थे। हर तरफ भीड़ थी। चबूतरे के पास भी काफी लोग जमा थे। आज अभिमन्यु को वहाँ भी सुकून मिल नहीं सकता था, क्योंकि हर नजर उसे उम्मीद से देख रही थी। वो उन नजरों से बचना चाह रहा था। वो अपने टेंट के सामने धूप में खड़ा रहा। रोशनी कैंप में आती दिखी। वो बहुत ही खुश थी। अभिमन्यु सोच रहा था कि माँ को मेरा झूठ मालूम पड़ा तो? रोशनी उसके पास गई, पर अभिमन्यु को पता ही नहीं लगा। रोशनी ने उसके काँधे पकड़कर उसे खयालों से बाहर लाने की कोशिश की।

"अभिमन्यु, क्या हुआ?" अभिमन्यु ने उसे देखा। अभिमन्यु की आँख में आँसू थे। वो खुद से परेशान था। परेशानी में उसने रोशनी से कहा कि "अभी तक कुछ नहीं हुआ, पर क्या-क्या हो सकता हैं, मैं तुम्हें बताता हूँ। मैं माँ का बुरा बेटा साबित हो सकता हूँ। उसने अपने गहने बेचकर मुझे पढ़ाना चाहा। मैं वो छोड़ आया। वो बार-बार कहती रही, अच्छे से रहो, हमारी चिंता मत करो, पर मुझे ही क्या हो जाता है, मालूम नहीं। मैंने उससे झूठ बोलना भी शुरू किया। आज मैं एक गुनहगार की तरह पुलिस चौकी में था। अब पुलिस चौकी से आया हूँ तो यहाँ का भाई बन गया हूँ। कल को उन आवारा बच्चों का लीडर कहलाऊँगा। हाथ में सिगरेट आ जाएगी। मैनेजर से हफ्ता वसूलूँगा। परसों हरजोत की तरह हाथ में चाकू पकड़कर अपनी मर्दानगी साबित करूँगा। यहाँ ऐसे ही रहूँगा तो और क्या-क्या करूँगा, मालूम नहीं।" यह कहते हुए अभिमन्यु फिर परेशान-सा टहलने लगा। रोशनी ने उसका हाथ पकड़कर अपनी बैग से एक पर्ची निकाली और अभिमन्यु के हाथ में उसे रखते कहा कि "मेरे पास तुम्हारे लिए एक और चांस है, माँ का अच्छा बेटा बनने का मौका।" अभिमन्यु ने उसके हाथ की पर्ची देखी और इस बार आश्चर्य और बहुत ही खुशी से चिल्लाकर रोशनी को गले लगाया और पूछा, "ये कैसे हो गया?"

रोशनी ने हँसकर जवाब दिया, "बस, हो गया।"

रोशनी के हाथ में अभिमन्यु का एग्जाम टिकट था, जो उसका ये साल बरबाद होने से बचानेवाला था जिससे आरती की तबीयत पर अच्छा असर पड़ सकता था।

उसी शाम अभय प्रताप ने सारे कैंपवालों को इकट्ठा करके वादी के हालात समझा दिए और कहा, "उचित समय आने पर सरकार हमें वापस कश्मीर भेज देगी। अभी के लिए हम सबके लिए यही ठीक होगा कि हम अपना हौसला बनाए रखें। हालात जल्द ही सुधर जाएँगे।"

चुप न रहकर एक इनसान ने अभय प्रताप से सवाल किया था कि "इतने बड़े देश की सेना क्या उनका खात्मा नहीं कर सकती?" अभय प्रताप ने कहा, "वे अगर सामने आकर लड़ते तो 10 मिनट में उनका सफाया हो जाता, पर वे वहाँ की भोली-भाली जनता की आड़ में बंदूकें चलाते हैं और भले ही हम लोग भूल जाएँ, पर भारतीय सेना यह नहीं भूल सकती कि 1965 की जंग में इसी जनता ने भारतीय सेना का हर तरह से साथ

दिया था। हमलावर कहाँ-कहाँ छुपे हैं, इसकी खबर अपनी जान की जोखिम उठाकर आ आकर सेना को बताया था। 1965 की जंग जीतने का श्रेय उन्हें भी जाता है। भारतीय सेना मासूम लोगों पर वार नहीं करती।"

फिर एक इनसान उठ खड़ा हुआ और उसने सवाल दागा, "19 जनवरी को आपकी इसी जनता ने बड़े-बड़े जुलूस लगाकर हम लोगों के खिलाफ वहाँ नारेबाजी की थी। वो कहाँ से मासूम हो गए?"

अभय प्रताप ने कहा, "बरगलाए हुए लोग हैं वो बाहर से कोई आकर उन्हें धर्म का गलत ज्ञान पढ़ाकर मासूम दिलों में नफरत भर रहा है और आज उसका नतीजा भी वो ही लोग भुगत रहे हैं। न वे यहाँ के रहे, न वहाँ के, लेकिन जल्द ही वो अपनी गलती सुधार लेंगे, इसकी हम उम्मीद कर सकते हैं।" अभय प्रताप ने लोगों को विश्वास दिलाया। अभय प्रताप का भाषण काफी असरदार रहा। लोगों में थोड़े उत्साह का संचार हुआ था।

आनेवाले 15 दिन आरती के लिए उस कैंप के सबसे बेहतर दिन थे। भले ही इन दिनों में उसने अभिमन्यु से बात नहीं की थी, लेकिन उसे उसका कश्मीरवाला चिंटू वापस मिल गया था। अभिमन्यु ने अपना पूरा फोकस सिर्फ पढ़ाई पर किया था और साथ-ही-साथ वह आरती की देखभाल भी कर रहा था। दूसरे ही दिन सब आरती को ब्लड टेस्ट के लिए ले गए। माँ से ज्यादा अभिमन्यु डरा हुआ था। उसका डर देखकर रोशनी ने उसका हाथ थामकर उसे विश्वास दिलाया था कि डरो मत, सब ठीक है। अब अभिमन्यु आरती को किसी भी तरह से परेशान नहीं करना चाहता था। आरती के लिए उसने टेंट में रहना और वो जो पकाकर दे, वो बिना तकरार खाना, नियम ही बना लिया था। सुबह उठकर पहले दो घंटे पढ़ता, फिर माँ के साथ मिलकर उसके स्कूल में उसकी बच्चों को पढ़ाने में मदद करता। अब तो जहाँ भी जाता, सारिका उसके साथ ही होती। उसे कई बार अपनी माँ की याद आती तो अभिमन्यु उसके लिए पूरी तरह से जोकर बन जाता और उसे हँसाने की कोशिश करता। अभिमन्यु को बस एक बात का गम था कि इस लड़की की माँ की कोई भी तस्वीर उसके पास नहीं थी, पर फिर दूसरे ही क्षण में वह उसका माँ-बाप, भाई, दोस्त—सबकुछ बन जाता। टैंकर जब आता, अभिमन्यु जाकर पूरे दिन का पानी भरता। रोशनी के साथ जाकर बीमार लोगों की सेवा करता। जिन रोगों के नाम भी कभी उसने सुने नहीं थे, ऐसी काफी बीमारियाँ कैंप में पैदा हो गई थीं। अभिमन्यु डॉक्टर के पास जा-जाकर इन सबकी जानकारी लेता और लोगों को इससे बचने के उपाय समझाता। लोग जब पूछते कि हम सब घर कब जाएँगे तो अब उसके पास जवाब था कि हम सबकी बीमारी जब ठीक हो जाए, तब तुरंत यहाँ से निकलेंगे। आरती को अब अभिमन्यु कपड़े धोने नहीं देता। बदबूदार नाले पर जाकर हमेशा रोशनी और वो अपने पूरे घर के कपड़े जाकर धो लेते। अभिमन्यु कई बार गौर करता कि जब उसका ध्यान

नहीं होता, तब रोशनी उसे ताकती रहती है। रोशनी का उसके प्रति लगाव वह काफी बार महसूस कर चुका था, पर पहले ही वो एक लड़की को रुला चुका था। दूसरी को रुलाने के खयाल से भी वो डर जाता।

उस दिन आरती के ब्लड रिपोर्ट्स लाने थे, पर आरती ने साफ मना किया कि जब तक अभिमन्यु की परीक्षा खत्म नहीं हो जाती, कोई रिपोर्ट नहीं लाएगा। यह 15 दिन यूँ आँख झपकते गुजर गए। अभिमन्यु के पर्चे भी अच्छे रहे। सबसे ज्यादा खुश आरती थी। जब अभिमन्यु अंतिम पर्चा देकर घर लौट आया, तब आरती ने थोड़े पैसे खर्च करके अच्छा खाना पकाया था। काफी दिनों के बाद उसने अभिमन्यु को पुकारा था। इन 15 दिनों में अभय प्रताप और आरती के चेहरे पर वो नूर फिर से दिख रहा था, जो कभी कश्मीर के उनके घर में रहते हुआ करता था। वो दोनों फिर से 10 साल जवान हो गए थे। अभिमन्यु के साथ-साथ कैंप भी अपने गमों से उबरने की कोशिश में था। उस रात खाना खाने के बाद रोशनी और अभिमन्यु पेड़ के चबूतरे के पास बैठकर रिजल्ट आएगा, उसके बाद की प्लानिंग कर रहे थे।

"तुम्हें मालूम है जब तुम मुस्कुराते हो तो कितने अच्छे लगते हो अभिमन्यु?" अभिमन्यु पर गड़ी नजर न हटाते हुए रोशनी ने कहा। उसकी वो नजर अभिमन्यु के लिए जानी-पहचानी सी थी। कई बार जसप्रीत उसे ऐसे ही घूरती रहती थी और वो शरमा जाता था। आज उसे रह-रहकर जसप्रीत की बड़ी याद सता रही थी। वह अब जसप्रीत के खयालों में गुम था और मंद-मंद मुसकरा रहा था।

"रोशनी दीदी, तुम्हें वहाँ कोई बुला रहा है।" एक बच्चे ने आकर रोशनी से कहा।

"कहाँ?" रोशनी ने पूछा।

"वहाँ।" झाड़ियों की तरफ हाथ दिखाते बच्चे ने कहा।

"मैं अभी आती हूँ, अभि।" रोशनी ने अभिमन्यु से कहा, पर अभि तो अपने खयालों में था। उसे आज रह-रहकर सम्राट, विनोद और जसप्रीत की याद आ रही थी। कैंप मैनेजर के पास सम्राट का फोन आया था। उसके बाद न तो सम्राट ने फोन किया था न ही जसप्रीत ने, पर अभिमन्यु के नाम के दो महकते खत कैंप के पते पर पहुँचे थे, जिन्हें अभिमन्यु ने आज तक नहीं खोला था। मुख्तार के वॉकमैन के साथ एक थैली में बाँधकर अपने बैग के बिल्कुल निचले हिस्से में उन खतों को रख दिया था, जिसके बारे में कोई भी नहीं जानता था। न जाने अभिमन्यु को वे खत पढ़ने का दिल क्यों हो रहा था? उसे अपने आप पर अब गुस्सा आ रहा था कि कोई अपने दोस्तों के साथ इतना रूखा कैसे हो सकता है? सीधा बोल दिया था कि फोन मत करो। सम्राट और विनोद मेरी अवस्था समझ चुके होंगे, पर जसप्रीत मेरे बिना बहुत रोई होगी। शायद ही अब वह किसी से प्यार कर पाएगी। अब वह अपने खयालों से बाहर आया और उसे महसूस हुआ कि रोशनी

झाड़ी की तरफ गई। झाड़ियाँ, जहाँ सारिका की माँ जाया करती थी। उसे ये बात खटकी और वे तेजी से झाड़ियों की तरफ बढ़ा। रोशनी एक आदमी से बात कर रही थी। वह उसे समझा रही थी कि "देखो, उस दिन मेरी मजबूरी थी इसलिए मैंने तुम्हारा कहा माना था। मैं ये सब नहीं करती।"

वो आदमी उससे कह रहा था कि "जितने चाहे पैसे ले लो, पर चलो मेरे साथ।"

"नहीं। आप समझ क्यों नहीं रहे ? एक साइन की जो कीमत थी, वो मैंने आपको दे दी थी। बात वहीं खत्म हो गई।" रोशनी ने परेशान होकर कहा।

"तुम आज मेरी मजबूरी समझो न रोशनी, जैसे मैंने तुम्हारी समझी थी।" उसने अब रोशनी का हाथ पकड़ा। रोशनी उससे अपने आप को छुड़ाने की कोशिश करने लगी और कहा, "आप समझ क्यों नहीं रहे हो ? किसी का साल बरबाद हो सकता था, माँ बीमार पड़ सकती थी, इसलिए मैंने वो सब किया।"

पर वह इनसान रोशनी पर हावी होने की कोशिश करने लगा। रोशनी उसे अपने से दूर करती रही। अभिमन्यु दौड़कर रोशनी के पास पहुँच गया। उसे देख वो आदमी सकपका गया और उसने रोशनी का हाथ झट-से छोड़ दिया और वह वहाँ से भाग गया। वह कॉलेज का क्लर्क था। अभिमन्यु को ये समझने में वक्त नहीं लगा कि एग्जाम की रसीद रोशनी कहाँ से लाई थी और अभिमन्यु के चेहरे के हाव-भाव देख रोशनी समझ गई थी कि अभिमन्यु सब समझ गया है। रोशनी का हँसता-खिलखिलाता चेहरा एकदम स्याह पड़ गया। इतने दिनों में कितनी भी मुसीबत के बावजूद अभिमन्यु ने रोशनी को वैसे नहीं देखा था। अभिमन्यु के सामने शायद रोशनी भी अपना वह रूप देख नहीं पा रही थी। अपने लिए वह कभी भी अभिमन्यु की आँखों में घृणा नहीं देख सकती थी। रोशनी अपनी गरदन झुकाए वहाँ से चुपचाप निकल ली, ये सोचते कि वह एक ही घर में रहते हैं, अब अभिमन्यु का सामना कैसे कर पाएगी ? वो चलते-चलते पेड़ के पास पहुँच गई। अभिमन्यु को कुछ सूझ नहीं रहा था। अचानक अभिमन्यु दौड़ पड़ा और उसके सामने आकर खड़ा हो गया। और उसे देखता रहा। वह वैसी-की-वैसी अपनी नजरें नीची किए खड़ी रही। उसने कोई सफाई नहीं दी और न ही अपनी मजबूरी कहनी चाही। उसका वो रूप देख अभिमन्यु को एक पल के लिए लगा कि अगर जसप्रीत से प्रेम नहीं होता तो शायद में इस वक्त रोशनी का हाथ थाम लेता, पर उसका दिल सिर्फ जसप्रीत के लिए ही धड़का था। यह रिश्ता तो कुछ और था।

"इतनी सी बात के लिए इतना सबकुछ किया रोशनी ?" अभिमन्यु की आवाज में ही दर्द उभर आया था।

"माँ की सेहत इतनी सी बात नहीं है, अभिमन्यु।" उसके यह शब्द कानों पर पड़े और अभिमन्यु उसके सजदे में झुक गया। रोशनी को समझ में नहीं आया कि अभिमन्यु

उसके पैर क्यों छू रहा है? वह झट-से पीछे हो गई और कहा कि "ये क्या कर रहे हो, अभि? कोई देख लेगा।"

"हमारे यहाँ देवी को ऐसे ही प्रणाम किया जाता है।" अभिमन्यु बहुत दिल से रोशनी को ये बात कह रहा था और रोशनी भी समझ रही थी कि वो बिल्कुल सच बोल रहा है। रोशनी ने उसे उठाते हुए पूछा, "क्या मेरे लिए तुम्हारे दिल में सच में मैल नहीं है?"

"नहीं।" अभिमन्यु ने साफ दिल से कहा और पूछा, "ऐसा क्यों किया रोशनी? कैसे उतारूँगा तुम्हारा एहसान?" रोशनी को 'एहसान' शब्द शायद अच्छा नहीं लगा। रोशनी अपने प्यार का इजहार करना चाह रही थी, पर अब जबकि अभिमन्यु को कुछ और भी मालूम हुआ था उसने अपना प्यार अपने अंदर दबा दिया और अभिमन्यु से पूछा कि "क्या तुम मुझे अपना दोस्त मानते हो, अभिमन्यु?"

"ये कोई सवाल है, रोशनी? दोस्त से भी कहीं ऊपर मानता हूँ अब मैं तुमको।" उसने फिर एक बार साफ-साफ जवाब दिया।

"दोस्ती वो होती है, अभी कि तुम चुप रहो और दोस्त जवाब दे। माँ ने तुम्हें कटघरे में खड़ा किया और उसका जवाब मेरे पास था। बस, इतना ही।" अभिमन्यु ने हल्के-से रोशनी का हाथ थाम लिया और उसे सच्चे दोस्तवाली फीलिंग दे दी। दोनों दो पल हाथ पकड़कर चल रहे थे। वहाँ से गुजरते हुए अभय प्रताप ने उन दोनों को वैसे देख लिया था, पर चुपचाप चले गए। अभिमन्यु ने सोचा कि आज रोशनी को जसप्रीत के बारे में सबकुछ बता दूँगा। आज जाकर में पहले जसप्रीत ने भेजे सारे खत पढ़ लूँगा पर ऐसा नहीं होना था। झाड़ी में फिर अभिमन्यु को कुछ आहट महसूस हुई। वह झाड़ी हमेशा अभिमन्यु को परेशान किया करती थी। उसे लग रहा था कि शायद फिर किसी मजबूर लड़की का वहाँ पर फायदा उठाया जा रहा होगा और अब अभिमन्यु ये कतई सहन करनेवाला नहीं था। वो तुरंत से झाड़ियों की तरफ बढ़ा। रोशनी भी उसके पीछे चल पड़ी, यह पूछते कि कहा जा रहे हो, पर अभिमन्यु ने उसे जवाब देना ठीक नहीं समझा। वे झाड़ी के अंदर आ गए। उसे देख दो साये तेजी से झाड़ियों में छुप गए। उनके पास जाकर अभिमन्यु ने आवाज लगाई कि जो कोई भी है, बाहर आ जाओ। दो साये अभिमन्यु के सामने आहिस्ता-से आकर खड़े हो गए। उन्हें देख रोशनी के मुँह से चीख निकल पड़ी और एक पल के लिए अभिमन्यु भी डर गया। उनके सामने दो मुसलमान लोग अपने आप को कंबल में लपेटे खड़े थे। उनकी दाढ़ी उनकी छाती तक आई हुई थी। चेहरे भी थोड़े डरावने लग रहे थे। रोशनी तो उन्हें आतंकी समझकर चुप हो गई थी, ये सोचकर कि कहीं कंबल से रायफल ही न निकालें। दोनों तरफ से कोई हरकत नहीं हुई। दोनों साइड के लोग एक-दूसरे से डर रहे थे, एक-दूसरे का अंदाजा ले रहे थे। कुछ पल ऐसे ही बीत गए और अभिमन्यु ने पूछा, "कौन हो तुम लोग? यहाँ क्या कर रहे हो?"

अभिमन्यु की आवाज सुनते ही उनमें से एक आदमी झट-से बोल पड़ा, "चिंटू बाबा।"

अभिमन्यु को वह आवाज जानी-पहचानी सी लगी। वह याद करने लगा कि किसकी आवाज हो सकती है यह?

सामनेवाले के पास सब्र नहीं था तो वो तुरंत बोल पड़ा। "चिंटू बाबा, मैं माजिद। और ये मेरा बेटा, अफजल।" अभिमन्यु को बड़ा आश्चर्य हुआ। वो उन्हें इतनी बढ़ी हुई दाढ़ी में पहचान ही नहीं पा रहा था। अभिमन्यु झट-से माजिद के गले लगा। उसके वतन से, उसके कश्मीर से कोई आया था। "आप ऐसे छुप क्यों रहे हो और कब से छुपे हुए हो?" अभिमन्यु ने पूछा।

"शाम से। सुबह से जम्मू से निकले हैं। ये हिंदुओं का कैंप है तो हम ऐसे छुपे हुए हैं। मुझे अभय प्रतापजी से मिलना था।"

"चलिए न फिर? वो हैं घर में।" इन 15 दिनों में अभिमन्यु टेंट को 'घर' कहना सीख गया था और रोशनी ने लगाए पौधों को पानी देना भी।

"शुक्र है खुदा का आप यहीं मिल गए, वरना कहाँ ढूँढ़ता मैं उनको?"

"चलिए घर।" अभिमन्यु ने फिर से उन्हें कहा।

"नहीं, हमारे कारण आपको परेशानी न हो। तुम उन्हें यहीं बुला लो न? बहुत जरूरी काम है।"

"अरे, कुछ नहीं होता, चाचा। चलो आप।" अभिमन्यु ने उन्हें तकरीबन खींचकर अपने घर की तरफ ले जाना शुरू किया। दोनों ने खुद की रक्षा के लिए अपने चेहरे कंबल से ढक लिये और वे डरते-डरते अभिमन्यु के साथ चलने लगे।

"ये हमारे माजिद चाचा हैं रोशनी··· इनके कारण ही हम यहाँ तक जिंदा पहुँच सके।" अभिमन्यु ने बड़ी खुशी से रोशनी से कहा। रोशनी असमंजस में थी कि हो क्या रहा है? वह चुपचाप चलती रही।

"चाचा, अगर मैं अभी यहाँ आपको नहीं मिलता तो कल आपको इस हालत में यहाँ कोई देख लेता तो क्या हो जाता, इसका अंदाजा भी है आपको?" अभिमन्यु ने पूछा।

"हम यहाँ देरी से पहुँचे। हज्जाम की सारी दुकाने बंद हो गई थीं, वरना हम दाढ़ी-मूँछ पूरी साफ करके आनेवाले थे। तब हम नहीं पहचाने जाते कि हम मुसलमान हैं।" जो सच था, माजिद ने बता दिया। अभिमन्यु बस यही सोचता रहा कि सिर्फ एक दाढ़ी बढ़ाने से इनसान को मुसलमान करार दिया जाता है, मतलब अल्लाह पर ईमान लानेवाला··· और हम हिंदू सालों-महीनों भगवान् के सामने हाथ भी न जोड़ें, पूजा-पाठ न करें, तिलक न लगाएँ, दाढ़ी रखे नहीं रखें, बाल रखें नहीं रखे ब्राह्मण हैं तो जनेऊ पहने या नहीं पहनें,

फिर भी हम सब अपने आप को हिंदू ही समझते हैं।

अब तक अभिमन्यु दोनों को घर तक ले आया था। अभिमन्यु के मन में चल रहे उस हिंदू-मुसलमान के झगड़े ने आखिरकार कैंप के उस टेंट की दहलीज तक सबको लाकर छोड़ा।

"पापा, देखिए कौन आया है।" अभिमन्यु ने उत्साह से कहा।

माजिद और अफजल अंदर आ गए। उन्हें देखते ही सारिका ने उनसे डरकर जोर से रोना शुरू किया। शायद वो भी 19 जनवरी को अभी तक भूल नहीं पाई थी। माजिद और अफजल की नजरें अपने आप झुक गईं। जो गुनाह उन्होंने किए ही नहीं थे, उसके लिए उन्हें यहाँ शर्मिंदा होना पड़ रहा था। रोशनी सारिका को अपनी गोदी उठाकर दूसरे टेंट में चली गई।

अभय प्रताप और आरती भी माजिद को पहचान नहीं पाए।

"भाभी।" माजिद ने कहा। आरती थोड़ा आश्चर्य में थी, पर उसने बड़ी ही खुशी से उन्हें बैठने के लिए कहा। पानी दे दिया और उनके बिना बोले ही वो खाना बनाने में जुट गई। रोशनी की माँ भी तुरंत उनकी मदद में आगे आ गई। अभिमन्यु उन्हें मुख्तार के बारे में पूछना चाह रहा था, पर बाहर से आए हुए इनसान से तुरंत सवाल नहीं किए जाते, ये तहजीब उसमें अभी भी थी। अपने साहब किस हाल में रहते हैं, यह देखकर माजिद बहुत ही भावुक हो गया। रोने लगा और रोते-रोते कहने लगा कि "ये सब क्या हो गया, साहिब? कहाँ से कहाँ आ गए हम?"

अभय प्रताप ने उन्हें सांत्वना देने के लिए कहा, "सबकुछ जल्दी ही ठीक हो जाएगा, माजिद।"

अब माजिद ने अपना दर्द बयान करना शुरू किया। कहा, "कुछ ठीक नहीं होनेवाला है, साहिब। ये हमारी हालत देखो। बंदूक की नोक पर हमें धर्म का पालन करना पड़ता है। हर किसी को दाढ़ी बढ़ाने का हुक्म है। सिर पर टोपी की सख्ती है। हम सिर्फ पारंपरिक पोशाक ही पहन सकते हैं। हमारी औरतें बुरके के बिना बाहर जा नहीं सकतीं। उन्हें स्कूलों में जाने पर पाबंदी लगाई है। हिंदुओं को भगा दिया। अब हम शियाओं की बारी है। मैं अपने बेटे को उनसे बचा के लाया हूँ। साहिब, मेरे बेटे की रक्षा कीजिए। मेरे पास कहीं और जाने का ठिकाना नहीं है।" कहते हुए माजिद ने अभय प्रताप के पैर पकड़ लिए और वह रोने लगा। अभय प्रताप ने उससे अपने पैर छुड़वा लिये और कहा कि "चिंता मत करो, माजिद। तुम्हारे बेटे को कुछ नहीं होगा।" माजिद का बेटा अफजल कोने में चुपचाप बैठकर अपने बाप की मजबूरी देख रहा था। अभिमन्यु ने उसमें अपने आपको देख लिया और तुरंत वह अफजल के पास जाकर बैठ गया। उसे ये जताने के लिए कि यहाँ तुम बिल्कुल सेफ हो।

माजिद को अपने साहब पर पूरा भरोसा था। वह थोड़ा-सा शांत हो गया और आगे बताने लगा कि बहुत ही खराब हालात हैं घाटी के। सरेआम बंदूकें लेकर घूमते रहते हैं। हर किसी के घर में जाकर जबरदस्ती जिहाद के लिए एक बेटा ले जाते हैं। बेटा नहीं है तो लड़कियों को उठा ले जाते हैं, उनकी हवस पूरी करने। घाटी में लोगों का जीना मुश्किल हो गया है। कोई संगीत सुन नहीं सकता। पाकिस्तानी रेडियो और टीवी चैनल देखना पड़ता है, जिनका एक ही मकसद है कि मुसलिम के मन में हिंदुस्तान के खिलाफ नफरत पैदा करना। पाकिस्तानी घड़ी-से-घड़ी मिलाकर चलना पड़ता है। पहले हम लोगों को पीओके से मार-मारकर भगाया और अब कश्मीर से भगा रहे हैं। शिया मुसलमान जाए तो कहाँ जाए? अब वे कश्मीर को सुन्नी इसलामिक बनाना चाहते हैं।"

"सुन्नी इसलामिक बनने के बाद वे उसे अफगानिस्तान बना देंगे और कोई कुछ कर नहीं पाएगा।" अभिमन्यु बीच में बोल पड़ा।

फिर एक बार अभिमन्यु को 19 जनवरी के कुछ ही दिन पहले का अभय प्रताप का लिखा आर्टिकल याद आया, जिसमें उन्होंने शिया और सुन्नी, दोनों मुसलमानों को आगाह किया था कि कश्मीर को अफगानिस्तान बनाने से रोकना बस आपके हाथ में है। हिंदू, बौद्ध, शिया और सुन्नी मिलकर ही जम्मू और कश्मीर की धरती को स्वर्ग रहने दे सकते हैं। आपको याद होगा कि शीत युद्ध में रूस के प्रभाव को रोकने के लिए अमेरिका ने धर्म के नाम पर ही अफगान युवकों के हाथ में बंदूकें थमाई थीं। रूस तो अफगानिस्तान से निकल गया, पर बंदूकें वहीं रह गईं। इन्हीं बंदूकों के जोर पर तालिबान और अल कायदा जैसे आतंकी संगठनों ने जन्म लिया। पहले वहाँ से शियाओं को भगाया गया। फिर जो सुन्नी बचे थे, उन पर उन्हीं के लोगों ने अत्याचार करना शुरू किया। कोई औरत गैर मर्द से बात भी करे तो उसे सरेआम पत्थरों से मारने की सजा दे दी जाती। अपने पिता, मर्द या भाई के बगैर वहाँ की औरतों को बाहर जाने की आजादी नहीं। स्कूल पूरी तरह से तबाह किए गए। मर्दों को भी अपने धर्म पालन की सख्ती की गई। काम-धाम छोड़कर उसे 5 बार की नमाज पढ़नी ही है। ये कौन सा धर्म है जो दिल की आवाज से नहीं, बल्कि बंदूक की नोक पर सजदा करने के लिए मजबूर है? असल इसलाम जानना है तो ज्ञानी लोगों के साथ उठो-बैठो और धर्म से पहले अपने माँ-बाप भाई-बहन को बचा लो।

अभिमन्यु को अभय प्रताप के उस लेख का शब्द-शब्द याद था और अब उसे सिर्फ मुख्तार के बारे में जानना था। ऐसे हालातों में उसका मुख्तार कैसे जी रहा है? शेहनाज अम्मी कैसी है? मुक्तार की सारी बहनें कैसी हैं… मुख्तार के नाम से अभिमन्यु तड़प गया और उसने पूछा कि "चाचा, मुख्तार कैसा है अपना?"

"मुख्तार तो बेटा दो महीने से गायब है। तुम लोगों के जाने के बाद उसके चाचा

ने उनकी सारी जायदाद हड़प ली। मुख्तार तो बस तुम्हारा ही नाम जपता था। उसे अपना होश कहाँ था? एक बार आया था यहाँ। यहाँ से आने के बाद 15 दिन में कहाँ चला गया, अल्लाह ही जाने। उसकी अम्मी का तो रो-रोकर हाल बुरा है। गनीमत है कि वे सुन्नी है, वरना क्या करते? हमने काफी ढूँढ़ा उसे, पर कुछ पता नहीं चला उसका।" माजिद बोलता चला गया, पर अब अभिमन्यु को कुछ सुनाई नहीं दे रहा था। अभी तक तो अभिमन्यु ने सिर्फ ये कहा था कि उसका कश्मीर, उसकी अपनी जमीन उससे छीन ली गई है, पर सच में पैरों के नीचे से जमीन खिसक जाना क्या होता है, ये अभिमन्यु महसूस कर रहा था। वो उठकर टेंट के बाहर चला आया। उसकी मन की स्थिति समझकर अभय प्रताप और आरती ने उसे रोका नहीं। दोनों को मालूम था कि वह पेड़ के पास अपने चबूतरे पर जाकर लेटेगा। पर शायद वो समझ नहीं पा रहे थे कि इस बार अभिमन्यु टेंट से बाहर वापस लौटने के लिए नहीं गया था…अभिमन्यु देर रात तक चबूतरे पर गुमसुम बैठा रहा। उसके पास न आसमान था और अब न जमीन…न अब वो पानी के नीचे था और न ही पानी के ऊपर…उसके अंदर सबकुछ थम-सा गया था। उसका वोतलबुज का खेल खत्म हो गया था। दूर ढोनी में एक दीया रोशन था और आज फिर फकीर कबीर का एक दोहा गा रहा था—

"रहना नहीं… देस वीराना है!
यह संसार कागज की पुड़िया
बूँद पड़े घुल जाना है…"

आज अभिमन्यु उस फकीर की ताकत महसूस कर रहा था कि दिल से जो आवाज निकलती है उस पथ पर चलने के लिए हमें बहुत सारे बलिदान देने पड़ते हैं। माँ-बाप, रिश्ते-नाते, धन-दौलत सब का मोह पीछे छोड़कर अकेले आगे बढ़ना पड़ता है। अब तक अभिमन्यु कई बार नंगा हो चुका था, पर तालाब में ही सोचता बैठ गया था। आज उसने तालाब को त्याग दिया था। उसे फकीर की ताकत मिली थी। फकीर की सदा थी, भगवान् और अभिमन्यु के दिल से आवाज निकली थी, कश्मीर।

इस वोतलबुज खेल का सबसे बेहतरीन परिणाम अब सामने आनेवाला था कि कोई डूबकर भी जिंदा होने जा रहा था। 'महाभारत' का वो अध्याय शुरू होने जा रहा था, जहाँ अभिमन्यु चक्रव्यूह भेदने निकला था।

अब देखना ये था कि इस 'महाभारत' का ये अभिमन्यु अर्जुन बनकर धर्म की स्थापना करनेवाला था या चक्रव्यूह में फँसकर अपने ही लोगों के हाथों मरनेवाला था?

□

5

शंखनाद

अभिमन्यु की पूरी रात मुख्तार कहाँ होगा, इस चिंता में गुजर गई। सुबह उठा, पानी खरीदकर बहाया पर, आज वह अपने टेंट के अंदर नहीं गया। वापस अपने चबूतरे के पास ही जाकर टहलता रहा। उसे अब कैसे भी करके कश्मीर पहुँचना था। कैंप की जिंदगी से उसे अब नफरत-सी हो रही थी। उसके मन में एक ही सवाल बार-बार उभर रहा था कि क्यों? क्यों हम ये सब सहन कर रहे है? मैं हिंदू। माजिद शिया और मुख्तार सुन्नी''सबके सब एक ही आतंक का शिकार हैं। आतंकियों के आकाओं की झोलियाँ भर रही हैं। उनके बच्चे सही-सलामत हैं और हम दर-दर की ठोकरें खाने के लिए मजबूर। परिस्थिति ने मुझे और माजिद को इस गंदी बस्ती में पहुँचा दिया पर, मुख्तार कहाँ है? हम ये सब क्यों सह रहे है? हमसे क्या गलती हुई है? और अब इससे निकलना है तो क्या करना है? इस कैंप ने हमारी सारी इज्जत उतारकर रख दी है। वो कैंप मैनेजर हमारी नस्ल बरबाद कर रहा है और हम बेशर्मी से जो हो रहा है वो देख रहे हैं। अभिमन्यु के सवाल-जवाबों का अंत नहीं हो रहा था। उसे एक ही बात समझ आ रही कि हमने अपनी बेइज्जती का हक सामनेवाले को दे दिया है। अब जो करना है, हमें ही करना होगा। बाहर से आकर कोई हमारे लिए कुछ करनेवाला नहीं, पर करना क्या है? अभिमन्यु वहाँ बैठकर ये सब सोच ही रहा था कि दो हवलदार कैंप में दाखिल हुए। आते हुए उनके पास से गुजर रही कैंप की एक लड़की को देखकर उन्होंने कमेंट किया, "क्या जालिम जवानी है?"

उनमें से एक ने लड़की के शरीर पर अपना हाथ भी फिराया। डरी हुई लड़की तेजी से अपना दामन बचाकर भाग गई। हवलदारों का ये व्यवहार आम था। उन दोनों को देख अभिमन्यु की मुट्ठियाँ अपने आप बंद होना शुरू हो गईं। हवलदार आगे चलते आ रहे थे, फिर किसी मजलूम को डरा-धमकाकर, उसके पैसे छीनने या बेइज्जत करने''यह कैंप उनकी ऊपर की कमाई का एक जबरदस्त माध्यम था। वे दोनों अभी बिल्कुल अभिमन्यु के

सामने से गुजर रहे थे कि उनमें से एक ने जाते-जाते अपने मुँह में दबे पान की पिचकारी पेड़ की तरफ थूकी, जहाँ अभिमन्यु बैठा था। एक जीता-जागता इनसान वहाँ बैठा है, ये लिहाज भी उस हवलदार ने अपनी वर्दी के नशे में नहीं किया। जब अभिमन्यु ने उसे घूरकर देखा तो हवलदार ने अभिमन्यु के मजे लेते हुए कहा, "घूर क्या रहा है। इसी के लायक हो तुम लोग।" ये कहकर, हँसते-हँसते दोनों हवलदार आगे निकल पड़े।

अभिमन्यु के अंदर आग लग चुकी थी। कोई आज उस पर थूक कर गया था।

रोशनी अपने टेंट से सुबह के स्कूल के लिए निकली थी। उसे देख वही दो हवलदार आपस में बात करने लगे।

हवलदार-1 : यही है वो, कॉलेज का क्लर्क इसी की बात कर रहा था।

हवलदार-2 : ऐसा क्या देखा रे इसने क्लर्क में?

हवलदार-1 : चल देखते हैं कि इसे मर्दों में क्या चाहिए?

दोनों हवालदार रोशनी की तरफ बढ़े। अभिमन्यु दूर से देख रहा था कि हवलदार रोशनी के पीछे-पीछे चल रहे हैं। एक हवलदार अचानक से रोशनी के सामने आकर कहने लगा, मैं तो क्लर्क से 10 गुना खूबसूरत हूँ और तुझे अच्छे दाम भी दे सकता हूँ। चल अभी मैनेजर के टेंट में।"

रोशनी हवलदार की बात सुनकर एकदम घबरा गई कि क्लर्क ने उसकी बदनामी शुरू कर दी थी। रोशनी अब उन हवलदारों से दूर जाने की कोशिश करने लगी तो पहले हवलदार ने उसका हाथ पकड़ा और उसको अपने एकदम करीब खींचकर कहा, "बाहर धंधा करती है और यहाँ नखरे दिखती है? चुपचाप चल।"

रोशनी ने हवलदार को कहा, "मैं ऐसा कुछ नहीं करती हूँ, आपको कोई गलतफहमी है।" अभी तक दूर खड़े अभिमन्यु को अंदाजा हो गया था कि कुछ गड़बड़ है। वो तेजी से रोशनी की तरफ चलने लगा।

रोशनी ने दोनों हवलदारों से छूटने की कोशिश की, पर दोनों हवलदारों ने उसे जकड़कर रखा। वहाँ लोग सिर्फ देख रहे थे। उन्हें दोनों हवलदारों पर गुस्सा आ रहा था, पर किसी की हिम्मत नहीं थी कि कुछ करे।

पहला हवलदार : उठा इसको और ले चल। हमारे होते हुए बाहरवालों को खुश करती है।

दूसरे हवलदार ने तुरंत रोशनी को उठाने की कोशिश की और कहा कि अगर वह उन्हें खुश करेगी तो सारी उम्र गुलामी करेंगे।

रोशनी चिल्लाने लगी, "बचाओ-बचाओ। कोई तो बचाओ।" तब तक अभिमन्यु हवलदार तक पहुँच गया और उसने हवलदार को रोशनी से अलग कर के पीटना शुरू किया। दूसरा हवलदार पहले हवलदार को बचाने आया तो अभिमन्यु ने अपनी पूरी

ताकत लगाकर उसे जोर से धक्का मारा। वो दूर जाकर गिर गया। अभिमन्यु फिर पहले हवलदार पर टूट पड़ा। जो चीज हाथ में आ जाए, उससे वो हवलदार को मारने लगा।

रोशनी ने उन दोनों को अलग करने की कोशिश की, पर कर नहीं पाई। अभिमन्यु पर जुनून सवार था कि जो गलती करे, अब उसे बख्शना नहीं है। अब मैं अपनी इज्जत उतारने का हक किसी को नहीं दूँगा चाहे, फिर वो वरदी में ही क्यों न हो? कृष्ण का संदेश इस अर्जुन ने अमल में लाना शुरू किया था कि नपुंसकता छोड़कर युद्ध कर। अब अभिमन्यु बारी-बारी दोनों हवलदारों को बेरहमी से मार रहा था। वहाँ काफी भीड़ इकट्ठा हो गई। दो हवलदारों को पिटता देख लोगों के जख्मों पर मलहम लग रहे थे। लोगों को एक अजीब खुशी मिल रही थी। लोग चिल्लाने लगे, "मारो सालों को अभिमन्यु··· जिंदा मत छोड़ना इनको"

तब तक वहाँ अभय प्रताप पहुँच गए। वे अभिमन्यु को हवलदार से दूर करने के प्रयास कर रहे थे और साथ-साथ कह रहे थे, "रुक जाओ बेटा, रुक जाओ।" पर अभिमन्यु इतने गुस्से में था कि अगर अभी उसके हाथ में चाकू होता तो वो दोनों हवलदारों का कत्ल कर देता। आरती भी अभिमन्यु से कहती रही कि "मत मारो उसे, रुक जाओ। ये गलत है।"

अभिमन्यु बोला, "नहीं छोड़ूँगा इसे आज··· मार डालूँगा। सही-गलत का फैसला आज करके रहूँगा।"

अभिमन्यु को सँभालना मुश्किल हो गया तो अभय प्रताप ने अभिमन्यु को एक जोरदार थप्पड़ लगाया। अभिमन्यु थोड़ा-सा होश में आया।

अभय प्रताप ने कहा कि "इन्हें मारने से हमारी जिंदगी नहीं सुधरनेवाली, अभिमन्यु। समझो इस बात को।"

अभिमन्यु जोर से चिल्लाया, "जब तक हम इनके जुल्म चुपचाप सहते रहेंगे, तब तक इनके हौसले और बढ़ते जाएँगे। अब अपने वजूद के लिए लड़ने का वक्त आ गया है, पापा। अब मुझे मत रोकना।"

यह कहकर अभिमन्यु ने हवलदार की लाठी छीन ली। फिर एक बार अभिमन्यु ने हवलदार के गिरेबान को पकड़ा और उसी लाठी से उसे पीटते-पीटते कैंप के गेट तक उसका जुलूस निकाला। कैंप के सारे लोग अभिमन्यु का जोश बढ़ाते हुए उसके साथ चल रहे थे। औरतें हवलदारों को पत्थर उठा-उठाकर मार रही थीं। अभिमन्यु ने दोनों हवलदारों को कैंप के बाहर फेंकते हुए कहा, "अगर किसी भी लड़की की तरफ आँख उठाकर भी देखा तो वहीं-के-वहीं जान से मार दूँगा। समझा?"

दोनों हवलदार अपनी बची-खुची इज्जत को बचाते वहाँ से भाग निकले। अभिमन्यु ने अपना मोरचा सीधा कैंप मैनेजर की टेंट की तरफ बढ़ाया। अभय प्रताप ने उसे रोकने

की कोशिश की कि बेटा, तुम कानून अपने हाथ में ले रहे हो, पर आज अभय प्रताप की एक बात सुनने के लिए अभिमन्यु तैयार नहीं था।

उसने कहा, "ये बहुत पहले कर देना चाहिए था, पापा। हमें सिर्फ सहने की आदत पड़ी है, उससे हमें सिर्फ दया और यातना मिल रही थी। आज न्याय होगा और जब न्याय होता है, तब आत्मविश्वास अपने आप पैदा होता है। मुझे विश्वास से आगे बढ़ने दो, पापा। मैं किसी की थूक अपने जिस्म पर झेलने के लिए पैदा नहीं हुआ हूँ।"

अभय प्रताप देख रहे थे कि अभिमन्यु एक नायक बनता जा रहा है, जिसे लोक समर्थन मिल रहा है। शायद आज अभिमन्यु इतिहास रचने जा रहा था। चुनौतियों से लड़ने अभिमन्यु जा रहा था, पर परीक्षा अभय प्रताप की थी। अभिमन्यु का निर्णय अगर गलत साबित हो जाता तो सब पर बहुत भारी पड़नेवाला था। अभय प्रताप ने अभिमन्यु को वचन दिया था कि हर हालात में वे उसके साथ होंगे। नेतृत्व एक पीढ़ी से दूसरी पीढ़ी में हस्तांतरित हो रहा था। अभिमन्यु का मोरचा लोगों के साथ कैंप मैनेजर के टेंट में घुस गया। अभिमन्यु ने आराम से पसरे मैनेजर को कुरसी से खींचा और उसे बोलने तक का मौका नहीं दिया और इतनी बेरहमी से पीटना शुरू किया कि मैनेजर को समझ में भी नहीं आ रहा था कि अभिमन्यु उसे क्यों मार रहा है? आरती और रोशनी अभिमन्यु का ये रूप देखकर हैरान थे। उन्हें समझ में नहीं आ रहा था कि अभिमन्यु ये सब कर क्या रहा है? अभिमन्यु ने मैनेजर को सख्त हिदायत दी, "आज से बिल्कुल सीधा रहना है। अगर फिर से तेरी कोई हरकत मेरे सामने आई तो आज तो सिर्फ पीटा है, कल उसी पेड़ पर लटका कर मार दूँगा, जिस पर लटक कर सारिका की माँ ने फाँसी लगाई थी।" अधमरा कैंप मैनेजर अभिमन्यु के पैर पकड़कर कह रहा था, "मुझे माफ कर दो। मैं फिर ऐसे नहीं करूँगा।"

"माफी मुझसे नहीं, इन लोगों से माँग।" अभिमन्यु ने कहा। कैंप मैनेजर सारे कैंप के सामने हाथ जोड़कर खड़ा हो गया। अब अभिमन्यु थोड़ा शांत था। उसके अंदर का आक्रोश अब पूरी तरह से बाहर निकल चुका था। अब उसे यह पूरा विश्वास था कि कैंप के लोगों के साथ अब कोई भी बद्तमीजी नहीं होगी। उन्हें उनका हक मिलेगा।

आरती और रोशनी अपने टेंट में लौट गईं। सब लोग अभिमन्यु को उठाकर कैंप की हर गली में अभिमन्यु का जयघोष करते घूमने लगे। अभय प्रताप टेंट में जाने की बजाय पेड़ के नीचे जा बैठे। लोगों के काँधों पर उत्सव मूर्ति बना अभिमन्यु अपने ही लोगों को देख रहा था। कैंप की उन बीमार, बदहवास गलियों को फिर एक बार देख रहा था। उसे लगा कि यह सब बदलने की अब उसमें ताकत आई है। ये वहीं लोग हैं, जिन्होंने इससे पहले भी एक बार ऐसे ही अभिमन्यु को अपने काँधे पर उठाकर उसमें एक उम्मीद एक किरण देखी थी और सवाल किया था कि हम घर कब जाएँगे। आज उन्हें उनके सवाल

का जवाब देने का वक्त आ गया था। अभिमन्यु ने लोगों से विनती की कि उसे अब काँधे से उतारकर जमीन पर रख दिया जाए, ताकि वो शांति से कोई निर्णय ले सके। लोगों ने उसकी बात मानी। अभिमन्यु चलकर अपने चबूतरे के पास आ गया। वहाँ उसने अभय प्रताप को पाया। वह आहिस्ता-से चलकर अभय प्रताप के पास जाकर बड़ी ही नम्रता से खड़ा हुआ। उसने अपने पापा से कहा, "पापा, आपने कहा था कि मैं जो भी निर्णय करूँ आप मेरा साथ देंगे··· ?"

अभय प्रताप ने देखा कि उनके सामने खड़े अभिमन्यु की आवाज और आँखों में आज एक आत्मविश्वास था। तूफान में फँसे जहाज को किनारे पर ले जाने के बुलंद इरादे उसकी आँखों में समाए थे। अभिमन्यु के इरादों को मजबूती देने के स्वर में अभय प्रताप ने 'हाँ!' कहा।

"मैं अपने घर लौटना चाहता हूँ, पापा। अभी, इसी वक्त!" अभिमन्यु ने कहा। अभय प्रताप ने अपने बेटे को देखा। न उसमें अस्वस्थता थी, न ही उन्माद और न ही निराशा। उस आवाज ने अभय प्रताप की आत्मा को भी रोशन कर दिया।

"हाँ, बेटा। खून में शक्कर कुछ ज्यादा हो गई थी हमारे। अगर अभी कोई कसरत नहीं की तो यह शक्कर ही हमारी जान ले लेगी। अब वाकई में चलना चाहिए हमें।" अभय प्रताप ने अभिमन्यु के निर्णय में खुद को शामिल करते हुए कहा। अभिमन्यु अभय प्रताप की दोनों बातें समझ गया कि आरती के रिपोर्ट्स आ गए है। और दूसरी बात ये कि सहिष्णुता की खांड अब हमारा अस्तित्व ही नेस्तनाबूत कर रही थी। तो अब हमारे खून में भी गरमी है, यह दिखाने का वक्त आ गया था। अगर खून की शक्कर कम करनी है तो दिल, दिमाग और शरीर को कुछ फासले तय करने की जरूरत है। इस निष्कर्ष पर अभय प्रताप और अभिमन्यु, दोनों पहुँच चुके थे।

"चलिए, फिर निकलते हैं। आप माँ को ले आइए।" अभिमन्यु ने अपने पापा से कहा। जिस तरह से अभिमन्यु ने यह कहा, अभय प्रताप का सीना चौड़ा हो गया। एक बेटे ने एक बाप को हुकुम दिया था। उस बाप को, जिसका हुकुम दुनिया मानती थी। यह एक नेतृत्व का हुकुम था, जो अपनी स्वयं प्रेरणा से उभरा था, न कि किसी सामाजिक, धार्मिक, आर्थिक या वैचारिक दबाव से इस नेतृत्व की नींव पड़ी थी। इसकी नींव थी, विसाल-ए-यार। कहीं कोई पीड़ा में था, गुमशुदा था। अपने धर्म का भी नहीं था पर अब उसकी तलाश थी, क्योंकि उसने भी प्यार किया था। हमने भी। दोनों एक साथ जवान हुए थे, कभी भी न बिछड़ने की कसमें खाते हुए। अभिमन्यु ने इस बार तय किया था कि अब ये मुट्‌ठी भर लोग हमारा फैसला नहीं करेंगे। यह नेतृत्व उभरा था तो अपनी गलती सुधारने के लिए न कि किसी को गलत साबित करने के लिए। जिसे तलाशना था, उसे भी और जो ढूँढ़ने जा रहा था उसे भी अपनों ने ही लूटा था। दोनों का दर्द एक था। जब

दर्द दर्द को पहचान लेता है तो गणितीय सूत्र काम कर जाता है। माइनस-माइनस प्लस हो जाता है। अभिमन्यु ने पहली बार महसूस किया था कि वो मुख्तार के बिना कितना अधूरा है ? अभिमन्यु ये सोच ही रहा था कि कैंप में अचानक से हल्ला शुरू हो गया।

"बाहर निकालो उनको!"

"उनकी हिम्मत कैसे हुई यहाँ तक आने की ?"

अभिमन्यु के टेंट के आगे खड़े होकर कुछ लोग अपने हाथों में लट्ठ लेकर चिल्ला रहे थे और अभय प्रताप अपने टेंट के दरवाजे पर अड़े हुए थे। लोगों को मालूम हो गया था कि दो मुसलमान लोग अभिमन्यु के टेंट में छिपे हुए हैं। अभय प्रताप लोगों को समझा रहे थे कि ऐसा करना गलत होगा। ये दो मुसलमान भाई पहले से डरे हुए हैं। उन्हें सुरक्षा की जरूरत है इसलिए यहाँ आए हुए हैं। ये भी हम लोगों की तरह आतंक का शिकार हुए हैं, पर लोगों का गुस्सा आहिस्ता-आहिस्ता बढ़ रहा था और टेंट के बाहर भीड़ भी।

"नहीं छोड़ेंगे आज उनको। निकालो बाहर हरामजादों को।" अभय प्रताप पर दबाव बढ़ता जा रहा था।

"अभय प्रताप, आप हट जाओ।" गुस्साए लोग चिल्ला रहे थे। भीड़ का गुस्सा इससे पहले यहाँ का हर इनसान देख चुका था, पर फिर भी अभी भी उसमें ये समझ नहीं थी कि इसे रोके रखने में ही वीरता है। टेंट में माजिद और अफजल के साथ-साथ आरती भी बेहद घबराई हुई थी। माजिद ने उनकी जान बचाई थी, ये बात सिर्फ वे लोग ही जानते थे। भीड़ के गुस्से की अपनी कोई जात नहीं होती, होता है तो सिर्फ सामनेवाले को बिना जाने पहचाने कत्ल करने का जुनून। इस वक्त भीड़ अपनी वहशियत पर उतारू हो रही थी और उसके सामने अभय प्रताप कमजोर पड़ रहे थे।

"अभय प्रताप, आप हट जाओ सामने से। इन्हें बचाकर आप अच्छा नहीं कर रहे हैं।" लोग चिल्लाकर अभय प्रताप को आगाह कर रहे थे, पर अभय प्रताप उन्हें अंदर जाने की अनुमति नहीं दे रहे थे। अभय प्रताप ने रोशनी के कान में कहा कि जाकर पुलिस को फोन करो। रोशनी तुरंत अपने आपको भीड़ से निकालकर कैंप के टेलीफोन की तरफ भागी। भीड़ अब अपना एक-एक कदम टेंट के अंदर की तरफ मोड़ रही थी। अब किसी भी पल में भीड़ अंदर घुसकर माजिद और अफजल को बाहर खींचकर उसके साथ वही सलूक करनेवाली थी, जो कभी खुद उन्होंने भुगता था। अभिमन्यु भीड़ की उस वहशियत को देख रहा था। समझ रहा था कि ये वही प्रवृत्ति है, जिसने कभी महाभारत के 16 साल के अभिमन्यु को चक्रव्यूह में अकेला घेरकर, रथी-महारथियों ने हर तरफ से उस पर वार किए थे, तो कभी अनंतनाग में एक अकेले बूढ़े दीनानाथ चाचा और उनकी बेटी को घेरकर मारा था और अब माजिद और अफजल की बारी जम्मू में थी। अभिमन्यु को हर तरफ खून ही खून दिखने लगा। अफजल और माजिद को लोगों ने टेंट से बाहर

घसीटा। वहीं डर माजिद के चेहरे पर था, जिसे कभी अभिमन्यु ने अपनी माँ के चेहरे पर महसूस किया था और आज अभिमन्यु की जगह अफजल खड़ा था, उसी डर के साथ। तब अभिमन्यु कुछ कर नहीं पाया था और यहाँ उसे ये करने से कोई रोक नहीं सकता था। अभिमन्यु आगे बढ़ा और वह भीड़ और माजिद के बीच में खड़ा हो गया।

"रुक जाओ सबके सब।" अभिमन्यु चिल्लाया। अभिमन्यु की आवाज अब कैंप की आवाज बन चुकी थी। सबके सब रुक गए।

"किसे मार रहे हो आप?" अभिमन्यु ने पूरी भीड़ से सवाल किया।

"इन्हें भी तो पता चले कि खून-खराबा क्या होता है?" गुस्साया हुआ एक चिल्लाया।

"अभिमन्यु, इसको जान से मारने के बाद ही हमको चैन मिलेगा। तुम हट जाओ" दूसरा चिल्लाया।

अभिमन्यु ने न अपना संयम गँवाया और न ही अपनी आवाज तेज की। बड़ी ही गंभीरता से उसने कहा कि "इन्हें मालूम है खून-खराबा क्या है? इसी जम्मू शहर से किसी जमाने में ढाई लाख मुसलमानों का कत्लेआम कर करके उन्हें कश्मीर से बाहर सरहद पार जाने के लिए कहा गया था। वे लोग भी अपना बसा-बसाया घर छोड़कर गए थे। आप लोग भूल गए हो। ये लोग कैसे भूल सकते हैं ये बात?"

"हमारे लोग भी तो वहाँ से आए थे, अभिमन्यु। हम भी नहीं भूले वो बात।" एक ने कहा।

"यहीं तो समस्या है कि लोग कुछ भूलना नहीं चाहते। अतीत में जी रहे हैं और आज आए अपने इस घर वापसी के पैगाम को पढ़ नहीं पा रहे।"

"कहाँ हैं घर वापसी का पैगाम?" किसी ने पूछा।

"ये माजिद और अफजल हमें घर बुलाने आए हैं। वही पैगाम ये लाए हैं और आप उनमें भी नफरत ढूँढ़ रहे हो। इनके साथ घर लौटने का वक्त आ गया है।" अभिमन्यु ने अपनी गरदन को अभिमान के साथ ऊँचा उठाते हुए कहा। उसमें एक सेनानी नजर आ रहा था, जो लोगों के मन की नफरत मिटाकर लोगों को सही दिशा में ले जाने की कोशिश कर रहा था।

अभय प्रताप और आरती की आँख से अनजाने में आँसू गिरने लगे। उनका बेटा आज किसी भी कॉलेज की डिग्री का मोहताज नहीं था। उसे जो सीखना था, उसने अपनी परवरिश से सीखा था। लोग अभी भी समझ नहीं पा रहे थे कि अभिमन्यु क्या कह रहा है? सब असमंजस में थे और भीड़ में से एक धीमी-सी आवाज में किसी ने कहा, "मुझे घर ले चलो, अभिमन्यु। मुझे कश्मीर जाना है" वो आवाज डॉक्टर साहब की थी। पिछले दो महीने में उन्होंने कभी भी किसी को पहचाना नहीं था। उसने अपने घर के सामने

रहनेवाले अभिमन्यु को पहचान लिया था। यही वे शब्द थे, जो वो सुनाना चाह रहे थे कि पैगाम आया है, घर वापसी का। इसी पैगाम ने उनकी सुध उन्हें लौटा दी थी।

"मुझे ले चलो, अभिमन्यु मेरे घर।" डॉक्टर साहब ने अपने लड़खड़ाते हाथ अभिमन्यु की तरफ बढ़ाते हुए कहा। अभिमन्यु ने उनका हाथ हल्के-से थाम लिया और पूरी भीड़ से एक नायक की तरह कहा, "मैं अपने घर लौट रहा हूँ। मेरे पापा और डॉक्टर साहब मेरे साथ हैं…" यह कहकर उसने अपनी माँ की तरफ आशा से देखा। आरती देवी के आँसू थम नहीं रहे थे। उन्हें ये अभिमन्यु नजर भर-भरकर देखना था, पर बार-बार आँसू भरने के कारण वे उसे देख नहीं पा रही थी। अपनी आँसुओं भरी आँखों से वे सारिका को लेकर अभिमन्यु की तरफ बढ़ी और अभिमन्यु से कहा कि "चल, घर चलते हैं। बहुत दिन हुए, घर को देखा नहीं।" अभिमन्यु ने झुककर अपनी माँ को प्रणाम किया, एक आखिरी बार अपने टेंट की तरफ देखा। इस भूमि को मन में ही प्रणाम करके, मन-ही-मन कैंप की इस भूमि को उसने धन्यवाद किया और अभिमन्यु, अभय प्रताप, आरती, सारिका, डॉक्टर साहब और उनकी पत्नी के साथ चल पड़ा। ये सब अपने घर को निकल रहे थे कि रोशनी उनके सामने खड़ी दिखी। उसकी आँखें भी बह रही थीं, पर उसकी नजर इन 5 लोंगों पर नहीं थी। उसकी आँखें इन पाँच लोगों के पीछे खड़े अपने पापा पर थीं। आज 6 महीने के बाद उसके पापा लड़खड़ाते ही सही, अपने पैरों पर उठकर खड़े हुए थे और अभिमन्यु के साथ जाना चाह रहे थे। उनकी पत्नी उन्हें सहारा देते-देते अभिमन्यु के पीछे चल पड़ी और दूसरी ओर से रोशनी ने आकर उन्हें थाम लिया और वह भी अभिमन्यु के पीछे चल पड़ी। अचानक से लोगों के हाथों से लाठियाँ जमीन पर गिर गईं और पूरे कैंप में एक ही आवाज हर तरफ से गूँजने लगी कि चलो चलो, सामान बाँधो। घर के लिए निकलना है। लोग अपने अपने टेंटों की तरफ अपना सामान लेने भागे। माजिद और अफजल अब लोगों को दिख ही नहीं रहे थे, उन्हें दिख रहे थे तो सिर्फ उनके अपने घर, अपना कश्मीर। माजिद और अफजल भी अभिमन्यु को देखते रह गए। उन्हें क्या करना है, समझ में नहीं आ रहा था। उनके जख्म ताजा थे। मन में डर था।

इंस्पेक्टर बट्ट की जीप कैंप के सामने रुक गई। उसने अपने साथ एक हथियारबंद दस्ते को भी तैनात किया था। पिछली घटना वो भुला नहीं था। उसने अभिमन्यु से अकड़ में कहा "तू ही होगा इन सबका लीडर, जो मुसलमानों को मारने पर आमादा होगा, पर याद रख, सिर्फ एक आवाज और हमें तुर्किस्तान, ईरान सीरिया और सऊदी से यूँ मदद मिलेगी। पूरी दुनिया के मुसलमान हमारे साथ खड़े होंगे। उनके सामने तुम लोग इतने से हो।" इंस्पेक्टर बट्ट ने गलत वक्त पर गलत आदमी से पंगा ले लिया था। सारे लोग इंस्पेक्टर बट्ट को गुस्से से देख रहे थे और हिंदुस्तान में खड़े होकर सीरिया-सऊदी की धमकी देनेवाले बट्ट की हिम्मत की दाद भी दे रहे थे। उसके जिस्म पर कानून की वरदी

थी और हथियारबंद लोग थे। अभय प्रताप देखना चाह रहे थे कि अभिमन्यु ऐसी हालत में क्या करता है, पर गीता ज्ञान के बाद अभिमन्यु पूरी तरह से एक परिपक्व नायक बन चुका था। उसने अपने गुस्से को काबू करना सीखा था और न्याय के लिए आज शंखनाद भी किया था। शंखनाद, जो संदेश देता है कि मैं युद्ध के लिए हर तरह से तैयार हूँ। अभी अभिमन्यु की पहली लड़ाई उसके अपनों से थी।

अभिमन्यु को इंस्पेक्टर बट्ट की इस अकड़ पर इस वक्त सिर्फ हँसी आई। उसने माजिद से पूछा कि "माजिद, कौन है यहाँ जो तुम्हें मारना चाहता है?" घर जाने के खयाल से लोगों के हाथ से जमीन पर गिरती लाठियाँ माजिद ने देखी थीं।

"कोई नहीं मारना चाहता मुझे यहाँ। "माजिद ने सीधा जवाब दिया।

इंस्पेक्टर को आश्चर्य हुआ। वह माजिद के पास जाकर कहने लगा कि "माजिद, डरो नहीं। बिना डरे बताओ।"

माजिद ने भी तड़ाक से जवाब दिया कि "मैं जानता हूँ, साहेब। ये हिंदुस्तान है। यहाँ से ज्यादा शिया मुसलिम दुनिया में कहीं भी सुरक्षित नहीं है। तभी तो अपनों ने भगाया, तो यहीं आ गया, पर आप क्यों अल्लाह के बंदों को बदनाम करने पे तुले हो?

इंस्पेक्टर बट्ट का खून खौल उठा। उसने माजिद का कॉलर पकड़ा और उसे पीटना शुरू करने ही वाला था कि अभिमन्यु बोल पड़ा, "इस बार नहीं, इंस्पेक्टर। सोच-समझकर कदम उठाना। जिसे बचाने आया था, उसने ही तुझे तेरी औकात दिखा दी है और वो अब हमारे साथ है।"

इस वक्त इंस्पेक्टर बट्ट अपना गुस्सा कंट्रोल नहीं कर पाया और उसने माजिद को मारने के लिए हाथ उठाया। अभिमन्यु ने उसका हाथ रोका और कहा कि "बस, अब बहुत हुआ।" और अभिमन्यु ने इंस्पेक्टर को भीड़ की तरफ धकेल दिया। और लोगों से जोरदार आवाज में कहा, "आपका सही गुनहगार आपके सामने है। इसके साथ क्या करना है, आप ही तय करो ताकि बाद में कोई अफसोस न रहे कि हम इतने कायर थे कि गुनहगार को भी सजा दे न सके।" चार महीने का गुस्सा कैंप के लोगों में भरा पड़ा था। उन्होंने इंस्पेक्टर बट्ट को अपने दस्ते को ऑर्डर देने का मौका भी नहीं दिया और सबके सब बेरहमी से उस पर टूट पड़े। इंस्पेक्टर बट्ट मार खाता रहा, रोता रहा। वह रहम के लिए गिड़गिड़ाता रहा। हथियारबंद दस्ता भीड़ की तरफ बढ़ा तब अभिमन्यु उनके बीच में आ गया, ये कहते हुए, "लोगों में इतना गुस्सा है कि एक पल आएगा कि आपकी गोलियाँ खत्म होंगी, पर गुस्सा नहीं…तब क्या करोगे आप सब लोग? अपनी ताकत भीड़ को भगाने में नहीं, इंस्पेक्टर बट्ट के जिस्म पर टँगी वरदी की लाज बचाने में कीजिए। कुछ तो देशसेवा हो जाएगी।" वे लोग भी जान गए कि जो हो रहा है, न्याय हो रहा है। लोकन्याय हो रहा है। आगे चलकर लोग इस कदर पेश न आएँ इसकी

जिम्मेदारी बचे हुए पुलिस ऑफिसर के जिम्मे डालकर अभिमन्यु ने लोगों को इंस्पेक्टर बट्ट को छोड़ देने के लिए कहा और अभिमन्यु अपने परिवार सहित फिर अपने गंतव्य की तरफ चल पड़ा।

हजारों की तादाद में लोग चल पड़े थे। पुलिस के लिए ये कानून व्यवस्था का सवाल हो सकता था। इन लोगों को अब रोके रखना मुश्किल था, ये बात तो बट्ट पर जिस कदर लोग भड़के थे, इससे पुलिस को समझ में आ ही गई थी। पूरे कैंप में एक उत्साह था। उनकी रात की सुबह हो गई थी। बचे हुए पुलिस अफसर में से एक ने बट्ट को अस्पताल भेज दिया और तुरंत कुछ फोन घुमाने शुरू किए। जो 19 जनवरी को नहीं हुआ था, वो आज हो रहा था। कैंप के लोग वापस कश्मीर जा रहे हैं, इस बात ने इतने दिनों से सोए हुए प्रशासन की नींद उड़ा दी। सरकारी कार्यालयों में लगातार फोन की घंटियाँ बजना शुरू हुईं। न्यूज पेपर में मुख्य खबर की तैयारी चालू थी। पुलिस जिप्सी अपनी सायरन बजाते जम्मू की सड़कों पर दौड़ना शुरू हो गईं। आग की तरह पूरे जम्मू में यह खबर फैल गई कि अभिमन्यु नाम का एक लड़का कश्मीर, वापस अपने घर जा रहा है।

इस खबर से जम्मू में जैसे भूचाल आ गया और उसका असर वादी में दिखना भी शुरू हुआ। वहाँ फोन की घंटियाँ, पुलिस की गाड़ियाँ, फौज की तैयारियाँ शुरू हो चुकी, पर इसके साथ एक और अलग असर दिखनेवाला था, इसकी किसी को खबर नहीं थी।

अभिमन्यु पूरे कैंप के साथ जम्मू बस डिपो पहुँचा। इतने सारे लोग अचानक रास्ते पर नजर आए तो प्रशासन में शहर की सुरक्षा का प्रश्न खड़ा हुआ। शहर के कमिश्नर खुद अभिमन्यु को गिरफ्तार करने जम्मू डिपो पहुँचे। वहाँ कैंप के लोगों का अभिमन्यु को समर्थन देखकर कमिश्नर ने अभिमन्यु से पहले बातचीत करना उचित समझा।

“सर!” कमिश्नर ने कहा। एक कमिश्नर एक 19 साल के लड़के को ‘सर’ कहकर पुकार रहा था। अभिमन्यु ने अपनी नम्रता दिखाते हुए कहा कि “मुझे अभिमन्यु कहकर पुकारिए, सर। आपसे बहुत छोटा हूँ।” कमिश्नर के लिए ये खुशखबर थी, पर दूर-दूर तक फैले इन जनमानस को देखकर कमिश्नर की हिम्मत नहीं हुई की वो अभिमन्यु को ‘अभिमन्यु’ पुकारे। उसने फिर एक बार कहा कि “सर, आप बिना परमिशन ऐसे रास्तों पर उतर आए हैं। मुझे आपको गिरफ्तार करना पड़ेगा।” अभिमन्यु मुस्कुराया और उसने जवाब दिया कि “एक करेक्शन है, सर। अभी तक हम रास्ते पर थे, आज घर लौट रहे हैं। अपने घर जाना इस मुल्क में कोई गुनाह नहीं है। तो आप हमें गिरफ्तार नहीं कर सकते हैं।” अभिमन्यु के बातचीत में नेता का हर गुण अब छलक रहा था।

कमिश्नर ने फिर एक बार जमा लोगों के चेहरे देखे। उसने वहाँ से कुछ फोन किए और जो जम्मू की सुरक्षा के लिए आया था, वही कमिश्नर यहाँ लोगों के साथ कोई

हादसा न हो, इसकी देख-रेख में लग गया। देखते-ही-देखते पत्रकार भी पहुँचे।

पत्रकार-1, "अभिमन्यु सर, चर्चा है कि आप अपने घर वापस जा रहे हैं? क्या ये सच है?" अभिमन्यु फिर एक बार मुसकराया और उसने कहा, "आप अभी भी देख नहीं पा रहे हो कि हम घर जा रहे हैं या फिर वहीं पत्रकारिता करनी है जो सरकार कहे, वही सच।"

यह जवाब सुनकर पत्रकार सकपका गया।

और एक पत्रकार ने पूछा, "आप धारा 370 के बारे में क्या कहना चाहेंगे?"

अभिमन्यु ने अपने पापा को देखा जैसे कि वो इस विषय पर बोलने के लिए पापा से अनुमति चाहता हो। अभय प्रताप हर लिहाज से अभिमन्यु के साथ खड़े थे। उन्होंने अभी तक उसका पूरा साथ दिया था और आगे भी बिना सवाल किए वो इसी तरह अभिमन्यु का साथ देनेवाले थे। वो बड़े ही शांति से जो हो रहा था, सिर्फ देख रहे थे, क्योंकि उन्हें अब अभिमन्यु पर पूरा यकीन था कि वो जो करेगा, सही होगा। उन्होंने अभिमन्यु में अपना अक्स देखा था और अगर कहीं अभिमन्यु गलत होने लगता तो वे थे ही उसे सही राह दिखाने के लिए।

अभिमन्यु ने जवाब दिया, "महात्मा गांधी की 1920 वाली खिलाफत की गलती से हमें सीख लेनी चाहिए। कश्मीरियों को यह एहसास ही नहीं दिलाना चाहिए कि वे हम से अलग हैं। वो भी हिंदुस्तानी हैं, इस बात का उनमें विश्वास जगाना, कश्मीर को बचाने की पहली पहल होगी। राजनीतिक इच्छा अभी भी जागरूक हुई नहीं है या फिर परिणाम क्या होंगे, इसका गलत अंदाजा पहले से ही लगाकर सब के सब डरे हुए हैं। कोई ये नहीं सोच रहा कि इसके कारण कश्मीरियों को सही आजादी का मतलब समझ में आ सकता है। धारा 370 हट गई तो इस आजादी की उन्हें आदत पड़ सकती है और वे फर्जी आजादी के सपने से बच सकते हैं। कश्मीर का अफगानिस्तान होने से रुक सकता है।"

दूसरे पत्रकार ने पूछा कि "वादी के हालात इतने खराब हैं। वहाँ लोग हथियार थामे खड़े है। इसके बावजूद आप निहत्थे वहाँ जाना चाह रहे हैं। क्या ये पागलपन नहीं है?"

"हाँ, ये पागलपन है; फिर भी मैं इससे गुजरना चाहता हूँ ताकि फिर कोई भी, कभी भी, किसी के सर पर बंदूक रखकर उसे अपने घर से बेदखल न करे और न ही उसे किसी शरणार्थी कैंप में अपना जीवन गुजारना पड़े। मौत दोनों तरफ है, एक जिस्म की, एक जमीर की। कीड़े-मकोड़ों की तरह यहाँ मरना अब मुझे मंजूर नहीं। उससे अच्छा है कि मैं अपनी जमीन पर जाकर मरूँ।"

पत्रकार-3, "आपने सरकार की मदद नहीं माँगी। आप अपने साथ लाखों लोगों की जिंदगी दाँव पर लगा रहे हैं। इन्हें कुछ हो गया तो क्या उसकी जिम्मेदारी आप लेते हैं?"

"जी नहीं, मैं किसी की भी जिम्मेदारी नहीं ले रहा हूँ। मैंने किसी से भी नहीं कहा कि मेरे साथ चलो। जो भी चले हैं, अपनी मर्जी से चले हैं।"

पत्रकार-4, "आप ऐसा कैसे कह सकते हैं? ये लोग आपको अपना लीडर मान चुके है। इन्हें कुछ हो गया तो इसका जिम्मेदार कौन है?"

अभिमन्यु शायद इसी सवाल का इंतजार कर रहा था। उसने झट-से जवाब दिया, "ये सवाल आप मुझे कैसे कर सकती हैं कि इनकी जिम्मेदारी कौन लेगा? ये तो आपको सरकार से पूछना चाहिए न कि ये लोग कहाँ जा रहे हैं? क्यों जा रहे है? पर आप सरकार से कोई सवाल नहीं करेंगी। 19 जनवरी को भी नहीं किया था कि ये लोग यहाँ क्यों आए हैं? आप हम जैसे लोगों से सवाल करेंगी। हमारे दुःखों की कहानी बनाकर आपके अखबार बिकेंगे। चाय के कप के साथ उस अखबार को पढ़ते-पढ़ते आप लोग एक पासिंग कमेंट दे दोगे कि क्या हो रहा है कश्मीर के साथ! फिर अल्मारियों से पुराने कपड़े निकालकर कैंप भेजकर उसी में खुश रहोगे कि आप लोगों ने देश के लिए कुछ किया, पर आप लोग ये कभी समझ नहीं पाओगे कि आज भी ढाका की मलमल और कश्मीर की पशमीना शॉल सबसे ऊँचे दाम में बिकते हैं। तिब्बती मेडिटेशन के सूत्र आजमाकर आप लोग अपने मन की शांति पाते हो। रोज आपके घरों में आपकी सेहत के लिए कश्मीरी सेब कटता है, पर आप के तेवर इतने ही ठंडे रहे तो मुझे डर है कि जैसे पानीपत में काले आम का स्मारक है, कहीं कल को कश्मीर में काले सेबों का बगान न देखने आना पड़े।" इतना कहकर अभिमन्यु अपने कश्मीर को सोचकर गद्गद हो गया।"

अब पत्रकारों के पास कोई सवाल बचा ही नहीं था। सब के सब उस पल के लिए ही सही, अंतर्मुख हो गए थे। थोड़ी-सी शांति के बाद पत्रकारों में से एक आवाज ने सवाल किया, "आप देश से कुछ कहना चाहेंगे?"

अभिमन्यु ने पत्रकारों की भीड़ में उस एडिटर को देखा जिसने अभय प्रताप का आर्टिकल छापने से मना किया था। उसी ने यह सवाल अभिमन्यु की आँखों में आँखें डालकर किया था, जिसका सीधा मतलब था कि अब भले ही सरकार चाहे या न चाहे, सच्चाई पूरे देश तक पहुँचाने की जिम्मेदारी मेरी।

उस लम्हे को देखकर अभय प्रताप बेहद खुश हुए। उनके व्यवसाय के साथ न्याय होने जा रहा था। ज्योत-से-ज्योत जल चुकी थी। इस आंदोलन की आग अब शायद देश तक पहुँचनेवाली थी। अब देश का उत्तरदायित्व था कि क्या वो खामोशी से सब तमाशा देखते बैठनेवाला है या फिर इस उद्देश के साथ खड़ा होनेवाला है। ताकि कोई भी, किसी को भी अपने घर से इस तरह कभी भी बेदखल न कर पाए।

अभिमन्यु एडिटर को देखता रहा। अभिमन्यु की आँखों में पानी भर आया और उसने कहा कि "मेरे देश से कहना कि

"आसमान चाहे जहाँ रख दो, पर मेरे कासे में मेरी जमीन रख दो!"

अभिमन्यु के न चाहते हुए भी अभिमन्यु की आँख से उतरकर एक आँसू ने उसके गाल चूम लिये। वहाँ हजारों की भीड़ थी, पर अभिमन्यु के ये कहने से हर कोई सिसक-सा गया। उन्हें उनके घर के आँगन याद आने लगे। वहाँ खेलते बच्चे··· कश्मीरी गुलाब के बागान, पर अभी भी रास्ता लंबा था। गुलाबों के लिए काँटों का रास्ता तय करना बाकी था। पहला ही काँटा थी यहाँ की सरकार। प्रशासन की तरफ से एक फोन डिपो में आया कि आज कोई भी बस जम्मू से कश्मीर नहीं जाएगी। अभिमन्यु के सामने एक गंभीर समस्या खड़ी हो गई, पर उसने जरा भी वक्त जाया न करते हुए पैदल ही कश्मीर की तरफ जाने का फैसला कर लिया।

उससे पहले उसने पत्रकारों से कहा, "मेरा एक संदेश मैं आपकी मीडिया के जरिए सरकार को और उन आतंकियों को भी भेजना चाहता हूँ कि आप दोनों चाहे कुछ भी कर लो, पर आज मुझे मेरे घर जाने से कोई रोक नहीं सकता।" ये कहकर अभिमन्यु चल पड़ा। उसके पीछे कैंप के सारे लोग चल पड़े। लोगों का वह हुजूम देख अब अभय प्रताप आगे बढ़े और उन्होंने लोगों से अपील की कि औरतें और बच्चे आज कैंप में रुक सकते हैं। जैसे ही बस सेवा बहाल की जाएगी, आप सब उसके बाद चले आना, पर अभिमन्यु की इस लाइन ने सब के अंदर एक ऐसा जोश भर दिया था कि कोई भी वापस कैंप लौटना नहीं चाह रहा था। सब के सब पैदल कश्मीर की तरफ चलने लगे। सब में भरपूर जोश था। मनोबल न टूटे, इसके लिए हर कोई चलते-चलते अपने शिव को याद करने लगा और उस ऊर्जा ने अपना जलवा दिखाना शुरू किया··· चलते चलते हर कोई कब 'हर हर महादेव' के नारे लगाने लगा। किसी को भी ज्ञात नहीं हुआ, पर शिव की उस शक्ति ने लोगों में चैतन्य सा भर दिया। पूरा जम्मू 'हर हर महादेव' के मंत्र से गूँज उठा। एक के बाद एक चमत्कारों की लड़ी-सी लग गई··· सब चलते-चलते बस 3-4 किलोमीटर ही पहुँचे होंगे कि पूरे जम्मू के सारे ट्रक, टैक्सी, प्राइवेट बसें, टू-व्हीलर्स एक के बाद एक इन लोगों की मदद के लिए आ गए। लोगों को आह्वान करने लगे कि कृपा करके आप हमारी गाड़ियों में चलिए। हम सब आपके साथ हैं। अभिमन्यु ये सब देखकर खुश था। अब उसे जम्मूवालों से कोई शिकायत नहीं थी। 1857 का असर चंद घंटों में दिखा था। आग फैलती जा रही थी और फैलते-फैलते मुख्यमंत्री के ऑफिस पहुँची। काफी सारे पत्रकारों के साथ वह एडिटर भी मुखमंत्री के ऑफिस में मौजूद था। मंत्री अपने ऑफिसर्स पर चिल्ला रहा था, "ये सब हो क्या रहा है। बैठे-बिठाए विरोधी पक्ष को एक मुद्दा मिल गया है। मैं पूछता हूँ कि राशन में धांधली, इंस्पेक्टर बट्ट के अत्याचार, कैंप की गंदगी, लोगों की बीमारी—ये सब अभी क्यों बता रहे हो? तभी उपाय क्यों नहीं किए गए? जानते हो, अब जो सिचुएशन पैदा हो गई है वो कितनी खतरनाक हो सकती है?"

पत्रकार : सर, कैंप के लोगों को परेशान किए जाने पर क्या काररवाई की जा रही है?

मंत्री : 24 घंटों में कैंप की सारी शिकायतें दूर करके उन्हें वापस कैंप में लाने के ऑडर्स दे दिए गए हैं।

पत्रकार : पर ये हालात पैदा ही क्यों हुए सर। क्या आप इस दुर्घटना के इंतजार में थे?

मंत्री : जी, दोषियों पर जल्द-से-जल्द एक्शन लिया जाएगा।

पत्रकार : मुझे लगता है कि सर, अब काररवाई आप पर होगी।

मंत्री : नो कमेंट्स।

पत्रकार : हाँ, आप अब कुछ बोलिए ही नहीं। अब बोलने की बारी विरोधियों की है।

विरोधियों के खेमे में भी परिस्थिति कुछ अलग नहीं थी। विरोधी नेता गजेंद्र सिंह अपने मंत्री, सलाहकार और कुछ कार्यकर्ताओं के साथ बैठकर इसी मुद्दे पर बातचीत कर रहे थे।

गजेंद्र सिंह को समझ नहीं आ रहा था कि ये आंदोलन अचानक कैसे शुरू हुआ? न इसकी कोई चर्चा थी और न ही किसी को इसकी कानोकान खबर थी। अगर ऐसा होता तो शायद वो इस आंदोलन का फायदा उठाकर सरकार को बदनाम कर सकते थे, पर अब वो मौका उनके हाथ से छूट चुका था। सब वहाँ चिंता में बैठे थे कि इस आंदोलन के पीछे हैं कौन? गजेंद्र सिंह के कार्यकर्ता ये खबर लेकर आए कि लोग ऐसी बातें कर रहे हैं कि हमने ये आंदोलन चलाया है। यह खबर सुनकर गजेंद्र सिंह इस सोच में डूब गए थे कि इस आंदोलन का फायदा अपने पक्ष के लिए कैसे उठाया जाए? तभी उनका इंटर कॉम बज उठा। उन्हें खबर मिली कि स्वयं गृहमंत्री उन्हें यहाँ मिलने चले आए हैं। गजेंद्र सिंह ने सामनेवाले से कहा कि उन्हें बड़े आदर के साथ यहाँ लेकर आओ। उन्होंने फोन रख दिया और वो गृहमंत्री की प्रतीक्षा करने लगे। गृहमंत्री परवेज वजीर गजेंद्र सिंह के कभी दोस्त हुआ करते थे, पर अब अलग-अलग पार्टियों में काम करते थे। वे बड़े परेशान-से अंदर आए। उनका चेहरा देखकर गजेंद्र सिंह ने तुरंत अपने सारे लोगों को बाहर जाने के लिए कहा। परवेज हताश से ही कुरसी पर बैठ गए। 2-4 पलों के बाद परवेज बोल उठे, "अमाँ क्या कर रहे हो मिश्रा? गलत तार क्यों छेड़ रहे हो?"

मिश्रा ने भी थोड़ा शांति से ही जवाब दिया, "उस तार का करेंट यहाँ से नहीं निकलता, महोदय।" पर परवेज को मिश्रा की बात पर विश्वास नहीं था। उन्होंने गंभीरता से कहा, "इस हरकत की वजह से सरहद पर कुछ हरकत दिखी है। तभी तो मैं भागा-

भागा यहाँ आया हूँ। तुम तुरंत ये बचकानी हरकतें बंद करो। देश को सांप्रदायिकता में मत झोंको।"

अब मिश्रा भी गंभीर होकर बोले, "यकीन करें कि मेरा इसमें कोई हाथ नहीं। मैं खुद हैरान हूँ कि ये इतना बड़ा कदम किसी ने किसके बलबूते पर उठाया है?" परवेज भी परेशान थे। जब दोनों समझ गए कि ये स्वयं प्रभावित आंदोलन है तो अब मिश्रा इस मौके का फायदा उठाने के लिए आमादा हो गया कि वो सामने से जाकर सपोर्ट करे, क्योंकि अगर दंगे भड़के भी तो उसे खत्म करने की जिम्मेदारी सत्ता में जो पक्ष है, उसकी होगी और उसका भी फायदा उठाने के लिए आगे चलकर मिश्रा तैयार था। परवेज यह सोच रहा था कि मुझे कैसे भी करके जाकर अभिमन्यु को रोकना पड़ेगा, क्योंकि पाकिस्तान में हरकत तो शुरू हो चुकी है। हजारों फोन कराची एंड पीओके में बज उठे थे। इसकी जानकारी सेना ने गृह मंत्रालय को दी थी। अब कैसे भी करके परवेज को अभिमन्यु को रोकना था, ताकि आगे चलकर कुछ हुआ तो उस कारण सत्ता न गँवानी पड़े, पर अभिमन्यु और कैंप के लोगों की भावनाओं के बारे में किसी ने भी नहीं सोचा कि इन लोगों को पूरी तरह से संरक्षण देकर उन्हें उनके घरों में आबाद कर दें। वो इस देश के वजीरेआला की जिम्मेदारी हैं, पर हर कोई सिर्फ सत्ता और मुसलिम वोट बैंक के बारे में ही सोच रहा था। पुरातन काल से ही शायद जर, जोरू और जमीन यही सारे विवादों की जड़ रहे हैं। इसी एक जमीन के टुकड़े के लिए गुरु द्रोण ने अपने शिष्य अर्जुन से गुरुदक्षिणा में द्रुपद का राज्य माँग लिया। गुरु के लिए अर्जुन द्रुपद को बंदी बनाकर लाए और उसका राज्य छीन लिया। गुरु द्रोण को राज्य मिला भी लेकिन उन्होंने कभी उस राज्य पर राज नहीं किया। वो जमीन का टुकड़ा द्रोण का सिर्फ अहंकार था। इस अपमान का बदला लेने के लिए द्रुपद ने जो यज्ञ किया था, उससे जो लड़की पैदा हुई, वही द्रौपदी थी जिसके अपमान का बदला लेने के लिए पूरा महाभारत का युद्ध लड़ा गया। हम अपने इतिहास से कभी कुछ भी नहीं सीखते। द्रोण और द्रुपद अपनी नफरत बातचीत करके मिटा देते तो? अगर वे अपने शिष्यों का उपयोग शांति के लिए करते तो या फिर अभी मिश्रा और परवेज एक साथ होकर कश्मीर बचाने का सोचते न कि सत्ता... तो? इसका तो कोई उत्तर नहीं, क्योंकि नफरत ने आतंक का रूप ले लिया था और उसके कैंप पीओके में चल रहे थे।

एक मास्क मैन पीओके में चल रहे आतंकवादी कैंप में बैठा हुआ था। उस कैंप पर पाकिस्तान का झंडा लहरा रहा था। जिहाद जिंदाबाद के पोस्टर्स टँगे हुए थे। जिहादियों की ट्रेनिंग चल रही थी। थोड़ी दूरी पर उन्हें बम बनाना सिखाया जा रहा था। बम की फितरत होती है, फटना और जान ले लेना। वह यह नहीं देखता कि जान किसकी जा रही है? उस दिन में भी कुछ ऐसे ही हुआ। जो कब्र खोदने के काम में लगे थे, उनकी

कब्र खुद चुकी थी। बम बनाते-बनाते ही बम फट गया और वहाँ के कुछ आतंकियों ने बैठे-बिठाए अपनी जान गँवाई थी। बम के फटने से मास्क मैन अपने टेंट से उठा और उसने जिस्मों के बिखरे हुए चिथड़ों को देखा। उसने यह भी देखा कि बम के फटने से वहाँ ट्रेनिंग ले रहे लड़कों के चेहरे पर मायूसी छा गई। शायद उन्होंने भी अपनी मौत को वहाँ महसूस किया। मास्क मैन ने उन सबके चेहरों को गौर से देखकर अपने से जूनियर आतंकी से कहा, "दिलावर, खुदा की राह पर शहीद होनेवालों पर अफसोस नहीं, फख्र करते हैं। लाशों को दफनाओ और जख्मियों को अस्पताल पहुँचा दो।"

"जी, जनाब" कहकर दिलावर लाशों के चिथड़े जमा करने में जुट गया।

"यासीन, तुम ऑर्म्स लेकर मेरे साथ चलो" मास्क मैन ने कहा।

मौत पर अफसोस न करने की ट्रेनिंग थी। जीते-जागते, जज्बाती इनसान को वहाँ मरने और मारने का हुनर सिखाया जा रहा था और उनके बदले उन्हें मिलनेवाली थी हूरें, जन्नत की हूरें। गुमराह तो वो थे। तभी तो वहाँ थे, पर पहले उन्होंने किसी लड़की का दिल भी जीता था क्या कभी? लड़कियाँ, जो एक पंछी को भी चोट लगे तो रो देती हैं, वे किसी इनसान के खून से सने हाथ अपने बदन पर कैसे बरदाश्त कर पाएँगी। फिर हूरें जो अल्लाह पाक का एक खूबसूरत जज्बा हैं, उन्हें पाने के लिए खून बहाने का हुकुम अल्लाह कैसे कर सकता है? अल्लाह का इसलाम शायद अलग होगा। दुनिया को मुल्ला के इसलाम पर ऐतराज इसीलिए है कि बाकी के धर्मों में भी इन हूरों, परियों, उर्वशी-अप्सराओं का जिक्र है, पर उन्हें पाने के लिए इनसान को बहुत पुण्य कमाकर स्वर्ग में जाना पड़ता है न कि मासूम इनसानों का कत्ल करके। यहीं बुनियादी फर्क है, पर जिसे जब समझना हो तब समझे और जिसे सचमुच जन्नत के नजारे करने होते हैं वो हाथों में कुरान थाम लेते हैं, न कि हथियार। हर मुसलमान सिर्फ एक बार ही सही, खुद से पूरा कुरान ए पाक समझ ले तो आतंक का इस दुनिया से नामोनिशान मिट जाएगा, क्योंकि कुरान में हर हालात में मजलूम की रक्षा का हुकुम है। तेग बहादुर ने अपनी जान देकर मासूम हिंदुओं का जनेऊ बचाया था और अब अभिमन्यु की रक्षा की दुआ गुरुद्वारे में बैठकर सारे ग्रंथी माँग रहे थे। जम्मू के गुरुद्वारे तक अभिमन्यु के आंदोलन की खबर पहुँची थी। वो सब अपने भगवान् से प्रार्थना कर रहे थे कि वाहे गुरु आप ने हम सबको पंजाब का आतंक मिटाने की जैसे शक्ति दी थी, वैसे ही शक्ति इसे कश्मीर के आतंक को मिटाने के लिए देना। कैंप का एक नौजवान अपनी जमीन पर लौटना चाह रहा है। अमन के लिए जा रहा है, वाहे गुरु, इसे हिम्मत बक्शो। वाहे गुरुजी दा खालसा वाहे गुरुजी दी फतह।"

चर्च ने भी अपना एक कदम उनके साथ बढ़ा दिया था। उन्हें तो अभिमन्यु में जीजस की सारी सीख नजर आ रही थी। अभिमन्यु अपने दुःख सहता रहा, पर जब उसे

मालूम हुआ कि उसकी तरह किसी और को भी परेशान किया जा रहा है, तो उसे रोकने के लिए वो आगे बढ़ा। अभिमन्यु जान गया कि जब तक इसको कोई रोकेगा नहीं, तब तक ये जुल्म का सिलसिला बरकरार रहेगा। हमेशा ताकतवर कमजोर को दबाता रहेगा। वह इस अन्याय के खिलाफ उठ खड़ा हुआ था˙˙˙वो भी अकेला। निहत्था न ही उसने अपनी सेना जमा की, न ही किसके आगे मदद के लिए झुका और न ही खुद से पहले लोगों को मरने के लिए भेजा दुर्योधन की तरह। दुर्योधन की लड़ाई भीम से थी, जो सिर्फ एक गदा युद्ध से खत्म की जा सकती थी, पर दुर्योधन लड़ने के लिए सबसे अंत में गया, उसने अपने 99 वे भाइयों की मौत का तमाशा देखा। खुद से पहले सबको मरने दिया और आखिरकार युद्ध हारा, पर अभिमन्यु इस आंदोलन में सबसे पहले चल पड़ा। अगर कोई गोली चलाता भी तो उसे झेलने के लिए सबसे पहले अभिमन्यु खड़ा था। वो शांति से जीने के अपने हक के लिए कुर्बान होने को तैयार था। वह अपने साथ शस्त्र लेकर नहीं चला था। उसकी लड़ाई अब किसी मुसलिम से नहीं थी। वो एक बात समझ गया था कि कश्मीर का असल मसला हिंदू-मुसलिम नहीं है। कश्मीर की आजादी माँगनेवालों की एक ही माँग है कि अगर आपने यूनाइटेड नेशंस के करार पर हस्ताक्षर किए हैं तो उसके मुताबिक चलो। उसमें लिखा है कि अक्तूबर 1946 की स्थिति को जस-की-तस थे रखकर, दोनों तरफ की सेनाओं ने अपने अपने सैन्य बल वहाँ से हटाकर, सर्वमत से कश्मीरी जनता को उनका फैसला लेने देना चाहिए, पर अभिमन्यु यह भी जानता था कि भले ही भारत सेना हटा ले, पर पीओके से पाकिस्तान सेना हटाएगा नहीं। शिमला करार पर भी तो पाकिस्तान ने हस्ताक्षर किए थे कि वह कश्मीर का मुद्दा कभी अंतरराष्ट्रीय मंच पर नहीं उठाएगा। दोनों देश मिलकर ही इसका कोई तोड़ निकालेंगे, पर यहाँ युद्धबंदी हुई और वहाँ पाकिस्तान ने राग अलापना शुरू किया। इसलिए भारत को कभी पाकिस्तान पर विश्वास नहीं रहा, न रहेगा। भारतीय फौज ने उन्हें किसी भी युद्ध में जीतने नहीं दिया तो उन्होंने गुरिल्ला नीति अपनाकर, आतंकी गुट तैयार करके भारत को परेशान करना शुरू कर दिया। हिंदुस्तान, हिंदुओं से पहचाना जाता है तो उनका अस्तित्व इस कश्मीर की भूमि पर चाहिए ही नहीं, यह पाकिस्तान की भूमिका है। अगर यहाँ यहूदी लोग होते तो उनका नरसंहार होता, बौद्ध होते तो उनका। मारनेवाले को कौन मर रहा है, इससे लेना-देना नहीं है। उसको तो सिर्फ वो एक जमीन का टुकड़ा दिखता है, जो द्रोणाचार्य की तरह उसका अहंकार है। फिर चाहे वो टुकड़ा उसके अपने काम का हो या न हो। पाकिस्तान को वो जमीन का टुकड़ा चाहिए। इसमें बीच में पिस रही हैं, कश्मीरी जनता। पूरे कश्मीर में कम-से-कम भारत की 8 लाख सेना है। लोग इनकी पाबंदी में जी रहे हैं। खुलकर साँस नहीं ले पा रहे। भारतीय सेना अपनी सुरक्षा के कारणों की वजह से वहाँ जिस किसी पर शक हो उससे पूछताछ करने के लिए बाध्य है। अगर

आज जो कुछ भी शांति कश्मीर में बची है, उसकी केवल एक और एक ही वजह है कि सेना अपना काम बहुत अच्छे तरीके से कर रही है, लेकिन एक आम नागरिक की तरह सोचा जाए तो उनके मन में डर है कि सेना कभी भी शक करके हमें पकड़कर टॉर्चर कर सकती है। किसी हिंदू को नहीं, सिर्फ मुसलमानों को। उनको वहाँ इनसानों से ज्यादा एक मजहब की दृष्टि से देखा जाता है। दोनों अपनी जगह सही हैं? तो इसे कैसे सॉल्व किया जा सकता है? अभिमन्यु बस वही एक आखिरी कोशिश करने वहाँ जा रहा था। जीजस क्राइस की तरह अपने भगवान् से माफी माँगने जा रहा था, उनके लिए जिन्होंने उसके घर जलाए···उसके अपनों को मार डाला था और अब ये भी हो सकता था कि वे आतंकी, जिन्हें वादी सुलगती रखकर हिंदुस्तान को परेशान करना है, वो अभिमन्यु को भी मार दे, पर अभिमन्यु को उनसे डर नहीं लग रहा था। डर था कि मेरे लोगों ने भी कभी मुसलमानों का कत्लेआम किया है। घर फूँके हैं, उनकी दुनिया उजाड़ दी है ···क्या वो मुझे माफ कर पाएँगे··· ? अभिमन्यु माफी माँगने और माफ करने उस कश्मीरी जनता के पास जा रहा था, जिन्हें कभी अपनी कश्मीरियत पर नाज था··· बताने जा रहा था कि मुझे मेरे मुख्तार की फिक्र है···। मुझे उसे पूरे कश्मीर में ढूँढ़ना है···वो भाईचारा ढूँढ़ना है, जो कभी हम दोनों ने महसूस किया था···हम दोनों का धर्म एक ही था···कश्मीरियत। पादरी अपने चर्च में प्रार्थना कर रहे थे कि "ओ गॉड, इस बार शांति के दूत को क्रूसिफाई नहीं किया जाना चाहिए। आमीन।"

पादरी यहाँ अभिमन्यु के शांति की बात कर रहे थे तो रावलपिंडी में एक आर्मी जनरल के मन की शांति खो चुकी थी। वो अपने ऑफिस में बैठकर अपने राजनीतिज्ञ से जानकारी ले रहा था कि ये कौन अभिमन्यु है, जो कश्मीर की जनता में शांति लाने की बात कर रहा है? हमारी नौकरियाँ क्यों खाना चाहता है ये? बारह साल से कश्मीर से कश्मीरियों को भगाया। पूरी जिंदगी बस यही एक काम किया··· अब ये कौन कश्मीरी वापस घर लौटना चाह रहा है और हमारी मेहनत पर पानी फेरना चाह रहा है? राजनीतिज्ञ भी परेशान था। उसने परेशानी में अपने जनरल से पूछा कि अगर ऐसा हुआ तो यह एक बहुत बड़ा झटका लगेगा हमें। हिंदुस्तानियों के दिलों से हमारा खौफ खत्म हो जाएगा और कश्मीर का सपना धरा-का-धरा रह जाएगा।

"ऐसा कभी नहीं होगा। हमनें इतनी कुर्बानियाँ दी हैं। हम हरगिज ये कुर्बानियाँ बेकार नहीं होने देंगे!" जनरल ने थोड़े गुस्से में कहा।

राजनीतिज्ञ ने पूछा, "अब क्या करना है सर!"

थोड़ा सोचने के बाद जनरल ने एक खास नंबर घुमाया। उस तरफ से 'हेलो' सुनाई दी। जनरल ने बड़ी अदब से पूछा, "क्या वजीरे आला से बात हो सकती है? वादी का मसला है।"

उस तरफ कोई तुरंत फोन पर आ गया।

जनरल ने बड़े अदब से पूछा कि "क्या करना है, जनाब ?" सामने से वजीरे आला ने कहा, "जो हमेशा करते हो, वही करना है, पर इस बार याद रहे कि कोई भी बचना नहीं चाहिए।"

सामने से फोन कट गया। जनरल ने अभी-अभी आए अमेरिकन हथियारों की तरफ देखकर अपने अर्दली से कहा, "ये आर्म्स ब्लाक स्टोन को पहुँचा दो। ब्लाक स्टोन समझ जाएगा कि उसे क्या करना है ? इस बार कश्मीरियों ने कुछ ज्यादा बड़ा ही ख्वाब देख डाला। ये आर्म्स उन्हें अब सोने नहीं देंगे। वो कभी फिर कोई सपना नहीं देख पाएँगे। जाओ, जश्न मनाओ।" अर्दली सलाम ठोक कर चला गया।

पाकिस्तान की राजनीति की बुनियाद ही यह हैं कि हम कैसे हिंदुस्तान को बरबाद कर दें ? वहाँ चुनाव जीतने का अगर ये मुद्दा नहीं होता तो अब तक वहाँ तानाशाही लागू हो चुकी होती और इसलामिक कहे जानेवाले पाकिस्तान में कभी नुसरत फतह अली खान, मेहंदी हसन जैसे फनकार अपने फन का हुनर न आजमा सकते। पाकिस्तान का इसलाम पाकिस्तान में अलग है और पीओके में अलग है, जिसमें मौसिकी को आवारगी कहा गया है। सऊदी अरेबिया जैसे कट्टर सुन्नी राष्ट्र ने अपने इसलामिक कानून में बदलाव किए हैं, पर पीओके एंड कश्मीर में आँखों की हया, जो मर्द और औरत पर फर्ज है, मर्दों को ट्रेनिंग कैंप में हवस के लिए लड़कियाँ बुलाने की आजादी देता है, पर औरतों को बुर्के में बंदकर देता है।

ये हाल पाकिस्तान का था तो भारत भी कहाँ कम था ?

अभिमन्यु की गाड़ियों का जत्था आगे बढ़ ही रहा था कि मुख्यमंत्री के काफिले ने आकर इस कारवाँ को रोक दिया। अभिमन्यु, अभय प्रताप अपनी गाड़ी से उतरे। उन्होंने कैंप के लोगों को अपनी अपनी गाड़ियों में ही बैठे रहने के लिए कहा। फिर भी कुछ लोग माने नहीं। लोगों को डर था कि ये जो हिम्मत हम सब ने जुटाई है, वो किसी भी कीमत पर टूटनी नहीं चाहिए। मंत्री अगर अभिमन्यु को वापस ले जाने आया है तो हम वापस नहीं जाएँगे। लोग ये सोचकर अभिमन्यु के साथ हो लिए। मंत्रीजी के सचिव ने गाड़ी से उतरकर फटाफट दो-तीन कुरसियाँ लगा दीं। मंत्रीजी बैठ गए और उनके सचिव ने बड़े अदब के साथ अभय प्रताप और अभिमन्यु को बिठाया। मंत्रीजी के साथ उनके सलाहगार, राजनीतिज्ञ, कलेक्टर, ऑफिसर्स और बहुत सारे लोग थे। अभिमन्यु के पास केवल उसकी आत्मा की आवाज थी। न उसके मन में डर था और न ही कोई मोह बचा था। मंत्री ने बातचीत करना शुरू किया।

"देखो अभिमन्यु, हो सकता है कि प्रशासन की तरफ से कैंप की मैनेजमेंट में कुछ गलतियाँ हो गई हों, पर मैंने सब ठीक करने के ऑर्डर्स दे दिए हैं। तुम्हें वापस चलना

चाहिए। इन लोगों को लेकर सुरक्षा का बहुत बड़ा खतरा तुम उठा रहे हो।"

"सर, आपके साथ जो-जो वापस आना चाहते हैं, आप बेशक उन्हें ले जाइए। मुझे मेरे घर वापस लौटना है, सर। चाहो तो में अंडर साइन दे दूँगा कि अगर मुझे कुछ हो जाए तो पूरी हिंदुस्तान की जनता, हिंदुस्तान की सरकार, यहाँ के पॉलिटिकल पक्ष, यूनेस्को, आजादी के मतवाले या फिर कश्मीरी जनता, कोई कोई भी इसके लिए जिम्मेदार नहीं है। मैं अब अपनी सरजमीन पर मरना चाहूँगा।"

अभिमन्यु के इस वक्तव्य ने मंत्रीजी को नॉक आउट किया था और तभी वहाँ विरोधी पक्ष का एक काफिला आ पहुँचा। मंत्रीजी बिल्कुल नहीं चाह रहे हैं कि विरोधी पक्ष अभिमन्यु से बात करे, पर अब कश्मीर की तरफ जाता वह रास्ता कश्मीर की चर्चा का जैसे खुला मंच बन गया था जहाँ कोई भी आ सकता था। अभिमन्यु ने सबके लिए रास्ता खुला रखा था, क्योंकि असल में उसे उन लोगों से कोई लेना-देना था ही नहीं। जब से वह कश्मीर के रास्ते पर चल पड़ा था, उसे तो बस उसका मुख्तार याद आ रहा था। मन से ही अभिमन्यु ने उसे ढूँढ़ना भी शुरू किया था—कभी सेब के बागान में, कभी स्कूल में, कभी फुटबॉल ग्राउंड पर, कभी अश्मुकाम पर, कभी श्रीनगर की शंकराचार्य की पहाड़ी पर तो कभी झेलम किनारे सायंकल पर, उसे हर जगह मुख्तार मिला था। वो उसे मन से ही गले लगने ही वाला था कि मंत्रीजी ने आकर उनका मिलन रोक दिया था। मंत्रीजी से बात पूरी हुई नहीं थी कि विरोधी पक्ष नेता अपना झंडा लेकर आ पहुँचे थे। उनके साथ भी मंत्रीजी की तरह ही बहुत सारे लोग थे।

मिश्राजी ने अपना परिचय देते हुए अभिमन्यु से कहा, "हम सब लोगों को तुम पर बड़ा गर्व है, अभिमन्यु। इस देश को आपके जैसे नव युवाओं की बड़ी जरूरत है।"

अभिमन्यु ने उनका शुक्रिया अदा किया और वह उठ खड़ा हुआ। तभी नेता के साथ आए एक राजनितज्ञ ने कहा, "अरे बैठिए, अभिमन्यु बाबू। आप से कुछ बात करनी है।"

अभिमन्यु को न चाहते हुए भी बैठना पड़ा। मुख्यमंत्री सोच रहे थे कि विरोधी पक्ष नेता अब अपनी क्या चाल चलनेवाला है?

राजनीतिज्ञ-1 ने कहा, "अभिमन्यु सर, हमारी पार्टी ने सोचा है कि हम आपके आंदोलन को पूरी तरह से समर्थन देंगे। इस पॉलिटिकल मूवमेंट में हम सब आपके साथ हैं।"

उन्होंने इतना कहा नहीं कि मुख्यमंत्री विरोधी नेता के साथ लड़ने के स्वर में बोल पड़े, "तुम्हें मालूम भी हैं तुम लोग क्या कर रहे हो? एक गलत मूवमेंट को बढ़ावा दे रहे हो।"

अभिमन्यु ने दोनों की बातें सुनीं और कहा, "एक मिनट, एक मिनट, आप दोनों हमारी घर वापसी को राजनीतिक आंदोलन का स्वरूप क्यों दे रहे हैं? मैं बस मेरे घर जा रहा हूँ और कुछ लोग मेरे साथ चल पड़े हैं। बात बस इतनी-सी ही है। हमें शांति से अपने घर जाने दीजिए!"

मिश्रा ने झट-से कहा, "वही तो! आप आगे-आगे चलिए, हम मानवता के नाते आपके साथ चल पड़ेंगे।" मिश्रा की बात सुनकर अभिमन्यु का जवाब देने का मन हुआ और उसने जवाब दे भी दिया। उसने पूछा "मानवता। कौन सी मानवता? जब पूरे कश्मीरी कत्ल कर दिए जा रहे थे, तब कहाँ थी ये मानवता··· ? 19 जनवरी को कहाँ थी ये मानवता? पिछले 6 महीने से कहाँ थी ये मानवता? पिछले 10 साल से कहाँ थी ये मानवता, जब कश्मीर जलना शुरू हुआ था तब? 10 साल भी छोटा समय है, 1946 में कहाँ थी ये मानवता, जब पीओके से पंडितों को भगाया गया था। पीओके से आए पंडितों का एक संगठन है, जिसका नाम 'जम्मू-कश्मीर पीओके शरणार्थी मोर्चा', जो पिछले 30-40 साल से अपने अधिकारों के लिए लड़ रहा है। आज तक पूरे हिंदुस्तान से एक भी आवाज कश्मीरी पंडित के लिए उठी? रहने दीजिए आप लोग। आप हम कश्मीरियों को समझ ही नहीं पा रहे। तुम्हारी मानवता से तो पुलिस की हैवानियत ज्यादा चुस्त है।"

फिर भी मिश्रा बेशर्मों की तरह अभिमन्यु से कहने लगा, "आप अभी गुस्से में है, इसलिए आप समझ नहीं पा रहे हैं।" अब तो हद हो गई थी। अभिमन्यु ने दोनों से कहा, "मैं खुद को माफ करता हूँ कि मुझे 40 बरसों के बाद गुस्सा आया···और मैं तुम लोगों को माफ करता हूँ कि तुम लोग अभी भी शांत हो! तुम लोगों को अभी भी गुस्सा नहीं आया। अब हमें जाने दीजिए।"

जवाब सुनने अभिमन्यु रुका भी नहीं और बस में जाकर बैठ गया। अभय प्रताप, आरती और रोशनी अभिमन्यु पर बड़ा ही गर्व महसूस कर रहे थे।

मंत्री ने दूर से ही कहा, "हम काररवाई करेंगे तो मत कहना कि हमने आगाह नहीं किया था, अभिमन्यु।"

विरोधी पक्ष का नेता भी बोल उठा, "अरे, कैसे काररवाई करते हो, देखते हैं हम। इस बात पर पूरी सरकार नहीं गिरा दी तो देख लेना।"

मुखमंत्री और विरोधी में तू-तू, मैं-मैं शुरू हो गई। दोनों पक्षों के कार्यकर्ता आपस में भिड़ गए। वहाँ की गरमा-गरमी देखकर मंत्रीजी और नेताजी अपनी गाड़ियों में बैठकर निकल गए। जब कार्यकर्ताओं का एक-दूसरे से लड़ने का जोश खत्म हुआ, तब उन्होंने एक-दूसरे से पूछा कि हम लड़ किस बात पर रहे थे? उनके पास उसका जवाब नहीं था और अभिमन्यु का कारवाँ अब काफी फासला तय कर चुका था।

जम्मू से दूर और कश्मीर से इतने नजदीक कि अब वे आतंकियों के रडार पर आ चुके थे। दक्षिण कश्मीर अब तक आतंकियों का गढ़ बन चुका था। कश्मीर में इन चार-छह महीनों में काफी कुछ बदल गया है। बस में बैठे-बैठे माजिद अभिमन्यु को बता रहा था। कह रहा था कि अनंतनाग अब अनंतनाग नहीं रहा। उन्होंने उसे इसलामाबाद नाम दिया हुआ है। शंकरचार्य की पहाड़ी को 'कोह-ए-सूलेमान' कहते हैं। अभिमन्यु समझ

गया कि हिंदुओं का इतिहास पूरी तरह से मिटाकर वे लोग एक नया कश्मीर पैदा करना चाहते हैं, पर अभिमन्यु को उसकी परवाह नहीं थी। उसने कश्मीरियत पर पूरा विश्वास कर लिया था और उसे गांधीजी के निस्सीम प्रेम के फॉर्मूले पर विश्वास रखने की भी इच्छा हुई कि कश्मीर में इतनी शांति प्रस्थापित होगी कि कश्मीर की पुरानी सभ्यता फिर लौट आएगी, पर इस वक्त दक्षिणी कश्मीर स्थित किसी आतंकी कैंप में एक मास्क मैन दाखिल हुआ, जहाँ कुछ घंटे पहले ही गलती से बम फट गया था। उसके आने से जिस तरह से सब खड़े हो गए। हो न हो वो, मास्क मैन उस कैंप का सरगना था। आतंकी कैंप में दाखिल होते ही सुखावत को वहाँ देखकर मास्क मैन ने आधिकारिक स्वर में तुरंत पूछा, "सुखावत, तुम्हें तो 2-1 पर फायरिंग के ऑर्डर्स थे न इस वक्त? तो तुम यहाँ क्या कर रहे हो… ?"

सुखावत ने डरते-डरते जवाब दिया, "जी वो गलती से बम फट गया था। 2-3 की मौत हो गई, बाकी जख्मी हो गए। बस, उनके इलाज में था।"

मास्क मैन ने पूछा कि "जख्मियों को गोली मार दी है न?"

सुखावत ने आश्चर्य से कहा कि "नहीं, उन्हें तो अस्पताल ले गया।"

"बेवकूफ!" मास्क मैन उस पर चिल्लाया। "जाओ, उन सबको खत्म कर दो।"

"लेकिन कमांडर, वो तो जिंदा हैं अभी।" सुखावत ने डरते-डरते कहा।

मास्क मैन उस पर फिर चिल्लाया, "टूटे हुए बाजुओं से जिहाद नहीं होती, सुखावत। उनके इलाज में जितना पैसा जाएगा, उतने में तो एक नया जिहादी पैदा किया जाएगा।"

"आप अपने ही लोगों को मारने का हुक्म दे रहे हैं, कमांडर?" सुखावत ने चुप न रहकर पूछा।

कमांडर ने सबमें जोश भरते हुए कहा, "हम जिहादी हैं। हमारा काम जंग है। जज्बातों को अपने आप से दूर रखो।"

वहाँ खड़े बाकी मास्क मैन में से, कमांडर की बात से असंतुष्ट मास्क मैन-बी था। कमांडर ने एक फोटो टेबल पर रखते हुए कहा, "अपना ध्यान जज्बात से हटाकर जरा जिहाद पे लगाओ। ये देखो, अभिमन्यु कौल, अभय प्रताप कौल का बेटा। हमारे कश्मीर के प्लान को डुबोने आ रहा है।"

मास्क मैन-बी ने फोटो को देखा और उसके चेहरे पर एक मुसकान आ गई और मुसकराते हुए उसने कहा, "आने तो दो उन्हें कश्मीर में!"

अभिमन्यु का काफिला कश्मीर की बॉर्डर तक आते-आते सूरज ढल चुका था।… ड्राइवर काफी सँभालकर गाड़ी चला रहा था। कश्मीर अब सबके लिए कुछ ही किलोमीटर पर था। सब यह सोचने में लगे थे कि उनका स्वागत कैसे होगा? उनके घर किन स्थितियों

में होंगे? सब अपने खयालों में थे कि पहली गाड़ी अचानक से रुक गई···उसके पीछे-पीछे सारी गाड़ियाँ रुकती चली गईं। ड्राइवर ने गाड़ी रोक दी है, यह देखकर अभिमन्यु ड्राइवर के पास जाकर पूछने लगा कि गाड़ी क्यों रोक दी है? ड्राइवर के चेहरे का रंग उड़ा हुआ था। उसने अभिमन्यु को सामने देखने के लिए कहा। अभिमन्यु ने सामने का दृश्य देखा। कश्मीर के बॉर्डर पर ही आतंकियों ने बड़े-बड़े बोर्ड लगाए रखे थे। जिसपर लिखा था "इंडियन डॉग्स, गो बैक। कश्मीर हमारा है, लेकर रहेंगे आजादी।"

ड्राइवर थोड़ा डरा हुआ-सा था। अभिमन्यु ने उसके चेहरे का डर देखा। इतनी दूर आकर अभिमन्यु हार नहीं सकता था। अभिमन्यु अँधेरे में ही गाड़ी से उतरा। उसके पीछे अभय प्रताप, आरती और रोशनी भी उतरे। अभिमन्यु ने आरती और रोशनी को बस में बैठने के लिए कहा, पर दोनों नहीं मानीं। अभय प्रताप सावधान थे। आरती सिर्फ अपने बेटे को देख रही थी कि कुछ भी हो सकता है। वो सोच रही थी कि अगर कुछ होना है तो पहले मुझे हो। मेरा बेटा सही-सलामत रहे। रोशनी ने अपने आपको तैयार किया था कि कुछ भी हो जाए, पर अब कमजोर नहीं पड़ना है। बनना है तो अभिमन्यु की ताकत बनना है। अभिमन्यु ने एक बार अपने माँ-बाप को देखा। वो जिस तरह से उसके पीछे खड़े थे, उसे हिम्मत मिली। बिना डरे जाकर उसने पहला बोर्ड उखाड़ फेंका। उसे बहुत खुशी महसूस हुई। उसने अंदाजा लगा लिया पर कहीं पर भी कोई हरकत नहीं थी। उसने दूसरा बोर्ड उखाड़ा। फिर भी कहीं से कोई आवाज नहीं हुई। गाड़ी के रुकने से अंदर दहशत में बैठे लोग समझने की कोशिश कर रहे थे कि बाहर हो क्या रहा है। अभिमन्यु ने तीसरा बोर्ड उखाड़ा नहीं। उस पर लिखा था, "कश्मीर हमारा है।"

बोर्ड को उसने बार-बार पढ़ा कि कश्मीर हमारा है···हर बार उसे खुशी महसूस हो रही थी। वह चिल्लाना चाह रहा था कि कश्मीर हमारा है, पर उतने में एक जीप तेज रफ्तार से आकर उसके पास रुकी। अँधेरे में उनके चेहरे दिख नहीं रहे थे, जीप की लाइट अभिमन्यु की आँखों में पड़ी, आँखें चौंधिया गईं। गाड़ी में कौन बैठा है, ये अभिमन्यु देख नहीं पा रहा था। अभिमन्यु बाहर अकेला था और जिस तरह से जीप उसके पास रुकी थी, उस कारण इतनी देर अंदर दहशत में बैठे लोगों में अचानक से शक्ति आ गई और वे 'हर हर महादेव' का उद्घोष करते हुए बस से उतरकर अभिमन्यु की तरफ तेजी से बढ़ने लगे। उस मंत्र में ही इतनी जान थी कि डर कहीं का कहीं गायब हो गया। अचानक से उन 'हर हर महादेव' की आवाजों में जोरों-शोरों से 'वाहे गुरु का खालसा, ते वाहे गुरु दी फतह' की आवाजें मिक्स हो गईं। सिखों का एक पूरा-का-पूरा जत्था अपने हत्यारों के साथ जीप की तरफ बढ़ने लगा। वे लोग अभिमन्यु की सुरक्षा के लिए ही इन बसों में सफर कर रहे थे। जीप में बैठे लोगों को ऐसा कुछ होगा, इसकी जरा भी उम्मीद नहीं थी। जो जीप लेकर डराने आए थे, वे लोग अपनी तरफ आती हुई उस भीड़ को देखकर फटाफट जीप से उतरकर अभिमन्यु की

तरफ दौड़ पड़े और अभिमन्यु को पुकारते हुए जीप के लाइट में आकर खड़े हो गए। सिखों का पूरा जत्था उन लोगों पर टूट पड़नेवाला था कि अभिमन्यु जोर से चिल्लाया कि रुक जाओ। ये अपने लोग हैं। अभिमन्यु को अपनी आँखों पर विश्वास ही नहीं हो रहा था। उसे समझ में नहीं आ रहा था कि हँसे या रोए? वो वैसा का वैसा वहीं खड़ा रह गया। उजाले में उनके चेहरे साफ नजर आए। अभिमन्यु अपने सामने हरजोत, सम्राट, विनोद और जसप्रीत को देख रहा था। हरजोत ने आगे बढ़कर अभिमन्यु को कसकर गले लगाया। अभिमन्यु की रक्षा में बस से उतरे सारे लोग, अभिमन्यु के लिए मारने-मरनेवाले सिख लोग, इन सब लोगों को देखकर हरजोत उत्तेजित होकर बोल पड़ा, "बहुत बड़ा आदमी बन गया, यार तू तो। कैसे किया ये सब? दिल जीत लित्ता काके तूने तो।" ये कहकर हरजोत फिर एक बार कसकर अभिमन्यु के गले लगा।

"तुम यहाँ कैसे?" अभिमन्यु ने पूछा।

"तेरा शुक्रिया करने कहीं भी पहुँच सकता हूँ, यारा। ये जिंदगी तेरी दी हुई है।" ये कहते हुए हरजोत फिर एक बार अभिमन्यु के गले लगा। पीछे खड़े सम्राट और विनोद अपने दोस्त को देख रहे थे। अभिमन्यु ने उन्हें देखकर कहा, "यार के गले लगने के लिए इतना सोचना पड़ता है क्या?"

"हाँ, यार। अब तो सच में सोचना पड़ेगा। बहुत आगे निकल गया यार तू" सम्राट ने अपना आदर जता दिया। उसकी यह बात सुनकर अभिमन्यु को एक पल के लिए वो दिन याद आया जब वार्डन ने कहा था कि बरामदे में सो जाओ और सम्राट अभिमन्यु को अपने घर ले गया था। अभिमन्यु खुद बढ़कर सम्राट के पास गया और सम्राट के गले लगा और गद्‌गद आवाज में कहा, "ये कहकर फिर एक बार बेघर मत कर, यार!"

ये सुनते ही सम्राट ने कसकर अभिमन्यु को अपनी बाँहों में जकड़ लिया। अभिमन्यु ने विनोद का हाथ पकड़कर उसे भी इस मिलन में शामिल किया और वह दूरी पर खड़ी जसप्रीत को देखता रहा। न उसने उसे इस में शामिल किया और न ही खुद होकर उसका अभिवादन किया बस, उसे दूर से ही देखता रहा। कुछ पल के लिए सब थम-सा गया था...रोशनी की नजर से वो बात छिपी नहीं रही, क्योंकि वह देख रही थी कि जसप्रीत ने एक पल के लिए भी अभिमन्यु से अपनी नजरे हटाई नहीं थी। उसकी आँखों ने अभिमन्यु और जसप्रीत के प्यार की सारी दास्तान अपने आप रोशनी को बयान की थी। रोशनी मुड़ी और शांति से बस में जाकर बैठ गई। खामोशी को तोड़ते अभिमन्यु ने हरजोत से पूछा, "तुम सब लोग यहाँ कैसे?"

"कैसे मतलब?" हरजोत, सम्राट, विनोद और जसप्रीत अभिमन्यु को आश्चर्य से देखते रह गए। फिर जसप्रीत ने कहा, "क्या सचमुच तुम्हें कुछ खबर नहीं?" अभिमन्यु को समझ में नहीं आ रहा था कि वो क्या बात कर रहे हैं?

"क्या खबर नहीं मुझे ?" अभिमन्यु ने पूछा।

"रुको!" सम्राट ने कहा। सम्राट ने जीप में से जाकर अभिमन्यु के छपे पोस्टर्स निकाले। उसमें कश्मीर के backdrop पर अभिमन्यु की एक बड़ी सी फोटो एक नायक की तरह छपी थी। उसके हाथ में शांति का प्रतीक सफेद रंग का परचम था। और फोटो के नीचे एक शांति मंत्र लिखा था कि

ॐ सह नाववतु।
सह नौ भुनक्तु।
सहवीर्यं करवावहै।
तेजस्वि नावधीतमस्तु।
मा विद्विषावहै।
ॐ शांतिः शांतिः शांतिः।

जिसका अर्थ था—हे प्रभु! आप हम दोनों (गुरु-शिष्य) की रक्षा करें। हम दोनों का पोषण करें। हम दोनों को शक्ति प्रदान करें। हमारा ज्ञान तेजमयी हो। और हम किसी से द्वेष न करें!

उसके नीचे सारे हिंदुस्तानियों को आह्वान किया था, "कोई अपने घर लौटने के प्रयास में है। उसे उसके घर तक पहुँचाने का थोड़ा-सा जिम्मा हमारा भी है। इस नवयुवक के हौसले को बढ़ाने के लिए कल सुबह 9:00 बजे आप सभी लोग अपने घरों से निकल कर, कश्मीर की दिशा में केवल दस कदम चलिए और दिखा दीजिए हिंदुस्तान की सरकार को, आप सब उसके साथ चल पड़े हैं। उसके हक के लिए…शांति के लिए। आप सब भी अपनी भूमिका निभा रहे हैं।"

इस आह्वान के नीचे बड़े ही गौरव से हस्ताक्षर थे, बलदेव भाटिया।

बलदेव भाटिया नाम पढ़कर अभिमन्यु को बहुत खुशी हुई। उसने पोस्टर अभय प्रताप के हाथ में दे दिया। अभय प्रताप जो शायद ही कभी रोए थे, यह पोस्टर देखकर उनकी आँखों से जैसे खुशी के आँसू निकले थे। बलदेव भाटिया को अपनी भूल समझ आई थी और तुरंत ही उसने सुधार भी ली थी। आज अभिमन्यु के साथ उसके माता, पिता, गुरु और बंधु—सबके सब खड़े थे। इसका सीधा मतलब था कि धर्म उसके पक्ष में था तो भगवान् को उसकी सहायता करना अनिवार्य था, जो भगवान् कर भी रहे थे। जसप्रीत ने अभिमन्यु को बताया कि आज दिनभर पूरे हिंदुस्तान के फोन, ट्रंकॉल्स बजते रहे। तुम पूरे हिंदुस्तान के हीरो बन चुके हो। लोगों ने तुम्हें हाथोहाथ उठा लिया है। रेडियो में बार-बार लोगों को अपनी जगह से ही दस कदम चलने के लिए कहा जा रहा है, ताकि कोई आपत्ति की स्थिति न पैदा हो। इसके बावजूद हजारों लोग कश्मीर की तरफ रुख कर रहे हैं, जिन्हें सरकार ने जम्मू में ही रोक दिया है। हम जैसे-तैसे हजार विनतियाँ

करके आए हैं। पापा को फोन करना पड़ा जम्मू में, "जिन गाड़ियों में तुम आ रहे हो, ये जम्मू के किसी एडिटर की अपील पर तुम्हारे साथ चल पड़ी है। दिनभर में उसने पूरे हिंदुस्तान में यह खबर फैला दी है।" जसप्रीत बहुत खुश होकर यह बात बात रही थी।

अभिमन्यु को सब पर बड़ा फख्र महसूस हो रहा था। हर कोई अपना काम सही ढंग से कर रहा था। जो सच है, वही दुनिया तक पहुँचाने का जिम्मा मीडिया ने उठा लिया था। अभिमन्यु को खुद इस बात का अंदाजा नहीं था कि इतना सबकुछ हो रहा है।

सम्राट ने कहा, "हम लोग तुझे ये कहने आए है कि कल 9:00 बजे यहाँ से चलोगे तो पूरा देश तेरे साथ होगा। आज की रात हमें यहाँ काटनी होगी।"

अभय प्रताप ने आगे बढ़कर कहा, "लोगों की सुरक्षा के लिए ये बात सही भी है, अभिमन्यु। बाकी तुम्हारी मर्जी।"

"हम आज की रात यहाँ रुकते हैं। अगर जनमानस का साथ हमें मिल रहा है तो ये हम पर कृपा ही हुई है।" अभिमन्यु ने बुजुर्गों की सलाह को भी मानना सीख लिया था।

अभिमन्यु को सब एक सपना-सा लग रहा था। आरती अपने बेटे को देखती ही रह गई। मन में ही उसकी बार-बार नजर उतारती रही। उन्हें लग रहा था, अब मौत भी आए तो कोई फर्क नहीं पड़ता। अभिमन्यु ने उन्हें वैसे देखा। अभिमन्यु अपनी माँ की तरफ बढ़ा और उसने सबसे उनका का परिचय कराया—

"ये मेरी माँ हैं और ये पापा" सबने उन दोनों को नमस्ते किया। अभय प्रताप से मिलकर तो सब बेहद खुश हुए। अभिमन्यु के ध्यान में आया कि रोशनी कहीं दिख नहीं रही। उसने रोशनी को आवाज दी, पर बस से रोशनी की माँ ने अभिमन्यु से कहा कि वो सो गई है। थक गई थी। अभिमन्यु को कुछ अटपटा लगा। रोशनी ने उससे कुछ कहा भी नहीं, पर वो समझ गया कि हर कदम पर उसके साथ चलनेवाली रोशनी ने फिर एक बार मेरे लिए अपना एक कदम पीछे कर लिया। उसने जसप्रीत के लिए वो जगह खाली कर दी। फिर एक त्याग, पर ये सारी बातें सोचने का ये वक्त नहीं था। अभी पूरी रात बाकी थी और कुछ भी हो सकता था।

"जसप्रीत, तुम भी माँ के साथ अंदर बस में बैठ जाओ और पापा, आप भी थोड़ा आराम कर लो। हम सब यहाँ बाहर पहरा देते हैं।" अभिमन्यु ने कहा। जैसे ही उसने ये कहा, तुरंत गाड़ियों में बैठे सारे नौजवान नीचे उतरे। औरतों, बच्चों और बूढ़े लोगों को गाड़ी में ही बैठने के लिए कहा गया। हर नौजवान ने अपनी पोजीशन सँभाल ली। सबका शस्त्र था—उनका अपना जमीर, जो अब सिर्फ शांति चाहता था और उसके लिए अपनी जान भी देने के लिए तैयार था। सिक्ख लोग अपनी तलवारें लेकर आए थे, पर अभिमन्यु ने सोचा कि आतंकियों की रायफलों के सामने तलवारें क्या कर सकती हैं? पर दूसरे ही क्षण खयाल आया कि अब वे कश्मीर की बॉर्डर पर हैं, अपने वतन

में। यहाँ मौत आए तो वो दस गुना बेहतर साबित होगी, पर फिर भी कहीं-न-कहीं उसे बसों में बैठे लोगों के जान की परवाह थी और उसने ठान लिया था कि उसके पास रायफल न सही, पर वो लड़ते-लड़ते मरेगा…मासूमों की जान बचाने के लिए चाहे तो बाजू में पड़ा एक पत्थर ही उठाकर फेंक मारेगा, पर मारेगा जरूर, ताकि दुश्मन के लिए सबकुछ आसान न हो। एक और जलियाँवाला बाग हत्याकांड उसे मंजूर नहीं। वो कोई गांधी नहीं। मरनेवाला भले ही मुसलमान हो या हिंदू, अगर अन्याय उस पर हो रहा है तो मैं लड़ूँगा। मैं शांति के लिए लड़ूँगा। अभिमन्यु का विचार पक्का हुआ। बसों के अंदर और बसों के बाहर, किसी की आँखों में नींद नहीं थी। अगर पूरे हिंदुस्तान में खबर फैली है तो कश्मीर में भी फैली होगी, आतंकियों को भी मालूम होगा कि हम आ रहे हैं। न चाहते हुए भी डर ने दस्तक दी थी। ऊपर से बाहर घना अँधेरा छाया हुआ था। 19 जनवरी को भी मौत इन सबका पीछा कर रही थी और आज भी। सबको इंतजार था कि अब आखिरकार जो होना है, हो जाए। अभिमन्यु का सबसे बड़ा डर था कि कहीं से भारतीय फौज अपने सरकार के आदेश पर हमें ही न पकड़कर ले जाए। कहीं ऐसे हुआ तो हम सब ताउम्र अपने घरों को तरसते रहेंगे। उस दिन जब अभिमन्यु मेयर से पूछने गया था कि हम घर कब जाएँगे, तब उसने और एक बात कहीं थी कि ईंट-पत्थर के ही थे न घर? पूरा हिंदुस्तान पड़ा है फिर से घर बनाने के लिए। यहाँ बना लो। क्या दिक्कत है? पर कोई भी ये समझ नहीं पाया था कि

किसी की नजर में सिर्फ कुछ तिनके बिखरे थे
पर किसी की नजर में आशियाना था किसी का।

एक नहीं, दो नहीं, लाखों पंडितों को घर से निकाला गया और किसी ने उफ तक नहीं की। अभिमन्यु में फिर से लड़ने की हिम्मत आ गई थी। पूरब में उगते सूरज ने अभिमन्यु का साथ दिया। अभिमन्यु को अब सिर्फ उसका घर चाहिए था और उसका दोस्त।

खिलखिलाती धूप में जसप्रीत खुशी से बस से उतरी। अभिमन्यु को एक सुंदर सा स्माइल दिया। अभिमन्यु मुसकराने ही वाला था कि बस में बैठी रोशनी उसे दिखी। रोशनी की आँखें लाल थीं। लग रहा था कि रात भर रोई है। अभिमन्यु जसप्रीत को देख मुसकरा नहीं पाया। नजदीक आती जसप्रीत से उसने कहा, "तुम्हें अब यहाँ से वापस जाना चाहिए, जसप्रीत। यहाँ से आगे खतरा है।" अभिमन्यु ने जो दूरी बनाकर रखी थी, वो जसप्रीत से सही नहीं जा रही थी। इस माहौल में वह उससे इसका जवाब भी माँग नहीं सकती थी। अभिमन्यु के पीछे खड़े हरजोत को देखकर जसप्रीत ने कहा, "हरजोत, इसे बता दो कि हम सब अभिमन्यु को उसके घर तक छोड़ने चले है। उसके साथ वहाँ बस नहीं जाएँगे। मेरे पास मेरा घर है, दिल्ली में। आजकल मैं मेरे पापा के साथ वहाँ रहती हूँ। तुम्हारे घर आने का कोई शॉक नहीं है।" जसप्रीत के भी दिल के जख्म भर चुके थे,

ये अभिमन्यु समझ गया, पर जसप्रीत को नाराज करके वह रोशनी को तो खुश नहीं कर सकता था न? एक दूसरा चक्रव्यूह इस अभिमन्यु के लिए तैयार हो चुका था। अभय प्रताप ने कहा, "अभिमन्यु, हमें निकलना चाहिए। कश्मीर पहुँचते-पहुँचते 9:00 बज ही जाएँगे।" सब वापस गाड़ी में बैठ गए। काफिला कश्मीर बॉर्डर के अंदर आ चुका था, सब के दिल सीने के अंदर जोरों से धड़कने लगे। अपने दिल के धड़कनों की आवाज हर किसी ने सुनी थी। सब लोग जिंदा हो उठे थे। गाड़ियाँ पल-पल कश्मीर की तरफ बढ़ रही थीं और हर कोई खुश था। सबने महसूस किया कि कुछ अच्छा होने जा रहा है, सिर्फ डर था कि हिंदुस्तान की सरकार कोई गड़बड़ न करे, इसलिए उन्हें जल्दी-से-जल्दी पहुँचना था, पर फिर भी एक जगह गाड़ियाँ फिर रुकीं। सबके दिल इस बार डर से धड़के कि नहीं, अब रुकना नहीं है। सबने अपनी खिड़कियों से झाँककर देखा कि अभिमन्यु अकेला गाड़ी से उतरा है। चलते-चलते वो एक बोर्ड की तरफ बढ़ा, जिस पर लिखा था, 'फर्स्ट व्यू ऑफ कश्मीर' अभिमन्यु उस बोर्ड को देखकर भावुक हो गया। उसने उस बोर्ड पर प्रेम से हाथ फहराया और एक खुली साँस ली···आजादी की साँस··· वतन की मिट्टी की महक, ये भावना एक पल में सारी वादी में ऐसे दौड़ गई कि वहाँ बैठे हर इनसान में वही जज्बा उभरा·· पर उस जज्बे का खात्मा करने हवा में से एक गोली सायं-सायं करते आ गई और बोर्ड को लग गई। हवा में गोली चलने की आवाज से एक पल में सारे लोग अपनी-अपनी बसों से उतरकर अपने नेता को, अभिमन्यु को सुरक्षा देने के लिए उसकी तरफ बढ़े तो सबने देखा कि काले कपड़ों में, मास्क लागाए हथियारबंद आतंकियों का एक जत्था उनके सामने खड़ा है। मौत उनके सामने थी, पर अब किसी के भी दिलों में डर नहीं था। अभय प्रताप ने रोशनी, जसप्रीत और आरती को उतरने से मना कर दिया और खुद चलकर अभिमन्यु के साथ आकर खड़े हुए। सम्राट, हरजोत और विनोद भी अभिमन्यु के पास खड़े हो गए।

एक तरफ कैंप के पूरे लोग और दूसरी तरफ आतंकी थे। अभिमन्यु उनको घूरने लगा और इस तैयारी में था कि कभी भी कुछ भी हो सकता है। सिक्खों ने अभिमन्यु के इर्द-गिर्द कड़ा घेरा तैयार किया।

उनके कमांडर ने हीनता से कहा "इन्हें भी साथ लाए हो मरने के लिए? चलो अच्छा है। वैसे हमारा काम हल्का कर दिया तुमने, अभिमन्यु।"

अभिमन्यु उसे गौर से सुन रहा था। अभिमन्यु ने पूछा, "चाहते क्या हो?"

कमांडर ने कहा, "मैं तुम्हारा शुक्रिया अदा करना चाहता हूँ कि तुमने इतनी तादाद में एक साथ इतने पंडितों को यहाँ लाकर खड़ा कर दिया है, हमारी बंदूकों के सामने। सब के सब एक साथ ही मरेंगे, पर तुम्हें मारने के लिए कोई और उतावला है अभिमन्यु, मिलना चाहोगे? ये रहा" कमांडर ने एक लड़के की तरफ इशारा किया। अचानक से

अभिमन्यु के पेट में गड्ढा-सा पड़ता चला गया। जो उसे मारना चाहता था, उसने अपना मास्क हटाकर अभी तक अपना चेहरा दिखाया नहीं था, पर अभिमन्यु तुरंत उस आकृति को पहचान गया। अभिमन्यु एक पल के लिए भूल गया कि वो आतंकियों के सामने है। बस, एक गोली की दरकार थी और उसकी जान जा सकती थी, पर अभिमन्यु को ये कुछ भी याद नहीं रहा और वो उस आकृति की तरफ तेजी से बढ़ा और उसे जाकर अपने सीने से लगा लिया और उससे पूछा कि "कहाँ था मेरी जान? मुझसे मिले बगैर क्यों चला गया, मुख्तार?" मुख्तार अब एक आतंकी बन गया था। सरहद पार से ट्रेनिंग लेकर आया था, जिसने अपने अंदर की सारी भावनाओं को मार डाला था। जो दो मिनट पहले अभिमन्यु को मारने के लिए उतावला था, वो भी अभिमन्यु की बाँहों में पल-दो पल के लिए पिघल गया। प्यार की हरारत ने उसे भी एक पल के लिए जिंदा किया। उसके तो हाथ उठे भी थे अपने दोस्त को गले लगाने के लिए, पर शायद उसे महसूस हुआ कि गले लगाने के लिए उसके हाथ खाली नहीं हैं, उन हाथों ने बंदूक थाम रखी है। अभिमन्यु ने वो फासला महसूस किया और जैसे हक से उसके मुँह से सिगरेट निकाल कर फेंकता था, उसी तरह से अभिमन्यु ने उसके हाथ से बंदूक लेकर फेंकनी चाही, पर वही बंदूक मुख्तार ने अभिमन्यु पर तान दी।

अभय प्रताप, सम्राट हरजोत उस तरफ से अभिमन्यु को बचाने आगे बढ़े पर कमांडर के ऑर्डर पर बाकी आतंकियों ने सारे लोगों को अपने निशाने पर रखा। सब के सब वहीं रुक गए। पल-दो पल अभिमन्यु समझ नहीं पा रहा था कि मुख्तार ये क्या पागलपन कर रहा है, पर यार के सामने अभिमन्यु ने शरणागति स्वीकार की। उसने आहिस्ता-से मुख्तार के चेहरे पर लगा मास्क हटाया और सबसे पहले मुख्तार का चेहरा देखा। मुख्तार ने भी शांति से अभिमन्यु को अपना मास्क हटाने दिया, क्योंकि वह भी चाहता था कि अभिमन्यु देखे कि उसके बिना उसकी क्या हालत हुई पड़ी थी और अभिमन्यु खुशियाँ मना रहा था। मुख्तार के चेहरे का नूर ही चला गया था। आँखें एकदम गहराई में चली गई थीं और सिगरेट के धुएँ ने उसके गालों को पिचका दिया था। विसाल-ए-यार का ये एक भयंकर मंजर था। एक को शरणार्थी बना दिया था तो दूसरे को आतंकी। अभिमन्यु का दिल रोने लगा। उसने मुख्तार की आँखों-में-आँखें डालकर कहा, "मुझे माफ कर दे, यारा। मैं तुझे सँभालने यहाँ नहीं था। इसकी तो सजा बनती है। दिल पर गोली मारना, पर तू भी तो देख आँखें खोलकर, तेरे बिना मैं नहीं रहा। तुझे मुझसे जो भी शिकायत है, बस मेरे मरने से पहले कह दे एक बार। मैं भी तो समझूँ कि आज तेरे हाथ मुझे गले लगाने के लिए खाली क्यों नहीं है। क्या गलती हो गई मुझसे?"

"तेरी गलती ये है कि तू मुझे छोड़कर गया। तेरे जाने के बाद फिर तूने पलटकर नहीं देखा कि तेरे पीछे हमारा क्या हाल हुआ? मैं तो तुझे बचाने आया था न? तेरे

हिंदुस्तानी फौज को ये बात कौन था यहाँ समझाने के लिए? तुम लोगों का बदला इस फौज ने हम लोगों से लिया। तुम पंडितों में से एक भी आया इस फौज को समझाने कि हमने कुछ नहीं किया? आज आकर पूछता है कि बंदूक क्यों थाम ली। क्या करता बंदूक न थामता तो? बहन को बचाना था तो बंदूक को उठाना था˙˙˙उठा ली। कहाँ है तेरा बाप˙˙˙? मुझे अपना बेटा मानता था न˙˙˙क्यों नहीं आया वो मेरी बहनों को बचाने? क्यों एक भी हिंदुस्तानी नहीं आया, जब बिना वजह शक में हम सालों जेलों में थर्ड डिग्री झेलते रहे? तो बंदूक थामनी पड़ी। तेरा बाप, अभय प्रताप कश्मीर छोड़कर नहीं जाता तो हम रास्ते पर नहीं होते। तू नहीं आया, पर मैं आया था। मुझे लगा, तू भी अपना घर छोड़कर दुःख में होगा। तुझे मेरी जरूरत होगी, पर तू तो खुश था उधर, हम लोगों को यहाँ नर्क में झोंककर। अब आए हो तो अब में आने नहीं दूँगा। अब हम फौज से अपनी आजादी लेकर रहेंगे!" मुख्तार ने अपना दिल हल्का कर लिया।

अभिमन्यु ने कहा कि "अब तो मैं आ गया हूँ न? अब मैं तुझे फिर एक बार भटकने नहीं दूँगा। जिस आजादी का वास्ता देकर ये लोग तुझे गोली चलाने पर मजबूर कर रहे हैं, उनको अगर आजादी का मतलब मालूम होता तो उनके अपने बलूचों पर ये लोग इतना जुल्म नहीं ढालते, मुख्तार। वहाँ तो कोई काफिर नहीं था। सब ही मुसलमान हैं। जाकर देखो बलूच की हालत। ये लोग किसी के सगे नहीं। बलूच भी छोड़ो, पीओके में से ही तुम ट्रेनिंग लेकर आ गए होंगे न? आजादी का हश्र पीओके में तूने देख ही लिया होगा। वहाँ की जनता का एक ही मकसद बना दिया है कि इन लोगों ने कि अगर जिंदा रहना है तो हिंदुस्तान से युद्ध करना है। अगर तुम हिंदुस्तान से युद्ध करने के लिए तैयार नहीं हो तो तुम्हारे जान की वहाँ कोई कीमत नहीं।"

जब अभिमन्यु ने ये कहा तब मुख्तार को कमांडर का आदेश याद आया कि गोली मार दो जख्मी लोगों को। वहाँ जिहादी के जान की कोई कीमत नहीं थी। अभिमन्यु ने मुख्तार के हाथ से बंदूक ली और एक दोस्त दूसरे दोस्त को जैसे डाँटता है, वैसे मुख्तार को डाँटते हुए कहा, "छोड़ ये सब। चल, घर चलते हैं।" उनकी ये दोस्ती देख कमांडर ने मुख्तार को आदेश दिया, "बहुत हो गई बातें। हमारे सामने खड़ा रहकर हमारी ही बुराई कर रहा है और तुम सुन रहे हो, मुख्तार? अब अगर गोली नहीं चली तो मैं तुम दोनों को मार दूँगा।" मुख्तार ने चमककर अपने कमांडर को देखा कि मेरे जान की भी कोई कीमत नहीं इसे, क्या करूँ? ये सोचते-सोचते ही मुख्तार ने फिर अभिमन्यु पर बंदूक तान दी, पर इस बार वह दुविधा में था। अभिमन्यु समझ गया कि मुख्तार कमजोर पड़ रहा है। कमांडर ने वहाँ से अब चिल्लाकर कहा कि काफिर की बातों में मत आ, मुख्तार˙˙˙अल्लाह तुझे कभी माफ नहीं करेगा˙˙˙यह कहकर कमांडर ने जोरदार नारा लगाया "अल्लाह हू अकबर" और उसने अपनी बंदूक अभिमन्यु की तरफ की˙˙˙हवा में

वाहे गुरु का नारा लगा और सिक्ख मैदान में उतर आए। उनकी आवाजों के साथ-साथ कश्मीर की तरफ से चले आ रहे हजारों कश्मीरी मुसलमानों के नारे भी सुनाई देने लगे। वे लोग नारा लगाते हुए चले आ रहे थे 'कश्मीरियत जिंदाबाद, जहालत मुर्दाबाद' वे सब वो लोग थे, जिन्होंने कश्मीरियत बचाने की ठान ली थी। वे भी हिंदुस्तान का ही अंश थे तो उन्होंने भी अभिमन्यु के लिए की जा रही अपील सुनी थी। वो भी अपने घरों से हजारों कदम दूर अभिमन्यु को उसके घर लेने आए थे। उनमें बौद्ध लोग भी थे और ईसाई लोग भी थे। एक जन सैलाब कश्मीर की तरफ से अभिमन्यु को बचाने के लिए आगे आया था। ये कम था कि जम्मू की तरफ से भी, लाखों हिंदू लोग पुलिस का कड़ा घेरा तोड़कर अभिमन्यु की मदद के लिए अपनी अपनी गाड़ियों में सवार 'हर हर महादेव' का नारा लगाते, अपना शक्ति प्रदर्शन करने वहाँ पहुँचे थे। अब हजारों, हिंदू, मुसलिम, सिख, ईसाई और बौद्ध लोगों के बीच फँसे उन हथियारबंद आतंकियों के चेहरे पर डर था। वे चारों तरफ से घिर चुके थे। भले ही बंदूकें उनके हाथ में थीं, पर उनके हौसले अब पस्त हो चुके थे। वहाँ से भाग जाने में ही उनकी समझदारी थी। अभिमन्यु ने मुख्तार का हाथ मजबूती से थामा और उसे अपनी ओर खींचकर खड़ा कर दिया। जैसे-जैसे लोग उन आतंकियों पर हमला बोलने के लिए एक-एक कदम आगे बढ़े, हाथ में बंदूक होते हुए भी एक-एक आतंकी पीछे हटता गया और एक पल ऐसा भी आया कि सारे आतंकी डर के मारे अपने हथियार वहीं छोड़ दुम दबाकर भाग निकले। लाखों लोगों की एकता ने आतंक को मिटा दिया। अब वहाँ आतंक का नामोनिशान तक नहीं था। अभिमन्यु उन सबके बीच बड़ी ही शान से खड़ा था। अब उसने आहिस्ता-से मुख्तार के हाथ से बंदूक ले ली और उसे दूर फेंक दिया और मुख्तार की तरफ अपनी बाँहें फैलाए खड़ा रहा। मुख्तार के हाथ अब अपने दोस्त को गले लगाने के लिए खाली थे। हवा में आतंक नहीं था कि कोई कहे कि तुम हिंदुओं से क्यों मिल-जुल रहे हो? उल्टा, अब एक भाई अपने भाई से गले मिलनेवाला था। मुख्तार अभिमन्यु को गले लगाने के लिए पिछले कई दिनों से तरस गया था। अभिमन्यु की खुली बाँहों पर फिर एक बार विश्वास करके मुख्तार उसमें समा गया। उनके इस मिलन को देखकर वहाँ खड़े हर इनसान के मुँह से एक ही शब्द निकला···आफरीन! वहाँ खड़े हर इनसान में यही जज्बा उभरा। हर कोई आगे आ-आकर एक-दूसरे के गले मिलने लगा। वादी में अमन ने दस्तक दी थी। अमन की इस खुशी को जाहिर करने के लिए हर कोई अपना नारा लगा रहा था··· "अल्लाह हू अकबर, वाहे गुरु दा खालसा ते वाहे गुरु दी फतह, हर हर महादेव" सब नारे हवा में गूँज रहे थे, लेकिन आज उनका एक ही मजहब था 'कश्मीरियत!' सबसे बड़ी बात यह थी कि एक-दूसरे के नारे से वहाँ किसी को दिक्कत नहीं हो रही थी।

अभिमन्यु ने देखा कि कश्मीर से आए लोगों का नेतृत्व रियाज कर रहा था।

अभिमन्यु को बड़ा आश्चर्य हुआ। दोनों की नजरें मिलीं और दोनों एक-दूसरे की तरफ बढ़े। दोनों गले लगे।

रियाज अभिमन्यु से कहने लगा कि "माफ कर देना, दोस्त। उन दिनों क्या फितूर छाया हुआ था, समझ में ही नहीं आया। बहक गए थे हम लोग।"

अभिमन्यु ने भी अपनी उदारता दिखा दी, "मुझे भी माफ कर दे रियाज, मैं भी कुछ पल बहक गया था··· मुसलमानों से नफरत करने लगा था, लेकिन अब हमारे बीच कोई नहीं आएगा।" दोनों फिर से गले लगे। मसजिद के मुल्ला, जो कभी अभय प्रताप के विचारों का आदर किया करते थे, वे अब आगे आए और उन्होंने कहा, "जनाब अभय प्रतापजी, हम सबसे कहीं-न-कहीं गलतियाँ हो गई हैं। जब आप लोगों पर हमले हो रहे थे, तब हमें चुप बैठना नहीं चाहिए था। तभी हम सब कंधे से काँधा मिलाकर एक साथ खड़े हो जाते, तो आज वादी शोले नहीं उगलती।" अभय प्रताप भी बड़े ही नम्रता से कह गए, "हमारी भी गलती हो गई थी कि हम भी डटकर खड़े नहीं रहे। लेकिन जरा आजू-बाजू का नजारा तो देखिए, आज यहाँ कोई किसी से जुदा नहीं है।" सच में नजारा कुछ ऐसा ही था··· सफेद वादी में हिंदुओं के गेरुए परचम और मुसलमानों के सब्ज परचम एक-दूसरे में ऐसे घुल-मिल गए थे कि अब उन्हें एक-दूसरे से अलग निकालने में शायद बहुत वक्त लग सकता था। मुल्ला साहब ने कहा, "चलिए अभय प्रतापजी। हम सब कश्मीरी आपको वापस घर लेने आए हैं।" फिर से अपने बसों पर सवार हो गए। मुख्तार, अभिमन्यु, अफजल, सम्राट, हरजोत, रियाज—सब एक सीट पर बैठे थे जैसे कि वे नए कश्मीर कि स्थापना करने जा रहे थे। सारा काफिला फिर से चल पड़ा। अनंतनाग अब नजरों से दिखने लगा था।

तभी अचानक से बस के ऊपर से हेलीकॉप्टर की आवाजों ने सब का ध्यान आकर्षित किया। बसों के ऊपर से 3-4 हेलीकॉप्टर उड़ने लगे और भारतीय फौज के ट्रकों ने आकर सारे काफिले को अनुरक्षण (escort) करना शुरू किया। एक जीप आकर बस के सामने रुकी। अभिमन्यु और अभय प्रताप के साथ फिर से लोग बस के बाहर उतरे कि भारतीय सेना शायद उन्हें वापस ले जाने आई है।

तभी फौजी जीप से एक कर्नल उतरकर अभय प्रताप के पास आए और उन्होंने जो बताया, उसने इस आंदोलन की जीत निश्चित की। कर्नल ने बताया कि कश्मीरियत बचाने के लिए हिंदुस्तान के हर शहर-गली-मोहल्ले-कूचे से लोग सड़कों पर आ गए हैं। पूरा हिंदुस्तान अभिमन्यु के लिए 10 कदम नहीं बल्कि 100 कदम भी चलने के लिए तैयार है। आज के सारे अखबारों में सारे फ्रंट पेज पर सिर्फ अभिमन्यु और कश्मीर की बात हो रही है। अब सरकार पर पूरा दबाव पड़ा है कि वह कश्मीर के बारे में कुछ सोचे। तो हमें ऑर्डर्स मिले हैं कि हम आप लोगों को सही-सलामत आपके घरों तक पहुँचाएँ

और जब तक घाटी में फिर से कश्मीरियत नहीं जागती, आपकी सुरक्षा करते रहें। अपनी सुरक्षा में उतरी सेना को देख लोग बेहद खुश थे। जैसे ही लोगों ने ये बात सुनी, सब के सब अपनी बसों में नाचते-कूदते-उछलते पहुँच गए और अब किसी को भी कहीं भी रुकना नहीं था। पूरा-का-पूरा काफिला कश्मीर की तरफ तेजी से बढ़ने लगा। आनेवाला हर मिनट अब उनपर भारी पड़ रहा था। अब उनमें घर से दूर रहने के धैर्य नहीं थे, इसलिए। पूरा काफिला आर्मी की सुरक्षा में कश्मीर के हर गाँव पहुँचा। लोगों को चिंता थी कि न जाने उनके घर किस हालत में होंगे, पर कश्मीरी जनता भी कश्मीरियात में पीछे नहीं दिखी। उन्होंने कुछ दिनों के लिए अपने लौटे हुए पंडित पड़ोसी को पहले अपने दिलों, में फिर अपने घरों में जगह दी, जब तक कि उनके अपने घर फिर से न बन जाते। शहनाज, मुख्तार की अम्मी के लिए तो उस दिन ईद ही हो गई। उसके दोनों बेटे घर लौटे थे और एक छोटी बहन के साथ। सब के मन में शहनाई बज उठी थी और इस घटना के एक महीने बाद भी ये शहनाई के सुर सुनाई दे रहे थे, अभिमन्यु के घर से। वादी में फिर मौसम बदल गया था। आज बसंत पंचमी थी। आरती बहुत खुश थी। आज उनके पास पूजा करने के लिए कोई किताबें नहीं थीं, पर किताबों से भी सुंदर लोग थे, जिन्हें पढ़ना, समझना जरूरी होता है, वो उनके आस-पास उनकी मदद कर रहे थे। उनमें सम्राट, विनोद, हरजोत और जसप्रीत, मुख्तार, रोशनी और कई-कई लोग थे जो कभी कैंप में उनके साथ जिए थे। पूजा के लिए कल ही वो फिर से बड़ी-बड़ी थैलियों में बाजार से जाकर सामान ले आई थी। अभिमन्यु के कॉलेज के सारे विद्यार्थी पूजा के लिए जमा हुए थे। आज अभय प्रताप आरती की नीलम घाटी की बात सुनकर वहाँ से जानेवाले नहीं थे, क्योंकि आज आरती नीलम घाटी की बात करनेवाली नहीं थी। वो भी समझ गई थी कि खून में शक्कर और जहर, दोनों घातक होते हैं। इस पूजा में प्रमुख अतिथि के तौर पर बलदेव भाटिया पहुँच चुके थे। उनके साथ वो जसप्रीत के पापा को भी ले आए थे। आज अभिमन्यु के मंगनी की भी अनाउंसमेंट होनेवाली थी। अभय प्रताप और आरती ने रोशनी को उसकी दुल्हन के रूप में पसंद किया था। अभिमन्यु की नजरे बार-बार जसप्रीत को देख रही थीं। उसे इस बात का उसे पता भी नहीं था। वह तो इस बात से खुश थी कि अभिमन्यु अपने घर में था, अपने कश्मीर में था। अभिमन्यु रोशनी को भी देख रहा था कि वो भी खुश थी। उसे परसों ही आरती ने बताया था कि हम तुम दोनों की मंगनी कर देना चाहते हैं। आरती और अभय प्रताप ने अभिमन्यु को भी रोशनी के सामने बिठाकर ये बात पूछी थी। रोशनी की खुशी देखकर, उसके त्याग को याद करके अभिमन्यु इस मंगनी के लिए मना कर नहीं पाया था, पर कल रात से वो परेशान-सा था। वो जसप्रीत को दु:खी देख ही नहीं सकता था। कल से जसप्रीत दिल्ली से आई थी। हर पल उसके सामने थी। उसके बिताए हर पल अभिमन्यु के सामने थे और सबसे अहम वह जसप्रीत

से बेहद प्यार करता था। वह रोशनी की बहुत इज्जत करता था, पर उसने रोशनी से कभी प्यार नहीं किया था। उतरे हुए चेहरे से वह सुबह से घूम रहा था कि कोई उसे पूछे कि हुआ क्या है। ऐसा लग रहा था कि उसकी किसी को परवाह नहीं है। आरती, जो उसके चेहरे की एक रेखा से भी पहचान जाती थी कि उसका बेटा क्या सोच रहा है, वो भी आगे बढ़कर उससे पूछ नहीं रही थी। आखिरकार वो लम्हा आया कि जब अभय प्रताप मंगनी की अनाउंसमेंट करने के लिए खड़े हो गए। अभिमन्यु अपना सर झुकाकर खड़ा था। अभय प्रताप ने बड़े ही आनंद से अभिमन्यु के साथ जसप्रीत का नाम लिया और अभिमन्यु ने हैरानी से रोशनी को देखा। रोशनी के चेहरे की खुशी रत्ती भर भी कम नहीं हुई थी। जसप्रीत उसके सामने खड़ी थी और शरमा रही थी। अभिमन्यु को समझ में नहीं आ रहा था कि उसे खुश होना है या रोशनी के लिए अफसोस जताना है? अभिमन्यु का जमीर उसे ये मंगनी करने नहीं दे रहा था। अँगूठी पहनाने से पहले अभिमन्यु ने सबसे कहा कि मैं अकेले में दो मिनट रोशनी से बात करना चाहता हूँ। सब जानते थे कि यही होनेवाला है तो किसी ने भी ऐतराज जताया नहीं। जब अकेले में उसने रोशनी से ये सवाल किया कि तुम्हारी जगह जसप्रीत का नाम कैसे आया, तब रोशनी ने उसे कहा कि तुम चाहते तो मंगनी से मना कर सकते थे, पर मेरी खुशी का सोचकर तुमने मना नहीं किया। तो क्या मैं तुम्हारी खुशी के बारे में नहीं सोच सकती? इस लड़की को समझना अभिमन्यु के लिए मुश्किल था। उसके जवाब बिल्कुल साफ दिल से आते थे। इस लड़की का अभिमन्यु इस वक्त सिर्फ आदर कर सकता था, पर उसे उसकी चिंता भी थी तो उसने आपराधिक भाव से पूछा, "और तुम्हारा प्रेम, रोशनी?"

रोशनी ने अभिमन्यु को उसी प्रेम की नजर से देखा। एक निर्मल मुसकान उसके चेहरे पे बिखरी और उसने कहा, "कान्हाजी की शादी रुक्मिणी से होने से राधा का प्यार खत्म नहीं होता, अभिमन्यु!" और रोशनी बड़ी सहजता से अभिमन्यु की जिंदगी से निकल गई। उसकी तकलीफ न कान्हा को हुई, न राधा को। न प्रेम कम हुआ, न ही खत्म हुआ। रोशनी का जवाब अभिमन्यु के दिल का बोझ भी उतार गया। बड़े ही धूमधाम से अभिमन्यु और जसप्रीत की मंगनी हो गई। जसप्रीत ने तो जैसे पूरा आसमान अपनी झोली में पा लिया। रोशनी मंगनी के बाद लोगों को खाना परोस रही थी और फिर एक बार मुख्तार किसी से टकराया। फिर उसकी आँखें चार हो गईं। मुख्तार की नजरे रोशनी पर से हट नहीं रही थीं। फिर एक बार मुख्तार दोपहर से गायब था और रोशनी भी अपने हॉस्पिटल चली गई थी। इस बार अभिमन्यु को मुख्तार को ढूँढ़ने की जरूरत नहीं थी। अभिमन्यु ने उसकी आँखें चार होते देखी थीं और उसे मालूम था कि अब मुख्तार रोशनी के अस्पताल के आस-पास ही पाया जाएगा।

बसंत पंचमी के अवसर पर अभय प्रताप ने अपना नया अखबार फिर से शुरू

करने का निर्णय लिया था। पूजा संपन्न करके जब वो अपने अखबार के ऑफिस लौटे तो पूरी बिल्डिंग ध्वस्त थी। वहाँ सिर्फ ईंटों का ढाँचा बचा था। सबकुछ जल जाने के सारे निशान मौजूद थे। जली हुई उस बिल्डिंग में अभय प्रताप दाखिल हुए। उन्हें अपना ऑफिस खोलने की जरूरत महसूस नहीं हुई, क्योंकि दरवाजा पूरी तरह से जल चुका था। हर जगह मकड़ी के जाले लगे हुए थे। हर तरफ अँधेरा था। जलने के कारण बिजली काम नहीं कर रही थी। उनके केबिन में तो पूरी तरह से अँधेरा छाया हुआ था, पर उन्होंने देखा कि उस अँधेरे में भी कहीं से कोई सूरज की एक किरण उनके केबिन के अंदर झाँक रही थी। उस एक नन्ही सी किरण को देखकर अभय प्रताप के मन में यह आशा जाग उठी कि अभी भी पूरी तरह से अँधेरा नहीं है। उस उम्मीद की किरण को साक्षी रखते हुए, उसी के उजाले में उन्होंने जो पहला आर्टिकल लिखा था, जिसका कुछ अंश ऐसे था। उन्होंने लिखा था—

"महाभारत का युद्ध समाप्त कर, इस मानवीय शरीर को त्यागकर कृष्ण जब स्वर्ग पहुँचे होंगे तो वहाँ जरूर उनका स्वागत उनकी नारायणी सेना ने किया होगा और उन्हें सवाल भी किया होगा कि हे द्वारिकाधीश! हम तो आपकी सेना थे। आपकी आज्ञा का पालन करना हमारा धर्म था, पर आप के कारण हमें अधर्म के लिए लड़ना पड़ा। इसमें हमारा क्या कुसूर था? द्वारिकाधीश ने उनसे इस बात के लिए माफी माँगी होगी या नहीं, यह तो मैं नहीं जानता, पर मेरी कश्मीर की जनता भी बिना वजह अधर्म के साथ दिखाई देती है, बिल्कुल नारायणी सेना की तरह। उन्हें क्या चाहिए, किसी ने कभी पूछा नहीं। मैं कश्मीरी जनता से व्यक्तिगत तौर पर माफी माँगता हूँ कि उन्हें नारायणी सेना का भाग्य जीना पड़ रहा है, पर फिर वही जुमले को दोहराते हुए कहता हूँ कि इतिहास से सबक सीखना चाहिए। हम सब कश्मीरियों को तय करना ही पड़ेगा कि हमें हमारे धर्म कश्मीरियत के साथ जाना है या नहीं। इसके लिए कान, आँख, दिल-दिमाग को पूरी तरह से खोलकर वस्तुस्थिति को समझने की जरूरत है। हमारे फैसले आनेवाली नस्ल के लिए शांति ला सकते हैं। सिर्फ हुक्म मत मानो। सोच-समझकर निर्णय ले लो।"

जब अभय प्रताप अपना यह लेख लिखकर पूरा कर चुके थे, उनके ऑफिस के कॉर्नर पर भवानी माता के मंदिर की आरती खत्म हो चुकी थी। आरती के बाद जो तीन बार शांति के लिए शंखनाद होता है, वो शंखनाद तीन बार अभय प्रताप ने सुना और महसूस किया कि युद्ध भूमि में बजनेवाले शंखनाद से कई गुना बेहतर मंदिर का शंखनाद होता है, जो शरीर में ऊर्जा और मन में प्रेम भर देने के लिए काफी होता है।

□□□